明 媚
ming FLASH mei

夏雪

作家出版社

序

今何在

我有时在想,一个人的一生,怎样才算是有意义。

用许三多的辩证法来回答:好好活就是有意义,有意义就是好好活。当然,那是许三多,如果你也用这句话来回答向你提问的人,可能只会招来一个鄙夷的眼神。

人在少年时对这个问题有很多答案,做自己喜欢做的事,成为自己仰慕的那种人,或者中二之魂爆发,化身英雄拯救世界……总之对未来有太多的期许,也许不知天高地厚,但至少敢于直面自己内心所想。

在经历了时间的摧残和生活的打磨后,再次面对这个问题,答案可能变成让家人过得好一点,让爱人更有安全感一点,让自己不那么累一点。可现实却是,你已经很久都没有跟家人吃一顿舒适的晚餐,也很久没有陪爱人看一场喜欢的电影,只能在午夜梦回的时候,失落地问自己一句——我怎么变成现在这个样子了?

不要把生活的一团乱麻归罪于身边的人,那是你自己的选择,你本可以有其他的选择,你现在也依然还有其他的选择,只是你习惯了向生活妥协,你害怕去改变,害怕会比现在过得更糟,更害怕花费了那么多时间,兜兜转转又回到了起点,而你已不再是少年。

《明媚》这个故事给出了一个很好的回答:索性就放开那些顾

虑，做自己真正想做的，你不必害怕回到原点，在经历了那么多之后，它早已不再是原点，而是一个答案，带着这个答案重新出发，你会比过去任何时候更清楚自己想要什么。

人生短短不到百年的时间里，从来没有到了什么时间就应该干什么，只有什么时间你想干什么。每个人都有自己要走的路，大多数人的选择并不代表你也必须这么选择，你有你的想法，你有你的喜好，你有决定自己生活的权利，为什么不直面自己的内心，做一次不后悔的选择？

如果给你一个机会回到少年的时候，你会对那时的自己说什么？

说一定要坚持本心，成为理想中的自己，还是说避开某些人某些事，不要走冤枉路？或者索性务实一些，说记得早点在什么地段买房？

或许你什么都不必说，只需要告诉那个少年：希望你不管在什么时候，心底始终还有一席之地，保留着那片明媚的阳光。

目录

001 · 引　子

002 · 第一章　　是不是只有我忘记了自己的QQ空间

045 · 第二章　　导演请到碗里来！

082 · 第三章　　抗争才是生存最好的方式

109 · 第四章　　别怕，你只是回到了原点

135 · 第五章　　让我们好聚也能好散，坦然才是最好的告别

156 · 第六章　　合作的前提是"诚意"

169 · 第七章　　原来是你

188 · 第八章　　或许总有些人更适合独行

203 · 第九章　　我是女主角

212 · 第十章　　与其恋爱，不如上课

226 · 第十一章　一个叫阳光明媚的地方

235 · 第十二章　一味忍让是好是坏？

245 ·	第十三章	为了大家，不再让步
258 ·	第十四章	在我心里开始有你
281 ·	第十五章	友情是长久的拥有
294 ·	第十六章	我们都需要一个出口
304 ·	第十七章	剧组是个大家庭
315 ·	第十八章	意想不到的事情总会发生
325 ·	第十九章	拥抱爱情吧
338 ·	第二十章	在过往里我们继续前行
349 ·	第二十一章	别让"过去的痛苦"阻碍"现在的勇敢"
362 ·	第二十二章	"我"or"我们"？
376 ·	第二十三章	彼此托付，一起冒险！

引　子

　　我们的生命伊始就像一次已知的旅程，有起点也必然会到达终点。

　　从生命的存在继而进入成长，成长必然要去经历，由经历产生的感触，再返还给内心使我们得到感悟。这种感悟最初都来自每个人对未知世界的好奇和向往，我们都带着这种状态走上人生之路。其中更有对未知道路的恐惧，恐惧那些还未发生的事会给我们人生带来的未知影响，我们时常沁浸在这种恐惧的情绪中，因此感到焦灼、徘徊、犹豫、裹足不前……

第一章　是不是只有我忘记了自己的QQ空间

一早，地铁站里，扶梯缓慢地向深处运行着，一只蚊子被气流带得已经不能控制自己飞行的方向，随着滚动的扶梯通道向下冲去。明媚看着这样一只平日里人见人厌的害虫，在此刻为了活命而努力地逆着气流挣扎着，完全不知宿命所止的境遇，心里竟然生出了一丝怜悯。明媚想，也许下一秒，这只蚊子就会被强烈的气流带到不知哪个旮旯里就此结束此生，再努力扇动翅膀也是枉然了。扶梯向下延伸得很长很深，明媚没有着急往下走，只是站在一磴上随着扶梯运行的速度慢慢缓行着——她怕自己轻微的动作也会带动气流再一次冲击到那只蚊子，加速它生命的终止。

明媚想，所有对未知世界的恐惧都来源于不了解，因为不了解、不知道，所以才会有畏惧吧？在这一点上，蚊子和自己没有区别。想着这些，直到扶梯到了底明媚才回过神来，向着地铁更深处的站台走去。

明媚相处多年的男友于涛在银行的大厅里陪着客户向外走着，一脸的赔笑谦和。直到客户的车开远，于涛满带笑意的脸才松弛下来，拿起手机看微信，是明媚发来的消息："我们晚上可以先一起吃个饭再看电影。"还有一个可爱的开心表情。于涛回复她："电影的时间可以提前吗？我想早点回家休息，明早有会。"

明媚回"我们看的是首场"和"拜托"的表情。

于涛面露无奈地回复她:"看情况。"

明媚坐在自己的工位上盯着于涛的回复,刚想再打字回他,就被同事叫着去会议室开会了。叫明媚开会的人叫张珊,和明媚一样是启梦影视公司的制片人,明媚当初来启梦还是张珊引荐的。当时张珊还在启梦的商务部做销售工作,转做制片也就从两年前《时光》项目的启动开始,至今还没有完整地带过项目。

明媚走进大会议室,看到了已经就座了的各个部门的负责人还有业务员。她用环视和点头的动作向大家示好后,坐到了张珊旁边的椅子上,随后问张珊:"开会要说啥?"张珊努努嘴,明媚随着张珊努嘴的方向看到大会议桌上放着一摞文件。

启梦影视公司总经理唐宏亮脚步轻盈地出现在了大会议室门口。会议室里的人看见老唐都微正了下身子,安静了下来,有几个年纪较轻的业务员甚至还起身示好,叫了声"唐总"。

唐宏亮也很快坐到了椅子上,目光环顾了一下,说:"人都齐了,咱们开始。"他的目光突然落到明媚身上,问:"明媚回来了,怎么样,按期完成拍摄没问题吧?"

对于唐宏亮突然地 cue 自己,明媚没啥准备,顿了一下后说:"唐总,剧组工作一切都正常,如果不受天气影响,按期完成应该没问题。"唐宏亮点头:"嗯,等杀青宴时好好犒劳大家。"他的目光再次和明媚交流,提醒道:"按期完成,保质保量,这个项目做好了,光合的项目你也可以一起做。"然后又对大家说:"行了,说说今天开会的事。先就是咱们公司与光合出版社联合开发影视项目的事已经基本落实了,今年准备启动开发的几个项目要和大家做一下探讨。主要是单个项目整体运营在各个阶段的分工,需要各部门配合的工作要落实到人头,时间与进度都要做详尽的计划,保证公司项目每年在市场上的投放率……"老唐和大家讨论起来。

明媚手里的手机振了一下,进来一连串的微信消息,是和自己一起长大的闺蜜林馨儿发来的和新婚老公周宇守着一桌子海鲜手比"耶"大笑着的自拍照。明媚看着林馨儿发的各种搞怪照片抿嘴笑着。

明媚的表情被一旁的张珊捕捉到了，碰了一下她的胳膊问："男朋友？"

明媚摇头轻声说："女朋友。"张珊看没有什么可八卦的，就接着听大家讨论。

林馨儿接着又发来一句话说："你和老于结婚也可以来这里度蜜月，真的既好玩又好吃。"

明媚回问："贵吗？什么季节最便宜？"

林馨儿回："没有淡季，要什么便宜的，结婚时不让老于出血你还等啥时候？"

这时会议聊到了一个重要的话题，明媚听着便没有再回复林馨儿，而林馨儿还是一条一条的微信发来，手机继续振动着。

老唐让大家先安静，继续说："今天会议的第二件事就是要说说咱们已经启动和开拍的项目，《少年》马上就杀青了，后期工作的时间进度要落实到位，不要耽误了发行周期。在开发、应该开机而还没开机的《时光》需要尽快推动起来，不能太拖延了。还有在开发的项目也要按时完成进度，如果项目未按时推进是由于制片管理原因造成的，我会酌情考虑调掉人员配备。大家也要做好心理准备。"大家听到老唐的话都低语议论起来。

会议结束时已经到了中午，明媚看着林馨儿后来发的几条微信，其中有提醒明媚去机场接她，明媚随即回复OK的表情给她。

再看自己和于涛的对话——于涛没有再发信息给她。

中午，于涛和几个同事正在银行食堂里一起就餐。一个样貌英俊的年轻男同事走到他就餐的桌旁，手里拿着几张请柬递给于涛和其他几位同事，邀请他们参加自己周末的婚礼。于涛一桌上的人接过请柬寒暄了几句，都说着羡慕祝贺的话。年轻男同事走开后，于涛一桌里一个年长些的男同事对着于涛问："小于，你是不是也差不多该办事了？你要提前说啊，我们也好把份子钱攒出来。"在座几人附和着笑起来。

于涛被问，脸上略有尴尬地说："我这不是还没买房子嘛，等房子的事落实了就办事。"边说着边拿起手机打开和明媚的微信对话框——最后一条还是他发给明媚的那条记录。

此时，明媚和实习生菜菜在公司的茶水间里简单地吃了些外卖，就继续整理复核起剧组需要对账的票据，准备等午休过后找财务一起交付。脸庞圆圆的菜菜嘴里叼着一支酸奶棒坐在明媚身旁，含糊地说着自己最近看的一个超有趣的动漫剧集。说那个剧集里的女主是外星人留在地球的遗孤，在不了解身世的情况下被地球人收养，还和自己的养母及养母的女儿一起生活成长的故事。她特别喜欢女主生下来就具备地球人没有的能力的设定，兴奋地说如果自己要是有这样的能力就可以凡事都能逢凶化吉，不用努力了。明媚被菜菜的讲述逗笑了，问她那个女主是怎么用特异功能让自己呼风唤雨、无所不能的。菜菜叼着酸奶棒有些遗憾地摇摇头说："当女主知道自己的能力后没有轻易地使用，而是像我们地球人一样通过自己的努力和自己的小伙伴一起一次次化解了危难。"

菜菜说完问："明媚姐，你说这个女主是不是很傻？"

明媚被菜菜的话再次逗笑，问菜菜那为啥还要追看呢。菜菜说觉得这样的女主才更像现实中的人啊，感觉这样选择很笨，可努力的样子却很真实，所以就很能共情。

明媚听到菜菜这样说，心里有些感触，更联想到自己的生活就是在众多的可能中选择了以最笨拙的方式活着。

午休过后，办公区又慢慢嘈杂起来，大家井然有序地回归各自的工作中。明媚拿着整理好的票据找到财务，交接一番后走出财务室，出来时正看见走廊的尽头张珊正和要外出的唐宏亮交流着什么。窗外的阳光被一大片乌云很快地遮挡了起来，外边开始起急风，透过落地窗可以看到街道上的行人都加快了行走的步伐，财务室里有人说："这是要下雨啊。"明媚再看走廊尽头，已经不见了唐宏亮他们的身影。

唐宏亮坐着一辆GL8从公司出来，在车里拨通了电话，另一端却传来电话暂时无法接通的提示音。司机把车开到一条宽阔的主道上，疾速地向前行驶着，车窗上已经落上了雨滴。

明媚沿落地窗一边的通道回到工位，开始整理办公桌，这时手机响了起来，显示是后期机房的项目负责人。明媚接起电话，电话中传来一个女子的声音，是后期公司的统筹，电话里问："明媚，你回北京了吗？"明媚说回了，现在在公司，问对方打电话来是不是要商量后期工作安排的事。

对方语气中带了些歉意，说需要和明媚商量一下工作时间，看可不可以稍稍延后一个星期进机房，因为之前在做的片子由于特效工作延误了，还要占用机房一个星期。明媚听着对方这么说，面露难色，问这个问题可不可以用调整后期生产流程的前后顺序来解决，她可以现在就过去和大家一起研究下。说着明媚叫上了菜菜，直奔后期机房。到了机房，在一番素材核对、工作流程顺序安排讨论后，最终确定了基本能按原定的时间推进后期工作，坐在一旁的菜菜一边听一边认真地做着笔记。

明媚和菜菜从后期公司出来时雨还在下，再次回到办公区时天色已经有些晚了。明媚看了下时间，想起自己和于涛微信中还没聊完的话，就打开微信给于涛发消息问："你大概几点结束？想吃什么？我可以先到饭馆占好位。"没有马上收到于涛的回复，于是明媚翻出老周之前发到工作群里的光合出版社的项目清单认真地看了起来。

明媚因为看内容太投入没有注意到时间，再抬头看时办公室里已经没剩几个同事了。外边的雨继续下着，并没有要变小的迹象，在落地窗上成行地流淌着。明媚拿起放在桌角的手机，发现于涛在半个小时前回了一条消息说："我要加会儿班，晚饭你自己吃吧。"明媚看着于涛的回复深深地吸了一口气，也只好回于涛说："好，到时电影院门口见。"

坐在对面的菜菜好像在看什么看得入了迷，圆圆的脸蛋上浮现着少有的严肃。明媚觉得她一定也是忘了时间,就拿起一支笔轻轻地敲了几下桌子中间的隔板,提醒着菜菜说:"小圆脸,下班了你还不走吗?"菜菜被明媚敲击隔板的声音吓了一跳,从故事中清醒了过来,苦着脸说:"明媚姐,我怕是被这故事给诅咒了,这个故事讲的就是一个女孩被自己看的小说带进了小说的世界里回不来的经历,要不是你及时把我给解救了,我就会被那个邪恶的大boss永远封存在小说世界里了。"菜菜哭诉着,明媚笑她太投入,让她快收拾东西回家吃饭。

菜菜在明媚的催促下一边收拾东西一边问明媚为啥还不走,不是约了男朋友看电影吗。

明媚说约了在电影院见面。菜菜问明媚要不要和她一起吃晚饭,明媚看看窗外,说天气不好,今天就算了,让菜菜赶紧回家。菜菜有些不舍地慢吞吞地向电梯间走去,留下明媚单薄的身影又坐回了椅子上。

虽说于涛一天都没很积极地和明媚互动——近两年这种情况对于他俩来说已经是种常态了,但明媚总是会在这种撕扯中不断平复自己波动的情绪,让她和于涛的关系保持着一定的平衡。至于为什么要保持这样一种平衡,明媚自己也不是特别清晰,就只是身在其中被动地接受着生活给予的既定方式。

明媚按着电影开场的时间准备打车到电影院,因为下雨路面很湿,她特意换上了一双白色的皮质运动鞋,把自己脚上穿的小跟皮鞋脱下来装到了背包里,准备到了影院再换上。很少化妆的她拿出一支唇膏,对着桌上的镜子认真地按自己两片薄唇的形状涂抹了两层。唇膏是很自然的豆沙红色,明媚确认没有把唇膏画出唇线外后,满意地对着镜子里的自己点了下头,然后背起背包向外走去。

夜幕已经有些深了,明媚错估了因下雨而引起的车流不畅,下车时距离影片开场就剩十几分钟了。出租车只能停在大路上,明媚有些焦急地在细雨中不断加快着脚步冲向影院。

这时电影院的大厅里已经站满了排队等待入场的人们,明媚收起雨伞放进影院门口准备好的塑料袋中，动作麻利没有半点耽搁，匆忙走进影院大厅。

明媚顾不得身上的水滴就急忙挤过人群，到取票机前一边排队取票，眼神一边在人群中快速搜寻着于涛的身影，看了一大圈没有发现他的身影，又赶紧拿起电话打给于涛，电话另一边却没有人接听。

明媚从取票机里打出两张票，票面上显示"0：00《复仇者联盟4》"。拿到票后她一脸欣慰，先走到一个人少的空地拿出自己背包里的小高跟鞋迅速地换上，又把换下来的鞋子装进背包。她想于涛一定是在开车来的路上，不方便接电话，于是走到影院大厅门口，准备站在那里等他过来。

在明媚等待于涛的同时，一辆北京吉普正在疾速地向这家影院驶来。

吉普车上，旅外青年导演白逸阳刚下了国际航班，就要求来接他的哥们儿赵明直接带他去附近的电影院，他要看《复仇者联盟4》。车窗外还飘着零星的雨丝，白逸阳在车上催促赵明："快点儿！要开场了！"

车后座上放着白逸阳的几件大行李，还有相机包和吉他盒子，赵明问白逸阳："你让爷爷奶奶给你留门了吗？"白逸阳不屑道："不用留门，我可是有家里钥匙的房子主人。"赵明说："你这没有提前买到票就直接过去，肯定没戏。"白逸阳反驳道："虽然没买到票，但是我有预感我今天一定能看上。"赵明不禁感慨说："电影什么时候看不行，这也不是你自己的作品。"白逸阳笑着说："为了有天我自己的作品也能有这样的反响，我必须了解观众的直接感受，去电影院看首场是非常必要的。"

说话间，赵明已经把白逸阳送到了影院门口。白逸阳交代赵明，先把行李放在他那儿，自己明天去取，随后便打开车门往电影院里跑。赵明叫住白逸阳，顺手将一把雨伞从车窗递过来，白逸阳接过雨伞转身冲进影院。

影院大厅里，大家都已经陆续检票入场，没有什么人了。明媚站在门口一脸着急地拿手机继续给于涛打着电话，可不料，手机刚刚接通就被匆忙跑进来的白逸阳撞掉了。明媚被突如其来的意外吓到了，回过神来刚想对白逸阳说话，白逸阳已经捡起电话在自己身上蹭了蹭，看看没摔坏就还给了明媚，随口说了两声"对不起"，就着急地跑向售票处。

明媚皱了皱眉头，顾不得追究，赶紧又给于涛打了过去。电话终于接通，听筒那头传来一声懒洋洋的"喂"。

明媚一听这声音立即问于涛到哪里了，于涛说："我加完班有些累，回家休息一会儿，睡着了。"明媚顿了一下又马上说："你现在出门过来吧，我可以把票放在检票员那里，你到了报名字就行。"

于涛明显不耐烦地说："不就是个电影嘛？有那么重要吗……"听到于涛这样说，明媚站在原地看着自己刚刚特意换上的小高跟鞋，心里一下变得有些荒芜。

明媚用力地抿了一下自己的嘴唇，难掩激动地说："重要啊，这毕竟是首映嘛。"

电话另一端，于涛沉默半晌，道："可是今天我也确实有些累了。"

明媚想继续说服于涛："咱们好久没一起看电影了，之前不都说好了吗？票我提前很久就买好了，你就来吧……"

电话那头于涛安抚明媚："我真的很累，听话哈。"电话里传出嘟嘟声，明媚失望地放下手机。

白逸阳在售票处索票无果，不知什么时候已经站到了明媚身边，听到了明媚打电话的过程。明媚一抬头，看见白逸阳满脸期待地笑着杵在自己面前，觉得他有些奇怪。

再次看到碰掉自己电话的男人，加上被于涛刚刚的态度惹得有些想发火，明媚一脸不悦地问："你要干吗？"

白逸阳微笑友好地说："这位女士，你好，你是不是有张多余的票？"

明媚看着他又问："你要干吗？"

白逸阳上前一步说："我正好听见了，你要是不用就卖给我吧，拜托了，拜托！"

明媚没好气地说："我朋友可能一会儿就到了。"

白逸阳语气转得有些强势，说："大家都是成年人了，一分钟后就开场了，你朋友要来早来了！票你就卖给我吧！这样不浪费，我可以加价，double、tripple都行！你说多少就是多少，我特地跑过来看的……"

明媚心里想，自己特意穿了和于涛之前一起逛街时买的衣服和鞋子，这都是于涛说好看才买的，结果自己精心安排期待很久的时刻，就这样以于涛说自己太累就草草收场了，还莫名其妙地遇到了一个厚脸皮的难缠鬼。

此刻的心情让明媚根本不想搭理白逸阳，这时握在手里的手机又振了一下，是于涛发来了消息。于涛说自己实在不想动，明天一早有会，让她自己看吧。

明媚失望的面色让白逸阳感觉到了极大的希望和可能。

白逸阳又凑了过来，刚想要开口，明媚就把票直接给了他，随后转身检票进了场，白逸阳也匆忙跟着检票进去。

影厅里，两人相邻而坐，明媚顺手将手机静音然后放进包中。白逸阳轻声又客气地问明媚要微信，说要把电影票的钱转给她。一旁的明媚连看都没看白逸阳就直接拒绝，说这票送他了。白逸阳说那就当交个朋友，以后也可以一起看电影。他话还没说完，屏幕上广告结束，正片就开场了，明媚摆了摆手说："开始了，安静！"

明媚没想到的是，看了被男友放了鸽子的一场电影之后，接踵而来的竟是前期拍摄已临近尾声的《少年》项目因暴雨发生了人员受伤的事件。

《少年》的外景地暴雨瓢泼，场工们为了不让景片被雨水冲坏，爬到租借的老乡家屋顶抢撤景片。当地村民好奇，跑出来围观，正往下抢搬着景片的一个场工手里一滑，景片掉落，正好砸到一个村民的小腿上，众人纷纷涌了上来把被砸的村民扶起。

制片主任老牛穿着雨衣站在一处可以避雨的屋檐下给明媚打着电话，而明媚的手机因在电影院里根本接收不到任何信号。主任听着电话里"暂时无法接通"的提示音，回头查看身后现场的情况——一些场工继续抢景片，一些剧组的工作人员正在把受伤的村民往车上抬。牛主任始终打不通明媚的电话，一看村民已经上了金杯面包车，就指挥司机赶紧开车去医院，自己也匆忙坐进了车里。

明媚还不知道组里出事，电影结束，人们纷纷起身离场，她和白逸阳仍然坐在椅子上，直到出完所有字幕两人才一同取下眼镜起身。白逸阳正想再次感谢明媚，明媚已经向外走去。刚出影厅的门，明媚的手机就振动着收到了一连串的消息。明媚拿出手机，发现有很多微信留言和未接来电，听完微信里牛主任的语音留言，明媚回拨了电话，步履匆匆地随着人流继续朝外走去。

影院大厅里，本想追上明媚的白逸阳被人群隔着，望着明媚匆匆离开的背影，只好放弃。走出影院，白逸阳发现自己手机上收到了新邮件的通知和几条微信消息。白逸阳点开一条微信留言，传出的竟是启梦影业总经理唐宏亮的声音："逸阳起了吗？我把《时光》的小说和最新出来的剧本文件发到你的邮箱里了，你起来后可以先看看。"白逸阳听完留言，打字回复了一条"我已回国"的消息过去，然后好奇地打开邮件，上面显示的是《时光》剧本1~5集和《时光》小说文稿。白逸阳瞬间被吸引住了，打开文件，边走边读。

明媚打着电话，白逸阳看着手机，两人从不同方向离开影院。

制片牛主任接到明媚的电话，告诉明媚组里出了些状况，有村民受伤，并说已经把村民送到了医院，所幸并无大碍，伤势不重。只是这场大雨冲坏的景片和给村民的补偿可能会造成预算超支，周期也可能会超几天，他提前跟明媚说明，让她有心理准备，以便让明媚向公司报备情况，好调控后面的预算和开支。

明媚此时已经坐在了一辆出租车上，她告诉老牛自己马上回剧组。老牛安抚明媚说她刚回去两天这就又回组里，太奔波了，让明媚放心，他能安排好一切。明媚还是很惦记，坚持要回组里，说着明媚已经开始在携程App上搜索火车票。

相比明媚今晚遇到的一系列事件，刚回国的白逸阳可谓是个幸运儿，不仅没花钱就看了场期待已久的电影，还收到了新项目的剧本。接下来就可以按他回来前想好的就此留在爷爷奶奶身边，住在他一直怀念的四合院里了。想着这些，白逸阳的步伐轻快得像老电影《雨中情》里的男主角那样随雨起舞，他轻转了几下手中的雨伞，水珠四散抛出，给午夜里安静的胡同添了几分热闹。他走到一家刷了红漆的门前，轻轻推门走了进去。

同样推门进家的明媚赶紧到自己房间开始收拾行李，两天前回来时旅行箱里的东西还未来得及收拾出来，正好再放两件衣服进去就可以出发了。于涛听见明媚回来的声音，想着今晚没能陪着一同看电影，总要起来看看明媚，安抚一下，便起身来到明媚的房间门口，见她正在收拾行李，不解地问她这是在干什么，不会因为没陪她看电影就要离家出走吧。明媚顾不得解释太多，只说怎么会因为这个，是剧组出了点事故，她要赶最早班的火车回剧组。于涛听了脸色低沉，抱怨说："刚回来两天又要走，再紧急也得让人休息呀，怎么全剧组就指着你一个人吗？"明媚说："我是项目负责人，不回去看看也不好，再说我也真不太放心。"

于涛还在唠叨，可明媚只顾着埋头收拾，检查了一下物品后盖上了旅行箱的盖子。明媚看了一眼时间，将身体转向于涛说："你回房间继续睡觉吧，你明早的晨会几点啊？"于涛没有回答明媚，只是看她。明媚轻轻舒了一口气说："好了，你别气了，快回屋吧。"她又看了一眼时间说："已经四点了，我订的早晨五点半的高铁，也得出发了，有什么想说的等我回来好吗？"

于涛看明媚语气缓和地劝自己，稍稍侧了下身，看明媚提起箱子，又有些急地说："外面还下着雨，就不能等到天亮再走？"明媚没有争辩，态度平和，只是安抚于涛，让他早点休息，说完便走出了家门。于涛追到门口还想抱怨，却看到明媚已经进了电梯，他愤怒地"砰"一声摔上了门。

明媚走到楼下时，雨彻底停了，她抬头看看于涛房间的窗子，灯光已经熄灭了。她拉着箱子向小区外走去，行李箱的轮子声在空旷的小区里显得格外的刺耳。

四合院里，白逸阳房间的灯还亮着，能看出来这个房间为迎接他回来已经被精心地打扫布置过，他在厨房里找到一些速溶咖啡，冲了一杯端到书桌前，用手机继续读剧本，并找了笔和纸张做些记录。

不知不觉，清晨的一缕阳光透过窗子照到了白逸阳的书桌上，台灯的光瞬间被衬得微弱了起来。阳光擦过白逸阳家的青瓦房顶，在雨后清新的雾气中弥漫着太阳独有的热情。白逸阳被这种热情感染到了，虽然看了一夜的剧本，却未见有什么疲态，他稍稍舒展了一下身体，随手关上台灯便起身出门了。

被阳光的热情感染的还有明媚搭乘的高铁，像一道白光疾驰在大地上。

车厢内，明媚手机上的制片工作群里，一条条的微信跃然屏上，有图，有字，有语音，大家讨论着后边拍摄计划的解决方案。明媚得知受伤的村民已经回家，心中也踏实了一些。全组的工作人员都在为已经调整的拍摄计划紧锣密鼓地准备着，统筹根据各方的情况安排出一些散景场次先拍。

因为有村民受伤，昨天那个拍摄场景的房主怕摊事，不愿再把房子借给剧组拍戏。明媚和大家商量着怎么才能让房主同意再进场拍摄。

制片主任老牛给明媚发来私信说可以让组里的车接明媚，明媚怕组里的车不够用，就说不用接她，一会儿直接拍摄现场见。刚说完，老板唐宏亮就打来电话问明媚情况，明媚说自己快到现场了。老唐告诉明媚预算绝不能超，要想尽一切办法解决问题。明媚听唐宏亮这样说，心里有些为难，嘴上却说自己会想办法，让唐总放心。挂了唐宏亮的电话，明媚看着车窗外不断掠过的风景，脑子里飞速地想着各种解决问题的可能。

唐宏亮对一向做事有分寸的明媚还是放心的，但是他现在除了要明媚按期完成《少年》项目外，还在盘算着另一件事情，就是他要请新锐导演白逸阳来拍摄已经开发了近两年的《时光》项目，他心里也把明媚计划进了这件事里。

白逸阳出门后骑上院子里的自行车，在熟悉的胡同里穿梭着来到一个早点摊前。白逸阳吆喝老板要买早点，老板认出他，点头示意说："这是回来看老两位了。"白逸阳微笑点头："是啊，这回没准儿就不走了。"买好早点，他一手提着热乎新鲜的豆腐脑、油条还有炒肝，单手扶把骑回了自己家。到了院门口，他直接把车子骑进院，一进来就看见正在扫院子的爷爷。爷爷还以为白逸阳不会起得这么早，看见他拿着早点进来，喜不自胜，往前想要接他一下，未想到白逸阳看到爷爷向他走过来，手一晃直接连人带车侧倒在地，手上提着的早点也受了连累撒了一地。爷爷上前去扶他，正说着白逸阳这个从小到院门口不爱下车的毛病到现在也没改了，奶奶也拎着早点回来。一看白逸阳和自行车还有撒了一地的早点，奶奶也和爷爷一起去扶白逸阳，嘴里埋怨爷爷："我就说你起来先看看阳阳睡得怎么样，你还说不用，你看看他坐了那么久飞机，觉都没睡好呢，还跑出去给咱俩买早点。"白逸阳起来把自行车放好，揽住两位老人说："没事没事，正好买重了，我这份儿就算给早点摊的大哥创收了。"两个老人看着自己心心念念的孙子，脸上都乐开了花，白奶奶说快进屋趁热把饭吃了。白逸阳看着袋子里的油饼、油条、豆腐脑、炒肝，说自己在外边最想这些个吃的，天天吃都不会嫌腻。奶奶溺爱地看着白逸阳："那咱们就天天吃。"两老一小其乐融融地笑了起来，一起走进房里。

白逸阳吃着早点，沉浸在与亲人相聚的满心欢喜中，手里拿手机翻看着《复联4》今日的票房情况。突然，他想到了昨晚给自己电影票的冷脸女子，也许是因为觉得欠了人家的票钱多少有些惦念，只是转念就放下了。

明媚坐的高铁进站了，她带着一路的风尘拉着行李出站时，早已经把昨晚拿她电影票的白逸阳忘得一干二净。除了去现场解决拍摄问题外，也有些想于涛这会儿应该到了单位快吃午饭了，但这个念头也只是在脑子里闪了一下，就被剧组的事情挤出了脑子。

明媚一到拍摄现场，就和牛主任、美术老师还有导演商量工作计划。正聊着，外联制片从出事的村民那里赶了过来，说此时场景那边出事的村民正揪着自己受伤的事和房主在那里不依不饶呢。明媚看了一眼牛主任，说最坏的情况还是发生了。牛主任对外联制片有些不满，说："你就不能和他商量咱们再多给些补偿金？"外联一脸委屈地说："我都已经给了不少了，按着之前说好的已经是给了双倍了，他就是皮外伤，医生也说只要换两天药就没事了，他都能跑出来找房主，那还不就是故意为难咱们。我怕咱们一问，他再狮子大开口要个十万、二十万，到时候不给他，他一定会把事闹得更大。我侧面打听了一下受伤那个人，他平时在村里就是个没事干的闲人，现在明显是想联合房主找咱们要更多赔偿。房主是不想招惹这个人，说咱们拍完戏就走人了，可是他家在村里还要与人相处。"

明媚听着这些，看着导演，眼神里想寻求导演的意见。导演也明白明媚的意思，说只是因为之前这个景选景的时候就选了很久，现在又已经拍了一些戏份了，如果换怕是找不到比这个合适的了，因此对换景地重拍不太赞成，说除非能找到一样的地方。现场制片来通知导演现场都准备好了，导演只好回去拍戏。美术组长接着导演的想法也说了，恢复景片需要两三天时间，这么一来周期和预算肯定是会超的。主任还提出主演的档期也是个问题，现在主演给的时间一天都不能再拖了。明媚脑子里又一次回响起老唐的叮嘱："预算绝不能超。"

明媚眉头紧皱地思考着，大家七嘴八舌地商量着。明媚习惯性地咬了下嘴唇后，抬起头提出了自己的解决办法："我们换地儿。"

这话一出，众人从激烈的讨论中停了下来，一起看着明媚略显疲惫的脸，几个人眼光中都带着疑问和不信任。明媚说我们真的没有时间了，演员档期就是一个解决不了的死局，与其守着，不如试试另一种可能。牛主任劝明媚再考虑考虑，而明媚坚持要尝试找新景，说只要让导演满意，问题就自然解决了，所以要尽可能找到接近导演要求的景。明媚提出让美术组长、制片主任、外联制片和她四个人分头去寻找，随时把看到的景地照片发在群里给导演定夺，大家辛苦一点，一天之内必须找到并且敲定。几个人觉得也没更好的办法，便都同意地点点头，主任立即安排好车辆就马上出发了。

　　明媚跟主任、美术和外联制片几乎找遍了附近可用的景儿，但要么不符合导演要求，要么就是人家根本不租。眼看太阳快要下山，所有人都已经疲惫不堪，几乎都想放弃了。但明媚还想再坚持一下，她努力打起精神，朝更远一点的村落找去。其他人看到明媚的劲头，于是也跟着一起鼓足精神继续寻找。

　　西边的落日把天边的长云已经染成了淡淡的橘粉色，明媚沿着水道边的石板路寻到一座小桥附近，想稍稍地喘口气。有阵微风很合时宜地拂过，风中带了些花草枝叶的清香，明媚淡嗅了一下，想着如果还是找不到合适的地方，真的可能会超支超期，便马上精神了起来。刚要抬脚往前继续找去，一张精致的彩色素描稿被风带动着飘落到了她的脚边。明媚捡起，发现素描画里的背景与他们想找的景地十分相似。明媚看着画想，也许只要找到画这张素描的人，就能找到画里这个地方，于是招呼大家都过来从找景转为开始找人。

　　天色又暗了些，几个人在附近找了一大圈都没看见有人在写生。大家几近放弃，看着明媚手里的素描只觉得像是大海捞针一样。老牛分析这也可能是画者路过时从画夹里掉出来的，人早就走远了。听着牛老师的话明媚沉默思索，抬头向远处看去。不远处的天台上有几条晾晒的染布随风起落着，就在染布起落的空当处，一个纤弱的姑娘站在画架前，貌似正准备收拾东西离开。明媚凭直觉就起步奔了过去，其他人一看明媚跑，就也跟了上去，好在只是个二层小楼，几个人很快就上去了。天台上的女子看着几个气喘吁吁的人来到面前，顿时愣住了。

　　明媚调整了下气息，礼貌地说："你好，打扰下。"就迅速地展开手里的画问画架边的女子："这画是不是你的?"女子向前凑了一下看了看画稿，抬头看着明媚的眼睛，确定地说："是我的，你哪里捡到的？可能我刚才离开那会儿被风刮走了。"

明媚点下头，眼里划过一丝兴奋，接着问："能告诉我们这画的是哪里吗？"

女子看着等待她回答的明媚，明媚才反应过来，连忙解释来意。女子听懂了明媚的诉求后给了明媚一个满意的回复说："这地儿不远，就那边。"说着指向一个地方："我可以带你们过去。"原来画里的景物就是女子租住的一处民宅，女子得知明媚他们是想租借这个地方拍戏，就热心地把几人带到了自己画这画的地方。没想到这个地方他们找景时也有路过，只是当时看的角度不同，换个角度和这幅画里的就很像了。美术老师赶紧拍照把景地的照片发到群里，导演看了立即就认可了，同时画画女子也帮助明媚和房东商量了租借的事情。因为房东是一个老奶奶，女子和她非常熟络，老人很快就答应了剧组来拍戏的请求，老奶奶还看在女子的面子上说只要不影响正常生活，可以不用给租借的费用。明媚和牛老师商量了一下，觉得白用人家的地方肯定不行，就让外联制片去谈了个友情价格感谢老人的支持。

明媚几人处理完外景的事情后天色已经彻底黑了。女子送明媚出来，明媚很有诚意地和女子说真的太感谢了，想请她吃个晚饭以表感谢。女子看着明媚诚恳的眼神，莞尔一笑就答应了。

女子说自己比较熟悉当地，提议由她来选吃饭的地方，明媚痛快地答应后就跟着女子往前走。明媚突然想起还不知道女子的名字，就问："刚才只听老奶奶叫你小李，你的全名叫什么？我们还是先介绍下彼此吧。"

明媚伸出手先自我介绍："我叫明媚，明亮的明，妩媚的媚。"女子温婉地伸手握住明媚的手，含蓄地道："我全名李书涵，木子李，书籍的书，三点水的涵。"两个年龄相仿的女子相视着脸上的笑容洋溢开来。

李书涵将明媚带到一家村民经营的大排档，明媚想请她吃个更好点的饭店,就拉着李书涵往外走说:"这里不行,在这个地方吃怎么能算是我感谢你呢?"李书涵却没有跟着明媚移步,很认真地说:"既然是请我吃饭,当然是要我觉得好吃才对,你说是不是?而且这家的包子和小菜都是老板自己家的私房配料,味道包你吃了就忘不掉。"明媚听李书涵这么一说,倒也觉得无可辩驳,就说:"那咱们就要点这里最好吃的才行。"两个人找了一处靠近大树的位置坐了下来,大树上被老板装饰了一串串的小灯,隐隐地闪亮着,让两个人的餐桌上多了些斑斓和温度。

在后来的日子里,明媚总会想起与李书涵相识相知的这晚,还有这棵装饰着闪灯的大树,就像每个人心里都会有那么几个瞬间是一段经历的开始或结束。

当饭菜都上齐后,明媚以茶代酒敬了书涵一杯。这一晚的话题是从两个人互问是哪里人开始的。书涵说自己是河北一个小城镇的人,高中的时候想考美术类院校,为了专业课考试所以到北京上考前辅导班,在那里认识了自己的爱人,为了爱情就选择留在北京陪在自己爱人身边,后来爱人创业,她平时就打理家务,算是专职的家庭主妇。

明媚听到这里有些惊讶,说李书涵画画得那么好,真没想到竟然是个家庭主妇,问书涵不觉得这样埋没自己的才能很可惜吗。书涵夹了一片酱牛肉给明媚说:"他家的酱牛肉里边放有蜂蜜调味,你尝尝和咱们平时吃的味道不一样,多了些馨香和滑软。"明媚尝了一口,马上称赞很好吃,两人又相视笑起来。书涵开始回答明媚的问题,说:"我爱人对我很好,平时他工作很忙的,可还会抽时间在家里陪我。我觉得我作为家庭的一分子用我自己的方式来分担家庭的责任也很满足和幸福。画画是我的爱好,所以我每年都会在我爱人不太忙的时候来这里写生,他如果有时间也会陪着我来,只是这两年公司的业务和应酬多了,所以他来不了,但他支持我来写生。"明媚看着书涵一脸幸福地讲述着自己的生活,不禁有些动容,追问了句:"你觉得这样付出值得?"书涵笑了,笃定地点头说:"值得。"

轮到明媚被书涵问了："你平时的工作都像今天这样吗？看你今天的状态感觉你们的工作内容复杂还辛苦，为了找一个景地感觉你都跑了很多地方。"明媚听书涵这样问，先是回以一个复杂的笑容，然后说："怎么和你形容呢，我们在工作流程和具体操作上确实要比一般工作复杂些，这和我们工作中包含了一个很重要的艺术创作环节有很大的关系。就像今天事发突然，我们原本搭好的景因为事故不能再用了。如果换新的地方是需要主要的创作人员一起来判断的，看是否符合剧情需求才能确认，所以我虽然在找景地，可我并没有最终的决定权。这个事情是要和导演还有剧组其他部门主创一起来协调定夺的，哪个环节遗漏了都完成不了最终的拍摄工作。"

书涵听明媚耐心地说明着自己的工作，感觉到了明媚对自己工作的喜爱和责任心，目光里多了几分对她的欣赏。明媚突然感觉自己把气氛搞得有些严肃，于是转换了话题，问书涵是不是还知道其他好吃的饭馆，趁这两天有些时间两个人可以再约着一起去吃。书涵遗憾地说自己明天要回北京了，因为出来有几天了，她不能让爱人一个人在家太久。过几天爱人忙起来是照顾不好他自己的，她每次单独出来回去时家里都会一片狼藉。明媚当然能理解李书涵的心情和回家心切的想法，就提出彼此加微信留联系方式，等回北京后一定要再出来聚。书涵也乐得彼此留下联系方式，虽说和明媚刚认识，但她对明媚就是有种说不出的好感，这种好感的来源到了很久之后李书涵才搞清楚。

两个人后来又聊了许多自己在北京生活的经历，明媚还和书涵讲了自己从南京考到北京上大学直到毕业找工作的一些经历，聊得都忘了时间。直到书涵接到其爱人的电话说明天要到火车站接她回家的事，她们才发现已经是快到晚上十一点了。夜间的大排档总是越到这个时间越是人多热闹的，明媚到柜台把钱付了，还和老板表达了他家菜做得好吃的感受，她心里甚至在想回去后要告诉牛主任，可以考虑来这里搞杀青宴，于是就留了老板的联系方式。

因为剧组住的宾馆距离这里要比书涵住的地方远一些，书涵自己走回到住的地方不到两百米，于是就让明媚找一辆三轮摩的拉她回去，两人就在大排档的档口分开各自回去休息了。明媚在坐摩的回去的路上还给书涵发了一条微信，说自己非常开心能遇到书涵这样的朋友，又再次感谢了书涵今天的帮助；书涵回复明媚说自己有一样的感受，希望之后可以多多来往。

　　回到剧组后得知今天现场拍摄非常顺利，大家已经都回来休息了，明媚愉快的心情又一次被鼓舞了一下，哼起了自己一开心就会下意识哼唱的歌曲《小幸运》。

　　当明媚洗漱完毕带着满足满意的心情准备睡下的时候，老板唐宏亮发来了一条带着慰问和嘉奖口气的微信语音，表扬明媚工作安排到位。以明媚对唐总的了解，像这样的微信后面都会带上其他的什么事情。果然，没等明媚回复，老唐的第二条信息就又发了过来，再跟着就是一连串的微信文件。明媚先试听了老唐的第二条微信："明媚，我发给你《时光》剧的前五集新剧本，你抓紧时间了解一下内容，我请了一个新锐导演，后天上午来公司一起开剧本讨论会，你赶紧订下回来的车票，回来一起开会聊一下剧本。"明媚听完唐总的话，回复了一条："唐总，我还是想认真地把《少年》这个戏先带完再参与其他新的项目。"消息刚发过去，唐宏亮的电话就打了过来，明媚的神经一下就紧绷了起来。接起电话，唐宏亮的声音传了出来："明媚，我知道你今天忙了一天已经很累了，那我也必须把我要这么安排的原因和你讲清楚。首先《少年》项目马上进入后期了，你的工作强度也会相对减弱些。我现在才和你说这个事情也是考虑到拍摄期你工作量大，才没有在之前就叫你加入《时光》组，还有就是我这样安排也是希望你能有更多展示自己的机会。你不要考虑其他可能性了，这个是工作安排，不是和你商量，你好好想想就会明白我这么安排对你只有好处。"明媚听唐宏亮说着，脑子里却很混乱，但她还是本能地答应着老板的指示。

　　唐宏亮挂了电话后，明媚感觉就像被人抢了糖果的孩子，刚刚的甜味还在嘴里未散，想再把甜味续上时，糖已经没有了，这种情况让人感觉情绪堵塞。

  第二天，明媚一早和主任说了老唐要她回去的事，主任就说让生活制片给她订当晚回北京的车票。明媚带着昨夜接到老唐电话后那股堵塞的情绪，机械地对接着日常工作。晚上主任把明媚送到火车站，递上了一个装着水果零食的大口袋，里边还有明媚让他帮着打印的《时光》剧本。临走时主任让明媚踏实地等着顺利杀青吧，明媚当然相信这个从业几十年老主任的能力，让他也赶紧回组里坐镇。明媚拎着一袋子吃的和自己的行李箱向检票口走去，直到上了车后明媚才发现主任给她买了一张软卧票。明媚看了看主任给自己的那袋子零食，感受到了一种出门在外疲于奔波的人们因为压力过大或者缺乏安全感时急需的一种关怀和温暖，此刻堵塞的情绪也得到了一些缓解，她一直紧锁的眉头终于略有舒展。

  火车启动后，随着火车的提速，明媚背包上一个玩偶挂件也有韵律地晃动着。车子趋于平稳后，明媚拿出《时光》的前五集剧本，借着车厢里的灯光看了起来。偶尔有些孩子闹觉的啼哭声会稍稍打断明媚的注意力，她习惯性地在看剧本的同时用笔在剧本的留白处记录着对剧本内容的想法和自己的建议。车厢内也随着时间渐晚而变得安静起来，这又让明媚的精神得到了一些舒缓，毕竟集中精力做事确实是件非常耗费心神的事情，她也不再是个刚刚出校门的小姑娘，不太可能时时保持充足的精力。剧本看到第二集的时候，明媚的电话开始振动了起来，明媚下意识地想也许是于涛，毕竟两人两天没有说话了。一看，手机屏幕上显示的人名却是林馨儿，明媚的眼眸瞬间亮了起来，一是因为开心，二是因为突然想起来自己答应林馨儿会去机场接她、给她洗尘，结果剧组这两天的意外情况让明媚把这个事情给忘得一干二净！明媚硬着头皮接起电话，林馨儿一开口就说我马上到抵达口了，你也不说打个电话问我落地没有。

  明媚支吾着急忙道歉解释："我们剧组出了些问题，我过来跟着一起解决，事发突然就忘了和你报备。"

  林馨儿一边听着电话里明媚的解释一边往前走着，身上的背包上也挂了一个和明媚同款的玩偶挂件。她手挽着推着行李车的周宇小鸟依人地从国际抵达口出来。林馨儿对明媚的生活状态了解得比谁都清楚，嘴里埋怨着明媚放她鸽子不守信用，她蜜月回来接机这么大的事明媚都能给忘了，亏得自己还买了一大堆的礼物给她，嚷着要和明媚绝交。听着明媚说自己还在回程火车上，明天一早就要到公司开会，内心想着明媚这种没有目的忙碌的日子什么时候才能有个头，就心疼大于埋怨，但林馨儿嘴里还是不依不饶，只拿这个事情当"由头"，要求明媚次日必须要和她见面吃饭。

明媚自知理亏，也着实有些想念馨儿，就爽快答应，说自己开完会就立刻去找她吃饭聊天。林馨儿再次重申，如果明天见不到明媚就绝交。

机场出口方向的人流中，周宇推着满满的行李车带着林馨儿往前继续走着，这对儿新婚夫妇相互搀挽的样子较其他行色匆匆的人们要明显轻松很多，被自己心爱的新婚妻子林馨儿挽着，周宇宽厚的脸上更是充满了让人羡慕的幸福。

一对璧人步履一致地走出来，出口接机的人群里一个衣着考究、风韵极佳的贵妇朝着他们激动地招手。周宇先看到贵妇的身影，赶紧拉了下身边还在和明媚煲电话粥的林馨儿，林馨儿抬眼看到婆婆，赶紧和明媚说明天见面说，便挂了电话。

林馨儿对这位既是自己婆婆，又有着国励文化集团董事长身份的女人，在相处态度上格外谨慎。她心里非常懂得，张玫真正在意的就是儿子周宇的感受，所以只要不是触碰到周宇的基本利益，儿子高兴她就能接受。所以她对儿子选择什么样的妻子这个事上的态度就好比儿子喜欢一样玩具或者其他什么物件一样，既然儿子喜欢，她就能接受。所以林馨儿也以此道还之，觉得老公可以选但是老公的妈不能选，既然选了周宇，就要接受她这个强势、能量超群的婆婆，大多时候都选择配合，即表面和谐。

周宇并没有想到平日事务繁忙的母亲会来机场接他们，在惊讶过后马上被张玫热情的样子感动到了，疾步向母亲奔去，张玫也早就迎了过来。林馨儿反应极快地秒变笑脸，主动迎上去和婆婆打招呼，张玫完全忽略林馨儿的殷勤献媚，直接掠过她，满眼看的都是自己的宝贝儿子，拉着儿子的手上下打量着周宇，见他微有晒黑的皮肤："怎么还瘦了，是吃得不习惯吗？"周宇嘿嘿地说道："吃得很好，每天都会下水游一会儿，可能看着比之前结实些，不是瘦。"张玫哦哦地回应着："结实好，结实好。"就拉着儿子向停车场方向走去。母子俩沉浸在欢乐的情绪中，直接把林馨儿给忘了。林馨儿守着一大车行李看着母子俩的背影，也只好推着行李车使劲努力地跟在后边。

　　林馨儿用力地推了一段行李车后，心里非常不是滋味，就叫了周宇一声。但周宇想要回身去推行李车的行为马上就被母亲给拦住了。张玫回头看着林馨儿说："馨儿你不急啊，慢慢推。"这话听得林馨儿更是不知该怎么反驳，婆婆这话听着软绵，可是态度明朗，就是拿她当使唤丫头。馨儿想这个头可不能开，就原地儿不动又叫了周宇一声，周宇和张玫已经又走得远了一些，都没听见。林馨儿想了下，干脆一脚踹在了行李车上，让行李车侧翻过去，并故意发出了一声惊叫。周宇和张玫被林馨儿的尖叫吸引，这才回过头来。周宇见状急忙挣脱母亲的手向林馨儿这儿奔来。林馨儿一脸不悦地站在推车边上看着自己的老公，周宇先拉住林馨儿的手关注地看媳妇身上有没有受伤，看林馨儿毫发未损又安慰道："老婆，是不是吓到了？"林馨儿此时脸色才好转起来，娇嗔地怪老公不管他，周宇紧忙认错，看得路过的人们都侧目过来。周宇刚要弯腰去捡落在地上的行李，张玫这时也走过来，把儿子拉开，拿起电话给司机老王拨了过去，叫老王赶紧过来。周宇连说不用，还要上手去搬，再次让张玫给拦了下来，一边用眼睛看林馨儿一边说："你刚刚旅游回来，又坐了那么长时间的飞机，累都累死了，等老王来吧。"就这样一家三口守着掉落一地的行李谁也不动，在不断有人侧目的尴尬气氛中站在原地儿等待司机老王。不多时老王拎着几瓶矿泉水跑过来，礼貌地向几个人都打过招呼后，就伸手把行李车扶正，又去把散落的行李往行李车上摆放。林馨儿看着这样的情形实在忍不下去了，就弯腰上前去帮忙。周宇心疼老婆，不顾张玫的反对，接过馨儿手中的箱子，很快几个人就将行李车都整理好，行李车由老王推着又继续往停车场走。周宇一手拉着林馨儿另一只手揽着自己母亲的肩膀，三人平行地走着，性格后知后觉的周宇却没发现这两个他同样爱着的女人眼神里早已电闪雷鸣了。

　　午夜，明媚躺在卧铺上，手里摆弄着书包上的那只玩偶，听着火车驶动中与气流碰撞出的风鸣，一摞已经记满意见的剧本被整齐地放在一旁。明媚微微地睁眼，又再次闭上，恍惚中进入了梦魇，耳边响起了林馨儿叫她的声音："明媚，你快点写，快点写啊，写完我好给你讲小燕子被抓到茶馆后的事情。"明媚有些着急地奋笔写着，却感觉怎么写也写不完。突然母亲的声音也在叫她："明媚我告诉你，再也不可以去找林馨儿。"明媚的眼睛挣扎着想要睁开却失败了。

　　在早晨的阳光再次射到这个世界上的时候，明媚终于从一夜的梦魇中挣扎了出来，手里还紧紧握着那个和林馨儿同款的玩偶挂件。

　　这一夜的旅程虽说是躺在卧铺上度过的，却没有让明媚的身心得到真正的休息，这种情况在她平时的生活里也已成为了常态。明媚按着老唐说的会议时间，觉得这会儿拖着行李直接去公司还可以留点时间顺路买些早点。坐在出租车上，明媚打开了和于涛的微信对话页面，看着两天前他们的对话，一身疲惫的明媚咬了下嘴唇后给于涛打了几个字："我回来了。"

　　明媚到公司附近下车后，顺路买了一个煎饼和一杯豆浆拎着，走进了公司高大上的办公楼里。到了办公区的时候就听到一个熟悉的声音在训斥实习生菜菜，明媚走近一看，正是张珊为没打印剧本的事在责备着菜菜。菜菜一脸莫名，说张珊之前并未有安排她打印《时光》的剧本，如果有提前安排她怎么可能不做呢。张珊听到菜菜直接反驳了她，一下子就火了，更加严厉地训道："像这种最基础的工作，还用人交代和安排吗？这就应该是像日常上班打卡一样该自觉做的事儿。你跟明媚《少年》项目也有一段时间了吧，难道就没有人教你基本的工作流程吗？你会干吗？你能干吗？"

这些话清晰且有力度地一声声传到了明媚的耳朵里，像是张珊站在自己面前质问一样。明媚拎着早餐袋的手微微地有些颤抖，她把早餐袋顺手放到了一旁的饮水机的塑料桶上，行李箱也放在了原地，径直走向两个对视的人的高压气场里。先是张珊感觉到了有人从身后走过来，侧回身了看了一眼，看到明媚，眼神稍有些犹豫，侧身让了下路。明媚就顺势走到了两人中间，问："什么情况？这是要打什么剧本？"张珊看到明媚，从刚刚的发火状态中稍稍稳了下来，稍顿，自觉有理地说："就是《时光》剧本啊，开剧本会不要剧本吗？这种事情还要人来特意交代，真可笑。"

明媚看了一眼一旁有些无助和不平的菜菜，眼神里带了些安抚和询问。菜菜看看明媚，原本倔强的眼神变得柔和，转而又变得有些委屈且乖巧起来，使劲儿抿了下自己的小嘴说："那我马上去打。"明媚看菜菜转身要去打印室，轻唤了一句："我和你一起去吧。"

张珊轻蔑地看了看跟上去的明媚，又环顾了下办公区，似乎是在向众人表达自己宣示主权的成功。办公区里已经来了很多员工，只是在张珊环顾的时候都恢复到了正常工作中，他们已经习惯了像张珊这样的老员工为了立威故意训斥新员工的情景。

明媚和菜菜走进打印室，菜菜进了打印室就开始痛斥张珊的这种行为："明媚姐，我就不明白，像她这样的人是怎么干上这份工作的，我之前没有和她在一个项目组的时候，她有事没事就会使唤我给她拿个这给她带个那的。之前和我一起来的实习生小高就和我说过，珊珊姐还让其给她带星巴克的咖啡和三明治什么的当早餐，结果人家给她带了她还会说没买到自己说的口味，更严重的是她说会把钱转给小高，结果每次说完都没兑现。"明媚一边听着菜菜的吐槽一边收着打印机里吐出的剧本。菜菜继续说着："结果上周小高有一天突然就不来上班了，我问她怎么没来，她开始还说是身体不舒服，再过两天就和我说她找到其他的实习工作，已经向公司这边请辞了。

我好奇问她是不是有什么事了，她才和我说出自己的想法，她说我们接受高等教育做自己喜欢的职业，是为了实现自己的理想、学习到更多真知而工作的，不是为了被人使唤、被吆来喝去才工作的。她说就算自己出师不利了，所以她决定另选一个可以学到东西的地方去实习，还说羡慕我可以跟在像你这样业务能力强的人身边。"打印机继续工作着，明媚看到菜菜在讲了这么一大堆话后情绪变得好了许多，就拍了下她的肩膀说："好了，知道你受了委屈，把话都说出来是不是心里痛快多了？"菜菜用力地点下头："嗯。"然后又开了闸似的蹦出一句："我就没见她在唐总面前大声地说过话，不了解的还以为她和你一样是个性格柔和的人呢。要是我们都学得像她这样会演戏，我们也不用干活就可以拿到好的职位和薪水。"明媚觉得菜菜的话说得有些冒进了，赶紧打断她："菜菜，我们先抓紧时间把剧本装订好，不管怎么样还是先要做好自己的工作，你说是吧？"菜菜听明媚这样安慰自己，情绪变得饱满了许多，接过明媚手里的剧本，拿起文具桌上的装订器认真地装订起来。

在刚刚明媚跟着菜菜进到打印室那会儿，老唐正在楼下带着白逸阳坐电梯上楼，这会儿已经把白逸阳带到了大会议室门口。

打印室里"唰唰"不停地印着剧本的声音透过门缝隐隐地传出来，整个公司办公区都沉浸在和平日里一样的紧张工作的气氛中。菜菜继续装订剧本，明媚此刻想着昨晚看完剧本的感受，琢磨一会儿要在会议上怎么表述自己的想法才好。

会议室里，老唐已经把白逸阳一一向在座的各位做了一番有些炫耀式的介绍，这样的介绍让白逸阳略微感到有些尴尬，但还是向大家致以了礼貌的问候。一番介绍过后，大家终于安稳地坐了下来，在座的除了刚刚和菜菜吼完进来的张珊外，《时光》剧的策划胡言和编剧泊桑也都在列。老唐突然想起了明媚，问了一句："你们看到明媚了吗？她坐昨晚的火车回来，这会儿也该到了。"当老唐眼神落到张珊处时，张珊装出一脸茫然的表情，然后又主动说自己用微信问下明媚什么情况，之后也只是拿着手机比画了一下，并没有真的问明媚。老唐继续说着今天会议的主题，并说很想听听白逸阳对原著和剧本都有什么看法。话音还没落，张珊就开始发挥自己一向擅长的公关模式，主动向这个被老唐欣赏有加的新锐导演发出了自认为很有诚意的赞扬："听说白导年轻有为，在国外都拿过奖。"白逸阳急忙谦虚地致谢，张珊这番赞扬在白逸阳看来就是社交场合里最最初级的奉承示好。

老唐再次把会议主题拉了回来，声音沉稳，眼神也变得关切地问："白导看了《时光》的原著和剧本对我们这个项目内容怎么看？有什么直观感受？"

会议进入正题，提到了专业领域的话题后，白逸阳的表情从刚刚的谦和变得严肃起来，他稍稍正了下身体，在座的人也都把注意力放在了他的身上。白逸阳声音清亮有力地说："我是先看了原著后才又看的剧本，对原著创作初始立意和作者想通过这样一个故事来表达的情感和思想做了消化，在此基础上我才开始看您给我的剧本。我个人非常喜欢《时光》小说中作者对于生活中细碎小事的细品，以及对过往生活有触摸感的写作方式。"

说到这里时，老唐的目光扫到了同是该剧作者的编剧泊桑身上，投去了欣赏的眼神。泊桑松了下身体，等待着白逸阳之后的表述。白逸阳说完对原著作品的想法后思绪略沉，应该是在思索要怎么开始后边的表述，但他很快选择了用直接的方式来说明自己的想法。白逸阳说："我再来说说唐总给我的前五集剧本还有故事大纲，我原本想的是拿原著这个主题做剧本的改编应该是会很有编写的抓手的，只要将原著的主题和故事利用解构法重新编织一个能有代入感的故事，就会有个很好的剧本基底。但恕我直言，我没有想到剧本会是以这样一种偏离原主题的方式来展开故事，我尝试理解这种改编选择可能是为了适应市场需求的结果，但即便是这样，我们也实在没有必要献媚于市场到这个地步。"

说到这里时在座几人的脸色都有些变化，变化最明显的要数张珊、编剧还有策划，因为只有他们知道这个选择确实就如白逸阳所说。

白逸阳继续说："当然，我们可以积极地想象如何在不破坏原著主题的情况下来吸引更多受众的目光，我个人觉得可以加入一些原著中没有的元素来完成这个诉求，比如加科幻感以明确风格的方式来做些外壳的差异，保护原著核心的同时可以吸睛。根据国际影视市场近年的选题方向，我预判国内即将迎来科幻题材的时代，在市场角度是可以占些先机的。"

白逸阳语气兴奋，但在座的所有人却并没有回馈以同样的热情，反而呈现出一种尴尬的沉默。

老唐首先发声缓解了尴尬的气氛："我个人感觉科幻的这个建议可以先做保留，今天可以就着新版剧本具体的内容做下交流，给出更好的建议。"张珊和策划胡言交流了下眼神，胡言抓住话茬立即开口："其实就唐总说的新剧本讨论，我个人是做了些准备的，只是不太理解导演所说的剧本偏离了原著主题是什么意思。我觉得目前剧本的内容，较小说来讲不能说有所超越吧，至少是做到了同等的水准。我个人是更喜欢剧本呈现的，比起原著更有节奏感，我来启梦之前就职于数据公司，就是帮助客户做市场数据搜集工作的。根据市场数据来判断剧本内容，完全可以证明这版剧本用紧张的气氛作为故事的开篇是符合受众心理的。很多能通过购片方提案的项目都恨不得一上来先死一个人，不然观众为什么要跟着你往下看？"

白逸阳听了这番言论后只觉可笑，继续坚持自己的观点说："《时光》在基础上是一个温暖的充满关爱的情感故事，不是悬疑犯罪，每个故事都有自己本身应有的特色和想要传达的情感维度，我们为什么要放弃自身作品已有的优势，而去做拙劣的模仿呢？"

老唐看着公司员工和白逸阳的这番较量，内心有些翻腾。一是觉得大家应该这样不用顾忌地交流，对项目本身益多弊少，但也担心彼此的火药味太重影响了和气，就赶紧再次缓解气氛说："剧本嘛，肯定是要打磨的。"再次问起明媚时，明媚踩着老唐的话音抱着一摞剧本敲门走进了气氛异样的会议室。

明媚并不了解之前会议室里发生的事情，进来就只说："我们先打了第一集的本子出来给大家看，其他的剧本正在装订。"也没注意到屋内的气氛，老唐见明媚捧着剧本进来有些诧异，就说："明媚，你既然到了公司就该先过来和大家一起开会。"白逸阳已经把注意力完全转到一脸莫名的明媚身上，他一眼就认出这个把电影票白送给自己的女人，开口问："你叫明媚？"明媚看了眼白逸阳的脸稍有些惊讶，大概也猜出他应该就是老唐说的新锐导演，心里觉得有些巧，微微颔首，没有再多说什么。

倒是白逸阳直接问她："你看了《时光》的小说和剧本吗？你怎么看现在的剧本？感觉怎么样？"

明媚被白逸阳一连串的提问给问得直看老唐，老唐也是被白逸阳的举动给弄得有些愣住，看到明媚寻求帮助的眼神刚想开口引见，没想到被胡言先声阻拦说："明媚她刚刚加入这个项目，很多剧本的创作想法她不了解情况。"

老唐看向胡言，给了他一个不满的眼神，转向明媚说："我来介绍一下，咱们新请来的白逸阳导演，今天来一起交流一下对剧本的看法。"

同时也向白逸阳介绍明媚，说她是刚刚加入这个项目的执行制片。又接着向明媚说："明媚已经看过剧本了，有什么想法就说出来大家一起讨论。"

明媚虽然很清楚老唐的用意是要她表达自己真实的看法，还是下意识地看了下其他几个人的状态。张珊撇着嘴看着桌上的笔记本，明显不悦。胡言有些不耐烦，翻着白眼。泊桑一脸漠然地看着电脑。再看这边，老唐满眼茫然与期待，白逸阳一脸热情。明媚很快感知到整个场域被分成了两个阵营，虽然很想就剧本的想法和大家交流，可目前的情况是她不知道在自己来之前具体发生了什么，这个时候如果话说得不对很容易让自己进退两难。况且她不了解这个从来没有合作过的导演，不能随便地就说出自己的观点，万一没有说清楚误导了什么那就更糟糕了。明媚的大脑快速地翻转着，在咬了一下嘴唇后说："我还没来得及看剧本，所以真的不能在这里分享想法，很抱歉。"抱歉的眼神迅速掠过所有人。

当白逸阳接收到明媚抱歉的眼神后，所有的热情就此被一盆冷水浇灭，失望地将身体往后靠到了椅背上。

张珊趁势说道："胡言是对市场数据情况有丰富经验的，特别对受众的需求了解得非常到位，如果我们不把市场需求放在第一位来进行内容创作，那么又有谁会来为投资买单呢？"胡言一看自己的战队已经占了上风，被张珊捧得更自鸣得意了，开口就夸夸其谈地说起市场需求。白逸阳看着这两个人一唱一和的样子，一脸不屑，也懒得再和他们交流，坐正身体保持静态，不再反驳。老唐又适时地打断了胡言，关切地把身体转向泊桑说："泊桑老师，看您今天一直没有说话，您是作者也是编剧，您的想法是非常关键的，您说说。"

老唐真的没有想到从泊桑那里得到的只有两个字："随便。"这两个字带着一种默然，更准确地说应该是一种因厌恶产生的腻烦，会议室里的气氛再次陷入尴尬。

会议室外，菜菜抱着一大摞的剧本向会议室走来。还没等走到，就看见屋里的人纷纷起身走了出来。菜菜一脸不解地望向明媚，当明媚走过来时，怯怯地问明媚："散会了？"明媚点点头说剧本不用了，顺手接过她手里的一沓剧本，抱着向碎纸机的方向走去。菜菜不禁脱口而出："这不浪费纸吗？"

白逸阳被老唐拉着参观公司，跟在老唐身后向宽阔的开放式办公区走去。

张珊和胡言簇拥着一脸不快的泊桑向前台对面的电梯口送着，张珊和泊桑低语："您不要在意今天白逸阳说的话，我和胡言一定想办法说服老唐还是以咱们已有剧本的想法为主，不会让步的。"

宽敞的有很多自然元素与现代极简风格的办公区里被绿植布置得很具生气，这让刚刚因为会议交流感到心情不爽的白逸阳稍稍把不开心转移了一下。老唐饶有兴趣地给白逸阳讲解着自己当初是怎么选定公司装修风格的，直说自己对这个选择是极为满意的，认为这样可以让城市里的上班族在工作中与大自然充分接触，可以缓解工作中的疲劳和压力。

白逸阳也随着老唐炫耀式的介绍观景般地浏览着，当白逸阳看到办公区间隔处挂有"制作部"字样的提示牌时微微蹙眉，又想起了今天来这里的目的，便很自然地开口向唐宏亮提出了自己的疑问："唐总，您今天叫我过来开这会的目的应该是想让我来帮忙出点子，不是叫我来接受批评教育的吧？"老唐一听白逸阳这话有些不好意思，就急忙解释说："《时光》这个小说是公司两年前在IP最热的时候高价买的改编权，但两年多来一直没开发出来，中间也找过别的编剧，都不太行。最后还是决定让原小说的作者来当编剧，可这都改了七稿了，还是不大像样，因为请作者来写剧本就不能像对待其他编剧一样随时可以按合同解约，即便是没有改编得很好，也就只能牵强地推进下去，特别想请你帮忙看看目前这个情况到底从哪里下手才能解决问题。"

白逸阳无奈地笑笑，反问老唐道："今天这会上的情况，您难道还看不出来问题出在哪儿吗？"老唐更是尴尬，讲出自己的真实想法，说这几年市场变化太快，他自己心里也没谱，就算是已经在制作的项目他也都是在摸着石头过河的状态，当初也是有买方有意向预购，他才敢先投入前期的开发费用往下推动的。现在就内容本身而言，市场想要的剧集都是网络新生代受众喜爱的，他这般年龄的人真的摸不到门路，逼得他不得不隔一段时间就要找一些年轻孩子来做实习生，也能让自己和团队尽量多靠近年轻群体，不至于被市场落下。最后唐宏亮看着白逸阳说："导演如果考虑好合作的事了，我随时让公司制片跟进合作合同。"

白逸阳看着这位在传统影视行业里打拼多年的制片人这般无奈，也暗暗感叹。他态度诚恳地和唐宏亮说："您作为经验丰富的制片人应该非常清楚，一部作品最终呈现的效果不是某一个人努力就能绝对掌控的事儿。作为导演，我可以对作品有明确想要的表达，包括对市场受众需求的判断。但这些都是要落实到具体执行环节中的，是建立在团队认同和技术支撑基础上的，凭我一人之力怎么努力结果怕都是杯水车薪。"

老唐点头同意白逸阳的观点，他个人对这个团队的评价是每个人都有自己的优势，他特地把在制作上较有经验的明媚拉进这个项目组也是想平衡白逸阳提出的这个问题，希望白逸阳尝试磨合后看看情况再做决定。

此刻，明媚和菜菜把作废的剧本粉碎之后正想回到自己的工位上，却看到走在前方的张珊叫住了她。张珊停下来只是站在原地儿，回头看着明媚。明媚走上前示意她往稍稍安静些的窗边走，张珊跟了过去。两人站定，明媚告诉张珊自己看了前五集剧本和大纲，包括原著在内的项目基础资料也都已经看过了，因为刚刚的会上编剧和导演都在，她想和公司内部还有唐总沟通好了再与大家交流想法这样比较妥当，也就没直接在会上说，问张珊这会儿如果有时间可以先一起聊聊。张珊一脸热情地表现出了极大的兴趣，又有些为难地问明媚可不可以稍晚些再聊，因为自己之前约了个经纪人聊演员合作的事，这会儿时间差不多了，要马上出发，等她回来就来找明媚。明媚一听爽快答应了。

继续参观公司的白逸阳听完老唐这番说辞，答应老唐会认真考虑。老唐说能理解，并嘱咐白逸阳有什么要求和想法可以随时沟通探讨；还问了白逸阳生活上有什么需要，他可以随时叫人送过去。白逸阳对老唐的热情深表感谢，同时也对老唐的好意婉言拒绝，称自己在爷爷奶奶家都很方便，没什么需要的。

明媚和张珊聊完，向自己的工位走去。

白逸阳跟着老唐正走到明媚工位附近，一个员工走过来找老唐，老唐示意让白逸阳稍稍等一下自己。白逸阳停下了脚步，脑子这才从刚刚的谈话中跳出来环顾了一下周围。这个开阔的办公区不仅被大量的绿植充填着，高大的落地窗让阳光直照进来更是给了这些绿植充分的生长要素。沿着绿植的布置，白逸阳的目光落到了一盆开着黄色小花的盆栽上，看上去有点像秋海棠。白逸阳想着这花他家院子里好像也有，仔细看时却发现办公桌的隔板上插着明媚的人名牌，就好奇地走了过去。

到了工位前，白逸阳一眼就看到了桌子上的一摞《时光》剧本。他拿起最上边的一本翻开，看到剧本空白处满是笔记。在剧本第一页的留白处，明媚明确地写道："不是悬疑题材内容，这种开场的风格是否合适？这样处理会不会让受众对题材认知有偏差？"

白逸阳看到这句话与自己在会上提出的想法不谋而合，不禁露出一个笑容，继续凝神翻阅明媚其他的批注，没有察觉到明媚正向工位走来。

明媚看到站在工位处正背向自己的白逸阳感觉十分奇怪，心里画着问号想："这个人还真是阴魂不散，两次遇见都是意想不到的尴尬，这会儿又跑到她工位前站着不动，难道真的想把电影票钱还了？"明媚想着走了过去。

明媚在白逸阳身后温和礼貌地唤了一声："导演。"白逸阳从凝神中反应过来，转身看到明媚也没有感到意外，倒是不由分说地拿着手里的剧本晃了一下，质问明媚明明看了剧本为什么说自己没看。

明媚觉得又一次的尴尬向自己袭来，她顺势夺过白逸阳手中的剧本，虽说也知道没说实话这样不好，但是她更加生气白逸阳没有经过允许就随意翻她的东西，就强压着火气态度有些厌恶和烦躁地搪塞说她没看完，说着示意白逸阳让一下，她要坐回工位。白逸阳侧了下身让明媚过去。他没有放弃追问，眼睛盯住坐下的明媚，露出一丝挑衅的笑容说道："我看你是害怕得罪谁吧？"

明媚这次完全被白逸阳的质问给激怒了，不客气地反驳道："我有什么好怕的？！"

白逸阳旁若无人，更加逼近明媚："明哲保身啊，你就这么没有安全感吗？"

明媚一震，看着白逸阳一时语塞。

白逸阳笑笑，说道："你这么厌能干好制片？"

明媚的情绪被这完全没想到的情况给触底了，一下子站了起来，这个动作也让白逸阳惊了一下。明媚刚要质问回去：导演这样质问她是不是根本没这个必要，他们也并不熟。

这时，老唐处理完了手头的事，转身叫白逸阳。白逸阳收回和明媚对视的眼神，向老唐走了过去。明媚的话没能说出口，看了看白逸阳有些嚣张的背影，深深地吸了一口气然后憋在口腔里，将两腮鼓得很圆后一次性地吐出。

再次坐回位子上，明媚看着自己写满标注的剧本，表情从愤怒又变成有些踌躇，想着自己确实因为一些人际上的担心而没有说出真实的想法，在这一点上白逸阳并没有说错；又想着晚点还要和张珊说剧本的事，就将剧本整理好摞在了桌子一边。

白逸阳被老唐又带着参观了公司的其他地方，在老唐的办公室里喝了些茶水后才离开。他离开时路过办公区，还特意向明媚的工位看了看，明媚好像正对着电脑在看着什么。其实白逸阳本来想的是开完会那会儿找到明媚向她道个谢，却没想到两个人因为剧本的事情闹了个不愉快。这是白逸阳的一个毛病，总克制不住自己，只要一涉及工作上的事情就会有些较真和不理智。

今天是个阳光很好的日子，整个下午明媚都沉浸在对《少年》项目后续所有工作的安排和梳理之中，其间还不断用微信和剧组的牛主任交流着工作的安排。得知新景地不仅拍摄得非常顺利而且还节省了租景的费用，明媚就觉得遇到李书涵是自己的幸运。

时间转瞬就到了黄昏时分，阳光的颜色也从亮黄色变成了温和的橙黄色。明媚舒展了下有些僵硬的身体，侧趴在桌上看着窗外的景色开始发呆。这种脑子一片空白的发呆是明媚特有的自我修复方式，一般都在她忙碌一天后的某个空当短暂地出现，这个时候即便有人叫她也不会得到回应。当明媚从自我修复中清醒过来时，发现手机上显示了一条微信消息，明媚又下意识地想起于涛，但看到是林馨儿的微信消息时马上打开了对话框。

林馨儿正百无聊赖地在周宇的书吧里懒散地靠在沙发上，因为昨晚没有见到明媚，她决定要早些提醒明媚她们的今日之约。明媚看着林馨儿带着威胁语气的微信内容："再忘，就绝交哦！"莞尔一笑回了一条："放心吧，不会忘记的！"两人又各自用亲亲、抱抱的表情回应了彼此。

林馨儿发完微信，看了一眼端坐在身边看书的周宇，轻唤了一声："老公。"周宇看书入迷没有听见，林馨儿又叫了声"老公"，还是没有得到回应，就顺势将手边的一张纸团成一团向周宇扔了过去。周宇被纸团砸了头惊恐地看了一下，马上就明白过来是林馨儿在捉弄自己。想到应该是自己忽略了林馨儿，惹她不开心了，周宇走到林馨儿身边轻抚着她的肩膀问："老婆，你是饿了吗？想吃什么？我们出去吃还是点些外卖？"林馨儿心里想着的是怎么能让书吧盈利，而周宇则是一个天生没有任何斗志和欲望的性格。他开个书吧一是想只要能维持运营，让自己每天有个能够读书的环境；二是有地方能让林馨儿有个营生，免得她无聊，从来都没有想过让她操心经营的事情，林馨儿想着心事，扭着身子不回答周宇。

书吧不做特别商业的经营，平时来这儿的都是些熟客和周宇的书友或者附近住的人，顾客少自然清静得很。此时，书吧木门上的铃铛响了一声，一位身影纤瘦轻盈的女子走了进来，是一位来取预订书籍的客人，周宇赶紧迎到了收银台的位置，把林馨儿留在沙发上，递了一本木心先生的文集让她读。

这位走进书吧的女子正是明媚去剧组时遇到的李书涵，看周宇和她说话的样子，书涵应该是这里的老顾客。周宇让书涵在靠窗的椅子上坐会儿，他去库房拿书。林馨儿拿了一张饮品单走到书涵身旁，问她要不要喝点什么，书吧这里可以做。书涵看了下林馨儿手里的饮品单，说自己还不知道他们这里可以点饮品，说之后要多到这里坐坐看书了，只是今天就不用了，如果可以，希望林馨儿给她的保温杯里倒些热水。林馨儿爽快答应着，又不禁回头瞪了老公周宇一眼。

明媚回复完林馨儿，发现张珊在下午出去后到现在也没有回工位，刚想发微信问她什么时候能回来，手机突然响了起来。明媚一看，是于涛打来的，这个时间于涛应该是要下班了，明媚迅速地接起电话。

于涛开口并没有询问明媚在干什么,而是直接说了自己晚上要请部门领导吃饭,既然明媚回来了就收拾下也陪自己一起去,说领导今天会携眷同来,有明媚在招待得可以周到些。明媚吃惊地问他为什么不提前打招呼,自己完全没有准备。于涛说他也刚刚知道领导的爱人要来,也是临时被通知的。今晚的饭他早就和领导约好了,他为了升任银行的支行经理,这个阶段要与领导把关系处理好,更要让领导知道他有稳定的感情生活,和交往多年的女友很快就要结婚了,好让领导能放心把重要的工作任务交给他,这在单位用人的选择上是一项重要考核,希望明媚能和他一样重视这次的宴请。

明媚听着电话里于涛说的话,看着还在办公室的行李箱,满眼都是疲惫。其实于涛非常知道明媚不喜欢这种应酬,可今天这种情况明媚出于女友的身份于情于理都应该出现辅助一下于涛的。明媚想了一下和于涛说,你稍等我一下,我把之前约好的剧本会还有答应林馨儿的事处理一下,然后再和你定。于涛一听明媚这样说立即不耐烦起来,开始数落明媚天天不是出差就是加班,他需要明媚的时候,明媚永远没空,现在需要她来配合自己了都还要等其他事安排好了再定,说明媚完全不能站在他的立场想事情,这就是存心要和他对着干。

明媚倍觉压力,心里也确实有点内疚,于是问于涛你那边几点开始、在哪家饭店。于涛说六点,就在自己银行附近的一家烤鸭店订了包间,让明媚现在就出发过来,而且他也不希望明媚来了后还想着处理自己工作的事儿,如果那样还不如别来。明媚从座位上站起,走到了楼梯间继续听。她原本想着把剧本会还有林馨儿的约会安排好后过去找他,但听着于涛在电话里不依不饶、喋喋不休地数落自己,只觉得一股怒火顶到了心口,竟然对着电话里的于涛脱口而出说:"既然这样,那我还是不要过去的好,万一中间有人找我聊工作的事情,我半途离开也不合适。"于涛一听更变本加厉地说起明媚:"你这工作工资低不说,也没有什么上升空间,天天加班不说了,好几年了,工资基本没涨多少,结果比刚毕业的时候还忙,让你换个工作你就一直拖着,我就是不明白你图的是什么!?"

明媚彻底被激怒,清晰明亮地回了一句:"图我喜欢!"

如果说刚刚明媚第一次对于涛的回复只是一时意气没有忍住,那这一刻明媚内心就非常清楚自己要对于涛表达的意思。这当然谈不上理智,但这个回答是比理智还要有分量的,是出于明媚心底没有掩饰的真实回答。

明媚说完就挂断了电话,看了一眼时间——五点一刻,然后打电话给张珊,问她几点能回公司。张珊说事情还没谈完,还要再陪着吃个晚饭,估计七点半能结束,让明媚在公司等她。明媚本想和她说改时间,可话到嘴边还是咽了回去,答应了张珊。

明媚想到答应林馨儿见面的事,决定先去见林馨儿,就拿起背包向外走去。

明媚赶往林馨儿书吧时,林馨儿抱着那本木心文集坐在沙发上沉沉睡着了,手上的书什么时候滑落到了地上也不知道。一直坐在一边看书的李书涵正好起身要离开书吧,便顺手捡起林馨儿掉的书,林馨儿刚好醒了,不好意思地笑笑,接过书涵捡起的书。林馨儿看了眼时间,刚要打电话质问明媚,木门上的铃铛响了一声,明媚随声走了进来。与李书涵的第二次见面竟然会在林馨儿的书吧里,对于明媚来说,相比这件事,别的事都不能算什么意外了。

原本一进门就应该立刻奔向林馨儿的明媚,进门后第一眼看到的是李书涵,表情从惊讶变为惊喜。明媚喊出李书涵名字的同时,李书涵也叫出了明媚的名字。一旁的林馨儿立刻八卦上身,看着自己面前的两个女人,根本不想错过任何细节地扑奔过来,一把拦住明媚问到底什么情况,莫不是半月没见你我错过了什么精彩的瞬间,让她快点讲来。

再次碰到明媚李书涵也很吃惊,得知原来她和书吧老板一家是极好的朋友,心里觉得实在太巧。林馨儿听明媚讲了自己这两天的经历,还有与书涵的相识后,眼睛瞪得巨大,直呼有缘,拉着明媚和书涵坚持要三人一起吃饭，张罗着让一旁的周宇订各种好吃的外卖，周宇按照林馨儿的吩咐在App上一一下了订单。

李书涵看到明媚心里自然高兴，但是因为出来的时间有些长了，虽然老公今晚不回家吃饭，也要打电话和他交代下她要在外边吃饭的事。林馨儿对李书涵的这个迷之行为十分不解。李书涵拨通了电话，从她的表情中能看出她老公确实不太支持书涵在外边吃饭的想法，并在电话里叮嘱李书涵别弄太晚了，吃完早点回家。

一会儿的工夫，外卖陆续都到了，感觉林馨儿应该是让周宇把自己和明媚平时喜欢吃的统统点了一遍，光外卖口袋大大小小就拎进来十多个。几个人落座开始吃饭，席间林馨儿一边忙乎着夹各种明媚喜欢的菜给她，一边还不忘感慨李书涵太听老公的话了，就在家附近跟朋友吃个饭还得跟老公请假。明媚怕林馨儿没遮没拦地说错话让书涵难为情，就撑林馨儿说："你以为谁都能跟你家周宇一样啊？"林馨儿不禁得意地笑笑说："那也是我调教得好啊。"

周宇这会儿吃得差不多了，听林馨儿说自己把他调教得好，也并未感觉到有什么尴尬和不适，和林馨儿打招呼说："老婆，我吃饱了，你们慢慢吃，我就在一边看书，还想吃什么喝什么的你就告诉我。"然后在林馨儿脸颊上轻吻了一下，这对儿新婚夫妇亲昵的样子在这样的一个环境中显得格外地具有融合感。明媚对他们的亲昵行为已经习惯了，只有李书涵因为不熟而略感局促。

夜晚，路灯已经把街道照亮，透过明亮的玻璃窗向书吧里看去，三个可爱的女子边吃边聊，一边周宇坐在角落里默默看书。这样看上去美好祥和的时刻，让无论是窗外的路人还是屋里的当事人都能感到真实的快乐。

林馨儿聊到兴起，开始和明媚回忆起小的时候，说到这些时书涵特别感兴趣。林馨儿看着明媚有些小骄傲地说："你说那时候你妈管你管得那么严，要是没有我陪着你是不是日子会过得特别惨？"明媚看着林馨儿，眼睛笑成一条缝儿努力地点头。林馨儿得到明媚的回应仰了下自己的头说："这个还要感谢我爸妈那时候太忙也顾不上我，我才有充足的闲暇来管你。"

明媚听林馨儿这样说，哈哈哈地大笑起来，举起杯里的汽水说："我得遥敬下叔叔阿姨。"林馨儿接着说："你说你那时候为了能看《还珠格格》冒了多大的风险，天天借着写作业、一起学习的名义跑我家来看电视。后来被你妈发现了，就再没让你来过我家。"

明媚怀念地说："是啊，有段时间为了听你给我讲《还珠格格》的剧情，我就只能在课间或者放学后听你讲，你还用这事儿交换让我帮你写作业。"

林馨儿和明媚哈哈哈地笑着，一边看书的周宇也被林馨儿小时候的事情吸引了，侧过身饶有兴趣地听起来。

明媚继续说着："真的，直到高考结束，咱俩背着家长跑到北京来见你那个电影学院导演系的男朋友……"说到"男朋友"时很怕周宇听见，她特意把声音压得很低："他当时还在拍一个奥运题材的短片，这也是我第一次接触影视这行。回到家我一个暑假都在补那些错过的电视剧。"

说到这里林馨儿应和着："对对，那次我都没想到你能同意和我一起骗你爸妈，那是我认识你以来你最勇敢的一次，那会儿你在现场忙来忙去，大家还以为你是导演呢。"林馨儿问明媚，还记得当时有个人给你起了一个外号叫"小疯子"吗？想起这段经历，明媚自己都不禁大笑了起来。

书涵性格喜静，今晚却被这两个情感浓厚的姐妹深深地感染了，听着两个人的谈话脸上的笑容就一直洋溢着。可是有一个闹腾的林馨儿在，怎么可能就此放过这么一个可以八卦的素材人物呢？林馨儿一边照顾着让书涵多吃，一边哄着她说话。

书涵只好讲起了自己当初留在北京的经历。

当年书涵高三，正面临高考的压力，因为她的艺术天分和从小学画的经历，她自己和父母都觉得报考一个美术类的院校会相对容易些，就提前半年从河北一个小城来到北京参加艺考培训班。她也是在那时认识了现在的老公。她老公是美术学院平面设计专业的学生，为了挣钱在校外兼职代课，因为书涵的天分较高，很快就吸引了其注意，并总是会对书涵多加照顾和提点，后来还延伸到了生活层面的照顾。

林馨儿听到这里突然惊呼："原来你们是师生恋啊，这也太浪漫了。"书涵被林馨儿突然的起哄弄得有些脸红，明媚看了林馨儿一眼，让她安静继续听书涵说。

书涵沉了下气继续说："也正因为有他的支持，我那时候的信心极大，当年艺考后我就只报了一所大学，就一门心思奔着和他一个学校，可没想到自己落榜了。"

林馨儿的表情跟着书涵的讲述特别鲜活地起伏着。

书涵继续说："知道我落榜后他还打电话鼓励我，让我不要放弃，第二年再考。我又准备了一年，也再次到他代课的辅导班上专业课。第二年再见面后他就开始猛烈追求我，我其实从一开始也就对他很有好感，所以他根本没费多大力气就把我变成了他的女朋友。"

林馨儿评论说："我就说男人都是大猪蹄子，追你的时候都会用什么都以你为主的绝招，到手了就不是他了，有一个算一个！"声音提高八度，恐怕周宇听不清楚。

明媚打断林馨儿："哎呀，你听书涵说。"

书涵笑笑说："第二年我多报了两个志愿，结果还是没能考上我老公的学校，当时被杭州一个美院录取了。那个时候我如果要去杭州上学，就必须和他长年异地恋，我心底不断在学业与他之间做着选择。我老公非常支持我去杭州上大学，我心里很不舍，但看到他那么支持我，还是决定去杭州念书。在决定了要去杭州念书的同时，我也把他带到我父母面前，告诉他们我已经和他建立了恋爱关系。我爸妈得知此事后竟然要求我老公给我出一半的学费来证明他对我的诚意。我俩当时都被这个要求给惊到了，可是我爸妈很坚持，当时为了能和我继续交往他就同意了。他家里也是普通家庭，当时他还有一年才毕业，平时兼职赚到的钱也就够自己的生活，哪有多余的钱来给我做学费啊。他却说自己可以多打几份工，我当时就被他的真诚给打动，不顾爸妈反对，说宁愿不上大学也要和他在一起，就在这种僵持中我最后做出了不去上学的决定。那时我老公马上大四了，也面临就业的压力，直到他找到工作租到房子就把我接到他身边，这样一直到现在。后来我爸妈也接受了这个现实，起初我除了照顾他，偶尔在他忙不过来时也帮着打打下手，这几年公司扩大了，业务上的事就不让我参与了。"

林馨儿听李书涵讲了自己的经历后惊讶到眼睛瞪得都快掉出来了，问书涵："你爸妈当时到底怎么想的呢？你当时为什么不和你老公用缓兵之计假装分手呢？你们这样选择真的很难理解！你就没后悔？"

明媚没有直接问出口，但也对书涵的选择不太能理解，等着书涵回答林馨儿的话。

书涵说："其实在我们那种小城镇，女孩子如果不念书，到适龄的年纪也就是找个人嫁了，过最普通的日子。我爸妈都是工人出身，他们其实也从来没想过让我一个女孩子读太多书，要不是我在绘画方面还有些天赋，估计也早就放弃了。这些年来我老公对我一如既往的好，所以即便我偶尔会有些遗憾的想法，也很快就会过去，我每年都会找时间出去写写生，当休假也自得其乐。"

明媚问书涵："那你在没认识你老公以前的理想呢？"

书涵看着明媚说："如果非要说我有什么理想，那时候就是单纯地想当个画家。现在画画能成为我的日常爱好也挺好，理想本来就是个不太能抓住的东西，越到年龄大了就越是不可能。"林馨儿安慰她说："那有什么关系，我觉得理想这种事只要心里有，只要坚持，多大年龄实现都不算晚。"她端起面前的杯子："来！我们碰杯，敬理想！"

这时周宇的手机响起了闹铃声，书吧每晚九点打烊，周宇的闹钟设在晚八点是为了提醒自己提前准备。

饭桌边的三个人才意识到都已经这个时候了，明媚赶紧说："我得走了，还要回公司和同事聊新项目的剧本，估计对方已经在等我了。"林馨儿叨咕"都几点了你还要回公司",要让周宇开车送她和书涵,明媚说自己打车很方便,书涵说家就在后边的小区里很近不用送。

林馨儿送明媚和书涵出门,问明媚干吗这么晚还非要回公司,明天再聊不一样吗。明媚解释说都已经约好了,不去也不好。林馨儿提醒明媚,她这么好心出力,人家说不定还不领情呢。明媚说自己知道了。这时明媚叫的车到了,挥手告别后就上车离开了。

李书涵在和大家告别后,沿着一旁的小路向后边的小区走去。

明媚很快回到公司,发现张珊还没回来,拨通了张珊的电话却没人接听。明媚想了想,正好在回来的路上宣传组的同事给她发消息说《少年》概念海报的设计稿都出来了。因为文件包太大,设计师给明媚发了QQ离线,明媚就打开了QQ接收文件。就在等待文件下载的空当,她意外看到了很久没进去过的QQ空间有消息提醒。

QQ空间这个陪伴了明媚几乎整个青春期的地方,在她告别学生时代之后也就鲜有打开了。而今天晚上和林馨儿还有书涵关于青春时期和理想的话题,让她不禁想要再进去看看被封印在时光里的自己。

一进空间主页,明媚先去看了些上传在上面的各个年份的照片,有些照片里的同学和朋友已经很久没有联系了。再继续看动态栏里自己不同时期写的留言,一直到最后的一条留言,竟然是她在毕业那年写下的:"留存真我,努力成为理想中的自己。"

看到这句话,明媚愣住了。就在那一刻,除了从她心房里涌动出来的血流,时间、空间几乎都停止了所有运转,明媚似乎进入了一种虚无的状态里,孤独地伫立其中。

手机的振动将她从时间和空间的缝隙里抽离出来,明媚慌张着努力地凝神去看手机里的信息。张珊用微信传来了一条语音,告诉明媚说自己因为要应酬喝了些酒,今晚恐怕是没办法和明媚聊剧本了,让明媚不要等了,回头再约个时间聊。明媚将目光再次转向电脑屏幕上的那句留言,一种冲动的情绪让她用手机拍下了这句话……

明媚能感觉到这一天张珊的态度是不算积极的,甚至是在拖延。

事实也是这样，张珊根本没想和明媚聊什么剧本，她一整晚都在和自己的一个朋友吃饭闲逛，刚刚发微信时她正躺在一个SPA床上享受按摩，张珊始终觉得老唐的这个安排使明媚威胁到了自己的位置。

明媚拉着行李箱走进电梯里，浑身的疲惫总是在她想要回家休息的时候找上来，就好像是需要它给带路一样，要不就找不到回家的路。

手机铃声响起，明媚以为是自己约的出租车到了，结果是于涛打来说喝多了，让明媚现在去接他回家。

明媚直接修改了网约车的目的地，让司机把她带到于涛喝酒的地方。

于涛很少有喝多的时候，今天也许是因为和明媚之间的不愉快，让他在请领导夫妇吃完饭后，又找几个在附近酒吧喝酒的朋友继续喝了些。从找到于涛到扶他找到车，明媚耗费掉了这一天仅剩的体力，她坐到驾驶椅上微喘着气，后排座上被明媚用安全带绑好的于涛晕晕乎乎地左右扭转着身体。明媚把车子缓缓地驶出地库，于涛已经开始轻声打呼。明媚也有些犯困，便趁等待红灯时打开车载收音机，调到了一个音乐频道，一首陈嘉桦Ella的《想念自己》正在播放："天黑之后天亮之前设法抹去心底那些疲倦……"

当明媚在歌声中驾车经过鼓楼时，附近四合院里的白逸阳正心情不错地哼着歌，手里拿着一张光盘盒子，在他身旁还堆放着很多这样的光盘盒子，有CD也有DVD，白逸阳一张张翻看着，同时做着分类。

回国后的这几天，白逸阳除了今天去老唐公司开了个会，其余时间就都待在家里陪着爷爷奶奶，住在附近的赵明也时常跑过来蹭饭吃。屋子里堆满了许多旧物，看上去都是白逸阳用过的物件和一些他从行李箱中掏出来的随身之物，其中有一个镀铜的金色奖杯，上面刻着"某年最佳短片入围导演奖"的字样。白逸阳带有一些享受地慢慢整理着光盘盒子，因为其中的许多光盘里存储着他之前所拍摄作品的影像素材和声音素材，这可以说是他人生过往中浓墨重彩的部分。光碟的外壳上他都一一贴着相应内容的纸签儿，在整理到一大半的时候，其中有一个壳子的标签上写着"小疯子"，白逸阳看到这几个字就顺口读了出来："小疯子？"他思索着打开光盘盒，却发现里面并没有光盘。他想着应该是在几次整理搬挪时给遗失了，脸上露出遗憾的表情，将空盒特意放在了高些的地方，以便能单独把它收起来。

　　这座城市随着夜晚的深入变得越来越安静了，无论是白逸阳继续播放的音乐声还是明媚驾驶的汽车行进在路上的声音，都显得与这安静的夜晚不太融合。

　　明媚将车子停进小区的车库后，一手拖着行李箱，一手扶着醉意尚浓的于涛，乘坐电梯到达了他们所住的十七层。于涛似乎对于自己家的气味有种独特的感知力，在电梯门打开的瞬间闭着眼睛满脸潮红地用鼻子边嗅边走向自家门口，还特积极地想拿钥匙开门。在寻找良久未果后，他被明媚拉进屋里。明媚努力把他送回房间，看他躺到床上后才出来。明媚想着于涛在喝多酒后一般不会折腾或者呕吐，这一点还是很好的。

　　终于，明媚在简单洗漱之后躺到了自己的床上。她将身体半倚靠在床头上，习惯地打开床头灯，再把手机插上充电器，手机连着线拿在手里翻阅朋友圈内容，直到翻到自己在出办公室前发的那条，仅自己可见的朋友圈中她写道："我失败了，你呢？"配图是QQ空间那句"留存真我，努力成为理想中的自己"的留言照片。

第二章　导演请到碗里来!

一早,明媚从一夜梦魇中挣扎着醒来。这几天所有的梦都围绕着她儿时的事情出现,她总是被林馨儿拉着在躲避父母或者老师的追打,偶尔于涛和唐老师甚至牛主任也来客串一下她梦里的角色,昨晚谁出现过她不太记得了,只是觉得困倦未消。

明媚知道今天是周六,可以不用去公司好好地在家里休息。但想到昨晚喝多了今天同样休息还没起床的于涛,明媚晃了晃自己的脑袋,想着要怎么缓解两人之间最近几天发生的矛盾。毕竟从相识到成为情侣相处了七年时间,即便她总是不能在于涛那里得到理解和支持,她也不能让俩人的感情就这样往不好的方向发展下去。明媚对于涛的心思还是了解的,于涛醒来看到明媚已经准备好了早饭,有刚煮好的粥,还有一些是点来的外卖。因为已经很久没有采购可以用来烹饪的蔬菜和副食品了,冰箱里只有一些饮品和速食,还有几个鸡蛋,所以明媚采取了应急的方式,算是给于涛做了一餐还算丰盛的早饭。于涛果然在饱腹后,没有再提明媚因为忙碌而忽略他的事。看着于涛安静地把饭吃完,明媚才开始打扫卫生和换洗家里的衣物。于涛像往常一样吃完饭就起身回了自己房间,把一桌碗筷留给明媚收拾。听见于涛房间里传出和网友们联网组队玩起吃鸡游戏的声音,明媚深深地吸了一口气后又吐出,想着这一关终于过去了。

明媚手里做着家务，脑子里想的却是昨天和张珊说聊剧本的事，她明确意识到了张珊表现出来的态度是不希望她参与到《时光》项目中的，既然原来的项目负责人不愿意自己一起参与进去，她也不想勉强对方接受自己的加入，于是在心里做了一个之后不再主动问《时光》剧的决定。

之后几天的生活似乎恢复到了惯性的平衡和安静中。

明媚没有再去剧组，一是因为《少年》快要杀青了，她需要在公司辅助剧组财务和公司财务沟通推进付款流程，给剧组的工作人员做最后一笔劳务费的支付，还要配合公司对拍摄时用过的物资进行清查和回收；二是因为杀青就意味着后期工作的正式开始，她必须抓紧时间对整个后期工作根据之前和购片方说好的交片时间做合理的安排。这些工作里包括了后期机房的使用，还有根据导演的创作需求去和音乐制作公司沟通，完成剧中歌曲的制作和选用等等，她盘算着所有的工作流程和要匹配上的时间。她深深懂得时间的管理对于项目的重要性。

明媚为了杀青再次回到剧组，已经是一个星期后的事了。

对于天气的好坏，剧组里的工作人员都多多少少会有些执念，毕竟也是看天吃饭的行业，就像在今天这样晴空万里的日子杀青，会被大家寓意剧集会大卖、会有好的口碑等等一系列的好事发生。午后，现场在拍完最后一组镜头后，随着导演喊了一声"杀青"，《少年》剧终于完成了所有前期拍摄工作，整个剧组的工作人员都欢呼跳跃地庆祝着这一刻。

此刻，明亮耀眼的阳光照在明媚充满喜悦的笑脸上，她和导演、摄影等主创打着招呼，安利着大家在晚上的杀青宴上一定要多吃多喝、好好放松一下。

杀青宴上，整组人终于可以毫无顾忌地大口喝酒了。一晚上的觥筹交错后，明媚把剧组收尾的工作交给了牛老师，她自己则赶着第二天一早的飞机又回到了北京。到了公司，她将最后一批对账需要的票据交给了公司的财务，终于把前期拍摄的账目核对完成。

当天明媚还安排了和公司宣传开会，讨论她对之前已有概念海报初稿的一些想法。她在去找宣传组开会时，看到张珊走进了唐总的办公室。

公司的会议室里，明媚说着自己对这一版概念海报设计的感受，宣发主管李磊和一个宣传组的同事听着明媚的想法，脸上的表情看上去有明显的不耐烦。明媚说："我看了海报后发现这版设计和公司另一个项目的海报从构图的想法到整体色彩的选用相似度极高，现在看来设计师只是在之前的海报上加入了一些《少年》剧中相关的元素，甚至在色彩搭配的细节和主题展现的构图形式上都没有任何的创新。"在明媚说完后，李磊和宣传组的同事讨论了两句，说："我们会和设计师说出你的意见，然后再调整一版出来。"明媚看李磊答应了调整海报，说那就辛苦你们了，几个人起身散会。

明媚推开会议室门的瞬间，听见从老唐办公室传出一声怒吼，唐宏亮显然是被什么事情激怒了。

就在刚刚张珊进了唐宏亮的办公室后，就被唐宏亮质问："自从上次白逸阳来到现在已经半个月过去了，为什么还没把导演合同签下来？"张珊慌忙解释，不是她不签，实在是白逸阳这个人太不把人放在眼里了，她打电话过去没人接听，发了微信也一直没有回复。她觉得合作这种事要彼此有意向才行，白逸阳这样就属于没有诚意合作，劝说唐宏亮其实可以有其他更好的选择，说自己已经在洽谈别的导演了。

就是这些张珊自我感觉良好的话激怒了唐宏亮，他呵责张珊道："咱们这个戏现在什么情况，进度情况你心里没点数吗？！连个新人导演白逸阳都签不下来，你还能找谁？"张珊看老唐真的急了，马上改口，假装承认错误实则推卸责任地说道："肯定因为那天剧本会时我话说得太直接，得罪了白逸阳导演。要不我让明媚去找白逸阳聊下试试，我看他对明媚的态度他们应该是之前就认识，这样交流起来也会顺利些。"

老唐说:"我让明媚来给《时光》组帮忙,主要是想她在内容方面能有更多的辅助,跟人打交道的事她不如你合适。她现在还有《少年》项目的后期和宣传工作在忙,你作为《时光》项目组的责任人,签导演的事儿本来就该你去跟进。"老唐语气缓和了下来,严肃地提醒张珊道:"别忘了你当初是怎么主动要求从商务组转到制片这个岗位的,机会我给你了。"他严令道:"一个星期内我要看到白逸阳的导演合同。"张珊心里紧张起来,想求老唐再多宽限几天,一周有些短,但唐宏亮不想再和她废话,直接让她赶紧出去干活。

明媚还茫然不知,刚刚在老唐的办公室自己成为了别人讨论的对象。

第二天一早明媚就收到了一张新的概念海报,她看了之后直接冲到李磊面前,拿着自己的手机给李磊看——新版海报和另一张同题材剧集的海报完全一致。李磊接过明媚的手机,看到屏幕上的两张海报除了项目基础信息中的文字内容不一样,从构图、色彩到局部的所有细节几乎一模一样。李磊有些心虚,这才开始正视明媚的目光。明媚语气带着义愤说:"虽然我们《少年》剧在题材类型上和这个剧算是同一类型,但海报设计完全抄袭这个事情我不能接受。这一版也算是调整好几次后才出来的,如果真因为供应商要完成的项目太多,无暇拿出精力来好好设计《少年》的海报,这种情况就不如直接换一家供应商。"

李磊做宣发工作算是有多年经验的老人了,他当然不会对明媚的质问有什么过激反应,而是用特别带有诚意的眼神注视着明媚,赞同地点头说:"你觉得哪儿不行咱们可以找供应商提修改建议,但是换掉供应商这个事不太现实。无论从公司还是行业要求来讲,选用供应商都是要进行正式的比稿会的,现在根据《少年》的进度要求,在时间上肯定是来不及换的。宣发部门都是在根据各个项目的进度要求来安排物料完成时间的,今天就是《少年》项目要出概念海报的最后日期,稿子交了不满意只能继续调整。"说完了还不忘安利说:"这家供应商和公司常年合作,工作流程、人员交流已经磨合得很好了，换个团队重新磨合的人力成本太高。"明媚听着李磊的各种推搪之词，不禁心火上头。

也许因为心火直接冲到了明媚的头上，让明媚脑子的转速少有地达到了一个峰值。她突然想到了李书涵，问李磊如果她能把人员磨合成本的问题解决掉，再找到一个更合适的设计师来完成《少年》的概念海报，是不是可以申请单独的一笔海报设计费。明媚还想再说什么，但话还没出口，已经被激怒的李磊就打断她的话，质问明媚："到底谁才是宣传主管，谁说了算？"

明媚也很不服气地说："不管这家供应商与公司合作过多少项目了，现在《少年》的概念海报完成到这个程度，我就是不能接受，这个事我不会任由再往不好的方向发展了。"

两人僵持着，明媚不肯让步。李磊自知理亏，最后说："我会让这家供应商再重做一张新的海报，可换掉这家供应商现阶段不太现实。"明媚说："我也会想其他的解决方案，寻找其他的设计师来尝试设计以做备选。"

明媚从李磊办公室一出来，外边办公桌旁的几个员工向她投来了欣赏的眼神。明媚边走边打通了李书涵的电话，说自己有事有求于她，约她喝茶详聊。书涵平日都闲适得很，就愉快地答应了。

明媚回到自己的办公桌旁，拿起背包准备出门赴约，却被张珊赶上拦住。

张珊在被老唐赶出办公室后，就和策划胡言一前一后地跑到楼梯间里说老唐一定要签白逸阳的事情。胡言和张珊对于工作的态度都持着少干活多拿钱的想法，共同的价值观使得两个人在工作时总是以投机取巧的方式来与他人相处。胡言因为是被张珊叫到公司来的，维护张珊就变得很自然。他们平日里总是合计着怎么算计别人为自己多牟利，当然像这色人物在职场里不足为奇，他们这次要算计的对象是被老唐强加到《时光》组做执行制片的明媚。

明媚看张珊一副热络的样子和自己说话，想和自己商量个事情，有些不明她的用意。张珊拉住明媚的胳膊，先是恭喜了下《少年》

剧杀青的事，又说之前因为自己的原因也没和明媚聊上剧本等等。明媚约了书涵想要快点出门，就将胳膊从张珊的手中抽出问："珊珊，你是不是有什么事要和我说？如果是，可以等我回来，我出去在附近见一个人，应该不会太久。"张珊还是客气地说其实没什么事，就是找她随便聊聊，说毕竟现在两个人都在《时光》的项目上，可以交流下想法，转而就提起了老唐找她谈要快一点把导演签下来的事情，说老唐怕夜长梦多，希望最好本周搞定签约。明媚这才明白张珊找她的用意，问："老唐是想签上次来公司的那个导演吗？"张珊佯装镇定地说："不是一定要签他，不过老唐有些着急。《少年》现在已经杀青，你就抽点时间帮着《时光》尽快把导演的事一起搞定，咱俩可以分工合作。"提议由自己继续去跟被选中的其他两位导演谈，然后明媚去谈白逸阳，这样可以提高效率，这周看能签到谁就是谁。明媚想到此前和白逸阳有不愉快的过码儿，心里有些犹豫。张珊怕明媚推辞，立即说她早已经把合同发给了白逸阳，明媚只要盯紧他的回复，然后其余的事情正常走公司的财法流程就好了；还说白逸阳刚从国外回来，年纪也轻，正是需要机会的时候，聊起来也相对简单，不像自己要对接的那两个导演，已经有了一些作品和名气了，相比之下要难谈太多了。

明媚听明白了张珊的意图，说自己没有白逸阳的联系方式，张珊说我这就发给你。明媚心里还惦记和书涵的约会，便先答应了下来，转身就出门去了。

明媚和书涵约到了一家咖啡馆里，两人见面后先聊了一会儿最近各自的生活。随后明媚便开始说自己约书涵出来的目的。她说想让书涵来帮助自己设计《少年》项目的概念海报，并把《少年》剧的大概内容和想要的海报风格都告诉了书涵。书涵听后先是有点吃惊，然后说自己虽然之前也有帮老公做过些辅助的设计工作，但是从来没有独立地创作过，怕自己不能胜任，辜负了明媚的信任。她可以帮着问下自己老公，设计方面自己老公才是专业的。明媚看着一脸不自信的书涵不免有些泄气，就问书涵："你还记得我们认识那天你画的那张画吗？"书涵眨着眼睛看着明媚顿了下说："记得啊。"明媚接着问她："那样的画你总可以完成吧？"书涵点头说："可以。"明媚马上说："那就行了，我就要那种效果的彩色素描形式，质感的就可以。"明媚继续说服书涵，说这就算是她帮助自己完成一项比较棘手的工作，自己现在还不能向公司请款给设计费，所以去麻烦书涵老公也不太好意思。公司选用的海报供应商实在不太能给出让人满意的设计，总是在抄袭和复制别人的想法。明媚告诉书涵，宣传物料在影视作品推向市场的过程里起到的作用是非常重要的，这个环节不亚于剧集制作本身，自己绝对不可以随便放水。书涵看着明媚认真又充满诚意的脸，觉得此刻的明媚身上好像有光环围绕，心里更有些敬佩她对工作那份热爱的态度，完全被明媚的热情给鼓舞了。看着她点头答应，明媚开心得直欢呼。书涵说自己会尽力的，希望能真的帮到明媚就好了。两个人在达成共识后又小坐了一会儿，就各自往回走了。

　　明媚与书涵分开后，沿着一条熟悉的小路向公司方向走去。夏初的午后阳光温热，已经挂满了树梢的树叶正在向更宽大的样子努力生长着，空气里可以隐约闻到些树油的气味。明媚在树荫下走着，感受着阳光和树叶相互交错给这个季节带来的斑斓。

　　明媚想到还要尽快联系上白逸阳，好问他合同看得怎么样了。上次剧本会时老唐拉了剧本微信群，当时明媚并没有主动地去加白逸阳的微信。明媚想白逸阳肯定因为她没说出对剧本的真实想法，就对自己有了成见，自然更不会主动加她的微信了。但现在她必须联系上白逸阳把合同的事情聊了才行。明媚找到张珊刚发给她的电话号码打了出去，电话打通后半天也没人接，最后传出了暂时无人接听的人工语音提示声。明媚又到微信群里找白逸阳的微信，向他发了朋友添加的申请，但也没有得到白逸阳的回复。

　　白逸阳的手机在一个放着监视器工作台的隔层里振动着。白逸阳正在一个饮品广告的拍摄现场和摄影师赵明还有灯光老师交流视效要求和拍摄的处理，大家表示理解他的意图后，白逸阳就回到了监视器前的椅子上坐了下来，监视器里的画面随着镜头推进，光影变化间白逸阳已经忘记了自己所处的环境，沉浸到了画面中的世界里，随着镜头节奏拼接出了一个完整的片段。一个镜头完成，白逸阳给出一个OK的手势表示通过。接下来的一个镜头需要演员配合拍摄，在简单交流后，赵明手持着摄影机与演员配合待机走了下位置。白逸阳的手机再次振动了起来，是明媚打来的，白逸阳因注意力都在拍摄上，完全没有发现工作台上手机的几次振动。

在完成了几组镜头后，有工作人员开始搬动之前场景里布置的桌椅道具，现场要调换成下一组镜头的布景和灯光。此时，白逸阳才从高度集中的状态中抽离出来，顺手拿起自己的手机，手机屏上显示着未接来电和微信的提示。他逐条看过后发现了明媚下午发给自己的微信好友申请，白逸阳心里有点好奇更有些小喜悦，通过了明媚的好友申请。

回国以后，白逸阳除了工作上必要来往的人，几乎每天都在家里陪着爷爷奶奶，偶尔约着赵明打打篮球。对于白逸阳不喜欢主动social的性格来讲，明媚在他的心里应该是个例外，他想着自己还欠着明媚一张电影票。

剧本会那天两人短暂的交流之后，白逸阳已经把明媚和启梦里的其他人归为了同一类人群，就是一些在公司里混饭吃的俗人。他倒也不是想对这样的乌合之众过多要求什么，只是他心里还对明媚那写了满剧本的批注耿耿于怀，觉得环境对于人的影响实在是太大了，原本可以不随波逐流的人也被环境影响得很难自持。但不管怎么样，自己还是要找机会还了明媚那张电影票的人情。

明媚一旦干起工作就不能把没干完的活放在一边等着，在收到白逸阳的微信好友通过的提示后，她立即拨通了白逸阳的电话。白逸阳正拿着手机在网页上搜索一些消息，突然显示来电，他手没拿稳，差点把手机扔到地上。白逸阳拿稳手机，接起来电。

明媚一看白逸阳接了电话，马上和白逸阳说自己是明媚。白逸阳在电话另一端听到是明媚的声音，表情也变得有些局促，就"啊啊"地说："你好。"

明媚稳了下气息，话语清晰谦和，谈话内容直奔主题地说："白导，我联系您是想问一下我们同事发给您的导演合同您看得怎么样了，如果有什么需要调整的内容和条款您可以找我沟通，或者您这边还有什么要求也可以和我商量。因为这个项目开发和推进时间的需求，公司这边希望能在本周内把合同签订下来。"

白逸阳听明白了她的诉求，也直接回答说："不好意思，我觉得贵公司的这个项目和我对作品创作想传达的思考和理念还是有些差异的，这种情况就从创作角度讲我个人感觉不是很合适，在理念不同的情况下进行合作对作品来说怕是弊大于利。我之前没有回复你们同事的主要原因是我这几天一直在拍广告，所以精力有限，还请你转达下我的歉意。"

白逸阳在谈话的结尾说："感谢贵公司对我的信任，如果后面有理念相同的作品，我想我们一定会有机会合作的。"然后礼貌地说抱歉，自己还在现场拍摄，所以不能多说了。

白逸阳说完挂了电话，明媚听着电话里传来挂断后的忙音，觉得必须马上找张珊说一下这个情况。

明媚在公司里没有找到张珊，只能拨通张珊的手机。电话里明媚讲了刚刚白逸阳不想合作的情况，然后和张珊商量，不然就放弃和白逸阳合作吧，可以集中精力在另外两个导演身上多下点工夫。

电话另一边的张珊一听嗔怪道："他为什么突然拒绝了这个项目呢？你是怎么和他说的？"还没等明媚说话，张珊马上又说："这也太巧了，我刚刚那两个导演都同时回复说没有档期合作，相比起来白逸阳不存在没有档期的问题，他的可能性应该更大，我觉得你可以好好再和他沟通下，老唐可是让咱们这周搞定导演合同啊。"

明媚说："我在公司，你在哪儿？咱们还是见面商量下吧。"

因为差不多到了下班的时间，一些同事已经准备走了。张珊手里拿着电话不知从哪儿走了出来。明媚向她招手，两人挂掉电话凑到一处。明媚问："珊珊，你之前和白逸阳沟通，他就一直没有回复你是吗?"张珊想了下说:"是啊,我合同早就发给他了,然后打电话给他也一直没接。"明媚想了想问:"导演人选还有其他的吗?"张珊摇头说:"之前和唐总确认的就是我和你说的这三个,唐总的意思就是三选一。"明媚咬了下嘴唇说:"现在如果和白逸阳继续谈就要知道他怎么才能接受这次合作,上次剧本会他能来说明他还是有意向的,问题应该还是出在了合作的条件上。"张珊赶紧顺杆爬地说:"对对,你去问问他到底想要什么条件,大家可以谈嘛。"明媚问:"上次剧本会在我没进去之前你们都聊了些什么呢?"张珊有点不耐烦地说:"还能聊什么,就是导演发表了一些自己对剧本内容的想法呗,提得根本不靠谱。还写了一篇创作构思阐述,嗯,加什么调整建议放在了群里,我看呢,他就是在演给老唐看。"明媚回想了一下说:"我不记得群里有什么文件啊。是不是我进群前他发进来的?"明媚向张珊要导演的意见想看一下,张珊急着想走,就把白逸阳的创作阐述直接从群里转给了明媚,嘴里还不忘数落道:"这也没什么好看的,看了也解决不了问题。"明媚打开文件看了起来。张珊看明媚即时地看起文稿,就说:"看这些都没用,这就是导演自以为是的个人想法,没什么参考价值。"

明媚思索着这个事怎么处理才好,就问张珊:"要不咱们直接和唐总把情况讲清楚,看看能不能再找找其他导演宽限些时间。"

张珊一听明媚要找老唐马上改变了态度说:"现在去找老唐估计他也不在公司,再说我们就这么去交差,他肯定说是咱们没盯住这几个导演,要狠说咱们一顿的。"

张珊当然怕明媚真的去找老唐,那样自己推诿责任,转嫁给明媚的事情就败露了。

为了劝服明媚去搞定白逸阳,张珊开始装出一起想办法的样子说:"其实我觉得白导毕竟是个年轻人,如果给他些甜头他一定会很买账的。"明媚看着张珊问:"你说的甜头指的是……?"

张珊很有自信地指导明媚说:"就是软硬兼施、威逼利诱呗,他刚回国,肯定需要一些国内的资源,你就告诉他这个剧我们合作成了可以给他带来的好处有多少。再不行就先撒个娇,年轻男人嘛,还是不会轻易拒绝女人们的攻势的。实在不行你就说我们公司也算行业里的老资格了,他白逸阳拒绝合作一次就很难有下次了,行业里可选择的导演很多,等我们找了别的导演,到这个项目播出时,用我们公司的资源一宣传人家火了,他可别后悔。他又不是个傻子,到时候他一衡量利弊就肯定接受合作了。"

明媚听张珊说得完全不是关键,心里只想迅速地破解和白逸阳之间的问题到底出在哪儿,就只当张珊在自说自话了。她一边看着手机里白逸阳写的创作构思的文档,一边就往自己的工位走去。此时张珊立刻识时务地和明媚说:"你先看着,我有事就先走了,咱们线上联络。"转身就跑向了电梯间。

明媚打开白逸阳的创作构思一看,竟然有些惊讶,因为白逸阳整整写了十几页纸的想法。他对内容的阐述方向不仅只是表述了自己的观点,还就原著和已完成的剧本在改编点的处理上做了详细的举例对比阐述,很多想法都带着前瞻意识的思考。这样的处理会让作品被呈现出来后产生更广的影响力,明媚看得心潮澎湃。她突然意识到,这个让她从一开始就没有好印象的白逸阳,也许并不像表面看上去那样自以为是。

当明媚看到白逸阳对加入科幻元素想法的阐述时,被他超强的想象力震惊到了——他利用了科幻情境的方式来呈现作品的核心。白逸阳还对原著做了总结,他写道:"客观面对世界的同时,我们不要畏惧未知,而是应该抱有乐观、乐天的态度去探索和了解未知。"这个观点其实就是原著中价值观的体现。

明媚欲罢不能地看着,脑子里已经全然不再想白逸阳之前在她心中的劣迹,也似乎忘记了今天已经被他彻底拒绝的这件事,竟然冲动地拿起手机给白逸阳拨了过去。

白逸阳此刻还在拍摄现场,大家井然有序地工作着,只是演员的假发因为之前尺寸没有量准,需要在现场紧急处理一下。白逸阳虽然对国内的行业情况有所了解,但在这两天实际拍摄的配合中还是感觉有些不适应，尤其对剧组为了赶进度要求连夜拍摄的方式实在觉得不太合理。他看了一眼时间后，拍拍手催促大家抓紧，鼓励大家争取不要再熬大夜了。

明媚打来电话时，白逸阳正在拍摄区和演员交流走位和表演的要求。

听到无人接听的提示音，明媚挂断电话，转而开始编写微信消息给白逸阳。她边想怎么说才能让白逸阳明白启梦对与他的合作是很有诚意的，边打着字。字打上又删除，然后再打上去，反复调整了好多遍，她终于觉得可以发出了。消息发出后的那一瞬间，明媚的内心突然开始忐忑，不知道是因为怕白逸阳看不出她的诚意，还是因为她心生了对白逸阳的欣赏之情，害怕白逸阳再次拒绝自己。

明媚坐在空旷的办公区里安静地等着白逸阳的回复，等待的时间长得超出了明媚的心理预期。她由焦虑转为一种怕失去的恐惧，这种感觉有些煎熬，类似于爱而不得那种。明媚越想越觉得是她太唐突了，又开始和自己生气。

电话突然振了一下，明媚赶紧去看，是于涛发来的一条微信的语音，问明媚几点回去。明媚这才发现已经八点多了，还没等她回微信给于涛，于涛的电话又追了进来，于涛带着不满的情绪质问："你看到我的微信留言了吗？为什么不回复？"明媚等得也有些心焦，听于涛如此问自己，心里想我不也没等到回复吗，你还能直接打电话来吼我，我又能去吼谁。

明媚虽然郁闷，可也知道自己这个时间没有回去是不太好，赶紧和于涛说自己这就往回走了。

明媚下了地铁后还要走一小段路才到他们住的小区，在路过一个卖副食的小档口时，她特意去买了于涛爱吃的烧鹅和一些干果，还在楼下的小超市拿了几听于涛喜欢喝的啤酒。明媚进屋时，看见于涛坐在沙发上吃着之前家里存的一些薯片类的零食，便赶紧把自己买的吃的摆到了于涛面前，还拿了餐具让他趁热吃。于涛虽然看到明媚很殷勤地在哄自己，但还是很不满地抱怨明媚回家晚也不打招呼；说明媚既然不出差了有时间就应该早回来做饭，他下班已经够晚了，结果进屋连个人影都没见到，就更别提能吃上热饭了；说明媚哪怕自己不做饭，早点回来买个外卖等他回来进屋就可以吃上饭，也算是明媚在意他了，结果他不提要求倒助长了明媚的这种态度；斥责这样的生活就不正常。

明媚确实觉得自己今天回来晚忘了和于涛打招呼是自己的问题，但是做饭这个事他们之前就曾讨论过，说彼此的作息时间都不太能凑得上，能赶上就一起吃，赶不上就自己解决，今天也不知道是触碰了于涛哪根神经。

明媚为了不让彼此的矛盾升级，就解释说最近领导让她给一个新的项目帮忙，今天这个项目遇到些棘手的事情需要处理。明媚很想和于涛聊聊她最近在工作上遇到的一些事情，但于涛却没能体会到明媚的这个心理，反而更不满地说明媚不管什么时候都能说出一百种在忙的原因；数落明媚说大学毕业的时候大家在为前程奔波都忙些能理解，头几年身边的同龄人都是这个状态，就不觉得咱们有什么不一样，现在时间一年一年过去了，身边所有人的生活都或多或少地有了变化，至少都在过比咱们正常的生活，也有结婚生子的，再看我们的生活呢？

明媚沉默地听着于涛的发泄。于涛显然有点激动，继续说："我每天努力着，想我们能在有所准备的时候过上想要的生活，我真没有想到你干了这个工作之后不仅生活没有什么变化，竟然还越来越忙起来。"

于涛拿起手机愤怒地晃动着："我每天就只能看身边的同事、同学、朋友在朋友圈里炫耀自己老婆做饭多好吃、和女朋友是怎的恩爱生活。我呢？我就只有你给我买的外卖烧鹅，也拍一张发到朋友圈里说自己女朋友因为太忙所以我只能吃到这个？"他问明媚："你能了解我心里的感受吗？"

明媚认真地听着于涛所说的每一句话，心理也明白于涛的要求不算过分。确实，大多数人都如于涛说的那样生活着，可是面对于涛的质问，她觉得还是要说出自己的想法。明媚从于涛的对面走到侧面的小沙发上坐下，这样就可以和于涛彼此平视。于涛看明媚坐到沙发上，目光也跟了过去。明媚看着于涛说："我承认我因工作性质问题，现在很多时间都会倾斜在工作上，可我选择这样一份工作不是一天两天了，你更应该明白我很多时候都是身不由己。"

于涛严肃地点了下头，也同意明媚说的是现实情况，便提议说："好，既然我们都知道问题所在，那你可以换份工作来把我们之间的问题彻底解决掉，干什么不是工作挣钱呢？"

明媚没有回应于涛的建议，想了下说："要不我们可以请一个钟点工，每周来做个几次饭，这样就算咱俩都忙，至少一周也可以吃上几顿家里的饭菜。"明媚这话一出口，于涛直接把手里的筷子放在了桌上，问明媚："你的意思就是今后你可以有更多的时间放在工作上了是吗？这样下去我们与合租一个房子的室友还有什么区别呢？"

明媚被各种情绪涌动着叠加缠绕得疲惫不堪，此刻只希望可以停止和于涛的争执，欲言又止地再次沉默下来。于涛看明媚不再说话，又拿起筷子吃了几口烧鹅，打开一听啤酒后拿着就回了自己房间，狠狠地关上了房门。

明媚想着近一年多来因为自己工作忙的原因，和于涛像今天这样争论的次数也越来越多。她不想两个人的关系越来越紧张，但是除非自己把工作换了，不然这个局面不会有本质的改善。想着这些，她原本想拿起筷子的手又收了回去，坐在沙发上发呆，一会儿就听见从于涛的房间里传出敲打键盘打游戏的声音。

明媚想于涛这会儿应该是消气了，心情也跟着松弛了一些，便将桌上的碗筷收拾到水槽里，洗刷干净后收到碗柜里。看着橱柜上林馨儿送给自己的姐妹咖啡杯，她想起林馨儿说的那句话："你应该找一个更适合自己的人才行。"当时明媚还不能接受林馨儿的想法，可是就在刚刚——应该说就在此刻，明媚的脑子里充满了林馨儿的话。明媚拿起姐妹杯倒了些温开水端回自己的房间里，刚换上家居服准备去洗个澡的时候，林馨儿发来了微信视频邀请。明媚笑着想，不愧是林馨儿，就连心灵感应都是那么的灵敏，刚在想她，她就给自己发来了视频邀请。

　　林馨儿头发蓬乱地出现在了手机屏幕上，明媚一看她的样子就知道一定是周宇又把她给惹毛了。明媚开玩笑地问林馨儿："你怎么知道我在想你？"林馨儿听明媚说想自己了，马上说："那我现在就去找你，我可以在你那里陪你睡。"明媚说："你来陪我，周宇还不得也跟来，我这小地方可住不下那么多人啊。"林馨儿说："他敢跟去，我就和他离婚。"明媚马上拦住不让林馨儿胡说八道，问她到底发生什么事了，竟然能让她素颜出镜，林馨儿果然开始吐槽，说她和周宇度蜜月回来后因为书吧经营的事就没停了争吵。林馨儿说："我就是想让书吧多盈利，周宇却说没必要。我想开辟一个可以用来给书友们交流的空间出来，结果一看，书吧的账上盈余只够维持书吧运营的。我和他说要想办法先挣些钱出来，他就说我们可以找他妈要。我真的不能再和他沟通了，我觉得我们就像是一对儿寄生虫，天天的就是在接受嗟来之食。"林馨儿愤恨的情绪高涨着。明媚说："你当初不是因为周宇条件好才选择嫁给他的吗？事情可都是按着你预想的发展的，现在你是后悔了吗？"林馨儿说："是我自己选择的，可我预想的不是做一条寄生虫，我是拜金，可我不过躺在金鸟笼里等死的日子！"

　　林馨儿和明媚说了一会儿话，情绪也好了许多，压低声音问明媚："那个人在吗？"明媚点头说："在房间里打游戏呢。"明媚没有和林馨儿说今天自己和于涛争吵的事。林馨儿那边传来开门声，是周宇从门外进来了。周宇看到林馨儿在和明媚视频，还特意过来打了招呼，林馨儿白了一眼周宇，没有理睬他。明媚劝林馨儿不要这样，说自己要去洗个澡，等过两天可以约出来见面聊，两个人互道晚安后各自下线。

　　明媚迅速到浴室里洗了一个澡，从浴室出来时看于涛的房间灯已经关了，于涛的作息一直都比较规律，只要不是周末，十一点前基本都会洗漱完毕上床睡了。

回到房间，明媚看手机，白逸阳还是没有回复自己。想到白逸阳的那份阐述里有提到一个参考片，提出那片子的展现形式和想表达的新观念与《时光》剧的内容契合度非常高，他个人十分推崇，明媚就到网页上搜索这部片子的各种介绍和片源链接，竟然让她搜到了电影资料馆近期正在做经典科幻片的展映，更巧的是这周展映的就是这部《超时空接触》。当明媚看到这个消息的时候，就想到也许可以拿请白逸阳看这个片子作为切入口来改善和白逸阳的关系。明媚看网页显示着展映还有票，决定试一下自己这个方法，立即下单连续订了周五、周六两天的票各三张。

明媚买好票后，开始在网页上搜索起白逸阳的相关资料。白逸阳在国内的作品不是很多，他的求学经历也都在国外，网上能够找到的信息基本都和他一些获奖的短片有关。当明媚打开白逸阳之前的短片作品片段时，再一次被作品中想要传达的精神力量所打动。短片中的女子在一片盛开着的红色玫瑰花丛中行走着，仔细一看，红色玫瑰其实都是鲜血染出的颜色，在女子的正前方有一根巨大的闪耀着光芒的蓝色水晶柱，花丛中还有其他被玫瑰刺枝缠绕着的满身血迹的女人。片中的女子经过玫瑰刺枝和其他的女人，不顾刺枝不断在她身上留下的伤口继续前行。最终她走到了蓝色水晶柱前，用手触摸到了它，此时水晶柱发出了刺眼的光芒，光芒完全笼罩了女人，她和水晶柱合为一体。光芒所到之处，玫瑰的刺枝都消融了，慢慢地红色的玫瑰都变成了白色，那些被刺枝困住的女人们得到了解救，在圣洁的白玫瑰丛中重获自由。明媚看得呆住了，感觉又被白逸阳给洗脑了。明媚清晰地感知到了白逸阳在专业领域里显示出的能力和天赋，看来老唐找白逸阳来合作是有他的见地的。

夜晚的城市每天都会上演从华灯初上时的车流穿梭、人潮涌动，到万家灯火齐明里的人生百态，再到灯火渐凉时万物静谧的影音大戏。

白逸阳也终于在今晚这场大戏的尾声时，把广告需要拍摄部分的工作尽数完成了。白逸阳喜欢找赵明合作的原因除了他专业好、两人从小就是朋友外，还有一个重要原因就是赵明这个人身体好、精力十足。无论是找他出国拍片还是白逸阳回国拍摄，赵明总是那个能陪着他熬到最后，然后还能再陪他到最后的最后的那个人。但是白逸阳从来没有和赵明说过这第二个原因，主要是怕赵明觉得白逸阳在白使唤他，所以只把这个事放在心里，自己知道就好了。

  白逸阳坐在赵明Jeep车的副驾上，北京夜里的街道变得格外畅通且宽阔，赵明的车速始终保持在最高限速的边缘。白逸阳先看了一眼车内电子钟上的时间：00：58，接着眼睛看着车窗外更像是自言自语地说了句："今天收得比昨天早。"赵明眼睛瞪得很大地看着前面的路，回应了一个"嗯"字，两个人就又进入了沉默中，男人们直接简单的交流方式特别适合安静的深夜。车开到白逸阳家附近时，正好路过那天白逸阳和明媚看《复仇者联盟4》首映的电影院，赵明突然开口问："一直想问你那天到底是怎么进去看的电影？"白逸阳也将目光看向电影院的门口，淡淡地回了一句："碰巧有个人多一张票，送给了我。"白逸阳想起明媚今天晚上好像给他打过电话，从衣袋里拿出手机再核对了一下不同时间段打进的电话后，确认晚上几个未接来电中有明媚打来的。心情有点复杂的白逸阳想要回拨电话给明媚，但一看手机上的时间，已经是凌晨一点半了，就放弃了这个想法。他打开微信，看到明媚还给他留了言。明媚非常恭敬地写道："白导，您好！我给您打了几次电话你都没有接听，所以我想您在忙，我还是给您微信留言吧。今天和您交流后，我把您的想法和我们制片团队的其他人沟通了一下。然后我才知道您之前写过一份非常详尽的创作阐述和剧本修改建议，我看完这份建议后真的很受触动，如果可以，我想约您见面聊一下合作的事。"白逸阳看完留言，思索了一下，没回复。

  明媚早上一到公司，就找到小圆脸菜菜，让她帮着找白逸阳获奖短片的完整版资源，虽然没能收到白逸阳的任何回复，但明媚还是想着要做好准备，多多了解导演的情况。菜菜果然是网生代新生命军的杰出代表，不仅找到了白逸阳导演短片的完整版，更搜出了白逸阳其他作品的资源，让明媚感叹自己真的是老了。好奇心旺盛的菜菜坐回位子后，和明媚一起开始看白逸阳导演的各类作品，明媚看着他导演的作品，还不时听到菜菜在她对面的各种惊呼、夸赞白逸阳的才华，俨然已经成为了白逸阳的迷妹。明媚越是看白逸阳的作品，就越是有种冲动想与之合作。

明媚再次打电话给白逸阳，电话通了，但还是没人接听。明媚有些不能自拔地连续给白逸阳打了几通电话，始终没人接。

此时的白逸阳并没有因为昨晚睡得晚就在床上休息，而是约了上午十点东单体育场的篮球场地，叫上赵明和几个球友一起打起了篮球。篮球场上，白逸阳正激烈地抢着篮板，根本没有发现随身包里的手机在连续振动。

明媚打开微信，还是没能等来白逸阳的回复，想了一下就先把《超时空接触》的电子票发给了白逸阳，并讲明了是看到导演意见里面提到这个参考片，也恰巧电影资料馆本周有该片的展映，如果导演有时间可以一起再回顾一下经典，同时可以沟通一下合作的事情。

明媚发完微信后，在好奇心的驱使下开始翻起白逸阳的朋友圈。白逸阳最新的动态竟然是一张手托篮球的特写照片，还配有文字"收工，恢复体力"，标记的地点是"东单体育场"，时间显示就在十分钟前。

明媚一下子从座位上站了起来，一手抄起背包一手拿起椅背上的衣服就往外跑。这一连串的动作把对面的菜菜惊得直问："姐，你要干啥去？"明媚顾不上回复她就飞奔向电梯间。迎面正赶上张珊刚到公司，看到明媚刚想问她签约的进展。因为明媚奔跑的惯性过大，张珊下意识地让了一下，明媚冲进了电梯，两人还没有来得及说什么，电梯门就已经关了起来。此刻的明媚满脑子想的就是要去篮球场找到白逸阳面谈合作的事情。

白逸阳在球场上尽情挥洒汗水，还不知道明媚已经马力十足地一路向他狂奔而来。

赵明已经被白逸阳一个接一个的拦截和盖帽折腾得一脸狼狈地

坐在了地上。喘着粗气的赵明指责白逸阳："你就不能稍稍给我留点面子，这一场球下来你硬是一个也没让我进。"白逸阳手里运着球，又是一个标准的三步上篮后，转过身来对着赵明秀了秀自己胳膊上紧实有力的肌肉，说："你这就是看着挺健硕，运动起来就太弱了，外强中干啊。"说着伸手要拉赵明起来，让他继续打球。赵明反驳道："我每天在现场干的体力活比你可多得多。"白逸阳坏笑说："那是，你每天面对那么多的五彩斑斓，确实更耗费体力。"赵明听白逸阳用这样的话讥讽自己，实在不能忍了，又充满斗志地冲上球场和他对抗起来。

明媚斗志满满地坐在出租车里，没想到路况不给力，明媚的心里开始变得忐忑。路况地图显示两公里的路程还要二十分钟，一想到要是白逸阳打完球离开，她想再找到他面谈可就难了，明媚干脆和司机商量行程就到这里结束吧，付了车费下车，刷开一辆共享单车就向球场的方向骑去。

终于，白逸阳和赵明两队的对抗也打到了最后一局，双方说定不管哪边，谁再投进一球今天就结束。白逸阳先人一步传球给自己队友，紧接着就插到了篮下，队友一记快传，白逸阳接到后直接跳投，球在篮筐上晃了几下入篮，对抗结束。白逸阳一脸满意地看着赵明，满身的汗水已经浸透了球衣。

明媚终于赶到球场，正寻找白逸阳的身影时就看到一个篮球滚了过来，正是白逸阳刚投入的那个球。白逸阳眼神追逐着滚落的篮球，没想到和明媚寻找他的眼神碰了一个正着。白逸阳发现前面的人是明媚有些诧异，但看到明媚看他的目光里充满了"终于找到你"的神情，白逸阳立即明白过来。明媚因为卖力地骑车，还在急促喘息。一阵风刮过，白逸阳看明媚的模样感觉有些似曾相识。白逸阳注意到明媚应该刚刚奔跑过，站在原地看自己的样子有一点点可爱，这个想法是不带什么邪念的，就像在看一个动漫中的人物那样。他更好奇的是这个女人是怎么知道自己在这里的，莫不是自己被她跟踪了？正想过去问问她，赵明突然擦着自己的身边先一步跑到了明媚面前，热情地和明媚打起招呼，还给了明媚一个大大的拥抱。白逸阳被这两人的热络搞得不明所以，只听赵明问明媚："你怎么会在这儿？"明媚也被突然出现的赵明给惊到了，就指了下赵明身后的白逸阳："我是来找白导谈项目合作的。"赵明反应过来，白逸阳之前说找他合作项目的就是启梦影视。赵明提议大家再重新介绍一下，捋顺一下彼此的关系，通过赵明深度的讲解，明媚得知了白逸阳跟赵明是小时候就认识的朋友，同时也明白过来白逸阳和赵明一样是地地道道的北京人，只是从小随父母去了香港。白逸阳也从赵明追根溯源的讲解中得知，明媚在来启梦影视之前就和赵明合作过，两人后来成了好朋友。

在赵明充分的讲解之后，明媚和白逸阳之间那道尴尬的屏障似乎变得不那么难以逾越了。赵明识趣地把空间留给了他们，和白逸阳说自己先去停车场把车开出来，让他俩先聊。

即便白逸阳已经非常清楚地知道明媚的来意，也并不想就这样轻易地让明媚感觉到自己的真实心意。白逸阳居高临下地看着明媚渴望和他交流的眼神，先发制人地开口道："明制片还真的是神通广大啊，我这样都能被你找到。不过你想和我谈的事，我的答案已经非常明确了，如果你来这里只是为了项目合作的事，说实话咱们真没什么可聊的。"

白逸阳还没等明媚开口，就急声说："如果没有其他的事情我就先走了。"就轻巧地擦着明媚走了过去。这种看上去礼貌绅士的举动实际上是内心对明媚不信任和轻视的表现，刚刚被淡化的屏障又一次隔在了明媚和他之间。明媚虽然心里很难接受白逸阳此刻的态度，但还是跟了上去，用身体直接拦住了正往前走的白逸阳。白逸阳被拦下后眨了下眼看着明媚说："对了，我还欠你一张电影票，所以我们可以聊聊怎么还你这个人情。"明媚避开白逸阳的话题，开口说："我只希望白导演能给我些时间，因为我看了你对《时光》的创作想法和调整方向后觉得我们可以一起再聊聊。我也了解了一下白导演之前的一些短片作品，不论是故事立意还是影像的呈现风格，从个人角度我都很喜欢，这也正是《时光》需要的方向，无论从哪个角度来说我都觉得你是适合《时光》项目的创作的。"

白逸阳听着明媚的想法心里不禁窃喜，但还是不露声色地说了声"谢谢欣赏"，就绕开了明媚继续向前走。

明媚有些急了，再次追了上去问："导演心里就真的一点也不想合作了吗？如果是这样当初你为什么还要来公司开会，还出了那么一份详尽的文字阐述？"

白逸阳没有回答明媚，但停下来也没有再走。

明媚继续说："讲心里话，我一开始对《时光》项目的原著和后来创作出的剧本也是没有什么兴趣的，对我来说这就是老板给我安排的一个任务。但当我看完你的创作阐述后，突然觉得这个看似普通的爱情故事也许可以成为不一样的作品。当读到您提到的加入科幻元素，把它融入到主线爱情里深化主题，情感的真谛应该是给予彼此更强大的信念力时，我必须承认自己被触动了。这样处理后，从内容本身和市场接受的角度都能给出全新的可能性，是很有讨论价值的。我非常有诚意地希望导演重新考虑合作项目。"

白逸阳带着嘲讽地笑着说："是老唐让你找我来死缠烂打的吧？你们公司的其他几个人不都对我的建议嗤之以鼻吗？不是已经否了我的建议吗？"

明媚这才明白了白逸阳为什么用这样一个态度对待自己。

她马上接过白逸阳的话："如果是因为之前您的建议被质疑的问题才不想合作的，那我可以向公司把事情说清楚，保证给导演充足的创作空间和话语权，这样处理您看是不是就可以签约了？"白逸阳的眼神已经从严肃转为一种浅笑，问明媚："真的非我不可吗？"

明媚坚定地点头。

白逸阳的身体向明媚靠近了些："我可以考虑，但是我有个要求。"

明媚问："导演您说，什么要求？"

白逸阳继续道："我的要求就是希望换掉那天参加剧本会的另一个制片和策划，你能做得了这个主吗？"

看着靠近自己的白逸阳那种挑衅的眼神，明媚有些难做地说："这样处理可能不太合适，毕竟这个项目一直都是由整个团队在推进的，而且这样处理会让我很难开口和公司讲。"

白逸阳的脸上又恢复了严肃，一字一句地说："我不能因为你难开口就放弃自己的原则。"说完就继续往前走去。

白逸阳油盐不进的样子让明媚杵在原地呆住了。当她缓过神来想转身再去追他时，就看到白逸阳直接上了赵明等在路边的 Jeep 车。关上车门后白逸阳还向明媚挥手再见，然后问赵明："不走吗？"

明媚看着白逸阳坐车离开的样子，心中升起一股愤怒，嘴里狠狠地吐出了"过分"两个字。

白逸阳看着明媚站在原地快要气炸的样子，嘿嘿地笑出声来。赵明好奇地问："你们怎么聊个合作的事还聊出仇恨来了？我看刚才明媚的样子明显是被你给虐了，你这个喜欢虐人的嗜好也不能见谁都用啊。"白逸阳没有反驳赵明的话，只和赵明说先回家洗个澡，再带着爷爷奶奶一起出去吃饭。然后他从衣服口袋里掏出手机，看有微信消息提示，打开页面就看到了明媚早上发他的电影《超时空接触》的电子票。白逸阳想着刚刚明媚说的话，心里对她的看法有了些变化。

明媚深感挫败地回到公司，心焦大于疲惫，回到工位坐下后想着刚才和白逸阳之间的事情叹了一口气。对面桌的菜菜递过来一瓶酸奶，笑眯眯地说："新口味的，来一个。"明媚接过酸奶放到了桌上。

这时一个穿着整洁、表情温和的男人走到明媚办公桌旁很客气地问："请问你是明媚吧？"明媚站了起来看着男人："你是？"男人马上自我介绍："你好，我是奋进文化的秦奋，今天来你们公司和李磊主管聊项目宣传案。听说你是《少年》剧的执行制片，因为上次我们海报方案的事李总向我们反馈了您的想法，我想您要是有时间，咱们可以直接面对面沟通一下您的具体需求，我们也好有更准确的调整方向。"明媚没想到宣传公司的人会找来，而且自己已经拜托了书涵在设计新的海报了，也没办法把这种事讲给这个叫秦奋的人听。

她心里对这家奋进公司虽然有成见，但看秦奋态度非常积极的样子，就把秦奋带到茶水间找了个位置坐下，开始和秦奋沟通自己对海报的看法。

明媚说希望秦奋多了解《少年》剧的内容。秦奋谦虚地听着明媚的话，频频地点头，表示他们一定把项目的内容吃透，找到项目特点，再让设计师好好设计，希望明媚能多给些具体的意见。明媚也直言不讳地说，其实她最希望的配合方式是给设计师足够的空间，让专业的设计人员在想象力不受限的情况下把水平发挥到更大，如果自己给太多过于细节的想法和要求，很可能会阻碍设计师的思路，最好的方式就是在大家深入了解项目的情况下，都能用各自的专业本领为项目添砖加瓦。希望之后的海报设计能够得到充分的重视，真的设计出《少年》剧应有的风格特点，不要再像之前那样过于套路甚至是以抄袭的方式对待设计工作了。

秦奋略带惭愧地感谢明媚能这样诚恳以待。明媚说希望之后可以看到让人眼前一亮的好设计，聊完明媚说自己就先回工位了。

秦奋让明媚稍等一下，到宣传组那边拎了一个纸袋子递给明媚，说他们公司给食品公司设计了随手袋的包装，客户很满意，就给了些样品让试吃。他就借花献佛，拿来给大家分享一下。明媚想要推辞，秦奋强塞给了她，说宣传组的同事也都有份儿。明媚看到宣传组同事的桌上确实都放着相同的袋子，不想让秦奋觉得自己太难相处，就接了过来。

纸袋里是一盒包装好看的点心，明媚想于涛平时喜欢吃些甜点，就决定下班时拎回去给于涛吃。

一天忙碌的节奏终于随着暮色的降临变得慢了下来。

在明媚乘坐地铁回家的时候，林馨儿和周宇也从书吧出来准备回家吃晚饭。昨晚听林馨儿和明媚吐槽之后，周宇为了哄老婆开心，答应今晚回家吃饭时同老妈商量借钱装修书吧的事，说等运营起来赚到钱再还给老妈。按照说好的晚饭时间开车回到家，把车停好后周宇找借口说自己的手机忘在书吧了，想回去拿一下。林馨儿担心让婆婆等，惹她不开心，让周宇快去快回，自己就先回到了家里。结果晚饭都做好了，周宇也没回来，林馨儿打电话给他也没人接。她和婆婆都坐到了饭桌上，周宇才回电话说路上塞车，让林馨儿陪他妈先吃，不要等了。林馨儿就这样和婆婆两人相对而坐，气氛儿近尴尬。林馨儿想着今天不说就不知道又得等到什么时候了，决定自己和婆婆说借钱装修书吧的事儿。她先给张玫盛了一碗热汤，然后耐下性子和婆婆把自己对书吧运营的想法说了一遍。张玫虽没打断她说话，但在她把想法说完之后，一口回绝了她这个想了很久的念头。张玫明确地告诉林馨儿："如果你俩生活上缺钱要买什么，可以随时向我拿，我当初给周宇开这个书吧的目的就是想给他弄个方便看书的书房，能让周宇有个空间和书友见面聊聊，搞经营就不是开书吧的初衷，如果之后书吧以经营为主了，我儿子还怎么安静地看书？你和他一起只要感情好，两人就这么简单地过日子不是很好吗？你嫁给我儿子不就是想衣食无忧地生活吗？你的想法都已经得到了满足，现在没必要瞎折腾啊。"林馨儿听着张玫的话也不敢轻易地反驳，只觉得这顿晚饭吃得比吃沙子还难下咽。周宇回来时，晚饭已经吃完快一个小时了，林馨儿见周宇回来，没有和他说话，只身回到了两人的房间。

  同一时间里，明媚拎着点心袋回到家里，还带了些熟食，告诉已经回家的于涛说点心是供应商给的，让他打开先吃，她自己回房间换了衣服准备晚饭。明媚在厨房里正把熟食拿出来放到盘子里，就听于涛在身后有些喜悦地说："你这整天努力工作的人，终于有了等价回报了。"明媚诧异地回身看于涛，于涛手里拿着一张银行卡正晃动着。明媚没明白于涛什么意思，就问他："这是什么卡？"于涛得意称赞道："这供应商还算懂事。"明媚反应过来，立即用纸巾擦了下沾上油的手，把卡从于涛手里抽出。于涛笑着说："我不要啊。"

  明媚没有想到秦奋会这样来讨好自己，她拿着银行卡，回到房间拿手机找到秦奋的手机号拨了出去，秦奋很快就接起了电话。明媚说："我看到甜品盒里的银行卡了，这个卡我不能收，咱们约个地方见面，我把卡还给你。"秦奋努力地讨好明媚说："只是一点小心意，你忙项目辛苦了，不知道你平时喜欢什么，一点小意思，你买些自己喜欢的东西，我们后面的工作还要你多多支持呢。"

明媚坚持约他见面把银行卡还回去。

秦奋避开银行卡的事不提，很抱歉地说自己正在见客户，不能和明媚多聊，就势挂断了电话。明媚再打过去，秦奋就没有再接。

明媚手里还攥着银行卡琢磨该怎么办，站在门口的于涛说："我说你就别和钱过不去了，人家也是希望和你处好关系，你不收会给对方造成错觉，认为你在针对他。"

明媚正为发生这样的事而感到烦恼，听于涛这样说话，心里更急躁了，道："你根本不明白这里边的事情，我要是真收了这银行卡，之后工作中发生什么问题就会不好开口。在工作交流中起不到什么好的作用，只会把本来简单的事情搞得复杂了。"

于涛一看明媚和他急了，心中觉得明媚不通情理，就撑了回去："你收下又能怎么样？现在大家在社会中办事都多多少少地要维护关系网，人家送你这卡就是供应商向金主示好求照顾的正常态度，你这样不依不饶、不给面子的也不一定就合适。再说，你也不是什么高职务的管理层，又有谁会盯着你看呢？你这一年年的工资加项目奖金少得可怜，你们公司的老板不舍得多给工钱，这也算你正常劳动所得，羊毛都出在羊身上，大家都是为了生活，你这和自己较什么真儿呢？"

听了于涛一番劝说之词后，明媚没说什么，就想回厨房把饭菜做完。路过客厅看到了茶几上被于涛打开的那盒甜品，她心里的话还是忍不住说了出来："我知道这几年我的工资待遇没什么大变化，你对这事一直都不太满意，但是我觉得即便我有想要提升工资待遇的需求，我可以直接找我的老板谈按劳计薪，我为什么一定要用这样一种方式来取得酬劳呢？"

于涛在明媚话语停顿时插了一句："你们这行业不都这样吗？"

明媚很不认同地说："我就是第一次遇到这样的情况，怎么能说都这样呢？你这就是以点概面地诋毁这个行业。"

于涛哼了一声："你第一次遇到那是因为你之前手里的权力还不够。"

明媚被于涛一句话堵了回去，觉得再说就是升级矛盾，便到厨房继续准备晚饭。于涛看明媚没再说什么，坐到沙发上拿起一块甜品放到嘴里说了一句："死脑筋，没救。"

一整晚明媚心里都很不痛快，两人平静地吃完晚饭，于涛回自己房间打游戏。

明媚洗好碗筷、收拾好厨房后回到房间没有开灯，她走到床边坐下，看着窗外放空进入了自我修复的状态里，屏蔽了所有外部环境的声音，像在另一个世界里。

当明媚发现电话在振动时，已经是林馨儿打过来的第三个电话了，明媚赶紧接起来。

林馨儿带着一肚子的气，上来就问："你在哪儿？"

明媚回："在家里。"

两人凭声音就立即对上了彼此的心意，林馨儿说："去付姐那里。"

明媚回了句"一会儿见"，就各自挂了电话。

明媚和于涛打招呼说自己要去见下林馨儿聊会儿天，于涛不满地说："这么晚了还要出去？平时忙时就不说了，有点时间在家里休息也不好好待着。"明媚说："不会太晚，就附近聊一会儿。"说完也没有再理于涛，把鞋换上就出门了，留下于涛在家里气得戴上耳机在游戏里拿枪一阵狂射。

明媚和林馨儿来到一家名叫 Alter 的咖啡吧见面，老板付姐是她俩的老相识。当初她们刚找到工作那会儿，付姐还在开早点摊，就在明媚当时住的小区边的地铁站口。明媚基本每天都买她家的早点，还曾帮着把当时被一锅热粥烫伤的付姐送医治疗，日子久了就成了好朋友。付姐是一个勤劳聪明的女人，几年下来已经从早餐点干成了两家餐吧的老板。她总召唤明媚和林馨儿没事来她这里聚聚、吃吃喝喝的，今晚两人突然一起出现，付姐见到她俩十分开心。

坐在吧台边上，林馨儿拿起付姐递过来的一杯气泡女士酒喝了一大口，一双原本就大的眼睛此刻瞪得更大了，上来就连珠炮似的开始控诉看错了周宇，没想到他竟然用小伎俩躲了出去，让她单独面对婆婆开口借钱。说周宇就是一个彻头彻尾的妈宝男，怕他妈怕到都不敢回家一起吃饭，自己也被婆婆打压得根本没有还击之力，这样的日子她不能再过了，她要离婚。

明媚只听着她吐槽，付姐则笑着劝林馨儿说："老公的人选也是你当初花了大把时间精力千挑万选出来的，至少是自己喜欢的，人无完人，都会有缺点，不同的生活环境中成长出来的人习惯都是千差万别的，也很难改变，既然已经嫁了，不如多看看对方好的一面。婚姻开始的阶段都是要不断磨合的，有些夫妻一辈子都没磨合好，别着急，再看看。"林馨儿努着嘴不服气地又喝了一大口汽酒。

付姐看了一眼明媚说："你这还没嫁的呢，就更要看清楚想明白再决定了。就过来人的经验讲，千万别为了结婚而结婚，不同的婚姻赋能给每个人的感受都会不同。"付姐看林馨儿继续喝酒的样子笑着说："你看像馨儿这样万事不吃亏的性格，看上去是快被逼疯了，我倒觉得这是一种新的体验，可以好好感受一下。"

林馨儿听付姐提醒明媚，马上说："对，我就一直劝她赶紧和于涛分开，找个更合适的人。"明媚听到于涛的名字，也叹了一口气。林馨儿看明媚的反应觉得有门，赶紧追着说："当断则断啊，每天看你和于涛谈恋爱谈成了室友的样子，我都替你累，这大好的时光就这样浪费在他身上了，你说你是长得不好，还是性格不好？我有段时间都怀疑你是不是被他PUA（Pick-up Artist，搭讪艺术家）有了什么心理问题。我就不明白，你为啥就非守着一个不能理解你的龌龊大叔呢？早就说不合适，你就是下不了决心，生生从二十几岁拖到了现在。"

林馨儿竟然越说越气愤，借着酒劲儿开始调侃明媚："你说你，他要是那个方面能得到满足，我也就不和你这儿掰扯了，结果好嘛，大叔是个崇尚养生的人。"林馨儿的嘴不饶人地呵呵坏笑道："好在你也不是个特别有需要的人，这一点你俩算合适。"这话说得明媚也是既气又无奈，紧着用手去捂林馨儿的嘴，但心里知道馨儿都是为她着急才会这么说。

林馨儿继续说："你不要我一说这些你就不说话了，你再拖下去机会就越来越少，到最后就真的没得选择了。"

明媚也喝了一口气泡酒说："可能这两年我真的太忙了，工作上需要花费大量的精力和时间，确实顾不上考虑感情的事情，也会不经意忽略于涛的感受，这点上我觉得自己是要检讨一下的。"

付姐听着明媚的话，倒是看透了明媚自己都没能察觉的心理，便对明媚说："你有没有想过，也许你就是用这个方式在逃避。"明媚不解，看向付姐寻求答案。付姐解释道："就是用工作的忙碌来逃避，逃避感情上你应该面对的问题。"

一语惊醒梦中人，明媚的反应是感觉一下子就接受了付姐提出的观点，可她又很难马上给出一个明确的回复。她看着付姐眨了几下眼睛，又低下了头，选择了一贯的逃避态度，没有继续聊这个让自己很煎熬的话题。

明媚想了下，就岔开话题说："我就是平时工作太忙、压力太大才会这样。就说今天，我为了签一个导演，直接跑到他打球的球场去求他，结果人家根本没把我当回事。我老板呢，还一定要签下这个导演。老板的要求不敢违背，导演又是个自大狂本体，提出的合作条件竟然是要换掉原来制片组的所有人，话里话外对我完全没有什么信任可言。亏得我还对他的才华大加欣赏，现在看才华啥的都是浮云，人品好坏才是关键，你们说我是不是压力山大？"说完又垂下头泄气地念叨："可是我总得再试试，不能就这么放弃了，不然没法和老板交代！"

林馨儿听完明媚吐的一大堆槽，突然想到了什么，说："导演让你去和公司说换掉整个制片团队他才肯合作？这个事情不应该是他自己和你老板谈才对吗？导演才是这次合作的主体方，要是有什么要求也应该由导演向公司提出啊，这样的立场才更有说服力吧？"

明媚听林馨儿这样讲，一下得到了启发，回答道："你说得对，可前提是他必须先是这个剧的导演才行。"

林馨儿提醒明媚说："我觉得这个导演就是想要话语权，你完全可以将他的诉求签到合同里，等合同签了，他就按合同授权的范围自己去和你老板谈呗。这么一来既让他觉得被你们重视，肯定会考虑和你们合作，你也就不用背这个踢走同事的锅了！"

明媚觉得自己找到解决问题的关键了，突然抱了下林馨儿："果然还是你的主意多。"

林馨儿得意地说："那当然，姐姐曾经也是叱咤过艺人经纪圈的，每天不干别的，就是在各种艺人合同里摸爬滚打啊，包你实用。"拿起自己的酒杯碰了一下明媚的杯子。

明媚竟然已经拿出手机在办公 App 上改起了导演合同。

林馨儿取笑她天生打工人的命，但也知道拦不住她干活，就随她去忙了，转过身来继续喝酒，向付姐吐槽她在家里的种种尴尬境地。

这一晚也许注定是个多事之夜，就在明媚和林馨儿因各自的家庭和工作问题相互倾吐心事时，书涵帮明媚设计《少年》剧概念海报的事情也被秦奋知道了。

明媚今天打电话问秦奋银行卡的事情时，秦奋确实在应酬，但是应酬对象不是客户，而是秦奋公司新招来的几个年轻的设计人员。秦奋晚上不回家吃饭时通常都会提前告诉书涵一声，这样书涵就可以不用准备他的晚饭了。今天秦奋也许因为事情太多忘了和书涵讲他不回家吃饭的事，书涵等他等到晚上九点才发微信给秦奋证实了他不回家吃饭了。

秦奋回到家已经十一点了，他看到书涵半卧在床上正聚精会神地看着些什么——书涵平时独处的时间都是用看书来度过的，自然也没太在意。他洗漱完毕上床准备休息时想要和书涵亲热一下，凑近书涵才发现她竟然在看《少年》剧的项目资料。秦奋刚刚的想法完全不见了，马上问书涵资料是哪里来的，书涵就把自己被明媚拜托设计海报的事情如实讲了。秦奋确实记得书涵说过她外出写生的时候认识了一个做制片的朋友，却没想到竟会是明媚。他想起今天明媚对他的态度，心里开始盘算着可以让书涵来和明媚沟通项目合作的事情。

秦奋哄书涵说明媚来找她做设计可能是想省设计费，书涵解释说明媚说了，如果稿子通过了会给她等价的酬金的。秦奋则说现在社会上的人都复杂，书涵常年不接触外界，对人的真正心思不会了解，所以还是要小心为好。他接着又打压式地说书涵的能力和经验都不足，弄不好可能会影响明媚的工作，如果真想帮明媚，不如让公司设计师来帮这个忙，这样就顺理成章地可以拿家里的公司接这单生意。书涵解释说自己提过把秦奋引荐给明媚，明媚只说将来有机会可以一起见见。对这次概念海报的设计，明媚想先让书涵按水彩素描的技法试试，看一下效果再说。

秦奋看书涵不是特别积极地配合自己的想法，也就没有再急着往下说，心里想先让书涵把和明媚的关系搞好，这样也可以留个后路。

秦奋的态度转而变得更加关心书涵，说："你经验不足，如果需要由我来支持的事情就要告诉我。"书涵乖乖地点头，露出幸福和感动的笑容说："我也会再去跟明媚提一下用家里公司接这个活的事。"秦奋怜爱地把书涵搂进了怀里，开始温柔地亲吻书涵。

林馨儿和明媚在Alter待到快午夜才各自回家，两个人经过今晚的吐槽都心情大好，尤其是明媚似乎得到了治病良方，在和林馨儿分开时还用力地抱了她一下。

第二天，明媚一早就迫不及待地赶到公司，找到公司法务的同事对自己昨晚调整好的合同内容做了相应咨询，在确认所有条款都不影响公司大的利益方向后才又回到了工位，对着电脑逐项做了最后的检查。

按照老唐要求的签约时间，今天是最后一天了。所以比明媚更着急的张珊也比平日早到了公司，她第一时间就找到明媚，用一种关切又关心的态度询问明媚和白逸阳聊得怎么样了。她一眼就发现了明媚电脑屏幕上的合同，不禁欣喜了一下说："你已经在做合同了,那就是进展顺利喽。"又开始用自己惯性的献媚的样子夸赞明媚:"你果然是有本事,白逸阳这么难啃你都能搞定,看样子今天签约不是问题了。"明媚一看张珊的兴奋劲儿,马上解释说:"这只是我个人通过和白导演接触,根据他的诉求试着调整的合同,还不确定这样处理他会不会接受呢,只能发过去看他的回复才知道行不行。"

张珊以己度人,觉得明媚就是想等事情都办好了去老唐那里邀功,心里一盘算说:"那你也发给我看一下,我也帮着检查检查。"明媚没多想就把改好的合同发给了张珊,张珊把改好的合同打印了一份出来,拿着合同敲开老唐办公室的门直接走了进去。老唐此刻正在和什么人打着电话,表情有些烦躁,看张珊进来,就和对方草草交代两句后挂断了电话。

张珊一脸既恭敬又献媚的笑:"我是不是打扰到您了?"老唐看她手里拿着文件类的东西,就让她坐下说话,问是不是签导演的事情有了好消息。张珊有些得意地说:"嗯,按照和白导演的沟通做了一份合同,如果唐总对这个合同也没有什么异议,我们就先给白导发过去往下走流程,尽量今天搞定。"

老唐听到事情有实质进展很开心,夸赞了张珊两句,张珊就顺杆爬说:"是啊,我这不知道费了多少脑子和口舌才说服导演。"张珊没想到老唐真的把合同拿过去逐页地审阅起来,当老唐看到其中导演的权利范围条款时脸色开始有了不好的变化。张珊看着老唐从刚刚的喜悦转为质疑,快速地眨了几下眼睛,怯怯地问:"唐总您是对合同条款有什么不满意吗?"

老唐把合同轻摔到桌上,问:"导演的权利范围里为什么会有'与甲方共同拥有对项目人员的任免权'这一项?如果我们整个制作团队的人员选用都要由导演来决定,那我们怎么实际地把控项目的整体运营和进度?超期超支他负责全权赔付吗?这就是在开玩笑!"

张珊看老唐急了,赶紧凑过来说:"怎么会这样,我交代明媚不是这样处理的啊。"就特别自然地把这个包袱甩给了明媚。老唐愣了一下问:"这合同到底是谁弄的?你们都什么情况?"张珊刚想解释些什么，就被老唐打断，让她把明媚叫进来把事情说清楚。

明媚被叫到办公室，老唐问："合同为什么要这么处理？这么处理就是置公司利益于不顾。"张珊马上将身体向唐宏亮的一边挪动，似乎这事始终就没和她有过任何关系地等着明媚做解释。

明媚听明白了老唐的质疑点，就把这部分条款的拟定逻辑讲给了老唐。说明了她在跟白逸阳接触的过程中发现了白逸阳对于合作最在意的两点：一是导演创作阐述中提出的要加入科幻元素设定这个想法；二就是他希望在项目操作过程中对内容创作有足够的话语权。所以自己是为了能够让白逸阳对合作有足够的信任，才修改出了这样的合同条款，其实就是让大家权利平等，而且这部分的决策是要双方共同完成的，单方无权决策。明媚在说明时强忍着没有说出白逸阳本来要求换掉张珊、胡言、泊桑甚至可能包括自己在内的所有制片团队人员的事情。

老唐先是看了张珊一眼，继而转向明媚问："联系白逸阳的事都是你在跟进？"明媚看着老唐的眼睛点了下头。

老唐又转回看了一眼张珊，张珊匆忙避开老唐眼神。为化解自己说谎的尴尬，赶紧把老唐的注意力拉回到合同的内容上，她拿刚刚老唐质问的话指责明媚："你这合同权重写得也太偏向导演了，要按这个条件来执行，那他想怎么拍就怎么拍，什么时间周期、市场定位这些都不能由我们单方决定了，所有后果你负得了责吗？"

明媚看了她一眼，没有过多理睬，而是走到老唐旁边拿起桌上的合同，翻到了后边一些的页面，在双方权利义务条款的最后一条写着："以上条款中涉及人员任用的决定应由双方协商一致并经过书面确认后才可生效。"明媚向老唐讲明了这个条款是有最后的底线的，这个也是她咨询过法务后有针对性地添加到合同里的。这样处理既可以让白导演看到我们想与他合作的诚意，也可以公平地对双方的根本权益做了保障。

老唐听完明媚清晰的讲解，想了一下觉得这样处理原则上也勉强可接受，就说："既然这样就尽快把合同发给白导演吧，最好让他直接就签了。"

明媚想说这个合同只是她根据自己对导演要求的理解试着写的，导演并没有答应会签合同，她只是想争取一下，签约就更要在看到导演的反应后才能确认了。但话刚要说出口，就被张珊抢着说："对对，我们都让步到这个程度了，导演一定会非常满意的，直接签肯定没问题。"明媚一听顿觉压力山大，但想了一下，不管怎样这份合同早晚要发给白逸阳，先试试看再说吧。

老唐对明媚有理有据的工作方法非常欣赏，表扬明媚说："工作干得很到位，就别在这儿浪费时间了，赶紧去干自己的事吧。"

张珊一看老唐情绪好转，也想趁机跟明媚一起出去。老唐叫住张珊："张珊，你先留一下。"明媚出门后，就听老唐大声问张珊："你这是在搞什么？"

还没等张珊辩解，老唐已经一句接一句地狠狠把张珊骂了一顿，警告她不要再抖什么机灵，她如果还想干这份工作，就踏踏实实地干自己该干的事情，别每天就想着别人干活她受益，这种尽想着让别人帮自己扛雷的恶习赶紧改，如果不能和大家保持团队合作的状态来工作，那就主动退出项目。以后要是再搞这种事情，他绝不姑息！

明媚听着老唐怒斥张珊的声音，心里还是有些慌，赶紧回到自己的工位，找到胡言要了白逸阳的邮箱地址，快速把合同发了过去。同时打电话给白逸阳，可白逸阳一看是明媚的号码就直接给挂断了。明媚又赶紧发微信消息和他说明了她的想法，和已经把合同发到他邮箱的事情，并对合同中重点调整的内容做了相应的提示，希望白导演能在百忙之中看一下合同的内容是不是解决了他之前在合作上的一些顾虑，更希望能得到白导演的回复。

明媚还处在刚刚与老唐对话的焦灼状态中，手边的电话突然振动起来，明媚以为是白逸阳回的电话，拿起一看却是李书涵。书涵说自己正好在她公司附近办点事，明媚要是不忙就下楼喝个咖啡，顺便聊一聊海报设计的思路，明媚有些意外书涵的出现，但也很高兴地答应了她，就在附近的某个咖啡厅见面。

书涵在一个有着巨大落地玻璃的咖啡厅里找了一个靠窗子的位置，这里能看到外边的街景和路过的行人。书涵透过窗子看到明媚轻盈快速地向这边走来，就隔着窗子玻璃向她打招呼，明媚也挥了下手，走进来直接找到书涵。书涵已经点好了两杯水果类饮品，明媚坐下后两人寒暄了几句，书涵就从自己背的帆布袋子中拿出了一个大文件夹打开，里边是她手绘的概念海报草稿和自己设计的思路想法说明。书涵告诉明媚说自己想了几个主题，明媚可以看一下这几张已经画出的线稿和色彩搭配示意图。明媚看着书涵用心描绘的设计草稿，心里被她富有灵性的设计触动了。其中有一张画的是抽象的人物写真，风格格外地出挑，明媚激动地说："就是这种感觉，书涵你太棒了，不仅表达了这个项目的定位基调，甚至还在色彩语言上也都配合了主题。"书涵对明媚的夸赞感到高兴，信心也增强了百倍，用她惯有的腼腆笑容看着明媚小声地说："很高兴你能喜欢。"

两人就海报这个话题又聊了一阵，其间书涵几次想开口说秦奋让他提的事，但都没说出口。直到明媚主动提出要给书涵设计费用，会向公司财务申请走流程给书涵付款，书涵才支支吾吾地小声商量说看能不能把钱直接打到他老公的公司。明媚听了书涵的要求，说这应该不是什么问题，就是换成公对公付款而已，一般的公司财务还都喜欢公对公走账。只要是由书涵来做设计工作就好，至于怎么走账就看彼此方便了。

书涵听了明媚爽快的回复非常开心，也为自己的设计被明媚欣赏而由衷地感谢明媚，感谢她对自己的信任，并积极地说自己下周一就能交初稿给明媚。明媚也同样为能遇到书涵这样极有灵性又有责任心的海报设计师而感到幸运。

明媚回到公司刚刚坐下，手机就振了一下，是手机日历提醒她订的影展电影票就在明天，这个提醒更增加了明媚对时间期限的紧迫感。明媚既期盼回复，又怕白逸阳因为心里有抵触根本不去邮箱里找合同看，但也只能是继续等待。等待中，明媚想起白逸阳对自己各种刁难的态度，在心里小小地诅咒了一下他。

也许是收到了明媚诅咒的意念，正在机房里看广告片剪辑的白逸阳突然浑身打了一个冷战，接着打了一个喷嚏。赵明正好来探班，赶上了白逸阳这个具有震撼性的喷嚏，进来就说："你这是要一鸣惊人啊！"

白逸阳就像没有听见一样，继续和剪辑师交流着自己对这段镜头剪辑处理的想法，让剪辑师尝试把产品的特写镜头处理得再慢些，拉长展现时间。剪辑师按照白逸阳的要求开始对电脑剪辑轨上的各种素材剪切挪移起来。赵明坐在一边的沙发上，拿了一大杯咖啡递给了回头看自己的白逸阳，白逸阳接过咖啡，起身和赵明坐在了一起。

两人先是聊了一下这次广告拍摄的事情，就是在复盘片子的呈现效果和技术层面支撑的问题。赵明突然问启梦公司项目谈得怎么样，白逸阳说自己对项目本身很有创作的想法，但就之前去启梦开剧本会的情况看，他很纠结启梦制片团队的不够专业，怕合作起来会有很多问题直接影响到项目的完成效果，所以还处于很犹豫的状态。赵明说能理解他的想法，告诉白逸阳说："启梦在业内不能算大公司，老唐在行业内干了很多年，后来被现在的总公司并购了。这几年在招兵买马扩充业务的过程中招来的人员构成参差不齐，这样的问题不只启梦有，也是很多影视公司的普遍现象。"赵明提起明媚，说："如果这次合作的团队有明媚在，你是可以把制片团队不专业的问题抛开的。"白逸阳质疑赵明的想法，把第一次去启梦开会的事给赵明细说了一遍。赵明笑着露出了非常同情白逸阳的表情，说："可能是她刚认识你也刚接手项目的原因吧，这个事情很好理解，她这就是在平衡大家的关系。"白逸阳说："就她这样瞻前顾后的性格，我还真的不敢相信她能做好制片工作。"

赵明说："你没在公司里工作过，你不会知道职场中人际间的微妙关系。明媚最早是在剧组干现场工作起步的，这两年才进公司里任职，她是真的热爱这个行业的人。"白逸阳的注意力被赵明的话吸引住了，赵明继续说："明媚虽然大学没有学习制片专业，但因为喜欢，毕业就自己找机会进了剧组工作，在剧组里摸爬滚打了很多年。

剧组里的行当她能干的都干过了，要说起专业和经验，真的不输给任何同等级别的制片。更重要的是明媚品性好，合作起来净是她为别人着想考虑。不像有些制片那样八面玲珑，善于在人际关系里周旋，合作过的都知道她有多踏实，是个话少但执行力很强的人。"

　　赵明的一席话让白逸阳有所动容，开玩笑地问赵明："你是不是被明媚收买了帮她说话的？"赵明觉得白逸阳是疑心病上身，回了一句："我图的是啥？再者说明媚要是真的能想起用找我当说客的这个办法，还能这样受你的折磨？"

　　其实白逸阳收到明媚微信的时候就看了一眼邮箱，但没有打开邮件。经赵明这样一说，他决定打开邮箱看一下合同。当看到那句"导演拥有对包括主创及制片人员任用的建议和决定权"时，白逸阳有些意外。

　　看着手机屏幕上的合同内容，白逸阳的内心涌起一丝对明媚的好奇。

　　明媚一整天都在等白逸阳的回复，她的焦虑被菜菜看在眼里，菜菜就一会儿给她递个零食，再一会儿给她递个水果，来帮她缓解情绪。明媚只是接过来都放在桌子上，没有吃，后来桌子上就出现了一座用各种零食堆成的小山。在明媚开始想要放弃的时候，电脑屏幕上出现了一个邮件被打开的自动回复提醒，明媚一看是白逸阳已打开邮件的提示，兴奋地站了起来，引得菜菜一脸诧异地看着她。明媚心里想，不管怎样，他是看了合同的，这样就有机会。明媚问看着自己的菜菜："小圆脸，周末你怎么安排的？要不要和我去看影展？"菜菜从位子上蹦起来问："什么片子？"明媚说："罗伯特·泽米吉斯执导的《超时空接触》，我订了票。"菜菜开心地说："我要去要去。"

　　白逸阳在看了合同后，心里一直在琢磨合作的事情。晚上回到家里，白逸阳躺在床上又再次打开和明媚的微信对话框，找到了明媚给他发来的电子电影票。白逸阳看了一下电影的时间和地点，将票图下载到手机的照片册中。

周五是《超时空接触》展映的第一天，明媚一直没有得到白逸阳的回复，不确定白逸阳是否能来，于是她选择了最笨的守株待兔的方式，很早就来到资料馆门口等待。时间快到的时候，人们都已经纷纷进场，电影就要开演了。菜菜按说定的时间出现了，看到明媚站在影厅门口，菜菜就远远地和明媚招手，向她走去。还没走到就看见明媚身边出现了一个高大帅气的身影，拍了一下明媚的肩膀。

明媚感觉有人拍自己，回身一看是白逸阳，露出了惊喜的笑容，赶紧说："白导演，你终于来了。"白逸阳则直接把自己签好的合同给了明媚。明媚接过合同看到白逸阳的签字，喜出望外。这时菜菜已经走了过来，有些蒙地看着他俩。明媚开心地把菜菜介绍给了白逸阳认识。白逸阳看着两个女孩一脸轻松地说："开场了！进去吧。"催着她俩进场看电影。

三人一起走进了放映厅。

第三章　抗争才是生存最好的方式

搞定了白逸阳的合同，明媚终于从这项棘手的工作中解脱了出来。好不容易迎来一个能够放松一下的周六，早晨睁开眼睛躺在床上，听于涛那边也没什么动静。她先是在"饿了么"上面点了一个双人早餐，然后趴在床上开始翻看这段时间落下的影视剧集，想赶紧补充一下市场动向和相关资讯。

明媚正被剧集里的情节吸引着，一阵长长的门铃声响了起来，明媚被吓了一跳，还以为是自己点的早餐到了，赶紧应声让稍等一下。她迅速裹了件家居长开衫去开门，一开门见到的竟是自己的老妈崔萍，明媚惊讶地喊出了声："妈！你啥时候到的？你来咋没提前告诉我呢？我要是出差了你不就看不见我了。"说着已经把母亲让进了屋里。崔萍边进屋边说："你不在不还有于涛吗？我是为了参加老同学儿子明天的婚礼，也好久没来你们这儿了，顺便来看看你们，住几天再回去，你把户口本记得给我找出来，我这回带回去。"明妈带了一些家里做的小吃，都是明媚从小就喜欢吃的东西，进屋就一样一样地从包裹里往外拿。明媚看见好多自己喜欢吃的东西，就凑上去直接打开放到嘴里，还嘻嘻地傻笑。明妈正说："我就知道你们周末就不一定能起得来。"又一阵门铃响，是明媚点的外卖到了。于涛闻声也来到客厅，见到崔萍很亲切地打招呼："阿姨来了。"崔萍应声道:"是啊,来看看你俩,明天还要参加一个同学儿子的婚礼,那个孩子小时候都和明媚见过面,估计明媚现在已经不记得了。"明媚凑到崔萍身边有些撒娇地说:"妈,你干吗老说以前的事,就好像他能记得我似的。"崔萍顺手也递给于涛一片甜藕脆片,然后说:"我不知道人家记不记得你,我只知道你们都是同一年生的,他的生日还比你小一两个月呢,人家一个男孩都已经结婚了,你俩是不是也得琢磨一下什么时候把事儿给办了啊?结了婚也好快点琢磨要孩子的事情,趁着我们几个老人岁数还都不太大,也好帮着你们带带孩子,结婚生子了才算稳定。"

明媚反驳说:"结婚生子就一定能稳定了,那么多结了婚孩子都生了的不也有很多都分开了的吗?我觉得只有事业稳定了才好说其他方面是不是能稳定,所以跟结不结婚没太大关系。"坐在沙发上打开电视看节目的于涛听到明媚这样说,马上插了一嘴:"就你选的这个工作,一天天在外边奔波,就永远都别想着稳定。"明妈顺势赶紧接着道:"对对对,你这个工作太没规律,确实挺难稳定,所以还是想想趁早把婚结了。你们老大不小了,一起也这么多年了,婚结了都踏实。"

接着又开始问于涛什么时候把他的父母约到一起,两边家长都见见,把他俩的婚事都定一定。于涛心里也是这么想的,只是碍于明媚一直都不太主动提,这回正好借着明妈的话就答应了下来,说他会先和自己的父母打招呼,商量一下找个大家都合适的时间安排见面,又看着明媚说主要是明媚的时间不定,工作起来一天天忙得都没个准儿。明媚听着于涛说自己没有再反驳,只是低头帮着老妈整理行李里的东西。

明妈看明媚低着头也不说话,怕这个话题冷了,赶紧趁热打铁地说:"等和于涛父母见了面,大家可以先商量商量给你们买房子的事。结婚嘛,还是有一个自己的房子住着更方便,可不能像现在这样还租人家的房子住了,租房子总不是长久之计。现在不觉得有什么不方便,等到有了孩子就知道了,还是早点筹划的好。"

于涛看明媚一直也不说话不表态，觉得明媚就是在敷衍躲避这个事情，心理开始不平衡，就又抱怨起来："我真不敢想我们将来还能要孩子，就明媚现在这种越来越忙的趋势，别说孩子，能顾得上我们俩的正常生活就不错了。每天忙得连饭都顾不上做，还能顾得上要孩子？根本不现实。"

明妈附和着点头："是啊，你说你总这么忙也真的不是个办法啊。"

于涛继续数落明媚："我说让她换个工作，结果她就死活不肯，就这么拖下去，最后把自己拖成个高龄产妇她就满意了。"

明媚听老妈和于涛一唱一和地数落自己，终于按捺不住了，对着于涛就反问："你有没有常识，现在女性的平均生育年龄是三十二岁，要按这个岁数算我还没到呢。还有就是要孩子的事情，如果我们自己没有想清楚有了孩子之后要过怎样的日子，到那时一定还会遇到很多我们没想到的问题。"于涛一听明媚还是很顽固地坚持自己的想法，就更是愤愤地大声说道："再不生再拖两年你就更忙了，到那个时候再想生、再想换个轻松一点的工作？那还不如现在着手马上换。"

明媚想着两个人就这样在老妈面前争吵不休也不太好，会让老妈担心，也就没再说话。

明妈听了两人的对话大概也明白了，问题主要是在于自己女儿工作太忙。她看着明媚说："你啊，真的要站在两个人的立场上想这个问题，要真是因为现在的工作太忙，那就为了两人未来的生活着想，换个不忙的工作，少赚点钱也行啊。现在于涛的工作稳定，工资收入也很不错，两人总得有一个照顾家的，你是个女人，照常理就应该收下心来多花时间在家庭上，女人嘛，最后的归宿还得是家庭婚姻。"又对着于涛说："等结了婚再要上孩子，她自然而然就把精力放在家里了，我们年轻的时候都是这么过来的。"

于涛转头看着一直低头不做声的明媚，开口说："你要是实在舍不得换公司，就和公司老板商量一下申请转个岗，换个不用总出差加班的职务，这样你也不算离开这个行业，还能抽出精力照顾家庭。"明妈再次附和于涛的话。明媚很想马上摆脱此刻不被家人理解的窘态。

明媚一边听着数落，一边往嘴里放着早点，一脸的郁闷。明媚的手机收到了微信消息，是机房的剪辑老师发来的，说《少年》的预告片花已经出来，并同步发到了明媚的手机上。明媚一下就从刚刚的窘迫中跳了出来，不再理会于涛和老妈，自顾自地赶紧把预告片花点开来看。接着告诉老妈和于涛，说自己一会儿要去趟后期机房盯剪辑工作，晚饭估计也不能回来吃了，就不要带她的份儿了。

于涛一听她说要去机房，无奈地笑笑，一脸也真的懒得再说什么了的表情。明妈有些心疼地说："你这大周六的还要加班吗？也没人催，你就先休息，等到上班再说呗。这刚和你说的话就算是白说了。"

明媚说："项目片花马上就要发布，还有需要调改的地方，赶早不赶晚，早弄好了心里踏实。"说着就回自己房间准备要出门的衣服。

明妈跟进房间，低声地劝明媚说她不要犯傻，于涛现在的条件比前些年可好多了，明媚再拖下去，人家找个更年轻的也不是没可能的，要是把于涛给折腾跑了，她肯定会后悔。明媚不爱听，快速地收拾完就匆忙出门去了。

周六的晚上，寂静要比平时来得晚些，人们都沉浸在周末的放松中，不愿太早睡。

白逸阳自从和启梦签订了合作协议后，就用最快的速度把之前所有的其他工作都做了相应的完结，还把赵明的时间档期也预定了下来。他每天就是坐在电脑前一边看原著一边看之前的剧本，做着各种功课，自己动手改起了《时光》的剧本。白逸阳坐在书桌前正凝神地看着电脑里的剧本，文档的页面上布满了各种修订痕迹。

距第一集剧本修改完成就差最后两个段落情节了，已经干了一整天的白逸阳思路有点卡顿，就伸了伸懒腰，想起身放松一下筋骨。

他走出房间，到厨房里拿出了咖啡滤纸，又从橱柜里拿了一些咖啡豆，准备给自己来一杯手冲咖啡。白爷爷听到白逸阳进厨房的声音，也从自己屋里出来，问白逸阳是不是饿了，可以给他煮之前包好的速冻饺子吃。白逸阳说："不用了爷爷，我就是想给自己冲个咖啡喝了提提神，您早点睡吧，不用惦记我。"爷爷看他这么晚还喝咖啡，问："这个时间了喝咖啡，你不怕睡不着啊？"白逸阳说："剧本就差一点了，我再坚持会儿，弄完了再睡。"爷爷听白逸阳这样讲，说："年轻人做事情啊，是要有个投入的劲儿，只要投入了，啥事都能做好。难得你真喜欢做这个事情，这是可遇不可求的，值得庆幸和坚持。"爷爷鼓励完白逸阳，最后还是叮嘱他也要注意身体。

白逸阳端着香浓扑鼻的自制手冲咖啡回到房间，脑子里构思着男主和女主再次遇见时的开场，端起杯子稍稍喝了一小口，感觉还有些烫嘴，但脸上浮现出一副享受的表情。闻着咖啡的醇香，白逸阳的睫毛忽闪了一下，眼睛里闪过一抹光亮，想到一个好的情节点。他端着手里的咖啡转身回到书桌边，把手里的咖啡顺手就往桌子上放去。因为注意力都在电脑的屏幕上，他没有注意到桌子上原本放着的圆柱形的一个眼镜盒，就直接把装满咖啡的杯子放到了眼镜盒上，结果杯子没有放稳，一整杯咖啡就这样洒到了电脑上。电脑被咖啡泼到突然黑屏，白逸阳惊呼着立即拿纸巾去擦，但已经于事无补了。

爷爷奶奶都听到了他屋子里的动静，就一起跑过来看发生了什么事。

只见白逸阳手里拎着滴着咖啡的笔记本电脑，将电脑翻扣在了窗边的条桌上。白逸阳看到爷爷奶奶站在门口看着慌乱的自己，朝着两位老人无奈地嘿嘿傻笑了一下，接着就问爷爷奶奶原来放在家里的那台旧电脑放哪儿了。

爷爷奶奶劝他早点歇着，白逸阳说还是想写完再睡，爷爷让他去储藏间里找一下，应该在一个放着文具的大纸箱子里，上面盖了一块蓝色棉布单的那个。白逸阳让爷爷奶奶去休息，随后走进了小储藏间。储藏间里放着各种陈旧的杂物，他一眼就看到了盖着蓝色棉布单的大箱子，一打开就是那台笨重的旧电脑。赶紧拿回自己屋里插上电源试着开机，电脑的电源灯亮了起来，白逸阳一看，舒了一口气。只是老电脑速度慢了些，他等了一小会儿，电脑屏幕终于亮了，他快速联网登上了云端的存储页面，打开已经被自动保存的剧本继续敲起字来。趁着灵感还在，白逸阳一口气将第一集剧本最后的两个情节顺利完成，心满意足地往椅背上靠了下去。他没想到淘汰这么多年的电脑竟然还派上了用场。突然电脑自带的光驱灯一隐一现地闪动起来，光驱里传出光盘被带动的声音，白逸阳按了一下光驱边的开关按钮，光驱的盘托带着一张DVD光盘吐了出来。白逸阳凑近拿起光盘一看，正是他之前找过的《小疯子》DVD空盒里的那张，就自语地说："原来在这儿呢。"

　　白逸阳把光盘放回了驱动器里，点了播放键，电脑屏幕上出现了一张女孩的笑脸。白逸阳看着屏幕一下愣住了——那张笑脸看上去似曾相识。他又仔细地看了一段，确认自己没有认错，屏幕里一直在笑的女孩就是少年时的明媚。屏幕里，明媚对着镜头说："就是很喜欢拍戏这个事，像这样和大家在现场一个一个镜头拍，然后就可以完成一个作品，这种一起忙活一起收获的感觉真的太好了。将来我能干上这行，就是最大的人生动力了。"屏幕上突然有一个女孩用手挡住了镜头，画面变黑，又乱七八糟地抖动了好半天，其中夹杂了女孩质问的声音："谁让你拍我家明媚的？不许拍……"白逸阳赶紧又把画面倒回去，找到明媚的脸然后定格，仔细看着屏幕上的女孩，心里觉得不可思议。

　　白逸阳回想明媚这些天来和自己相处时的状态，又看了看屏幕上明媚的笑脸，心里想着，难道她早就认出了我，所以才不断吸引我的注意力，还约自己一起看了影展？白逸阳嘴角稍稍翘起，心里被这样巧合的缘分触动，感到了些欣喜。

　　这一整天，明媚就窝在剪辑室里和剪辑师一起修改片花，中间饿了就订些外卖来和大家吃，直到整个片花完全调整好才离开。

　　明媚进家门时已经是将近午夜，此时于涛已经睡了，明妈听见门响从明媚的房间里出来，看她一身疲累，问："怎么弄到这么晚？晚饭吃了吗？"明媚看老妈也没睡，就问："你咋也没睡呢？快去睡吧。"然后就从壁柜里拿了被褥往沙发上铺。崔萍说："你就和我睡一张床呗，沙发上睡不好。"

明媚随口说："我还想再干点其他的事，妈你就回屋睡吧，别管我了。"崔萍不悦道："你这工作真的要考虑换换了。"明媚被说到敏感点，走进卫生间自顾自地洗漱，拿牙刷快速地刷着牙，不再理会老妈。崔萍一看女儿的反应，也就回屋休息了。

明媚看老妈回了房间，刷牙的频率也就慢了下来。手机里来了一个微信提醒，明媚过去把手机调成静音。看到白逸阳把刚修改好的第一集剧本发到了群里，明媚洗漱完钻进被子里，迫不及待地打开了新剧本开始阅读。

因为周六休息，张珊叫着胡言约了《时光》的编剧也是原作者的泊桑一起吃晚饭。白逸阳已经签约了项目的导演，她担心自己的位置早晚会被明媚取代，就想要拉拢泊桑和自己结成统一战线。整个晚饭时间张珊都在铺垫白逸阳有多么地不明事理和强势、不好合作，希望在之后的合作中泊桑不要在意导演提的意见，告诉泊桑说："他提他的，咱们按着原来的想法来就好。"她和胡言会一直站在泊桑这一边的。三人达成了共识，席间频频碰杯，喝到兴奋时还要相互吹捧几句，感觉聊得十分投机尽兴。饭局结束时，张珊还特别殷勤地给泊桑送上了特意准备的礼品酒，哄得泊桑不亦乐乎。

就在几个人都满怀得意地回到家中准备休息时，同样也收到了白逸阳发到微信工作群里的新修改好的第一集剧本。

泊桑最先发现了工作群里的剧本，立即火冒三丈，怒不可遏，马上给张珊发了消息质问导演凭什么改自己的剧本。张珊这才发现群里的消息，赶紧安抚泊桑，让他别管白逸阳，只要按原计划继续写剧本、赶进度就好。就算白逸阳现在开始动笔写，首先在时间上怎么也赶不上原来制订的工作计划，更别说还要保证质量了。到了该交稿的时候，把这边已完成的十集剧本拿去给老唐，就不怕老唐不站在他们这一边。

泊桑听张珊的话虽有些道理，但因为并不了解白逸阳的能力水平，就有些不安。张珊为了让泊桑坚定地站到自己这边，话语开始变得娇嗔地说："泊桑老师，你看今晚我们喝酒时我不都把事情和你说得很清楚了吗？你可一定要坚持住啊，这个阵地我们可不好就拱手让了，想想我们之前做了那么久的努力，等这次剧本通过了，你就能拿到百分之三十的稿酬了，要是现在让他们冲了上去，完成的剧本就又得再改。你想想啥时候才能拿到稿酬啊，搞不好还得让出编剧的位置，那时候真的是所有的努力都白费了。"泊桑最终被张珊成功洗脑，一边倒地认为白逸阳就是自己最大的敌人！

周日早上，明媚闻到一阵熟悉的菜香醒了过来，是崔萍在给他们做早饭。明媚看了一眼时间，六点刚过，就问老妈怎么起这么早。崔萍说可不早啦，把饭做好她还要去参加同学儿子的婚礼呢。明媚应了一声，裹着被子跑到自己的床上继续躺着。于涛起来后竟然没有找明媚的茬儿，还很安静地和她一起吃了早饭。明媚觉得一定是昨晚老妈做了于涛喜欢吃的饭菜，所以才堵住了他的嘴。这一天过得可能是近一段时间最平静的。明媚还和白逸阳在线上简单沟通了一下，她说了自己对新剧本的读后感，表达了非常喜欢新剧本的心情。

崔萍参加完婚礼回到家，明媚提议带着她出去吃晚饭。崔萍说让明媚选个地方，明媚果然不出意料地选了一家火锅店，能带着老妈一起吃火锅对明媚来说是极为开心的事，这种感觉真的很治愈。

周一工作日，明媚的状态明显比之前饱满了很多。一到公司，她就发现了书涵发过来的海报设计稿还有合同邮件。看完合同内容后，明媚发现乙方公司处写的竟然是秦奋的"奋进文化"。明媚一脸的问号，顾不上多想，拿起手机立即给李书涵拨了过去。经过询问和书涵的说明，明媚这才明白过来，送银行卡的秦奋就是一直未曾谋面的书涵老公。明媚想到之前秦奋送银行卡的事还没解决，就在电话里约书涵见个面聊聊合同的事。

明媚这边刚和书涵打完电话，就听见白逸阳和菜菜问好的声音。

一抬头，白逸阳已经站在办公桌边上看着自己，还顺手递过来一杯星巴克咖啡。对面的菜菜一直在盯着白逸阳，眼睛眨着，放出满眼喜欢的神色。白逸阳发现菜菜一直看自己，就把另一杯咖啡给了菜菜。菜菜受宠若惊，瞬间心花怒放，直接表达了对白逸阳的喜爱之情："导演，我很喜欢你。"然后才反应过来自己的话说得有问题，又慌张地重说了一遍："导演，我很喜欢你的作品。"明媚坐在那里真为菜菜的一脸花痴捏了一把汗，赶紧招呼白逸阳进了会议室。

白逸阳在看过自己之前拍的明媚的短片后，今天再次见到明媚，心里便多了一些亲切感，脸上含着笑意。

明媚看今天要一起开会的张珊和其他人都还没到，就和白逸阳说可能要等他们一下，周一堵车，可能晚些才能到。白逸阳很随和地回了句："是我来早了。"

白逸阳那台泼上咖啡的电脑还没修好，加上他想让明媚看看光驱里的短片，就拿着旧电脑来开会了。他想趁着其他人都没来，先打开电脑给明媚看一下短片。结果电脑真的是太老了，光开机就花了几分钟，再等着光驱驱动又是好一会儿，这期间明媚还去茶水间泡了一壶茶水给大家，准备开会时喝。等电脑的光驱运转起来，白逸阳点开视频，视频播放器又卡顿起来，明媚看出白逸阳的电脑出了问题，就主动说把自己的电脑拿给他用。白逸阳接过明媚的电脑，一眼就看到了明媚桌面上她和于涛的合照，照片上明媚穿着学士服，看样子应该是大学毕业时照的，两个人都笑得很开心，脸上还带着一些青涩。

白逸阳看到照片就好奇地问明媚："你和男朋友是大学时的同学？"明媚反应过来白逸阳是对着桌面照片发的问，坦率地点头说："对，我们是大学同学，但不是一个专业。我学的是新闻传播学，他是学金融的。"白逸阳点头，又接着说："那你毕业也很多年了吧？"明媚答道："是啊，快七年了。"

白逸阳想了一下，打消了给明媚看短片的想法，对明媚说："你这学的专业勉强和你喜欢的影视沾点边，当初为啥没直接学影视的相关专业呢？"

明媚被白逸阳的问题问得有些诧异，一脸莫名地看着白逸阳，不太理解他这些问题的出处在哪里、他到底想说什么，反问白逸阳："白导，你为什么突然问我这些问题？"

白逸阳听明媚这样问自己，也变得有些困惑，心里狐疑地想，难道自己想多了，明媚并没有认出自己？

会议室的门这时被人推开了，编剧泊桑拎着一个电脑包走进会议室。明媚积极地和他打招呼，给泊桑让座，问他喝茶还是喝咖啡。泊桑只是回了一句"先不用了"，就坐在了白逸阳和明媚的对面，也没再说什么。

白逸阳很想向泊桑表示友好，但看泊桑并没有想和他说话的意思，也就先安静地继续等其他人来。

到了开会的时间，张珊和胡言也一前一后地进了会议室，两个人很自然地都和泊桑坐在了一边。三个人相互眼神交流了下，都默契地没有说什么，会议桌上自然形成了两边对峙的气场。

张珊瞟了一眼白逸阳和明媚说："不是说开剧本会吗？人都到了就开始吧。"

唐宏亮不知什么时候来到了会议室门外，敲了下门走了进来，说："辛苦大家了，导演终于可以开始和大家一起工作了，就辛苦泊桑老师和白导配合把《时光》这个项目做得更好吧。"

老唐在白逸阳和公司签合同的当天就打了电话给白逸阳，对白逸阳的加入表示了特别的欢迎，希望导演可以在作品上多多费心。白逸阳非常清楚老唐在签合同之前一直不露面就是不想在酬金价格上有所让步，合同签完就不一样了，老唐还是要表示出对白逸阳的重视的。

当老唐看到白逸阳在修改剧本时，心里自然开心签了一个有责任心的导演，更知道这很可能让泊桑不开心，所以特意看了群里开会的时间，赶来平衡一下大家的心理。目的达到后，他说自己还有别的事情要处理，就不参加会议了，交代张珊和明媚照顾好大家，便离开了。

张珊看老唐离开，开口第一句就说："我看完导演调改的第一集剧本，直观感受就是觉得很乱，看不出什么故事脉络。再说如果真的按照导演的想法改，后面所有剧本就等于都要重新写过。"

白逸阳解释说："我之所以直接改，就是想让大家知道按照我的提议去改出来会是什么效果。在我看来，现在的剧本缺少大的剧情结构，在细节处理上虽然有原著内容的加持，保留了一定故事原有的风格气氛，但由于剧本编写中缺乏应有的阶段性的结构设计，在短线情节的推动和人物状态的变化上都很难带动人们在心理上的可持续兴趣点。我们不是重做，而是要保留可用的，减去对剧情影响不好的部分，实际就是个去伪存真的过程。"

泊桑听完白逸阳的阐述直接不干了，说："导演的意思就是要我们完全按照你的意思写呗，那还要我这个编剧有什么意义呢？我看我就可以直接退出项目了。"

张珊怕泊桑真的会意气用事直接撂挑子，急忙把话往回聊，安抚泊桑说："泊桑老师的文采大家都是有目共睹的，他的作品读者群体受众量也很大，从哪个方面来说都是可以满足市场对项目要求的。以他对自己书粉的了解写出的本子，怎么就会像导演说的那样呢？还是导演对泊桑老师的创作没能理解到位造成的？"

白逸阳说："以我个人的见解，剧本就是剧本，小说就是小说，从本质上就不一样。小说一般都用连贯性情节叙事的方法来描述作者想写的故事和人物，受众的角度就是在细致的文字讲述中靠自己的想象来感受故事中的空间环境。而剧本的目的就是要将一个故事中的情节更直接地放到大结构中，既要情节展现人物的情感，还要在情节中设置故事往下展现的可信性逻辑。剧本最后是服务于拍摄实际工作的，所以必须要想到最后的呈现结果，观众要的是看剧，而不是读剧。"

白逸阳一番话出口，听得明媚心里一惊，她真没想到白逸阳会这样直捣黄龙，难怪张珊之前不愿意和他合作，虽然这样会让泊桑老师比较难堪，但也确实指出了问题所在，心底暗暗佩服了白逸阳一下。

泊桑再次被白逸阳激怒，问白逸阳："导演的意思是说我耗时两年修改过的七稿剧本，在你看来就是把我写的小说复述了一遍是吗？你这个想法我不能接受，如果导演的想法是以之前的剧本你没有参与创作来做衡量的，我觉得你太不负责了，也太不尊重别人的劳动成果了。"

白逸阳的表情突然变得特别严肃，声音不大却很富有杀伤力地说："就是因为负责，所以我才要这样说！我愿意和大家共同进退把项目做好。每个项目都会因不同的情况经历或多或少的曲折。不管这个项目在我加入之前经历过什么，现在我既然做了这部剧的导演，那么我就要对自己的作品质量负责，对大家负责。"

明媚下意识地为白逸阳的话点了点头，白逸阳看到后，和明媚对视了一下眼神。

张珊看到泊桑的面色已经不能用难堪来形容了，马上岔开了话题说："不只剧本内容需要注意，更要把进度放在重中之重，不论是改还是不改，都要在说好的时间内把剧本交付给预购方的评估人员审核。到时候交不出剧本就是违约，违约就有项目被预购方放弃的风险，孰轻孰重还要认真判断一下。"

张珊环视了下大家，继续说："现有的十集剧本就已经做了两年了，导演改的一集剧本也未见得就能通过评估，重新来写难道是再来个两年时间吗？这么下去这戏恐怕永远开不了机了。"

明媚想了一下说："之前我参与得不多，站在项目最终呈现的角度来说，如果我们就只为时间节点来完成内容，在大家没有完全达成共识的情况下对剧本草草通过，那么到了拍摄期可能要面临的问题就更大了。这些问题如果不能得到解决，真的有可能会拖垮整个项目。现在有白导的加入，其实是可以防微杜渐地预防这些问题的发生。导演写的第一集也许不够完美，但毕竟是按着实际拍摄的需求调整的。并且导演修改这集剧本也没有用太长时间，我们可以尝试让导演和泊桑老师配合着按这个速度来写后面的本子，也许能赶上交付的时间。"

老唐从会议室外经过，看到里边的气氛好像有些紧张，又一次走了进来。

正赶上张珊示意胡言让他说话，胡言突然站出来说："我觉得用大数据来分析，目前的剧本内容已经可以满足市场要求了，超期不交稿问题就很严重。"白逸阳问："你们沟通过交剧本的具体时间了？"胡言撇了下嘴说："没具体，只说了在这个月的月底前发过去。"

明媚惊讶地问："这月底？"睁大眼睛看着张珊，脱口而出道："还是先不要发吧，万一给人家第一印象不好，那就更糟了。"在座的所有人都望向明媚。当明媚的眼神扫到老唐时，觉得自己这话说得有些冲动了，立即低下头露出后悔的神情，自责不已。

白逸阳接着说："我支持明媚的想法。"泊桑已经一副疲态，靠在椅子上不想说话了，张珊也不语地看着，胡言则带着嘲讽的语气问："那不按说好的时限发，这样印象就好了？"

明媚带着一些不确定的态度说："我觉得如果我们能够保质保量地按时交稿自然是好，如果不能，那我们再花些时间能够达到标准，结果一定会更好，对整个项目来讲也就会越做越顺。"

老唐感觉气氛不能再这样下去了，赶紧插话平衡场面说："当然质量是最重要的，可要是答应了预购方交付时间，最好还是要按时交稿。"这番话在局外人看来就是在安抚，但是对干活的人来说就是变相地施压。老唐既告诉了导演进度不能超时，也让泊桑明白自己的剧本确实存在问题需要调整。老唐最后还说了一句："相信各位能够同心协力把项目做好。"说完就交代两个执行制片安排大家先回去都再想想清楚，有需要沟通在线上聊也是一样的，就这样让大家先散会了。

把白逸阳和泊桑都送走后，明媚和张珊被老唐叫到了办公室，老唐先是问："你们知不知道为什么要你俩一起做这个项目？"明媚和张珊各有猜测，但也不是很确定，所以没有回答，都看着老唐。

老唐看她俩不回答，说："好，既然你们不清楚，那我来告诉你们。明媚你不知道剧本的交付日期，为什么事先不问一下张珊？张珊你之前对接项目，要比明媚更清楚项目进度，为什么不和她交代清楚？"明媚没有解释什么，只是惯性地向老唐认错，说是自己疏忽了。站在一边的张珊心里不爽，但又不能否定老板的话，也就轻声地回应说之后会注意。

老唐有些无奈地看着明媚："你在知道时间紧迫的情况下，就应该跟张珊配合，一个红脸一个白脸，让白逸阳接受在现有剧本的基础上尽量不要再花费更多的时间大改了，你可好，一个劲儿地支持导演。要不是我进去得及时，真不知道局面会混乱成什么样，再不让大家散会，就得搞得导演和编剧大伤和气。"

老唐转头对张珊说："你们打好配合，去跟导演沟通好，让他尽量与泊桑好好合作，千万不要打击主创们的信心和热情。"

明媚垂头不语，老唐继续说："《时光》的题材是这个项目最大的优势。这个题材不只咱们在做，这就意味着谁快、谁先做出来谁就能赢得市场的先机，所以要快，再快！叫你来《时光》组帮忙还是希望你能配合推进项目进度，不是让你来帮着拖时间的！"

明媚眉头紧皱，不想再反驳，张珊则掩饰不住自己的得意。

老唐终于把她俩从办公室里放了出来，张珊不屑地斜了一眼明媚，说："别以为《少年》剧推进得顺利就了不起了。当初不是我介绍你来启梦，恐怕你也没那么容易就得到这样的机会。"明媚听了张珊的话也不知道用什么态度来面对她，只是说了句："项目的事大家一起努力做好。"

张珊轻蔑且狡黠地看了明媚一眼，又接着说："既然唐总让你来了《时光》组帮忙，我也不应该吝啬给你机会。劝导演尽量不动现有剧本的事儿就交给你吧，最好是让导演高高兴兴地接受原稿，那就算咱们合作成功了。"

张珊说完得意地走开了，明媚回到工位，想起老唐今天说的几番话语，心里倍觉压力。

书涵之前发来消息说她已经到了楼下的咖啡厅，明媚想起还要和书涵见面，赶紧拿上手机和钱包往外走。

　　明媚在咖啡厅见到了书涵，书涵的精神状态感觉比之前见面时多了几分振奋，明媚心中想着不管怎样还是要把事情和书涵讲清楚。明媚先说自己看了合同，知道了书涵老公的公司就是启梦的长期供应商，这样就不用单独签合同了，直接把《少年》概念海报的设计费划到奋进文化就行。自己只希望按时完成海报，不要影响整体宣传的时间节奏就好。书涵很能理解明媚说的时间的重要性，频频点头说："那是一定的。"

　　明媚把秦奋给自己的银行卡从钱包中拿了出来，平放在面前的小桌上推给书涵。书涵诧异地问："这是？"明媚说："这个卡我是不能收的，我选择'奋进文化'做《少年》海报设计的供应商，原因只有一个，就是书涵你给出的设计方案是能满足《少年》项目的宣传定位需求的。"是书涵的艺术天赋和极强的责任心赢得了她的信任，与其他附加条件都没关系。书涵被明媚给银行卡和说这些话的举动给弄得有些糊涂，尝试理解未果，就直接问明媚："到底是什么情况？这银行卡是做什么的？"明媚观察到书涵并不知道秦奋之前做的事情，只好说明："这卡是秦奋偷偷放在给我的点心盒里的。"书涵一下明白了明媚的意思，赶紧向明媚说："我不知道这个事，我代表秦奋向你说声抱歉。"明媚从书涵的态度上看，愿意相信书涵和秦奋是不同的，心里感到踏实。明媚说："大家不必太在意这个事，也请转告秦奋，我们用努力完成工作来表达诚意和情感才是最可取的方式。"

　　回到办公室，明媚想不管怎么样《少年》海报的事情终于落实了，其他工作也都在正常运转，暗暗地松了口气。

　　刚趴在桌子上想要休息下，她又突然想起还要和白逸阳商量要按时间完成剧本改写的事情。主观上她不希望牺牲剧本质量来迁就交稿时间，但对于老唐的指令也不敢违背，不过白逸阳更不是一个好沟通的人。她心里纠结着，想来想去最后只想到一个办法，那就是让林馨儿帮自己出出主意。

宇林书吧里,林馨儿正在各种给周宇甩脸子。周宇没有安静地看书,而是在想方设法地讨好自己老婆,刚刚做好两杯手冲咖啡端到林馨儿面前。林馨儿摆弄着手机没有理他,这时候明媚的电话打了进来,林馨儿兴奋地接起电话,用质问的口吻道:"喂,你终于想起我了?"明媚不服地说:"我们不是昨天才聊了天吗?"林馨儿理直气壮地道:"是我先和你说的话好吗?"

周宇又拿了一盒水果酸奶冰激凌放到林馨儿面前,可林馨儿和明媚拌着嘴,还是没搭理周宇。林馨儿问明媚:"你这会儿打电话给我是有什么着急的事要说吗?"明媚一五一十地复述了所有事情的经过,林馨儿听了说:"既然是老唐的意思,你还真得把这事处理好。"明媚说:"是啊,所以我才来咨询你这个军师,要怎么和他谈呢?"林馨儿说:"这还有什么没法谈的,约他吃饭直接说,讲事实,摆道理啊。"明媚说:"可是我今天白天还在力挺导演,不到半天我就改主意了,怎么觉得自己仗没打就投降了呢?"林馨儿说:"你这是敌我关系没搞清楚好吗?你要永远地记住,是老唐在给你发工资,你帮那个什么导演说话他能给你奖金吗?"林馨儿在这种事情上的立场总是处理得比明媚现实和务实得多,明媚听着林馨儿的分析觉得有理,倒也没得反驳。

和林馨儿通完电话,明媚陷入了一种自我质疑中,其实她不是不知道通过怎样的社交方式来和导演进行沟通,那她到底是想从林馨儿那得到什么样的援助呢?是想通过林馨儿对这个事情的看法来佐证自己的坚持是不能被多数人所接受的,甚至是有悖于共同利益体的?她想着要怎么开口约白逸阳见面,想着要把事情尽快处理得让大家都能满意……

林馨儿挂了电话之后,看到周宇以近似哀求的眼神看着自己,就逗他问:"你有事?"

周宇无助地问:"媳妇,你不要这样不理我好不?你说你想要啥,我都买给你。"林馨儿讽刺道:"我说的话真的会有人听吗?我可没这个自信!"然后低头继续摆弄自己的手机。

　　林馨儿平时有什么不开心,周宇认个错,哄一哄,让林馨儿把脾气发出来,发完气一消也就好了。林馨儿像这样平静以待的,让周宇实在摸不到门路,既害怕又苦恼。周宇继续哄了林馨儿好久,就差给她跪下了,林馨儿终于开口说:"你为了逃避和你妈谈装修书吧的事,撒谎骗我不说,还让我单独面对你妈,让我一个人说出借钱这种难以启齿的话,结果让你妈对我有了很大的成见。这个事严重地影响了家庭关系的和谐,你这样处理事情的态度是极不负责的,知道吗?"

　　周宇还试图解释说书吧现在的样子确实用不着装修,林馨儿看周宇还坚持自己的道理,起身就走,不想再和他有什么交流。周宇想跟上,林馨儿直接拦住说:"既然大家的想法始终不能一致,那就不要说什么废话耽误彼此的时间了。"转身又甩给周宇一句:"我理解你喜欢看书,所以要开个书吧,但是你不理解我想做的事,这样不能相互理解还算一家人吗?既然不算一家人,大家就各自安好也不错。"

　　林馨儿表情平静,可说出来的话是越来越重,这让周宇愈加地不安。周宇彻底败下阵来,举手发誓说:"我之后什么都听你的,更不会临阵脱逃了,媳妇你就原谅我吧!"

　　林馨儿看着认怂的周宇窃喜,以语重心长的口吻教育他说:"老公,我这也是为了咱们以后着想,咱俩都是成年人了,总不能靠家里、靠你妈一辈子啊。不能靠自己的努力和想象力去生活的方式太过沉闷了,总有一天会腻烦的。再说以后真有了孩子,还要继续让你妈来帮着养吗?况且,妈也总有老了、退休的一天,到那个时候就需要我们成为她的后盾了,这些是必须现在就要考虑的。"

　　周宇一边听着,一边一副乖巧的样子点头如捣蒜,还不住地夸赞自己媳妇就是聪明、懂事、有远见,比自己厉害多了。林馨儿瞪了周宇一眼,说:"你不要只说嘴,赶紧去想办法!"周宇看媳妇终于肯理自己了,立马顺从地道他马上想、这就想!俩人之间的气氛终于如常。

临近下午三点的时候，办公室里弥漫着各种咖啡的香气，大家似乎都会在这个时候来一杯提神醒脑的咖啡，来给一天里后半程的工作补充一下动力。

明媚情绪忐忑地酝酿着约白逸阳出来的话术，菜菜拿着明媚的杯子冲了一杯味道不错的白咖啡放到了明媚面前。明媚闻着咖啡的香气情绪放松了很多，看着菜菜笑了笑说："谢谢。"她小小地喝了一口咖啡后，鼓起勇气给白逸阳发出了想见面聊聊剧本创作的微信。

这时白逸阳手里也拿着一杯咖啡，思索着第二集剧本的结构，收到明媚的信息不禁露出笑容，看了一眼时间，就回复明媚说不如今晚一起吃饭聊。明媚一看导演的反应很积极，就一口答应下来，两人很快约好了一个见面的地点和时间。

明媚赶紧给老妈崔萍打电话，说自己晚上有约，让她和于涛不要等自己回家吃饭了。

虽然明媚不回家吃饭，崔萍还是做了一桌子的饭菜，都是按着于涛的喜好做的，主要也是想替自己女儿安抚于涛。崔萍和于涛说："我之前总觉得你们两个年龄还小，结婚的事也不急于一时，但这两年随着周围朋友亲戚家的年轻一代都陆陆续续结了婚，我觉得也该关心关心你俩的事了。"

晚饭时，明妈坐在于涛对面不时地给他往碗里夹着菜，嘴里说着些要于涛理解一下明媚工作忙的事情，解释说明媚也是想分担两个人的生活压力。既然两人都彼此心意相通，要共同生活了，相互是要多多理解的。于涛听着明妈的说服之辞心里并不认同，把嘴里正咀嚼的饭菜咽了下去后说："阿姨，我能明白您的意思，我其实算很理解她了。这些年下来她要做的事我都没拦过，您也说我们也都年龄不小该想着结婚生子的事情了。她喜欢的事情她也做过了，现在就是要她配合一下两个人未来的生活规划，找个文秘或者行政类的工作，每天时间稳定还能照顾家，不是挺好嘛。说起工资，她现在的工资水平也就能维持在北京的日常生活，现在干点什么都能赚到这些，快递送好了都比她拿得多。我觉得她就根本没想过好好结婚踏实过日子，就没考虑过我俩的未来。"

明妈赶紧说："没你说的那样，明媚最踏实了，只是从小就有点死心眼，认准的事很少轻易放弃。她要不想好好和你一起，怎么能一处这么多年。她啊，是因为真心喜欢这份工作所以才这么拼，谁年轻的时候不想干点自己喜欢的事儿，要不也怕会留遗憾，等新鲜过了也就好了。"

于涛说："她这一新鲜就干了七八年，现在年纪也不轻了，是不是也该为生活做点妥协了？过日子谁不得妥协呀？我不也一样吗？"

明妈听着于涛的心里话，觉得自己必须要好好去劝劝明媚了。

晚上，白逸阳在地铁口接到明媚，带着她在自己家附近的胡同里穿梭着，每走到一个饭店门口都会有很多人排队等吃饭。

白逸阳带着明媚七扭八拐地来到胡同深处的一家炙子烤肉店，这里倒是人不多。明媚整个过程中只是跟着走，脑子里一直在复述要怎么说服白逸阳，让他尽量少动已有剧本内容、按期交稿的事，这样的心思让明媚无心顾及到底是进了什么样一家饭店。白逸阳介绍说这家是他从小就来吃的老北京式烤肉，然后招呼着服务员过来点菜。

明媚手握自己面前的杯子，正坐后平复好紧张情绪，对白逸阳说："导演，就《时光》项目的整体运作，我想和你交流一下目前的实际情况。"白逸阳看明媚极为严肃，也正色看着明媚等她说。明媚继续说："我个人很喜欢导演对第一集剧本的修改，也希望能按这个写法往下推进，这样确实可以提高作品的完成质量。作为制片，我很大一部分工作都是在根据市场需求去平衡项目预算和完成项目的时间周期等现实问题。《时光》现在需要把权重维度落在进度和速度上，所以为了项目的整体推进，我们可能先要求同存异，适当融合。"

白逸阳眨了下眼，看上去应该是听懂了，对明媚说："你就直接说想怎么往下干这个工作。"明媚自知这样要求是超出了白逸阳对作品创作的底线的，挤出尴尬的微笑说："导演对项目的热情大家有目共睹，只是我们还是先要考虑项目进度。你看能不能就着现有剧本在不做太多改动的情况下先保证交稿日期。这样我们也可以拿到一些反馈，对后边剧本的创作也会有比较实际的帮助。"

白逸阳眼睛里突然出现了一丝邪魅，看着明媚道："你倒是务实，看来今天会后是被老唐叫去谈过话了，你就那么急于讨好你们老板吗？"明媚怔住，觉得白逸阳真的是太难搞了，总是一眼就看透、一句就揭穿，搞得自己颜面无存。

白逸阳问道："是谁在会上据理力争的？是谁说《时光》不是一个普通的爱情剧的？"

明媚咽了一下口水，违心地、态度牵强地说："是我之前没有仔细考虑清楚。"直接把责任揽下。

白逸阳终于不爽了，说："你不是没仔细考虑，你就是怕得罪老板，怕丢掉这份工作。说白了你是想劝我放弃修改剧本的想法，你又何必绕上这么大一圈呢？我们的合作都是白纸黑字约定好有言在先的，不是你之前的态度我也不会同意合作。信任是建立在守约的基础上的，你这样迂回的方式还不如真诚一点把你自己真正的恐惧说出来，这样更能让我理解和同情。"

明媚觉得不只丢了颜面，连那一点刚刚建立的信任也被白逸阳全部否定了，自己真的是太笨了。她很想努力再做些辩白，但也被白逸阳直视自己的眼神给吓了回去。

餐桌上已经摆上了烤肉盘子和白逸阳点的一桌子肉和菜，白逸阳说完，情绪很快就恢复到一个食客的状态，拿起桌上的油和调料开始烹制菜品。明媚坐在对面看着他熟练的动作，觉得白逸阳还真是个会把自己的情绪管理得很好的人。

肉熟了的时候，白逸阳先给明媚夹了一些，说："先吃饭吧，你自己夹着吃。"

明媚机械地品了一口，觉得味道确实不错，美味会让人开心这件事是真的。

两人无声地吃了一会儿，白逸阳又开始往烤肉盘子里放另一种肉,问明媚平时都喜欢吃什么。明媚脱口而出:"火锅吧,方便也热闹。"白逸阳笑了一下,说这倒是符合你,既想简单又不想被孤立的性格。

明媚怎么也没想到自己只是说喜欢吃火锅,竟得到白逸阳这样的评价,一时语塞。白逸阳接着说:"那等再请你吃饭可以选择火锅。"

明媚忙说:"不用特意不用特意……"

白逸阳又在盘子里烤了些红薯片,烤盘里发出滋滋的声音,两人之间的气氛也随着这声音变得没刚刚那么紧张了。明媚开口有些想解释的意思,说确实也怕导演做了无用功,并不是站在个人立场才来和他聊的。

白逸阳想了一下说:"你说的也许是真心话,但你还是要问问你的心,在你做这些事的时候到底是什么在引导你做决定,如果是某种恐惧,那就是我说的那个样子。"看明媚没出声,又加了一句:"不管怎么样,我和启梦的合作就是一次需要共同认可的创作过程,如果你们需要的是一个剧本复读机,而不是一个具有创作力和独立思考力的导演,那这个合作恐怕从一开始就是错的。"

明媚听了白逸阳的话心情沉重,说她其实可以理解白逸阳在创作角度的需求和感受,对白逸阳的能力更是欣赏,如果没有外在的客观要求限制,这些就都不是问题了,可在面对这些真实存在的限制时,是不是为了事情的推进可以稍稍做些妥协。

白逸阳和明媚都若有所思,此时服务员过来倒水,打破了两人的僵局。

白逸阳说妥协的次数多了慢慢会形成习惯,凡事都妥协的后果就是终将磨灭自己最想要的结果,模糊内心的真实诉求,把自己带进一个完全没有方向的状态里,所以他是不会妥协的。

明媚问:"即便是我们做的是无用功?"白逸阳则信誓旦旦地说:"我从来不做无用功。"

这一晚不管怎么样,明媚倒是在白逸阳不断提醒让她吃的情况下把自己吃得很饱,甚至有些微微的撑。一路无话,明媚想着白逸阳的话不知不觉已经回到了家里。

明妈看女儿回来，没让她换鞋就拉她去小区里陪自己散步。闻到她身上有烟熏的味道，说："你这是吃的烤肉？"明媚点头。明妈挽着明媚说："不能总是因为工作忙就不理人家于涛，两人在一起日子久了人家肯定会有想法的，不能再这样下去了，还是想想换工作的事吧。"明媚一听老妈的话，就问："是不是于涛让你来劝我的？"明媚拉住老妈不再往前走，情绪有些激动地说："我承认在我和于涛的生活中我们的观念有些不一样，但是如果说一定要站在谁对谁错的立场来讲这件事，我也要说说我的感受。我们认识九年，相处七年，我有过很多对我们未来日子的憧憬，在面对各种现实问题时我们都努力在为生活铺平道路，这样的日子大家过得都不轻松。即便我按你们认为的理想方式去选择换个工作，谁又能保证生活中就此不再有困扰？谁能？我庆幸自己还做着喜欢的事情，这些事情可以让我在逃不开压抑甚至窒息的时候得到安慰，是唯一能让我觉得自己还值得坚持的地方。虽然压力不小，但至少让我觉得还开心，觉得可以体现我的生命价值。如果让我放弃工作，只过以家庭为中心的日子过到死，那和现在就死去又有什么区别？"

明妈惊讶于女儿此刻的情感迸发，她甚至有些疑惑明媚可能受到了某种刺激。因为在崔萍的观念里，认为是于涛的犹豫导致他俩一直没能领证结婚，实在没承想根源竟然在自己女儿这里。可是作为过来人，她必须要把自认为是人生智慧的话说给女儿听。她扶了一下明媚紧绷的身体，道："你先不要急，你得明白人一辈子就是一眨眼的工夫，我和你爸有老了、走了的时候，不能陪你一辈子，都希望你身边有个可靠的能相伴一生的人。你和于涛一起也多年了，他这个人我也品了，虽说不是个有大志的人，可是个能过日子的人，这几年下来工作和收入也越来越稳定了。如果你觉得合适，就该妥协的妥协、该忍让的忍让，先把婚结了；你要是真的觉得不合适，不如早点做选择，给大家都留出空间。"

明媚看着老妈有些不明白，崔萍拉着明媚一边继续往前走一边说:"你要趁岁数还不算大,尽快找个合适的人把自己嫁出去,明白吗?"明媚把胳膊从老妈手里抽离出来,说:"我不是一定要嫁人的。"转身就往回走。崔萍紧跟上来说:"你这孩子就是不听话。"

在另一个小区的电梯里,秦奋刚刚从外边回来,虽说天色不早了,但对于秦奋来说回到家里换身衣服再出去应酬这样的事也很正常。书涵看秦奋回来,就把明媚退回来的银行卡拿了出来。秦奋看到银行卡有些意外,接着就开始埋怨起书涵:"你怎么把送出去的东西拿回来呢?你这样就不怕人家把项目给别人了?"书涵说:"明媚已经答应我把这次的合作直接转到奋进公司,还说设计的事情就指望我了。"书涵质问秦奋:"你为什么不告诉我奋进文化就是启梦的供应商,之前更是《少年》宣传物料的供应商?"

秦奋说:"我没有想到明媚想委托的设计师就是你,我还以为她有自己的渠道想借机捞油水,我想她要是想从中获利,那么谁能满足她的需求谁就能拿到项目,所以送了银行卡。后来发现明媚找的是你,我心想既然这样倒也更好,设计师她也认可了,还给她送了人情,她再知道我们是一家子,能更照顾一下。我也是怕你没学历也没从业经验被人轻视,想让你活干得轻松些嘛。"

书涵听了秦奋的解释,心里升起一些自卑感,低下了头。秦奋看书涵不说话了,就过来安慰她:"你不要担心什么,我们有那么多的设计师,怎么都能支撑你完成这次工作的。"

书涵看着秦奋点了点头。秦奋见已经哄好了书涵,说自己还有应酬便换好衣服出门了。看着秦奋把门关上,书涵转身走到阳台上,一个人孤单地望向窗外夜幕下的灯火,心里的凄凉感在不断增加。

在距离书涵家不远处的宇林书吧里,周宇在准备打烊。

周宇在书柜和储藏室里找一本还没看完的《明史》珍藏版,却怎么也找不到,只好去问自己媳妇。林馨儿说今天刚把它邮寄出去,说她刚弄的宇林微书店已经正式营业了,没想到刚刚开业就得到了一帮老朋友的惠顾,还有人不断地给她介绍新的顾客,这些顾客也都是书籍的爱好者。周宇找的这本就是一位年纪比较大的老先生订购的,说这书已经停印很久了,没想到会再见到,联系林馨儿时说再贵都肯买。林馨儿说非常满意老先生给出的价格,就特别愉快地成交了。周宇一听气得直头晕,火急火燎地想要老先生的联系方式,说要把书买回来。那本书是真的绝版了,也从来没有要卖出去的意思。

林馨儿装出一副吃惊的样子:"啊呀,我也不知道啊!"

其实她早料到周宇会是这反应了,硬装作无辜地说:"我就想你之前说想办法挣钱装修书吧却一直也没动静,肯定是实在没办法了,觉得咱们只能靠卖些书来赚钱了。我再三考虑就开了微书店,咱们书吧有这么多书,微书店可以很好地打开销路。这样创收的目的也能很快达到,还能吸引更多的顾客。"正说着,一个顾客推门进来,走到收银台咨询一本图书的情况,说自己看到了微书店的货架上有这本书,这书也是绝版书籍,比较贵重,他就直接来书店看实物了。

周宇听到客人提到的书名,直接跑到储藏室里,找到后把书死死地攥在手里,到后院一个角落躲了起来。林馨儿到储藏室里一找就发现书不见了,一想肯定是周宇藏起来了,就和顾客说不巧书已经售罄了,并问对方看看别的书有没有需要的。

林馨儿的微书店做得热火朝天,周宇明白自己答应媳妇的事没兑现,馨儿这样处理也无可厚非,只能求老妈张玫帮忙。张玫看儿子央求自己,也不好因为此事直接找儿媳妇发作,无奈之下只好找司机王师傅和公司员工用自己的微信账号把周宇的书偷偷地买回来。自从发动公司员工去宇林微书店下单后,搞得她的办公室也堆了不少书籍。

张玫见儿子拿林馨儿完全没有办法,就出主意让周宇赶紧和林馨儿先生个孩子出来,有了孩子林馨儿被拴住了,自然不会再瞎折腾了。

又是一个忙碌的日子,明媚因为《少年》剧上线播出的事情,几天来一直带着菜菜和宣传组的同事核对着宣传计划和各种物料。大家都集中精力为上线宣传做准备,整天沉浸在剧集宣传思路的头脑风暴中不能自拔。一直在她身边的菜菜不禁吐槽说："明媚姐,你说我们每天这样开会,到剧集上线的时候,宣传真的能起到吸引更多人来关注咱们剧的作用吗?如果剧集本身的内容不能吸引人,做这些也不一定就真有用吧?"菜菜始终是个问题多多的"问题少女"。明媚觉得菜菜的观点很有道理,也把自己的想法讲给了菜菜:"我们做好所有充足的准备就好,剧集的内容呈现是需要市场来验证的。如果我们没有把宣传准备做好,到了真需要宣传来带动市场的时候,就会因为准备不充分而失去让剧集更好地被大家知道的机会。"

明媚因为《少年》宣传的忙碌,似乎淡忘了些《时光》剧本修改问题给她带来的烦恼。

在自家四合院里夜以继日修改剧本的白逸阳,此时正疲惫地躺在床上小憩,书桌上摆着已经修好的笔记本电脑。白逸阳望着天花板放空了一会儿,突然坐起来,到书桌边打开电脑中的文档,开始调改第三集剧本。

明媚的电话打断了白逸阳的思路。

原来明媚刚刚开完宣传会,准备休息一会儿,就被来找她的张珊问及剧本的事,问她和白逸阳沟通得怎么样了。明媚因为之前沟通未果,就向张珊摇头说结果不理想,导演还是坚持自己的想法,现在还在自己动手调改着剧本。张珊说只要时间一到,如果没有什么新的变化,他们就会提交泊桑已经完成的那版剧本。张珊走后,明媚才想起要再和白逸阳沟通一下剧本的事情了。

白逸阳接起电话,明媚讲了张珊刚和自己说的意思。白逸阳说:"我已经完成了第二集剧本的调改,如果你没有其他的事情,我就继续弄第三集剧本了。"然后挂了电话,继续剧本创作。

明媚被白逸阳的反应给弄得既喜也悲,喜的是导演改出来了第二集剧本,悲的是以这速度到交稿时间,怎么也改不出五集剧本来。

明媚约着林馨儿到Alter见面聊天。

当天下午正好书涵联系明媚说海报定稿的事情,就被明媚也约到了Alter餐吧。三个好友见面,畅快地聊了起来,从最近在生活里遇到的问题，聊到了是不是应该为了生活就要去适当地妥协这个话题。

林馨儿说："我可是从来不会妥协的，我最近在没有通知周宇的情况下开了一家微书店，专门卖周宇的书，销路还不错呢。我就是要让周宇知道，我是不会放弃靠自己努力赚钱来养活自己的想法的，我必须抗争到底。"

书涵说："我家里的事情都是秦奋说了算，如果哪天真把大权交到我手上，我还真不知道该怎么办了，在我的生活里好像也谈不上妥协不妥协。"

明媚想了一下说："我希望的相处方式不是谁妥协谁，或者说一味按某一方的想法去行事。如果我们不能在彼此的关系里做自己，可能迟早都会有问题产生。就像现在的我，在感情生活上看似在坚持自己、追求相对独立的空间，其实打同意和于涛合租房子起就已经在向于涛妥协了；工作里看似坚持更注重创作者的想法，实际上也不得不向老板妥协。"

书涵若有所思，不能完全理解明媚说的"做自己"到底是什么意思。

林馨儿听不下去了，说："你俩啊，一个是完全不知道自己该过怎样的生活；一个是知道自己要什么，就是活得太纠结，心里的牵绊太多。我必须告诉你们，不能再这样下去了，要去遵从自己的感受，明白吗？"

聊了一晚上，闺蜜三人或多或少地说了自己这段时间的心情和感受，也排解了很多不好的情绪，这样的相聚对于几人来说都很重要和必要。

到了《时光》剧本交稿的前一天，白逸阳只改好了前三集剧本。张珊把泊桑完成的五集发到了剧本群里后，白逸阳也把自己改好的前三集剧本放到了工作群里。明媚看到白逸阳真的改出来了三集，心里有些激动，抓紧时间看起了新剧本。看了剧本后，明媚再次被白逸阳的能力征服。一边是节奏感极好、具有感染力的三集剧本，一边是按时完成的满足交稿集数内容却充满原著气息、缺少解构和创新性的五集剧本。

明媚略作犹豫，心里被导演剧本的精彩度鼓舞着，鼓起了勇气走进了老唐的办公室。

明媚很少开门见山地和唐宏亮交流，而这次却充满了信心。

老唐看着一个有质、一个够量的两个剧本，有些犯难。

明媚直接说了自己看完剧本的感受，觉得应该提交导演的剧本。这个剧本的完成度是可以一眼就能看到的好。如果预购方追究启梦没能按时交够剧本，也是可以和对方解释清楚的。明媚的表述明确清晰，内心不想再做妥协。

唐宏亮听了明媚的想法后，心里斟酌了一下，最终决定两稿剧本由他都直接发给预购方的领导。唐宏亮说明了情况，请求对方谅解，并希望得到预购方诚恳的反馈意见。没想到预购方给来的反馈要比大家预想的快，说出的评价竟然和明媚讲给老唐的话基本一致，明确回复可以按三集的版本往下推进，等敲定主演后即可签订正式的预购合同。老唐收到反馈意见后第一时间把制片组的人叫到办公室，讲清了剧本继续推进的风格方向，同时让明媚继续和导演、编剧沟通剧本的内容；张珊则负责商务以及各类合同的处理；胡言配合各项剧务的整理工作。

张珊和胡言失去了掌控权，两人虽然表面接受，笑着恭喜明媚，可心里很不满，伺机而动，寻找着报复的机会。

散会时，老唐叫住了明媚，郑重地冲明媚点点头，给予了赞许，还嘱咐了一句："好好干，不要顾虑太多。"

明媚看着老唐，回了一个欣慰的笑容。

明媚知道，这次自我突破的勇气一部分来自与朋友交流时对自我认知有了一定的辨析能力，觉得自己应该尝试丢掉性格里过于纠结的心理；还有一部分则是因为在和白逸阳的接触中，被他不为其余所动、坚持自我的做事态度影响了。对明媚来说，似乎是在长久封闭的心里打开了一扇窗，让阳光和新鲜的气流都有了进来的机会，得到了一种可以让自己透气的方式。

第四章　别怕,你只是回到了原点

启梦影业的会议室里,白逸阳和泊桑来开剧本会,张珊告诉大家,预购方通过了导演调改后的前三集,并且后面项目在内容创作方面的主要负责人就交给明媚了。她和胡言将不再参与创作层面的工作,主要是配合商务和项目的服务,导演和编剧今后可以直接跟明媚沟通剧本的创作。张珊客气了一番之后,便把会议室留给了明媚、泊桑和白逸阳。

白逸阳露出惊喜之色,看向明媚,用目光示意向她祝贺,明媚同样以微笑来回应白逸阳。泊桑显然早已经知道自己剧本落选的消息,什么也没说,只是一脸漠然、低沉地坐着。

白逸阳开门见山地对泊桑说:"前三集可能还需泊桑老师再对人物的对白做精修的工作,但目前更紧要的是根据前三集奠定的基础来重新梳理整个故事的结构。"泊桑似有些不解地问白逸阳:"你什么意思?难道要重做大纲?"白逸阳明确地回答说:"是的,故事结构必须调整。"泊桑一听愤慨地说:"这意味着创作要回到原点,我两年来做的分集以及八稿剧本写了上百万字,全都白费了!"明媚急忙安抚解释:"这也是在已有的剧本上更明确地做故事结构,很多内容还是可以留用的。"对明媚的解释泊桑根本没听进去,说:"我是改不动了,你们爱谁改谁改吧!"说完,泊桑竟然起身拿着随身物品夺门而出。明媚见状急忙起身追了出去，但拦不住他，泊桑没有迟疑半步就直接进了电梯离开了。

明媚带着抱歉的表情回到会议室，白逸阳也皱眉觉得尴尬。会开不下去了，明媚只好一边送白逸阳离开，一边道歉说："我会尽快处理好泊桑老师的情绪问题，然后再约您过来一起开会。"白逸阳说："我能理解泊桑这样的疲态，如果他实在不愿继续和咱们工作了，你和老唐商量一下可以考虑换个编剧。"明媚说："这样可能不太好，泊桑做了那么多工作，而且他身为原著作者有他本身对作品最为了解的优势，做了无用功也不都是他的错。"这话听起来更像是在为泊桑求情，白逸阳只说了一句"也要看对象是谁"，然后便与明媚告别离开。

送走白逸阳之后，明媚在忙着《少年》项目宣传会的空隙中继续尝试联系泊桑，但泊桑始终没有接电话，更没有回复她的微信消息。直到下班的时候她还特意翻看泊桑的微信，还是没有任何动静。

明媚今天算是按点下班回的家，最近因为明妈在的原因，明媚和于涛之间都保持着比较好的相处状态。在三个人一起吃过晚饭后，明妈坐在客厅里看电视，一边看一边对剧情做评论，有些抱怨地说："我好不容易找到了一个能看懂的剧，现在的电视剧好看的没有前些年多了，都是些个情情爱爱的，然后那故事拍得吧我看了都不信，年轻人恋爱咋都没个过程呢？"明媚听着老妈的吐槽就说："以前写一个剧本，编剧们恨不得花几年时间体验生活再动笔，就怕观众们看了说觉得不真实。那时候的市场也允许编剧花更多时间创作，不像现在。现在为了能满足市场对剧集的大量需求，编剧既得写好又要求快，比起前些年压力大得多了不说，写出来的剧本也很难保证故事内容真实好看，更多时候都要听取来自各个方面的建议。那么多人提建议，都各有各的想法，有建设性的就不说了，如果遇到些不合理的判断、不好的建议，也难免被带偏了。"明媚想起了泊桑，又说："我们现在正写的这个剧本的编剧就是这样，剧本整整写了两年，走了两年弯路，两年时间从头再来，换是谁都得崩溃。"

明妈感慨说:"我原来只知道你做制片这行不容易,特别地奔波辛苦,现在才知道编剧也难啊。"明媚看着自己母亲深深地点头,这一行就没有容易的事情。明妈更是不解地追问:"你说这么难干,为什么还有那么多人挤破头往这里面钻呢?"明媚想了一下说:"我觉得干这行也都是各有原因吧,有些应该是为了圆梦,想在这个行业里干出名堂,成名成家;还有一些就是世家,子承父业;还有人应该就是单纯地为了谋生吧。不管什么原因,干这行最重要的还是要真心喜欢,要是不喜欢也真的很难坚持下去。"

明妈又问:"要是可以成名成家、有大的作为也能理解,就像你这样的,仔细想想就是干个辛苦活,你说说你到底为啥喜欢?"明媚突然呵呵地笑起来。明妈问:"你笑啥呢,倒是说为啥喜欢啊?"明媚止笑说:"妈,你好像个记者在采访。"

明妈说:"就当我采访你了。"明媚说:"我不知道别人啥感觉,我的感觉就是干这行因为每次做的项目都不一样,在这个过程里既在过自己真实的人生,同时又可以感受到作品里人物的人生,总让我有机会去体悟、去探索更多的人生感受,有新鲜感也有挑战。一个新的项目,一个新的故事,一些新的合作者、新的拍摄景地,会遇到许多新鲜的人和事,工作确实很累,可这种新奇的体验也让我很有动力,这也许就是这份工作最吸引我的地方吧。"

明妈摇头,不能理解地说:"你说你一个女孩子,每天干得这么辛苦,难道就不想换个轻松些的事情做?你过些轻轻松松的日子不好吗?就非得像现在这个样子自己找累吗?"明媚反驳了句:"妈,你不懂。"明妈没好气地回了一句:"我真没法儿懂。"

于涛从屋里出来上卫生间,正好听到娘俩刚刚的对话,也顺口接了一句:"她这样的,一般人都没法懂。"瞥了一眼明媚后进了卫生间。

明媚的手机响起,一看是泊桑的来电,赶紧接了起来。泊桑上来就没好气地问她:"什么事儿?我一天都在睡觉,刚起来,看到你打了很多个电话给我。"明媚赶紧说自己想请他吃个饭,好好聊聊后面剧本的创作，泊桑就只是冷冷地"嗯"了一声。明媚急忙追问他什么时候可以回来继续开剧本会，泊桑回了句"再说吧"，声音听起来十分消沉。明媚听着感觉泊桑状态不佳，就继续问他明天是否方便见面聊聊，泊桑紧张起来，立即说："不方便！"明媚急忙解释说："是吃饭聊聊天，不是开会。"泊桑语气虽然缓和了些，却说："白天没空。"明媚说："那晚上也可以的，就看泊桑老师什么时间方便。"泊桑开始有点不耐烦了，带有赌气地说："要吃饭就现在！就算明天也是现在！你能来吗？"

明媚看了一眼时间，已经晚上十点了。泊桑本以为这样就能把明媚吓回去，结果没想到明媚说："我知道您是成都人，东边有个川菜馆子味道很地道，那里通宵营业。"泊桑略有犹豫，也没再强撑，答应了明媚，明媚拿微信给泊桑分享了一个饭店的位置。

明妈一看明媚现在要出门，有些吃惊，问明媚要干什么去，明媚解释说有工作，一边说一边穿衣服收拾东西出门。明妈仍旧不解，有什么工作需要这么晚出门的？

从卫生间已经回屋的于涛闻声又从自己房间出来，见明媚要出去，带着一脸的反感说："哪儿有这么晚还出门工作的？对方约你这么晚，到底什么意图你是看不出来吗？明媚你是不是傻？"明媚说："干编剧的很多人都日夜颠倒，晚上起来写剧本，因为晚上安静，注意力比较能集中，白天一般都用来睡觉的。就是正常沟通工作，不是你想的那个样子好吗？"

明妈看向于涛，说要不于涛陪着一起，这样也放心些。于涛想到自己明天还要上早班，并不想折腾，更不愿意让明媚一个人去，最后干脆抢过明媚的手机说："你不好拒绝，我来给你们领导打电话，就说家里有事儿去不了。"

于涛抢走明媚手机，明媚急了，又夺回了手机，大声解释说现在因为编剧不肯合作，整个项目都停着，她今晚必须去把这事儿解决了！

明媚说完夺门而出。于涛强压着愤怒，回头看了明妈一眼。明妈有些担心，对于涛说："要不你跟着去看看吧。"于涛说："她这样不是一次两次了，她根本不会考虑别人的感受，我明儿一早上班还要开会，不能迟到。阿姨您也早点休息吧。"于涛说完愤怒地回了自己房间，把门一关没再出来。

明妈一看于涛不去，急忙穿衣服想跟明媚去，开门看到明媚已经坐电梯下楼了。

明媚下楼，打车直奔约定好的饭店，她同时还发了消息告诉泊桑自己已经出门了。车子一路向东开，路过了宇林书吧，因为很晚了，书吧已经打烊了。

这时，书吧后边小区里的书涵家却还灯火明亮。

书涵在自家卫生间里，手中正拿着一个验孕棒，验孕棒上显示着两道红色标记。发现自己怀孕，书涵心里一惊。就在这时客厅里传来开门的声音，是秦奋刚刚应酬完回家了，他带着些醉意进门就叫书涵的名字，书涵急忙出来扶他进了卧室。秦奋瞥了一眼书桌上铺满的书涵手绘的海报草稿，电脑屏幕还停留在《少年》海报画稿的页面上，很明显书涵刚刚还在加班赶稿。秦奋有些不满地问书涵什么情况，书涵说："概念海报就差最后一点修订了，明天就可以交稿了。"秦奋带着醉意说："要是觉得太吃力，完全可以拿给公司的设计师去做，人家毕竟是专业的，活都已经拿到手了，何必这么拼命呢？你做好咱们家里的事情就好，别的不重要。"

书涵想起刚才的验孕结果，就试探地说："如果我有天怀孕了，你就更不会让我干其他的事情了吧？"秦奋不假思索地说："那是当然了！现在让你接这个活儿，目的就是要拿下这次合作，你要真的做设计，那也太不靠谱了。"书涵的心又一次被秦奋的话刺到了，想起自己当年画画、学画时的经历，在心里开始怀疑起自己没选择上大学的决定到底是对是错。看着躺在床上已经开始发出鼾声的秦奋，书涵心里升起一份踌躇，暗暗决定怀孕的事情还是等所有海报交稿后再告诉秦奋。

此时，明媚坐的出租车在拐了一个弯后到达了饭店，看着熟悉的环境,想当初还是林馨儿带她来这里吃的第一顿呢。

今晚的林馨儿在吃了晚饭后,就一直被周宇纠缠着,她走哪儿他跟哪儿,林馨儿很奇怪,问他要干什么。周宇听了老妈的建议,想着和林馨儿要个宝宝,于是就上演了一场纠缠到底的大戏。林馨儿开始只是单纯地认为周宇就是很想了,也就没有拒绝,很配合地和他你侬我侬地钻进被窝里。周宇今晚格外热情,让林馨儿也是有点招架不住。两人亲热到了关键时刻,林馨儿催促周宇去拿避孕套,周宇找借口说今晚不想用那个。林馨儿想到自己这几天正在排卵期,就一把推开了兴趣正浓的周宇,周宇哎哟一声裹着被子坐到了地上。林馨儿问:"不是说好了先二人世界,孩子之后再要吗?"周宇说:"我想要个孩子有什么问题吗?"林馨儿看周宇有些急了,赶快噘起嘴撒娇地说:"人家还没过够两人世界呢,咱俩平时和你妈一起住就已经不那么自在了,现在要多出一个孩子,这不是更没法二人世界了。你可是刚刚起过誓什么都听我的,现在是又反悔了吗?再这样,这日子就不过了!"周宇听林馨儿说日子不过了,马上投降认错。林馨儿一看自己又得逞了,这才对周宇和颜悦色起来,让周宇上床,两人继续缠绵起来,只是床头柜上已经摆好了一盒冈本。

明媚疾步走进了川菜馆子,进门的一刻,明媚深吸一口气,调整自己有些疲惫的状态,然后微笑着一脸轻松的样子走进饭馆的大堂。泊桑就住在附近,已经到了有一会儿了,明媚眼睛搜索了一下,发现泊桑坐在靠墙的一个圆桌边。明媚走过去打招呼后坐下,泊桑只是应了一声,然后便一副爱答不理的样子继续看手里的菜单。明媚问:"泊桑老师你点菜了吗?"泊桑看着菜单说:"没有,没什么想吃的。"又翻了页菜单。明媚热情地推荐了几个她吃过后觉得不错的菜,说:"如果泊桑老师喜欢吃甜的,他家的红糖糍粑和锅盔都可以试试。"明媚发现桌上有扫码点餐的标签,就用手机扫了一下也看起菜单,很快点好了一些菜。

等着上菜的时间里,明媚看泊桑始终是一脸困顿,不想和她说什么,一副心不在焉的样子,就略带讨好和关怀地说:"泊桑老师真的是辛苦了，一会儿菜上来一定多吃些补一补。"泊桑就只是点头。明媚想调动一下彼此的互动，就主动提起因为自己之前没有和泊桑合作过，想了解一下泊桑老师的工作习惯，以后也好配合他制订工作计划。泊桑听到这里似乎是被工作计划几个字刺激到了，义愤地说："笑话，就你们还提什么工作计划，我这两年的时间就是这么被你们计划掉的。"明媚知道他说的是他的剧本没被采纳的事情，愧疚地说："是是是，是我们工作规划的问题，以后会改进。"泊桑一听明媚服软，就更不依不饶地直撑明媚："凭什么因为你们公司的规划和决定不合理，却要用我的时间和付出给你们买单，凭什么？"明媚解释道，其实公司也付出了不少时间成本，也有相应的损失。泊桑突然有些情绪失控地说："行，就说说时间成本，两年了，我只拿到过一笔定金和大纲的稿费，也就占到了酬金总额的百分之十五。可是我真正干的工作实际是，两年七八稿的分集大纲，还有前五集剧本。剧本应付的费用就因为对方没有通过，你们就一笔勾销了，这太不公平。这是启梦制片方应该承担的责任，现在却转嫁到了我的身上！这要不是我自己的小说，我也早不干了！两年里为了这个剧本，我也无暇写新的小说作品，改稿改得抑郁症都被逼出来了。我也是要生活的，我也要生活！"

明媚任由泊桑发泄着怒气，等他情绪略平息些了，说："我了解你生活层面的需求了，我会代你找公司领导谈，争取先付些剧本的费用。"泊桑发现明媚极好说话，马上提出自己的要求："我就是要我的工作应得，之前的剧本费必须得给，如果后面要重新写剧本，那就得按照一个新项目来算稿酬！"

明媚听了泊桑的要求，面有难色地说："我个人觉得之前已写完剧本的费用我是可以和公司合理争取的，但是旧剧本的调改如果按新剧本重新计费，这个要求和公司沟通起来恐怕很难被认可。我知道之前剧本在创作上走了不少弯路，这当然不是老师您个人的责任。如今重做剧本工作，内容还是要在原著小说故事的基础之上来进行剧改的，不是重新写一个故事，实际上也不能算是新项目。"泊桑一听情绪再次失控,说:"既然这样,反正改编权马上就到期了,到时大家终止合作,这样可能就合理了。"

明媚一听授权期限要到了,心里一下紧张起来,劝道:"泊桑老师你先不要着急,现在导演都签下来了,项目肯定是要快速推进的。你放心,我一定把你的诉求反馈给唐总,咱们凡事都可以商量的。"

服务员上了最后一盘菜后说菜上齐了,泊桑说:"你让老唐来找我吧。"明媚笑着点点头,让泊桑趁热吃饭。

明媚一看泊桑又不说话了,想了想说:"泊桑老师你之后可以找个助理编剧,一方面可以减轻你工作量大的负担,另一方面也能在生活上照顾一下你。"

明媚实为好心,没想到泊桑却想多了。

泊桑抬头瞪眼指责明媚:"你是想过河拆桥吧?加个人进来,然后再慢慢代替我,你们这样的我见多了!"更警告说:"你们别逼我!逼急了,我什么事儿都做得出来!"明媚解释说:"是让你找个自己信得过的人。"泊桑斩钉截铁地说:"没有!"接着问明媚:"你还吃不吃?不吃我就打包了。"

明媚完全被泊桑的气势压倒,泊桑已经叫了服务员打包,明媚跟着结账。

菜品打包好,泊桑拎着一堆餐盒就往外走,明媚跟在他身后走出饭馆。泊桑瞟了一眼明媚说:"我住得近,我骑单车走了,你自便吧。"然后就拿手机扫了一辆共享单车,骑上走远了。明媚看着泊桑骑车消失在街道的拐弯处,抬头看了看夜晚的天空,心神疲惫。

明媚打到车后很快回到了家,开门的声音把还在等她的老妈从屋里引了出来。崔萍见自己的女儿安全回来了,放下心说:"你们聊得还算快,我以为你得过了十二点才能回来。"又压低声音问:"你跟妈说实话,到底去见谁了?"明媚说:"出门时不是说了嘛,见个编剧。"崔萍来这些天见于涛和明媚也没什么亲密的举动和活动,想问问明媚啥情况,但明媚心里有事不愿多说,让老妈也早点休息。

次日,明媚到公司第一时间就找了老唐。老唐听明媚讲述了和泊桑沟通的结果，果然一口回绝了泊桑的提议，认为他的要求太过分，难以接受，说："泊桑在这个节骨眼上提这样的要求就是坐地起价，就是无赖，如果他坚持条件不肯好好合作，实在不行就换个人写，找一个讲理、好合作的编剧来，也不用告诉他。"明媚和老唐说："这样处理可能不太妥当，泊桑虽不是什么白金大神级的作家，但是在作家群里也算是有代表作品的，他本人性格也较为强势，这事传出去对启梦的信誉度会有伤害的。"老唐笑明媚说："他写得不好，达不到要求，我们终止合作是再正常不过的事情了，害怕他什么了？"明媚想了一下说："泊桑老师也是因为剧本被否了有些泄气，还有他因为写这个剧本没时间写新的小说作品，收入也受到了很大的影响。如果能再预付一些稿费，应该可以刺激一下他的创作热情，那么合不合作的问题自然就解决了。真的重找个编剧也并不是容易的事情，中间的磨合期要花掉的人员成本也不小。泊桑是原作者，将来涉及改编权等问题有他在还是会少很多麻烦的。"老唐从恼怒中冷静下来想了想，问明媚："你想给他预支多少啊？"明媚说之前给过百分之十五，按他完成的全分集大纲和十集剧本的工作量可以再给这些，从实际工作量和将要进行的工作量来衡量，这样比较合理。老唐虽表情不悦，但也没说不行，让明媚看着处理，不要超过这个比例。

明媚叫着菜菜，说一起和财务沟通一下给泊桑老师支付百分之十五稿费的事，咱们该走流程走流程。同时给泊桑发微信，把这个消息告诉他，但泊桑没有回复。

崔萍来了也有一段时间了，不能把明媚爸爸一个人留在家里太久，有想回去的打算，可又不放心明媚和于涛的事情。白天看明媚和于涛都上班了，就联系了林馨儿，林馨儿开车接上崔萍去逛街吃饭。

林馨儿接崔萍到了一个综合性的大商场，在商场里找了一家海南椰子鸡火锅店走了进去。崔萍刚坐稳就和林馨儿说："我看明媚和于涛关系闹得很不好，前几天大晚上明媚还跑出去见什么编剧，你说明媚是不是有别的喜欢的人了？你和阿姨说实话，明媚是不是有了活思想没告诉我。"林馨儿听了崔萍的话，被逗得哈哈大笑说：

"阿姨，你家明媚忙得连于涛都顾不上，还别人？怎么可能！你那女儿就是个工作狂人。"崔萍自言自语地叨咕："你说她小时候我怎么没看出来她是这么一个性格，唉……就是受累的命。"

崔萍说："先不管这些，那你跟阿姨说说明媚和于涛的事儿，我到底是该劝和还是劝分？现在这个样子我看着心里闹得慌，也不放心明媚。你觉得于涛对明媚到底怎么样？你俩一起长大，你这都嫁人了，她还就这么对付着，到底是不是因为于涛对她不好，她还不好意思提分手？她啥事都和你说，你最清楚了，你给阿姨出个主意啊。"

林馨儿听崔萍这样问自己，终于逮到机会可以对于涛尽情吐槽了，开口就说："也就明媚受得了于涛，那个人大男子主义、直男癌，自己做不到还老要求明媚做这做那。明媚不就是干了一个自己喜欢的工作嘛，他就打心里看不上明媚干这事。要我说他们俩根本就不是一路人，我劝了多久了，明媚就是念着多年的感情不肯分，她这就是在虐待自己。"崔萍一听，见林馨儿的想法和自己的判断一样，一个劲儿地点头说："于涛一直埋怨明媚工作忙，还能理解成是关心。可那天晚上明媚出去谈事，我说让于涛跟着看看，他不仅不送送，还对明媚发火。"林馨儿一听火了："他这是要我找他算账去啊，就是这种事明媚从来也不和我说，我也不傻，这么多年我都看得清清楚楚了。明媚就是对于涛太好了，不忙那几年为了维持生活交房租，她连买件衣服都算计来算计去，可给于涛买衣服就不算计。她还说于涛在银行那环境里穿着是要在意些，自己在剧组里工作不需要穿得太讲究，于涛不知道珍惜她，都是明媚给惯的。于涛还感觉良好地高高在上，吃定了明媚的样子。"

林馨儿喝了口水继续说："其实于涛要不是占了大学那时候人看着老实得了先机，他根本配不上我们明媚。工作后追明媚的人也多着呢，就是明媚太忙了自己看不见，也不把心思花在这上面，就应该让于涛知道这些，让他有危机感了才会好好珍惜明媚。"崔萍点头说："对对，你说得太对了！"

林馨儿带着崔萍吃喝一番，还带她去逛服装店，自己也试了几件衣服。崔萍看林馨儿穿啥都好看，心里也很欢喜，说林馨儿就是要比明媚会生活。林馨儿看到服装店里有一条好看的围巾，非要买下送给崔萍，崔萍推辞不掉，也开心地收下了。

当天晚上，明媚下班后没有在公司逗留，处理好手里的事就早早往家里走了。到了家里看老妈在厨房淘米，她洗好手开始帮忙。崔萍没有和明媚讲自己见了林馨儿的事，这事她和林馨儿商量好要保密的。

于涛回家看到明媚在厨房里忙乎，以为是明媚觉得昨晚做错了事，主动示好想向自己道歉，换好衣服就站在厨房门口说："明媚你要是能每天都这么自觉地在家里做家务、做饭地好好表现，那咱俩的生活就是一片美好了。"明妈看于涛说话的样子心里厌烦，悄悄地斜了他一眼。

饭菜做好，三人围坐在桌上吃饭，明妈故意说："我有个闺蜜的儿子刚刚从国外留学回来，现在也留在北京工作了，知道明媚也在北京，今天主动提出想跟明媚见面叙叙旧。"看了一眼明媚问："你记不记得那孩子了？他从小就喜欢你，天天追在你身后找你玩。"明媚想了一下，哈哈笑着说："记得记得，就是总让林馨儿打哭的那个好哭鬼，都多少年前的事情了。"明妈立即说："人家现在可是不一样了，在一家什么电商公司做运营主管呢，还打听你的情况，还和我说要是你没男朋友，他就来追你了。"明妈说着看了于涛一眼，随后又说："我那天去参加婚礼的时候，大家看见我手机上你的照片，都夸你漂亮，有好几个人都想给你介绍对象呢，全被我婉拒了，谁让你已经有于涛了呢。"明媚为了堵住母亲的嘴，一个劲儿往她碗里夹菜。于涛听着明妈的话也听出了其中的意思，看明媚没理明妈，就安静地继续吃饭了。

晚上，明媚铺沙发准备睡觉，于涛看明妈已经回屋睡下了，就主动邀请明媚到自己房间来，却被明媚婉拒说她还要看些片子才睡，让于涛先休息。于涛琢磨了一下，就借机提出："要不哪天咱们抽个时间就去民政局先把结婚证领了？"明媚停下手里的动作没说别的，只是"嗯"了一声。于涛听明媚答应了，进一步说："既然你最近不太忙，那干脆就明天上午吧，我开完晨会赶在中午前就把事情办完，中午两个人还可以一起吃个饭。就定十点半在民政局门口见。"明媚有些迟疑地说："明天太草率了吧，是不是应该选个好日子？"于涛不悦地问："你是不是还想拖着？择日不如撞日，就明天吧！"明媚看于涛坚持只好答应。

漆黑的客厅里，明媚躺在沙发上，眼睛始终睁着，思绪很乱，脑子里想了很多，思索着自己和于涛之间这些年的感情。

没有睡着的不只明媚，还有在自己家院子里正和赵明喝酒吃烧烤的白逸阳。自从白逸阳回来后，赵明乐得没事就来小院里和白逸阳吃点喝点，还能顺便聊聊两个人永远都聊不完的专业方面的话题。但是多半时候赵明都会聊着聊着就把话题扯到某位女性身上，这个女性是谁倒也没有限定，可能是他最近正在追的女生，也可能是哪个国际明星，今晚到这个话题环节时，这个女性的人选就放到了明媚的身上。

赵明手里拿着一瓶瓶子圆胖的燕京啤酒喝了一小口，夹了一片刚刚烤好的锡纸小瓜放到嘴里很是美味地嚼着，边品味道边说："怎么样？我没说错吧，明媚干起活来就是会让你很省心，人美、话少也能干。"白逸阳手里也拿着一只刚烤好的大虾正剥着皮，点头："还真是，这次和启梦的合作中明媚确实费了很多的心思，现在就是编剧比较难搞，只是明媚还不想放弃和这个编剧的合作。"赵明坏笑说："那你还不趁机伸出援手，帮着明媚搞定编剧，也好挽回一下自己的形象，拿个印象分。"白逸阳看着赵明说："我看明媚的性格是属于需要逼一逼才能想明白的人，先让她自己感受一下吧，实在不行我再出手。"赵明带着一颗八卦的心说："你观察得还挺仔细，是不是有点喜欢上这款的了？"白逸阳说："你就是一个发情的大脑，别瞎说了，明媚人家有稳定的男朋友，而且大学就在一起了，很多年那种，非常稳定。"赵明又开始分析："我和你说，好多年还没成的这种一般结果就都得分，你可以先烧烧冷灶。"白逸阳一看他说话不上道，就问他："你几点回家？"

赵明看白逸阳不想说这个，就赶紧调转话题，拿啤酒和白逸阳碰杯说："来，喝酒。"白逸阳喝了一大口酒说："现在啊，咱们首要考虑的还是怎么多做些事情，完成理想的事业目标才是正事。爱情永远都是可遇不可求的奇迹，等着就好了。"

赵明突然站起来在院子里开始溜达，白逸阳的眼睛就跟着他。赵明走到白爷爷养的一株月季边上，看着一朵开得很大的月季花说："你就是想得太多，要求也太高了，可是这好看的花不在盛开的时候多看看，总有凋零的时候，要么就被人摘走了。"白逸阳心里明白赵明的意思，不想和他讨论，就说："等《时光》剧本搞得差不多了，你过来一起合作拍摄吧。"赵明戏耍他说："现在什么东西都没有，没法说啊。"白逸阳看他不撒口，就说："我已经找了些片子的参考。"说着起身回了自己屋里，打开一个大箱子找了起来，赵明溜达着也跟进屋子里。

白逸阳拿了一些DVD递给赵明，赵明接过来挨张看起来，边看边唏嘘："你这收藏的片子真够开一经典片展览的了。这里有很多我之前都没有看到，你藏得倒很好。"赵明兴趣极高地看着，其中不乏一些资源稀缺的冷门艺术片。两个人直接从聊《时光》改成了聊电影，赵明拿起一张复刻碟，是马丁·斯卡塞斯导演的处女作《谁在敲我的门》，说："这片子你也有！这是原版的吧？"白逸阳说："不是原版我复刻它干什么？"赵明说："我是真的很喜欢这老头的理念，那种他只是需要电影的执念，是很多创作者在根本上都不能逾越的壁垒，我一直觉得自己没有信心做到像他这样的纯粹，我心里一直在仰望他。"赵明继续翻看着，手里的不够就直接走到箱子边开始翻看箱子里的其他影碟。他看到一个光碟盒子上写着"小疯子"几个字，问白逸阳："这是什么片？"白逸阳轻描淡写地说："是我小时候拍过的一个短片，没有什么特别的。"说着就从赵明手上拿过光碟盒放回了箱子里。

俩人正说着聊着翻看着，赵明收到一个微信，就匆忙说："我得走了。"白逸阳看他的样子，问："又是哪个姑娘吧？"赵明很有自信地说："那必须是个姑娘啊，是个漂亮的女制片人，等回头带来给你认识。"白逸阳很不客气地说："也没什么必要一定要见。"赵明随手拿起一个环保布袋，就把刚刚翻看的一些光盘往里装，没有注意到竟把"小疯子"那张也一起装了进去。

赵明匆忙离开后，白逸阳简单地收拾了一下院子，然后走到赵明看的那株月季花边上也看了一会儿。一阵风刮动了院子里植物的枝叶，窸窣的声音让夜晚显得更静了。

早上，明媚和于涛一起从家里出来，于涛拿好了他和明媚的户口本和身份证，两人说好按时到民政局门口见。

其间公司财务发来通知，说给泊桑的稿酬已经打到他本人账户了，让明媚通知泊桑本人查一下收到没有。明媚再次拨通泊桑的电话，却发现泊桑不仅没有回复她的消息，现在连电话都关机了。明媚正在因此感到不安，想着要怎么处理时，看到办公区远一点的地方出现了一个熟悉的身影，白逸阳正朝她这边走过来。明媚不知道他的来意，就向他招了下手。白逸阳这次手里拎着几杯奶茶，走到明媚的工位边先给菜菜桌上放了一杯，菜菜又花痴般地看着白逸阳说："谢谢导演，我会好好地享受这份爱心的。"白逸阳又拿出一杯奶茶给了明媚，说："这杯给你。"菜菜又开始夸导演说："导演你真太暖了，不愧是我心中的理想型。"白逸阳正得意，明媚看着白逸阳问："导演是约了唐总吗？"

白逸阳说："我早上送爷爷奶奶到附近的修脚店，他们还要修一会儿，我就顺便买了喝的上来和你们聊聊天。"白逸阳问明媚："泊桑那边聊得怎么样了？"明媚如实道："我其实正在担心泊桑。因为我说服了老唐给泊桑付一部分剧本的稿酬，财务付完款让我告诉他一声，我打他手机却关机了，而且昨天我也没联系上他。"白逸阳说："你现在再打一个试试，也有可能还在睡觉。"明媚又打了一次，看着白逸阳说："关机。"

白逸阳看明媚确实很担心泊桑，想了想问明媚："你知道泊桑家的住址吗?"明媚说:"编剧合同上应该可以找到。"白逸阳说:"你找一下,我和你一起去找他。"明媚犹豫道:"这样会不会太仓促?不提前打招呼他会不高兴的。"白逸阳说:"那你就等他主动联系你吧。"明媚又开始纠结到底要不要去。白逸阳再一次问明媚:"你到底要不要解决问题?"

明媚为难地说:"我就怕适得其反,再把他激怒更不好弄了。"白逸阳笑着说:"随机应变吧,像你这么纠结、怕事,问题就只能放着。"让明媚快点找泊桑家的地址,明媚快速翻出合同,一看住址,果然在那晚的川菜馆附近。白逸阳看了一下电脑屏幕上的地址,用手机拍了下来,拽起明媚:"咱们走。"明媚吃惊不已,还没反应过来,看白逸阳坚持,只好跟着往外走。

白逸阳根据地址定位打了一辆车,带着明媚就向一个叫鸿翔里一号院的老式小区赶去。

到了小区,根据楼号和门牌号很快找到了一个有铁栅门的房间门口。白逸阳突然想到了什么,就默默地发了一条微信给赵明,让他去帮自己接还在修脚店里的爷爷奶奶,赵明很快回了一个OK的表情。

明媚看到门口有一个快递盒子,就蹲下看了看收件人信息,上面打印着"桑der"的字样。明媚抬头对白逸阳说:"应该是这里。"白逸阳按了门边的门铃,门铃却没有动静,白逸阳嘀咕:"坏的。"就用手敲起门来,还叫着泊桑的名字:"泊桑老师,泊桑老师在家吗?"

屋里,躺在床上睡觉的泊桑被敲醒,起来烦躁地走到门口,透过门镜往外看,见是白逸阳和明媚,心里盘算他们居然追到家里来了,不想见他们,就装作没听到,回到床上继续躺着。明媚看着白逸阳说:"有可能睡得太沉听不见。"白逸阳感觉不对,说:"就算睡得再沉,这么大的声音也该醒了。"明媚疑惑地说:"会不会就没在家?"白逸阳说:"不在家也不开手机,这人是失联了?"看明媚说:"我第一次见泊桑就觉得他精神状况不太对,你上次和他见面有没有觉得他有什么异常?"明媚皱眉回想那天跟泊桑一起吃饭的情形,说:"上次见面他的情绪确实不稳定,还说自己快抑郁了之类的。"

更担心地说："他说快抑郁了，我当时只以为是他夸张的说法。"

正说着，二人同时闻到一股煤气味儿，相互看了一眼，更加紧张起来。白逸阳说："不行，先找个工具把门撬开再说。"明媚说："我去问问物业，不然咱们报警吧。"白逸阳看着明媚说："警察来也得一会儿呢，我还是先找个工具吧。"明媚点头说："一起找。"两人分头去找工具。这时旁边一户的房门被打开，里边传出很重的瓦斯味道，一个男人端着一盒方便小火锅走出来，把它放到了走廊的垃圾袋里，煤气味的根源是小火锅的助热包散发出来的，原来是虚惊一场。白逸阳说再打电话给他，明媚拿出手机一看没有信号，说我找个信号好的地方，就往楼道里有窗子的方向走去，白逸阳跟在她身后。

在屋里的泊桑听门外没动静了，从门镜确认门口没人，这才松了一口气。屋里一个手机响了，他赶快接起，是他的外卖到了，送餐的让他开门。

明媚又打了一遍电话，还是关机。他们回到泊桑家门口，正好看到快递员给泊桑打电话："泊先生，麻烦开一下门！"两人对视后快走了两步，趁着门开把泊桑拦在了门口。泊桑挣扎着想把门关上，白逸阳抢着帮明媚使劲儿，泊桑没能抵过他们的力气，最终明媚和白逸阳赢了。

进屋后看到泊桑家里全是快餐盒和易拉罐，脏乱如垃圾堆，大白天拉着窗帘，黑漆漆的一片，还有一股异味。泊桑对两人很不客气，就要赶两人走："你们要干什么？这是非法闯入，赶紧出去，不然我就报警了。"白逸阳站在泊桑面前双手抱在胸前，泊桑被震慑得不太敢乱动。明媚赶紧告诉泊桑说："公司支付了一部分剧本的稿酬给你，我想通知你，你不接电话，后来电话还关机了，我们怕你有什么事，就直接来找你了。"泊桑这才平静下来，说："我有两部手机，工作手机这两天因为心情不好就一直关机了。"明媚这才明白为啥一直联系不上他。

明媚看看他家里的垃圾，就开始主动帮他收拾，白逸阳也走到床边把窗帘拉开，充足的阳光一下子把屋子照得通亮。泊桑打开另一部手机查看后就问："这是什么意思？"明媚解释说："重签合同是不太现实的，公司还是希望和你继续合作，所以先支付百分之十五的稿酬表示合作的诚意。"

泊桑收到了钱，看明媚和白逸阳又帮自己收拾房间，情绪缓和了许多，解释说："我也不是完全不想干了，实在是热情都被耗没了。"明媚安抚泊桑说："现在看似是一下子回到了原点，好像之前浪费了时间、浪费了生命，但这个原点却是一个更好的开始。之前一直朝着错误的方向，每前进一步都会离想要的目标远一些。回到原点，在已有经验的基础上开始不算是真的重来，更准确地说，应该是盘旋式上升。之后的过程里那些看似重来的地方，其实只是重合的点，这些重合的点每一次都会比之前高一些，是具有进步意义的重合。现在我们确信每走一步都会距离目标更近了。"

明媚这番话泊桑听了有所触动。在一边收拾屋子的白逸阳也非常意外明媚会说出这样一番有见地的话，心里暗暗地夸赞了她一下。

明媚话音刚落，手机铃声就响了起来，显示是于涛的来电。明媚整个人就蒙了，自己竟然忘了要去民政局领结婚证的事。

明媚跑到走廊里接起电话非常愧疚，没等于涛开口就直接不断向于涛道歉说："我这里有点急事，一时忘了时间。"电话另一边的于涛指责明媚说："你连这事儿都能忘了，真够可以的！"明媚说："我现在就赶过去，咱们拿个下午的号吧。"于涛那边直接挂断了电话，明媚能感觉到于涛极为愤怒。

明媚挂断电话，整个人就站在走廊里杵着不动，好像丢了魂。白逸阳拎着一个大垃圾袋想放在门口，看明媚站着发呆，正想问明媚怎么了，这时泊桑跟了过来，直接把门关上，明媚和白逸阳被关在了门外，明媚也从愣神中醒了过来。

两人在门外再次敲门，泊桑却喊道："我要休息！"白逸阳直接问："你什么时候可以开始写后边的剧本？"泊桑说："等我休息好了就联系你们！"

白逸阳和明媚对视了一下，说："我觉得他这次说的应该是真话。"就手拎起大垃圾袋说："那咱们先回去吧。"直到楼下明媚都没再说话，白逸阳看明媚脸色不好，就问她："你刚才接的什么电话，为什么感觉你出了什么事情？"明媚长长地吐了一口气说："我今天本来约了和男朋友去民政局领证的，结果来找泊桑，我把时间忘了。"白逸阳震惊到嘴张得老大，眼睛也瞪圆了，说："你这事儿都能忘了？"明媚一脸哭相地往前走。白逸阳说明媚："你现在就过去找他呗，你们可以晚一点吧，不会是算过时间吧？"明媚有气无力地说："我说了，可他直接挂了电话，估计是气坏了。"

白逸阳看明媚因为来找泊桑耽误了大事，心里觉得自己也有责任，就说："我可以帮你向你男友解释一下。"明媚摇摇头说："解释也不一定能起到好作用，我还是自己处理吧。"

白逸阳看到路边正好有个Subway，就让明媚等一下自己，他买些吃的就回来。明媚虽然心里惦记于涛，但是想想这会儿于涛还在气头上，即便沟通也不一定能行，索性等回家再说吧。

她心里想着这些，接过白逸阳递过来的三明治用力地咬了一大口，振作了一下。白逸阳看她情绪好些了，让她别光吃也喝些水。明媚突然问："你说这笔稿酬应该起到一定作用了吧，不然泊桑也不会说他休息好会打电话联系我们，如果到晚上我没接到他的电话，我还是要联系他一下的。"白逸阳嘴里嚼着三明治笑了出来，说："你连领结婚证这么大的事儿都忘了，刚才还差点哭出来，就这么一会儿居然又开始想工作的事了，你是不是应该努力想想回去怎么跟男朋友交代？"明媚叹气，一副做好任人宰割的样子。白逸阳看着明媚问："你到底想不想结婚？"明媚被白逸阳问得有些不知道要如何回答，想想说："我都这个年龄了，不结婚还能怎么样呢？"

白逸阳稍顿，看向前面有些意味地说："原来害怕回到原点的不只泊桑啊。"明媚似乎意识到了什么，看着白逸阳。白逸阳眨了下眼，问："你吃饱了吗？"明媚点头说："啊。"白逸阳说："吃饱了我们就走吧。"就这样他们在花园做了告别，各自离开。

中午的阳光明亮得让人不敢仰视天空，但是散发出来的热量却很温暖治愈。

明媚在回公司的路上想着白逸阳的话。她试问自己的内心深处，自己真想要的是什么？什么才是正确的方向？又在害怕什么？害怕那么多年的时间和精力都浪费了？害怕回到原点以后还要重来？重来真的那么可怕吗？面对自己曾有的理想、曾经的失败，那时候的她又能给现在的自己一个什么样的答案呢？明媚觉得她急需一个倾诉的对象，就用手机给林馨儿发微信约她见面。

林馨儿正在书吧打包各种寄卖出去的书，忙得不亦乐乎。看明媚约她见面，立即回了个OK，开心地哼起歌来。

周宇眼看着林馨儿把书吧搞成了一个大型快递发货仓库，纸箱越来越多，书架上越来越空，有苦难言但还是配合林馨儿记录发货单。林馨儿得意地坐在收款台前填写快递单，写着写着发现不对劲了，叫周宇："老公你看，这收货人和地址怎么都是同一个啊，这人至少买了几十本了。"周宇怕林馨儿发现，解释说："对方可能是个大收藏家，我早就跟你说过我这些书都不一般，很有收藏价值的，你看看多抢手。果然是有识货的人，就应该一本卖两千。"林馨儿一想，觉得周宇说得有道理啊，价格由供需关系决定，既然这些书这么热销，那就涨价。

周宇一听，急忙转头背着林馨儿去联系了什么人，一副偷偷摸摸的样子。

周宇跟林馨儿请假，说老妈找他去公司，实际是因为张玫对林馨儿卖书的事已经不想再帮周宇这样隐瞒下去了，要来书吧找林馨儿。周宇怕张玫真的过来，赶紧说自己去找她，留下林馨儿一个人在书吧包书发快递。

林馨儿发现刚上架标着三千块的书也有人买，而且买家好像越来越多，欣喜不已，觉得自己简直是销售奇才。

正在高兴，司机老王就把帮周宇买的寄到他家的书都送了回来。可没想到只有林馨儿在，于是转头就要走。林馨儿眼尖，看到老王立即叫住他，询问他来干什么。老王忠厚，不善言辞，支支吾吾不知如何说。林馨儿板起脸来吓唬老王："你要是不说实话，今天就别想离开。"老王果然是个老实人，被林馨儿一吓唬就全都招了。

林馨儿一听，原来她卖出去的书都是被周宇买走了，然后寄到老王还有公司一些员工的家里，气得直接打电话把周宇叫回了书吧。周宇匆匆赶回来，见事情败露还狡辩说："没想到啊，懂行的买家就是老王啊！肯定是平时受了我的熏陶。"林馨儿更加生气，扔下周宇直接去找明媚了。

明媚因为约了林馨儿，就给老妈打电话说她加班不回去吃了，同时向老妈打听于涛的状态怎么样。明妈说于涛也没回家，明媚这才松了一口气，看了看时间：六点半，说："于涛应该在回家路上，等他回来你们就先吃饭，如果他问我就说我加班呢。"明妈感觉有什么不对，问明媚："你们到底怎么了？"明媚这才说："我白天因为工作的事，忘了去民政局领证的时间。"明妈嗔怪："你这也太不像话了，这个事情你也能忘啊？"开始大声地数落明媚，明媚心里本来就乱，实在听不进去，就把电话举得老远说信号不好。正好这时林馨儿微信进来了，明媚急忙跟老妈说："我真有事，先不说了。"说着就匆忙挂断了电话。

林馨儿发的微信语音里说自己已经到了餐厅，让明媚赶紧过来。明媚问不是说七点见吗，林馨儿说等不到那么晚了，我已经要爆炸了，你快点吧。明媚拿起包一路小跑往外走。

餐厅就在公司大厦的后街上，明媚用了不到十分钟就出现在了林馨儿面前。林馨儿见了明媚说："我可算见到你了。"明媚也是一肚子话要说，两人同时进入了倾诉模式。

林馨儿因为还在气头上，也没顾上明媚，自己先开始了："你说说我想的微商这招，本想让周宇能不靠家里自力更生，可没想到人家就是你有前招我有后手。事实证明我没把他带到自给自足的道路上，反而推波助澜地把他向败家子的路上猛推了一把！我越想越觉得自己不能就这么和他过下去了，这婚看样子是非离不可了。"

明媚赶紧开导林馨儿，说："你要干什么就干什么，周宇不但不反对还帮着一块儿折腾，你把人家收藏的书都卖了，周宇自己偷偷买回来还毫无怨言。这也是在自掏腰包支持你的事业，算不错了，你要知足常乐。这要搁在于涛身上，根本不会让我开网店，更别说还肯这样暗中使劲儿帮我了。"林馨儿脱口而出："那你还跟他过什么呀？最亲近的人都不支持自己，那往后的日子还怎么过呀？这也太憋屈了吧。"林馨儿话糙理不糙，明媚一时语塞，无言以对。林馨儿问明媚："你是不是也有事要和我说？"明媚把白天忘了去民政局的事情复述了一遍，林馨儿大赞明媚真的是好样的，最好能把于涛直接气死。明媚说："我还想你给我出出主意，看看怎么和他说这事情，结果你倒像报了仇似的。"林馨儿说："这有什么不好说的，就是因为工作忙没来得及啊。"明媚摇摇头说："这个事是我的问题，我应该道歉。"

聊了很久，看着夜色渐浓。

正准备从餐厅离开时，明媚透过餐厅的玻璃窗看到好像是秦奋与一个女人举止亲密地从酒吧出来。明媚有点好奇地跟了上去，看到秦奋把女子带到一辆车上，还在车里跟女子动作暧昧，明媚吃惊地说："车里那人像书涵的老公。"林馨儿看了一眼车里的情形，立即就要给书涵打电话，明媚急忙拦住说："你先别打，说不定只是在应酬，别没事找事。"林馨儿吃惊道："应酬都是这么应的？应到车里抱着？再一会儿还不应到床上去了，不行，我得留证据。"说着拿起手机拍了一张照片。

明媚回到家时已经过了午夜，于涛已经睡下了。老妈出来和她说了几句话，主要是说于涛晚上没回来吃饭，还喝了不少酒，倒是没说什么就去睡了。明媚听到于涛屋里传出均匀的鼾声，可以判断于涛今晚是没少喝。

于涛在下班后主动组织同事们聚会喝酒，还一反常态地喝了很多。有同事看他不太开心中间还劝了他，结果他还是喝多了。当同事说给明媚打电话来接他时，他特别大声地说不用。大家最后指派一个住在他邻近小区的同事把他送了回来。

老妈回房间后，明媚看着租住了好几年的房子，同一屋檐下，不知道什么时候开始，她和于涛就像合租室友一样各干各的，彼此的交流越来越少，于涛对自己的不理解更日益加深，难道日子就要这样过下去吗？明媚坐在昏暗的客厅里倍感孤独，回想起白逸阳和林馨儿说的话，久久无法入眠。

翌日清晨，明媚基本一夜都没合眼，还是没能想清楚要怎么面对于涛，便早早起床，打算趁于涛醒来之前溜去公司。明妈醒了，问明媚为什么这么早，明媚让老妈小声点儿，别吵醒了于涛。明妈说："你在自己家干吗鬼鬼祟祟的？"明媚解释说："我不想跟于涛吵架。"说着就匆匆收拾好出门了。

于涛睡醒后得知明媚已经走了，又是满腔怒火，和明妈说："阿姨，如果明媚真的不想结婚，那就算了，这么拖着对大家都不好。"明妈也很为难，劝于涛："你先别冲动，两人在一起这么久了，还是要心平气和好好谈谈。"于涛说："您看她有想好好谈谈的心吗？她就一直在逃避，连谈的机会都不给彼此。"

明媚一早到公司，没想到在电梯里碰到了老唐，彼此都有些诧异。老唐看既然遇到了，就问起泊桑那边的情况，明媚昨晚忘了给泊桑打电话，有些心虚地说自己昨天已经和他谈过，会尽快组织剧本，会继续往下写剧本的。老唐略有质疑地说："你还是要做好找个备胎的准备，不能一直被动下去啊。"明媚点头答应。这时两人已经走到了办公区，老唐说了句"解决问题"，就去了自己的办公室。

明媚一屁股坐到自己的椅子上，缓解了一下紧张情绪，就赶紧给泊桑发了一条消息，询问他开会的时间。明媚想了想，泊桑肯定不会这么早起来，就先等等他的回复吧。

到了上班的时间，菜菜睡眼惺忪地来到办公室。明媚看她未醒的样子，就问她要不要咖啡。菜菜点头说："我看《四海鲸骑》小说看到快三点才睡，马老师的小说结构太好了，完全可以不用改编，直接拿来拍剧了。"明媚突然想起菜菜是学编剧专业的，就问她是否有意愿尝试着写一集《时光》的剧本，菜菜一听兴奋得直转圈，痛快地答应了下来。明媚也很高兴，让菜菜抓住机会，如果效果好的话，她会想办法让菜菜加入创作，同导演和泊桑一起写剧本。菜菜兴奋得点头如捣蒜，想想自己可以经常见到白逸阳，更是窃窃欢喜了好久。

同样起得很早的白逸阳穿着一身运动服来敲泊桑家的门。泊桑睡眼惺忪地起床开门，一看又是白逸阳，以为他是来催开会的，烦得哭天抢地："你们就不能让我先休息吗？"没想到白逸阳根本没提剧本的事，走到窗前一把拉开窗帘，扔给泊桑一件外套，非要拉着泊桑出门跑步。白逸阳说："编剧其实是个体力活儿，高强度的工作更需要一个好身体，我以后会天天来叫你一起锻炼身体的。"泊桑愤怒地说："我早上四点才睡，这刚八点，才睡几个小时。"白逸阳说："正好帮着你调整作息，早睡早起。"泊桑赶不走他，白逸阳不由分说强行让泊桑穿好衣服，把一条野外攀岩用的绳子一端系在自己腰上，一端捆在泊桑身上，拖着泊桑到楼下小区里跑步……

泊桑累得不行了，实在跑不动了，白逸阳觉得这也算是一个好的开端，就把泊桑送回了家。泊桑筋疲力尽，白逸阳说："你洗个澡哈，我明早再来找你。"泊桑一听，整个人几乎垮掉，白逸阳又说："你得赶紧恢复好体力哦，这样才会有更好的精力一起创作！"

白逸阳看着他的样子觉得好笑，临走还留了句："创作需要激情，激情需要很好的体力！"泊桑发出一声痛苦的尖叫，倒在了床上。

自从忘了去登记的事情后，明媚就开始躲避和于涛的正面接触。于涛看明媚一直躲着自己，既生气又懒得理她，双方就这样冷战了几天。

几日后的一个中午，明媚在公司还没想好要吃什么，明妈打电话说自己在明媚公司楼下。明媚急忙下楼，看见老妈拎着行李，不由一惊。

明媚带着老妈在公司附近的餐厅吃饭。明媚埋怨说："妈，你来的时候不告诉我，这回去又是这么突然。"明妈说："我还得回去照顾你爸呢，他不像你没我也能过，他虽然不催我回去，但是心里每天都惦记我，还给我发消息互动。我想问你，对于结婚的事情到底是怎么打算的，要真不想结婚也不要拖了，这样对你和于涛都不好。我虽然着急你到了年纪应该要嫁人了，但婚姻是一辈子的事情，也不想你就凑合。"明媚听完老妈的语重心长，告诉老妈自己会考虑清楚，尽快做决定的。明媚没有送老妈去车站，只把她送上了出租车。

回公司的路上，明媚才看到泊桑有回复她消息，说自己这两天先整理一下思路，然后就约她和导演开会。明媚看到消息心里踏实了很多。

走到一个十字路口等红绿灯时，明媚开始想和于涛之间的感情问题。站在人群中的明媚显得有些孤独，她望着马路对面的大厦广场——一边是广场上推着婴儿车的家庭主妇，一边是高楼大厦前步履匆匆为生活奔忙的打工人。

她脑子里回响着老妈的话、林馨儿的话、于涛的话还有白逸阳的话，尤其白逸阳说的那句"原来害怕回到原点的不止泊桑一个"。

明媚站在路边，拿起手机给于涛发了条信息，约他晚上见面。

傍晚，师范大学的门口，很多学生三五成群地结伴进出着。

这里是明媚和于涛两人相识相爱、拥有共同人生重要经历的地方。于涛和明媚几乎是同一时间从不同的方向走到了学校门口，明媚先看到了于涛，就快走了几步。再次并肩站在这个曾经十分熟悉的环境里，他们心里都有些百感交集。

于涛接到明媚的邀约，看到明媚把地点约在他们的母校时，心中原想着明媚是想在两个人相恋的地方和他认错，修复彼此的感情，就在心里存了几分期许。

明媚和于涛说："我们走走吧，如果饿了就在食堂吃一口。"于涛配合地点头，开始一起漫步在校园里。看着曾经留下过各种回忆的角落，一边走明媚一边回忆起往事，于涛心里也升起一些缅怀过往的心情。

走到学生宿舍时，明媚想起当初于涛的第一封表白信甚至忘了署名。于涛也笑了起来，说："我那时候很傻。"明媚说："那个时候就是你的踏实感让我觉得温暖，你总能陪着我干那些个我喜欢的事情。"于涛说："那个时候我觉得你可爱好多，人也活泼，性格也好。"说到这里卡住，看了一下明媚，他的话说不下去了。

明媚看着于涛说："你那时候就很知道自己要什么，有自己的目标和规划，也一直向前努力着，毕业就争取到了进入银行工作，没两年就在北京落了户。一步步虽然也不容易，但都实现了，我特别地为你开心。"

于涛说："记得上学的时候你就经常去电影资料馆看片、去音乐节看演出，十足的文艺女青年，我很欣赏你的洒脱，心里也知道在大学期间不去追求自己的爱好，今后也就没时间了。可是没想到你竟然会一直走在文艺的这条路上。"明媚说："其实在我心里，那些不仅仅是爱好，也和你想进银行工作、留在北京生活一样，是我的理想和目标。"

于涛缓缓地点头说："看来我们两个人的目标，从一开始就有根本上的区别，是我一直没能理解你。"

明媚说："也许我们早就已经察觉到了这个问题，只是不愿面对，怕说穿后会带来伤害，所以才拖了这么长时间。"

于涛有些挫败地说："我总想你到了一定年龄想法会变，现在看来是我误会太久，这些年慢慢心理上就有了失衡感。"

明媚说："我明白，所以我越来越清晰地感觉到，在咱们的关系中你并不快乐。这种不快乐一旦在一个人身上出现，必然会影响到另外一个人，这是双向的。我也试图说服过自己，如果放弃现在的工作，是不是我们的关系就会变好，可这样我可能也不快乐，我又会影响你的情绪。在我们之间，快乐就像跷跷板的两头，你上去了我就要下来，我上去了你就要在下边。也许是时候该面对了，我们不要再为谁在上谁在下而纠结了，抛弃这个跷跷板、换个方式相处可能是更好的选择。"

说话间两人已经回到了学校大门边上，有一个拖着行李箱的学生来向两人问路，于涛给他指路。学生离开后，于涛问明媚："七年时间，我们又回到了原点，会不会觉得可惜？"

明媚摇摇头说："这不是什么原点，这是在经历之后给自己的一个答案。"

明媚看着于涛的眼睛清晰地说："我们分手吧。"

于涛心里一沉，深吸一口气，这个意外的结果让于涛很难相信，也不愿相信。他声音低沉地说："你是想了很久吗？"

明媚说："没有，就是最近想得特别多，我想给咱们空间和机会去找更适合彼此生活的方式。"

于涛看明媚的态度很坚定，又环视了一下周围的环境，说："那分开一段时间都再想想清楚，你要是改变了主意可以随时告诉我。"

明媚心里难受着，一只脚在地上轻搓了几下说："我浪费你时间太久了，再尝试也许还是一样。"

于涛微微地点头，表情僵硬。

明媚眼眶湿润，面带微笑看着于涛僵硬的面容。

此刻的这一幕在明媚的想象中从来没有出现过，她只是觉得只有这样去选择了，她和于涛才能回到自己应在的生活轨迹里。

第五章　让我们好聚也能好散，坦然才是最好的告别

明媚和于涛谈完，选了周六的上午，带着一些随身行李和日常衣物搬进了林馨儿名下的一套小公寓。公寓是林馨儿婚前父母给她置办的，面积不大但是拥有很大的落地窗，白天阳光可以充分地照进来。林馨儿结婚以后搬到了周家的大别墅里，这里就一直出租着。得知明媚和于涛分手要搬出来找个地方暂住，林馨儿甚至不惜赔上押金赶走了房客，把房子腾出来给明媚住。

林馨儿还约了书涵来给明媚"暖房"，书涵带了些生鲜还想在家里开火，结果发现家里没有厨具，只好把带来的东西先放在冰箱里冷藏。

林馨儿劝说明媚干脆彻底搬过来。明媚打趣说："我倒是很想一直占你这个大便宜，可我和于涛商量了，现在这房子的位置我用起来比他要方便。于涛说他领导有套房子想出租，就在银行附近，他准备租下来，也好拉近他和领导的关系。等他和领导说好就搬过去，我再回去继续住。"林馨儿挑剔地说："他倒是会打算，我记得当初一起合租也是他提议的，就是为了省点钱，结果只省了他的钱，要不那个时候你和我住这里也够用的。还有，你回去住心里能好受吗？"

明媚知道林馨儿是关心自己，柔和地说："难受肯定是有的，但我现在感觉精神压力没那么大了，整个人轻松好多。"林馨儿手里拿

着明媚的洗漱包往卫生间里放着，发现卫生间里的一个肥皂盒不见了，大声喊："他们顺走了我的岩石皂盒。"明媚说："你再找一下，可能在别处。"林馨儿一看，果然被明媚说中，肥皂盒出现在了浴室的壁架上。

林馨儿出了浴室，满屋溜达着围着明媚看，明媚笑着问："你这是干啥？"林馨儿调皮地说："我啊，左看右看、上看下看你都还是那么好看，肯定能碰到更好的。让周宇把他的富二代单身同学都翻一遍来让你选！"明媚赶紧说："你可饶了我吧，我还想好好享受一下单身的日子呢，自由自在的。"

林馨儿看明媚坐在沙发上神魂有些游荡的样子，说："确实哈，一个人的日子要清闲很多。我和周宇开始恋爱后就每天被他黏着，虽然周宇性格随和，凡事也比较依着我，但是两个人的日子就一定要考虑对方的，我现在看了一下包括你在内的这一圈人啊，虽然周宇惰性大些，相比起来我在婚姻里还是保持了自我的，我该知足。"

书涵一直在边上听着明媚和馨儿聊天，突然开口说："我还没真正自己单独生活过呢，我初恋就是秦奋，他毕业找到工作我就来他身边了，都是他来照顾我，一直到现在。"

明媚懒懒地靠在沙发上说："不管怎么样，现在的我就是一身轻的感觉。我再也不要惯性被动地接受那些既定的生活方式了，就从此刻起，我要主动争取自己想要的生活，不要被别人牵着走，我的工作、感情、未来、人生我都要自己把握。"

林馨儿兴奋地开始鼓掌，书涵说："我还以为今天来要听你诉诉伤心事呢，分手一定会非常难过，没想到你会这么豁达地面对。"

林馨儿嚷着说："明媚就是心太软、舍不得多年的感情才会犹豫这么久。倒是书涵你，就这么把自己的一生交代给一个人了，就不觉得没有体验过的事情太多了会遗憾吗？"

书涵摇头说："我从来没有想过这个问题。"林馨儿说："那你还真是要想想才行了。"明媚怕林馨儿嘴没把门的，就说："我们一会儿可以点外卖火锅来一起热闹地吃些。"

林馨儿附和着呵呵呵地笑着说:"好像又回到了单身生活,太棒了!"跑到明媚身边和她相互拥抱,开心得不得了。

书涵看着两个开心得像孩子似的朋友,心里也跟着特别高兴,只觉得自己越来越喜欢这样一种可以相互倾诉、彼此温暖的气氛了。

周末的两天明媚都在小公寓里收拾打理屋子,让自己适应一下新的生活状态,其间还看了几部之前菜菜给她下载到硬盘里的电影,感觉这种久违了的单身生活格外肃静。到了晚上,她看着片子就睡着了,一夜无梦,周一一早精神头也格外充足,在路上还顺便买了两杯咖啡,一杯给自己,一杯给菜菜。

明媚在工位上拿着咖啡喝得正香,张珊突然来到她面前,说《时光》项目的小说影视改编权快到期了,让明媚处理一下再续约需要补签合同的事。明媚问张珊:"唐总不是让你来管合同签约的事情吗?这个事是不是由你来处理比较好?"张珊说:"我也想处理啊,可是泊桑因为他之前剧本被毙掉的事情,对我一直耿耿于怀,这种情况还是由你出面谈更好吧。"直接把这个包甩给了明媚。

原来一早版权公司负责人陈曦打电话找张珊,说《时光》的IP影视改编权即将到期,问启梦是否还要续约,张珊下意识想推辞不管,但眼睛一转似乎又嗅到了机会的味道,起身就来找了明媚。

明媚看了授权协议,想着这事她之前提醒过老唐,现在要马上找他商量才行,就走到老唐办公室外敲门。老唐透过玻璃看是明媚,挥手让她进来。明媚进屋,先说了张珊和泊桑之间的问题,所以授权的事情先由她来处理,然后就直入主题说:"唐总,我之前说了《时光》原著影视改编权快到期的事,今天版权公司来问了,按咱现在剧本开发的情况和市场同类IP授权费用的行情我权衡了一下,需要续签一年,费用给到六十万之内是比较合理的。"老唐一听又要花钱,心里很不舒服,急道:"这个剧本到现在只有三集能用,还是导演改过的,要不是泊桑有原著作者这个优势,我们可以随时再找一个合适的编剧。找他合作如果他连一年的免费续约的问题都不能帮助解决,那我们为什么还要与他合作呢?现在剧本不是已经又开始动了吗，按照现在有导演一起工作的情况，说要用一年时间，实际有半年时间就差不多了，为这个IP花的授权费已经不少了，还要再给钱？无论从IP影响力实际的市场价值，还是项目运营的营收比例的角度，我们都没有理由再付更多钱了，别说六十万，就是一分我都嫌多！"

明媚说："这个IP的版权所属是作者和出版公司共有的，就怕泊桑同意了，出版公司却不放手，毕竟涉及对方的根本利益。"

老唐说："所以我让你去和泊桑谈，他不授权，出版公司也没权利单方授权啊，你跟泊桑补签一个委托创作协议，就写在《时光》剧本没开发出来前他不可以和出版公司共同把《时光》的影视改编权售卖给第三方公司进行影视改编，这样咱们担心的问题不就解决了吗？"

明媚有些担心，说："我是怕泊桑会认为咱们在用编剧合同来和他谈条件，让他觉得咱们对他不公平。"老唐听明媚还站在泊桑的立场说话，斥责明媚："你就是个死脑筋，做事情要是个个都讲公平，活儿都没法干了！尤其我们这个行业，大家都很在意一起做事的人是不是好合作，我们之前是付过授权费的，剧本的稿费我们也给他了，相信泊桑也会权衡利弊，谁愿意落得一个刁钻不好合作的名声，以后谁还会找他合作呢？"

明媚有些为难，一方面是觉得这个事情老唐站在整个项目运营的角度确实有理由这样处理，另一方面又觉得泊桑作为作者还是应该得到应得的权益的，还有就是明媚不知道要怎么和泊桑开口来说这件事。她想着，就站在老唐的办公桌前不知该怎么自处。老唐看着她的样子就问她："你还站这儿干啥？赶紧去处理事情吧。"明媚才应声出去了。

菜菜看到明媚回到工位，赶紧说她试写的剧本写好了。明媚本来没什么预期，觉得菜菜只要能顺畅地讲完一集故事也就很不错了，结果出乎了意料，菜菜的想象力和情节架构的组织能力都不错，情节中加了很新的设想，新鲜、有趣，符合年轻观众的口味，明媚决定把剧本发给白逸阳。

明媚打电话和白逸阳说了自己的想法，也征求他的意见，说如果导演也觉得菜菜写得还可以，她想让菜菜加入这个项目剧本的创作。果然，白逸阳对菜菜写的剧本的感受和明媚一样，感觉菜菜的文笔很适合这种有些新概念的故事。

明媚听到导演也赞成她的想法，就和导演商量让菜菜以实习生的身份加入编剧组，应该能让泊桑更容易接受。如果泊桑的状态还不好，没法尽快动笔，导演也可以带着菜菜先做调改的工作，不能这样无限期地等下去。

白逸阳让明媚自己跟泊桑商量，说完就约明媚去找泊桑。明媚同白逸阳来到泊桑家里，发现泊桑的精神状态好了很多，房间也变得干净整洁，更没想到的是新大纲也完成在即。明媚吃惊地问什么情况，白逸阳才把这些天每天早晨拉泊桑跑步、帮他调整作息、跟他聊剧本的事说给明媚听。泊桑自己也说这大纲改得越来越顺，实际的工作量要比自己想象的少。明媚看到泊桑的改变十分惊喜，对白逸阳也很感激。

明媚看泊桑的状态平稳了不少，就尝试着和坐在桌子边码字的泊桑说："泊桑老师，我想把公司的实习生菜菜引荐给你做助理编剧，菜菜大学学的专业就是戏文，她写了一集试稿剧本，你可以看下，我原想看看菜菜的写作水平，结果她写出来的内容我和导演都觉得还不错，导演也说菜菜的基本功还算扎实，帮着你做整理工作应该是没问题的。她来配合您工作能减轻些你的负担，节省出时间你也能多休息一下。"泊桑谨慎地看着明媚，露出犹豫的眼神。白逸阳看气氛僵住，赶紧帮着泊桑打消疑虑，对泊桑说："你先看看，菜菜虽然经验不足，从她的写作中还是可以看到基本功的，最主要的目的是想帮你减负，会议时也需要个做记录的人。"明媚看泊桑没回复，就说："你要是还不放心，我们可以签个补充编剧协议，来说明你才是该剧的唯一编剧。"泊桑这才点下头答应了，明媚临离开时泊桑还提醒明媚补充协议的事情。

明媚从泊桑家出来总算松了一口气，回到公司和菜菜说了她可以加入剧本创作的事情，菜菜兴奋得直蹦跶。明媚坐回工位，开始草拟补充协议。明媚看着电脑屏幕上自己起草好的补充协议，想着对原著影视改编授权的约束条款要不要也直接加到这份协议中。她写了又删、删了又写地叹着气犹豫不决，这一幕正好被一直观察明媚动向的张珊看在眼里。明媚手机响了，是书涵打来的，电话里书涵害怕地说刚发现自己出血了，担心自己先兆流产，问明媚能不能现在陪她去医院检查一下。明媚一听，这才知道书涵怀孕了，挂了电话就跑出了办公室。

张珊见明媚离开，立即坐到了明媚的工位上。明媚的电脑屏幕上显示着那份还没改完的协议，张珊打开网页登录邮箱，直接把协议发给了自己。菜菜在对面察觉到了什么不对，想问时张珊已经站起来走了，菜菜也就没有再追问。张珊看了协议内容，明白了协议想要达到的目的，计上心头。

不知情况的明媚还在赶往书涵家的路上。

路上明媚赶紧打电话问林馨儿在不在书吧，如果在赶紧去看一下书涵。

两个人赶到书涵家，用车拉着书涵直奔医院而去。

医院里，书涵做了一系列的检查，医生告诉书涵说她并无大碍，怀孕初期偶尔见红属于正常现象，但这种时候要特别小心，要注意休息，避免疲劳。明媚和林馨儿听医生说书涵无大碍，这才松了口气。

明媚非常不能理解这一切是怎么发生的，就问躺在观察室里的书涵："你是刚知道自己怀孕了吗？"书涵嘴角动了一下，小声说："之前就知道。"明媚又问："那秦奋知道吗？"书涵摇头。林馨儿有点着急地又问："你为啥不和大家说呢？"书涵自知给大家添了麻烦，只好说："我怕告诉你们后，我就不能继续干海报的工作了，我想这几天把海报都弄好了再说的。"明媚在一旁听得直咬自己的嘴唇："你说真出点事可怎么办？"林馨儿说："这得马上告诉你爱人啊，明媚你要不联系一下吧。"书涵说："我来打吧，他今天有个很重要的比稿会，这会儿应该结束了。"

明媚和林馨儿在医院陪着书涵，大概过了一个小时，听见观察室外有一个声音询问李书涵的名字，明媚开门，正好与秦奋的眼睛对上。

秦奋表情焦急地和明媚交流了一下，就直接走到书涵床边。书涵温婉地看着秦奋，秦奋握住书涵的手关切地问："怎么样？"书涵说："医生说没事了，就让多休息。"

一边的林馨儿这时候看了一眼秦奋说："你老婆怀孕你都不知道，早点关心一下就不会有这事儿了。"明媚马上看了一眼林馨儿，示意让她禁言。秦奋听着林馨儿的数落，看着书涵说："你早知道自己怀孕了，为啥没和我说呢？"明媚在一边有些自责地说："这事怨我，她是怕和你说了就不能帮我做海报了，所以才瞒着你的。"书涵也赶紧说："是我身体底子不好，要不多少人怀着孕上班的不都没事，这事就只怨我自己，谁都不怨。"秦奋说："后边的工作你就交给公司其他人吧，咱们回家好好休息养身体。"书涵没有再说什么，只是安静地等待观察结果。秦奋见书涵情况十分稳定，就起身和明媚说："谢谢你们把她送到医院，这儿有我陪着呢，你们赶紧回去忙自己的事吧。"明媚和林馨儿向书涵话别，便离开了。

走出医院，明媚坐林馨儿的车回公司。

明媚坐在副驾驶上一脸严肃地沉浸在自责中，林馨儿对她说："人家书涵和医生都说没事儿，你在这儿还过不去呢？"明媚说："我觉得特别内疚，书涵是因为赶设计累出的问题，这万一有个什么三长两短的，我一辈子都后悔。"林馨儿说："其实这种情况在怀孕初期真的会常有，之前我表姐也这样过。主要书涵不是也说了为啥隐瞒了实情嘛，人家是想先把海报完成，就是怕你们拦着才不说，这倒好，你这样恰好证明了书涵的顾虑。"明媚有些激动地说："她这个情况就不该工作！"林馨儿不禁笑出了声，说："你是于涛上身了吗？你看看你自己现在的样子！书涵有自己的想法，就会承担相应的责任，你就别再琢磨这些了，倒是秦奋的事，他真的有外遇了，这个时候咱们到底要不要告诉书涵，这才是咱俩最该想的。"

明媚脱口而出："当然不能说了，要是没怀孕倒还好，现在怀孕了，如果说了书涵肯定接受不了。"林馨儿一脸鄙夷地叹气道："你呀你，真是糊涂，书涵现在怀孕了想要这个孩子，是因为她并不知道自己面临的真实环境是什么，她如果知道了呢，她还会想要吗？她还该要吗？"

明媚被林馨儿连珠炮似的问法给问愣了。

林馨儿接着说："这么关键的时候，决定当然得书涵自己来做，我们作为她的朋友，有义务让她获得应有的知情权，这样她做出的决定才会是权衡利弊后想清楚的答案。"明媚想了想，意味深长地说："你说得有道理，书涵有知情的权利，更要权衡利弊，为自己多多打算，但我还是觉得无论怎么样，我们都应该支持她把孩子留下。"林馨儿听了明媚的话嘴上没有回应，却在心里默认了明媚的观点。

书涵在医院又观察了一会儿，医生确认她可以回家静养，秦奋借了一把轮椅把书涵推到停车场扶到车上，就驱车往家里走。秦奋自上车后脸色就变得有些难看，说："你看今天这事情出的，让明媚她们以后怎么看我，本来对我就有些成见，这样一来我在她们心里成了什么人了。"秦奋还想往下说什么，书涵突然说："我是没想好要不要生下这个孩子。"秦奋愣了一下说："既然有了就生吧，这些年咱们都没这个打算，但是我爸妈不也一直催吗？"书涵表情忧虑地说："我就是怕这样草率了。"没想到这话激怒了秦奋，他对着书涵声色俱厉地说："现在有人要投资给公司，投资人提出要签对赌，我每天顶着这么大的风险不都是为了家和你吗？结果你还说什么要孩子草率了。"书涵担心地问："对赌是什么意思？风险很大你就不要做了。"秦奋听书涵这么说就更不开心了，说："我现在需要的是鼓励和支持，而不是像你这样的质疑来给我泄气。"书涵因为身体还虚，不想再和秦奋说话，就把头靠在了车窗上看着路过的街景。

街上车流和人流穿梭交织，被城市庞大的信号系统指挥着。像剪辑师手中的视频素材，为了满足影片的最后呈现，在经过思考和一定逻辑排序后呈现出不同风格的韵律感十足、色彩饱满丰富灵动的画面。

　　启梦公司里，张珊在得到明媚草拟的协议后迫不及待地打电话约了泊桑和陈曦见面。

　　对此事毫无察觉的明媚有些沮丧地回到公司。菜菜关心地问她是不是发生了什么事。明媚简单说了几句，就回到了工位。菜菜帮她倒了一杯温开水，又拿了一堆小零食放到她桌上。明媚这才感觉自己饿了，打开了一袋格力高棒咀嚼起来，觉得自己的血糖终于恢复了一点。手机收到了一条赵明发来的微信，说要约她晚上一起去吃火锅，告诉她白逸阳也会一起。明媚看着桌上的一堆零食，想着晚上可以好好吃一顿火锅了，就迅速地回复了一个"好"字。

　　晚上，同样约了人吃饭的张珊选了一家老字号的广东菜馆，小包间里几番寒暄后菜也上齐了，几个人边吃边聊。吃到一半时张珊开始切入正题，献媚卖好地说："你们不知道，我接到陈曦总的电话后马上就找了现在的执行制片，她听完还和我说让我拖一拖，我一听直接就没同意，她看我坚持才找了唐总说续约的事。结果她找唐总聊完就和我说协议拟好了，让我帮着看看，我一看协议就特别气愤。"陈曦和泊桑被她说得都问："怎么了，协议内容是什么？"张珊做出个特别为难的样子说："我这可是看着咱们是老感情才和你们说的，你们可不要出卖我说是我说的。"对面二人连连点头。张珊把自己的手机递给泊桑，屏幕上显示的就是那份明媚还没写好的协议。陈曦也凑过来看协议内容，看到关于要求作者不能在剧本完成前将原著影视改编权再次转授给第三方的条款时，泊桑一下被激怒了。陈曦说："看似为了保护泊桑的权益才起草的协议，实际的诉求竟然是为了牵制泊桑，不让他拿原著的版权费啊，这个做法过分了。"

　　明媚按时来到了和赵明约好的火锅店外，这家店格外地火热，门外已经排了很多等号的人，大多是三五成群、穿着时尚的年轻人，也有刚下班约了朋友一起聚会的上班族。明媚在门口没有看到赵明，拿出手机看才发现赵明不知道什么时候给自己发了一个微信，说他们已经坐下了，在17号桌，让她到了就可以直接进来。

　　明媚进到火锅店，大堂里已经坐满了人，明媚一眼就看到了向自己打招呼的赵明，白逸阳就坐在他边上，就走了过去。桌子边上有一道活动屏风，把这里隔挡出一个相对独立的空间，白逸阳靠着屏风一边的椅子坐着，看起来状态也很好，估计和泊桑聊剧本聊得比较顺畅，心情上也很加分。明媚想了一下，决定今天就先不和白逸阳说《时光》授权到期那档子事了。白逸阳很温和地向明媚打了招呼，顺手给明媚倒了一杯果汁，说："没想到上次说请你吃火锅，这么快就实现了。"明媚开玩笑地说："今天是白导演请客吗？"白逸阳看了赵明一眼，赵明说："是我张罗的，今天我来我来。"明媚笑着说："行嘞，那我就还能再有一顿火锅吃。"白逸阳笑着说："没问题没问题，随时随时。"

　　几个人正说笑调侃间，门口一个相貌好看的女子向这边看来，赵明也看到了她，赶紧招手。王平薇是赵明新近认识并在重点追求的女人，属于那种男人眼里的标准美女，看上去她的妆容是有过特意打理的。赵明用一种非常直男的方式给大家介绍王平薇说："薇薇也是咱们的同行，是做制片人的。"也把明媚和白逸阳抬举得较高，介绍说是自己非常好的朋友，更都是在专业领域非常有能力的人才。王平薇默默观察着明媚和白逸阳，用非常谦和的态度说："很荣幸认识二位，我刚刚开始做制片工作，还在最初级的入门阶段，还希望两位今后能多多指教，我很想学习更多的专业知识来完善自己。"赵明用一种看不够的眼神看着王平薇。明媚和白逸阳交流了一个眼神，心领神会地懂得了赵明请这顿饭的真正用意。两个人非常配合地与王平薇开始各种交流，还不时地夸赵明一下。席间，王平薇说自己原本是在金融投资领域做投资顾问的，因为老板想把主要精力都放在影视行业上，目前已经到了世纪影业做副总，她也就跟着转移了战场。明媚听到世纪影业的名字，说："这个公司已经做了很多年了，从电影到剧集市场都有涉猎，人员配备也很不错，你要是想要学习，在这家公司是个不错的机会。"大家都慢慢熟络起来，聊得都很投机。

席间，一个年轻的服务员来到桌前很有礼貌地说："各位，不好意思，因为今天客人有点多，我们需要把这边的两个屏风都撤掉，空出地方要放上两个小桌招待客人，和你们说一下这个情况，打扰了还请谅解，我一会儿送瓶饮料给你们这桌。"赵明张罗着说："没事，你们就挪走吧。"屏风被撤掉了，空出的地方被放上了两张临时的小餐桌，服务员领着一男一女来到了桌旁，没想到男人竟然是于涛。他和女伴被安排坐下后正好看见对面桌的明媚，于涛主动过来打招呼，明媚有些尴尬但还是友好地迎合他说："你也来吃饭啊。"于涛看明媚桌上是两男两女的组合，心里开始有些生疑，就特意指了指一旁的女子说："带朋友吃饭。"赵明一看是熟人，就说："既然认识，拼桌一起吃吧。"让明媚没想到的是，于涛竟然同意了这个提议，就让服务员把小桌拉过来，带着女孩坐了过来。坐下来之后，明媚非常快速地把于涛是自己前男友的事情告诉了在座的人，大家得知两人是这样一种关系，都有些尴尬。白逸阳此时才知道明媚已经和男友分手了，尴尬气氛过后，赵明给白逸阳使眼色，白逸阳用眼神怒了赵明一下，不再理他。

白逸阳想缓解气氛，说："赶快再多点些吃的，大家边吃边聊。"于涛让女孩来点菜，让她想吃什么就点，女孩说："我要节食保持身材，不能多吃。"于涛借题发挥说："你才二十二岁，吃多少都能代谢掉，不怕多吃的。不像我和明媚，已经到了吃什么、吃多少都要控制的年龄了，我们才要尽量少吃。"明媚只是听着，没有说话。于涛一看明媚不说话，就继续有所指地说："你不会是有了其他人才和我提的分手吧？"明媚沉默地不知道该如何回答他。

整桌气氛让人觉得有些难堪，白逸阳突然嘿嘿地笑起来，说："要不是今天遇到于涛，我们还不知道明媚已经恢复了单身，之前我试着追求过明媚，被她拒绝了，现在我可以尝试着再追求一下她了，希望明媚能给我机会。"白逸阳看着明媚更进一步地说："如果能给我机会，我相信我可以营造一个我们共同期待的未来。"明媚被白逸阳的突然表白吓到了，不知道他要干吗。赵明看着于涛同情地安慰说："明媚这么聪明、能干、独立、成熟的大好女子，值得拥有更好的生活，你没能抓住也算正常，不用太难过，既然彼此都还是朋友，就应该真诚地祝福她。"

两个人的异常举动让明媚如坐针毡，于涛已经尴尬到了极点。谁都没注意到于涛女伴表情的变化，女孩突然站起，话都没说就向外走去，于涛见状赶紧追了出去。

于涛一走，明媚终于放松了下来，对两个人的行为感到无奈的同时，心里也感谢他们帮自己解围。明媚对一直坐在桌上也被卷入这场突发事件的王平薇说："抱歉啊，没有想到会遇到我前男友，你不要被影响到，咱们继续吃火锅。"王平薇回以笑容说："没事，我OK的。"

看着桌上两个笑得开心的男人，明媚也歪头笑起来。赵明看到明媚这个歪头的表情，突然说："我在白逸阳家拿走的那个《小疯子》DVD短片里有个女孩很像明媚啊。"白逸阳心里一惊，岔开话题给明媚倒着饮料说："恭喜你恢复单身，如获新生。"王平薇也适时举杯附和，恭喜明媚回归自由，赵明也举杯说："预祝我们明总早日找到自己的大白，给她守护。"明媚接受着祝福，心暖似夏，举杯感谢，四人碰杯一饮而尽，桌上恢复到了欢乐的气氛中。白逸阳和明媚还聊起了泊桑剧本创作热情高涨的事，两人就更加开心了，也让明媚暂时淡忘了和于涛分手后只有自己清楚的那份酸楚。

同样在饭桌上聊天的泊桑此刻的心情和明媚还有白逸阳相比可以说是冰火两重天。

泊桑带着酒气回到家，菜菜在剧本的工作群里发了一份自己整理好的部分剧本大纲，提醒大家查收查看。泊桑看到群里明媚回了句"菜菜辛苦了"，越想越气，想起今晚看到的编剧协议和张珊说的话，夜里实在睡不着的泊桑借着酒劲儿写了一段文字发到了朋友圈里，控诉启梦假借编剧合同骗取IP授权，指责启梦简直无耻至极！

泊桑这段文字一发出，就被与他相熟的几个作者、编剧转发了，并且经过一夜的发酵，在早晨就闹得业内众说纷纭。

白逸阳没看到泊桑发到朋友圈里的文字，早晨像往日一样来找泊桑跑步。泊桑给他开门后，白逸阳闻到屋子里有明显的酒味。泊桑说身体不舒服，怎么也不肯和白逸阳出去运动，还说自己想一个人静静，《时光》的剧本暂时不写了，让白逸阳走。白逸阳不明白发生了什么，就说："你喝了酒后更应该运动出汗，这样有助于排出体内的酒精，如果觉得这几天写累了，也可以休息一下再写。"泊桑觉得白逸阳很烦，实在不想忍耐了，就告诉白逸阳说："启梦太过分了，我不了解启梦跟你的合同是怎么签的，反正对我是很过分，我不打算再和启梦玩下去了。你以后也不用再来找我，你有什么问题去问明媚吧。"白逸阳看到泊桑的状态，觉得一定是发生了什么事，想着要联系明媚问一下情况，就先安抚泊桑，说实在不想跑步今天就算了，让泊桑休息，自己去跑了。

白逸阳出门就给明媚打电话，电话却传出占线声。

明媚早晨被老唐的电话振醒，老唐质问明媚到底发生了什么，明媚才知道泊桑后半夜发了一个朋友圈说启梦骗他，老唐让明媚赶紧处理，劝泊桑先把朋友圈删了。明媚接完电话收拾了一下，出门就朝泊桑家奔去。

明媚到了泊桑家的小区，白逸阳正在小区里，想再次打电话给明媚，刚拿出电话就看见明媚出现在不远处。立即迎上前去，一问才知道，原来泊桑突然变脸发朋友圈控诉启梦欺骗他的行为，还引起行业内大家的议论。白逸阳问起明媚原因，明媚也不知道是哪里出了问题，她和泊桑中间也没有过联系，如果因为编剧协议的问题，可协议还没有发给泊桑呢。泊桑这样直接发了朋友圈，这就是要撕破脸、不留余地啊。白逸阳说："泊桑也不肯出来跑步了，还说要暂停剧本的工作。"明媚被这突发情况弄得完全摸不到头脑，白逸阳想了一下说："走，上楼找他问清楚。"白逸阳再次敲响了泊桑家的门，泊桑没有让他们进屋，只说自己不想再和启梦这种无良的公司合作了，也不想再和明媚说什么。明媚说："你先把朋友圈删了，等情况搞清楚了再说也不迟啊。"泊桑说："我小说的影视改编权费用你们一分都别想少给，其他免谈。"然后狠狠地把门摔上，将二人关在了门外。

白逸阳看了看明媚，明媚解释说老唐确实不想再给改编授权的费用了，但是这也还没和泊桑聊呢。白逸阳："先不说这些，这事情上就是启梦不占理，唯一能解决问题的方式就是让老唐点头给人家授权费用，哪怕少给点，该给还是要给的，老唐这么做的确有失妥当。"明媚叹口气，担心自己没法说服老唐。白逸阳主动提出他去劝老唐，让明媚守着泊桑，劝他先删了朋友圈，两边同步劝说，希望能让双方各让一步，达成共识，说好后两人就分头行动了。

白逸阳赶往启梦。

启梦公司里，同事们一大早就凑在一起，议论明媚不知道怎么得罪了编剧。张珊和胡言更是露出一脸得意，胡言问张珊："这是你让泊桑干的吗？"张珊说："我只是给泊桑分析了一下，哪想到他会下这么猛的料。"胡言得意地说："看明媚这次怎么收场，搞不好要走人。"张珊悄声说："到时候可以跟老唐提，再把项目要回来。"胡言说："我们干脆再把事情闹大些，加速事态的发展。"

菜菜来到公司，看见大家都在议论纷纷，心里替明媚捏了一把汗。她今天睡过头了，一看朋友圈，第一时间就给明媚打电话问什么情况，明媚只说在处理了，就挂了电话。菜菜十分困惑，想着昨天白天大家还在愉快沟通剧本的事情，理解不了到底发生了什么。

张珊和菜菜搭话问："明媚到底干了什么？我负责《时光》的时候，两年里让泊桑怎么改他就怎么改，一句怨言没有，现在你们这才接手多长时间，不但稿子没出来，还把编剧给得罪了。"菜菜不服气地说："不是的，我们现在大纲都完成了，就剩下落笔做剧本分集工作了，大家都特别有信心，泊桑老师自己也很满意。"正说着，老唐来到办公区呵斥说："都没活儿干了！"众人看老唐发脾气，纷纷散了。

白逸阳来到启梦，直奔老唐办公室。老唐看见白逸阳来，有些意外，寒暄并问白逸阳剧本的进展。白逸阳说："大纲已经结束了，正在整理准备出分集大纲了。可是不知道为什么泊桑罢工了。"老唐立即明白白逸阳在说什么，直接回答说："既然大纲已完成了，不行分集阶段换个编剧来做吧。"白逸阳无奈地叹了口气说："唐总，如果你这么做了，我都觉得与启梦合作很没有安全感，不知道哪天可能也被您突然用什么理由就给换掉了，如果这样的话，不如连我的协议也一起解除算了。"老唐一听这话很不开心地说："一件事归一件事，泊桑实在太作了，你不一样。"白逸阳一听笑着说："泊桑作也不是没有原因的，事情还得从根儿上解决。"老唐皱起眉头劝白逸阳说："这事儿你就不要管了，你做好你的工作不就行了嘛。"

白逸阳义正辞严地对老唐说："《时光》所有的事都与我有关，何况这个IP续约牵涉到的是项目能否继续做下去的根本。你的做法看似一时得利，可是让所有跟你合作的人都很没有安全感，你这么处理事情，还有谁愿意再合作，最后到底是得利还是失利就很难说了。"

老唐听了白逸阳的话，深深叹了一口气说："我要想想。"白逸阳说："这都什么时候了还要想?!"白逸阳干脆坐着不走了。老唐一脸莫名地看着白逸阳，白逸阳说："我就在这儿等着您想。"老唐低头看文件，不再理白逸阳。

白逸阳发微信问明媚泊桑那边情绪好些没。明媚守着泊桑家门口，和屋里的泊桑继续沟通，还订了早餐给泊桑。泊桑看明媚不走，就说："你要是真有诚意，只守着我也没有用，不如先和国励的陈曦联系下，说说改编权续签的事情，这个版权也不在我一个人手里。"明媚看泊桑特别坚持，干脆就打了个车直接奔国励找陈曦。因为没有提前预约，明媚在会客室里等了将近一个小时的时间。陈曦见完之前的访客才来找明媚，见到明媚却一副爱答不理的样子，说："我们就只谈续签与否，其他的事情都可以免谈了。"明媚还想争取一下，可是陈曦说自己有工作要处理，就不多陪明媚了，把明媚留在会客室里就走了，明媚吃了个冷脸，只能无奈地离开。

陈曦在与明媚见面之前会见的客人就是世纪影业的王平薇，陈曦把《时光》小说趁机售卖给了刚入行的王平薇。陈曦告诉王平薇，这个项目之前已经有预购方要了，因为制作方和作者闹得不愉快，现在谁要是能拿到改编权，就等于捡现成的。王平薇刚到世纪影业，很想给自己立功，求成心切，听到有机会拿到现成的项目，很想促成这件事，就和陈曦说可以先找作者一起聊聊合作的事情。

明媚和陈曦见面后从会客室里走出来，感觉像有一百吨的石头压在身上。她沿着走廊往电梯走时看到墙上有国励集团员工的照片墙，还有一些公司员工会议和团建的照片。明媚看到其中一个领导模样的中年女人时觉得眼熟，就是想不起来在哪里见过，正在愣神儿中听见有人叫她的名字。

明媚回头一看，竟然是王平薇。两人在这里偶遇都很惊喜，恰好王平薇也要离开，就热情地说要开车送明媚。明媚见她如此热情，就欣然接受了。

王平薇开了一辆奥迪的小型跑车，很符合她精致利落的气质。明媚寒暄着问王平薇："你来国励是谈什么项目吗？"王平薇不假思索地说："没什么项目呢，就是来接触一下，如果你有什么好项目别忘了想着推荐给我。"明媚笑着答应。王平薇开始询问关于启梦《时光》项目的情况，看似关心明媚，实则想要核实陈曦所说事情的真伪。王平薇特意降了降车速说："我今早也听说了有个编剧在朋友圈发文的事，他和你们是不是有什么误会？"明媚解释说："小说的改编权快到期了，续约协议出了点问题，确实是我们没处理好产生了误会。"说话时明媚接到了白逸阳的电话，说老唐答应让泊桑先出个价了。

之前白逸阳在老唐办公室一直坐着，老唐实在磨不过他，只能无奈地说先让泊桑出个价，看看情况再说，也好让白逸阳回去，别一直在办公室盯着他。

白逸阳一听，就迫不及待地给明媚打电话告诉她这个好消息。

一听说老唐松口了，明媚就给泊桑打电话，但没人接，于是和王平薇说："我先要去一下编剧的家里。"王平薇刚要换路线，没想到泊桑竟回了电话给明媚。明媚赶紧接电话，高兴地告诉他说："唐总同意让你先出个价！"电话另一端的泊桑说："那就原价吧。"明媚兴奋的脸恢复平静，劝泊桑说："现在IP价格都降了，咱们不可能再按三年前的价了，另外再续也就续一年，我们商量一个大家都觉得合适的价格吧。"泊桑一听这话又不高兴了，说："我要和陈曦商量。"明媚紧接着问："你能不能先把朋友圈删了。"泊桑说："我为了防止老唐反悔，谈妥了再删吧。"然后就挂了电话。

王平薇开着车，见明媚的表情一会儿兴奋一会儿低落，关心地问她："你还好吗？"明媚苦笑着说："制片人啊，就是夹在中间求生存的工作，真的太难了，每个人都可以提自己的要求，制片就是给所有人解决问题的角色。"王平薇笑了笑说："换个角度想想呢，这些人都是在给你赚钱，或许感觉就好点儿。"王平薇顺势问明媚："你们当初买的《时光》IP到底多少钱？"明媚说："三年前正是价高的时候，那会儿买的肯定比现在高，现在给不到这个价了。"王平薇貌似不经意地点点头，又问："现在这项目进展到什么程度了？"明媚深深叹气说："问到这个，我就有槽可吐了。"王平薇说："你慢慢吐，咱们可以顺路买杯咖啡，反正到你公司还有一段路呢。"

晚上明媚到了家里，看泊桑一直没有回复自己，就主动联系他问和陈曦说好价格了吗，泊桑回复说他和陈曦要和老唐见面谈一下，明媚只好和老唐说了这个情况，约了次日一早到启梦见面聊。

第二天，泊桑和陈曦来到启梦公司的会议室里见老唐和明媚，泊桑张口说三年三百万，老唐一听就立即有些生气。明媚恭敬地说："两位看看咱们根据现在的市场情况能否给个更合理的价格？"泊桑说："你们如果不同意，我可以去跟别家谈，反正现在启梦对《时光》的开发也相当于刚刚开始。"明媚想了想，提出："三年三百万，那如果只续一年，就是一百万，要不都各让一步，签一年？"大家都望向泊桑，等着他的反应。泊桑站起来说："这戏一旦拍了，以我小说的原情节量想再做延续也不太可能了，等同于影视改编授权的价值一次性消耗完了，不能再卖，所以签一年还是三年都是一样。我念在双方合作了这么久的分上，最低两百万。不行的话双方就终止合作，等着解约吧。"老唐一听翻脸说："你们不如直接抢钱来得痛快，最高三年一百万，多一分我都没有。"

泊桑一听老唐这么强势，叫上陈曦就离开了会议室，明媚根本没法拦住。明媚看老唐也很坚持不愿让步，想劝老唐，老唐打断她的话问她："不要这个IP行不行？"明媚回答说："就怕泊桑他们真的把小说卖到别家去，我们现在的剧本大纲故事核心泊桑是非常清楚的，这样做风险真的太大了。"老唐脱口而出："我干这行这么久了，不会被他们就这么牵着鼻子走的！不行就起诉，有官司项目就得停，启梦不做，也不能给别人做！"明媚看老唐大怒，劝老唐先别急，冷静下来后再想想办法。

明媚从会议室出来后接到《少年》剧后期的消息，让她去后期看精剪的全片效果。明媚带着菜菜一起来到了后期剪辑房里，看着导演已经定稿的片子，心情多少得到了些缓解。她想，《少年》交片之后她就能多些精力放在《时光》剧本开发的事情上了。明媚看菜菜看着片子样子有些入迷，就问菜菜："你喜欢吗？"菜菜点头说："好看，我很喜欢，尤其精剪的这版，把女主傻白甜的人设展现得可谓淋漓尽致啊。"明媚听了菜菜的评价笑着说："这个评价真的不知道是褒是贬啊。"菜菜嚷道："当然是褒了，这是主流受众代表的心声。"因为时间有限，明媚拿了一份带着水印的成片带回去看，也想让老唐看一下片子的效果。

中午的时候，白逸阳发微信问明媚情况，明媚回说没谈拢。白逸阳要到启梦再找老唐谈谈，明媚说还是等大家都冷静一下再说的好，现在聊什么估计都是没结果。

经历了一天的疲惫，明媚近乎要崩溃地回到家，开门进屋竟然看到林馨儿躺在沙发上正翻着手机刷抖音。一看明媚回来，她一下子就扑过来抱住明媚说："你可回来了。"明媚问馨儿："你回来咋也不和我说一下,是有什么事了吗?我要是知道你回来,就早点下班了。"林馨儿说:"我可不敢随便打扰一个工作狂。"明媚苦笑问:"你这是又闹哪样呢?"林馨儿变脸说:"跟周宇吵架,离家出走!"林馨儿拽着明媚吃她买来的一桌子好吃的,要给明媚好好地补充营养,明媚抱了一下林馨儿说:"就你能抚慰我这颗千疮百孔的心。"林馨儿看着明媚说:"你这是又被谁虐了?"明媚夹了一口凉菜嚼了几口,说:"一言难尽。"林馨儿说:"你这被外人虐,还有可能使劲地抗争到底。不像我天天被周宇和我婆婆虐,我只能和周宇闹闹,也不敢和我那婆婆说什么,我就想不通了,她老人家一个大集团的老板,每天日理万机的,就还能有时间帮她儿子一起糊弄我,也真的是精力旺盛,我彻底服了。"明媚听到这里,突然想起了什么,抓住林馨儿的胳膊问:"你婆婆是哪家集团的老板来着?"林馨儿吓了一跳,说:"我婆婆,就是国励集团大名鼎鼎的张玫董事长呀!"明媚一听恍然大悟,白天在国励看见的照片里眼熟的那个人就是林馨儿的婆婆,明媚赶紧把这两天发生的事情讲给了林馨儿,求她找周宇去求她婆婆给通融一下这个事情。林馨儿说:"我这离家出走是想让周宇着一下急,这下可好,还没等周宇发现呢我就回去了,这也不是我林馨儿的风格啊!然后我还得求他?这太跌份儿了,我做不到。"明媚用可怜的眼神看着林馨儿,林馨儿只好答应回家求周宇,不过要求明媚周末陪她一起逛街。

　　林馨儿回到家,周宇正愁找不到林馨儿,看到媳妇回来喜出望外,林馨儿还是没有给周宇好脸,只说:"要不是明媚,你今后想见我可就难了,我肯定不会回来了。"问周宇:"你要怎么感谢我家明媚?"周宇说:"我请她吃饭。"林馨儿问:"就这?那我还得走。"周宇马上告饶,问林馨儿:"媳妇你说要怎么样?"林馨儿就让周宇向张玫去说明媚项目授权的事情。

　　周宇出面去找自己老妈,果然有奇效,张玫很快答应了自己儿子。

　　第二天张玫到了公司,就让秘书找到《时光》小说版权的对接人陈曦,让他不要太计较这次合作的利润。授权延期如果不超过半年，就让人家把剧本开发出来再说，也不是绝对不合理，接受不了的。合作嘛，还是要看长远性，不要影响了集团的形象。再说这个小说的市场价值也不是什么白金级别的，真的转授，也不比像现在这样有个踏实的开发团队能给小说带来更高的市场价值有意义。让他处理好和作者的关系，想办法说服作者免费延期授权。"

董事长施压，陈曦立即答应。陈曦联系泊桑说了这个情况，劝他也就再等半年时间，他会找机会补偿这个事的。泊桑听了心理不平衡到了极点，质问陈曦："你拿什么补偿我呢？"陈曦说："这两天有个制片人在联系我想要《时光》的授权，还向我打听你，想和你合作项目。我已经答应了把你引荐给她。"泊桑说："你不要拿这种没影的事情来搪塞我。"陈曦说："我现在就可以把你推荐给她，你可以直接和对方聊。"陈曦极力劝导安抚泊桑，终于说服他肯在延期协议上签字。

陈曦把签好的协议寄给明媚，明媚将授权协议拿给老唐，老唐一看问题解决了，不禁高看明媚，说："没想到你有这通天的渠道，为什么不早用？"明媚局促着心想，自己也是刚刚弄明白林馨儿嫁了一户什么人家，要不是借了林馨儿的光，自己还在苦苦挣扎呢。不管咋样，事情解决她如释重负。老唐鼓掌鼓励明媚加油。

明媚发微信感谢林馨儿的鼎力支持，林馨儿嚷着让她陪逛街请吃饭，明媚全数答应。

明媚将合同送到公司合同管理部做归档。这时手机邮箱提醒她有邮件，打开一看，是秦奋公司发来的海报完成稿。明媚回到工位把邮件打开，看着一张张书涵一笔一笔手绘出来的海报不禁心里感动。

明媚想起书涵的身体，就打电话问候她的情况。书涵接到电话，告诉明媚自己身体都恢复好了。明媚说海报的完成稿都收到了，觉得海报的质感是她见过的物料中的顶级制作了，她要特地感谢一下书涵的付出。书涵说："我没有什么经验，也不是专业的，我还要感谢你的信任，我才有机会来做这么有意思的事情。"电话里两人互诉着感谢的话，明媚鼓励书涵说："你的天赋加上你的勤勉，已经完全可以掩盖你在经验上的不足了,最重要的是自己努力的过程里有了丰富的收获,你要相信自己的才能。"书涵惊喜地问明媚:"你真的觉得我有能力吗?"明媚肯定地说:"当然,这些精美的海报就是最大的证明啊!"书涵开心又感动。明媚说:"我最近烦恼的事都得到了最好的解决,我要请你和馨儿一起吃顿大餐,好好地庆祝一下。"电话里两人笑声交错,彼此都感到了无限的温暖……

第六章　合作的前提是"诚意"

《时光》小说授权的事情终于解决了，明媚和菜菜在公司的茶水间喝着咖啡一起商量剧本会议和项目进度的安排，力争在半年内完成剧本的开发。梳理好计划安排后，明媚立即把进度安排表发到了剧本工作的微信群里，白逸阳发了一个"收到"的表情，泊桑却始终没有动静。到了下午的时候泊桑还是没有回复，明媚只好打电话给泊桑，但没人接听。明媚心里又开始打鼓，泊桑的性格实在不好说，可能他又有什么新的想法了。

明媚正想着该怎么办，自己要不要找白逸阳商量一下，宣传主管李磊带着一个年轻的女子走到她的工位前。李磊给明媚介绍说女子是奋进文化的设计师小朱，是来走访客户的，顺便希望能认识一下明媚，所以带她过来向明媚引见。明媚看了一下女子，突然心里一紧——这个女子正是她和林馨儿之前见到和秦奋很亲密的那个女子。明媚定了下神，还是友好地和她打了招呼，小朱一看就是八面玲珑的性格，看见明媚非常主动地向明媚介绍自己说："明媚姐你好，我是奋进文化的设计师朱怡容，早就想认识你，这次有机会见到你很高兴。"说完还特意加了明媚的微信，最后还把带的果茶送给明媚，又非常明确地说这只是一盒果茶以表心意，让明媚不要多想，明媚点头接下，说了声"谢谢"。

朱怡容走后，明媚心里觉得这个事一定要和林馨儿商量一下才行。

明媚咨询白逸阳，问泊桑不回复的情况要怎么处理才好。白逸阳说可以再观察一下他的反应，明天还不回复再想办法，他这边已经在想分集的结构了，安抚明媚要稳住。

到了快下班的时候，明媚发现自己在一个小时前收到了一个闪送的短消息，正在想是谁给自己的，就接到了闪送员打给自己的电话。明媚收到一个文件，打开一看是泊桑给她的解除编剧职务的声明和解约协议。

明媚赶紧拿着协议找老唐商量，老唐看到泊桑要主动解除合同，说这倒是件好事，虽说之前浪费了时间和开发费用，看在他最后同意改编权延期的分上就算扯平，在他身上不想再浪费时间，让明媚赶紧和导演商量一下找新编剧加入。

明媚第一时间给白逸阳打电话商量编剧的事该怎么处理，询问他可不可以带着菜菜先继续推进，白逸阳说我们先做剧本问题不大，但是剧的体量要比电影大很多，就算他和菜菜可以先勉强往下推进，到了真正做剧本细节的时候恐怕还是会影响质量和进度，最好的方式还是找个成熟的编剧。明媚说自己已经在找了，如果白逸阳有合适的人选最好也能推荐一下。

明媚开始寻找合适的编剧，联系朋友和业内能帮上忙的人员，心里担忧，怕这个过程太长耽误了本来就不充裕的授权的期限。

自从明媚说要请林馨儿和书涵吃饭后，因为各种原因一直未能成行。

书涵在家调养身体，之前留了看诊医生的微信，偶尔也会和医生沟通一下自己的情况，沟通时她还咨询了关于停止妊娠的一些问题——书涵心里一直在纠结要不要留下这个孩子。

秦奋的应酬越来越多，除了晚上回家休息基本没有时间陪书涵。书涵近些天经常收到秦奋给自己订的鲜花和小礼物，对于他俩的相处模式而言，这个状态让书涵觉得有些反常，虽说秦奋不是一个在书涵身上花钱吝啬的人，但是他习惯于按给家用的方式直接给书涵钱，这样有点像是讨好书涵的情况这些年来真的很少见，两个人刚恋爱时秦奋如果有答应书涵的事情没能兑现的时候，就会买些小礼物来哄书涵，所以书涵隐隐地感觉到秦奋似乎是因为要补偿自己才会给自己买礼物。

晚上秦奋又回来得很晚，书涵把睡衣放在了他的床头，秦奋洗漱完毕就上床了。书涵对秦奋说："今天你让鲜花店送的花束比之前几次的要大，样子也好看许多，价格一定很贵吧？"秦奋说："你不要老想着价钱，给你买了你开心接受就好。"书涵说："你不用再往家里给我买花了，省下钱用于家用。"秦奋嫌弃书涵絮叨，就说："这些花和小礼物原本是订来做公关给客户的，我只不过是顺便把家里这份带了出来，也自然是优惠过的价格。"翻了一个身又说："你不要总是想得太多，我挣钱就是为了咱俩生活得更好。"说着话就睡了过去。书涵看秦奋睡着，心里想要找明媚和林馨儿一起聊聊关于要不要留下孩子的事情，听听朋友们的建议。

明媚和林馨儿接到书涵的邀约后，都对书涵主动张罗三个人聚会感到惊讶。明媚私信林馨儿说会不会是书涵发现了秦奋的事情，林馨儿让明媚随机应变，两人达成共识。

三人约在了周宇的书吧见面，见面后林馨儿用数落周宇来打开话题，说周宇这样的都会没事跟自己耍个小心机，就别说别的男人了。她看了明媚一眼后还捎带上于涛，说才和明媚分开几天啊就带女人约会吃饭，然后就很自然地把话题转到了书涵身上，说不要太放心男人了，该管还是得管。书涵妊娠反应想吐，就去了卫生间，明媚借机问林馨儿："小朱的事儿要怎么说呢？"林馨儿让明媚先试探书涵到底知道多少。

书涵从卫生间回来后，林馨儿假装明媚在劝自己要孩子，故意说："如果有了孩子后我和周宇的感情出了问题，那孩子将来该怎么办？我自己抚养孩子不是说不行，但那样一定会非常辛苦，还有，我都能想象得到，到时候我婆婆一定会和我争孩子的抚养权。"书涵突然问:"那你会放弃孩子吗?"林馨儿说:"真的有了孩子,我当然不会。我生了他自然就要养他,绝对不会随便放弃我的权利。孩子我可不是给周宇,更不是给我婆婆和我爸妈生的,而是给我自己生的,未来孩子更要有完全属于他自己的人生。"然后还对自己的话做了点评:"嗯,这样合理。"

明媚看书涵孕吐,就到吧台倒了杯温水给书涵。这时林馨儿点的外卖也到了,林馨儿一边接过外卖一边和书涵说:"我可点了一家专门有孕妇餐的馆子,书涵你可要多吃,保证肚子里的宝宝长大个。"

书涵原本想和两个朋友讨论要不要孩子的事,听到林馨儿说孩子不是给别人生的观点后就没有开口说,也一起帮着收拾桌子摆餐具准备吃饭。

明媚照顾着书涵让她多吃些,林馨儿指着其中一道菜说:"你多吃这个,里边有醋,可以压一压你的孕吐。"书涵很配合两个人的照顾,每道菜都有吃。

明媚问起秦奋公司的近况,书涵说秦奋忙得越来越少回家吃饭了。林馨儿看明媚,示意让她现在问,明媚稍顿了下说:"你要是一个人没意思,就多找我和林馨儿聊天。"林馨儿看明媚没问出来,就使个眼色催她。明媚终于问到了关键问题,说:"你和秦奋他们公司的员工都熟悉吗?"书涵说:"上次设计海报时,有几个设计师算是正经打过交道。"明媚问:"有个姓朱的设计师也在其中吗?"书涵想了一下说:"好像没有姓朱的,怎么,海报还要再修稿吗?"明媚说没事,就随便问问。林馨儿一看答案问出来了,就装作埋怨明媚说:"别聊着聊着又聊到你的工作上去了,都好好吃饭。"整个晚上书涵被两个朋友关怀照顾着,原本心里的一些沉闷也放下许多。她感到对朋友带给自己的慰藉有了一种依赖,这是她从未有过的情感体验,感觉心里增加了很多力量。

明媚和闺蜜们长谈后,就又进入了四处找寻编剧的无限循环中。

明媚没想到王平薇会十分热心地给自己推来一大堆编剧资料,可看过之后觉得并没有合适的人选。菜菜也在四处张罗,她问了很多同门师兄师姐，就是看谁有时间还对这项目有感觉了。白逸阳也督促着赵明给介绍合适的编剧，同时为了赶进度自己也没有停下，带着菜菜讨论剧本，继续推进工作。

王平薇突然约明媚一起看电影聊天吃饭，问起明媚自己推荐的编剧都怎么样，明媚说："都不是特别的合适。"王平薇赶紧追问明媚："为什么不合适呢？他们不都是有过独立作品的编剧吗？"明媚耐下心来讲解说："其实你推荐的编剧中有一个还算适合，他自己对这种有科幻元素的项目也感兴趣。我也沟通过，把项目的情况和对方说了，对方说自己正在做另一个项目的剧本，还要一两个月才能完成，即便兼顾写《时光》，但要半年的时间创作二十几集的剧本就觉得时间过于紧张了，所以就没有再往下谈合作。"

明媚接着说："找编剧需要考虑的事情很多，一是编剧本身的专业基础是不是到位，二是编剧本人是否喜欢项目作品题材，还要判断他的生活阅历和知识面涉猎的情况是不是能满足当下项目的要求，更要看工作中的配合程度等等。"

王平薇又问："有很多编剧做出过成熟作品，已经有特别好的背书了，这种是不是就可以省略这些层面的评估了？"

明媚喝口茶清了一下喉咙回答："判断编剧不能像判断演员那样，判断演员更偏于市场的需求。像编剧、导演与主创人员的合作是需要用更理性的视角去衡量的，只有把之前提到的各个层面的情况都考虑进去，加上双方相同的合作意识，才能保障剧本的基础。"

王平薇听了明媚的分享说："受益匪浅啊，如果按我的逻辑肯定不会想到这些。我会用金融投资的方式只算投入和回报比来衡量。"

明媚接着说："投入和回报也重要，所以说既要把内容做得好看，保证呈现品质，既得在专业领域被认可，又要满足市场让观众喜欢，同时能让广告客户买账肯花钱做广告，真的是件很难的事情。"说到这里明媚又想起编剧的事还没落实，暗暗地叹气。

王平薇看明媚的状态有些游离，马上借机问明媚："你们与泊桑合作得怎样，他的能力算好还是不好呢？"明媚说："其实泊桑作为作者出身，在做故事的结构和把握人物状态的准确度上来讲是有优势的。小说剧改是需要编剧更清晰地梳理出故事的局部情节，还有主要人物的关系交织，只要把最基础的做好，剩下的就是填肉和细节的工作了。之前《时光》的导演也有加入剧本的创作工作，要不是因为受到一些外因的干扰，与泊桑的合作也是可以很好往下推进的。泊桑突然提出解约应该是心理不平衡造成的，但是他失去了合作意愿就很难全身心投入作品创作了，这一点违背了彼此的合作基础。"

王平薇看着明媚这样没有保留地和她讲解，就说："我真要感谢你这样的不吝赐教，你以这样赤子之心的态度在职场打拼，真的不怕被人利用吗？你是怎么生存下来的呢？"明媚说："我从来没有想过这些，当初入行也是因为喜欢，从入行时什么都不懂到现在，每一步成长都离不开前辈们以诚相待的教授和分享。记得我第一次做场记、第一次做制片助理、第一次做统筹，每一次都得到了大家最诚恳的帮助，后来这些人很多都成了朋友，就像我和赵明这样。我也一直被这些始终工作在第一线的从业人员的默默付出感动着，这是一个充满了人情味的行业，更是我赤子之心的精神支点。"

王平薇听着明媚讲完，心想明媚这样没有防备，倒是可以好好为己所用一下。两人除了看了场电影外，整顿饭基本都是在一问一答的状态下度过的。

回到家里，明媚刚刚洗漱完，林馨儿就发来了视频邀请，问明媚在干什么，明媚说刚吃完饭回到家。林馨儿八卦她和谁一起，明媚说一个朋友找她请教一些问题，林馨儿就提醒明媚说："你别是个人就当朋友，没事多关心关心我这个真朋友。"转而问明媚视频剪辑程序的使用方法，自己在家拍的美妆视频想剪辑又实在不会，问明媚可不可以帮她弄下。明媚讲解给她听，林馨儿嫌麻烦就求明媚帮她剪辑，明媚只好答应。

林馨儿安排好让明媚给自己剪辑视频，就又拿着手机准备拍其他的美妆内容，完全没有要休息的意思。周宇躺在床上看书，叫了林馨儿几次她都没听见。周宇觉得自己完全被忽视了，就下床走近林馨儿身边，用手挡住手机镜头阻止林馨儿继续拍。周宇的举动直接惹毛了林馨儿，林馨儿吼道："你不让我装修书吧，也不想我卖书，现在我都不弄了，就自己搞些视频拍拍卖些化妆品，你还要阻三阻四的，我自力更生碍到你什么了吗？我在这个家里完全没有话语权，我再不自己努力挣些钱，怕是就更没人看得起我了吧？结婚前你说不让我出去工作了，我答应你了，那时候说好我在家里和你一起弄书吧的事，现在我答应你的事我做到了，你答应我的事就变成了我跟你一起游手好闲地在书吧里待着。"

周宇看媳妇急了就劝道："咱俩有吃有穿有住的，要说物质什么也不缺啊，干吗非得费力气赚钱呢？"林馨儿听周宇这样说话就问："你是觉得我想让你挣更多的钱是吗？那我们也不用再为这个事情讨论了，我的事情你更不用操心了！"

林馨儿说完继续忙着，周宇不敢再招惹林馨儿，又睡不着，只好拿着书躺床上继续看。

明媚睡前帮林馨儿剪辑了将近三十分钟的美妆视频，躺在床上刚要进入浅睡，突然想到编剧的事情还没解决，一下子又精神了，开始辗转反侧难以入睡……

泊桑自从与启梦解约后，很快经陈曦介绍与世纪影业的制片人建立了联系。对方找泊桑见面聊合作，约他的制片人竟然是王平薇。王平薇从上次到国励集团与陈曦见面得知《时光》小说影视版权即将到期，还有作者泊桑与启梦之间的矛盾后，就关注着事态的变化。虽说授权事宜由林馨儿婆婆出面，免费给了启梦半年时间做剧本开发，没能向着王平薇预想的直接把《时光》改编权拿下的方向发展，但当她听说泊桑已经完全与启梦解约后，就第一时间约见了泊桑。王平薇见到泊桑后说："我听说了国励对《时光》小说授权事宜的决策后，觉得这样也很无奈，咱们本来应该有一次非常愉快的合作，结果却实在有些遗憾。"

王平薇说完这些又话锋一转，笑盈盈地说："但是这次泊桑老师您和启梦的解约，正好给咱们之间的合作创造了机会。"

泊桑说不明白王平薇的意思。王平薇说："我对《时光》的原著有一定了解，内容确实有市场价值。既然你已经和启梦解约了，不如来与我们合作项目。"

泊桑听王平薇这么抬举自己，立即自信心膨胀，开始自夸起自己的创作天赋来。王平薇笑笑说："泊桑老师的创作力和市场认可度比较起来后者更为重要。拿《时光》的作者做宣传点，在合作中起到的作用更大。"

王平薇的一番话软硬结合、绵里带针，让泊桑既期盼与其合作又心有忌惮。王平薇很快捕捉到了他的心思，走到他身边用手轻触着他的肩膀说："泊桑老师，你不是也想把失去的时间和付出的心血都一并拿回来吗？咱们的合作完全可以在你之前所有付出的基础之上继续下去。"泊桑似乎明白了王平薇的意思，但又不确定，就问："王总的意思是？"王平薇说："你想得没错，我们就在之前剧本内容的基础上继续来做这个项目，只要改个名字就好。"泊桑一惊，说："这个小说的改编权毕竟还在启梦手里，怕是不好动，即使人名、剧名都改，可情节相似度太高，也会引发侵权问题。"王平薇则沉着冷静地笑着说："你放心，我已经咨询过律师了。你是小说的原作者，即便我们的项目中有什么相似的情节也不算抄袭。而且他们在没有看到成片内容的情况下更无法举证我们抄袭，就连起诉咱们的资格都没有。如果启梦影业真要来找咱们打官司，那期间《时光》项目也要暂停的，更别说打官司他们的胜算也不大。到那个时候咱们这边的项目早就已经拍完了，你该拿的稿费也都拿了，该出的名已经出了。启梦的官司说不定反而能帮咱们造势呢，让收视和点击率大涨，到时候就是事半功倍。"泊桑听得不禁有些动心。

同样的时间里，王平薇在处心积虑地利用资源夺取别人的劳动成果，虎视眈眈，而明媚和白逸阳带着菜菜还在努力做剧本，不知威胁将近地坦荡创作着。

这天，白逸阳和菜菜在公司会议室开会讨论剧本，明媚从外边给几个人买了咖啡等饮品回来，问菜菜喝哪种，菜菜选了一种果味气泡水，白逸阳直接要了杯美式咖啡，明媚端起一杯拿铁喝了一口。在继续聊剧本时，明媚手机上显示有一条微信消息。明媚一看，是张珊在公司大群发了一则公众号的新闻稿，还同时@了明媚和老唐。明媚点开新闻，内容是世纪影业发布的关于某男演员接演世纪新剧《回忆》的消息。明媚发现《回忆》与《时光》同类型、同题材，编剧竟然是泊桑，而制片人是王平薇！明媚心里一惊，急忙起身去找老唐，留下白逸阳和菜菜面面相觑。

老唐得到消息也马上叫明媚到自己办公室，明媚和老唐说："现在公司必须做出抉择，要么提前止损放弃项目，要么就拉响倒计时预警，跟世纪影业死磕到底。"老唐说："世纪那边连男主都定了，还请去了泊桑做编剧，我们这边连编剧都还没找到，无论如何都拼不过了。预购方那边也没签正式协议，说明一下原因换一个其他项目继续合作也只是损失了之前的剧本开发费用，现在停掉这个项目止损，赶紧上马另一个项目才是正路。"明媚想劝老唐却不知该说什么，只好坐在一边叹气。老唐接着说："一个戏有一个戏的命，《时光》要是注定了夭折，咱们也没办法，但也不能让别人就这样轻易夺走咱们的劳动成果。我要起诉泊桑！"

明媚说："现在世纪那边的《回忆》还没有拍出来，咱们没法知道它与《时光》的相似度到底有多少，起诉不见得成功啊。"老唐说："我起诉不是为了赢，就是为了让世纪也做不成这个项目，大家鱼死网破，谁都别想好，所以绝不能等到它播出之后。我就不能让这些人得逞！"

明媚从老唐办公室出来回到剧本会的会议室，菜菜和白逸阳都十分关切地向她了解情况，明媚一脸愁容地告诉两人，项目可能真的要停了。白逸阳和菜菜十分震惊，都不敢相信。明媚把《回忆》的消息转给白逸阳，白逸阳看了看消息里《回忆》的制片人，吃惊地发现竟是王平薇。明媚懊悔地点点头，觉得自己轻信王平薇铸成大错，心情沉重。白逸阳安慰说："这不是你的错，其实你本来倾囊相授也是好心，可是王平薇硬要来抢题材，让彼此成为敌人，这是对方做人做事的选择。我相信以咱们这边的专业度，一定不会输给王平薇。"明媚叹气说："相似度极高的两部剧，先做的先上线了，另一部恐怕就很难卖出去，更别说播出好的成绩。如果现在我们有剧本，哪怕有合适的编剧，也值得赶一赶时间再争取一下，说不定还能跟世纪一较高低，可眼下的情况，继续推进真的太冒险了。老唐是准备起诉泊桑，说只要项目版权链上有官司，他们的项目就得停。"

同时，世纪影业公司里，王平薇的上司张永成拍着手来到王平薇的办公室，赞她能干，让他们刚来到集团不久就有了能启动的项目，同时问她是怎么挖到这个项目的，想打探王平薇的资源。王平薇警觉地留了一手，只说自己有办法找到资源，总之这个项目是她从别人手里抢来的，绝对值得做。张永成还想问是从谁手里抢来的，王平薇说张总就不必操心了，但她跟张总一荣俱荣、一损俱损，只要等着她的好消息就行。张永成看王平薇不愿意更多透露，也只好作罢，鼓励王平薇好好干。

王平薇心中十分得意这次成功的运作，开始进一步往下推进项目的工作，其中宣传工作的海报设计也通过他人介绍找到了秦奋的公司。

秦奋今天终于有了些时间能陪书涵逛婴幼儿用品商店了，书涵在商店里看的都是一些性价比很高的产品，秦奋则只看价钱高的。店员为了促销，特别积极地介绍着产品，秦奋饶有兴趣地听完就直接想要付钱买一款价格极高的婴儿车，书涵赶紧拦住说："这个太贵了，婴儿车这东西主要是安全，宝宝在里边感觉舒适，只要这两点达标了就可以，价格高的买来了将来孩子大了不用了，扔了也心疼。"书涵的话让秦奋觉得在店员面前有些没面子，就说："为了孩子用不着省钱。"书涵却把秦奋拉到一边说："钱也不是大风刮来的，商家都是报虚价，价格里一大半都是品牌广告费，同等质量的肯定有便宜的，其实也可以考虑在闲鱼上找找，一些较新的二手的婴儿车买回来也行。"

秦奋不想再和书涵争执，看到了吃饭点，就说带书涵去找个饭店吃饭，吃完了他还要去趟公司。书涵看他还有工作，就说："我还是回家吃，你可以直接回公司。"秦奋看书涵又是想省钱才说要回家吃，无奈地苦笑一下说："行，那我回公司了，你打车回家吧。"书涵点头同意着，和秦奋分开后转身就走向了公交站，正好一辆公交车开来，书涵顺势上了公交车。

这样的一幕正好被回头的秦奋看到，秦奋站住，看着开远的公交车眉头蹙了一下，转身继续往公司方向走去。

晚上，明媚和白逸阳一行人被邀请参加一个兄弟公司电影上线前的行业内看片会，王平薇作为世纪影业的制片人也接到了邀请。王平薇看见明媚和白逸阳，装作什么事情都没发生地主动找他们打招呼。明媚见王平薇过来，就直接问："你当初接近我就是想抢《时光》项目？"王平薇看明媚这么直接，也就毫不掩饰地说："我只是在众多的项目中选了成活率和性价比都高的一个，这个过程只能算是择优存留，我无心针对你个人。我没有想到你竟然毫无防备之心，很感谢你在这件事情上的宽厚行为，让我省去了许多周章。"

白逸阳听到王平薇的话极为愤慨，说："你这样做是真的很没底线，迟早会搬起石头砸自己的脚。"王平薇不以为然，说："商场如战场，有赢就有输，你们何必这么输不起。"明媚沉了一口气说："人要走正道，正则通，通则达，像你这样的盗取行为，总有自食其果的时候。"王平薇说："我没有触犯法律，与泊桑的合作也是在你们解约之后。"还挑衅明媚："那看谁能笑到最后吧。"

明媚和王平薇的一番对话被在场的张珊和胡言听到，得知是明媚把项目的消息泄露给王平薇，两人对视一下，又想趁火打劫。

从首映礼出来，明媚和白逸阳向路边打车点走去。明媚心情低落，白逸阳问明媚："你是打算要坚持做《时光》吗？"明媚苦涩地摇摇头说："我只是不想在王平薇面前表现得像个丧家之犬，更不想认可王平薇这样的不择手段、急功近利才能成功的态度。"白逸阳鼓励明媚："既然如此，那你更要勇敢面对挑战，不要轻言放弃，大不了就是跟王平薇正面PK。我相信观众都不傻，片子做出来，哪部片更专业、更认真，大家都能看到。"

明媚听了白逸阳的话很受触动，心里对要不要继续做《时光》项目充满了矛盾。

次日一早，张珊到了公司就去跟老唐汇报她探来的"军情"，并撺掇老唐别让明媚再负责《时光》了，说自己在的时候虽然慢，可是稳啊，明媚这一接手先是编剧出事，接着整个项目都出了问题。老唐一看张珊的样子，反问："不交给明媚给谁啊？你啊？难道再来个两三年？你怀疑明媚，我还怀疑你呢！你有工夫在背后给同事捅刀，不如去干点有用的支持项目的工作！"张珊看老唐发飙，就说知道了，转身要出去，老唐叫住她说："你有时间就去找找客户，把《时光》招商的事情张罗起来，导演和编剧那边的事情你就不要再碰了。"张珊马上说自己这就去办。

明媚在心里挣扎了一夜后，决定要直面项目被劫的事情，一早到公司找法务部的同事和律师咨询，法务和律师都回复说，目前的情况下还不能拿到实际的证据来证明对方确实有侵权行为，没有足够的资料证据法院不一定受理案件。明媚想，启梦与泊桑已解除了合作关系，这样就更难有说服力了，的确提供不出什么真有价值的证据。

正聊着，菜菜从外边敲门来找明媚，明媚起身走出会议室。菜菜告诉明媚，她之前问过自己的老师黄唯一，老师终于回复她了，老师人虽在外地，可是说对这个项目很有兴趣。明媚一听"黄唯一"的名字心里惊喜，黄唯一是知名编剧，还是知名影视院校的教授，在学术研究和内容实操上都很有见地和经验。如果能与他合作，那《时光》或许真的有救了。菜菜说自己之前因为没得到老师的回信，所以也没敢跟明媚说。在上次开会之后，她还是觉得《时光》停掉太可惜，所以就追了一下老师，拜托了几次，把最新的故事大纲发了过去，结果黄老师看了之后说他有兴趣，可以聊聊。

明媚想了想，对在场的法务和律师说要再考虑一下是否还要继续起诉，随后就找到了唐宏亮。

明媚告诉老唐:"编剧黄唯一对《时光》有兴趣,如果黄编剧能加入项目,《时光》或许还有机会。"老唐一听这个名字,有些迟疑,一脸疲惫地摆摆手,说:"很难,可能性不大。"明媚却坚持自己的想法,向老唐坦白:"唐总,是我不小心把项目信息泄露出去的,就算我要放弃这个项目,也不想这样不战而败地退场,我想把输掉的拿回来。"老唐被明媚的态度感染到,但心里对黄唯一这个人心有余悸,也没有多说什么,只同意让明媚先去说动黄唯一,能合作了再定。

明媚没有耽搁一分钟就和菜菜直接联系了黄唯一,黄老师说等他回来让她们到家里见面谈。到了黄唯一回来的日子,菜菜带着明媚即时拜访了黄老师,但聊项目时黄唯一一听到是唐宏亮的项目,又立刻拒绝,并让她俩先回去。明媚不解,向菜菜询问,菜菜说听说黄老师在很多年前和某个导演合作电影时受到了不公的对待,那个项目好像就是唐总的项目。电影剧本被导演改得乱七八糟,黄老师跟导演理论,要求唐总换导演才肯继续合作。当时唐总也是为了尽快推进项目,没有听黄老师的建议,决定放弃了对内容的坚持。那部影片上映后没有亏本,就是口碑不好,这个事影响了黄老师在业内的口碑,给他添了很多不愉快。从那之后黄唯一便立誓再也不跟那位导演以及唐总合作了。

明媚听了菜菜的讲述,深吸了一口气又呼出,和菜菜站在黄老师家楼下,二人一同抬头向楼上的窗子看去。

第七章　原来是你

秦奋这段时间因为忙着处理公司对赌投资的事情，被搞得筋疲力尽，其间公司一个重要客户的项目海报始终没有通过审核，他心里着急，甚至很想自己抽出时间来做设计，怎奈事务太多，分身乏术。

客户最后提出的意见竟然拿了他们之前给《少年》做的海报作为例子，说想要这种风格的。原来负责这个客户的设计师小朱尝试了几次都不行，又找了公司其他设计来帮忙，结果还是没能达到预期的效果。其间小朱作为设计负责人找到秦奋对甲方的要求一通抱怨，甚至耍脾气说："这种小公司的活儿不做也罢，我们有时间可以去接一些大的客户来做，钱多还不费力。"秦奋既怕得罪客户，也怕小朱不开心，只能安抚小朱说他会想办法解决的。

当晚，秦奋回来得比往常要早，书涵见他回来赶紧准备晚饭。做好饭后两人难得一起在家吃饭，吃饭间秦奋说起自己的客户对书涵之前的设计非常喜欢，很想也做一个相同风格的海报。书涵一听很开心。秦奋说："要不是因为你怀孕，我本想让你再试试这个海报的设计。"书涵说："这个风格公司里的设计师应该也可以完成的，我毕竟算不上专业啊。"秦奋接着说："细节的处理上还是会有差异，还有在设计思路上也会有不同。"书涵没有明白秦奋的真实用意，还劝秦奋不要着急，让设计师们再试试看。

秦奋见书涵没有主动请缨，干脆就直接问书涵要不要试试这个项目。书涵有些为难，主要不太有自信，就和秦奋说："我怎么能比公司的设计师们专业呢？"秦奋略显不悦地说："你要是不愿意就算了，当初明媚来找我设计《少年》海报，你就答应得很痛快，这次轮到我找你，你还推托起来了，这不是胳膊肘往外拐吗？"书涵慌忙解释："不是这样啊，明媚的项目最终不也是奋进签的合作吗？我主要担心自己能力不够耽误了公司的活，上次是碰巧明媚需要的海报风格和我的写生画相似她才敢尝试的，如果你觉得我可以，我也是愿意再尝试的。"

秦奋一听书涵同意了，自己的激将法成功了，这才给了书涵一个满意的笑容。紧接着秦奋做出一副为难的表情说："你怀着身孕还要给我帮忙，我还是有些担心你的身体会吃不消，要不咱们还是算了，这单生意不做我还可以再去找其他客户。"书涵一看秦奋为难的样子赶紧说："我就是在家里工作，平时多注意休息应该问题不大。"秦奋伸手握住书涵的手怜爱地说："那就辛苦我们家孩子他妈了。"书涵露出有些害羞的表情。

被黄唯一拒绝后，明媚泄气地回到家里，心情很难平复。她换衣服到厨房给自己简单地煮了一碗面，吃完后就窝在沙发上看着窗外，脑子里琢磨着要先从哪边着手来解决这个僵局。一个微信消息显示在了明媚的手机上，原来是白逸阳从菜菜那里得知黄唯一和老唐的事情，就主动联系明媚想和她一起商量。明媚没想到白逸阳会在这个时间联系自己，看到微信的内容就给白逸阳打了电话过去。明媚对接起电话的白逸阳说："导演，你不知道黄唯一老师听到老唐名字后那反应，可以用'听唐色变'来形容，当时就把我和菜菜从家里请了出来。"白逸阳说："这种情况下男人们一般都是在为颜面而战，柔和两个男人情绪和情感的最好方式，凭我的经验来讲就是要来场酒局，大家喝点酒就会把积压在心里的话讲出来，情绪自然也就化解了。"明媚听白逸阳这么一讲觉得有理，但又怕控制不住局面。白逸阳说："我可以一起参加帮你控制一下局面的，现在这个办法可能是最快的解决问题的法子了，不如试试再说。"明媚想了一下说："行，那就试试，我这就联系菜菜，商量怎么把他们约到一起。"

明媚努力解决着编剧问题的时候，林馨儿则在努力地解决着自己的家庭问题。

林馨儿因为和周宇生气，已经几天没去过书吧了。每天在家专注于自己的直播业务，已经从美妆直播拓展到了带货直播，卖一些自己各处淘来的好看饰品，类似一个买手店的形式。其中有些销路好的产品，她都会在进货后再重新包装组合，然后寄给买家，每件商品还都会再送些其他附带的小礼物，没想到这种方式起到了很好的促销效果，利润不高但销量不错。林馨儿的直播卖货做得风生水起，房间里自然也会堆积一些货品还有包装盒子之类的杂物。

张玫回家时发现房子门口的垃圾箱边堆了很多的包装纸盒，进家里见到周宇就问林馨儿这又是在弄哪一出，家里是养不起她了还是怎么着，让周宇赶紧让林馨儿把这事情停了，要不她就亲自找林馨儿谈。周宇赶紧在老妈面前替媳妇说话，他真怕自己母亲会去找林馨儿弄得矛盾升级。

次日一早，周宇缠着林馨儿说："媳妇你都好多天没到书吧陪我了，今天就陪我去待一天吧。"林馨儿不耐烦地挣脱周宇说："我今天要去逛街看一些新的单品，不可能陪你去书吧。"周宇想了一下说："既然这样，那今天我还是一个人去书吧好了，媳妇你要是回来得早就到书吧找我，咱们一起回家。"

林馨儿收拾一番后就开车出门了，周宇一看林馨儿走了，走进房间看了一下堆满房间的货物，拿起电话打给司机老王。周宇让老王安排一辆大些的车现在就来家里，说自己要拉一些东西到公司的仓库去。周宇快速地收拾着林馨儿的货物，还把家里的阿姨叫过来一起收拾，阿姨边帮着收拾边说这些东西好，周宇就顺口说让她挑自己喜欢的随便拿，阿姨一听可高兴坏了，就选了几样化妆品和一个样子不错的手提包留下了。在阿姨的帮助下，周宇很快就把屋子里的货物搬到了外边,老王安排的车子也到了,就让司机把林馨儿的货物直接拉到张玫公司的仓库去了。

此刻的林馨儿还在商店继续挑选着货品,看到好看的东西还会拍照发给明媚,问她要不要,明媚收到林馨儿的照片,权当是自己在忙碌中的解压剂了。

明媚在和菜菜说了邀请黄唯一吃饭的事情之后就一直等着回复,今天终于在菜菜不断的邀约下黄老师答应了菜菜的邀请,菜菜当然没有告诉自己的老师是要和唐宏亮一起吃饭。明媚等到消息后就去找老唐,说约到黄唯一吃饭聊聊项目的事,需要唐总出面一起。老唐不是很想去见黄唯一,可为了最后挽救一下濒死的《时光》项目,也就硬着头皮答应了。老唐心里也清楚,多年前确实是自己对项目内容没有坚持到底才让黄唯一失望,造成了朋友之间这么多年的隔阂,心里在愧疚之余也抱了一份能和老友重修旧好的希冀,交代明媚说:"我去吃饭没问题,你要做好局面可能会很尴尬的准备。"老唐和黄唯一大学时就认识,他非常知道黄唯一不是个会轻易妥协和让步的人。

晚上到了约好的时间,菜菜先到饭店接了黄唯一到已经预订好的包房,黄唯一见菜菜订了个大包间,马上责备菜菜这样太奢侈,要她赶紧换一个小些的。菜菜还没来得及解释,明媚和白逸阳带着唐宏亮就走进了包间。

黄唯一和唐宏亮已经有很多年没有这样近距离地见面了,偶尔在会议活动中见到也都是相互绕行,从不打招呼。

黄唯一看到几个人进来,立刻明白了是怎么回事儿,大感不悦,生气地看了菜菜一眼,菜菜赔着尴尬的笑脸,希望老师不要生气。

明媚赶紧说话圆场:"这事是我不好,硬要菜菜把您请来,您就当是吃个便饭了。"就招呼着大家坐下,把白逸阳也着重介绍了一下。黄唯一态度冷淡,只是点头应和,坐在椅子上的身体始终僵硬地挺直着。老唐一看明媚和菜菜也实在为难,今天还有白逸阳在场,只好先破冰,主动上前跟黄唯一说话:"好久没见了,唯一兄弟。"

黄唯一沉默不语，不清楚是因为不知道该说什么，还是因为抵触老唐就不想和他说话。白逸阳正好坐在了黄唯一的对面，看着黄唯一说："黄老师，我听菜菜说您平时喜欢喝些黄酒，这家的话梅黄酒在北京的饭店中排名很高，我们还是先看菜单点些菜吃着聊吧。"招呼菜菜问黄老师都喜欢吃哪些菜，叫服务员先给点上，包间里的尴尬气氛似乎得到了些许缓解。

说起场面应酬，不得不说老唐还是更有经验的，他看到黄唯一气平了一些，趁着服务员上茶水时赶紧把自带的大红袍拿出让服务员泡上，说这茶是特意带来给黄唯一品一品的。黄唯一虽未说什么，茶上来的时候倒也没有不喝，端杯品了一口，自知老唐也算是下了血本来讨好自己的，心里也起了一些变化。白逸阳也是反应极快地用说喝茶的事打开了话题，和黄唯一聊起来："黄老师是喜欢这茶叶的口感吗？我不懂茶，只单纯觉得好喝。"黄唯一听白逸阳说起茶，倒也不吝赐教地说："大红袍这茶口感自然是绵柔适口的，但我最初喝它源于读书时读到此茶名字的来历，说明朝洪武十八年，举子丁显上京赶考，路过武夷山时突然得病肚子疼，遇到了天心永乐禅寺的一个僧人，僧人取藏茶泡给他喝。丁显病好后赶考中了状元，回来致谢时问及这茶叶的出处，得知后脱下身上的大红袍绕茶丛三圈，将其披在了茶树上，这才得了'大红袍'这个名字。"在座的几个人都听得入神，觉得黄老师果然博学。唐宏亮自然要跟上节奏，开始套话说："唯一兄弟喜欢这茶，我就再让朋友多弄些给你送到家里。"这会儿服务员开始往桌上端菜，明媚和菜菜赶紧张罗着大家开席。

一顿饭下来，除了黄唯一不觉得很有负担，在座的其他人都是一会儿捏把汗，一会儿忙敬酒寻找话题。明媚更是顾不上其他事情了，也没能注意到其间书涵发给自己的一条信息。书涵发这条消息主要是因为她在浏览秦奋公司的设计稿件时发现了明媚提及的朱怡容设计师的名字，所以拍照给明媚说上次她问的人就是奋进的设计师，如果有什么需要她帮着沟通的事情可以和她讲。

为了能和黄唯一聊合作的事情，明媚先去跟黄唯一搭话。从对《时光》的改编想法和加入科幻元素入手，这才终于打开了黄唯一的话匣子，原来黄唯一对本子中的科幻设定也非常感兴趣。

饭店包间里，众人已是酒过三巡，在酒精的作用下，唐、黄两位大佬不知什么时候已经凑到一块坐着，开始了兄弟式聊天。黄唯一终于主动说起他看过《时光》前三集剧本后的想法，他自己对"科幻"的设定是很感兴趣的，当时也确实有意合作，只是一想到要和唐宏亮合作内心就不太能接受。唐宏亮说："唯一兄弟，你说我都已经来这儿和你喝酒了，我也算是诚心邀请你来合作项目了吧，我也希望项目好啊。"黄唯一眼神变得严肃，看着唐宏亮说："行，你有诚意，我也不是个认死理的人，那咱们就丑话都放在前面，说说怎么合作。"唐宏亮一听，也十分笃定地说："你讲！"

黄唯一继续说："对于戏剧创作我的要求一直没有变过，我只要充分的自由创作空间，我可以保质保量完成作品，至于其他事论职权都不在我能控制的范围内。关于市场层面的事情我可以听取合理化建议，但是最后还是要你老唐去解决你要解决的问题，别什么事儿都往剧本上找补，那这次合作我觉得就可以先聊聊了。"

老唐一听，开始卖自己的苦楚，说："你应该理解我的难处，我要是能扛住市场压力也就不会来你唯一兄弟这里讨教求助了，咱们都别一口说死，好吧？"

黄唯一觉得唐宏亮这又是在和自己打太极，就有些不开心地说："你要这样聊天，那我觉得今天关于合作的话题可以先告一段落了。"

一旁的明媚、白逸阳和菜菜的心一下就提到了嗓子眼，不敢怠慢，小心翼翼地马上打圆场，生怕两人一句话不合彻底闹掰，一顿饭下来比干一天活还累。所幸在几人的努力之下，黄唯一和老唐始终没闹僵，而随着酒劲儿，这对老搭档也敞开了时隔多年的心扉。

黄唯一开启了惯性的说教模式，说："宏亮，钱这东西始终是赚不完的，这个行业我们干了快半辈子了，也是时候该想一想到底是为什么而干的了。半辈子都在被市场牵着鼻子走，你说你真不累吗？

这些年有多少项目是你自己真的想做的，平心说，咱们这个岁数了再不做点真想做的，这辈子就过去了。"

唐宏亮的眼神也由刚刚的迷离变得有些深邃。

提及两人刚入行的时候心中都憋着一股劲，只想着能做出一部像样的好作品，黄唯一有些亢奋地说："那时候每天想的就是戏怎么好看，故事怎么有意思，怎么做情节、写人物、写台词才会给观众带来有思想启迪、有情感触动的内容。只说作品不提其他，没有那么多干扰和杂念，什么市场、资本、用户群、点击量，我写剧本时把这些都考虑进去了，也不知道自己到底是在做什么了。"

老唐听完黄唯一的评述后说："我不能完全接纳你的观点，这几年大量资本进入影视市场也是推动了整个行业发展的，其中确实带来了一些问题，很多带有其他目的的伪行业者进来了，鱼龙混杂了一段时间，但另一方面也给影视行业注入了新鲜的血液，在竞争和压力下，反向刺激了行业对专业度的要求，是有实质性进步的，充填市场内容的同时也在不断检验从业人员的素质和责任感。"

黄唯一听到"专业度"几个字好像受到了刺激，愤愤地说："对专业度的认可就是用流量来衡量，现在但凡拍一部戏都在抢演员，为的不就是能得到流量吗？演员给到了，至于剧本好不好、拍得好不好从市场反应看也没人真的在乎。"

老唐继续说："我知道你看着心里着急，可行业需要时间来逐步肃清，来完成优胜劣汰。观众的素养也都在提高，慢慢就会知道什么是好作品，能看得出来哪些是用心做的、哪些是粗制滥造的。流量是不能证明一切，但也不是没有参考价值，我们还是要正确看待其中可用之处。有流量说明市场有需求，同时也代表了受众对内容的接受度，这里我们是可以得到反向引导的。"

黄唯一突然想到了什么，说："你是说认清市场的同时，可以反推受众的价值观盲点？"

唐宏亮给了黄唯一一个肯定的眼神。

坐在一旁的几个年轻人不知道从什么时候开始就像听教授讲课

一样认真地听着唐、黄二人的谈论，竟然都听得热情高涨起来。

唐宏亮说："我是要对公司员工负责，对集团领导有业绩交代的。市场运营上我不会让步，艺术创作上我需要专业的团队来共同做事，我们可以做出兼具商业性和艺术价值的作品。在行业里摸爬滚打这么久了，我个人对行业未来的发展始终抱有信心。"老唐说完这些话，拿起酒杯喝了一口又说："我要是真的不在意，能大费周章地请你出山吗？那样我找几个实习生写好了。"

黄唯一听到唐宏亮的这些话心里也感同身受，拿起酒杯一饮而尽，说："这一杯我为了情怀喝。"

这一晚上的局面真的让几个年轻人开了眼界，唐、黄二人到了最后竟然勾肩搭背地唱起了他们那时的校园歌曲《同桌的你》，最终达成一致来合作该项目，两人冰释前嫌，握手言和，明媚、白逸阳还有已经在犯困的菜菜这才松了口气。

编剧的事终于在艰难中算是有了进展，明媚这段时间的忙碌也有了结果。另一边为直播带货忙了一天的林馨儿的境遇却截然不同。

林馨儿逛了一天街，进了家门直接去厨房找水喝，看到家里的做饭阿姨正要收拾东西回家，手里拎着林馨儿卖得很好的一款手提包，就问阿姨这包哪里买的，阿姨说是周先生送给自己的，还有一些护肤的东西，顺便也谢了林馨儿。林馨儿看东西已经送给人了，也没法说什么，赶紧回到房间一看，房间里所有的货物都已经不见了，而周宇还没回来，就打电话追问他。电话刚拨出去周宇就进门了，一看林馨儿在家，赶快说："媳妇，我今天帮你把货都卖出去了。"林馨儿问："你卖给谁了？"周宇："我卖给咱妈集团负责公关采购的部门了，他们正好需要一些这样的东西奖励给优秀员工，你说是不是很巧，他们说之后还想让你帮买更多的货品做员工福利和奖品。"

林馨儿一听简直崩溃，收拾箱子就要离家出走，边收拾边说："这日子过不下去了，既然你容不下我，那我走就是了。"林馨儿拎着箱子往外走，周宇根本拦不住。林馨儿出门时正好张玫进门，林馨儿碍于面子，只和张玫说自己有个朋友出差了，让她去帮忙看几天房子和家里的宠物，转头就离开了。

林馨儿上车后给明媚发了一条微信，说要去小公寓找她，然后直接向小公寓开去……

明媚一行人聊着天从饭店出来，唐、黄两位手牵手站在路边等车，老唐的司机把车开过来，白逸阳将两个人搀扶着上了车看着车子开走。

明媚看菜菜因为喝了不少酒也已经困得开始打晃，赶紧叫了辆出租车想送她回家，一问地址发现就在白逸阳家附近，白逸阳说："这样，咱们都坐这辆车走，让司机先送菜菜和我，然后顺路再送你。"

坐车上白逸阳问明媚："你怎么样，还能坚持吗？"明媚已经是喝多的状态，一脸醉意呵呵笑着说："微醺，我挺好的，没问题，再喝点也都没问题，只要问题都能解决。"白逸阳一看明媚状态还算可以，就说："你如果想喝水，等到了我家时下车给你买一瓶矿泉水。"明媚喝得也是有些兴奋，说："要喝也是喝酒，喝什么水啊。"白逸阳看到她的样子觉得有些可爱，提议可以找赵明出来一起再喝点。明媚兴奋地说："你现在就叫他出来喝酒、聊天。"

两人把已经晕乎乎的菜菜送回家，白逸阳带着明媚穿过几条胡同，来到了一家东北烧烤店门口。白逸阳问明媚："咱们就坐在外边桌可以吗？"明媚说："好啊，上次吃路边桌还是《少年》杀青那会儿和我朋友一起呢。"赵明从一个胡同口处拐了出来，远远地叫着白逸阳的名字。赵明来的方向路边有个流浪歌手，弹着吉他在另一个饭店门外的大排档给客人唱着一首民谣风的歌曲，在座的食客们也都跟着吉他的伴奏哼唱着，气氛让人觉得有些沉醉。

落座后，赵明特别八卦地说："你们很惬意嘛，这个时间还叫我出来喝酒一定是有什么必须庆祝的事情了。"明媚酒意未散，开心笑着说："你猜对了，我们搞定了编剧黄唯一，是不是值得庆祝？"赵明看向白逸阳求证，白逸阳说："真的搞定了。"赵明兴奋道："那你们可是太行了。我还想请你们吃饭赔罪呢，我听说了王平薇干的那个事，马上打电话向她质问，她就是一副觉得自己没错的样子，差点没气死我，我已经和她绝交了。今天这顿我来请。"说着就叫服务员过来点菜、上酒，几个人又开心地喝了起来。

  明媚没想到在与于涛分手后的一段时间里自己压抑在内心的不平静竟在喝了许多酒之后找了上来，也可能是因为一边的流浪歌手情歌唱得太过深情，听着听着眼睛突然盈满了泪水，眼泪在眼睛里打着转默默地流出了一滴挂在眼角，很快就被明媚擦去了。这点儿情绪上的波动被白逸阳捕捉到了，他不清楚明媚是因为听了情歌有了感动，还是她心里有什么难过的事情，也不敢轻易触碰她此刻的这点伤情，就把流浪歌手叫了过来让明媚点一首歌来听。明媚晃了一下神儿，拿过歌手递来的歌单，点了一首杨宗纬的《天已黑》，歌曲被歌手演绎得很是动情，在座的客人也都安静地开始听歌。随着歌声的荡漾，明媚的醉意更浓了。

  酒喝到最后，明媚已经喝多了，就拽着赵明和白逸阳两个人的胳膊一直笑。赵明和白逸阳扶着明媚直接回到了白逸阳家的小院，把她先带到白逸阳的房间，安排她坐在沙发上。明媚迷糊地看着白家的四合院，突然说这里很像自己第一次来北京时跟着拍短片的院子，自言自语地说原来四合院都长得一个样子。白逸阳很欣喜，刚想提及那年夏天的事情，一回头发现明媚已经睡了过去。赵明说："就把鞋子给她脱了先睡沙发吧。"白逸阳本还想叫她去床上睡，但当走近了看着明媚喝红的脸庞，白逸阳收了手，只轻轻地把明媚的身子扶正，让她躺在沙发上，帮她把鞋子和外衣脱掉，又到柜子里找到了枕头和薄被给她盖上。赵明到厨房拿了一壶烧好的水，说："放了一杯温水在她旁边的茶几上。"赵明看收拾得差不多了，就和白逸阳说自己先回家休息了。

  屋里就剩下了白逸阳和睡着的明媚，听到明媚好像在梦呓着什么话，白逸阳又贴近了一些想听得清楚，在靠近时自己竟然心跳开始加速，也同时听到了明媚说的是"黄老师，您吃菜，吃菜……"白逸阳被明媚的梦话逗笑了，看着她心里生了一些怜爱。白逸阳给明媚掖了掖被角，又用温水打湿毛巾给她擦了脸和手，在确定明媚睡安稳后再次掖了掖明媚的被角，把明媚的衣服叠好放在一旁，才把房间的灯关上回到自己的睡房。

早晨，明媚听见几声清脆的鸟叫，从深睡中慢慢醒过来，发现自己睡在一个大沙发上。明媚揉了揉模糊的眼睛，再看看身边的环境，完全记不起身在何处。她努力回想昨夜酒后都干了些什么，想到了白逸阳时明媚突然坐了起来，看到身上衣物完整，再仔细看发现是在一个屋子的外间，应该是厅的位置。她低头找到鞋子穿好，找了下手机没有找到，走到屋子的门口轻轻把门打开，一阵清晨的气息扑面而来。她探头出去看，门外的院子里已经洒满了阳光，一棵海棠树上挂着两个不大的鸟笼子，鸟叫声就是从这里传出来的。这是一个不小的四合院，明媚来北京这些年偶尔也会想住一住这四合院感受一下，没想到这个愿望竟然就这么没有准备地实现了。

明媚想，这里要真的是白逸阳家，一会儿要怎么面对他才不尴尬？突然一个声音说："你是从外星旅游回来了？"明媚听到白逸阳的声音一惊，发现他正站在她右手边的房子门口笑着和她讲话，明媚赶紧把脑袋缩回了屋里，心脏怦怦地急跳着。白逸阳看见明媚的举动，走过来找她，一开门看见明媚手足无措地正在拿自己的外衣。白逸阳哈哈大笑起来，说："明制片星际旅行回来辛苦了，赶紧洗漱一下吃早饭吧。"明媚被白逸阳的笑声搞得更加心慌了，想，白逸阳为什么说自己星际旅行刚回来呢？明媚局促地说："导演，我是不是喝多了做了很失态的事情，给你添麻烦了。还有，你看到我的手机了吗？"白逸阳还是笑着说："手机在里间，给你充好电了。"说着到里间把手机拿给明媚，明媚拿过手机直接揣进衣袋里。白逸阳推开房门说："你先洗漱，然后再把早饭吃了，卫生间里有新的牙刷和毛巾。"

看白逸阳出了房间，明媚快速地洗漱着，努力回想昨晚的经过，怎么也没想起关于星际旅行的半点印象。

此时白逸阳所在的房间是一个厨房兼有餐桌的屋子，爷爷奶奶正在一起吃着早饭，桌子上摆满了中西合璧的各色早点。明媚推门进来，看见屋子里还有两位老人，马上点头问好。白逸阳给大家介绍了一下彼此，爷爷奶奶热情地招呼明媚坐下吃饭，笑眯眯地看着她，喜出望外，心照不宣地认为孙子终于带女朋友回来了。明媚尴尬得不敢多说，白逸阳急忙解释说不是，白爷爷以为是孙子矜持，对明媚更是充满了好奇，问了好多，弄得明媚都有点不好意思了，赶紧吃了几口早点就想告辞离开。

看明媚紧张也不自在，白逸阳就没有多留她，说送她去附近的地铁站。明媚告别白家爷爷奶奶，和白逸阳一起走出了白家小院。往地铁站走时，明媚看着和自己并行的白逸阳：高高的个子，侧颜看起鼻子显得更挺直了，眉毛、睫毛也都长得很好，嘴唇轮廓清晰、薄厚适宜，她第一次这样认真地看这个男人，虽然在走路的时候看有些晃动虚焦，但也觉得很养眼。快走到地铁口时，明媚又想起星际旅行的事情，就问："导演，你还没告诉我星际旅行的事情到底是咋回事呢。"

白逸阳侧过脸来，眼睛正好与看着自己的明媚对上，这一眼让两人都有一点慌神儿。白逸阳紧眨了几下眼睛，逗明媚说："这个事情还是你自己想起来会比较好，由我说出来怕你觉得是我编出来骗你的。"明媚当下愣住，心里有种要哭出来的感觉，看已经到地铁站了，就慌忙地答应着白逸阳："哦哦，那我努力再想想。"说完和白逸阳告别，几步就跑进了地铁站，想赶快结束这所有的尴尬。

明媚坐在地铁上想，好在今天是周六，不然回家换了衣服就要去公司。掏出手机才发现竟是关机的状态，明媚赶紧打开手机，结果一连串的信息都是林馨儿发来的语音，主要是询问明媚这边的情况，最后一条是林馨儿说的一句"如果有情况记得做防护措施"，还有一个lucky的表情。

明媚听着语音看着手机，脑子里跳出的竟然是白逸阳充满热情的笑脸。这个生动的画面把明媚吓了一跳，心想自己这是在干吗，为什么是白逸阳的脸，晃了晃自己的脑袋把杂念赶出去，然后赶紧回了一条微信给林馨儿，说自己马上到家了。

明媚一夜未归，一进门就看见林馨儿一脸的八卦相坐在沙发上盯着她看。林馨儿带着坏笑说："明大制片昨夜可还安好啊？到底是哪位捕获了你的心灵和肉体啊？"

明媚有些和自己生气地说："哪有什么灵与肉，在我这里只有丢脸和尴尬。"林馨儿一把就把明媚摁在沙发里要她交代过程。明媚一五一十地讲了从昨晚到今早各种不堪的境遇，包括自己不记得星际旅行的谜题事件。林馨儿听了笑得前仰后合，说："明媚，你完蛋了！我看这个白导恐怕不是一般选手，他这一步一步地把你带到自己的生活里，不像是随便勾搭，更像是想天长地久的意思。"明媚嘲笑林馨儿说："你可真的想太多了，这个人我们虽然接触时间不长，但是绝对不是善男信女，他所有的行为都只是为了能够让《时光》项目更加顺利，不可能有个人情感因素。"林馨儿急忙说："你别不信，我昨儿刚在网上给你做了占卜，说你最近桃花很旺，在工作中出现的几率极高，那就肯定是这个导演了，总不会是老唐什么的吧？"明媚站起来要去洗澡，说："这些都不是我现在的生活重点。"

明媚快速地洗完澡出来，拿出手机和林馨儿说："昨天收到了书涵给我发来的照片和消息，照片是有朱怡容名字落款的设计稿，她微信里还说让我有事可以找她，你说书涵是什么意思呢？"林馨儿是个急脾气，道："你干脆打个电话问问她，看她怎么说。"明媚拨通了书涵的电话，书涵在电话里把自己的用意说明了，说要不是因为自己要帮朱怡容改设计稿，也不知道小朱就是公司设计这件事。明媚听到秦奋让书涵帮着朱怡容改稿子，内心替书涵不平，可这个时候又不能直接告诉书涵什么，也只能顺着书涵说之后有需要会告诉书涵。两人又在电话里聊了些别的，书涵说自己还要继续赶稿子，就挂了电话。

明媚看着林馨儿，林馨儿的反应比明媚还大，大骂秦奋这就是在欺负书涵，把书涵当成自己的掌中之物，不能再这样下去了，必须让书涵尽快知道真相。可明媚犹豫的是不知道该以怎样的方式让书涵发现，才能把对她的伤害减到最小，这一点让两人为难起来，商量计划后决定约书涵喝下午茶，先向书涵暗示一番，让她多少有个心理准备。

三人来到书涵家附近的一家咖啡厅，从书涵的身体情况聊到她正在给奋进文化改的海报稿子。林馨儿很快说起自己认识的一个"朋友"老公外遇的事情，把她和明媚看到的秦奋与朱怡容的亲密情形改了个人名暗示给书涵。三人聊起对男人外遇的看法。林馨儿想了想说："我觉得我有外遇的可能性比周宇要大。"明媚说："身体的越界只是阶段性的情节，过了这段就不是重点了，精神的越界应该会成为后续的主线故事了吧。"书涵说："如果秦奋有外遇，那我也有责任。"林馨儿立即说："有也是因为你太惯着他了，才让他膨胀。"明媚说："你别总把别人应负的责任都归咎到自己身上。"书涵笑笑说："你们说得好像我老公真的外遇了似的，我相信秦奋不会的。"明媚和林馨儿相互看看，知道这对书涵来说是很难接受的事情，也就不愿继续戳穿真相了。

姐妹仨喝完下午茶，书涵先回家了，林馨儿拽着明媚又逛了逛。晚上回到家，明媚就着手准备与黄唯一的编剧合同。正写合同条款，明媚接到了周宇的电话，周宇求明媚让林馨儿接电话，明媚劝不动林馨儿，就说让周宇再等等，林馨儿气消了就好了。凌晨，明媚终于把黄唯一的编剧合同初步搞定。

又是周一上班的日子，明媚带着菜菜和公司财法部门的同事用一上午时间对《时光》编剧合同的内容进行确认后，同步发给了黄唯一。黄唯一在看了合同后也很快就给了回复，说可以马上签约，明媚和菜菜一看黄唯一的回复都高兴得手舞足蹈，看得其他同志都觉得她们搞笑，张珊和胡言也假惺惺地过来祝贺。

明媚马不停蹄地开始安排编剧和导演开会，让导演和黄老师尽快进入到剧本的创作中。

白逸阳在约好的时间按时来到启梦，到了办公区主动找明媚热情地打招呼。明媚看到白逸阳心情很复杂，很尊重地说："导演你来了，会议室已经准备好了，我让菜菜带你过去。"白逸阳敏感地发现明媚在有意疏远自己，就没有再说什么，随着菜菜去了会议室。

会议室里，黄唯一已经和他的几个学生在讨论剧本了，白逸阳打了一圈招呼后落座加入讨论。会议开得大家都热情高涨，白色字板上是黄老师用油性笔画的各种标记，有故事结构，也有人物设定，看上去很乱。菜菜坐在旁边边听边梳理笔记，大家讨论的声音热烈起伏着。

明媚这会儿在老唐的办公室里，和唐宏亮商量主演、主创人选的选用和搭建。老唐也把一直合作的选角工作室负责人叫了来，三个人经过初步的讨论后，老唐让明媚把白逸阳请过来一起看看演员的备选。

明媚到会议室叫白逸阳，白逸阳往老唐办公室走时问明媚周末要不要去看一个新上的电影，明媚想起和林馨儿的谈话，条件反射般立即回复说："不行。"看到白逸阳诧异的眼神，马上又解释说："导演，实在不好意思，我那天喝多了，很感谢您对我的收留，希望没有给你造成什么误会，我不想这事影响咱们接下来的合作。"

白逸阳看明媚略显尴尬，就态度很客气地笑笑说："我就是单纯地想请你看个电影，还你那张电影票的人情，我还欠你一顿火锅呢。"明媚愣了一下说："导演不用把这事儿一直挂在心上。"二人间的气氛尴到冰点。

白逸阳进到老唐办公室后，看到电脑里有一大堆演员资料，老唐刚刚接了一个电话从屋外回来，进屋时脸色有些凝重，看到白逸阳才恢复状态积极地问："逸阳，你看看，这都是筛选过的，你说说想法吧。"

刚刚老唐接的电话其实是《时光》预购方主管打来的，目的就是想暂停与《时光》项目的合作。预购方给出的理由非常客观，关键点还是落在了《回忆》项目的启动上，预购方一是担心同题材市场会有风险，二是担心泊桑把《时光》的内容拿到《回忆》那边去用。即便老唐解释《时光》已经换了编剧，预购方仍然坚持项目暂停合作推进，如果想合作只能等拍完看到成片效果再说了。老唐接完电话，还是尽量保持镇定地回到办公室继续聊演员的事情。

白逸阳看后问："这应该是按着有流量演员的方向挑选的吧？"老唐点头说："是这个意思。"白逸阳又问："这些人确保演技吗？如果不能，我个人更倾向于选择演技派的演员。"白逸阳和老唐各有自己的坚持，都很想说服对方。明媚和选角经纪人努力地寻找可以融合他们意见的人选，可实现起来难度太大。现在的实际情况几乎是一边倒地都认号召力大的演员，这样的演员艺人确实从观众到广告客户都很买账。而专业水平和流量都兼得的演员少之又少，有明显的断层。演得好的年龄都偏大，年轻、有号召力的表演功底和功力也确实乏善可陈。即便有兼得两样的，市场价格也很高，对于《时光》项目的成本情况来讲用好了是保障，用不好就是既丢市场又丢质感的双重雷区。

老唐的办公室里，大家都沉默了，老唐突然问："逸阳，你心中的女主形象是什么样子的？"白逸阳思索了一下说："大概就是看着很普通，但是内心有韧劲，也不太世俗，别人看到她会觉得她有点笨的样子。"

老唐接话，一语道破，脱口而出："这说起来很像我们明制片嘛。"白逸阳立即补充说："不不，明媚完全不能作为参考对象，我们的女主毕竟是个在外星长大的地球人，气质上没有可比性。"明媚也顺着白逸阳说："是啊，我们剧的女主肯定不会像我这样平庸，应该是那种更有未来感的模样，绝对没有可比性。"明媚也不明白自己为什么要说出这样一句话，在别人看来就像在为自己解释。

演员的人选没有得到很好的结论，大家决定好好想想再碰方案。老唐和白逸阳往外走时，正好碰见会议室里刚开完编剧会的黄唯一，三人见面又聊了几句，结果老唐又把二人拽回自己办公室喝起茶来。菜菜找明媚汇报会议情况，顺便邀请她去观看电影学院表演系的毕业大戏，明媚开心地答应了菜菜。

中午过后，明媚把《少年》剧的完成版全片送到了购片方对接项目的制片手里，这次的交接意味着《少年》项目的制作已经全部完成，片子可以顺利上线了。这给了明媚很大的鼓舞，她期盼着看到《少年》的上线，默默地在心里鼓励自己要更加努力地完成《时光》项目。

下午，老唐看到明媚回到公司，把明媚叫到自己的办公室。老唐先问明媚是不是对白逸阳有啥成见，明媚摇头说导演很负责。老唐说："那你要注意沟通方式了，说话别太直接了。就算有什么想法，也要懂得说话的艺术，别处理不好再把导演得罪了，友好一点儿。"明媚自知今天回复导演的话的确有些着急了，说自己一定注意。老唐沉默了一下，看着明媚说："还有件事情我要告诉你，因为《回忆》项目的启动和泊桑的事，预购方担心两个项目内容过于相似，暂停了《时光》项目的推进，说如果想合作，要等成片出来后看了成片效果再说推进的事了。"明媚愣住，以为老唐要停掉《时光》项目。老唐看着明媚说："我找你说这个事，目的就是要告诉你这项目我们只能成功不能失败，不然就会面临项目没有购片方，片子砸在手里的可能。"明媚听老唐这样说，连连点头说："唐总放心，我会付出最大的努力把项目做到最好。"这样的变化让明媚更急迫地想给项目找到更适合的主演，从而保证项目完成后有机会赢得更好的平台出口。

很快就到了电影学院看片会的日子，明媚因为忙着《少年》最后上线辅助宣传的事情，到得有点晚。她打电话问菜菜人在哪里，菜菜说自己陪着老师先进去了，并说已经把票放在导演那里了，导演应该在门口等她。明媚打电话给白逸阳，无人接听，正着急，抬头看到白逸阳在门口检票处边上跟一位好看的女孩正在聊天，样子十分热络。白逸阳应该是发现了明媚给自己打过电话，刚要回拨，抬头也正好看见明媚。明媚问白逸阳要了一张票，说了一声就自己先进场了。

演出快开场时白逸阳才进场，他找到明媚旁边的位置，一坐下来就跟明媚说他拿到那个女孩的微信了，自己这是继明媚之后又一次主动留年轻女性的微信，这次非常顺利。明媚忍不住问："导演是不是特喜欢在电影院跟人搭讪呀？"白逸阳刚想说些什么，灯熄灭了，演出开始，只好把话收了回来。

演出结束后白逸阳和明媚一同往外走，白逸阳说既然来学院了，不如一起走走，看看这校园。明媚略作犹豫，想起老唐的叮嘱，又想起自己刚才态度不好，为了缓解关系就答应了。

明媚跟在白逸阳身后走着，白逸阳聊起自己多年前曾经来这里参加过一个拍短片的夏令营，还带着组里的小伙伴去自家四合院取景，现在逛逛也算是重拾回忆了。白逸阳看明媚只是听着，没有与他互动的意思，就有意地逗她问："你有没有想起星际旅行的事？"明媚尴尬上头地说："导演，我知道自己可能是在酒精的作用下有不妥的行为，那种失控的样子我也不希望发生。"白逸阳看明媚着急了，嘴角上扬了一下说："也许那才是你该有的样子，真实、放松、勇敢，你要试着打开自己才能更开心。"

明媚想，这大晚上的，又是孤男寡女，白逸阳突然说让自己要打开，不禁有点不寒而栗，开始放慢脚步和白逸阳拉开了一段距离。两个人又往前走了几步，明媚说："时间不早了，咱们还是回去吧。"白逸阳出于礼貌说："那我送你吧，我开了赵明的车。"说着拿出一把车钥匙晃了晃。

明媚更加警觉，说："导演，我那天真是喝多了才失态的，千万别造成误会，你也知道我刚和男朋友分手，目前没有马上发展个人感情的想法。"

白逸阳哈哈哈大笑，说："你别怕，我也只是觉得你平时节奏太紧张，单纯地想让你放轻松些，没有一点别的想法。"是明媚思想复杂，想得太多。

明媚的脸一下子涨得通红，不知要说啥。这时两人已经走到了校园的门口，明媚抬头看着校门口刻有学校名称的匾额，回想起陪林馨儿来北京拍短片的那个暑假，看到白逸阳也在抬头看匾额，想起他刚刚说起多年前来参加拍短片的夏令营，还带着大家去家里的四合院取了景,脑子里猛然把所有的事情都关联了起来,有些兴奋和不确定地问旁边的白逸阳:"你是哪年参加的短片夏令营?"

白逸阳看着明媚说:"和你来北京是同一年。"

明媚惊呼:"你不会就是当年那个在现场一直拿DV机拍视频的小香港吧?"

白逸阳微笑着看着明媚的脸,点了两下头说:"就是我啊,明制片,走吧,我送你回家。"

第八章　或许总有些人更适合独行

　　明媚认出白逸阳的瞬间，也同时理解了他之前对自己说的一些莫名其妙的话，还有对她时冷时热的态度了。送明媚回家的路上白逸阳一直面带笑容，一路上明媚只是在指路的时候说两句，其他时间基本都是在聊白逸阳这些年在国外的求学经历。

　　明媚还不知道的是，这时林馨儿的小公寓那边，因为实在太想林馨儿，周宇找了过来。他站在门外哀求林馨儿让自己进去，林馨儿本来不想开门，可是又怕邻居们看见觉得太奇怪，就把他放了进来。周宇一进屋就卖惨说："媳妇，你也不接我电话，我想你想得两天都没睡好觉。"林馨儿不理他，自顾自地坐回沙发看电视。

　　周宇凑到沙发上小心翼翼地说："媳妇，你就原谅我吧，我也是因为爱你，怕你累到才帮着你把货物卖掉的。"林馨儿一听，鄙视地说："你这不叫爱，叫自私。"

　　周宇不敢言语，只是点头。林馨儿说："你若真的爱我，就得给我足够的安全感，你自己不想长大，不想独立，是你的选择，不是我的。我需要的是尊重，你不支持我不要紧，但是不要打着为我好的幌子来阻止我的选择。"

　　周宇继续沉默着。

　　林馨儿接着说："你最好试着理解我，支持我去实现自我、满足自我，就像我从来不会在你看书这件事上对你有意见一样，这才叫爱。"

周宇看林馨儿生气，倒了杯水给她，让她消气。周宇劝林馨儿说自己理解，让林馨儿不要再生气了。但周宇虽然嘴上说着自己理解，可在心里还是不太明白林馨儿觉得没安全感是从何而来。

林馨儿终于消了气，两人再次和好，周宇劝林馨儿和他回家，可林馨儿说想和明媚过几天自在的日子，回家处处都要顾及婆婆的感受，太拘谨，实在不自由，想再待两天。周宇看劝不动林馨儿，就陪着迟迟不走。

明媚进门时，看到周宇跟林馨儿靠在沙发上看电视，周宇还一口一口地把切好的水果喂给林馨儿。明媚见到两个人的样子不免有些小惊讶。林馨儿感觉到了氛围不对劲，一把推开周宇，对明媚说："你回来了。"明媚看着两人说："回来了，你们这是一切如故了？"林馨儿说看周宇认错态度还行，先放他一马。

明媚换好鞋子后倒了一杯水给自己，然后坐在了侧面的沙发上。

林馨儿突然问周宇："让你给明媚介绍男朋友的事办得咋样了？也没个信儿。"周宇刚要说话，明媚就开口说："你别为难他了，我这刚自由没几天，可不想马上又被限制住。尤其最近新项目启动了，后边的事情肯定忙得没时间，能保证吃饭睡觉就不错了，哪有空谈朋友。"林馨儿还是希望明媚能早点遇到个合适的人，就劝道："你啊，之前就是被于涛耽误了，现在可别再被工作耽误了。"明媚说："要按之前一直想着要和于涛结婚生子过一生的想法，也许算耽误了。但也正因为把结婚作为唯一目的，彼此相处了那么多年也没想要放弃过，一路走来才越走越累直到心力交瘁。当于涛和我说领证结婚的时候，我除了犹豫竟然没有什么幸福感，我想应该是我的目标设定错了，我需要找到那个对的目标，一个可以给自己幸福感的目标。这些年如果有耽误也不在于涛，而是我自己选错了目标。"

此刻小公寓里的电视开着，墙角的落地灯仅照亮了房间的局部，林馨儿和周宇安静地听着明媚的陈述都有所触动，心里不得不认同明媚这番肺腑之言。

　　林馨儿语气带着担心说:"我是怕你这样下去到老了一个人日子过得孤单。"明媚明白林馨儿是出于关心,想了一下问:"你说人到老了谁不孤单呢?最后还不是赤条条来赤条条地走吗?"林馨儿语气有些急,说:"可是谁不希望总有家人陪伴呢?你到老了父母百年了,又没兄弟姐妹,日子就一个人过,想想太孤独了。"明媚看林馨儿有些急,开玩笑地说:"那我不是还有你吗?到老了要真是一个人,我就赖着和你一起养老。"林馨儿一听马上开心地说:"对啊,你还有我呢。"就跟一边的周宇说要是周宇对自己不好,她就不跟他过,也不生孩子了,反正有明媚可以跟自己一起养老。周宇一听急忙表忠心,说一起养老这种事儿他相信多他一个绝不嫌多,三人相互看着都开心地笑了起来。

　　有林馨儿在的几天里,明媚每天即便工作量不小,也会尽量早些回小公寓,两个人可以像小时候一样聊天看节目,心情也会得到很好的放松。明媚把白逸阳就是当年暑假一起拍过短片的小香港的事告诉了林馨儿,林馨儿大呼缘分匪浅,同时提醒明媚不要找同行,两人都忙将来肯定矛盾多多。

　　自从黄唯一带着学生开始写剧本,其质量和速度都不用明媚和白逸阳再跟进了,只有他俩总提前收到剧本稿件的份儿,所以可以有更多的精力去做其他的工作了。

　　这天,演员经纪特别兴奋地向白逸阳推荐了一个流量女艺人芊芊,介绍芊芊是选秀出来的当红小花旦,人气非常高,形象感觉都符合角色和大家提出的各个方面的诉求。白逸阳看了照片资料果然觉得合适,就让选角经纪去联系。选角经纪在答应的同时也提醒说芊芊的经纪公司在合作上会要求比较多,要大家有一个心理准备。明媚说芊芊这样的艺人,观众和广告客户都会很买账,而且难得适合《时光》对女主的要求,确实是最佳人选,如果时间档期能配合上,那就一定要抓紧时间把握住了。选角经纪说已经打听过了,因为芊芊现在也想往实力派演员上转型,近期没有着急接角色,一直都在挑剧本，看了不少项目也没一个定下的，现在的情况成与不成一部分要看运气。

明媚找到老唐，把芊芊的情况和他讲了，老唐也很满意这个人选，鼓励明媚说："我对咱们的剧本绝对有信心，你要下定决心去死磕芊芊。"明媚心里带着压力，想着又要准备打一场硬仗了。

明媚回到自己的工位，在网上搜索各种关于芊芊的信息，同时试想着见到芊芊时要怎么开始和她谈。大概在中午刚过的时候，书涵给明媚发了一条消息，说想约明媚见面聊聊。明媚问书涵什么事，书涵说还是见面再说，明媚答应下班后去找她。

原来书涵今天上午想出门透透气，就决定到秦奋的公司见设计师一起聊聊设计稿的调色。秦奋出门时说今天上午要出去见客户，以为他没在公司，她就直接走向设计部的办公区，当路过秦奋办公室时，竟然看见一个女员工正和秦奋在里面谈笑风生，两个人甚至有些亲密的动作。秦奋没有看到书涵，书涵也没有进去找秦奋，而是到办公室找一个自己认识的财务打听了一下，得知秦奋办公室里的女孩儿就是一直在网上与她沟通设计稿的朱怡容。财务还把朱怡容的工位指给了书涵，书涵看到小朱的工位上放着花店今早送到家里的同款玫瑰花束。秦奋的助理眼尖，看到了书涵，就用手机通知秦奋书涵来了，秦奋赶紧让女孩儿离开了自己的办公室。书涵没有声张，只是转身去了秦奋的办公室，看到秦奋已经是一个人坐在里边，就进去很正常地和他交流着设计的事，说些家常，秦奋说书涵怀着孕不要总跑来跑去的，实在想出来走走，自己有时间会开车带她出来。

经过上午的事情，书涵才决定找明媚，想弄清明媚之前为什么要特意问起朱怡容这个人。

到了两人约定的时间，明媚和书涵找了一家书涵家附近的火锅店边吃边聊，这样书涵也可以没有忌讳地多吃些。明媚看书涵一直沉默，主动问书涵："什么事非要见面聊呢？"书涵看着明媚问："你还记得你之前提起过的姓朱的设计师吗？"明媚一听，脸色一下子严肃起来,"嗯"了一声问书涵:"她怎么了?"书涵接着说:"你为什么要打听她,你们公司近期有项目在和她沟通吗?"

明媚摇头说:"你今天提起她是想和我聊什么呢?"书涵有些困惑地说:"我只是有些怀疑,但是也不确认。我今天去了秦奋的公司,发现这个女孩和秦奋有些亲密举动。"明媚惊讶地问:"那你们吵架了?"书涵摇头:"我只是看到了他们,他们没看到我,而且我在那个女孩的桌子上发现了秦奋今早给我订的同款玫瑰花束。"

书涵说当然她不能确定那束花就是秦奋送的,但这也太巧合了,她不能不起疑心,所以才约了明媚想核实一些她的怀疑,希望明媚和她说实话,不要隐瞒什么。

明媚想到书涵既然已经开始怀疑了,也不妨就趁着现在和她说出实情。明媚看着书涵的眼睛说:"你现在怀着孕,所以我希望你能先明白这些情况也只是我们的一些猜想,不能确认什么。"书涵看着明媚的眼睛用力地点头答应。明媚说:"在知道你怀孕前,我和馨儿有天晚上在饭店吃饭出来,撞到秦奋正好也刚应酬完从酒店出来。我看见是秦奋,就和林馨儿说他是你老公,你知道馨儿的性格好奇心重,就想走近看看他长什么样,结果却看见他上车后和一个女孩有些亲密,开始我以为这个女生只是一个场面上的人。有一天朱怡容去了我们公司拜访客户,还特意来和我认识了一下,我这才知道她是奋进的设计师,所以我问你知不知道有这么一个人,因为你怀孕了,我和林馨儿商量想怎么才能和你把这个事说了,心里很着急,但又实在没有特别合适的机会讲,就只好暗示你。今天的事我觉得是巧合也是必然吧,只要这个事情存在,你总会发现的,也就是时间早晚的事。"

书涵沉默,只是拿筷子在火锅的汤里漫无目的地搅动着,也没有吃东西。

明媚怕书涵情绪波动太大影响胎儿,又安抚说:"其实到现在我们谁都不能确定真实情况,也很可能是工作上的需要。"

明媚从书涵对面的座位上起来坐到了书涵的身边,把她手里的筷子拿下来放在桌上。书涵看着明媚,脸上明显挂上了一丝苦楚。明媚拍了一下书涵的肩膀说:"你可以试着和秦奋聊一下,这样也许能把所有猜忌都推翻。"

书涵这时突然开口说:"还有个可能是把猜疑佐证成事实。"明媚稍稍用力拍了拍书涵的肩说:"你怀着孕,还是要时刻控制好自己的情绪,觉得憋闷了你就随时找我还有馨儿,不管你做什么决定、遇到什么状况,我俩都会站在你这边支持你。"好在书涵是生性柔和的人,在这种状态下她虽然心里难过,但也很清楚不能太过激动刺激到肚子里的胎儿。

两个人聊好后,明媚陪着书涵走了一段路,送她到小区门口,嘱咐书涵有事一定第一时间给自己电话。书涵答应了明媚,明媚看着书涵走远才转身离开。

明媚打了一辆车回到小公寓,一进家门就看到周宇又来找林馨儿,夫妻俩腻在沙发上,周宇坐着看书,馨儿脑袋枕在他的大腿上看着娱乐节目。馨儿看明媚进屋,急忙和周宇说:"你回家吧,明媚回来了,你不用陪着我了。"周宇一脸的不舍,和馨儿耍赖说:"媳妇,你让我在这儿住一晚吧,我睡沙发就行。"明媚怕周宇难堪,说有些东西要回于涛那里拿一下,说着拿了钥匙和手机就出门了。林馨儿在屋里责怪周宇多余来找自己。

明媚确实也要回去找一个老的记事本,上面应该记着一个之前合作过的老导演的联系方式,听说这个老导演是芊芊的启蒙老师,她想如果可以找到老导演,也许对与芊芊的合作能起点作用。

比起明媚回到家里遇到的尴尬,书涵到家后就忐忑地等着秦奋回来,预想着要怎么开口问秦奋关于小朱的事情。没想到秦奋回来得要比平日早了许多,一进家门就开心地说给书涵买了礼物,从带回来的精美手袋里拿出一个精致的红色小盒子,递给书涵让她打开。书涵打开一看,是条很精美的项链,就问:"这是干什么?"秦奋说:"我看到一个客户戴了一条,觉得好看,就特意买了给你。"

书涵看着手里精美的项链,心里的忐忑再次加重,也不知道自己到底在想什么，就直接问秦奋项链的价格。秦奋说六千多一点，价格还可以，毕竟也是大牌货。书涵说这太贵了，她平日也没什么场合需要戴这种饰品，试都没试就说让秦奋明天去退了。

秦奋没有理书涵，只问她喜不喜欢。书涵说这和自己喜不喜欢没什么关系，现在公司、家里需要钱的地方都很多，花钱来买这种东西确实有些浪费钱。秦奋说万一需要书涵陪她出去见见人，也好有个像样的首饰。书涵说这就更不现实了，自己原来也没有陪秦奋出去的习惯，现在怀孕了相信更难有这样的机会，所以还是让秦奋明天把项链退掉。

秦奋突然说书涵这样就是在拉低他的生活水准。书涵一听没能忍住，就问秦奋："谁符合你的生活水准呢，朱怡容吗？"

秦奋一听书涵这样问自己，反问道："你什么意思？"书涵略顿，也觉得自己话说得有些急了，就问秦奋："小朱办公桌上的花是你送的吗？"秦奋问什么花，书涵指着桌子上的一大束玫瑰花："就是你送到家里这束，和小朱办公桌上的一样的。"秦奋佯装有理："是我送的怎么了？小朱是海归，平时很会维系人际关系，公司这半年来的客户有一大半都是小朱的关系，没她的公关能力，公司也接不到利润高的客户，我维护奖励这样的员工，买束花也不算什么吧？"

书涵听着秦奋的牵强解释心里很难接受，又没法继续说出更多的证据来证明什么。

书涵想着这些变得沉默，也没再追问。秦奋看书涵没再说话，就让她不要总想些没用的事情，自己赚钱也都是为了能养这个家，对这个家他该负的责任都负到了，不知道书涵对他还有什么不满意，还要猜忌什么。

书涵伤心地坚持说："你觉得你负到了该负的责任，这个责任不能只用物质来衡量，一家人的意义更重要的不应该是心在一起吗？"秦奋觉得书涵话有所指，不想辩驳，直接瞪着书涵问："你这话说得没良心，我每天出去辛辛苦苦，你就在家里养尊处优，压力都是我在承担，你丰衣足食还说我心没和你在一起！"秦奋说完不顾怀孕的书涵摔门而去，书涵一个人傻站在原地流下了眼泪。

书涵这样伤心的泪水，明媚在面对她和于涛的情感问题时也同样流过。虽然面对的人不同，可是这眼泪的味道却都一样苦涩，充满了不被爱人尊重和认可的委屈……

明媚回到老公寓，站在楼下抬头看了一眼，于涛房间的灯还亮着，明媚只能在小区里先晃悠了会儿。明媚想起几年前于涛和自己商量为了省钱共同租房的事，好像就是昨天发生的一样，没想到如今会以这样的状态分开，看上去是无奈的选择，仔细想想却是必然的结果。想着他们经历的这些年，明媚在百感交集中努力辨别着那些还值得留存的美好。时间大概过了一个小时的样子，明媚看于涛窗子的灯已经灭了，这才坐电梯上楼。

可没想到，千躲万躲，开门进屋就撞见了于涛从卫生间出来。

于涛顺手打开了厅灯，明媚看到客厅里已经堆满了大大小小用来搬家的纸箱子。于涛看到明媚有些诧异，明媚赶紧解释自己就是回来找一个记事本。于涛明白了明媚的来意也就平静了下来，指了指纸箱子说："我房子的事已经办好了，我这周六就打算搬过去，你可以周日就搬回来住了。"说自己手里这套钥匙会留给物业的小刘，明媚去取一下就行。明媚觉得如释重负，笑笑说祝他乔迁顺利。

于涛看样子也是坦然接受了一切，说出了自己这段时间的感受。和明媚分开之后，他释然了很多，也清楚地认识到了一段不合适的关系注定会分道扬镳，感谢是明媚的勇敢让两人都得到了解脱；又说觉得明媚一个女人年纪也不算轻了，再不找另一半怕是更难找了。明媚理解于涛也是好意，只说自己一个人生活后觉得心理压力小了很多，自嘲自己也许是那种更适合独自一人生活的类型。明媚回到房间找到了记事本，又和于涛做了简短的告别，临走前于涛说了句"你还是要照顾好自己"，明媚看着于涛微笑地点头，向于涛表示感谢。

明媚回到小公寓时，周宇已经回去了。明媚把书涵知道朱怡容是谁并且开始怀疑秦奋可能有外遇的事讲了出来。林馨儿听得直搓手,说这事早挑明比晚知道好,书涵现在最重要的就是要注意身体,只要孩子没问题,相信其他事都能面对。明媚说:"我和书涵说只要有事就来找咱俩,不管怎样,我们都会站在她这边的。"

这一晚林馨儿非要和明媚在一个床上挤着睡,躺到床上后林馨儿轻声地问明媚:"你见到于涛了?"明媚背着林馨儿"嗯"地答应了一声。林馨儿又问:"那你没事吧?"明媚说:"没事,他这周六搬走了,我周日搬回去。"林馨儿有些心疼地往明媚身边挤了一下说:"那我也和你回去。"明媚被林馨儿的话逗笑了,说:"那你家周宇估计要付一半房租才行。"林馨儿呢喃地说:"让他全都付了才行。"两人含着微笑进入了梦乡。

书涵一早起来,看见秦奋昨晚在书房睡了一夜,也没和他打招呼,拿着昨天的那条项链就去商场退掉了。其间明媚发了条问候的微信给书涵,再次叮嘱书涵有事一定要记得告诉她,书涵回复说自己知道了,让明媚放心。

明媚今天约了导演在公司见面,想聊一下前期筹备工作的安排,主要是商量主创人员的选用。刚到公司,明媚就接到了选角经纪的通知,说约到了芊芊的经纪人见面。此时白逸阳也到了,明媚告诉他已经约到芊芊经纪人见面聊合作的事。白逸阳说自己翻看了芊芊之前出镜的很多素材,有综艺,也有剧集。他承认在镜头里的魅力是这个艺人最大的优势,可他本人比较担心芊芊的演技。之前芊芊演的角色基本都属于本色出演,其他综艺以娱乐为主的内容不能拿来做参考,问明媚这种情况看看能不能协调芊芊试一下戏。明媚很客观地和白逸阳分析说芊芊这个时候正处在上升期,试戏这个要求恐怕要见到经纪人后才好开口,要不怕影响双方一开始合作的友好气氛,白逸阳略作犹豫,说那先见了经纪人再看情况。

到了和芊芊经纪人约好的时间,明媚和白逸阳早早就来到咖啡厅等待,对方却因故迟到了一个多小时。明媚和白逸阳独处,在咖啡厅轻音乐的环境里彼此对视了一下,突然觉得气氛尴尬。明媚赶紧破冰,尬笑着找话题问:"导演你是什么时候发现我是那年夏令营里的小伙伴的?"白逸阳逗明媚说:"就是喝多那天,看到你主动要再喝酒的样子时,感觉很像那年夏令营里遇到过的主动张罗、有点傻还有点疯的姑娘。"明媚打断他的话,毫不客气地反驳说:"你说谁傻谁疯呢?"白逸阳忍着笑继续说:"不只是傻,不只是疯,还有点黑。"明媚心里清楚,白逸阳应该早就认出了自己,只是没有说出口。两个人你一句我一句地竟然为多年前夏令营各自不同的记忆斗起嘴来,都觉得自己说的才是实情。

正讨论得不亦乐乎,芊芊的经纪人金晶终于到了。明媚和白逸阳起身礼貌地打招呼,三人落座后,从金晶的态度上不难看出芊芊现在的业务量确实很好,所以经纪公司无论是对剧作的选择还是对合作方给到的资源条件都有明确的要求,上来就问剧本是不是可以给到全集,如果不能看到全集剧本其他的事情就都免谈了。这次谈话都没有超过半个小时,金晶就说自己今天还要帮芊芊准备一个品牌客户晚宴活动,说了些抱歉的话就匆匆离开了。

明媚和白逸阳虽然对约见的情况有些心理准备,却也没有想到会是这样一次如过场戏一般的交流。白逸阳看着明媚说:"经纪人这样的态度完全算不上有诚意,也就是礼貌地顺便应酬一下的程度。这样往下推进的难度会非常大,我还是担心芊芊的演技。"明媚听着白逸阳的担心安慰道:"导演,咱们还是要对剧本和自己有信心,一般经纪人都很务实,金晶的态度属于正常。难得遇见合适的演员,我们可以再想想办法。"明媚拿起自己的手机开始发信息,像是在和什么人交流的样子,脸上同时露出了笑容。白逸阳问她什么情况,明媚说自己找到了之前合作过的一个导演,他是芊芊的启蒙老师,她求这个导演帮着和芊芊说几句话。白逸阳看明媚努力的样子,夸奖说:"明制片果然是以勤补拙的行业典范。"明媚听白逸阳夸奖自己很开心,但又觉哪里不对,直到走出酒店明媚才终于反应过来,说:"导演刚刚是不是又在借机说我笨。"白逸阳给了明媚一个大大的笑容。

金晶在来见明媚和白逸阳前其实刚和王平薇见面聊过,二人都是很趋利的做事风格。王平薇非常懂得金晶的真实诉求，一开始就把自己可以引荐金融圈的资源、约见某国际奢侈品牌的市场部经理等资源放到台面上作为合作条件讲给金晶，双方可算是一拍即合。

金晶在芊芊准备晚宴化妆的时候来到了酒店房间，没有想到芊芊竟然主动问起和启梦项目谈得怎么样了。金晶怕芊芊多问，就搪塞说他们的剧本还没出来呢，谈合作还有点早，芊芊嘱咐金晶剧本出来要第一时间告诉自己。原来是明媚拜托的导演已经给芊芊发消息说了要她留意一下启梦的项目，所以芊芊才特意询问了此事。

金晶非常爽快地答应后，马上和芊芊说了王平薇世纪影业那边的项目资源非常好，如果签了这个项目可以同时签约一个大的品牌代言。

芊芊果然有当红明星的样子，随即就问金晶到底是拍戏还是签代言，剧本都还没看过，现在的样子就好像已经说定了，问金晶是不是也得站在她未来发展的角度多想想，而不是只看眼前利益。金晶应和地讨好芊芊说好，这时王平薇发了一条消息给金晶，金晶一看是一个高级美容院的电子代金券，心里很是买账地给王平薇回复了一个比心的表情。

王平薇一边讨好、买通着金晶，一边让助理到门口接一下马上就到的新晋小花旦默然。

明媚得知自己求助的导演已经和芊芊打过招呼了，就尝试联系金晶，说能不能先让芊芊看一下《时光》的前五集剧本，金晶随口答应了。明媚要其邮箱，金晶到很晚才回复给了明媚。明媚立即让菜菜把剧本加上"芊芊专阅"的字样发了过去，结果金晶根本没有打开剧本，更没有把剧本给芊芊看。

直到周日明媚也没有收到金晶的任何回复。

明媚开始收拾自己带到小公寓的东西，准备搬回老公寓。林馨儿叫了周宇帮明媚收拾，自己却坐在沙发上忙着在微博上支持少年时期的偶像KL。一边还让明媚进微博超话签到打卡，还教明媚怎么发超话积分打榜。明媚不解，林馨儿解释说一个新晋的小鲜肉练习生的粉丝挑衅说KL是过气明星，说他的微博超话流量不够，其实是因为KL的粉丝大多都成家工作了，平时忙着没空关注这些。可是也不能被人随随便便diss，就必须证明给他们看自己的偶像绝对没有失去任何一个忠实的粉丝！

林馨儿看了一眼周宇，小声和明媚嘀咕说："我也想了，想让周宇主动靠自己的努力生活很难说得通了，还不如我重操旧业去做演员经纪，这样周宇想要干涉也不太可能。"明媚说："你要是想好了，我支持你。"林馨儿说："我明天就找一下我原来的老板，问问看能不能回公司。"

明媚突然问："馨儿，你说有没有可能通过粉丝去找芊芊，让她先了解一下项目和剧本的情况。"林馨儿想了想，说那也只能找可以直接联系到芊芊的大粉，这种可能也不是完全没有。明媚说已经求助了芊芊的启蒙老师让芊芊关照一下，但是这样的关系也不能用得太激进，怕芊芊的经纪公司对她这样做产生其他误会，所以不好再去多渗透了。林馨儿说等她试着找找芊芊的粉头。

书涵和秦奋大吵后，进入了冷战状态，在家里除了必要的交流一直不太说话。书涵想到肚子里的孩子，觉得不能让自己的情绪太过波动，就努力让自己的情绪平静。她一想，一直这样冷战也不是办法，就想找明媚和林馨儿商量该怎么处理。林馨儿听书涵说要见面，就说去书吧见，距离书涵近。周宇一听也很开心，说媳妇终于肯回书吧了，晚上帮着明媚搬好东西，三人准时聚到了书吧里。

林馨儿又让周宇按要求点了很多吃的喝的。林馨儿让书涵想说啥就直说，书涵看着她们说："我这几天脑子里不断在冒出一个想法，就是想离开秦奋，这个想法让我自己也很吃惊。"明媚和林馨儿交换了一下眼神，继续听书涵说。"可是你们也知道，我这些年从来都没有一个人生活过，现在又怀着孩子，我不知道我真的离开秦奋能不能可以自己独立地面对生活。"书涵的眼神里有着恐惧和迷茫。明媚看着书涵安慰道："你别急，咱们慢慢说，一起想清楚。"林馨儿附和着说："对，一起想清楚。"

林馨儿说:"如果你想好了结束这段婚姻,首先要明白为什么做这个选择,真的要做好十足的心理准备,主要你还在怀孕期。"

书涵说:"有一样我想得很清楚,就是我不想再被这种不被尊重的感觉包围了。不管怎么样,我都要让秦奋懂得在心里尊重我。他这样对待我,有我对他的依赖和不够自立的原因,我可以尝试改变自己来赢得他对我的尊重。如果不脱离开我们相处的环境,我觉得很难达到这个结果,秦奋也不一定就能意识到我要的尊重到底是什么。"

明媚分析说:"以秦奋的状态,估计很难现在就意识到你的想法。"

林馨儿说:"应该用暂时分开这个办法让他清醒一下,如果这个办法都不能让他转变,那么也就不值得再留恋什么了。最重要的是,他还有不轨的行为在前,就应该直接和他离了。"

明媚踌躇地想了一下说:"离婚也没想的那么容易啊,如果秦奋不同意协议离婚,就还得做诉讼离婚的准备。我之前做过一部关于离婚题材的剧,那时候才了解到诉讼离婚是必须由专业律师才可以完成的复杂事情。你们是在哪里注册登记的?办手续将来可能还得回去办,不过这些都是后话了,你还是要想清楚。"林馨儿说:"我们可以趁他不备,去找他外遇的证据。用证据证明他是过错方,书涵还怀着孕,这样离婚时所有的权益必定会倾斜到书涵这边。"

明媚和林馨儿正讨论着各种可能,书涵特别小声地说:"其实当年我们只举行了婚礼,没有领证。"林馨儿以为自己听错了,说:"书涵你再说一遍。"明媚也盯着书涵确认刚才的那句话。书涵又说了一遍:"我们没领证,只办了婚礼。"

馨儿腾地一下站了起来,说:"没领证你就嫁了?就敢在一起生活,还给他生孩子?"书涵看着林馨儿的状态有些蒙,问:"没领证是不是就不能算结婚?"

林馨儿完全按捺不住自己的愤怒,说:"秦奋也太欺负人,都不能用自私来形容他了,他就是把书涵掐在自己手里随便使唤,还不给她应有的权利!这些年就是在控制书涵,书涵为他付出了青春,秦奋就连最基本的保证都没真的给过!"书涵百感交集,眼泪夺眶而出。明媚急忙安抚，让书涵别激动，也让林馨儿不要再说了。林馨儿看书涵泣不成声，才意识到自己惹祸了，赶紧和明媚一起安慰书涵。明媚说："都别着急，咱们还是想清楚，也找律师咨询一下专业方面的问题。"两人继续安慰难过的书涵。

　　明媚第二天就通过朋友找到一个专打离婚官司的律师，推荐给了书涵。在律师的帮助下，书涵很清晰地了解到自己没有领证的婚姻肯定不被法律保护，但是书涵已经怀孕，可以和对方协议给孩子争取抚养费用。书涵理清了事情后，对律师表示了感谢。

　　就在书涵咨询律师的同时，林馨儿通过关系终于找到了芊芊的粉丝头，一沟通，很巧的是粉头对《时光》这部小说并不陌生，也愿意帮忙把这本小说介绍给芊芊。明媚等到了好消息十分开心，但也同时向粉头说明了剧本对原著内容改动其实很大。

　　芊芊得到粉丝的推荐，很快看起了《时光》的小说，还跟粉丝在群里讨论了起来，粉丝们纷纷发表自己对这本书的意见和看法，都认为算是作者写得最好的一本，大家都觉得女主跟芊芊的形象很吻合，但女主的人物性格其实很挑战芊芊的演技。芊芊和金晶说起这部小说，金晶趁机说了世纪影业的项目，编剧就是《时光》小说的原作者，极力地推荐世纪影业的项目，让芊芊考虑。

　　书涵与律师聊完后的当天，秦奋很晚才带着一身酒气回到家里，书涵一看他喝多了，就没有找他谈。第二天一早秦奋酒醒起来，书涵端了一杯蜂蜜水给秦奋，然后和秦奋对坐在饭桌两边。书涵看着秦奋说："咱们分开吧。"秦奋嘴里的蜂蜜水差点一口喷出来，一脸愤怒地说："我和你说了，我和小朱没有越轨行为，只是关系较好的上下级，你又何必揪着不放？"书涵听着没有说话，秦奋一看书涵不理，更加气盛地说："你一向很懂事，怎么偏偏在我最忙、压力最大的时候无理取闹呢？"还说书涵怀着孩子，要一个人独自生活就是在开玩笑。

　　书涵说："我想过生存、生活的问题，我是没有离开你独立生活过，正因为如此，我想知道一个人独立的滋味到底是怎样的，不想再过这种被圈养的日子了。"

秦奋觉得书涵是因为孕期压力造成的抑郁心理,让书涵去看看心理医生。书涵说:"我非常明白我在做什么,也会对自己的行为负责。"秦奋说:"你选择和我分开,现在孩子月份不小了,做引产危险度会很大。"书涵看着秦奋说:"我不会打掉孩子,我要把他好好地生出来,然后靠自己的努力养大他。"秦奋听了书涵的话,用嘲笑的口吻说:"那你就试试吧,我还真要看看你离开我是不是可以活下去。"

书涵和秦奋谈完就给林馨儿打了一个电话,问林馨儿是否可以让自己去小公寓暂住。林馨问了情况,立即答应说书涵可以随时来住。

自从明媚搬回到了原来的住处,于涛的房间也被空了出来,明媚把那里重新布置成一个专门看片的影音房,有时间就会坐在里边看各种类型的电影和剧集,这样的感觉让明媚感到十分惬意。和于涛分开的这段时间,明媚找到了很多独处的乐趣,对未来的一切充满了各种希冀和渴望。

一日,工作群里,演员经纪发来消息说王平薇的《回忆》项目也在找芊芊的经纪人谈合作,打着《时光》小说的原作者就是本剧编剧的旗号在拉资源。白逸阳看到消息马上在群里提醒明媚先不要把《时光》小说给芊芊,现在给芊芊看原著就是在给王平薇做嫁衣!

明媚一惊,不知该如何是好。

第九章　我是女主角

明媚得知王平薇也在找芊芊谈合作，她和林馨儿商量，说《回忆》已经有了确认的男主，还是能带动流量型的新人，如果芊芊再被他们谈下来，恐怕相比之下《时光》从市场角度就已经输了，问林馨儿可不可以直接约到芊芊。馨儿想了想，说让粉头看看能不能说动芊芊。

芊芊看完《时光》的小说，让金晶向对方要一下这个项目的剧本。金晶一面敷衍芊芊一面联系王平薇，问剧本可不可以先给几集让芊芊看，王平薇急忙让泊桑整理出三集给了金晶。芊芊拿到《回忆》的剧本马上就看了起来，可是越看越觉得剧本没有小说精彩。这时芊芊正好收到了大粉儿的微信，问芊芊能不能给启梦那边的制片人一个机会见面聊聊，对方很有诚意的，之前也是启梦的制片人推荐的这本小说给她。芊芊询问了一下情况才知道启梦已经把剧本给过金晶，她很生气金晶欺骗自己的行为，直接把金晶找来质问她为什么要骗自己。金晶一看瞒不过去，也就只能安抚芊芊，哄骗芊芊说她希望芊芊和原著作者能强强联手，这样市场效果会更好。芊芊一听金晶如此解释才肯消气，就说让金晶把启梦的剧本也拿给自己看看，金晶只好答应，在邮箱里开始搜索明媚之前发来的剧本。

粉头虽然约芊芊和明媚见面未果，却得到了芊芊给的生日宴会请柬，希望分头转交给林馨儿和明媚来一起热闹一下。明媚这才得知芊芊生日临近，觉得这是一个好机会！

金晶虽然搜到了《时光》的剧本，又怕芊芊看了影响与世纪影业的合作，就联系了王平薇，说不如把全部剧本给芊芊看了，这样可以先拖延一下时间。金晶拿到王平薇给的全部剧本，转身就找到芊芊开始做芊芊的思想工作，说启梦现在也就完成了一半的剧本，世纪的剧本全集都出来了，而且对方很有诚意地把剧本都给了过来，劝芊芊不如先把《回忆》的剧本都看完再决定，毕竟是作者自己写的，应该会越来越好。再考虑到时间周期问题，世纪影业这边其实只要芊芊同意就随时可以开机，这样芊芊明年就又有了一部准播出的剧，现在市场更迭得也快，对女演员来说，半年没有出现在公众视野中，就很容易被遗忘。

金晶的话有些说动了芊芊，在心里开始倾向于世纪影业。

林馨儿在帮着明媚解决了联系芊芊的事后，就到之前供职的经纪公司找到老领导，想谈自己回公司继续做经纪人的事情。林馨儿之前的领导是一个中年女性，听到林馨儿的想法还以为林馨儿和自己老公的感情出了问题，没有办法才回来上班，一了解并没有这个事儿，就劝林馨儿说以她现在的生活条件根本没必要再出来工作啊，在家里舒舒服服地当个阔太太不好吗，出来工作后尤其是干艺人经纪这个职业每天就是和人打交道，费心费脑的多辛苦啊。老领导这话一说就是没给林馨儿回去上班的机会，说林馨儿实在觉得闷得慌，她可以邀请林馨儿去参加一些明星走秀的活动，权当散心了。林馨儿被拒，心情一下落到谷底，找到明媚说看来自己重操旧业的事有些难办，明媚说要不干脆一起去芊芊的生日会，在那里没准可以建立一些资源联系，找找机会。

为了能参加生日会与芊芊见面聊上，林馨儿帮着明媚准备了适合她的服饰，希望可以给芊芊留下好的印象。

当晚去现场前，林馨儿帮明媚换上了合身的服饰，还特意帮明媚弄了一下头发的造型，明媚最最不能忍受的就是林馨儿给她选了一双高跟鞋，但为了能和芊芊顺畅交流，明媚也只好委屈自己的脚了。周宇开车把她俩送到了开生日宴会的酒店，看到粉丝们摆了好多应援的花束和花牌在会场门口。二人拿着请柬顺利地进到了内场，到里边就开始搜索芊芊的身影，发现芊芊还没到。明媚先找了位子坐下等待，林馨儿则借着机会到处和业内人士打招呼，留联系方式。

　　明媚怎么也没有想到白逸阳穿着考究地突然出现在了自己的面前，白逸阳第一次看到明媚穿成这个样子，笑着看明媚。明媚惊讶于两人竟然不约而同地出现在了这里，低声问："你不会也是为了和她见面聊项目和剧本吧？"白逸阳回答："要不我来这里是为了看你吗？"明媚觉得自己穿成这个样子很不自在，就说："那为什么不提前告诉我？"白逸阳说："明制片来这里也没提前和我说啊。"明媚觉得白逸阳在抬杠，就说："这个是我要完成的工作，我来这里也是为了解决问题。导演其实没有这个义务的。"白逸阳说："我觉得我还是要亲眼见见我未来的女主，心里才会踏实。"正聊着，生日会正式开始，在主持人的邀请下芊芊走进了会场。明媚赶紧着急地站起来，但高跟鞋没平衡好，差点又坐了回去。白逸阳赶紧扶了她一下，明媚强挺着说："我可以。"白逸阳忍笑说："来吧，咱们一起找她聊聊。"抬起自己的胳膊肘让明媚扶着。明媚一看这个情况，觉得和导演一起去聊倒也是个好想法，就顺势轻挽着白逸阳走向芊芊。

　　芊芊正站在会场的中间准备给大家献上一首自己的新歌，手里拿着一个镶着水晶的无线麦克风等着乐队的伴奏，但这会儿乐队的吉他手不知道去哪儿了。白逸阳一看情况，就和明媚低语了一下让她站稳，自己则走到乐队中拿起吉他稍稍调试了一下，给了一个OK的solo音，示意大家可以开始了。芊芊看换了人，有些忐忑，但也不想冷场太久，于是也做了个准备好的OK手势，让乐队开始伴奏。芊芊随着乐队的伴奏动情地唱着，声音纯净甜美，在乐队里的白逸阳不断用眼神给芊芊鼓励和赞赏。芊芊唱到歌曲副歌时，是吉他的solo伴奏，白逸阳纯熟的琴技给了芊芊很好的感觉，全场的人都被他们精彩的表演吸引着。歌曲唱完，所有人都给出了掌声，瞬间掀起了一阵高潮。

芊芊在白逸阳的伴奏下情感发挥得非常充分，不断地向白逸阳投以感谢的眼神。

一边听歌的明媚也被白逸阳的琴技给征服了，心里升起了一份欣赏之情。白逸阳回到明媚身边，说咱们过去。两人正要去找芊芊，看见金晶领着王平薇和泊桑也向芊芊走去。白逸阳说观察一下情况，一会儿再说，两人就站在人群里等待时机。林馨儿找到了明媚，好奇地问她边上的白逸阳是哪位，明媚向他们介绍彼此。林馨儿看了一眼白逸阳说："你就是那个小香港，变化挺大嘛。"白逸阳点头微笑回应了林馨儿。

王平薇带着泊桑与芊芊握手打招呼，芊芊很有礼貌地回应着他们，只是需要打招呼的人太多就没有多聊，答应他们会尽快地看剧本。金晶因为看到了明媚也在会场，心里也有些防备，就跟在芊芊身边没有离开。

明媚和白逸阳一看，根本找不到单独接触芊芊的机会。林馨儿说："要不我去引开金晶？"明媚说："你去不如我去，我还和她见过面，可以聊上拖住她，这样导演就可以单独找芊芊说话了。"

明媚只身去找金晶。

白逸阳看见金晶离开了，就上前和芊芊打招呼。芊芊一看是刚刚的吉他手来找自己，也很礼貌地和他攀谈起来。白逸阳很快就说出了他的身份还有来意，说很想和芊芊单独聊一下《时光》的合作。芊芊看着白逸阳很有诚意的眼神，于是就把白逸阳带到了自己的休息间。芊芊的休息间里有一个年龄不大的女孩，芊芊介绍说这是自己的贴身助理，让导演可以放心说话。

白逸阳坐稳后，先把《时光》剧最早的起始以及自己怎么和启梦合作的事情清晰地讲给了芊芊，然后非常正式地说："其实从版权角度来说，《时光》这个剧也只有启梦才算是有权利做的。再从剧作的角度来讲，我们现在的编剧是业内资深的黄唯一老师，他带着他的学生夜以继日地在创作，剧本已经完成了全部分集大纲和前面五集剧本，已经进入了最后的填肉阶段，剧本的精彩程度是非常值得期待的。"

芊芊被白逸阳细心的讲解吸引了，从白逸阳的状态中她深深地感受到了这个导演对《时光》剧的用心度。

白逸阳继续对芊芊说："其实之前启梦的制片人已经给过金晶五集剧本，但是一直也没有得到回复，因为涉及内容保密的问题，我只好想办法直接把剧本递到你手里了，希望你不要介意我有些鲁莽的做法。"

芊芊让助理拿瓶水给白逸阳，说自己能理解。

白逸阳看芊芊很通情理，也说出了自己的一些建议，更希望芊芊看完《时光》已有的剧本后再做客观的判断。

芊芊被白逸阳的诚意打动，说自己会尽快看《时光》的剧本，也会让经纪人金晶和启梦的制片人继续保持联系，只是能不能接演《时光》剧她肯定要慎重考虑后才能给导演和启梦一个明确的回复。白逸阳说理解芊芊的想法，最后无论怎样也都会尊重她个人的选择。

白逸阳和芊芊从房间里一起出来时，正好被从洗手间出来的王平薇看到，心里觉得奇怪，就顺手拍了一张他俩一起的照片留在了手机里。

明媚终于在大家的帮助下做到了最后的努力，几个人从晚宴出来后，明媚说希望芊芊在看到剧本之后可以被打动。白逸阳看到穿着礼服正在祈祷的明媚，心里觉得她还是那么简单大条，脸上又浮现出了很难察觉的笑意。林馨儿一晚上除了搭讪就是在观察着白逸阳，她心里隐隐地感觉到了一些不一样的气息。

金晶得知芊芊已经拿到了《时光》的剧本，心里很不开心，说芊芊就没把她这个经纪人的话当回事，说自己已经为她跟世纪影业这种大公司建立了很好的关系，芊芊又何必浪费时间在别的事情上。芊芊说如果真的是为自己好，就更应该认真对待每一个项目，这样才是负责的态度。二人发生争执，芊芊直接在微博上公布了和经纪人之间的矛盾分歧，导致粉丝开撕经纪人金晶，要求金晶主动退出芊芊的团队。金晶迫于压力，一气之下干脆主动请辞，说芊芊这样早晚会断送自己的前途。芊芊说："我当初和你从原来的公司出来，就是不想被利益冲昏了头脑。还想着能和支持我的团队并肩前行，结果自己团队的人都不能给彼此足够的信任，这样下去还不是又走回到老路上。"芊芊的内心十分难过，看到金晶被利所诱还和自己大吵不止，说既然大家志不相投，那还是分道扬镳的好。

林馨儿和明媚提起书涵要搬去她那里的事情，明媚有些不放心书涵一个人住，想让书涵搬到自己那里，这样也能有个照应。林馨儿说："你可别开玩笑了，就你这没白天没黑夜地做事情，到时候书涵真的生了孩子，你俩谁都休息不好，还是我那儿保险。"明媚想了一下说："如果书涵已经决定了，那后边的事情就要随机应变了。"书涵是趁着秦奋白天不在家的时间拿着自己的必用品出来的，林馨儿开车接上书涵，直接带她回到了自己的小公寓。

晚上明媚下了班直接来到小公寓，书涵这次出来就只带了自己的必用品，还有给孩子准备的备用品，其他多一样都没有。明媚和林馨儿帮书涵收拾东西时，看着一向简朴的书涵就连分手都不愿多拿秦奋一样东西，心里不禁心疼起来。

明媚收拾到孩子的备用品时问书涵："孩子的事你要不要先和你的父母打声招呼？"书涵说："这个事情我还没有想好，我父母和我一年见面的次数也不多，我会定期把秦奋给我的家用和零用钱攒出一些给他们寄过去。他们偶尔也给我寄些家里的特产，还有过春节时我会回去待上几天。"林馨儿说："先不管这些，先和律师取得联系，后边的事就是要秦奋给孩子出抚养费。"

秦奋又是很晚才回到家里，没见到书涵以为她出去散步了，就打电话问书涵为什么这么晚了还要出去，书涵说自己已经搬出来了。秦奋一听又气又急，这才翻找房间，发现书涵的一些常用物品确实都不在了。秦奋在电话里说不知道书涵最近是怎么了，如果是因为需要点空间他可以理解，他给书涵三天时间让她想清楚。书涵没有回复秦奋，挂断了电话。

第二天是产检的日子，书涵一个人来到医院和医生简单地交流了自己的情况后，又按医生的要求做了各项检查，报告出来显示胎儿一切正常。

明媚一早接到了一个陌生的电话，电话里的人说自己是芊芊的助理，明媚一听不禁兴奋起来。原来芊芊看过了剧本，打电话给白逸阳说想约启梦的人聊一下合作的事，是白逸阳把明媚的电话给了芊芊。助理说芊芊想约明媚聊聊，明媚马上和对方敲定了见面的时间。

芊芊准时赴约来到了启梦，身边就只有她的助理。明媚在热情地招待芊芊的同时为没看到金晶而感到疑惑。明媚带芊芊来到一间宽敞的大会议室，还拿了各式各样的饮品放在桌子上，问芊芊喝什么。芊芊说我们女演员、女艺人哪敢随便喝这些个饮料，平时为了保持身材也只能喝白水或者少许的咖啡。明媚觉得芊芊这番话有些吐槽兼吐苦水的意思，回复说这也是你敬业的表现。芊芊浅笑了一下说：“我本来是和白导说了自己对剧本的想法，白导的意思是让我和你这边先聊聊合作的意向，所以我就约了你。"明媚马上说自己清楚芊芊这次约见的用意，她非常感谢芊芊这次能有意向合作。不过明媚有些顾虑地问："你是要亲自和我们聊合作吗？你的经纪人就不一起了？"芊芊有些不好开口地说："我和金晶已经解除了合作关系，目前还没找到更合适的人来一起合作，所以这次就自己先和你们谈了。"明媚这才后知后觉地知道她跟金晶已经闹掰了。

明媚和芊芊很快进入了合作意向的话题，芊芊想知道男主的人选，明媚没有隐瞒实情，说现在还没有着落。芊芊想了一下说："我还是希望等到男主有了着落后再敲定，但是我可以保证在这之前不会签约别的项目。"明媚觉得芊芊的要求也算合理，答应芊芊会尽快落实男主人选，说芊芊也可以推荐自己觉得合适的人，双方很快达成了共识。

在谈话的最后，明媚提起自己有一个朋友之前是做艺人经纪的，因为嫁人所以停了工作一段时间，现在想回来继续做经纪人，如果芊芊不介意，可以引荐给芊芊，让她们自己聊聊看是否可以合作。

芊芊觉得明媚这也算是好心帮助两边，也就欣然接受了。

明媚送走芊芊，打电话给林馨儿说芊芊缺一个经纪人，让她过去聊聊看。林馨儿说这事情是个机会，但是她也听说芊芊这个人的性格比较难搞，怕自己不太能受得了。明媚说："你这都是听别人说的，你也没有真的接触过，我刚和芊芊聊天怎么就没有觉得她难搞，也只能说她为人处世比较谨慎，但公众人物哪个又不谨慎呢？你之前的艺人就不难搞吗？"林馨儿一听明媚有点急，赶忙说她就是没有精神准备，既然明媚都开口了，她就试着过去聊聊。两人挂了电话，明媚就接着去忙了。林馨儿觉得明媚今天说话的态度和平时不太一样，寻思了一下也没想出来不一样在哪儿。

明媚的变化连她自己也没有发觉，这些变化都是在和于涛分开后才慢慢出现的，似乎是比之前更愿意直接表达自己的真实意图和想法了。

林馨儿和芊芊谈合作比大家想象的顺利，基本上属于一拍即合。因为林馨儿上来就说自己找这份儿工作最主要的目的不是挣钱，而是不想和社会脱节。林馨儿了解了一下芊芊对自己未来的规划，没有想到芊芊脑子里竟然还很有想法，不是表面看上去那样只有漂亮的脸蛋。

林馨儿和芊芊商量与启梦合作《时光》的事，林馨儿说可以先和启梦把合同对接起来，等到男主确认了，就可以很快签订了，这样也可以督促大家快速推进整个项目。还说了一些对芊芊个人宣传方面的想法。芊芊觉得林馨儿还是很有分析能力的，就同意了她的这几个提议。林馨儿马上联系了明媚，开始了合作协议的对接洽谈。

启梦和芊芊开始谈合作的事不胫而走，也想找芊芊合作的王平薇得知此事，想起在芊芊的生日会上看到白逸阳和芊芊一起走出休息室的情景，觉得应该是因为芊芊跟白逸阳关系很特殊。既然没能与芊芊合作成，她也不想让《时光》剧有什么好事，不管白逸阳和芊芊之间到底有没有什么，这事儿一定要利用一下。

没几天，明媚正在公司开会，收到林馨儿的一条微信。明媚一看，竟然是一则关于芊芊与年轻导演关系暧昧的八卦新闻。林馨儿说芊芊也看到了这条新闻，非常生气，说一定要找到这张照片的源头讨个说法。林馨儿已经开始着手危机公关，并劝说芊芊不能上当，这个时候应该想想怎么样才能息事宁人，不能再搞得人人皆知了。

明媚和林馨儿商量，说危机公关的事她也可以找启梦的宣传帮些忙。馨儿想了一下，问明媚能不能安排让芊芊来参加剧本研读会，她可以做些侧拍的视频发布出去，以此来冲破此前的谣言。明媚觉得这是个好办法，于是组织编剧、导演和芊芊在公司读剧本。白逸阳一边给芊芊讲戏，一边和她对词，二人都很投入，明媚心里此时却感到一阵异样。

在一边的林馨儿看出了明媚的反应，找机会就问明媚是不是跟白逸阳处出感情来了。明媚急忙解释说没有，只是之前两人合作紧密，现在到了演员加入的阶段，不太用自己每天陪着了，有一点不适应。林馨儿将信将疑地看着明媚："你就算要找也不能找同行，生活起来不是你出差就是对方出差，一走就是几个月，谁来照顾家呀？要不就得有一个人牺牲事业，看你俩哪个也不像会让步的一个，还是及时清醒吧。"明媚再次强调自己对白逸阳没意思，让林馨儿不要再胡思乱想了。

明媚拖着疲惫的身子回到家里，看着空落落的屋子，心里想起林馨儿白天说的话，实际情况确实如馨儿说的那样，常年不定时奔波的工作状态在她和于涛的感情破裂中起到了催化剂的作用，像她这样的工作性质确实不太适合稳定的家庭生活，也许她和白逸阳这样的影视从业者都更适合一个人独自生活吧。想到这里明媚不禁叹气，也许生活就是这样，总不能处处周全、样样都能达到每个人心里理想化的平衡。既然这样，她就好好地在一个人的世界里做自己的女主角吧。

第十章　与其恋爱,不如上课

芊芊为了证明与导演就是纯工作关系,邀请白逸阳和自己的粉丝们互动直播,并希望他能够公开力挺一下自己的进步和努力。白逸阳愉快地答应了。

为了解决芊芊的公关危机,明媚和公司宣传也都找了一些免费的关系媒体渠道帮着做正向引导,每一次芊芊有什么动向明媚都会非常关注。

因为要配合芊芊做公关宣传,白逸阳近期也会常常出现在芊芊的身边。白逸阳为了不让明媚觉得他因为宣传而忽视了工作还有她,会发些微信给明媚来进行互动。明媚的反应不太积极,白逸阳觉得明媚在有意疏远自己,就很想找到其中的原因,甚至在和芊芊一起做直播活动时还特意要求与明媚进行线上互动。白逸阳把直播的链接发给明媚,邀请她观看。明媚打开链接进入直播,白逸阳这个时候正在与芊芊互动的话题就是关于《时光》项目的制片人,他们是一问一答的形式。白逸阳问芊芊决定合作这个项目的原因,问除了觉得这个剧的女主适合自己之外还有其他什么原因吗,芊芊很识趣地说:"当然有了,那就是因为合作的导演您有才又帅气。"芊芊反应很快地问白逸阳:"我也很想问一下导演,您来参与这部剧除了觉得喜欢这个故事,还有什么其他原因吗?"白逸阳笑笑说:"我来到这部剧还真的有另外一个原因,那就是这个项目的执行制片人,是她用努力和真诚打动了我。"正在看直播的明媚没有想到白逸阳会这样直接地cue到自己,突然有些心慌,就像白逸阳正透过屏幕在看着她一样,立即按了视频退出键关掉了直播。

没想到菜菜这会儿到了公司,也正在看白逸阳的直播。听到白逸阳说明媚的时候,她兴奋地拿手机来找明媚,明媚装作不知情。菜菜把自己的手机递到明媚眼前时,直播中的白逸阳正在说除了芊芊之外没有更进一步地接触其他女演员,因为在他心里有一个女主的原型,从一开始就觉得芊芊的外形气质跟角色是最搭的。有人开始问起导演心里的原型是女朋友吗,白逸阳略显尴尬,说:"暂时还不是。"芊芊为导演解围,开玩笑地说:"那我就先暂时代替那个原型,做导演心目中最合适的女主角了。"

明媚看着菜菜手机里的两人谈笑风生、彼此支持,心里既为这次公关危机达到了预期效果而高兴,也为自己竟然对他们的默契互动有些吃味而跟自己生气,很快就把手机还给了菜菜。

明媚一整天都在不断平复着自己的心情,也在心里问:是什么让她情绪波动这样的大?难道她真的喜欢上了白逸阳?这个事又是从什么时候开始的呢?真心不希望如自己所想,她有些解不开的情愫必须释放和解决。

明媚下班后没有回家,而是一个人到Alter想喝点东西排解一下。到了Alter,付姐看明媚一个人坐着,特意给她调了一杯低酒精的鸡尾酒,对她说:"来尝尝这款'吉吉如意令',是我另外的酒屋刚调制的新品,这边还没上。"明媚接过酒杯小小品了一口,这是一款带着橘子香气的微甜汽酒,其中含了些薄荷的味道,很类似于莫吉托里放了橘子做调味。明媚向付姐笑笑说:"好喝。"付姐与明媚聊了起来,对她说如果心情不好就要吃些甜味的食物来调节,说自己平时到了月底,给几个店同时做月结的时候,就会提前准备好足够的甜食,如果有的店铺生意不佳,还需要其他店的盈余来补贴,自己的心情就会很差。明媚这才知道,付姐除了餐饮还有别的生意同时在做。

付姐告诉明媚，近两年为了孩子的教育问题，她还和朋友一起组织了关于儿童心理学方面的研讨活动，和很多家长一起来分享彼此的心得，从中吸取了疏导自己情绪的方式，解决了很多精神困惑。明媚听着付姐分享的亲身感受，心里的不明情绪随着"吉吉如意令"在体内的流淌也疏解了许多。付姐点醒明媚说，人心情的松弛都是来自心底的安全感，甜味可以让人心情松弛，但是真正的安全感还是要靠自己给自己。不同的人对获取心理安全感的方式也不同，明媚需要找到属于她自己的安全方式。

回到家，明媚快速地冲个澡就上床躺下，一边翻着手机一边脑子里想着近来发生的一些事，自己的、林馨儿的、书涵的，无意中看到朋友们对《少年》剧的好评，心情瞬间大好。明媚想，这样的感受应该就是付姐说的安全感。想着这些，她觉得不该再为感情浪费时间了，便开始搜索专业课的信息，想着如果能利用工作的空隙再多涉猎些专业方面的知识，对之后的工作也是能够有很多帮助的。于是她在网上搜罗各种网课，看到不错的就开始报名。自从上了网课，明媚的生活被充填得更满了。有些课程还有线下交流活动，工作量不大的时候她也会时常参与其中，忙得不亦乐乎。

自从芊芊开始和启梦正式合作后，林馨儿与明媚在工作中也有了频繁的接触。林馨儿原本还怕明媚和白逸阳有进一步的发展，结果看明媚除了工作就是上课的劲头，又开始担心起明媚的个人问题。晚上林馨儿和周宇躺在床上聊天，林馨儿逼着周宇把他认识的优质单身男介绍给明媚，周宇说："我已经问过一圈了，除了结婚生子的、有稳定女朋友快结婚的，就剩几个在国外定居的了，如果明媚考虑出国生活，我可以马上拉一个相亲群让明媚自己选。"林馨儿一听，翻了一个大白眼给周宇，问："那你就不能再挖掘一下吗？"

明媚本不想把和于涛分手的事告诉老妈，但女人天生的第六感让崔萍很快就从林馨儿那儿打听到了这个消息。崔萍第一个想到的就是赶紧再给女儿找一个，就专门找了一家连锁相亲机构咨询，并打算给明媚注册个账户开始连环相亲活动。当崔萍特自信地把明媚的照片资料都提供给相亲机构后，经过机构里对适龄男性的分析，结果发现明媚现在最适合的对象类型不是离异无子女的个体户，就是离异带子女的公职人员，更离谱的是还有一个合适的人群是丧偶独居的高知退休人员。崔萍一看内心直接崩溃，还得理不饶人地说这个机构的分析不准，就是要把不好的推给自己女儿，嚷嚷了几句后就匆忙离开了。

崔萍从相亲机构出来，心里凉了一半，开始后悔当初没坚持让明媚跟于涛结婚，就不该鼓励明媚面对自己的内心。心里越想越急，竟然一个电话给于涛拨了出去。于涛接了电话，很客气地和崔萍聊起来。于涛把自己已经准备买房的事情告诉了崔萍，崔萍一听更是暗暗地上火，电话里不好开口，就发了一条微信给于涛，话语间就是在暗示让他和明媚重修旧好。

于涛被崔萍的电话误导，认为是明媚后悔与他分手才找自己母亲来做和事佬，想让他主动联系明媚，心里窃喜了好大一会儿。

《时光》项目建组正式进入了前期筹备阶段，公司财务在于涛工作的银行建立了一个共管账户。于涛发现这个共管账户其中一个联系人留的是明媚的名字，他想了一下，就用业务沟通的理由联系了明媚。于涛借机婉转地告诉明媚说他已经开始了新生活，分手之后心境平静了很多，现在也算遇到了还不错的对象，两个人相处得还可以，希望明媚能坚持自己的选择，慢慢来，总会遇到合适的人，也不用着急之类的话。明媚接完电话总觉得有些不对，心里想于涛可能只是想告诉自己他的感情有了着落，并未想是其他原因。

没过两天明媚就接到了老妈的电话，说她想去北京陪明媚，说之前联系过于涛，知道了明媚和于涛分手的事情，这事儿她必须找明媚好好聊一聊。明媚一听老妈要来，赶紧说自己好得很，最近忙得根本没有时间。崔萍一看明媚不想让她去北京，就说了自己去相亲机构的事情。明媚生气地问老妈为什么非要她找一个人嫁了，崔萍问明媚："你将来一个人日子怎么过啊？找个经济条件好的男人，日子过得不是轻松一些吗？"明媚问为什么非要找个经济条件好的男人嫁了，这样去选择另一半的方式和把她卖了又有什么区别；问崔萍不就是想要彩礼钱吗，要多少她可以现在就给。这话直接把崔萍气哭，母女俩在电话里吵翻，搞得不欢而散。

今天是书涵离家后的第三天，书涵真的如秦奋要求的那样出现在家里。她做了一顿晚餐等着秦奋回家。秦奋回家看到书涵，这才松了一口气。秦奋对书涵这样的行为非常不满，不客气地问她这几天都去哪儿了，怀着孕还折腾，太不懂事了。书涵则十分平静地说："我已经咨询过律师了，咱俩虽然从法律上未构成婚姻，但非婚子女的抚养权是受法律保护的，希望你能对这份应尽义务给出相应的抚养费用。"秦奋听书涵说出这样决绝的话语，情绪瞬间被刺激到了顶点，冲到书涵面前对她怒吼道："分开的事情你就不要想了，我更不会跟你分摊什么抚养费用，这个家里的一切都是我一手打拼出来的，你要走就走，要钱一毛都没有。你要是不想落得个无家可归的下场，最好是立即搬回来好好在家待着把孩子生了，我会抽出时间带你回老家把结婚证领了的。"

此刻的秦奋已经完全被书涵要脱离自己控制的事情激怒到失去了理智。

书涵听着秦奋的怒吼，内心的伤痕被震裂得更深，这种撕痛让她感觉想要孕吐。书涵转身跑进厕所，就在她扶着马桶呕吐时目光落到了右手无名指的婚戒上，她立即厌恶地把它从纤细的手指上摘了下来。书涵走出卫生间，看着秦奋，秦奋态度略微缓和，开始说书涵的厨艺越来越好，说自己已给书涵的母亲打了电话，让她来照顾书涵养胎。书涵等秦奋把话说完，把戒指用手掌托着想还给秦奋。秦奋没有去接，只是站在原地看着书涵，书涵收回手说："咱俩已经回不到以前了，你回不去了，我也回不去了。我很想咱们可以好好地结束，至少这个孩子还是我们断不了的连接点，未来的事我必须要想的就是这个孩子，所以我提出了合理的方式来解决我们要共同面对的问题。如果你觉得这个方式你接受不了，我也不会勉强你。"

书涵说完把手里的戒指放到餐桌上，穿上外衣开门就离开了。秦奋愣在原地半天没回过神来……

　　明媚把自己的时间安排得特别满，她每天都很早就出门，用大部分时间去处理筹备的相关事宜，晚上一般会待在公司上网听课。黄老师带着菜菜和几个学生也把全集剧本基本完成了，明媚想着项目都已经进入正轨，心里得到了很大的满足感。

　　自从《时光》剧与芊芊的合作公布之后，很多经纪人都来向明媚推荐自家的艺人想要合作，收到的演员资料可以说是应接不暇。一般在接到资料后，她觉得符合要求的演员就会直接抛到《时光》的工作群里给大家看看，演员经纪也会同步这个艺人在行业里的口碑或者真实片酬信息等，给出背书参考。在经过一轮筛选之后，演员经纪开始安排试镜的工作。

　　到了男演员试戏的阶段，明媚总会第一时间就坐到试戏的会议室里，先是翻阅一遍今天艺人的资料做一下标记。或许因为异性相吸的缘故，明媚觉得多看看这些男演员的帅气脸也是很开心放松的事情。

　　白逸阳的心情和明媚就截然相反了，他始终觉得每次见到的演员样子都区别不大，而且从表演的专业角度来讲也没有什么特别出色的人选，每次看完表情都很失望。明媚似乎有意和白逸阳作对，看哪个都能挑出优点来说。这些演员中更不乏一些年轻演员，为了讨好制片人开口闭口叫明媚"美女制片姐姐"，样子又乖又甜。白逸阳实在看不下去，就提议说还是等卡司厅统一录好再给他们看好了。结果明媚极力反对线上看试戏片段，觉得这样会遗漏很多演员的真实状态。白逸阳为了让自己的心理能平衡一些，只能用使唤明媚帮自己冲杯咖啡、干点杂事的小手段把她支走，明媚却完全没有体会到白逸阳的真实用意。

　　明媚对每个人的态度都差不多，这也让白逸阳对她有些不满，说："你这么热情，别让对方误会了。"明媚问："误会什么，这都是工作。"白逸阳说："就是让人家误会以为自己挺适合角色，认不清楚自己的现状。"明媚有些错愕，虽然觉得白逸阳话说得过于挑剔，在心里还是认可了他的态度，也就不再像之前那样积极地表态了。

经过几轮试镜下来，始终没有遇到非常满意的人选，有的演员的问题则是出在了对片酬的协商中，看似热闹的试镜真实的一面往往就是在大海捞针。

又一轮试镜结束后，明媚正和白逸阳讨论着其中有两个演员可以考虑剧中男二号的人选，感觉其中一个可能在表演专业度上要略微好些。此时老唐约了一个"老朋友"马晓康来公司喝茶，叫明媚和白逸阳一起过来认识一下。

马晓康实际年龄不算大，但因为出道得比较早，在大家的印象里总觉得他一把年龄了。他对戏剧表演的痴迷在行业里是众所周知的，他心里是瞧不上那些把戏剧表演作为牟利工具的人的。他专业功底扎实，片酬要求也不高，但非常在意别人对自己的尊重程度。在这几年被网生代演员霸屏的市场冲击下，他选择了急流勇退，后来很少接拍影视剧，只靠参演一些话剧来维持活跃度。马晓康对剧本内容的挑剔也是众所周知的，所以这次老唐请他过来也不是没有原因的。

在老唐办公室和马晓康简单接触了一下后，明媚觉得他确如大家所说，在话语间处处聊的都是表演；白逸阳则敏锐地观察到马晓康属于很较真的性格，这个放在对专业的探究上是好事，但放在与人相处上就可能是一个很难越过的壁垒，担心将来大家真的合作起来会需要很多的沟通成本。

马晓康离开后，老唐问白逸阳的意见，白逸阳很客观地提出了自己的想法，觉得他论演技自己没有异议，但是对于《时光》的男主来讲算不上最佳选择。老唐说："我们还是要保戏，芊芊有流量，再搭配一个戏好的，我们的项目也就稳了。"他和马晓康是朋友，从私交的角度他还是想要与其合作的。白逸阳综合考虑，提出对于马晓康的人物造型必须做到更贴近角色。

男主终于也有了着落，明媚抓紧时间与对方签订合同。结果当谈到片酬时，马晓康给出的价格低到让明媚不得不追问他是不是填错了，马晓康说没有，唐总和他谈过了，大家都是朋友，相互帮衬吧。

明媚这才想明白老唐的真实心理，什么朋友关系、哥们儿感情，其实就是马晓康价格好谈，性价比实在太高了。不过，让明媚不得不服气的是，在试妆试镜的时候马晓康进入角色之快速准确、声台形表的自然流露，确实可以做到让人为其折服。

很快项目进入了剧本围读阶段，导演和编剧配合着一边围读，一边精修剧本的细节，白逸阳已经在脑子里开始琢磨每一场戏的调度和人物间交流的状态。

围读的日子里，芊芊总会让助理买很多吃的喝的带给大家，来维系彼此之间的好感度。过程也还算顺利，虽然马晓康始终和芊芊保持着比较礼貌的距离，但实际上在心里并不认可芊芊的专业水平。

因为围读时每天都能见到白逸阳，芊芊在工作结束后也会约他顺便一起吃个饭，毕竟两个人也算是熟悉的朋友了。林馨儿给了芊芊一个预警提醒，不要真的和导演有什么了。芊芊明白林馨儿的担心，就坦言说只是把白逸阳当好朋友，主要也是想借机跟导演多沟通，方便自己理解角色，最最重要的一点是白逸阳不是她的理想型，她的理想型还没出现。林馨儿让芊芊约导演吃饭时一定要带上她和助理，不要单独行动。

又一次围读结束了，芊芊执意要请白逸阳去一家米其林餐厅。林馨儿听是米其林餐厅，就想带明媚一起过去吃顿好的，硬拉上明媚，说人多热闹。明媚不想掺和，说自己晚上有课，林馨儿耍赖说不想一个人对着他俩吃，说看着明媚吃饭才更香。明媚经不住林馨儿的软磨硬泡，只好答应。

白逸阳没有想到明媚也会来，为了避嫌林馨儿让芊芊和自己坐一边，白逸阳就被安排到了和明媚坐一起。坐稳后白逸阳问明媚："明制片很少出席集体活动的，今天这是因为你也喜欢这家餐厅的缘故吗？"还没等明媚说话，林馨儿说了一句："是我找她有事，就顺便一起来了。"明媚想，还真不知道怎么回白逸阳问自己为什么会出现在这里。

　　芊芊做东自然是我行我素的，只当自己和白逸阳是主角，其他人都是陪吃的，就紧着问导演的口味，白逸阳则很照顾明媚和林馨儿，问她俩都想吃些什么。林馨儿不太理会白逸阳，就说她俩自己会看菜单。林馨儿很怕白逸阳对芊芊有什么工作以外的想法，在席间还特意把芊芊说白逸阳不是她理想型的话点了出来。白逸阳听了大笑，说自己也是这么感觉的。

　　白逸阳会不时地侧脸看一下明媚，明媚却一直没太说话，偶尔只是和林馨儿交流一下。因为芊芊是公众人物的原因，明媚心里总觉得还是要言辞谨慎些的好。席间，白逸阳问明媚："开机的时候你一般都会在组里驻组吧？"明媚听白逸阳这样问，虽然觉得突然，还是很直接地回答说："是的，我一般都会在组里配合各项工作的协调，尤其是公司给组里付款时的审核工作，都是由我来请款沟通支付到组里的。"白逸阳想了一下说："那还真是挺重要的，这样的话你岂不是和我还有芊芊一样，开拍了连想出来吃顿好的的时间都没了？"明媚还在理解白逸阳的意思，白逸阳又说："要不在开机之前你说你有什么想吃想喝的你就告诉我，我有时间一定请吃请喝还买单，听者有份儿。"芊芊听了他这话，马上呼应说就这样定了，要不开拍了真的就不行了。林馨儿说了芊芊一句："你开机前还要保持体重的，今晚都有些超标了，回去要及时运动。"明媚赶紧谢谢白逸阳的好意，没有再多表示对此事的态度。

　　明媚开始忙组里各种要签署的合同，夜以继日地在公司和剧组之间不断地沟通，又是忙得昏天暗地的一段时间。一般剧组在筹备期时，在大队没有去景地前都会就地找一家酒店开几个房间作为临时的剧组办公室，以便剧组人员可以集中工作。这个阶段白逸阳带着导演组的成员开始做剧本的分镜工作，赵明作为该剧的摄影师兼白逸阳的老友，也会时常出现在剧组的临时办公室里。

　　这天中午，明媚忙得午饭还没顾上吃，赵明却不知道什么时候悄悄地走到了正聚精会神看场景单的明媚身边。明媚突然站起来，脑袋直接磕到了身后赵明的下巴上，两人同时大叫了一声，把在隔壁工作的白逸阳招了过来，问什么情况。赵明握着下巴说："我怕打扰明媚就没说话，结果我们就都受伤了。"明媚摸着自己的头说："你下次还是先敲一下门的好。"白逸阳怒视了一下赵明，就搂着他向外走。赵明说："我是想和她说你生日请她一起过来热闹一下。"白逸阳看了一眼赵明，驻足转身又回来站在了明媚身边。明媚奇怪地看着白逸阳问："导演，有什么事情吗？"白逸阳说："我想后天在家里请大家吃个饭，也算庆祝咱们终于建组要开机了，黄唯一老师、菜菜他们我也会请，一起热闹一下。"明媚没有拒绝，说："如果没有其他必须处理的事情，我尽量过去。"白逸阳看着明媚点了点头。门外的赵明差点没被屋中二人给急死，翻了个白眼，转身去了隔壁房间。

　　白逸阳生日当天，白家的小院里，爷爷奶奶张罗着在厨房准备一些小吃和水果，赵明特地叫的海底捞火锅的外送也都按时送到了，院子里被爷爷挂上了过节时才会挂的小闪灯，看起来也很养眼。黄唯一还有菜菜都陆续地进了院子，大家进来后才知道今天是白逸阳的生日，菜菜惊呼着自己白粉了导演这么长时间了，连导演生日的事情都给忘了，自责了好一会儿。更没想到的是芊芊也出现在了白逸阳家的院子里，也是一脸懵懂地看了情况才知道是白逸阳的生日，赶紧让助理去附近买生日蛋糕。赵明走过来示好地说自己已经订了蛋糕，在厨房里放着，让芊芊就不用管了。这时白逸阳才想起来芊芊和赵明还没有见过面，就介绍说赵明是《时光》剧的摄影师，赵明殷勤地和芊芊互动着。院子里的人很快地熟络起来，自然地分成了老、少两派，都热络地聊着适宜的话题。

　　白逸阳看到了开饭的时间，就让大家入座开席。赵明特意坐到了芊芊身边，芊芊也觉得赵明很对自己脾气，自然地接受了。一桌子的人围着桌子守着火锅，整个院子顿时热气腾腾起来。菜菜作为白逸阳的忠粉，先举杯祝白逸阳生日快乐，接着大家挨个举杯祝福。到了黄老师祝词时，气场果然不同凡响，他举起杯说："逸阳今天生日，我这人平时愿意和年轻人一起凑个热闹，既是庆生，我就借酒抒情了。花前月下，邀月共饮，酒中饮的是及时行乐、快意人生。成群好友，放歌纵酒，酒中饮的是奔腾激荡、少年志长。希望逸阳在事业上能有更好的发展，咱们《时光》剧在市场上能拥有一席之地。"黄老师一下用了诗仙李白的两首诗词，加上自己的改编来做祝词，听得在座众人一脸钦佩赶快鼓掌。白逸阳看着满座的热闹，心里却惦记着明媚。众人都快酒足饭饱了，明媚才出现在了院子里。看到一院子的人，明媚抱歉地说，她去帮同学拍短片作业所以才晚了。赵明说来了就不迟，蛋糕还没吃，蜡烛还没吹呢。明媚这才明白过来今天是有人过生日，赶紧问是谁生日。菜菜忙打圆场说大家都是到了才知道是导演的生日，叫明媚和自己坐在一起。明媚有些意外地看着白逸阳，赵明已经把蛋糕拿出来点上了蜡烛。

小院里的人围着插着蜡烛的蛋糕欢乐地唱着生日歌，白逸阳默默地许了一个愿后吹熄了蜡烛，在吹熄蜡烛的瞬间，他看了一眼也满脸含笑的明媚，此刻也只有他自己清楚，这个愿望里包括了明媚的存在。

热闹了一晚上，大家都要陆续回去了，菜菜说要先把黄老师送上车，白逸阳也陪着菜菜去送了黄老师。明媚来得晚还没待一会儿，不好意思马上走，就说帮着收拾完了再回去。赵明看芊芊要走，特别识趣地说送芊芊和她助理回去。白逸阳送走黄老师回到院子，看赵明要送芊芊，就和他们做了简单的告别。爷爷奶奶先进屋休息了，把空间留给了两个年轻人。明媚帮着白逸阳把院子都收拾干净后，两人对立相视，感觉气氛有些僵住。

白逸阳抬头看了一下天上的月亮，问明媚："你要不要和我到屋顶去看看，那里看夜空的感觉会不太一样。"明媚没有回答，白逸阳用手扶了一下明媚的肩膀，往前带了她一下，她就跟着白逸阳沿着房子边上的窄梯上了屋顶。原来屋顶房檐的一侧有一条平行在房檐上的窄道，宽窄也只够人两脚站住。白逸阳说这个地方就是为了维修房顶方便而特意留出来的，他小时候就总爬上来玩。明媚突然问:"你父母那时候也住在这里?"白逸阳点头说:"对啊,我们一家都住这儿,我和我爸都是这里生、这里长的。"明媚点头又问:"那他们还回来吗?"白逸阳沉吟了一下说:"当然也会回来,等他们把自己想做的事都做完了吧。我当年和父母离开这里是他们的选择,现在我回来是我自己的选择,如果没有意外我就不想再离开了,我喜欢我家的院子,喜欢坐在这屋顶上看天空,喜欢……"白逸阳看了一下明媚,继续说:"喜欢和爷爷、奶奶在一起,喜欢北京这座城。"此刻的明媚似乎也能感受到白逸阳说喜欢的感觉,就是哪怕走过千山万水、看过多少怡人的美景、吃过再多不同的美味,还是觉得妈妈做的菜全天下第一、家里的床全天下睡得最踏实的那种情愫。夜风拂面,月光下明媚的发丝被吹起,这个夜晚平静得有些让人迷醉……

白逸阳的生日过后,前期筹备工作更加紧张了,白逸阳和主创人员开始准备到外景地进行勘景工作。这次下去勘景明媚原打算一起前往,但正赶上她报的课程有短期考核需要拍摄短片作品,她就和制片主任老牛商量自己拍完短片后再去外景地找他们会合,于是牛主任就先带着导演、摄影、美术还有外联制片去了外景地。

送走勘景的小分队,明媚开始拍摄自己的短片作品,每天和一个班的同学一起讨论短片的拍摄,在增长专业知识的同时也感觉自己像是回到了学生时代。终于,在大家的齐心努力下,短片顺利完成。明媚晚上回到家里还想着好好睡上一觉,休息一天后就准备去外景地了,没想到第二天上午接到书涵的电话说自己在医院,明媚赶紧叫上林馨儿和周宇赶到了医院。

原来前两天秦奋真的把书涵的父母叫来了,书涵知道后只好回到秦奋那边。到了家里看到秦奋把两家老人都叫了过来。四位老人一见面就相互指责对方,书涵劝架反而成了几个老人的众矢之的,老人都说她不懂事,怀了孩子就更应该和秦奋把结婚证领了踏实过日子。两家老人的想法都是站在让书涵和秦奋领了证踏实过日子的立场上的,根本没法沟通。书涵急了,说:"你们都听我说,我是真的不想再过之前那种每天只为了活而活的日子了，我想换个方式活着，不再依靠别人，有尊严地活。"在座的人都愣住了。书涵说："正好我们也没有领过证，房子都在秦奋名下，现在我也搬走了，除了孩子是我们共同的，从其他层面来说，我和秦奋已经没有关系了。"

听完书涵的话，双方父母继续吵，越吵越凶。书涵看到老人们都暴躁地吵闹着，只觉得头昏脑涨，本想趁他们没人留意自己离开，回林馨儿的小公寓，刚到楼下就接到父亲的电话，说书涵妈妈因为过于激动晕了过去，书涵就打120把妈妈送到了医院。

书涵在医院等着母亲苏醒的过程中，自己的身体也出现了不适，想了一下还是给明媚打了电话。明媚和林馨儿赶到医院，一进病房就看见书涵守在母亲的床边流眼泪，明媚上去安抚书涵，让她注意身体。这时就听见书涵的爸爸因为房子和财产分割的事在门外的走廊里和秦奋争吵起来。书涵刚要出去劝架，就被林馨儿拦住。林馨儿开门出去训斥秦奋还有书涵父亲说："你们就顾着争财产，还有没有人关心怀孕的书涵和病倒的阿姨?!"秦奋和书涵爸爸看有外人在，这才安静下来。

书涵妈妈苏醒了过来，书涵终于放心了。她拖着自己也很虚弱的身体找到走廊里的秦奋，让他和自己单独谈谈。秦奋随着书涵走到外边的院子里，书涵停下脚步，身体转向秦奋说："我们在一起生活的这些年里，我什么都以你为主，你要怎么样就怎样，不知不觉我就成了你的附属品，逐渐失去了自我。咱俩的感情里我没有亏待过你，更不要求你为我再付出什么。现在，我只想请你看在彼此多年的情分上，只求你秦奋一件事情，就是放我的家人一马，让我将来能带着孩子平静地生活，求你不要再折腾了。"秦奋的眼神里写满了失望，问书涵："你已经决定好了，真的没有挽回的可能了对吗？"书涵眼神坚定地向秦奋点头，秦奋低下头没有再看书涵，只是声音很低地和书涵说："房子的房贷已经还完了，就留给你和孩子住着，我搬出去，抚养费我也会按时支付给你。"书涵点点头说："我住了你的房子，就用来代替抚养费吧，抚养费你就不用再单独给我了。等生完孩子他再大点，我会慢慢找到合适的工作搬出去，把房子还给你的。"秦奋没有再说话，只是把书涵送回病房后就离开了。

明媚和林馨儿看着默默流下泪水的书涵，明媚不知道书涵现在的泪水到底是因为悲伤，还是因为精神得到解脱而流的。就像自己和于涛分开那段时间一样，明媚不知道是该为失去的年华时光难过，还是该为能拥有崭新的生活方式而庆幸，至少现在看来自己的状态更趋于后者。明媚心里想，希望书涵也可以为她自己争取到更适合的生活方式。

第十一章 一个叫阳光明媚的地方

明媚为了帮着书涵安顿家里的事，去外景地的时间又拖延了。

先到外景地的白逸阳会把每天选景拍的照片同步发给明媚看，说那边的风景特别好，他还找到了不错的特色饭店，等明媚到了就带她去吃。明媚看着白逸阳发来的照片，也被那里的景色吸引，畅想着将来《时光》拍出来的样子。明媚还把自己刚完成的短片发给了白逸阳，想让他提些好的建议，白逸阳说很开心能看到明媚拍的短片，欣然地接受了明媚的请求。

这天，在书涵家里，明媚正和白逸阳交流着选景的情况，林馨儿叫明媚帮她搭把手挪一下书涵卧室的梳妆台，想把婴儿床放到梳妆台原来的位置上。明媚放下手机给林馨儿搭手，书涵也走过来想要帮忙，二人一起把书涵撵走，让她去坐着，书涵只好听话。林馨儿一边抬梳妆台一边吐槽说："我帮芊芊安排拍杂志封面写真的事，你说一个风景写真哪里拍不了，拍完了还不都是靠后期修图，本来说好的地方还没联系完，她又说别的地方好，弄得所有行程都要改。"明媚看林馨儿动作放缓，催促说："你手别停啊。她要去你就给她安排呗，咱们今天把这屋子里都弄好了，我想早点回家收拾东西，明天我得赶去和老牛他们会合呢。"林馨儿问："你这一走又得好多天吧，这次都要去哪儿啊？"明媚说："先要到甘孜地区找最重要的一个外景,等这个景基本落实了,顺路也会看看其他的景。"林馨儿一听甘孜地区,突然问:"甘孜是哪里啊?"二人已经把婴儿床摆在了适当的位置,明媚直起腰说:"我明天会先到四姑娘山和他们会合,然后再开车一路往甘孜方向边走边看。"林馨儿心里一惊,说:"这就对了,芊芊拍写真跑到那么远的地方原来就是要去找白逸阳啊。"明媚用奇怪的眼神看着馨儿,林馨儿说:"肯定是白逸阳到哪儿选景,芊芊就把工作安排到哪儿了,他俩肯定有问题。"又使劲儿摇头说:"不行不行,我得早点准备公关稿,到时候万一被抓拍到也好给整个宣传团队留条后路。"明媚蹙了一下眉说:"可能只是巧合,我看他们应该就是普通的好朋友。"林馨儿不屑地说:"哪个明星的恋情肯承认,哪个不是'好朋友'。"明媚听林馨儿这么一说,也有些犹疑,心情隐隐地有些异样。林馨儿看着明媚突然说:"我可再次提醒你,不要找同行,听到没有?"明媚嫌林馨儿唠叨,说:"知道了,知道了!快点干活吧。"

次日一早,明媚踏上了去外景地的路途,一路风尘辗转,终于在中午过后到了落脚的酒店,一进酒店就看见芊芊的助理在前台办理入住的手续,站在一边的芊芊把自己包裹得严严实实,帽子、墨镜全副武装,唯恐被人认出来。但芊芊看到明媚还是主动打了招呼,不过表现得非常紧张,含糊其词地说是来拍杂志,也未过多说明,办完入住手续就急匆匆地上楼去了。明媚看着芊芊走远,觉得林馨儿的怀疑不是没有道理,她这举动确实有些奇怪。

明媚办好入住的手续,下午,老牛和白逸阳、美术、外联、赵明等人一起回到了酒店。因为明媚之前没有和老牛说自己到的具体时间,牛主任得知明媚已经到了酒店特别开心,急忙给明媚安排各种吃的用的,让她先休息一下,晚点叫她一起去吃饭。

明媚坐在房间的沙发椅上看着窗外出神,想着林馨儿的话,还有芊芊刚才慌张的样子,想,芊芊明显在隐瞒着什么,如果真如她所想,那么白逸阳和自己频繁交流的状态,难道是在掩饰他和芊芊不能公开的关系?明媚正在胡思乱想,听见有人敲门,开门一看竟是白逸阳。白逸阳见到明媚，满脸的开心自然地流露出来，直接对明媚说："走吧，带你去吃好吃的。"明媚心里想着自己怀疑的事情，再看白逸阳就总觉得有些别扭，淡淡地回了声："好。"就拿了随身的背包跟白逸阳出门了。到了大堂，人都齐了，唯独没看见赵明，老牛说赵明想睡一会儿，就不和他们一块儿吃饭了。

几个人一路走到附近的牛油火锅店，老牛借着上菜的时间向明媚说了这边总体看景的情况，看了一眼白逸阳说："导演要找的剧中男女主穿越时空相遇的场景，我们这几天把之前外联推荐的景都看了一遍，导演看后觉得没有满意的。要说这一带之前我们也都来拍过的，能够符合要求的场景已经都看过了，想要和导演想象中的完全一致不太现实。要想和想象的完全一致我的建议是不如进棚搭景，这个场景的呈现即便用实景拍，也还是要特效配合才能最后完成，进棚是最合理的。"明媚认真听着老牛的想法，问："那我们最终的方案是什么？"老牛很不开心地说："导演不同意，他就想用实景配合特效来完成。"白逸阳听完老牛的想法，说："我不是没有考虑过搭景，但这个场景我还是想保留一下女主来到地球后那种第一眼感受到地球真实地质风貌的样子。如果搭景的完成度不理想，一是肯定不能不用，二是用了后效果没出来，对整部剧的质量一定会有严重影响。现在我们才找了几天就想放弃了？你们要是不想再受累，我可以自己去。"老牛不开心地说："找也是浪费时间。"二人都坚持着各自的想法，不肯让步。

明媚一看，开始调解。老牛有点委屈地说："不是我们不配合找，白导的要求是非常明确的，我们还要把现场工作的各种情况考虑进去，架设备就不说了，还有安全措施保障的事情，真的有难度。"说自己能找到的地方都是在一定程度上符合要求的，工作上从来没想过累就不做了。白逸阳听到老牛的话很强硬，就说："牛老师既然不是因为怕累，那我们就还继续寻找合适的景地吧。"

主任和白逸阳之间有了嫌隙，气氛一下变得严肃，好好的一顿火锅从头到尾吃得都很冷场。

第二天，牛主任提议说自己带美术两人一组去找景，导演可以和外联再到各个地方看看有没有满意的景，大家分开两头工作。

明媚感觉老牛情绪不小，也就没有强行地再要求大家一起行动。白逸阳看着明媚说："你要不和我一起去看看其他的景地？我让赵明也一起。"明媚看着白逸阳想了一下说："我想自己转转。"明媚心里还是在意芊芊到酒店的事，就想有意和白逸阳保持一定的距离。白逸阳和主任分开出发看景以后，明媚在酒店大堂找到一个本地的服务员打听，问附近哪里有山顶有大块平地环境的地方。服务员说有几个地方可能符合明媚的要求，也指了路给明媚，还介绍了一个当地的出租车司机给明媚。

司机拉着明媚大概开了有四十分钟的车程，来到了一处村落，相对酒店的那边，这里人员居住的密度要小很多。明媚和司机商量，让他把车停好等自己一会儿，然后下车向村子里走去。村子里的房屋大多都是平房，错落地沿坡而建。明媚沿着村路走了一段看到了一个老人，就想上去打听，没想到一开口却发现老人不会说普通话，只能礼貌地点头表示打扰了。按照酒店服务员的介绍，在这个村子里有一条路可以上山，明媚往前走着，看到了一条不宽的山路，就沿路继续向上走，越走路的痕迹越不明显，只有若隐若现的小径。明媚不太能判断出还要走多久才能到，有些犹豫，再一想，既然上来了就坚持往前看看，至少这里的视野还算宽阔。又走了一段，明媚看到天空高处有飞鸟在盘旋，感觉距离山顶应该不远了，可还是没看到能满足导演要求的场景，不免有些灰心，就想走到山坡高点，实在没有再往回走。

又走了一小段，明媚看到远处有用石头和水泥垒砌搭建的一个带围栏的地方，走近一看，发现这里应该是一处被废弃了的天葬台，心里突然有些难过也有些害怕，放眼看了一下周边，想了一下就打算往回走了。一阵风吹过来，明媚迎风理了理头发，一抬头看到风来的方向有阳光照了过来。她想到剧本中的情节，女主和男主见面的地方就是在一处充满了阳光的山顶，就忘记了自己刚刚的那点恐惧，向阳光照过来的地方走去。阳光有些刺眼，明媚接近山顶时，原本有些阴霾的天气已经放晴，眼前的山坳里也被阳光照得色彩鲜明起来，绿林和阳光交错着呈现出一道独特的风景，绿林被风吹动，似水面波浪，再加上阳光的照射，明暗交错间就像水在流动。这林波荡漾的场面让明媚顿时心情舒畅，心里兴奋地欢呼："这不正是白逸阳要的那个场景嘛！"明媚拿出手机要给白逸阳打电话，一回身竟然看到几条野狗正盯着自己。明媚一下就愣住了，不知是敌是友，只能尝试着向一边挪步，野狗也随她的挪动往前走了两步，应该是在观察入侵者的动向。明媚用颤抖的手紧紧抓住自己的包，准备在狗扑过来的时候防身。此时，一个人突然出现，一把抱住了明媚。明媚心里一慌，直接挣脱，挣脱的力度过大，身体失去了平衡，脚下踩空，一滑，顺势摔倒滚下了山坡。

明媚手里死死攥着手机不知滚了多远，身体被什么东西挡了一下停住了。趁着还清醒，明媚用手机拨通了林馨儿的电话，但还没等说上话就晕了过去。

林馨儿不明情况，再打明媚的电话已经没人接听，就又联系芊芊、白逸阳。芊芊说她在拍杂志不知道情况，而白逸阳的电话没有人接听。

林馨儿愈加不安，立即就订票要去看明媚。周宇想和林馨儿一起走，林馨儿让他在家，说书涵怀孕了，要是有什么事他能照应一下。周宇不太情愿，但说不过林馨儿，只好答应了。

明媚再醒过来时，意识到自己躺在医院的病床上，身边没有人，四周是白墙、白帘、白窗框，明媚也不能确认自己是死是活，突然，床头柜上的手机响起，这才确认自己还活着。听见动静，老牛从走廊推门进来，看明媚醒了，说："我去叫医生。"

白逸阳正在给林馨儿回电话，告诉她明媚在医院做了检查，应该是惊吓过度晕厥了，问题不大，让林馨儿不要再过来了，听见老牛说明媚醒了，就挂了电话走进病房。

白逸阳温柔地看着明媚，眼神里充满了关切，看明媚精神状态还可以，说："看样子估计还要再住院观察一下。"明媚有些歉意地点了一下头说："给大家添麻烦了。"

白逸阳问："在山上时你为什么要一把推开我？"明媚问："山上的人是你？"白逸阳点头说："是，我原本想护住你的，结果你的力气也太大了，一把就推开了我，我想拽住你也没赶上。"明媚说："我就是太害怕了，当时脑子一片空白。我只记得我滚下去后打了电话给林馨儿，然后就没意识了。"

老牛找来医生给明媚再复查一下，医生看了明媚的状态，又询问了一下她的感觉，说没什么事了，但保险起见还是再观察一晚，明天再回去。老牛说："好的，我们再观察一晚。"之后随着看诊医生出了病房去办理住院手续。

明媚看着白逸阳说："谢谢你那时候出现，要不是你，我都不知道自己会发生什么。"白逸阳问明媚："你为什么一个人跑到那么荒凉的地方去，多危险啊？"明媚突然想起来什么，问："那个地方就是你想要的场景吧？你看到那种阳光洒下来照到山顶和树林时的样子了吗？"白逸阳刚要接话，护士就进来打断了两人。护士问家属要不要陪床，如果需要的话再办一下陪床的手续。白逸阳很自然地说："要陪。"护士记录了一下就出去了。明媚有些惊讶地看着白逸阳，白逸阳马上解释说："肯定要留个人陪你的。"明媚眨了眨眼，突然说："糟了，我忘了那个出租车司机。"白逸阳说："抱你下山时遇到他了，已经和他说了。"明媚松了口气说："我得联系他把车钱付给他。"白逸阳接着说："我看到那儿的景色了，确实很美，那里就是我想要的'阳光明媚的感觉'。"明媚看白逸阳，两人相视微笑。

明媚的手机再次振动起来，是林馨儿。白逸阳把电话给了明媚，听到明媚的声音，在电话另一边的林馨儿哭了出来，怪明媚太不爱惜自己，让她情况稳定了赶紧回北京，不要继续在那边待着了。明媚说自己问题不大，让她不要惦记了，还嘱咐馨儿不要把她遇险的事告诉书涵。

书涵自从搬回了秦奋的房子，就一心想要好好养胎。但她的父母得知房子也只是暂时给书涵住后，非常不满，说书涵要是这样就把孩子生下来，将来还是什么也得不到，非要让书涵找秦奋把房产证过户给她，如果书涵不去就要和书涵断绝关系。书涵坚持着自己的想法，没有按父母要求的去做。书涵妈看女儿不为所动，怕她将来生活得太苦，就和书涵商量别要这个孩子了，没有孩子牵累将来再找一个也容易些。书涵不断被父母的想法冲破底线，终于忍耐不了，被激怒了，坚决地告诉父母，现在的生活是她自己选择的，如果她的选择影响到了父母也只能很抱歉。将来她会用自己的方式来补偿二老，只希望父母不要再干涉她了，孩子是她的骨肉，她是不会放弃的，更不会再像以前那样依附在别人身上过活，她可以尝试着自己独立，相信通过自己的努力可以生活得很好，也能把孩子抚养长大。

一看劝不动书涵，书涵爸妈只能赌气说不会帮她照顾孩子。

书涵怀着身孕开始了一个人的生活，她想趁着肚子不是很大尝试找一找工作，就开始在网上投递简历，但是得到回复后一到面试就会因为怀着孩子被拒绝。职场很现实，有谁愿意招一个怀孕的人呢，即便书涵所求的工资已经很低。

正在书涵一筹莫展的时候，遇到了秦奋的老同学田建，田建看书涵怀着孕在找工作，聊过之后才知道书涵跟秦奋已经分开。书涵说现在自己要独立抚养孩子，田建看了书涵的设计后说可以找些工作给书涵，让她在家里也能办公，只要能按时完成工作，他就可以按劳给书涵相应的薪酬。书涵十分感谢田建能帮助自己，但这之后的一段时间田建也没有给书涵介绍任何工作。书涵工作寻找得艰难，心里对现实也有了新的认知。

林馨儿得知书涵找工作不成，就主动提出让她去书吧帮忙，每月给书涵一些劳务费先维持生活。书涵觉得林馨儿这样等于专门为自己给书吧添加了一个人员的开支，不想给她添麻烦，就直接推辞。林馨儿说书涵这样做非常不理智，说书涵现在正是需要帮助的时候，干吗不友好地接受别人的善意呢，如果硬撑能解决问题，人们也就都不需要朋友了；还说书吧有书涵盯着其实可以帮她看着点周宇，这样她在外边忙起来也会比较放心。书涵被馨儿的诚意感动，只好答应了下来。

秦奋搬出家里后为了方便工作和生活，就在公司边上的公寓楼租了一套房子，每天忙着各种应酬和公司的管理。最近因为有一家客户的项目在找他们和另一家公司比稿，他又带着小朱去做各种前期的公关工作，在一番沟通之后终于拿下了客户公司的项目，还成为了这家公司的长期合作单位。秦奋对小朱的公关能力十分满意，为了犒劳小朱，特意带小朱找了一家米其林餐厅请她吃饭，还买了一件大牌的背包送给小朱。两个人享受着美食喝着红酒很肆意，秦奋借着酒劲儿拉住了小朱的手说："小朱你干脆跟了我好了，这样咱俩也可以更好地配合，如果你愿意，我分一些公司股份给你也不是不行的。"小朱很委婉地说自己不是一个特别适合做长期伴侣的人，和秦奋的爱人比起来肯定是不及的。秦奋马上说自己已经和书涵分开了，他们在法律上也不构成婚姻，所以小朱完全可以放心地和自己在一起，如果小朱不喜欢到公司上班，也可以待在家里，设计的活就让公司里的其他人来干，需要应酬的时候出来露面就可以了。

小朱没有想到秦奋会突然提出这样的要求，更没想到秦奋和书涵竟然没有领证就在一起生活了那么久，就对秦奋说她从来没有想过要和秦奋在一起，她只是觉得和秦奋在一起合作事情都是各取所需，而且她这个年龄也确实喜欢新鲜刺激的感觉，偶尔一起开心一下也属于心理和生理的需求，从根本上来讲也就是想达到现实的需求，多接触项目方，多拿项目和设计费，把秦奋作为自己未来发展的媒介，在保证生活的同时还可以寻求到更好的机会。她也不瞒秦奋，说自己已经在考虑去一家更有发展空间的公司了，如果一切顺利，想着干完手里的这个项目就和秦奋提出离职的事。她觉得自己帮公司拿到更多的项目首先是为了她个人能得到更多，其次才是秦奋和公司的利益，如果没有这些作为动力，她是不会主动做这么多事的。至于感情什么的，她还没有认真地想过，希望秦奋能够很客观地理解她的态度。

秦奋虽然是因为喝了酒有些借酒调情的意思，但也没有想到会得到这样一个回复，不敢相信刚刚这番话是从一个二十出头的女子嘴里说出来的。其中"各取所需"这句也让秦奋觉得这不应该是自己对待人与人之间关系的态度吗？没想到一个年轻女子也会有这样的想法，在他心里总是觉得女人是更情绪化、更注重情感需求的，这个想法在书涵和其他女人那里他都是验证过的，还是第一次被这样拒绝。秦奋不禁好奇地问小朱："难道你没想过要找个合适的人嫁了吗？像我这样一个有事业基础的男人，不是一个好的选择吗？"小朱的眼睛注视着秦奋极其自信地说："我当然想过，可是对我来说这个事不是我现阶段的生活重点，主要是我也没有勇气用自己的青春去赌这个社会环境下的人心。这一点上我倒是很佩服你的爱人，她竟然可以牺牲自己的青春陪你这么多年，甚至都没有受到法律最基本的保护。"此刻的秦奋似乎被某个尖锐的利器穿透了身体，餐桌上蜡烛的光也从浪漫的微晃变得跳跃，烛光投影到秦奋的脸上，看不清秦奋僵硬的表情里到底是冷漠还是痛苦……

第十二章　一味忍让是好是坏？

明媚从医院回到剧组，林馨儿联系她，让她赶紧回北京休息几天，同时把书涵到书吧工作的事告诉了明媚。明媚觉得这么安排现在看已是最好的选择了，说自己在组里也可以休息，让林馨儿不要担心自己。

老牛得知白逸阳看好了把明媚摔落的那个山坡做场景，就抓紧联系场景租用的事情。联系后才知道这个地方虽然没在四姑娘山景区里，但实际的管理单位归属是4A级景区管理处。与管理处的负责人一说具体的位置，被告知那里原本是天葬台，现在虽然被弃用了，但是管理处也要出人给当地人做工作，即使人家同意了，还需要给一些费用来安抚慰问一下才可以给组里使用。更重要的是剧组的工作人员一上去就是上百号人，拍起来每天来来回回的，很难保证不对当地人的生活造成影响，对景区环境也会有一定破坏。老牛几个人再三地请求，负责人才吐口说，实在想在里面拍，必须保证不影响当地人，更不能影响环境，还有就是场地的使用费用他要和上级汇报后才能给老牛一个回复。老牛回来和明媚把这个情况说了，说现在还没等到最后的报价，但是按照这个景拍摄的实际情况来说，导演想要的光效每天日落前只能满足一个小时的拍摄实际时长。一切顺利的话按镜头量来计算，想要完成该场景所有的镜头也要进去拍三到四天。即便不说时间进度，只说还未知的场地费就觉得难度不小。

第二天景区的负责人终于给了回复，老牛一听报价，差点没和对方吵起来，但为了能有机会再谈谈还是忍住了，马上把报价告诉了明媚还有导演。明媚一听报价：每天不论进去拍摄多久费用都是二十万，少一分都不谈，给藏民的安抚慰问金另算。明媚和牛主任商量再去找找景区负责人，好好地求一求请吃个饭，或者看看有没有其他的方式可以代替现金来做租金。两人又跑到景区办公室见到了负责人陈经理，说想少给些场地费。陈经理直接告诉明媚最好尽快考虑清楚，他需要给上级打报告走正式的流程，还要签署合同。如果这几天定不下来，他也不太好和上级再申请了。老牛也借机说想请陈经理吃个饭，可是陈经理完全不给面子，直接拒绝了。

回酒店的路上，老牛说："这个人还真是有些奇怪，按理说一般我们在外边请当地的协拍人员吃个饭表示感谢很少会有人拒绝的，这次是遇到了个奇葩吗？"给组里开车的当地司机说："听说陈经理做事非常谨慎，估计是因为你们初来乍到，他对你们也不了解，所以不敢牵扯得太多。"老牛一听，说这样倒也能理解了。明媚没有说话，脑子里想着怎么才能解决问题。价格的事情没得商量，还几天内就得决定要不要用，明媚感觉压力一下子变得巨大。

回到酒店，明媚来到白逸阳的房间，看见门开着，白逸阳正在对着电脑做拍摄方案的案头。明媚轻轻地敲了一下门，白逸阳转头一看是明媚，赶紧让她进来坐。明媚有些拘谨地走到沙发边坐下，白逸阳拿杯子倒了一杯茶给明媚，然后坐到了对面的沙发上。白逸阳看着明媚说："谈得怎么样，可以再便宜些吗？"明媚表情无奈地摇摇头说："没有，而且还让咱们尽快回复，不然就不给协调了。"白逸阳也有些诧异，说："他们怎么会这么粗暴地处理这件事呢？"明媚沉默了半晌，说："也许他们在管理上也确实有自己的难处。咱们商量一下这个事情看看怎么处理吧。我是想既然可以找到这个地方，也应该再试试找其他地方，现在确实有预算超标的可能，咱们可以再找找看。"

白逸阳看着明媚问："你在那里差点就出了大事，就因为你怕预算有可能超标现在就要放弃了？你是对自己付出的代价不珍惜，还是怀疑我对这个场景的判断？是不信任你自己还是不相信我？"明媚听着白逸阳掷地有声的质问，心里开始迟疑了，按照她之前的习惯就会选择放弃，然后去再找其他的地方，可是此刻白逸阳的话突然让明媚不知道如何回答。明媚看着一脸严肃的白逸阳，咬了一下嘴唇说："好，我再想想，再想想。"白逸阳看着明媚的样子，感觉自己的话可能说得有些重了，就说："茶凉了，我给你再倒些热的。"明媚说："不用倒了，我去找牛主任。"白逸阳看着明媚有些犹豫的样子，就用很坚定的口吻说："你要相信自己可以，我相信你可以！"明媚走出房间后想着白逸阳的话，想：为什么突然开始怀疑自己以往的处事习惯？真如白逸阳所说的那样是不相信自己、不相信白逸阳吗？如果不是，在心里为什么要首选放弃呢？

书涵在周宇的书吧上班有几天了，客人不多的时候，书涵就会对着电脑找平面设计网络课程来看，自己也想增长一些专业技能。周宇发现书涵每天对着电脑的时间比较多，就提醒她怀孕期间总对着电脑对胎儿也不好，小心辐射。书涵说想利用孩子没出生的时间多学习一些东西，将来也好找工作。周宇说其实看纸质书也可以学，这样书涵就可以减少对着电脑的时间了。周宇通过书友圈给书涵找来了很多相关的书籍，书友圈的朋友得知书涵的情况后，还有人给书涵寄来了防辐射孕妇装。书涵特别感谢大家的帮助，这种一边工作一边学习的生活让书涵心里充实而有力量。

这天书涵按点下班，回到家一进家门，看见秦奋的母亲坐在客厅的沙发上。书涵不知道她的来意，就客气地先和她打招呼，问她来家里是不是有什么事，秦奋的母亲理直气壮地说自己是来要回房子的。书涵刚刚从与自己父母的争执中摆脱出来，又被秦奋的母亲找上门来，只好耐下心来和她讲道理，但是秦奋的母亲完全听不进去，说书涵如果不搬走她就坐在这里不走了。书涵不知道该怎么应对这种情况，站在原地正着急，听见有敲门的声音。一开门，是林馨儿，书涵眼睛里一下子涌出了眼泪。林馨儿吓了一跳，问书涵："你怎么了？哪里不舒服了吗？"书涵脸上挂着泪珠说秦奋的母亲来了，要求自己搬出房子。林馨儿往屋里一看，扶住书涵安慰她说没事，两人一同走进客厅。林馨儿对秦奋的母亲说："您这是来看自己未来孙子的？您要是惦记他欢迎多来家里看看，然后来的时候记得给您孙子带些吃的用的，也算您老人家心里真有这个孩子了。"秦奋的母亲之前见过林馨儿，也很不客气地说："这是我们的家事，不用一个外人总来帮着管这管那的。"林馨儿一听可不乐意了："您这话可真的说到点上了，我们一个外人都知道她怀着孩子不容易，知道有事没事过来照应一下，您倒是觉得自己是一家人，倒也没干什么一家人该干的事啊！您现在这让书涵搬出去算是怎么回事啊？你这是要把她往死路上逼，也不知道谁才是真的外人？您是老人家，要是自重就请离开这房子，要不我们就直接报警了，你儿子把这房子给书涵住的时候可是有白纸黑字写着的，是自愿行为！"秦奋的母亲一看林馨儿态度特别强硬，也害怕她真的报警，很不服气地说："我找我儿子把房子要回来。"就匆匆离开了。

书涵看到秦奋的母亲离开，心里松了一下的同时，也害怕今天这样处理会不会不好。林馨儿说："你就是人太好说话，你这样他们才会跑过来欺负你，这些年要不是你好说话会被秦奋欺负吗？你必须学会保护自己，别总是觉得所有人都是善意的，今天我不来难道你还真的听她的搬出去吗？大人没事，孩子怎么办？你就不想想，你一软弱，遭罪的还有孩子。"书涵听着馨儿的话，点头认可："为了孩子我要学会保护自己，她再来闹我一定报警。"林馨儿说："我原本是给你送水券的，书吧每月订的饮用水，我顺便给你也订了一些，你水喝完了就打电话找他们给你送。"书涵接过水券对林馨儿说："谢谢你特意跑来，还帮我解了围。"

今天的事情，无论是秦奋母亲的骚扰还是林馨儿的话，都让书涵开始思考自己之后要以怎样的态度来面对生活中的不公平。

明媚思考着怎么处理景地的事情，一夜没能睡踏实。一早爬起，掐着老唐差不多到公司的时间直接打电话给老唐，把采景和白逸阳坚持要用景的想法说了出来，希望公司可以追加一些预算。这话一出老唐反应很大，说："我不是不想追加，但是从这个项目初期招商的情况来看，要比预期的少了很多，这几天我得到的反馈是客户也都在观望期，都很谨慎，不肯轻易下单。"老唐边打电话边走到张珊的工位旁，问张珊《时光》招商有什么新的进展，张珊摇摇头表示没有。老唐站在原地说："我刚问了珊珊，还是老样子，所以我们如果没有招商，只有发行的收入很难保本的。景区的事我也可以再找找人，你别只听导演的，也做做他的工作。"明媚听着老唐电话里的吩咐没有再反驳，说她再试试协调。挂了电话，明媚让老牛再约一下景区负责人陈经理见面谈谈，不想对方说太忙不肯见面，让有什么事就电话里说。

　　张珊听老唐和明媚说景地的事，就主动问老唐是什么情况。老唐把情况大概和她说了一下，嘱咐她抓紧时间赶紧多招商。张珊得知明媚搞不定导演要的取景地，还要求老唐追加预算惹得老唐不高兴，心里窃喜，便装出一副自己已经很努力在为《时光》招商了的样子，但因为女主之前有不利传言的问题，和客户说破了嘴也没得到什么肯定的回复，借着卖惨邀功的机会向老唐打听详细的情况。听老唐一说场景在4A景区"四姑娘山"附近，张珊想起自己卖房子的时候认识的一个喜欢自己的物业经理，好像老家就在那边，想了想没准能攀上关系，就赶紧翻找那个人的联系方式。联系上对方一聊，原来这个人正是景区和明媚对接的陈经理，他说自己回老家了，就是在四姑娘山景区做管理。张珊马上讨好对方，开启公关模式，想要好好利用一下这个机会，趁机拿回执行制片的位置。

　　张珊和陈经理在电话里先打好招呼，说她可以帮助景地做些宣传，还能给他们介绍一些企业去景区里团建开年会。其实景区也不缺客户，但是其间张珊一直对陈经理夸赞个不停，还对他施以了一些暧昧情愫，陈经理非常买张珊这个老相识的账。张珊搞定陈经理后直接打了电话给明媚，问她景地的事情是不是遇到了难处，如果有需要自己可以帮着和景区的负责人打声招呼。明媚有些意外，但更希望事情能够尽快得到解决，就说张珊能帮忙解决问题就再好不过了。张珊说自己不是白帮忙，明媚问张珊有什么要求，张珊毫不迟疑地说出了自己要做执行制片的想法，但是这个事情需要明媚去和老唐说：是明媚认为自己能力不够主动把项目负责人的位置让出来给她的。

  明媚立即明白，张珊这样做就是冲着执行制片的位置来的。她想起和白逸阳说的话，想起白逸阳对这个景是那么满意，很快就回复张珊说只要能免费搞定这个景地的使用，自己就会主动让出这个位置来；同时告诉张珊，在她看来项目能做好比别的都重要，只要剧组能随时用景、随时免费进去用，并且拿到景区给出的协拍合同回来，她一定兑现对张珊的承诺。

  明媚对与张珊私下的约定没有向任何人提起，她心里在和自己赌这次的结果，如果真能如愿进景，那么所有的付出都是值得的！

  白逸阳再次出去看其他的景地，回到酒店上电梯时突然看到芊芊也在电梯里，白逸阳有些惊讶，就问芊芊："不是早就拍完杂志的封面了吗？怎么还留在这里没走，是有别的事情了吗？"芊芊没有想到会遇到白逸阳，一时语塞，不知怎么解释。紧接着赵明也进了电梯，看到芊芊和白逸阳都在，气氛顿时变得尴尬。白逸阳看着两个人的表情突然明白过来，原来两人竟然在秘密交往！赵明一看也瞒不过白逸阳了，只好如数全招了出来。芊芊急忙央求白逸阳可千万别跟任何人说，连明媚都不行，因为明媚知道了林馨儿就肯定也知道了，是朋友，就帮自己先保密，赵明也是一脸拜托的表情，白逸阳只好点头答应两人。

  明媚接下来两天没有主动地找老牛和白逸阳，就是在静静地等着张珊公关的结果。白逸阳发现明媚好像有意在躲避什么，就尝试着问她怎么了，明媚只是回复说没事，就是在处理公司的账目，可能需要先回公司待两天。

张珊在这种给自己争抢利益的事情上还真是从不手软，和明媚谈完立即飞到四姑娘山景区，找到了负责人陈经理，连叙旧带游玩，整整陪他喝了两天的大酒。过了一个周末，就拿着协拍合同到酒店找到了明媚。明媚一看合同上写的都是以资源置换的模式来进行合作的，心里想，这一下可以给组里省下很多钱了。张珊要求明媚与自己同回北京，把事情和老唐讲清楚。

当老唐看到合同时，有些不明白这是什么情况，就向两人要解释。张珊抢着把和明媚之前谈的口头约定说了出来，找老唐就是一起把这个事情说明了。老唐被这个既突然又荒唐的事情激怒了，呵斥两人："是谁同意你们私下里约定的？你们当公司的项目是什么？大家在一个组里，原本就应该互助合作，为什么要拿工作职位当交换条件？"问张珊："这是你提议的？想走人了是不是？"

张珊被老唐的态度吓到，刚想辩解，明媚开口道："是我失职，是我没能把景地谈下来，是我没有完成自己应该完成的工作，也是我答应了珊珊如果可以免费使用景地，就把这个执行制片的位置让出来。《时光》最开始也是张珊在做的，现在她又为这个项目做出了贡献。所以，于理我是要兑现这个承诺的。还希望唐总可以理解我的这个做法。"老唐听着明媚的陈述，看着手里拿着合同的张珊，眼神里流露出了一些失望，可明媚的话已经说到了这个份儿上，他虽然生气，也只能无奈地接受，就很严肃地说："我不管你们是怎么谈的，我只要求明媚继续负责该负责的工作，项目上谁都不可以给我出半点问题，如果有哪个环节出了问题，我就找直接的负责人追责到底。"说完就让两个人都出去。老唐也是被气得不轻，坐回自己的椅子上喘了半天粗气，稍稍平复了一下，就又把明媚单独地叫到了办公室。

老唐压着火说："明媚你简直胡闹，怎么能连招呼都不打就和张珊私下这么处理问题呢？这事情一出就应该第一时间来找我说。这个项目从张珊不管内容后，你是费了多少心思一手挽救回来的，你就甘愿这么拱手让人，就不怕再出什么问题？你觉得自己这样算是负责的态度吗?"

明媚看老唐着急，赶紧道歉说："我不和您汇报也是怕您不同意她就不真使劲儿了，您可以放心，工作我会一如既往地干的。"老唐看着明媚，觉得也很难一下子让她明白，就语重心长地说："做人做事一味地忍让不见得是好事，在其位谋其政，该谁的责任谁就要来担当，直接地面对事情与委婉处世其实可以并存，已经争取来的就要把握好，这才是敢于负责的态度。"明媚听着老唐的这番话，感觉白逸阳也说过类似的话，但又不完全一样，她只是觉得已经答应的事就不能轻易地反悔，只要目的达到了，自己有没有挂名真的也不是那么重要。

第一轮选景复景工作也算很有成果地结束了。白逸阳回到北京，大家约在公司碰面汇总勘景的结果，白逸阳一见明媚就夸她把阳光明媚景地的事搞定了，这事干得漂亮，很为明媚感到骄傲。明媚看到白逸阳开心得像个小朋友，也咧嘴跟着笑起来。白逸阳走到明媚跟前，语气有些夸张地问："来吧，明大制片来讲讲你是怎么打赢这场仗的，和我分享一下过程。"明媚看着白逸阳的样子有些不太能开得了口，但是想白逸阳早晚都会知道这个事情，就说："我可以把事情经过都告诉你，但是你听了后不要有什么情绪，因为我只是想尽快地把事情搞定。"白逸阳看着她说："你快讲吧，不要卖关子了。"

明媚说："其实这个事情不算是我促成的，但要比我去促成的结果更好，因为这个景不仅可以让我们随时进去，而且还全部免费，你知道吗，一下子至少省下了一百多万的费用。"白逸阳问："不是你，也不是老牛，那是谁，唐总吗?"明媚说："是张珊。"白逸阳听到张珊名字的瞬间，就已经感觉到了这个事情并不简单，看着明媚问："她提了什么条件?"明媚再次被白逸阳的一眼看穿给打败了。只好言无不尽地把所有经过讲给了白逸阳。听完明媚的讲述，白逸阳原来一脸的笑容马上就阴沉了下来，用一种很有些厌弃的眼神看着明媚问："你为什么不事先和我们商量一下？我之前是怎么和你说的，你是差点把命搭上才找到的景地，你是没有听明白我说的话吗?"

我是让你坚持去谈下景地，不是让你付出更多的代价！"明媚没有想到白逸阳会有这么大的情绪，就说："其实我不在意有没有挂名，我只是想能够既满足导演在创作上对场景的要求，也能在制作费上节省不必要的开支，我不明白为什么会让你如此地生气。"白逸阳差点被明媚的话当场气晕，说："好，你不明白我为什么这么生气，是吗？"明媚很有理地看着白逸阳说："是，我不明白。"白逸阳逼近一步问明媚："咱们是合作伙伴吗？"明媚被白逸阳的突然逼近搞得有些紧张，眨着眼睛点点头。白逸阳又接着问："你有把我当作是你的朋友了吗？"明媚继续点头。白逸阳把身体往回撤了一下说："行，既然是朋友，为什么你只和我说了你要重找景地的事情，而到了涉及你切身利益的事情时，就不和我商量了？是觉得我不会在意你怎么样，只在乎事情的结果吗？我们既然是伙伴，是朋友，你就应该知道我也同样很在意你个人的感受和处境。"

明媚听着白逸阳的话，心里想，自己什么都替他考虑，只是在没有影响其他人的情况下做了一个可以更快解决问题的决定，不给朋友添麻烦，就是没把他当朋友了，这到底是什么道理？明媚被白逸阳的问题问得脑子十分混乱，她想，自己到底要怎么做才能让白逸阳明白她既是负责的，也是把他当作自己人的，她不在意那些虚名有什么问题吗？明媚站在原地看着生气异常的白逸阳，有些不知所措。

经过一段时间紧锣密鼓的筹备，《时光》终于要开机了。自从明媚上次和白逸阳谈完之后，白逸阳和明媚之间始终在情绪上没有化解得很好。白逸阳就只和明媚正常地交流工作，别的一句话都很少说。

到了开机当天，在开机仪式的现场，张珊特意向演职人员还有工作人员介绍自己是这个剧的执行制片人。当天，林馨儿也陪着芊芊到了现场，看着张珊四处地和人打招呼、留微信说自己是执行制片人，就把正在忙碌的明媚拽到了一边问到底什么情况。明媚说开机仪式结束全组就得转入今天的拍摄了，等大家都到现场拍上了她再找林馨儿说这个事情。

明媚满现场地张罗着，大家终于按时按点地完成了所有流程，明媚又招呼媒体的朋友在现场拍照和发新闻稿件。张珊在整场仪式中就是个甩手掌柜，还时不时地指挥明媚干这干那，白逸阳看不过去，刚要拽明媚和自己先去现场，结果被林馨儿抢了先，林馨儿硬是把明媚拽上了她的别克商务车，不让她再干下去。白逸阳一看明媚被林馨儿拽上车，这才上了导演车去了现场。林馨儿把明媚按在车上就和司机说："走，咱们去现场。"明媚被林馨儿把着两手动弹不得，在林馨儿的强压之下只好交代了事情的来龙去脉。林馨儿被明媚气了个半死，说："不行，这个事不能就这样了，我必须把你的职务给你抢回来。"林馨儿义愤填膺地开始大骂张珊就是个强盗、厚脸皮、真小人。明媚看林馨儿生这么大的气，就问："你们真的都觉得我做错了吗？"林馨儿问："还有谁这么说了？"明媚低头，林馨儿又逼近明媚让她说，明媚嘟囔说："唐总，导演。"林馨儿向明媚确认似的问："白逸阳也这么说？"明媚点头，林馨儿想了一下说："行了，这一下我知道谁是同盟了，我要和白逸阳联手把你的制片人要回来！"

明媚看着林馨儿的脸，又想起白逸阳生气的表情，有些自责地想，也许自己真的不该在这个事情上让步。

第十三章　为了大家，不再让步

在剧组开机的第一天，整组的工作人员到了现场都还在彼此适应配合的状态，所以一般有经验的现场制片在备场、试机、走戏的过程里都不会催场催得太急，会给各个部门的人员充分的磨合空间。

白逸阳到了现场，第一时间找到执行导演还有摄影师赵明，把第一场要拍摄的戏的调度先商量了一下。一般情况下就是根据情节需要设定好表演区域，在演员没有到现场前，执行导演会代替演员配合摄影师用摄影机初步找一下演员移动的位置和范围。在和导演把整场戏的调度都确认后，灯光组的人员——一般被称为"灯爷"，就要根据整体调度布置相应的环境光了。同时，本场戏的演员一般都会在车里或者现场临时搭建的帐篷下进行拍摄前的梳妆和服装服饰的整理。场景中需要布置的陈设还有表演要用到的戏用道具也会由现场的美术和道具组职员同时进行着准备。这是一个极像联动齿轮原理的工作模式，需要各个部门环环相扣、牙牙相咬地配合，差一点都没法开机拍摄。

作为拍摄的中心要素，主演在剧组也是格外受到重视的，芊芊因为有保姆车，所以备场的时候就在车里补妆，她坐在保姆车的靠背椅上看着今天要拍摄的第一场戏的台词，时不时地透过窗子向现场正在忙碌的赵明身上看去。她看自己的助理在给她洗水果，就让助理在网上下单再订一些饮品还有饮料送到现场来。心里想着一会儿可以给赵明拿些吃的喝的。

《时光》剧的另一个核心人物就是男主马晓康了，他这两年基本都活跃在话剧舞台上，再加上平时生活里也不太爱与人交往，就给人留下了一个比较孤傲的印象。因为是男主的关系，剧组给他也配一辆商务车来接送他，但与芊芊自己花钱租的保姆车相比就要简陋了一些。所以马晓康到了现场第一时间就下了车，找了一个帐篷把自己携带的户外椅放下，开始备场。马晓康一早在酒店化妆间就已经化好妆了，到了现场只需要简单地做一下修补的工作。

明媚被林馨儿的车带到现场，下车后就配合现场制片开始进行拍摄工作的协调。来的路上，明媚一直在做林馨儿的工作，说张珊的事都是自己自愿的行为，这个事情无论林馨儿和其他人觉得她处理得是不是有问题，都已经是过去的事情了，她不希望在拍摄期因为这个事情对剧组的工作产生不好的影响，希望林馨儿顾及整个剧组，不要把事情闹大。林馨儿虽觉得心里憋闷，但看到明媚强势的态度也就没再和她强拧，只是在心里默默地想，不能就这么饶了张珊。

现场基本准备就绪，白逸阳坐在监视器前专注地等待着第一个镜头的开始，现场制片也分头去请了男、女主演到现场。

男主马晓康就在表演区一旁休息，第一时间就走进表演区和导演还有摄影了解了整场戏的调度。马晓康提出了自己的建议："我走过去拍女主肩膀时，摄影机的镜头可以从我身后越过肩膀再拍到我的手，我手上的动作会有个稍稍的停顿，这样男主迟疑的心态就可以在手的特写里有了展现。"白逸阳当即说可以，让赵明配合着，待机跟着看看整体的节奏。芊芊这时还没到现场，白逸阳就让执行导演先代替芊芊配合马晓康走一下女主的位置。白逸阳回到监视器的位置，用对讲机和赵明说："来吧，咱们试一下。"执行导演示意马晓康说："马老师，咱们配合机器试一条吧。"马晓康答应："好的。"就听执行导演说了一句："待机走位了，来，咱们开始。"

只见马晓康和执行导演一后一前地向前走着，赵明把斯坦尼康和摄影机绑在身上跟在演员的身后进行拍摄,按照之前商量好的想法尝试着拍了一条,监视器前的白逸阳说了声:"好,停。"白逸阳在脑子里想了一下整场戏镜头的连接,觉得这样处理要比分切给镜头更能展现这场戏的气氛。他起身走到现场几个人身边说:"应该可以。"

现场都已经走好了位置,芊芊却迟迟没到现场,明媚就用微信问林馨儿什么情况,林馨儿回说"我去叫她"。在林馨儿的催促下,芊芊终于到了现场,执行导演赶紧和她说了这场戏的位置,马晓康也很配合地又和芊芊走了两遍位置。都准备就绪后,就听现场制片喊了一声:"现场安静了,我们实拍。"在场的所有人都安静了下来,白逸阳看着监视器,说了声:"开始!"

各组的工作人员都注意力集中地看着监视器的画面,但现场鸦雀无声的气氛突然被一个女人询问"知道厕所在哪儿吗"的声音给打破了,白逸阳赶紧喊"停",一个体型魁梧的制片愤怒地说了声:"谁啊,拍着呢,懂不懂规矩啊?"大家的目光都落在了一脸慌张的张珊身上,现场制片走过去问:"你谁啊,不知道现场拍摄有同期录音不能说话啊?你哪个部门的?"张珊趾高气扬地说:"我是这个组的制片人。"这时白逸阳说:"谁也不能在我拍摄的时候说话啊。"执行导演说:"尽快清场,闲杂人等都请出现场,到一边休息。"

张珊被白逸阳怒撑心里不爽,但也只能知趣地离开现场。

芊芊这时候有些不耐烦地问:"还拍吗?不拍我就上车休息了。"一看到赵明满眼喜欢地正看着自己,就马上不说话了,也回给赵明一个淡淡的笑容。

现场终于安静,可以继续拍摄了,在大家的配合下很快完成了第一场戏的拍摄。

因为第一场戏不是重场戏,男、女主的台词量也不大,白逸阳觉得无论是演员的表演还是镜头画面的呈现效果,完成度还是可以的。

整个上午安排的都是在这个场景的一些过场戏,芊芊和马晓康这个场景的戏结束后,两人就都先被送回酒店休息了,现场继续拍摄别的没有男、女主的场次。

明媚刚刚也看到了白逸阳怒撑张珊的情形，知道他一半是为了给她出气才会那样，心里又开始对自己做出让步的决定感到矛盾。

中午休息放饭的时候，老牛让生活制片在现场安排了很多张桌子，说必须保证大家都好好地坐下来把饭吃好。剧组在现场的上百号人除了司机师傅领了盒饭在车上吃以外，其他人都找到位子坐下好好地把饭吃了。

白逸阳拍完上午的戏，在现场四处寻找着明媚的身影，场务把饭给白逸阳送来时，白逸阳正好看到明媚在远处的空地儿上和老牛说着什么，就想叫她过来一起吃饭。但是看明媚和老牛边聊边上了一辆面包车离开了，白逸阳感觉肯定是有什么事情需要紧急处理了。

下午大队转场到了一个室内的场景，因为转场需要把现场的灯光器材还有摄影、录音等设备先装上车再转到下一个场景，提前准备下午的拍摄，所以有一部分工作人员没有吃饭就先带着装设备的车辆到了第二个场景开始备场。先到第二个场景的场务人员一下车，却看到牛主任和明媚已经站在现场了。老牛说让大家把饭吃了再干活，场务兄弟们直说把车卸完再吃，老牛强行制止说趁饭热快点吃，把组里的人都赶去吃饭了。

老牛和明媚也走到送饭车边一人盛了一碗热汤，边喝边说这个场景可以拍两天，之后就可以趁着天气不错转出去再拍些散景外景。两人聊着拍摄计划，老牛低声说："我发现一家私房菜，等忙活完我带你去吃。"明媚笑着说："那我叫上我闺蜜。"在组里这样忙碌和劳累的日子里，大家都是要靠着相互打气和照顾度过的，哪怕在现场休息的空当收到伙伴们偷偷塞给自己的一个小零食，也是件可以让疲惫的彼此瞬间充满电的事情。

没一会儿工夫，整个剧组的大队人马就从上午的现场转到了第二场景，全组人到了现场又都进入了工作状态，各司其职地忙碌起来。现场制片也已经通知在酒店的司机把男、女主演送过来准备拍摄。

下午先拍摄的是一场男、女主有对白的温情戏，大概是说女主因为不能适应新的环境，在和人交往中感到苦恼，而男主发现女主的情绪出现了问题，就来安慰她、给她支持的一段情节。女主的台词量非常大，其中有几段的情感起伏也很考验演员的表演功力。

芊芊到了现场，第一时间被带到导演的监视器前，白逸阳要求芊芊和马晓康一起对一遍这场戏的长对白，一是想说说这段戏中女主的几个情绪起伏的转折点，二是想让他们先酝酿一下情感，一会儿拍摄的时候情绪可以进入得快一些。执行导演已经与现场制片打好了招呼，通知大家在准备的时候都动作轻一些，大家得到消息后也都十分注意，尽量不搞出动静，以免影响到演员的情绪。

男、女主开始对词，马晓康不愧是实力派的演员，一出手对人物情绪的掌握就又稳又准，这样的演员在演绎自己角色的同时，也会很好地带动其他演员的情绪。芊芊既要记住大段讲述性台词，又要顾及表演的情感起伏，表演时就明显不能准确把握人物的状态。

在监视器前对了几遍台词之后，现场的其他准备工作也已到位。白逸阳和赵明商量，说可以尝试着待机拍一条，看看演员在场景环境里是不是可以感受得更准确一些，顺便可以让灯光老师把光效调一下。

执行导演与演员交流好位置调度后，说了一声"待机走位"，现场制片紧接着喊了声"安静"，白逸阳看着监视器里的情况说了一声"开始"，摄影机配合着演员身体动作的变化慢慢地推进了整场戏的情景中。白逸阳看着画面，整个人就像被吸入了监视器里一样，全神感受着整场戏的气氛和节奏。画面里，马晓康轻轻走近女主，看着女主正在出神，就关心地问："是不是不开心了?"女主抬起头，用一种忧郁的神情看着男主问："你说我是不是根本就适应不了这样的环境，是不是应该选择离开?"男主慢慢坐到女主身边，深情地看着女主说："无论你要怎样选择，我都会支持你，我只希望在做决定之前你要把我考虑到其中。"接下来就是女主大段儿的独白，述说自己来到这个陌生世界后一段时间里的感受。一段戏试下来，感觉各个方面配合得都很到位了，白逸阳就说咱们实拍一条吧，现场立刻安静了下来，开始实拍。男、女主的前半段戏都进行得非常顺利，没想到到了中间阶段需要女主因为思念而流下眼泪时，白逸阳想看到的眼泪并没有如期而至，演员情绪没到位，白逸阳只能喊停。

白逸阳让大家先休息一下，这时一直在现场的明媚不知道什么时候已站到了监视器后边，白逸阳在拿下耳机回头看的瞬间正好与明媚的眼神碰到一起，他向明媚点了一下头，明媚也点头回应了他。白逸阳站起来从明媚身边走过，去找执行导演商量怎么来调动女主的情绪。

这时马晓康坐在自己的现场椅上喝了一口水，有些不太满意地开始叨咕："年轻，有流量也就只是一个空架子。"正好被经过的芊芊助理听到了，回到芊芊的身边就把这话说给了芊芊。芊芊一听马上就不开心了，在喝几口水后说自己要回保姆车上厕所，就离开了现场。大家都在顾着自己的工作，并没有太注意芊芊的举动，到了喊演员到位时才注意到女主回车上了，现场制片赶紧通知女主到位，结果得到的回复却说女主不舒服。知道消息后反应最大的就是赵明，马上偷偷地发微信问芊芊的情况，芊芊回复了一个搞怪的表情给赵明，让他放心。赵明觉得奇怪，但也不能再过多问她。

明媚听到消息，也赶到芊芊的保姆车前询问情况，助理只是说芊芊有点头晕，明媚又赶快找林馨儿。林馨儿让司机拉她出去给组里的人买饮料喝，知道情况后赶紧往回赶，给芊芊发微信她竟然不回，还叫自己的助理也不要回。林馨儿得不到回复就更加心急，火烧火燎地赶回来敲开保姆车的门上去看情况。芊芊说了她不去现场的原因，林馨儿一听马上不满地看了一眼芊芊的助理，就开始劝芊芊不要和一个性格古怪的老演员置气了，他一定是因为看你的待遇比他好，所以才说了些不好听的来找心理平衡，咱们是明星风范，就不要和他计较了，不看僧面看佛面，还得顾及大家都在等着呢，好不容易才劝服芊芊同意回了现场。

明媚在车外看见芊芊下来，和她寒暄了几句，说要不行就去医院看看。芊芊看着明媚说不用，自己没事儿。林馨儿把明媚拽到身边，跟在芊芊后边一边慢慢走，一边小声地把芊芊为啥不回现场的事情说了出来。明媚有些意外，但看芊芊回了现场，就没再多想。

到了现场，人员全部就位后，芊芊坐到刚才的位置上，一看到马晓康心里就不开心，但是表面上也不能给大家难堪，只好忍着配合着继续工作。明媚怕又有什么状况，也不敢离开。林馨儿让场务把刚刚买的饮品分给工作人员喝，还特意给白逸阳等主创带了几个特大杯的咖啡。

进入实拍，芊芊还是流不出眼泪，白逸阳本想用一个长镜头直接推进到女主脸部特写，看到现在这个情况就只能把镜头切开，单独拍一个特写，提前用人工泪液给芊芊滴进眼睛后再马上抢拍。明媚站在一边，看白逸阳试了几次都没能让芊芊流下眼泪，感觉这也有可能是马晓康对芊芊心理造成的影响。她想了一下，记得曾经有一次拍戏也遇到过这种情况，当时就是一位特别有经验的老演员在小演员面前演了一遍需要哭戏的人物，这种口传身授的方式似乎能很快给对方形成一种模仿性的情绪带动，小演员一下子就找到了人物感觉。明媚一边想着一边找到马晓康和他商量，问他可不可以把女主这段戏给芊芊演一遍，来带动一下芊芊的情绪。马晓康果然是一个戏疯子，他竟然已经把对手演员的台词也背下来了，当场答应了明媚的要求。就这样，现场再次安静了下来，只见马晓康变换了身段和状态，坐在了芊芊的位置上，一下子就进入到了女主的情绪中，一边的执行导演给马晓康搭着戏。从头到尾马晓康都沉浸在角色的情绪里，深情倾诉时眼中带情，该悲伤时泪水自然地随着情绪流了出来。在场的所有人都被马晓康的表演吸引住了，有几个年纪小的梳化组的女孩被感动得眼眶都有些湿润了。同样眼睛湿润的还有我们的女主芊芊，芊芊没有想到自己演的角色在马晓康的演绎下竟然是这么情感真切的样子，心里对马晓康的芥蒂瞬间解开，眼神里流露出了敬仰。在马晓康表演的启发下，芊芊很快找到了人物感觉，接下来在表演时都很快就进入了状态。

白逸阳在大家休息调换机位和布光的空当再次寻找明媚的身影，

发现明媚原来就一直站在监视器后看着现场所有的情况。明媚发现白逸阳看自己，还没等她反应，白逸阳已经起身走到明媚身边说："你这个办法简直太奏效了。"明媚再次看到了白逸阳如孩子般的笑容，心里也很高兴，说："这都是从各位前辈那里学来的，你要感谢的人应该是马晓康，要谢谢马老师有这样的表演功力。"同时明媚也开始反省自己当初以为老唐是为了省钱才决定请马晓康的想法，是她把老唐想得过于趋利了。

在全组人的协同努力下，第一天的拍摄工作圆满完成，比预想的还提前了一个小时。芊芊在回酒店的车上给已经回到酒店的林馨儿发了一条微信，内容的意思是她想给马晓康老师买些水果送去，感谢他今天在现场对自己的帮助，问林馨儿买什么合适。林馨儿虽然有些惊讶，但也很快回复说这个事情就交给她处理吧，二人心照不宣地都明白了彼此的想法。

自打林馨儿重新做回艺人经纪的工作后，婆婆张玫嘴上虽然没说什么，但在心底却很不满意林馨儿不能每天陪在自己儿子身边，竟然动起了给周宇再物色一个女人的想法。想着只要周宇看上了，她就找林馨儿谈，给她一笔补偿金让他俩离婚，周宇就可以娶一个听话、肯给自己生孙子的儿媳妇了。

这天，林馨儿安顿好芊芊在组里的所有事情，买票飞回北京。到家后刚刚梳洗完，想要出门去书吧给周宇一个惊喜，不想在出门时与回来的婆婆遇到。张玫还带了一个年轻的女孩儿回来，介绍说是自己朋友的女儿，刚留学回来，约到家里喝下午茶认认门。林馨儿一看家里来了客人，就留下来陪同。三个人坐到客厅沙发上，张玫让家里的阿姨拿些茶果和饮品招待女孩，又开口闭口地夸赞女孩学历好、性格好，父母又是某知名企业家，这样的家庭出来的孩子自然也和周宇一样有教养。林馨儿听婆婆话中带刺地说自己配不上周宇，心里压着怒火，面上却应对自如。聊天过程中，林馨儿发现女孩儿并不知道婆婆的真正目的，只是单纯地认为是来家里做客，言语间十分礼貌，笑容满面，谈吐也很得体。当她得知林馨儿是芊芊的经纪人时，还一脸崇拜地看着林馨儿，说自己非常喜欢芊芊，也算是她的粉丝儿，问林馨儿有机会可不可以带她见见芊芊本人合个影什么的。林馨儿一听，痛快答应，说只要芊芊回北京，可以随时安排，都是年轻女孩，有机会还可以成为朋友呢。女孩儿听林馨儿这样说，开心得不得了，要主动加林馨儿的微信，二人很快成了朋友。张玫一看这个架势，再待一会儿林馨儿就要把女孩给同化成她的人了，就找了个借口说要带女孩再去认识一下其他朋友，把女孩带走了。林馨儿看着婆婆满心不快地出了门，忍不住想笑，拿起自己的背包开心地出门找周宇去了。

　　剧组的拍摄工作很快进入了正轨，每天按计划完成工作，但是有碍于预算的实际情况，大家都不敢怠慢，也都是早出晚归，保质保量地能多完成些就多完成些。明媚只要在组里，每天都会去现场看看拍摄情况，和大家都打打招呼。

　　张珊也一直在组里没有回去。自从开机当天被白逸阳怒撑后，张珊倒是很知趣地不怎么去现场现眼了。可她待在酒店没事，就和被她叫来当助理的胡言在一起研究怎么在组里捞些油水。胡言就找组里伙食不好的毛病，说是生活制片克扣了伙食费，中饱私囊了。张珊眼睛一转，让胡言去查查账，看是不是真的有什么问题。胡言按着张珊的指派去和剧组的出纳对账，结果按照预算挨项核对过账目后发现，不仅没有任何问题还有节省，就只是生活制片订饭的饭店和之前协议里说的不是一家了。张珊直接找到管饭的生活制片小刘询问此事，小刘说因为之前那家快餐距离比较远，为了节省时间就换了一家距离酒店近的餐厅，餐标和原来的是完全一样的，味道、卫生也都没问题。自己也是想为剧组节省时间才换的餐厅，省下来的钱并没有流进自己口袋里。张珊说他私自换了供餐饭店，也没有和组里打招呼，这就是违规操作。张珊"铁面无私"地把此事交到老牛面前，问他该怎么处理。老牛十分郁闷，虽然知道小刘是一片好心，可这事儿办得确实不合规矩，也只好对小刘做了警告，张珊说不信任小刘做事，非要强加胡言到制片组和小刘一起管剧组的工作餐，而且要求今后剧组的进出账必须有自己的签字才可以报账。老牛对张珊的做法十分不满，找到明媚说理，明媚说张珊既然在这个位置上，就让老牛配合着点，其实也就是多签个字的事。老牛给明媚面子息事宁人，只好把脾气压了下来。

白逸阳每天忙着拍摄，但是也隐隐地能感觉到明媚还是在处处地忍让着张珊。白逸阳偶尔会发个微信给明媚，说如果有什么难处就要和他讲，他这边可以配合的一定配合。明媚为白逸阳对自己的理解支持感到很温暖，每次都会回复感动、感谢的表情给白逸阳，但是并没有找白逸阳帮她解决过一次问题，尽量保障着白逸阳在拍摄中提出的要求。

自从胡言管饭之后，剧组饭菜的质量直线下降。一天午饭的时候，灯光组的大助理大峰到餐车取自己组的盒饭，放饭的制片就把灯光组的盒饭递了给他。大峰一看盒饭说少了，放饭的制片说不少，就是这些。大峰不干了，说不对，他们组的伙食一直都是双份的。因为灯光组人员的工作都是搬搬扛扛、爬上爬下的体力活儿，体力消耗得比较大，吃得也必然会多些。这几天领回去的饭和数量就不对，今天竟直接给了单份。大峰站在餐车前嚷嚷着不肯离开，组里的人都围了过来看发生了什么事，这下子制片部门苛刻不给大家吃饱的事情所有人都知道了，连主演芊芊都听说了。芊芊非常生气，吩咐助理在网上订些外卖给组里的人补充餐食。大峰一闹，白逸阳和老牛一看张珊今天正好也在现场，就来问她怎么回事。张珊感觉这一下应该是惹毛了全组人，就扯到明媚身上，说和明制片交接的时候她也没告诉自己灯光组的盒饭是双份的，之后一定会按照标准来订饭。

白逸阳不干了，说这怎么又扯到明媚身上去了，原本这事情也不是明媚直接管理的，张制片既然主动要来管理就请把工作做好，别又扯到别人身上。人们都为明媚说话，说明制片管的时候就从来没出过这样的事情。正说着，芊芊订的外卖也到了，芊芊和助理都从保姆车上下来，把订的好多全家桶分给各个组的人员去吃，还说是自己和明制片打赌输了，是明制片让她请组里人吃全家桶的，今天大家这是沾了明制片的光了。全场的人都看着已经站在那里半天的明媚说"谢谢明制片"。明媚本来听到现场出了问题想赶来解决，却看到了这样一幕，感动得差点流出眼泪。张珊一看芊芊都在为明媚说话，就讨好芊芊，解释说以后肯定让大家吃饱了再干活，今天属于意外。芊芊把一盒炸鸡腿递给明媚让她吃，没有理会张珊，带着助理回到了自己的保姆车上。剧组的工作人员都看明白了张珊是什么样的人，也都公然不再理会张珊和胡言。

林馨儿来探班，知道了盒饭事件，觉得大快人心，表扬了芊芊给明媚撑面子的行为。说白逸阳这次站出来给明媚撑腰也算很讲义气，这样也能分散一下大家的注意力，让大家以为导演对明媚有想法，也能替芊芊他俩的关系挡一挡，反正两个人也一定长不了。还不断地提醒明媚"记住，不要找同行"。林馨儿的话让明媚的心里泛起了一些波澜，她想，白逸阳对她的态度到底是怎样一种情感呢？是出于老朋友的感情还是出于对伙伴的支持，或者还是有些不一样的情愫正在他们之间蔓延？是不是自己想得太多了？

张珊在剧组里不受大家待见，只好和胡言商量看看怎么来挽回局面。胡言说："你可以找一些广告客户在剧中植入产品，这样老唐肯定开心，到时候全组的人也都不敢不配合你。"张珊想招商可是自己的强项，就把之前已经谈过的商务客户联系了一个遍，说可以在拍摄期里给商家的产品做一些道具类的露出。客户一听有芊芊的剧，也很有合作意愿，张珊就迅速地和客户谈好了条件。有几个客户的子女还是芊芊的粉丝，张珊就答应客户带着他们到现场看芊芊拍戏，还要求合影。芊芊不想让自己的粉丝失望，也都配合着拍照和互动了。

张珊一看芊芊还算给面子，又要求她拿着植入的产品在剧中展示使用。现场所有的人都在专注于自己的工作，张珊满场窜地指挥着。芊芊不想和张珊正面冲突，就把事情交给了林馨儿去处理。林馨儿这一下可逮到机会和张珊正面交锋了，句句都说是为了张珊着想，但是句句都不给张珊机会，把她搞得也是没有办法。

一看在芊芊这里说不通，张珊只好转身去找马晓康，叫马晓康在说词之前先喝一口牛奶，还要把包装上的logo露出来；还给马晓康设计情节，教他怎么演才可以更好地展示产品。马晓康见张珊乱搞，根本不想用伤戏来配合张珊的要求。张珊劝说马晓康无果，就跑到老唐那里去告状，说自己都是为了给项目多找些营收的渠道，如果连马晓康这样的演员都不能配合自己，那么招商的事情真的很难了。老唐分别给白逸阳和马晓康发了消息，希望他们能适当配合，但是一定要在不伤剧情的情况下进行。白逸阳看到老唐的消息，清楚一定是张珊去老唐那里诉苦了，心里十分不满，更不愿意直接去找张珊处理招商植入的事，于是在收工后找到了明媚。

明媚正在组里的办公室和牛主任谈几天后几场雨戏的拍摄事宜，一看白逸阳来了，就让他坐下一起商量。白逸阳说："我今天找你是想和你沟通商务植入的事，我知道咱们剧需要用招商来平衡收益，但是像张珊这样直接说把产品放在哪里就放在哪里拍，这个事情我是没法配合的。还有就是她去找马晓康的事，也严重影响了演员的情绪。现在张珊的所有行为是不是你想要看到的结果？"明媚一怔，没想到白逸阳会这样来质问她，马上承诺说会用合理的方法搞定植入的事。白逸阳看着明媚说："你的承诺我也没少听了，你要记得我的合同中签的是我有权利去开除不称职的人员，让其走人的。"白逸阳说完就离开了制片办公室。老牛知道明媚为难，但是也没有动什么声色。

一波未平一波又起，张珊为了在组里立威，有时候连续几天不给各组的采购人员签字报销，还让各组负责人先自己掏腰包垫着。这个情况又一次让大家怨声载道，都来找老牛和明媚说理。明媚去找出纳，出纳说张珊不签字她也确实不敢给大家支钱，事事都得等她的批示，搞得制片组也是一团糟。明媚被组里的人几天来对张珊的投诉搞得心烦意乱，总觉得是自己惹来的这个大麻烦。就在明媚自责不已的时候，老唐突然给明媚发来一条微信："每个人都要为自己的选择所产生的后果负责。"

明媚看着这行字恍然大悟，回想起老唐之前和她说的话："直接地面对事情与委婉处世其实可以并存，已经争取来的就要把握好，这才是敢于负责的态度。"明媚终于开始反思自己，她决定先礼后兵，直接找张珊谈话。

明媚来到张珊的房间门口，张珊对明媚的突然来访感到惊讶，笑脸相迎地把明媚让到自己屋里。明媚开门见山地说："我找你聊聊商务植入的事。你之前在现场私自找演员商量改戏加动作给客户产品植入的行为，严重影响了拍摄工作和演员的情绪。所以希望你能把植入的事情做统一的梳理，再根据剧情需求来判断植入的产品适不适合摆放在场景里，然后和主创确认后再决定是否可以给露出。"张珊看明媚这样直接地找她，就问明媚："拍戏最后是为了要什么结果，不就是为了赚钱吗？如果我能让一部剧在没播出之前就能有收入甚至是回本，那不就可以保证这剧稳赚不赔了吗？咱们的剧有芊芊这样的流量演员在，在哪里随便播播都能播得不错，现在是一个看脸、看颜值的市场，谁还真的在意片子到底拍成了什么样。"明媚看着张珊的眼睛说："我在意！"

张珊笑了笑说："你在意，没问题，我也是为了公司能赚到更多的利润，不然老唐也不会干的。"明媚说："你不要用唐总来和我说事，唐总也不会同意为了招商植入伤到咱们剧的情节和质量的。"张珊不以为然地说："你倒是信了老唐的话，还能跟他死心塌地地干，他豪宅住着豪车开着，你又得到了什么好处？"明媚正视张珊说："唐总是这家公司的创始人，是他一手创办了启梦，他所得的也是靠自己努力赚到的。我得到的就是我还干着自己喜欢的事情，我心里没有任何的不平衡。"张珊说："很抱歉，我没办法站在你的立场去想你的心理平衡，我只在乎我自己的心理平衡。"

明媚没有半点犹豫地说："没关系的，你平衡也好，不平衡也好，我都不会让你继续在组里捣乱了。"

第十四章　在我心里开始有你

自从组里被张珊搅和得乱七八糟，老牛心里早就烦透了她，但总是想着不给明媚添堵，所以一直在暗地里让大家都注意些，只要不出大问题、能保证拍摄就先和张珊对付着。组里的人也都很听老牛的话，忍耐地配合着。可是那天白逸阳找过明媚之后，老牛就很为明媚不值，心里盘算着也到了该把这些问题一次解决的时候了。

组里要拍雨戏，道具为借用消防车的事来找张珊商量，问她用几台、拍几天合适。张珊也不知道具体情况，随便回了句"两三天"。外联制片来问张珊，医院的戏哪天拍、拍多久，张珊也随口说了一下。结果按照张珊说的统筹没法安排生产计划，惹得牛主任来问张珊到底什么情况。张珊被问得一头雾水，觉得生产计划安排的事琐碎又繁杂，实在搞不明白，还浪费精力，就找借口说她要去谈一下汽车道具的植入赞助，拍摄计划的事情让他去问明媚。

张珊终于离开组里回北京去谈汽车客户了，全组的人都特别开心，她不在组里，组里的工作恢复到了正常的状态。

明媚不在北京的日子里，书涵已经在林馨儿和周宇的照顾下慢慢习惯了一个人的生活，绘图软件也学会了很多，但对书涵来讲还是觉得手绘起来更自如。当书涵看到有些书中的内容有趣时，就顺手拿起笔按着书里的内容画些好玩的插图，画好后就插在书中给大家当书签。有几次看到书签的顾客还特意问这些是谁画的，但书涵性格内向，也没有说出就是她画的。为了准备孩子的出生，书涵也会特意找些育儿和少儿教育方面的书来自学，更会在看到好的内容后把书中写的知识点用彩色铅笔画出来再自己装订成册，一边画着一边还和肚子里的宝宝说话互动。

　　书涵在书吧一如平日地收拾整理顾客看过的书籍，一阵门铃响起，进来的是一位年轻男子，他是在网上得知了这家书吧，今天有时间就特意过来看看的。男子在书吧的书架上找寻着感兴趣的书籍，拿了一本王朔先生写的《看上去很美》后找了一个位子坐了下来。书涵前两天刚读完这本书，当时也是因为周宇的推荐她才拿起来读的。书涵很喜欢故事中方枪枪这个小朋友，在读书的过程中就按照自己的想象画了一些方枪枪和几个小朋友在一起玩耍的图片，并夹在了书中当书签。没想到男子翻到插图后产生了极大的兴趣。正好书涵过来询问男子要不要喝些什么饮品，男子就把图片拿出来问知不知道这个是谁画的，自己想认识一下这位画书签的人。书涵看他的眼神很真诚，就说是自己看书时觉得几个小朋友都很有趣，就画了他们的样子。男子有些震惊，马上站起来，看着眼前这个挺着孕肚的服务员兴奋地说："你好，我叫邵子峰，我是《快漫画》的编辑。"书涵回礼说："你好！"邵子峰问书涵是不是专业画家，书涵摇头说不是，只是业余爱好，自己现在很想从事专业绘画方面的工作，但因为怀有身孕，所以一直也没能找到合适的工作。邵子峰说自己很喜欢书涵的绘画风格，如果书涵愿意，他可以尝试找书涵合作一些事情。书涵听后非常感兴趣，只是说怕自己怀孕会影响工作。邵子峰说你不用着急，因为如果真的合作也要有一定的策划时间，所以合作的事情可以慢慢来。书涵听邵子峰这样说，就把自己之前画的一些关于育儿和儿童教育的插画也拿出来给他看。邵子峰看到书涵的画稿，越发觉得书涵非常适合他正在策划的一个系列图册的风格，就说回去后会把策划发给书涵看看，让书涵了解、感受一下内容适不适合她的创作，书涵非常开心地答应了。在谈话中，书涵也向邵子峰提到，自己目前确实存在生活和经济上的实际需求，很希望能够得到这样宝贵的工作机会。邵子峰很能理解书涵说的意思，就和书涵交换了联系方式，说他回去后会把策划发给书涵，让书涵把邮箱地址用手机发给他。

邵子峰离开后，书涵高兴了很久，直到下班后回家，书涵看到秦奋出现在自家门口。秦奋说自己是来看书涵的，来了后才发现家里的门锁换了。书涵把之前秦奋的母亲来闹的事告诉了秦奋，秦奋说知道母亲来过，母亲也找了他，他当时就让母亲回去了。

书涵把门打开，让秦奋进屋里说话，她也想坐下休息会儿。秦奋跟着进了客厅，看着书涵的肚子已隆起得非常明显，就问书涵这段时间一个人生活还都习惯吗，说最近给书涵转账的生活费书涵也都没收，不知道她钱够不够用。书涵对秦奋的话还是有些戒备，不知道他这样问自己的真正用意，就说她生活得还好，也在找工作。秦奋听书涵说在找和绘画有关的工作，就主动提出可以帮助书涵找一些设计的工作，书涵很礼貌地拒绝了秦奋的帮助，说她应该可以解决。

书涵冷静平和的态度让本想和书涵谈复合的秦奋望而却步了。可能是因为对之前的书涵过于了解，当秦奋面对这样坚定的书涵时感到格外陌生，心里升起了几分忌惮。书涵看秦奋的表情有些尴尬，就说她很知足，秦奋能把房子先让她住着，秦奋不管怎样都会是孩子的亲生父亲，这层血缘关系是不会被替代的。如果秦奋想要看孩子，还是可以随时和她讲的，她一定会安排。秦奋一看复合无望，就只好和书涵说有什么需要可以随时找他，然后问了一下书涵预产期的大概日子，没有逗留就离开了。秦奋走后，书涵坐在他们共同生活了多年的房子里，回忆起当初买房子时秦奋开心的样子，这里曾经是给了书涵所有寄托的地方，如今却成了她为生活所迫不得不委身过渡的暂住地。

同样的夜晚，对于每个人的意义却很不相同，有的人下班回到了家里，有的人刚刚出门上班。有的人与家人共围一桌，有的人孤坐独饮。有的人安稳无梦，有的人反侧不寐。入夜灯上，人间花影似场梦……

这一晚对于张珊来说看上去算是胜利的，经过她不断地发挥人脉资源，终于找到了一家二手车交易平台愿意提供车辆给剧组拍戏，广告植入在剧中自然也不会少。这次操作完全是个能满足个人供需的合作，张珊约对方的市场经理吃饭谈合作，一上来就允诺对方提返点作为酬谢，两人一拍即合，很快就达成了合作的意向。

车辆商务合约很快签了下来，商家赞助的车也运到了剧组。道具组的人员赶紧卸车准备改装，可车子落地后才发现和之前沟通的样子完全货不对板，而且这辆车几乎就是一辆已经报废的车，即便能开也存在安全隐患。道具组长把情况告诉了白逸阳，白逸阳看到照片上的车很愤慨，就和道具说这个肯定不行，让他们去协调。

道具组长没有办法，只能找牛主任和明媚说明情况，说导演对道具不满意，这种情况下整个车戏部分的拍摄计划肯定是要延期了。明媚接过车辆照片一看，确实情况很糟糕，难怪导演没有通过。几个人正在商量该如何处理，白逸阳突然出现，带着很大的情绪说如果这个问题不解决掉，他只能罢工了，要么张珊走，要么他白逸阳走。

明媚看白逸阳这次真的是忍到了极限，说导演当然有权利这么做，现在还是先把汽车道具的问题解决了才可以。白逸阳让明媚先解决问题，问题不解决就不开工。

要怎么处理？明媚被这完全没有准备的情况给打了个措手不及，本来想车到了改装一天，这样就可以按计划拍车戏了，结果现在的情况下就要重新调整拍摄计划。老唐听说剧组因为导演对汽车道具不满而停工了半天，就立刻打电话给明媚和张珊，向两人施压，必须把今天落下的进度赶上来。

张珊听胡言说白逸阳要赶他们走，立即找到白逸阳，恳求他给自己些时间去解决问题。白逸阳已经不想再忍受张珊，就说，他现在不管是谁，只要车不到位，车戏肯定不拍了，什么时候车到位就什么时候拍。如果搞不定，他就会按合同约定的行使他的权利，换掉不称职的制片。

临时要改拍摄计划就是牵一发而动全身，会涉及进景时间的调整、调动演员到组、陈设置景等等诸多问题，总的来说，就是相当麻烦。

明媚和主任还有各个部门的工作人员沟通后，让统筹连夜出了一份新计划。张珊也知道事情难搞，自己什么忙也帮不上，两手一摊等着明媚解决问题。新计划一出，林馨儿马上联系明媚，说之前答应的一档综艺节目要芊芊过去录制两天，来向她协调请假。明媚把实际情况告诉了林馨儿，说如果芊芊再走两天，那整个组能拍的戏也只能维持半天的工夫了，有些戏的场景完全协调不出来，想换别的演员进组拍也实现不了。明媚为计划着急上火，嘴唇上很快起了几个大水泡，林馨儿看着明媚心疼。明媚和馨儿姐妹俩面对着友情和事业的冲突，都知道最后总要做出选择，但彼此都不想伤害到对方。

芊芊从赵明那里得知剧组近两天因为张珊的不负责任大家正面临很多问题，她想着整组人的利益，就主动找林馨儿谈自己想放弃综艺录制的事情。林馨儿听芊芊这样说，心里十分感动，但同时又觉得芊芊可能因此失去了一个可以造势的机会。芊芊安慰林馨儿，说她还是希望能走上实力演员这条路，如果真的要靠综艺来维持关注度，那也不是她的想法。有了芊芊这一番话的支撑，林馨儿踏实了很多，第一时间就把芊芊会放弃综艺录制，留在剧组配合大家拍戏的消息告诉了一筹莫展的明媚。明媚听到这个消息差点没哭出来，对林馨儿和芊芊的支持发自内心地感激。

全剧组人员齐心协力按照新计划都准备就绪，可以恢复拍摄了。

明媚终于可以抽出时间解决汽车道具的事情了，她坐在房间里正在等待道具组长发来的租车的报价单，没想到等来的竟是于涛的电话。明媚接起电话，于涛说发现《时光》剧组在他们银行的共管账户今天有一笔比较大的现金转账，收款人却不是剧组的财务，因为平时的现金转账都是先转到剧组财务那里，就问明媚剧组是不是都由财务统一入账再转给用款人。明媚想了一下，说偶尔也会转给器材公司或者场地出租房。明媚问于涛能否把这笔账目的收款单位资料发给她，于涛说自己可以查一下。说完账务的事情，于涛说有个好消息想告诉明媚，就是他快要结婚了。明媚听到这句话后才明白于涛打这个电话的真正目的，就很真诚地祝贺于涛。挂掉电话后，于涛很快就发来了那个收款人的资料。

明媚还没来得及细看收款单位的资料，工作群里就传来消息，说现场出了事故。

按照新的拍摄计划，剧组当晚要拍摄雨戏，现场的情况是需要发电车和洒水车同时启动工作，但就在拍到最后几个局部特写镜头的时候，白逸阳说自己闻到一股什么东西烧焦的味儿，大家也都说确实有烧焦味。现场赶紧叫停了所有的工作，大家检查设备，发现有一辆发电车因为运转的功率超了负荷，发动机皮带摩擦力过大才产生了很重的烧胶皮的味，如果继续工作很有可能因为使用不当而引起火灾。幸亏白逸阳及时叫停，不然现场还不知道会发生什么不可挽回的后果。现在虽然拍摄拖延了一点儿时间，好在没有酿成大祸。

明媚赶到现场，看到问题已经得到了控制，拍摄也都按时完成，就放下心来。老牛找到明媚，说出故障的发电车不是他们找来的，当晚有三台发电车在现场供电，其中一台是张珊硬加到用车表里的。

明媚一听老牛的话，赶紧把于涛发来的资料仔细看了一下，问老牛是否知道这个人，老牛看了后说不知道。明媚彻底被张珊这种无孔不入、想方设法利用剧组工作给自己牟利的行为激怒了。

明媚问牛老师，为什么不早点和她说发电车的事情，这要真的弄出火灾来就把整个组给毁了。老牛说自己看着张珊在组里胡作非为也想让她早点离开，但总得抓住些实据才能一下把她踢出剧组吧，今天发电车会是这样一个情况是他事先没能考虑到事情的严重性，好在导演的嗅觉灵敏。这次为了让张珊就范，在方式上确实有些冒险了，自己也要检讨。

明媚心里知道牛老师也是好意，这样做实属无奈之举，更坚定了要和张珊摊牌的决心。

张珊听说现场的发电车出了事，心里多少有些心虚，看到明媚来找她，心想大不了把责任都推给制片组的其他人。明媚上来就问张珊："你是等我找老唐谈，还是自己主动走人？"张珊看着明媚说："哎哟，明制片今天是怎么了，火气有点大啊。"明媚根本不想和她浪费时间，把手里刚打印出来的银行转账单给张珊看。张珊拿过单子了看内容，说："这些都属于正常的公关费用，有什么问题吗？"

明媚说："问题大了，问题就在于什么公关费需要这么一大笔钱？还有，说好听了这叫公关费，实际上这就是行贿受贿，你的伙伴经得起检查吗？如果你做的这些事情没有影响剧组正常运转，我都可以忽略不计，结果道具车完全货不对板，把整个拍摄计划都给打乱了，全组人为了一辆道具车没到位，就得连夜不睡准备新计划要用的所有东西；发电车用了一辆几乎报废的车放到现场，一旦出了问题就是不可挽回的大事。"张珊看到明媚第一次和自己发这么大的脾气，更心虚起来，开始服软，过来用手拽住明媚的胳膊说："你说说咱们都是差不多时间就在北京打拼了，熬了这么多年，为的不就是能让生活过得好些吗？"张珊说起当年，她和明媚认识时还是个房屋中介里刚入行的经纪，明媚大学刚毕业找合租房，她为了帮明媚找到合适的房子也费了很大的心思，明媚的出租合同也是她做房屋经纪开的第一单，二人也算识于微时。张珊说："你看，就凭着咱们这老感情，我也不能亏了你，所有的好处咱们都平均分配。"明媚把自己的胳膊从张珊的手中抽出，将身体面向张珊说："是，我承认我们有老感情，所以对这份感情我抱有希望，我觉得我以己度人、以诚相待可以让你明白这一点，但是我不想为了自己这些情绪的牵扯再影响到整个剧组的工作了。"张珊看明媚这样决绝，脸马上冷了下来。明媚继续说："现在要么你主动离开，要么我把你的所作所为撕出来给大家看！"

张珊看在明媚这里已经没有任何余地，只好暂时咽下这口气，主动向老唐递交了辞呈。张珊辞职当天，老唐给身在剧组的明媚发了一条消息说："剧组的事情你要继续扛下去，之前所有的问题也都要一样样地填平，不要再走老路了。"明媚看着老唐的消息百感交集，终于明白了老唐的用意，但面对一大堆待办的事情也无暇过多地思考。

白逸阳在拍戏的空当听到张珊走人的消息心里高兴，在现场拍戏的状态都不一样了，张罗着全组人提高效率快干，甚至还在休息间隙哼起了歌曲《少年》。果然今天整组人的工作效率都非常高，很早就完成了拍摄计划，还留出了一些时间给摄影组出去拍了一些风景的空镜头，以便于后期剪辑使用。芊芊看今天收工早，就给赵明发了一条微信，说出去吃火锅，赵明回了一个OK表情，这一对儿在忙碌的拍摄中终于有了一次甜蜜的约会。

白逸阳回到酒店就找到明媚，本来想找她和主任出去吃饭庆祝一下，明媚却正在线上和道具组长对着道具汽车的备选资料，看到白逸阳就叫他一起看一下。白逸阳看了车辆照片说这些车的样子都不太理想，让尽量和设计图上的一致，明媚直接转告了道具组长，让他再找。看明媚还有很多工作要处理，白逸阳就没开口说想请她出去吃饭的事，只说了一句"张珊这个事情处理得不错"，然后回了房间。

明媚听到白逸阳对自己认可的话，转身注视着白逸阳离开的背影，有种想要和这个男人多说几句话的想法，又不知道该从哪里说起。守着桌子上的一沓票据还有合同，她的思路又回到了工作当中。

明媚有很多工作都是在给张珊做善后，其中一件就是那家二手车交易平台的植入，明媚看到商务合同中写着《时光》剧要为该家平台在剧中有不得少于三次的品牌露出，其中包括了两次情节上的植入。明媚觉得这个事情必须要找白逸阳和编剧商量才行，就马上在线上拉了一个讨论会，问几位主创的意见。明媚告诉大家，这个植入合同已经签了，如果不拍公司就会负担一定的违约金，最好能配合完成植入。众人讨论着各种剧情的可能性，结果觉得怎么弄都会影响情节，群里突然安静了。过了半晌，白逸阳发了个视频在群里，明媚一看，是一种类似小剧场的植入方式。明媚被提醒，说导演提的方法太及时了。白逸阳说："这样的植入方式需要根据不同产品做独立的情节策划，还需要演员配合拍摄。"明媚想了一下说："那我先去和客户商量一下，如果能行得通，我来协调所有的拍摄问题，到时候也辛苦导演要多干些活了。"又补充说："我会向客户单独申请拍摄费用的。"

明媚和二手车平台市场部的负责人说了她的想法，也讲明对方之前提供的汽车确实不符合剧情的要求。如果对方能提供合格的车辆，她可以和导演商量使用。对方得知张珊已离职，也怕收好处费的事情被捅出来，就和明媚商量说这个事情最好能从简处理，像特意策划中插情节这种还是太复杂了。明媚就提议把汽车赞助的价值兑换一次剧中品牌的场景露出，这样植入到情节中也不伤剧情，对于双方的合作大家都算公平，负责人马上就同意了明媚的提议。招商的事情终于处理完毕了，明媚吐了一口气，心里想总算又过了一关。

大家开始到处寻找能满足导演要求的车辆，把设计图发给了所有能用上的关系。林馨儿也收到了明媚的求助，她想起芊芊有出席过一个国产汽车集团的商业活动，当时是帮这家集团去站台，还走了红毯，就联系明媚说了情况，觉得这个事情有得谈。明媚和林馨儿联系到了汽车集团，并把《时光》项目的情况向对方做了介绍。汽车集团市场部的经理原本就很喜欢芊芊，同意先看看《时光》的项目资料，在了解到《时光》剧情中芊芊主演的角色有开车的情节后，他很高兴地把集团新推出的一款概念车的照片发给明媚，明媚第一时间就把照片发给了导演。白逸阳正在现场拍戏，收到明媚的消息，打开一看是一辆非常有未来感的跑车，样子和自己脑子里想象出来的十分相似。白逸阳惊叹国产汽车的外观设计也能达到这样高的水平了，立即回复说这个可以。明媚说这件事要感谢芊芊和她的经纪人林馨儿，她们是这件事的大功臣。合适的汽车终于找到了，明媚一秒没停就开始和赞助商洽谈合作协议。林馨儿也通过这次沟通成功地给芊芊谈下了这家汽车集团的形象代言，这是一次三赢的合作，可谓皆大欢喜。

明媚和林馨儿为了和汽车集团签约的事一同回到北京，两个人都想着在工作之余可以见一下书涵，三个人聚聚。

林馨儿和明媚约好去看书涵之前不和她打招呼，给她一个惊喜。书涵像往常一样在书吧里服务着看书的顾客，周宇也在书吧处理着一些购书的事情。一阵门铃响起，只见林馨儿先拎着一大包东西走了进来。书涵看是林馨儿，赶紧迎出来，刚到门口，门上的铃铛又响了，明媚也捧着一束鲜花走了进来，书涵惊喜得感觉自己快要尖叫了，三个女人搂在一起开心得直转圈。周宇看着三人的样子觉得既好笑又可爱，嘴角挂上了温暖的笑意。

三人叫上周宇跑到书涵的房子里，自给自足地做了一顿火锅吃，这一晚过得快乐又充实。

秦奋在同一个晚上也参加了一个同学聚会，聚会上遇到了老同学田建。田建和他提起自己看到书涵怀着孕还在找工作的事，就问秦奋到底是什么情况。秦奋面露惭愧，说是自己没处理好两人的关系，书涵现在不愿意接受他经济上的支持，只接受暂住在他们原来的房子里。秦奋就和田建说如果可以给书涵推荐些工作，他可以把自己手上的客户给到田建。田建一听觉得这件事他还是可以帮上忙的，便答应了秦奋。

没几天，田建真的联系了书涵，说自己这里有一个海报设计的工作，就是交稿时间有些着急，并向书涵说项目方十分靠谱，之前合作过很多次，只因甲方公司规模大，付款流程也复杂些，设计费可能要稍晚些支付给书涵，如果书涵愿意做就先干活后结款。书涵听到自己可以工作挣钱，十分感激田建，马上同意了，向周宇说明了情况，请了几天假。书涵日夜赶工，终于完成了设计稿。甲方对书涵的设计非常满意，书涵靠自己的能力赢得了客户的认可。

明媚谈完汽车品牌的商务合作，看剧组的拍摄进行得也很顺利，就决定在北京待上几天稍作喘息，打理一下个人的生活琐事。明媚先到理发店，想修剪一下已经完全没型的头发。洗好头坐在椅子上等理发师的空隙，明媚拿手机随便翻看着，突然收到一条消息推送，点开一看，竟是芊芊在剧组拍戏期间夜会某神秘男子的新闻，再仔细一看，新闻页面照片里的神秘男子身影很像赵明。明媚正努力想把照片上的人脸看清，林馨儿的电话就打了进来，上来就和明媚诉苦，说自己给芊芊和白逸阳准备的公关稿都白准备了，没想到目标人物竟然会是摄影师赵明。林馨儿说自己就不明白芊芊到底看上了赵明什么，难道白逸阳比不上赵明吗？明媚听林馨儿这么说自家的艺人，心里也无力吐槽。

　　明媚正着急着，就打断林馨儿的话，让她赶紧处理八卦新闻去，不要再浪费时间了，林馨儿说她都安排完了才打电话给明媚的。又聊了一会儿，理发师过来要开始给明媚理发了，二人才挂断电话。

　　明媚一边理发一边想着芊芊和赵明的事情，这才想明白从《时光》勘景开始芊芊跟到外景地那会儿找的人就是赵明，不是白逸阳，是她和林馨儿都误判了白逸阳和芊芊的关系。又想起那天白逸阳对她说张珊的事情处理得不错，还有这段时间里与白逸阳之间发生的事情，明媚想白逸阳是把她当作真朋友和伙伴来对待的，心里突然觉得应该告诉白逸阳自己已经感受到了他的友好和善意。想着这些，明媚在网上订了榨汁机、杯子、枸杞、菊花还有很多有营养的食品，准备一并送给白逸阳。

　　明媚再次回到组里，把她给白逸阳买的用的吃的一起拿到他的房间，说导演拍戏辛苦了，她买这些东西希望能帮助导演增加一些营养和补充精力。白逸阳看到明媚拿了一堆东西到他房间，就接了过来，其中最夸张的就是一袋重达五斤的枸杞食品大礼包，里边除了红枸杞干，还有黑枸杞干，然后就是各种枸杞做的食品，白逸阳一时间有点受宠若惊。明媚看着白逸阳，突然一本正经地说："导演的工作真的很辛苦，每天早出晚归地在现场拍戏，回酒店后还要看每天的拍摄素材，还要帮着公司给商务的客户拍植入，你一定要保持足够的精力和体力。这些东西都是很好的补品，导演一定要多吃，导演身体健康才是整个剧组的核心保障。"对明媚说的这番话，白逸阳直观的理解就是明媚在提醒他要保持状态，一定要保证拍摄的质量和进度，不能延期。

剧组的拍摄工作进入了最密集、最紧张的阶段，白逸阳的压力也越来越大，这种压力来自他始终对内容呈现的高标准，对各个环节都要求做到最好。为寻找更多呈现的可能，他会不停地和赵明讨论，和主创、主演讨论。赵明非常了解白逸阳事必躬亲、对事情要求尽善尽美的性格，一般都会配合他做可能的尝试，但不是所有人都能像赵明一样理解白逸阳。

因为下雨的原因，统筹调整了拍摄计划，先进室内拍一天内景的戏。因为对这几场内景的戏一直有些新想法，在心里还没有想得特别清楚，正在现场拍摄的白逸阳听说要提前进内景的戏，心里有些着急。他先问赵明，自己想尝试一种新的方式来呈现内景的几场戏，不知道行不行。赵明问他想要达到怎样的效果。白逸阳说："希望能把人物的情绪拍得更往内心走一走，不想只用台词加上简单的景别剪切，即便是给到环境的渲染也还是过于扁平了。"赵明说："演员的表演是可以用镜头的细节再处理得多些层次感的。"白逸阳摇头说："我不想从演员表演的角度去着手，我还是想尝试用纯镜头语言去处理。"赵明想了一下说："我之前看过一个类似情节的处理方式，可能是你说的那种感觉。"白逸阳问："你是想说像电影 Big fish 中那些现实情节的不同时间轴与男主想象出的情节几组空间关系之间相互穿插来讲述故事那么处理？"赵明点了点头问："你觉得可取吗？"白逸阳沉了一口气说："让我想一想。"

白逸阳脑子里一直在想那几场戏的处理方式，第二天很早就到了现场。看着工作人员都在积极地做准备工作，白逸阳孤独地坐在导演椅上，特别安静，其间没有和任何人交流。现场的环境光一层一层地被打开了，直到把白逸阳坐的位置也照亮的时候，他才抬眼看了一下周围已经布置好的陈设，又看了看房间里的整体色调，然后向窗子外边看去，突然问现场美术在哪儿。现场美术听到导演找他，马上走过来，白逸阳走到窗边指了指落地窗帘问："这个颜色之前不是说了换成淡黄色吗？现在这个颜色应该是橙黄色吧？"美术想了一下，把现场管陈设和道具的人员叫过来问什么情况，陈设人员说应该是记错了窗子的位置，可以马上去调换过来。白逸阳说完又回到椅子上坐下。赵明也到了现场，一看白逸阳的状态就知道他肯定还是没有想清楚那几场戏。赵明深深地提了一口气，给自己做足了心理疏导，想着"今天他说啥都是对的"，然后咧了一下嘴走了过去。

果然不出所料，白逸阳在对各个部门提出问题并调整后，才开始让执行导演和自己聊整场戏的调度，整个现场气压低到让人窒息。演员就位后走了两遍戏就实拍了，结果拍一条他就说机位不是特别的好，就要调整一下机位再拍一条，一个镜头换了几次机位。现场的工作人员被白逸阳今天的状态搞得都很紧张，私下都在议论导演是不是有什么问题了，都一上午了，很简单的一场戏还没有完成。有人开始抱怨。现场制片看到这个情况赶紧给牛主任私信，老牛觉得不对，就找明媚问知不知道白逸阳是怎么了。明媚听到老牛和自己说的情况，说要不咱们去现场看看吧。到了现场，感觉气氛非常压抑紧张，就连演员也被白逸阳的低压气场给弄得不太敢轻易说什么。赵明眼尖，看到明媚和主任来了，大概知道是有人和他们说了现场的情况，就把明媚叫到一旁，把事情的原因讲给了明媚。明媚知道了白逸阳是因为在创作中遇到想不通的地方才会这样，就让赵明先配合导演继续拍，她想办法做通大家的思想工作。赵明对明媚的理解感到高兴，同时说自己也会看情况去疏导白逸阳的心理和顾虑。明媚点点头，对赵明说："那就辛苦你了。"

明媚和赵明聊完，转身找到了牛老师，说了白逸阳异常状态的原因。老牛有些不满，说年轻导演都会有这个问题，自己没想清楚就拿全组人来给他找心理平衡。明媚说："其实导演是非常负责地想把戏拍好才会偶尔这样的，之前的拍摄不也没有这种情况吗？"老牛说："之前没有不等于之后不会，你就看吧，我就把话放在这儿了，到时候进度拖延你该着急了。"明媚劝说老牛，让他去和各个部门的人员说尽量配合导演，导演的情绪她会想办法疏导的。老牛看明媚这样说了，也只好去和各个工作人员打招呼。大家听了牛主任的话，心情也都平复了很多，继续配合导演的工作，现场恢复如常。

　　明媚想着赵明说的话，觉得如果不是每天都在赶进度，给白逸阳足够的时间，他一定可以把想解决的问题想得更清楚。她想，自己可以找一些类似影片的情节提供给他们做参考，这样也许可以带来一定的启发。想到这里，她和牛主任打了声招呼就赶回了酒店。

　　明媚到了酒店房间拿出自己的电脑，登录到百度网盘。之前她上网课的时候有许多同学分享给了她很多经典影片，她开始在众多的片子中寻找类似情节的处理，快速地拉片，看到可能有用的情节就用软件录屏存到电脑里。整整一下午，她快速地浏览了至少二十几部片子，能用来做参考的片段有十几场戏。她快速地用剪辑软件把录好的素材按顺序剪辑到了一起。看时间已经到了快晚饭的时候，明媚拿着手提电脑跑到了现场。现场的气氛明显有了一些缓解，明媚听到现场喊放晚饭，才走到白逸阳跟前。白逸阳看到明媚来了，起身打招呼，明媚看着白逸阳说："导演，我想给你看些东西。"白逸阳有些迟疑，觉得明媚神神秘秘的很奇怪，就问："看什么？"明媚叫赵明也过来，凑到一起后明媚把自己的电脑打开，说："我剪辑了一些影片的片段，你们看看能不能帮着打开一些思路。"白逸阳和赵明同时把脑袋凑到了电脑前，看到明媚剪辑的电影片段集锦，都被吸引住了。虽然这些片段只是简单的片段连接，但因为情节都有相似之处，算是一种简单的归类，形成了排比逻辑，用来做参考确实直接。二人看完所有的片段后，都被明媚的这个做法给触动了。这些影片对于白逸阳和赵明来说都不算陌生，可让他们一下子都想起来确实也有难度。明媚的这个做法给了白逸阳很大的鼓舞，至少他明白明媚是理解他的，是愿意和他共同想办法的。白逸阳把电脑合上还给明媚，明媚怀了一些希望地看着白逸阳问："怎么样，能帮上忙吗？"白逸阳严肃了一天的脸此刻露出了温婉的微笑，对明媚说："很能帮上忙，非常有用。"明媚听到白逸阳这样说，也展开了笑容。赵明看着眼前两个对视傻笑的人，识趣儿地默默转身走开。

只有白逸阳知道他回复明媚这句话的实际意思，白逸阳没有想到明媚会以这样有些笨拙的方式来帮助他解决困惑。他想，只有最原始的冲动才让这个笨女人条件反射地做了这样一件简单却直击要害的事情。白逸阳清楚，他不是真的在为情节的展现方式困惑，而是在为需要打破固有的逻辑惯性困惑。这些都不是一时半刻就能够完成的蜕变，是一个需要积累打磨的痛苦过程，这个过程是煎熬的、不知尽头在哪里的，明媚的简单成了这个过程里的加油站，让他有了可以继续前进的能量。

剧组平日里高压快节奏的工作方式，会让组里的工作人员在某个时间段进入疲劳期。为了让大家稍稍缓解一下压力，牛老师找明媚商量，说拍摄进度完成得都很顺利，他觉得可以找两天把拍摄计划的量安排得少些，让大家放松一下。他和统筹商量了好一会儿，终于安排出计划来。当统筹把这两天的通告发到工作群里后，全组的人都在群里发各种开心、感谢、比心、送花的表情，明媚看着工作群里大家沸腾的样子露出了满意的微笑，心也好像开了一朵好看的花。

按着预想的，这两天收工都很早，老牛叫明媚，说请各部门的组长一起吃牛肉火锅，大家回到酒店简单梳洗后换了件干净衣服就坐着组里的车出门了。明媚也叫了导演组，白逸阳下楼时就只有明媚在酒店大堂里等着他，明媚说其他人坐满一车和牛主任先过去了。明媚问白逸阳赵明怎么还没下来，白逸阳说："他有时间肯定要去陪芊芊了，怎么会出来和咱们吃饭呢。"明媚想了想，说："也是。"二人坐上另一辆车向饭店赶去。

到了饭店明媚一看，先来的几个人正好坐满了一个圆桌，明媚和白逸阳只好坐到另一张圆桌上。明媚让过来几个人和他俩坐一起，另一桌的老牛却想给明媚和白逸阳制造独处的机会，就给一桌人使眼色不让过去。每个人都心领神会地说能坐下，让明媚和导演换一个小点的桌二人单吃。白逸阳一看大家都不肯过来，就低声问明媚是不是因为自己之前在现场要求太多，让组里的人对他有意见了。明媚一看白逸阳这样问，赶紧说肯定不是，估计就是想和牛主任一起喝酒坐一桌方便，咱们也不喝酒，所以这是被他们嫌弃了。白逸阳说那咱们要不换个小桌吧，明媚看白逸阳被大家的态度弄得有点尴尬，想了一下，向另一桌的人说谁要是过来这边明天午餐就给谁加餐，送肯德基全家桶。老牛看明媚都这么说了，就让过去两个。老牛一吐口让人过去，哗啦啦凑过去好几个，白逸阳被突如其来的簇拥弄得有些想笑。一群成年人为了吃上全家桶一下子都变成了小孩子来讨好明媚，饭桌上的气氛一下热闹起来。

两桌人涮着火锅、喝着啤酒，气氛也很热烈。白逸阳在拍摄期是不喝酒的，所以他一直用矿泉水陪着喝。几杯酒下肚，另一桌的牛主任走过来敬酒，并说："明天还要继续开工，你们都多吃肉，酒今天限量，每人最多两瓶啤酒，吃完喝好都要回去早点休息。"桌上的人七嘴八舌地答应着。牛主任走到白逸阳旁边单独和他碰杯，白逸阳看老牛来敬自己，赶紧和牛主任说在拍摄期间自己的要求的确比较多，但是他的本意都是为了片子好，还希望牛主任能理解他。老牛听白逸阳这样说，马上回复说导演的心情我们都能理解，也和在座的组长们说："各位都说说，你们对导演的工作在配合上都有什么想法吗？"听主任这样问，都没有人肯直接回答。明媚看各组的人都不知道该如何接话，就打破僵局说："其实平时工作起来彼此沟通都是为了解决问题，只有沟通得到位了才可以把问题解决得到位。如果在工作中有什么觉得没有搞明白想清楚的地方，就可以直接地表达出来，共同解决。"几位组长开始你一句我一句地表达自己的想法，基本上都是说希望导演可以和他们在沟通时表达得再多一些，这些人都是有经验的从业人员了，在创作上没有人会怕麻烦，导演应该相信每一个成员。在知道他明确的要求后，大家一定会想办法去尽量实现的，有时候导演不说自己到底咋想的，只是一遍一遍地拍，就会让工作人员觉得心里没底。

白逸阳被今晚所有人的坦诚感动了。在回酒店的路上，明媚和白逸阳并排坐在车上，白逸阳侧过脸看着明媚说："我小时候刚和父母到香港时，因为语言和生活习惯都很不适应，有很长一段时间都被小朋友们排斥。"

明媚听白逸阳突然讲起他小时候的经历，转过头看着白逸阳。

白逸阳继续说："那个时期我的父母正处在事业工作最忙的阶段。我和他们的交流基本就是每晚在家里吃饭和周末休息在一起时才有，其余时间都要自己去面对那个陌生的地方、陌生的人们。"

明媚问："当时为什么不把你爷爷奶奶也接过去呢？"

白逸阳说："我那时候小，也不会想这个问题，后来大了问起来，父母就说条件不太允许都过去。"

明媚有些替白逸阳难过，说："那你一定很想你爷爷奶奶吧？"

白逸阳再次侧脸看着明媚说："好在我父母送给了我一台手持DV摄像机，那时候香港的电视台节目也很多。很长一段时间里我都是一个人面对着电视里的节目，还有就是用那台手持DV摄像机拍摄各种影像来独自度过的，自然地形成了不太会和人沟通的习惯，这也是我最终选择了这个行业的一个重要原因。随着年龄增长，我的性格有了一定的转变，可在与人交流时总会惯性地不能做深度的沟通，日子久了就会让身边的人产生一种无形的距离感。"

明媚突然想起了什么，问："所以那个时候你去找泊桑帮他恢复状态，是因为你觉得和泊桑有过类似不被理解和接纳的经历，所以你才想去帮他吗？"

白逸阳说："有这个因素，更主要的还是我发现我和你早就认识。"

听到这里明媚笑了，说："真没想到我们会再次遇见，而且是以这样的一种方式。"

经过一顿晚饭的磨合，各组工作人员都对白逸阳的要求有了更多的耐心，在相互交流时也比之前更能理解彼此了，大大提高了具体执行上的效率。

当剧组的工作运转得越来越走向正轨的时候，因为一个跟组演员的几次现场缺席引来了一场意想不到的战争。

这几天组里的拍摄计划都是围绕着马晓康饰演的男主在与女主分开后创办了公司来研发燃料供给飞行器的情节,剧中男主身边有一个小助理,是跟组演员张余来饰演的。也不知道是什么原因,张余这几天总会无故在现场消失,有的戏场次因为不接戏,副导演就没有要求他一定跟在男主身边。但是有些戏就是门外门里紧接的戏,不能不带他,却也要找他半天。过一会儿他才气喘吁吁的样子不知道从哪里回到现场,一问他不是说肚子疼就是说个什么借口搪塞。演员副导演警告他,他嘴上说自己一定不会再有这个情况,但保证后没两天,一个午后开拍前副导演就再一次找不到张余了,整个剧组因为他等了一个小时。白逸阳实在等不了就让赵明从近景开始拍,找了个张余的替身站在后景里不拍脸,才勉强继续了拍摄工作,白逸阳让场记和执行导演记得张余回来了再补拍个全景。

张余屡次在现场迟到消失耽误拍摄的事情,被现场制片告诉了老牛。老牛找到演员副导演问责,说如果再有一次这个情况就直接罚款。副导演找到张余,把事情的严重性告诉他,张余才特别注意起来,并且讨好副导演和统筹,买了很多吃的用的给他们,感谢他们给自己机会。

张余迟到的真实原因是他接了另一个剧组特约演员的工作。当地文艺团体的演员大部分都是当地人,普通话普遍不标准,在其中很难找到特别合适的特约演员。《时光》的大部分演员都是直接从北京调来的,剧中的有些戏份少或者台词量很少的角色用当地的演员还可以勉强接受,台词量大的角色就肯定不行了。而另一个来本地拍摄的剧组正是王平薇的《回忆》剧组,《回忆》组的演员副导演为了给组里节省交通费用,就找到了张余。张余听到这个消息,看可以再挣些酬劳,就答应了下来。没想到只要《时光》组里稍稍调整计划,他就会有两边跑不过来的情况,张余不想放弃挣更多钱和多出镜的机会,结果就搞成了这个局面——张余保证了《时光》组的拍摄,就会耽误《回忆》组的拍摄。

《回忆》组的统筹因为张余请假的事情和演员副导演掰扯，正好被刚到剧组的制片人王平薇听到。王平薇一听是因为和《时光》组用了同一个演员，马上让副导演找张余过来见一下。副导演不敢怠慢制片人，就把张余叫到《回忆》组介绍给王平薇认识。

　　张余得知《回忆》组的制片人要见自己，还以为是被制片人看中要给他什么机会，兴冲冲地赶来见面。王平薇见到张余直接告诉他，如果他还想把《回忆》组的角色演完并且拿到片酬，就要想办法把《时光》组的拍摄大计划弄到手交给她，不然就不给他结《回忆》组特约角色的片酬。张余听了这个要求，觉得王平薇这样威胁自己真的太欺负人了，就没有同意，想放弃这个角色和片酬，结果刚要离开就又被王平薇叫住，说张余如果就这样走了，她就会把张余偷偷来这里拍戏的事情告诉《时光》组那边，让他两边的戏都演不成。张余没有想到王平薇竟然会这样威胁自己，为了能保住《时光》组的工作，也只好答应了王平薇。

　　张余为了能得到大计划，就找各种机会和统筹聊天套近乎，终于找了个借用统筹电脑打印证件的机会，趁着统筹不留神从她的电脑里拷贝了一份完整的拍摄计划交到了王平薇手中。王平薇拿到计划，发现《时光》组过两天要拍摄的一个场景与《回忆》组需要的场景很相似，就联系了场景地的管理人员，说也想租用同一个场地。场景地的管理人员一看王平薇给的场租费不少，也就同意了。王平薇租到场地后，让自己组的统筹马上安排进这个景的拍摄，一定要赶在《时光》组拍摄前先把这个场景用了。

　　《时光》组因为拍摄进度十分顺利，竟然要早进景地，被场地管理人员告知其他剧组也在用这个场景，所以要《时光》组再等两天按之前说好的时间进去拍摄。外联接到消息马上告诉了牛主任和明媚，一打听才知道竟然是王平薇的《回忆》组抢先用了他们选好的景。

　　明媚觉得这个事没有那么简单，以她对王平薇的了解，这应该是有意为之，不知道王平薇从哪里得到了《时光》组的用景计划，在故意捣乱。明媚赶紧召集主创和制片组开会解决这个棘手的问题。

大家开会商定了先抢拍再后边一点的场景，以免再出现景被抢的情况，同时要把被抢用场景的事情调查清楚。

明媚和老牛首先把制片组的人员留住，问大家是不是在不知情的情况下泄漏了用景计划，大家说没有可能，统筹统一只发了计划，景地信息都是拍摄当天的通告上才会有。最清楚的就是统筹和几个核心的人员，景地的地址也只有统筹手里最全了，除非这个人能碰到制片组人员的手机或者电脑，把信息转发或者拷走。在大家讨论中，统筹突然想起张余借用自己电脑的事情，就很犹豫地说了出来。牛主任又把演员副导演叫来打听张余的情况，副导演想了想，说张余还真的值得怀疑。大家分析着，明媚说不如找到张余来问，这样更直接。牛主任说就怕他不承认啊，得想个办法。一商量，决定由副导演出面先来个心理战术，看看能不能问出些什么。

张余当天拍戏回来，副导演找他，问演完《时光》后还有没有接其他的戏，张余说自己还没。副导演说可以把他介绍到别的组里，张余特别地高兴，就问是什么组，副导演说是在本地拍摄的《回忆》剧组。张余一听脸色马上有了变化，搪塞说这样同时接会不会耽误《时光》组的拍摄，要不还是算了吧。副导演一看张余的表情感觉不对，又和张余聊了些闲话就去找明媚和牛主任说了情况。大家都觉得多半是他干的这个事情，现在必须问出他到底透露了多少计划给《回忆》组，要不后果很难想象。

明媚和牛主任商量不如直接找他谈，这样可以最快地解决问题。很快明媚和老牛也找到了张余，张余看到明媚和主任一起来找自己，心里很害怕，还没等问太多就心虚地交代了所有事情。明媚和主任马上意识到了事情的严重性，赶紧让外联制片把所有之前联系过的景地对接人都问了一遍，是不是还有其他组也在和他们谈用场景的事。外联一问，发现王平薇果然不止联系了一个场景，只要是她觉得自己组能用上的场景她都联系了一遍，好在真的定下来的景地不是太多。明媚第一时间把王平薇已经谈好的场景给了白逸阳，告诉他因为这个情况需要他们再次调整大计划，要比《回忆》组早进去拍摄。白逸阳看了明媚列出的场景单后很快就回复她"可以",于是又是一次全组动员调整计划的大行动。在整组人共同努力协作的情况下,终于抢拍把几处散景的戏提前完成了。

张余看整个组的工作人员因为他的过错一个星期都在连轴转,心里非常过意不去,拍戏时就总躲着大家的眼睛不做声。老牛找到明媚,说他想把张余开了,然后要他赔偿组里的损失。明媚和老牛说,每个人都要为自己的所作所为付出应负的责任,张余有过应该受罚,但是究其源头其实在于这两个剧组原本就是宿敌。她想了一下,和牛主任商量说,为了能让剧组顺利拍摄,还是让张余把戏演完,然后给他一个应有的惩罚。牛主任说那就扣他一些片酬,明媚点头说就这么处理吧。

张余也算顺利地把戏拍完了,虽然他少拿了一些片酬,但心里也很感谢组里没把他直接开了。

张余离组后,演员副导演因为对张余的这次行为非常厌恶,觉得这样的人要是去了别的组也很难保证不做坏事,就发了一条朋友圈把张余的事情说了出去。这下可好,整个行业的副导演都知道了这个事,而且还在不断地发酵,张余一下子变成了过街老鼠人人喊打,很难再吃演员这碗饭了。

又是几日的连轴工作,全组人的精力和体力都受到了极大的考验。虽然老牛一再嘱咐生活制片给工作人员加餐补充体力,鸡汤和枸杞水基本每天都会在餐前餐后供应,除了导演,每个组的人员也都可以轮流休息,但白逸阳还是明显感到因为精力消耗过大让他注意力很难集中,他只能在换场或者执行导演和演员对戏时稍稍闭一下眼睛来恢复精力,却怎么也没有想到现场灯光组的灯柱没有放稳,正好倒向了正休息的导演。现场有人提醒白逸阳,但他还是没有来得及躲闪,被灯柱砸到了,好在没有受伤。白逸阳被吓了一跳,心慌了半天才缓过神来,虚惊一场。

导演被灯柱砸到的事情很快就被牛主任和明媚知道了,他们坐车赶到现场。明媚紧张地直接跑到白逸阳面前问:"导演,你要不要去医院检查一下？"白逸阳看到明媚对自己特别紧张，怕她过于担心，就从椅子上站了起来，忍着没有完全恢复的心悸在原地蹦了几下来证明自己有多好，以此来安慰她。明媚看白逸阳没事才稍稍松了一口气，她在现场整整待了一天都没回酒店，心里生怕白逸阳再有什么状况。

到了最后一场戏，明媚坐到导演后边的椅子上也一直看着监视器。白逸阳知道明媚没有离开现场，每次拍过一条后都会悄悄地看两眼明媚。偶尔也有两人四目对上的时候，这时白逸阳心脏跳动的速度都会加快一会儿。明媚虽然也会微惊一下，却只是礼貌地回一个微笑，并没有太多的表示。

剧组经过一段时间的紧张拍摄，前期工作基本完成过半。林馨儿除了处理芊芊在组里的事情，也开始琢磨给她找后续的工作了。

张玫看儿媳妇总在出差，在家里陪自己宝贝儿子的时间越来越少，心里不爽的同时也害怕林馨儿和周宇过不长久，干脆直接找来年轻女孩给周宇作为儿媳的备胎。

一天上午，一个长相身材俱佳的女子走进宇林书吧，周宇正在前台和书涵说一会儿有客人会来取书，让她先把书准备出来。女子走过来问："请问你是周宇先生吗？"周宇和书涵同时看向女子，都被这女人的精致面容吸引。周宇想应该是来取书的顾客，赶紧说："对，我是。请问您是来取哪个订单的？"女人确认周宇是自己要找的人后说："我是专程来找你的，周先生如果不忙可以和我聊一会儿吗？"周宇以为是书友找他来聊聊对某部文学作品的感受，就让书涵带女子找个位置先坐下，说他忙完就过去。周宇坐下一聊，万万没想到女人说她是张玫找来的，说让他们彼此接触先建立一下感情。周宇紧张起来，立即说自己和妻子感情很好，他妈这样做他本人并不知道，赶紧向女人道歉并把她送走了。女人走后，周宇和书涵交代了书吧的事，直接订了一张机票跑到剧组找林馨儿。

傍晚，周宇离开书吧没一会儿，邵子峰推门走了进来。书涵看到邵子峰很开心，让邵子峰坐下后就与他聊起自己对亲子类图册的想法。聊天聊到一半的时候田建给书涵打来了电话，说上次的设计稿要调整一下配色，稿酬要等稿子过了才能给。书涵答应了田建，说她会尽快修改好设计稿发给他。书涵放下手机，继续和邵子峰聊自己对画册的构思，邵子峰听得兴致大增，不知不觉就到了晚饭的时间。邵子峰看着渐暗的天色，说想请书涵吃个便饭，书涵还要看店，就让邵子峰不用管她，赶快回家去吃饭。邵子峰和书涵聊得兴致勃勃，提议订餐到书吧两个人一起吃，书涵也很久没有和别人像今天这样畅快地聊天了，索性就同意了。两人吃着聊着，邵子峰对书涵的想法非常赞同，说自己马上着手启动画册的开发工作。两人一直聊到书吧打烊，邵子峰送书涵到了小区门口后才肯往回走。

　　这一次的畅聊在书涵这段时间不可思议的经历中算是阶段性的happy day了。她回到冷清依旧的房子里，抚摸着自己隆起的肚子，脸上的表情平淡中带着忧虑，祈祷着肚子里的宝宝一定要健康平安地来到这个世界。

第十五章 友情是长久的拥有

周宇没有告诉林馨儿就擅自跑到组里来探班，到了剧组驻扎的酒店打听半天才找到林馨儿的房间号。他兴冲冲地到了房间门口按了一下门铃，想给老婆一个惊喜，却发现房间里没有人。林馨儿买了一些明媚爱吃的桃子，这会儿正在明媚的房间里洗桃子。林馨儿把洗好的桃子扒了皮再用水果刀切成均匀的小块，用盘子盛好端到明媚面前让她吃。明媚看到自己喜欢吃的桃子，拿起一块放到嘴里美美地咀嚼了起来，说："甜，好吃。"林馨儿也吃了一块，说："也就是我在这里，要不你自己才想不起来买应季的水果吃呢。"明媚呵呵地笑着享受着香甜的桃子。林馨儿看着明媚说："周宇也喜欢吃桃子，当初他这个和你一样的喜好可是给他加了印象分的。"明媚被林馨儿的话逗笑了，说："这个加分项周宇恐怕怎么也没想到。"只听周宇的声音从门口传来："可我觉得有这个喜好绝对是我的一大幸运。"林馨儿惊讶地看着门口的周宇，问："你怎么来了？"

原来刚刚周宇看林馨儿没在房间，就沿着走廊走了几步。走廊一头传来了熟悉的笑声，他循着声音找到了明媚的房间。

林馨儿埋怨周宇怎么可以把书涵一个大肚婆单独扔在书吧打理事情呢，周宇说："我实在太想你了。"然后也用牙签插起一块桃子放到了嘴里。明媚说："既然来了就待几天再和馨儿一起回去吧。"

周宇第一次来到剧组这种工作环境，多少觉得有些新鲜，就问他可不可以去拍摄现场看看，明媚说当然可以了。林馨儿看了周宇一眼，说那你晚上要请全组人吃水果，周宇马上应下说："没问题。"

三人热闹地聊着，明媚和林馨儿的手机几乎同时收到了消息，二人各自看完消息对视了一下，明媚问："是芊芊吗？"林馨儿点头，明媚说："走吧，去现场看看。"不明情况的周宇也跟着她们出来。

原来今天现场要拍武戏，之前的计划是主角在空中旋转动作的镜头由马晓康本人来演，芊芊这边用替身演员先拍全景，到了近景再换芊芊来拍。芊芊一看马晓康本人出演也没有什么太大问题，就问马晓康感觉怎么样，马晓康说自己没啥事啊，有威亚保护呢。芊芊就动了心，说她要试一下高空的全身镜头，结果被副导演用合同中已签署了高空镜头用替身来拍的理由拒绝了。芊芊不爽，加之马晓康这个戏疯子在一边鼓励让芊芊本人来演，置气的芊芊在现场做出了罢工的举动，赵明过去劝她都没管用，还被芊芊说他不支持自己。大家只好把事情告诉了在酒店里的林馨儿和明媚，希望她俩能帮着做通芊芊的工作。

明媚和馨儿到了现场，跑到芊芊的保姆车上，芊芊一看自己的同盟来了，满怀希望地拉着她俩就要去找副导演，被林馨儿一下拦了回来。芊芊瞪大眼睛看着林馨儿问："你也不支持我自己演？"林馨儿和明媚一起向她点头。芊芊问："为啥？"林馨儿说："因为太危险，你不要听马晓康在那里说，他之前是有过戏曲武生功底的，而且据说还是童子功，你是第一次拍武戏，万一抻着了怎么办？"明媚一个劲儿地在一边点头赞同。芊芊一看两人都这么反对，就开始纠结了，说："可是我真的很想试试，我……"话没说完就被林馨儿打断说："下次，下次咱们做好了准备，一定找机会让你自己演，这样行了吧？"芊芊看林馨儿打了保票，皱眉叹了一口气，勉强地点头答应了。

终于把芊芊哄回了现场继续拍戏，林馨儿为了提醒马晓康不要乱教芊芊，特意跑到他面前说了句恭维的话："马老师，您在这行当里还真是没有不行的事呢，可是芊芊没啥身段基本功的底子，比不了您这身本事的。"马晓康并没有听出什么来，还应和着说："是是，我这是童子功。"林馨儿笑着，转身就翻了一个白眼，觉得马晓康实在是看不懂情况。

周宇跟在林馨儿身后，看着现场的实际工作状态觉得新鲜，也看到工作人员在这种荒郊野外的地方工作，没遮没拦的，就只有简陋的帐篷和几把椅子能坐下歇歇；看到全组人为了一个镜头在开拍前要做各种准备，每个人的状态都很紧张，心里更觉得这个职业其实比想象的要辛苦太多了。他看着自己老婆还有明媚，心里升起一股子心疼，觉得女人干这个活真的是不容易。

晚饭的时候周宇不仅请林馨儿和明媚去附近最大的饭馆大吃了一顿，还按之前和林馨儿约定的给现场的工作人员买了很多水果，告诉组里的伙伴们就算是林馨儿和明媚的家属探班了。大家看到这些新鲜的水果都很买账，说希望自己的家属也能像周宇这样理解这个行业的从业者们。

周宇得到了林馨儿的表扬十分开心，可是这并没有改变林馨儿让他赶紧回去照顾书涵的决定，周宇只和林馨儿在组里住了一晚，第二天一早就被林馨儿撵回了北京。

书涵因为修改之前田建那边的海报连着熬了两个通宵，在周宇回来的第二天傍晚因为体力严重透支，刚交完设计稿就出现了出血的情况。周宇吓到手脚冰凉，强自镇定着叫了救护车把书涵送进医院。到了医院，医生以为周宇是书涵的老公，让他签手术同意书，说书涵要早产，不做手术，大人和孩子都会有危险。周宇吓得腿都软了，打电话向自己老妈求助，又打电话把事情告诉了林馨儿。林馨儿和明媚得知书涵早产，连夜坐飞机赶回了北京。

明媚和林馨儿赶到医院时，书涵已经做完剖腹产手术，她生了一个女孩，所幸母女平安。明媚和林馨儿看着病床上虚弱到极点的书涵，心里又难过又心疼，紧紧握着彼此的手，眼眶都有些湿润。林馨儿喃喃道："没事了，没事了，母女平安。"明媚也感动地说："嗯，母女平安。"

周宇已经被这一场事情折腾得魂都没了，坐在病房走廊的椅子上发呆。张玫从走廊的一端向自己的儿子走来，走到周宇身边，抚摸着儿子的头发说："没事了，你刘伯伯说孩子在保温箱里待几天就行，大人还需要好好调养。"林馨儿从病房出来，看到自己的婆婆也在医院，十分意外，走过去一问才明白过来，是婆婆找了好朋友才让书涵顺利通过了做手术需要办理的手续，给书涵和孩子赢得了宝贵的时间。林馨儿赶紧感谢张玫说："妈，你可真是救了书涵和孩子的命了，妈，谢谢您。"张玫一看林馨儿这样谢自己，就借机说："可惜啊，忙活了半天是别人的孩子，也不知道我啥时候才能为自己的孙子这么忙活。"周宇缓过神来拽了老妈一下，说："妈，您也赶紧回去休息吧。"林馨儿也附和着说："对对，妈你回去休息吧，我们在医院就好。"张玫看着自己的儿子和儿媳有些无奈地说："你们也别熬太晚，这家医院条件很好，不用家里人一直守着，护士就能照顾得很好。一会儿要是妈妈醒了可以申请让她看看孩子，看到孩子她也能更有心劲儿些。"说完话张玫就先回去休息了。

张玫的话提醒了他们，刚才他们都只顾着书涵，忘了看保温箱里的孩子了。几个人赶紧跑到婴儿室外隔着玻璃往里看，看到一个小小的身躯在保温箱里被一件干净的婴儿服包裹着，正闭着眼睛安静地睡着，明媚说："她好小。"林馨儿说："以后要让她多吃，身体可不能像她妈这么弱。"周宇恨不得贴到玻璃上看，默默地向身边的林馨儿念叨说："我们生个儿子，将来就娶了这个由我陪着生出来的小公主。"林馨儿竟然跟着周宇的节奏点起头来，三个大人瞬间就被这个小小的生命给征服了，久久地站在玻璃窗前看着她不想离开。

第二天书涵的情况也有了很大的好转。书涵醒过来第一时间就想看孩子，但孩子还不能推出婴儿观察室。她就挺着手术刀口的疼痛，非要明媚和林馨儿用轮椅推自己过去。书涵在看到女儿的那一瞬，果然如张玫所说，心里充满了力量，觉得自己这一生都会有使不完的劲儿在这个孩子身上。书涵的泪水被一旁的两个闺蜜强行劝了回去，怕她月子里会坐病，很快又把她推回了病房。

284

秦奋因为这段时间压力太大，每天忙着各种公关，在酒局里穿梭往来，时常宿醉。所以虽然书涵手术前周宇给秦奋打了电话也发了消息，他还是因为宿醉未醒错过了。当他彻底酒醒，看到书涵可能早产的消息时，已经是第二天中午了。秦奋不顾一切地就奔向了医院。到了医院给书涵打电话，电话是林馨儿代接的，自然也没给秦奋好脸色，只说了房间号就挂了。

秦奋到病房时正好是婴儿喂奶的时间，他一进病房就见到书涵把一个小小的婴儿抱在怀里。看到孩子那一刻，秦奋的腿就像是被灌了铅一样动弹不得，站在那里看着这一幕呆住了。大概过了能有一分钟，他脸上的表情由兴奋变成痛苦，然后尝试着往前迈了一步。书涵也看到他了，只轻点了一下头注意力就又放回到了正在吮吸自己奶水的婴儿身上。明媚拽了一下林馨儿，让她跟她出去，林馨儿不太乐意，但最终还是被明媚硬拽出了房间。

秦奋没有说话，只是轻轻地挪步到了书涵的床边，书涵温柔地看着怀中正吮吸自己奶水的婴孩。秦奋看到床栏的标签上写着孩子的性别，终于开口问："是个女孩？"书涵微微地点头。此刻整个房间安静得像一幅定帧的画面，被长久地封存在了他们的生命相册里。

拍摄现场的监视器画面里，一个蓝色的光斑正在移动，摄影师正聚精会神地拍一个男主看到了蓝色光斑的主观镜头。白逸阳已经好几天没有见到明媚了，其间明媚发过两条问候的消息给他，只是让他注意休息，进度都正常的情况下不要太拼着抢时间。这样的问候既给了白逸阳一些动力，也让白逸阳对明媚过于官方的问候感到有些失望，知道明媚对自己的问候没有什么特殊的含义，就是例行的工作问候。白逸阳正想着明媚，马晓康拍了一下白逸阳的肩膀说："导演，我想和你讨论一下这场的台词。"白逸阳回过神来，点头答应："好的，马老师。"

白逸阳和马晓康对剧中的台词推敲了一番后，决定把原来男主说的"人不接受教育可就完蛋了，如果接受错误的教育这个世界就完蛋了"改为"人不接受教育可就完蛋了，如果都被教育成自私鬼那么这个世界就完蛋了"。马晓康认为"错误的教育"过于笼统，不如用更有指向性的名词代替来得更直接明确，白逸阳也同意马晓康的提议，两个人达成共识后开始实拍。

这几天都是明媚在医院和林馨儿轮流照顾书涵，明媚每天必要的工作就是向牛主任询问组里的工作情况，当然也会更关注白逸阳的状况，会多问几句。老牛似乎从明媚的话语里听出了一些端倪，就开玩笑说如果不放心某人就快点回来自己看着吧。明媚还解释说看朋友的情况还要留院几天，她会尽早赶回剧组的。

在大家尽心的照顾下，书涵的状态已经很稳定了。为了安全起见，医生建议孩子在保温箱里再待几天。林馨儿和明媚商量后决定让明媚先回剧组，由林馨儿和周宇来照顾书涵母女。书涵对两个闺蜜对自己的照顾由衷地感激，但还在纠结要不要把早产的事情告诉父母。林馨儿怕书涵伤神，劝她说现阶段有自己和周宇暂时帮助照顾她娘俩，她父母来了也不一定能帮上忙，还不如等孩子和她回家了稳定稳定再说，明媚也对书涵说还是这样处理好，也不急于这几天。书涵很听劝地不再想这件事。

下午，书涵给孩子喂完奶后靠在床上休息，病房外有人敲门。明媚开门一看，是田建来探望书涵。田建手里抱着一束鲜花，进门后一脸歉意地说都怨自己让书涵赶稿才造成书涵早产，更加歉意地说设计费甲方还没给结算，所以他现在也没有富余的钱能给书涵稿费，只是从衣袋里拿出一个小红包给书涵让给孩子买吃的，然后就匆匆地离开了。林馨儿看了田建的行为有些生疑，说："这人好像不太地道，书涵这都快出院了才想起来探望，结果欠的稿费不给，就拿了个小红包做做样子，多半是个骗子吧？"书涵听林馨儿分析，说："应该是他也没拿到钱才会这样的。"林馨儿怕书涵多虑，就没再说什么，悄悄地把明媚拉到一边，让她把这件事情告诉秦奋，就说他的同学欠书涵设计费不给，让他管管。

明媚按三个人商量好的先回了剧组。这几天组里的宣传正策划给芊芊拍一些短视频的片段作为即时的宣传物料，拍好后想上传到

《时光》官方短视频的账号上，这样可以让芊芊的粉丝了解到《时光》剧正在拍摄，在关注芊芊的同时也会注意到《时光》这部剧集，给《时光》剧的宣传做些铺垫，攒攒人气。宣传人员策划好要拍的视频内容后，就和芊芊商量在不影响她正常拍摄的情况下逐一完成物料拍摄。

宣传人员给芊芊拍摄视频时被马晓康看到，他私下找到宣传了解了情况，认为自己也可以一起配合物料的拍摄。原计划这个阶段没想做有马晓康内容的物料发布，明媚从宣传人员那里得知马晓康也想参与物料拍摄后，就让宣传告诉马晓康，等策划好方案就给他拍摄，这样做对项目和演员都有益处。明媚和宣传人员忙着策划宣传点，没能马上找马晓康拍摄视频，马晓康误会是组里不想给他拍，因为没被重视心里有些不是滋味，自然地产生了一些不爽的情绪，就总是在导演讲戏的时候提出自己不同的见解。之前白逸阳和他讨论几句就会达成共识，可这两天马晓康总是不依不饶地坚持自己的想法，每拍一场商量很久都没结果。芊芊也被马晓康的反常惹得十分不满，总是要求回车上休息，等他们商量好再来拍。为了不影响进度，白逸阳也只能和赵明商量说按照两个想法各拍一条，这个情况持续了两天。

两天后，现场突然多了一个拿着摄像机的男子整天到处拍摄，现场制片一询问才知道，是马晓康通过朋友找来帮自己拍短视频的。这个人答应免费帮助马晓康拍视频，只要求马晓康带他到拍摄现场看剧组咋拍戏，因为是熟人介绍的，马晓康也就同意了。这个人到了现场，只要帮马晓康拍完一段视频，就各种拍现场的情况，被现场制片制止后还不死心，找机会就偷拍。结果没等把马晓康的短视频发出去，就在网上流传出了一段芊芊在现场用武打替身的视频片段。林馨儿看到后怕网评对芊芊有不好的影响，赶紧找明媚问情况，这才知道是马晓康请来的人把视频传出去的。林馨儿找了很多芊芊自己吊威亚的视频发到网上，才解决了这次事件。

马晓康得知自己找来的人惹了祸，碍于面子也没有主动出来认错，只是直接把拍视频的人撵走了。明媚找到马晓康，想和他沟通一下情况，马晓康却因为组里不给自己拍视频物料的事情很排斥和明媚的沟通。他的状态让明媚很迷惑，只好把情况告诉了老唐，老唐打电话给马晓康，才把真实情况问了出来。马晓康在老唐这个多年的朋友面前倒是很直接地承认了这次事件是他的失误造成的，但对组里不给他做宣传的事情也是满腹牢骚。老唐一听，明白是因为沟通不畅引起的误会，马上把事情原委讲给了马晓康，化解了其间的矛盾。

马晓康终于又恢复了积极的工作状态。明媚暗暗地庆幸好在老唐和马晓康是十多年的朋友，要不然以马晓康的个性，怎么也不会舍弃尊严向自己说出真实的想法。

现场，白逸阳终于不用因为马晓康的不配合而头疼了。明媚也因马晓康恢复了正常工作而放松了许多，脸上有了笑容。白逸阳默默地看着明媚的笑脸，也跟着开心起来。

在北京的书涵和孩子终于可以出院回家了，宝宝的状态也很好，书涵给她喂奶后她不哭不闹地就睡着了。林馨儿看着宝宝可爱的样子对书涵说："她可真是你的女儿，安静的性格都随了你了，不哭不闹，吃饱就睡，是个让人省心的好女儿。"两个大人一个躺着一个站着就这样盯着宝宝看了好一会儿。林馨儿突然想起说要给孩子起个乳名，书涵说："我之前想过，男孩子就叫安安，女孩子就叫囡囡，你觉得可以吗？"林馨儿说："这两个名字都很好啊，你的宝宝你说了算，就叫囡囡吧，我这就告诉明媚咱们宝宝的名字。"两人正聊着，书涵的手机收到一条微信，拿起一看，竟然是田建给自己打来的海报的设计稿费，田建还在微信里留言，说客户终于付款了，他收到钱第一时间就给书涵打了过来。书涵开心地告诉林馨儿说："我收到稿费了，这钱来得太及时了。"林馨儿看书涵高兴得像个孩子，提醒她说："别把宝宝吵醒了。"书涵使劲儿地点头，看着身边的宝宝喃喃说："囡囡，妈妈可以挣钱养活你了。"

看似平静的此刻，电话另一端田建的处境就不太好了。

在一个不大的饭店包间里，田建手里拿着手机刚刚给书涵转完账，他一脸的汗水，情绪明显有些紧张和害怕。圆形餐桌对面，秦奋正一脸愤怒地瞪着他，包间里另外两个身材壮实的男人也怒视着田建。原来明媚发了消息告诉秦奋，田建可能在欺骗书涵，不给书涵设计费。秦奋带人直接杀到田建面前，问清楚后帮书涵要回了钱。包间里，田建放下手机说："账我转完了，今后我也不会再去打扰她了。"秦奋表情严肃地说："你有合适的工作可以再拿给她做，但如果再骗她，不给她应得的稿酬，那么事情就不会这么简单处理了。"田建看着秦奋的样子十分忌惮地说："那是当然，我不会再做这种不是人的事了，不会了。"秦奋看到田建的尿样，一脸鄙视地带人离开。

因为女儿的降生，秦奋心里开始有了一种奇怪的感觉或者说是体验，就是他会在不经意间去看自己身边的小朋友，哪怕只是在路上擦肩而过，他也会被小孩子吸引而多看几眼，然后就会不断想起在妇产医院书涵给孩子喂奶的情景。他总是有一种冲动，想跑过去再看一下孩子，又很怕看到书涵那种冷淡的表情，于是就只能买些书涵和孩子能用的东西寄过去，但每次东西刚到书涵就会给秦奋微信转账，说她在网上搜过价格，大概估算了一下，给秦奋转等值的钱。

下午，林馨儿在书涵家的客厅里和明媚视频聊天，把书涵拿到稿酬的事告诉了明媚。明媚告诉林馨儿，说如果书涵身体状况允许，就会考虑让书涵参加这次《时光》的海报比稿。明媚问林馨儿："书涵想好孩子的名字了吗？之后还要解决上户口的事情。"馨儿说："书涵想了几个名字，让咱俩一起定一个。"明媚让林馨儿把几个名字都发给自己。林馨儿边说边悄悄地把书涵卧室的门推开给明媚看正在熟睡的母女，明媚看着眼前的情景感动地说："这样真好！"

老唐要和黄唯一一起到成都参加一个编剧创作论坛的活动，想顺路到组里探个班。明媚听了也很开心，就和老牛准备安排接待。

老唐和黄唯一到组里探班的事情明媚没有告诉白逸阳，想着要给他一个惊喜。现场表演区正在和赵明讨论调度的白逸阳因为过于专注，没有注意到明媚、老唐还有黄唯一的到来。老唐带了很多饮料来慰劳大家，直到现场调度走后，白逸阳才发现来探班的老唐和黄唯一已经坐在了监视器前面，白逸阳开心地疾走了几步过来打招呼，黄唯一抢在老唐前面和白逸阳打招呼，像是见到亲人的感觉。老唐看着黄唯一满脸惜才的姨母笑，也只能排在后边等他和白逸阳热络完。白逸阳看着两位前辈，说自己很想让他们抽空去看一下已经出来的粗剪素材，希望他们在这个阶段给自己一些好的建议。明媚看了一眼白逸阳，眼神中带着一些询问，白逸阳知道明媚是担心他听完建议后心理会受影响，就给了明媚一个肯定的眼神。这些眼神中的交流被老唐看了个清楚，心里暗喜他们已经有了很好的默契，也就顺着白逸阳的话说："太好了，我还担心你们捂着自己的宝贝不给我们看呢。"大家在现场陪着白逸阳拍了半天戏，明媚按白逸阳的要求安排组里的剪辑师整理出了一部分正片粗剪片段。

按已拍摄的视频素材量，现在已经可以剪辑出一些完整的场次了。剪辑师准备的片段中包含了一个重场戏，从这场戏中素材简单的堆砌已经能够看到，导演是带着极为明确的思考对内容进行表达的。黄唯一的性格是极为感性的，看着素材情绪就会自动地被带入到情节里。这是他写的剧本，他对自己写的每个人物、每一场戏都很了解。哪怕有一点偏离，他都会知道原因在哪儿，是演员对这个人物的理解不够，还是导演对这场戏没有诠释到位造成的。在播放几段素材时，他只是安静地看着，其间没有说过一个字。老唐更是知道，有黄唯一在，自己发表意见也都只是辅助性的。几个人很安静地没有暂停地看完了几段素材，房间里的整个气氛显得过于沉寂，黄唯一还沉浸在自己对情节的感知里，似乎是在思考着什么。明媚看着老唐，老唐示意明媚不要说话。又安静地等了一会儿，黄唯一才从自我意识中缓过神来。明媚的眼神看着明显有些急迫，老唐却一副很踏实的样子。

黄唯一开口问明媚其中一场戏拍摄时白逸阳和演员是不是交流了很久，明媚回想了一下那场戏拍摄的时间点，惊讶黄唯一怎么会知道这个情况。当天确实因为现场进度不快导致收工很晚，自己没有想过具体原因，只是听说现场因调度的问题调换过很多次机位。黄唯一沉吟了一下说："我是知道导演会尝试更多可能的，但没想到他对这些的思考已经不只局限在基础的影像呈现上了。"明媚有些困惑地看着黄唯一。黄唯一看着老唐一脸羡慕地说:"这次你是挖到宝了,你要保护好他。"老唐听黄唯一这样说,开心到了极点,哈哈大笑起来。明媚很想知道黄唯一的意思,就追问白逸阳的创作到底是哪里不一样。黄唯一说:"在白逸阳脑子里是把整个戏所有的细节都思考到了,每一个镜头甚至角色的每一个表情都是贯穿始终的。"他相信未拍摄部分的内容也都完整地呈现在白逸阳的脑子里了,这种对全剧整体风格、故事、人物等等元素的把握和处理是具有思考性和极清晰的逻辑意识的。不是限于单一层面的表达来诠释的,而是需要在过程里感受深化才可以得到更好的认知目的,这样真的很好,这样处理会让作品的灵魂安稳。

明媚似懂非懂地听着黄唯一的表达,心里明白这是对白逸阳高度的赞赏。

和白逸阳接触也有一段时间了,不论是对彼此的再次遇见还是日常的相处,明媚都还没有特别有针对性地想过白逸阳到底是怎样一个人,此刻明媚蹙起眉头,开始主动有意识地思考起这个问题。这个半路出现在她的生活里,时不时会给自己出难题,较真儿顽固,偶尔也会鼓励自己的白逸阳,他到底是怎样的一个人,是心怀理想的创作者,还是心路充盈的神奇人物?也许是自己对他忽略得有点多,所以还不能完全把这个人看清楚。

看完素材片段,最为满意的就是老唐了。他嘴上没有说什么,可心里已经清楚,拍了这部片子是自己赚到了,心情大悦,张罗要请全组人吃饭。

拍摄现场,晚饭一下子变得丰富起来,鸡鸭鱼肉样样管够。老牛找到明媚,商量说今天按计划的场次已经完成了,原来想加一场夜外的过场戏再收工的,可是老唐想请组里的主创吃些好的,再去KTV一起放松放松。明媚问老牛:"大家的意愿是什么?"老牛说:"年轻的肯定喜欢玩了,岁数大的积极性就差一些。"明媚想了一下说:"要不就自由参加吧。"老牛心想,唐总好不容易兴致高张罗一次，大家要都不去面子上也实在不好看，就组织能去的主创都一起跟着。组里浩浩荡荡聚了二十几号人，老牛说："老规矩，酒水限量，每人最多两瓶啤的，饮料不限，随便吃，每人必须唱歌。"有老板在，大家一开始还都有些拘谨，喝了几口啤酒后场面就变得热闹起来。老唐也开启了麦霸模式，几个组里的年轻人更是围着老唐，与他又唱又跳地互动着。

　　白逸阳看在场的人员都在开心地唱歌，就坐到黄唯一的身边问起他今天看素材的感觉。黄唯一反问白逸阳对作品的感觉满意吗，白逸阳隐瞒了自己真实的想法，说："对于作品可能永远都希望可以更好，这次最让我满意的是创作的过程，因为有充足的创作空间和大家的共同支持，才会有最后的呈现。"黄唯一笑着说："比起作品，我更认同和看好你对创作的思考，所以你要继续相信自己的判断。"这时有人点了一首《阿刁》，白逸阳听到伴奏站了起来，示意黄唯一自己想唱这首歌。他要了一个麦克风走到前场，用清亮的嗓音深情演唱，大家都被他的歌声吸引，安静地听了起来。

　　这是一首带有西藏风情的歌曲，明媚没有想到在国外待了那么多年的白逸阳竟然也会唱国内的流行歌曲，而且这首歌还不属于大众都熟知的那种。明媚听着白逸阳的歌声，白逸阳将眼神留在了明媚身上，两人对视了一下，明媚轻轻地为白逸阳鼓掌。等到白逸阳唱完整首歌曲，大家都给出了赞赏的掌声。白逸阳在最后拿着麦克风说："这首歌我献给在座的各位老师，谢谢大家对我的支持和理解，尤其是我们的明制片，我要由衷地说一句辛苦你了。"

　　大家听到白逸阳这样说，就有人开始起哄："在一起，在一起……"

　　明媚被大家突如其来的起哄搞得很尴尬，就岔开话题，提议让牛主任也唱一首助兴，牛主任也只好硬着头皮点了一首邓丽君的《甜蜜蜜》唱了起来。

　　白逸阳回来坐下，看着明媚被牛主任有些跑调的歌声逗得大笑，嘴角也跟着上扬起来。

明媚沉浸在一片欢乐的气氛中时，手机突然收到一条消息，拿起一看竟然是白逸阳发来的，只有一个字："走？"明媚抬头看着白逸阳的方向有些迟疑，但还是先按着白逸阳说的走出了包间。站在包间外边明媚问："导演是想回去看素材吗？"白逸阳面带温柔地看着明媚说："工作的事咱们都不用再彼此做提醒了，现在还是先想想温饱的事吧。"明媚这才明白，问："你是晚饭没有吃好？"白逸阳问明媚："你吃好了？"明媚摇头说："光安排大家了，基本没吃。"白逸阳说："走，咱们去吃烤羊腿。"明媚憋着笑说："不带赵明一起吗？"白逸阳说："人多目标就大了。"说完拽着明媚就往外走去。

夜晚的烧烤摊总是人满为患，白逸阳带着明媚终于找到了一个位置可以坐下，明媚看着白逸阳点菜有些出神。白逸阳看明媚一直盯着自己，就问："你是觉得我今天长得和平时不太一样吗？"明媚回过神，摇头说："我在想黄老师今天说的话。"白逸阳点完菜，把菜单放下说："你是说黄老师对粗剪片段的评价？"明媚说："是，他说的话我不是特别能听懂，就是对你很欣赏，还说唐总捡到了宝。"白逸阳有些得意地说："他说得没错啊，这就是我，难道你不这么认为吗？"

明媚被白逸阳的话给问住了，语塞……

白逸阳看着明媚的样子哈哈哈地笑起来，用手指点了一下明媚的额头说："行了，你不要想了，我们是来这儿喂饱肚子的，人处在饥饿中时脑子也不会太灵光，吃饱了再想吧。"就招手向服务员要了两瓶汽水。这顿饭白逸阳不断给明媚夹各种食物，一直在劝明媚多吃，完全不给她再提问题的机会。吃到最后明媚只觉得自己被撑得不行，只想赶紧回酒店躺下。

白逸阳看明媚实在吃不下了，就买了单，提议一同走回酒店，这样可以帮助消化。明媚用手机地图搜了一下到酒店的距离，觉得有点远，走回去会累，就想打车。白逸阳向路边张望了一下，看到有几台共享单车正好停在那里，就说那咱们骑回去好了。明媚不太情愿，可还是没有抵过白逸阳的劝说，跟着白逸阳一路骑回了酒店。

第十六章　我们都需要一个出口

回到酒店，明媚和白逸阳刚进了电梯，明媚突然想起有一个包裹还没取，就让白逸阳先上去，自己转身向前台走去。酒店大堂一个熟悉的背影，是之前的跟组演员张余，好像在等人的样子，张余正好也看到了明媚，就上前来打招呼，明媚有些迟疑但还是回应了他。没想到张余对明媚非常地热情，上来就感谢明媚说："明制片好久没见了，之前我离开得匆忙也没有和你告别，能见到你真好，我还想当面谢谢你特意让牛主任给我结了片酬，要不我都不知道自己后边的日子该怎么过了。"这次的遇见，让明媚知道张余的生活状态其实非常地不堪，原本就是个没家的孤儿，在孤儿院长大后学了厨师专业，但他并不喜欢，仅凭着喜好就从老家只身到北京做了群众演员，平时没戏拍时租住在几平方米的地下室里，一拍戏整个家也就搬进组里了。漂泊了几年，因为能吃苦不怕酬金少，才慢慢有了更多机会，上次的事情后这几年积累的人脉都怕麻烦，也对他避而远之了。他想，即使自己回了北京一时也接不到事情做，为了生活决定先留在当地找了个司机的工作勉强度日。

张余和明媚聊了一会儿，接到电话说他要接的人已经出来了，就和明媚匆匆告别去工作了，明媚看着这个年龄和自己相仿的男人的背影，心里有些同情。

回到房间后,明媚先给林馨儿发微信问书涵和孩子的情况,林馨儿说娘俩都非常好,宝宝因为早产略缺营养,会有些贪嘴吃得比较多,整体状态很不错。两个人聊了好一会儿才挂了电话。牛主任发了消息告诉明媚,唐总和黄老师也都回酒店休息了,明天一早大家会按原计划时间正常出工。

一夜安眠,一早明媚看朋友圈里有条网络电影招演员的组讯,是个关系不错的副导演发的,拍摄地点标注是横店。明媚想起了张余,就联系发组讯的副导演,想帮张余争取一个机会,没想到朋友马上回复说让张余把自己的履历发给他。明媚联系张余,信息刚发过去,张余就打来电话。除了要感谢明媚帮自己找拍戏的机会,还告诉明媚说,他昨天夜里接的一个客人是《回忆》剧组的制片,那人在他车上时接电话说:"今天会有购片方的领导到《回忆》组来探班,顺便谈采购《回忆》剧集的事情。"他听到消息本想今天也要告诉明媚一声,不知道这事对《时光》项目有没有什么不好的影响。

明媚听着张余说的这个事觉得购片方在拍摄期来探班也很正常,可他们马上就谈《回忆》购片的事,明媚心里开始有些紧张,如果《回忆》现在就启动发行,那同类题材的《时光》在发行上就会受到一定的影响。张余也没听到具体是哪个购片方的领导,明媚想着想着赶紧给老唐房间打了一个电话,唐宏亮因为昨晚酒喝得有点多,这个时间还没起来。被电话叫起,一听是明媚,心想一定是有什么事,也就马上清醒过来,明媚说了张余讲的情况,老唐让她晚点来他房间一起商量下。

明媚来到老唐房间,唐宏亮刚给自己泡了一杯咖啡,问明媚要不要也来一杯,明媚摇头说:"唐总,咱们是不是先打听下是哪个购片方的领导过来探班?"

老唐喝了一大口咖啡精神了许多,说:"我刚已经问过两个朋友了,看看他们怎么回我吧,如果被我猜中,还真的要好好利用一下这次机会。"明媚问:"怎么利用呢?"老唐说:"就是也请他来咱们这里探班看片子啊，这样顺便的事我想也没有人会推辞吧。"明媚看着老唐说："这样会不会不合规矩？"老唐说："不合规矩这事，她王平薇才是始作俑者吧，我们这只能算顺势而为。"

在明媚和老唐等着消息确认的时候，白逸阳已经到现场准备开始又一天的拍摄了，昨晚和明媚单独出去吃饭的事被赵明发现了，到了现场后赵明就开始调侃说觉得白逸阳今天状态特别好，整个人如沐春风，比平时多了很多的干劲儿呢。白逸阳知道赵明在说他单独把明媚带走的事，就拿芊芊来威胁赵明让他少说话，赶紧干活，白逸阳嘴里没说什么，可今天的心情确实因为昨晚明媚和他的单独相处有些开心。

酒店房间里老唐终于等到了回复，果然没出老唐的猜测，今天来《回忆》组探班的就是某影视中心购片部的主任赵英杰。老唐二话不说直接盛情邀请赵英杰来组里坐坐，也聊聊《时光》的发行。之前《少年》剧播出成绩不错，赵英杰对唐宏亮的邀约表现出了很高的热情，也就随即答应老唐明天会抽出时间到组里看看。

老唐一看机会近在咫尺，赶紧让明媚联系白逸阳，再挑出些正片片段，等赵英杰来组里时让他看看。白逸阳收到消息，就让剪辑师选出了几场戏的视频素材，等他收工回去再斟酌剪辑使用。白天现场紧锣密鼓地拍摄比平时的节奏要快许多，牛老师特地跑到现场，让大家尽量配合导演提高速度，这样就可以早收工，让白逸阳回到酒店做剪辑工作。全组人十分配合，把吃饭、休息的时间都缩短，白逸阳更是将现场沟通的时间缩短，时间都用到了实拍上。终于，一天的拍摄计划在全组人的努力下，比预估的时间提前了两个小时。执行导演和场记在对过所有场次的镜头后，看没有遗漏，就告诉白逸阳他可以先回酒店了，赵明说自己在现场借着布好的光再拍些环境气氛的镜头。白逸阳拍了一下赵明的肩膀说了句"拜托了"，就紧走了几步，坐上车向酒店赶去。

白逸阳一到酒店，看到明媚已经在酒店大堂等他了。白逸阳下车后，二人默契地一起往剪辑室走去。明媚一路和白逸阳解释着这次事情的缘由，白逸阳说老唐做得没有问题，就项目来说发行确实很重要，真的被王平薇这样的人在里边先做了什么周旋，后边的结果确实很难说。两个人的谈话太过投入，以至于都没有抬头看路，在酒店走廊的一个转角处对面拐过，一个服务生差点和明媚撞个满怀，白逸阳赶紧把明媚拽到自己这边。因为力度有些大，明媚直接撞到了白逸阳结实的胸膛上，明媚被突发状况撞得有些蒙，白逸阳问："是不是吓到了？"明媚看着白逸阳关切的眼神愣在了原地，一边的服务生赶紧向明媚赔不是说："对不起，我走得太急了。"明媚缓过神来说："我也走得很急，我没事了，你走吧。"服务生欠了一下身子离开了。明媚不是第一次和白逸阳有近距离的接触，可这次的感觉很不一样，她不知道是因为太过突然地碰撞，还是因为自己最近其实关注白逸阳比之前要多了，这种关注就是很想把这个人看清，想知道他到底是怎么样的一个人那种感觉。

明媚从错愕中缓过来，随着白逸阳一起走进剪辑室，进剪辑室时大概是晚上六点半，明媚问了白逸阳和剪辑老师想要吃些什么，她单独给他俩订外卖。白逸阳已经坐下开始看每一条素材了，就随口说了句"点你平时喜欢吃的就行"。明媚看着开始聚精会神工作的白逸阳，没再打扰。整整一夜，白逸阳除了吃晚饭时回到自己房间换了一身舒服的家常服外，去了两次厕所，然后就一直守着剪辑台和剪辑师一起干活。有两场戏他觉得剪辑师没理解他说的意思，直接自己上手了。明媚就一直陪在剪辑室里没有离开，其间老唐和牛老师还与赵明都来看望过白逸阳，由于白逸阳注意力过于集中，基本没有说什么话，大家也都知趣地没有多打扰，短暂停留后就离开了。大概在凌晨一点多的时候，明媚坐在房间的沙发上睡了一会儿，白逸阳发现明媚有些顶不住了，就劝她回房间睡觉，明媚坚持要陪他们一起，终于在凌晨三点多的时候白逸阳把几场戏剪辑完成了。他走到又睡过去的明媚身边，轻轻地拍她肩膀说："醒醒，剪完了，可以回去休息了。"明媚被白逸阳拍醒，睡眼惺忪地看着一脸疲态的白逸阳，顿时心里被触动了一下，明媚站起身子说："你也赶紧回房间睡吧，我和主任已经商量过了，明天镇上有市集，就让赵明带着摄影组先去市集拍些空镜，其他人去现场先准备着，这样你就可以多睡一会儿了。"白逸阳听明媚说为自己争取了休息时间心里一暖，语气变得格外温柔地说："谢谢你这么为我着想，咱们都赶紧回房间睡觉吧，要是缺觉太多，明天就会没精神干活了。"明媚和白逸阳一起走出剪辑室。因为身体靠得很近，明媚可以清楚地听到白逸阳因为疲劳显得略重的呼吸声。明媚回房间躺到床上，带着白逸阳刚刚温柔的语气很快睡了过去。

第二天一早，老唐接到赵英杰的电话说他今天晚上要赶回去处理些事情，到《时光》组里探班的事，在时间上不太充裕，如果来不及可能就要下次再说了。老唐不想这样放过机会，他问了一下赵英杰一天的大概行程，觉得在赵英杰去机场的路上是有时间可以看下《时光》的粗剪片段的。老唐向赵英杰提出由《时光》剧组安排赵英杰去机场的行程，这样他们可以在去机场的路上把粗剪片段在车里看了，赵英杰看老唐态度积极，接受了老唐的安排。

老唐放下电话找明媚和老牛商量下午接送赵英杰的事情。明媚说："我马上让剪辑师把粗剪片段先导出来存在笔记本电脑里。"老牛说："要不我们租辆房车接送他吧，这样你们看片子和交流都能更方便些。"明媚和剪辑师说完出片的事，听到老牛要租辆房车的提议也觉得很好，就让老牛联系租车公司，结果下午房车在开过来的路上遇到了小剐蹭，那个时间再发一辆车过来再去接赵英杰就会赶不上飞机。明媚想起芊芊今天没有出工，给林馨儿打电话求助，借芊芊的房车来救下急。林馨儿很快做好芊芊的工作把车借了出来，老唐带着明媚和剪辑好的片子，按约好的时间地点接上了赵英杰。

王平薇正好出来送赵英杰，一看是老唐和明媚从来接赵英杰的车上下来，也知道了事情的大概情况，心里深感愤怒，但也不能在赵英杰面前造次、反应过激，态度很好地眼睁睁地看赵英杰上了房车被接走。

房车里老唐热情地和赵英杰说希望他能看下《时光》的粗剪片段，对片子多提宝贵建议。赵英杰很能理解老唐这样安排的心意，只是说用房车来接送自己未免有些铺张了。老唐说，这车还真是找朋友借的，没花钱，赵英杰让抓紧时间看片子，明媚赶紧拿出笔记本电脑开始播放粗剪片段。赵英杰看完几段戏后说："这个导演对镜头处理运用得非常细腻，故事里的取材和元素也很新颖，是符合网生代受众对内容的喜好的。"赵英杰又问："这部剧最核心的阐述是什么呢？"明媚想了一下说："故事讲了女主是一个困在过去的时光里走不出来的人，也就是一个没有未来的人。她为了能打破这个死循环的生命模式，利用高科技的手段一次次尝试冲破过去的时光，在每一个时间点里寻找造成这个问题的根源。后来她遇到了男主——一个失忆症患者，在她与男主接触的过程中，女主受到了启发。女主终于明白了一个道理，走出过去困局的唯一方式是忘记过去，这样才能真正地拥有未来。通过故事想要告诉观众，一个人如果太在意过往的经历，只在意用过去的感知去面对生命，就永远脱离不了原有的轴线，陷在其中不得解脱。究其本质，对于每个人来说，真正的未来应该是一个全新的世界，包括感知方式和思维模式，鼓励大家勇敢抛弃既定轨迹的枷锁，这才是《时光》剧想传达的思考所在，所谓《时光》即弃旧从新。"

赵英杰听后点头称赞，他对《时光》的粗剪片段和明媚对内容的解读都很欣赏。他想将来精剪时再到后期看下片子的呈现，老唐满口答应说热烈欢迎。赵英杰答应回去后会召集内部着重讨论下对《时光》项目的评估，也希望这个项目将来能成为爆款。

终于把赵英杰顺利地送到机场，明媚和老唐松了一口气，在回去的路上，老唐兴奋地说："看这架势很有希望了。"明媚也开心地点头。老唐看着明媚说："你刚才对作品阐述得很好嘛。"明媚说："这要归功于导演。"他们俩偷着跑出去吃饭的那晚和剪辑片子的时候，白逸阳讲了对这个项目的很多想法，自己只能算是现学现卖。老唐开心得大笑说："挺好挺好，司机师傅辛苦你把车开到就近的咖啡厅，我要给大家买咖啡犒劳一下。"司机师傅找了家星巴克，老唐一口气买了上百杯咖啡，保证现场人手一杯。

司机开着房车拉着明媚和老唐还有上百杯咖啡来到现场。明媚让场务兄弟把咖啡分给大家，说是唐总自掏腰包犒劳组里人的。明媚单独拿了一杯特调的"冰滴日晒"给了白逸阳，白逸阳接过咖啡轻声问："看样子很顺啊？"明媚点头说："答应回去重点讨论。"两个人默契地笑着，赵明在一边看着他俩挑事地说："明制片，为什么我没有特调呢？"明媚看赵明刚要解释，白逸阳接过赵明的话说："因为昨晚熬夜剪片子的人，是我不是你！"赵明被白逸阳撑得小声嘀咕道："就是偏心。"

现场正准备拍一场男女主的吻戏，芊芊因为有赵明在的缘故总是很难入戏。白逸阳干脆先把赵明撵到了一边，不让他影响芊芊，又让男女主先休息会儿，缓解紧绷的情绪，顺便现场换一下布景灯光。白逸阳和执行导演说，把下一场的调度也走一下，这样能节省时间，执行导演和一个场务走了两遍，位置调度其他都很顺，到最后男主抱起女主的动作，因为场务是个胖子，执行导演抱不动他。赵明看着着急就说："老白，你让明媚帮着配合走下位置。"白逸阳看了下明媚说："你来配合我一下。"明媚完全没有准备地被拽到镜头前，更没想到走了两步就被白逸阳突然抱了起来，明媚不敢乱动，任由白逸阳稳稳地抱着自己。赵明跟着他俩的走位对了一遍焦点，一次就到位了。白逸阳放下明媚说："谢谢明制片配合。"明媚慌忙说："没事，没事。"全场工作人员都没有太过留意这样一次代替性的工作，只有白逸阳和明媚这对儿当事人知道各自心脏都加速了不知有多少个百分点。

芊芊紧绷的情绪缓解了很多，她让助理去和导演说自己可以了。赵明发了一条消息给芊芊，写道："我们都在工作，咱们都要用成熟的态度处理这样的环境，不要想太多，我支持你，亲亲。"芊芊看了消息，心里完全松弛下来，状态稳定地走回了摄影机前。

这一次主演完全沉浸在角色里，没有给白逸阳喊停的机会，一气呵成。到最后是赵明看镜头已经够用了，强行喊了一声停，大家才都从情境中走了出来。芊芊被赵明的一声喊停弄得有些脸红。全场工作人员由白逸阳带头鼓起掌来，现场气氛高涨，明媚看着所有人脸上开心的表情，心情振奋，她心里更是想着这不就是自己一直坚持的理由吗？

一切顺利，明媚和老牛陪着唐宏亮回了酒店。现场继续拍摄白逸阳和明媚刚走过调度的那场戏，工作人员到位后白逸阳想问演员准备好了没，竟然鬼使神差地问了一句："明媚准备好了没？"赵明把摄影机镜头转向白逸阳脸上，让他清醒一点，还故意调侃他说："导演，明媚不在这儿，还没出戏呢？"全剧组哄堂大笑。白逸阳脸上一阵红一阵白的，还得强装镇定，又忍不住看向明媚刚才离开的方向。

老唐和黄唯一在酒店住了一晚，第二天就坐早班机回了北京。

明媚这次到组里已经有半个月了，她想着要在大队转景之后回一趟北京去看看书涵和孩子。

书涵收到田建打来的设计费后还算可以勉强度日，但也不是长久之计。她看着满屋子都是明媚和林馨儿夫妻给她和孩子买的东西，心里既是感激也很惆怅。她手里拿着之前秦奋给她留下的一张银行卡，看着熟睡的女儿，她心里数着日子，和秦奋分开已经快有五个月了，这其间经历了很多事情，从她没留任何后路地选择和秦奋分开，直到女儿的出生。她思考着和秦奋分开对女儿来说到底是不是一件好事，如果女儿成长过程里因为缺少父亲的陪伴带来不好的心理影响又该怎么办？想要再回到只依靠秦奋生活的那种日子里，让书涵心里除了抵触抗拒，也不存在什么其他情绪了。

夜晚对于书涵来说格外地寂静。囡囡饿了在要奶吃了，她看着幼小的女儿，只想快速寻求一种可以让她们母女安身立命的生活方式，然后离开这个秦奋借给她的房子，去过真正独立的生活。

书涵有种冲动在心底，看着熟睡的孩子，她走到工作台前拿起笔继续画起亲子画册的草稿。

书涵回家之后，为了省钱一直不肯找保姆，林馨儿和周宇也只能在白天的时候顺便过来照顾下她。秦奋知道书涵不会开口找她父母过来帮忙，就用一个朋友的手机偷偷地给书涵妈妈发了消息，说了书涵早产的事。

书涵妈妈心里万分着急，就打电话给书涵问她情况，证实女儿已经把孩子生下来后，就和书涵父亲商量过去照顾女儿和外孙女。父亲觉得书涵就这样没名没分地把孩子生了下来，让他丢了颜面抬不起头，不肯去，也不允许书涵的妈妈去。书涵妈妈心疼女儿，最后和书涵爸爸闹翻，自己买了火车票直接来到女儿身边帮着照顾外孙女，书涵妈妈的到来无疑给书涵和孩子带来了很大的帮助。

书涵一出月子，就开始紧锣密鼓地和邵子峰联络起来，把自己画出的手稿拿给邵子峰，邵子峰拿着书涵的手稿和公司沟通，很快就启动了与书涵的合作，在邵子峰的帮助下，一切比想象的顺利很多。书涵拿到了画册主笔的工作，还得到了百分之八的定金，解决了书涵现在需要面对的经济拮据问题。

书涵妈妈看着书涵从出了月子开始，就没日没夜地工作，更加心疼女儿，因为书涵休息得不好，奶水也越来越不充裕，基本都要靠奶粉来喂饱外孙女。一天书涵母亲借机劝书涵，希望她与秦奋能和好，说秦奋到什么时候都是孩子的父亲，毕竟血浓于水，趁着孩子小，两人把证领了接着过日子。书涵心里很能理解母亲是为了她和孩子好，心领了妈妈的一番好意。此刻的书涵更清楚地知道，即便她和秦奋恢复了原有的相处模式，在心里对彼此的感情也回不到从前了。与其带着过往的裂痕，花费更多精力努力缝合着前行，不如放下过去的一切，开启一次完全没有情感负担的全新人生。即便在别人看来，她也许不能过上那种物质上十分富足的生活，她也不愿意沉浸在过往的负累里。书涵看着抱着孩子的母亲，用平和的语气说："妈，我知道你说的话是想我能活得轻松一些，可是我不是没有尝试过那种你们认为轻松的生活方式，结果我得到的是内心日益加剧的煎熬，别人感受不到，也更不能帮着我来分担，当初我决定来北京和秦奋一起生活得到的结果我愿意面对,现在我选择和他分开之后的路我也会坚持走到底。也许这样影响到了二老,我想说您能来帮我,我很感动,也很开心。如果你选择不来帮我,我也不会对二老有半点的埋怨。每个人都是一个独立的个体,都有自己选择生活方式的权利,我希望您能理解我现在的心情,站在我这边支持我。"

　　书涵妈妈听着女儿说出自己的真心话,看着幼小的外孙女,只是眼泪不断地往下流,没有再说什么,把怀里熟睡的孩子放回卧室的大床上。开着透气窗的进屋门外,走廊里秦奋失魂地站着,是听到了书涵刚刚那番话的反应,他心痛不已,把给女儿买的吃的用的东西放在门口后就悄然离开了……

第十七章　剧组是个大家庭

眼看着《时光》项目前期拍摄已过半，制片组已经开始着手安排大队转景的事情。明媚和牛主任正商量着要怎么设计全组人的行程比较合理，计算着坐火车、飞机还有汽车的人数分别是多少。老唐给明媚打来电话，电话另一边传来老唐严肃的声音："转景后还要拍多久，能不能加快下进度？"明媚没能理解老唐的用意说："我们按照正常计划完成肯定没有问题。"老唐说："刚刚赵英杰来电话说他们内部讨论后觉得《时光》可以排在春季档播出，如果交片时间没有问题，现在就可以先签预购合同。明媚看老牛想询问他的建议，老牛低语道："可以尝试开个B组同时拍，再算一下时间。"明媚对电话里的老唐说："我和牛老师要排下计划，要看情况才能回复。"明媚挂了老唐的电话，就和牛主任抓着统筹，开始预排双组拍摄的可能性。因为拍摄已经过半，双组同时拍能省下来的时间也是基于后半程的基础，预排后估算可以提前十天完成拍摄。后期的时间再赶一赶，时间尽量安排得紧凑，应该能赶上春季档。明媚把算好的时间和老唐说了，老唐让按这个计划往下执行，他去找赵英杰谈预购的事。

明媚和牛主任一秒都没停顿跑到现场，明媚把白逸阳单独叫到一边，说要为了发行时间赶拍摄进度，想加B组进来同时工作的想法。白逸阳听到这个消息非常地不开心，问是不是现在不加B组就没有其他途径可以解决问题了。既然购片方已经确认要这个剧了，也不差这点时间吧。明媚说，其实即便加了B组，那边实际拍摄的也都是支线剧情，不会把重场戏分出去的，白逸阳可以推荐一个他信得过的人来做B组导演。白逸阳说："我没有合适的人可推荐，如果其他人拍得完全不能和我拍的风格一致，很难保证片子的质量不失控。"明媚找白逸阳商量的情景，让赵明看在眼里，就问一旁的老牛什么情况，老牛说了事情的原委，问赵明知不知道白逸阳有没有合作过的人可以做B组的导演，赵明摇头说："白逸阳一直在国外拍片子，就是有也都不在国内。我之前出去和他拍短片的时候都是我给他做执行。"

明媚还想尝试说服白逸阳，可是白逸阳根本不想再和明媚讨论开B组的事，就和明媚说现场大家都在等，转身就回去拍戏了。明媚看着白逸阳走了并且心里有些恼火，觉得白逸阳那个倔强的性子又来了，不知道怎么才可以说服他。赵明看明媚一脸的为难，走过来和明媚说："白逸阳真没有之前合作过又能信得过的人在国内，所以，让他推荐人的事情确实有难度。"明媚说："现在这种情况真很紧急，如果不马上做决定，会错过《时光》最好的发行时间点。"现场找赵明回去，把明媚一个人留在了一边。

老牛和现场制片交代要抓紧进度后，转身来找明媚。明媚看着老牛询问的眼神，摇摇头说："不乐观，导演说他没有可以推荐的人选，更不赞同加开B组。"老牛想了一下问明媚："你说赵明能行吗？"明媚看着牛主任说："白逸阳对他的信任肯定没问题，赵明去拍B组的戏，谁来给白逸阳做摄影指导呢？"老牛想了一下说："这个问题还是要和白逸阳商量清楚再说。"

明媚心里着急，就待在现场没有离开，也怕耽误拍摄没有再去打扰白逸阳，脑子里转着怎么能让白逸阳同意开B组的事情。专心拍戏的白逸阳偶尔也会看一眼在现场帮着大家忙这忙那的明媚。白逸阳心里排斥开B组怕影响片子质量，同时也很为明媚眼前的压力感到着急，开始琢磨要怎么既不损害戏的质量又能把眼前这个问题解决掉。

白逸阳一边想着一边抬头看赵明，赵明看白逸阳看自己的眼神中带着些异样，赵明瞬间明白白逸阳的意思，使劲儿地摇头说："NO。"白逸阳给了赵明一个大大的微笑，赵明感觉整个人都不好了。

明媚没有想到白逸阳其实已经开始在想办法了，还是小心着不敢轻易靠近正在工作的白逸阳，怕影响他的情绪。到了晚上现场放餐的时候，白逸阳和赵明像平时一样坐在一起吃晚饭，白逸阳看明媚被芊芊叫到房车里吃饭，就开始和赵明商量说："你觉得怎么样？"赵明装傻问："什么觉得怎么样？"白逸阳夹了一块排骨给赵明说："开B组啊？"赵明说："不怎样。"白逸阳喝一口蛋花汤说："你来导B组的戏，然后你再找一个水平好的摄影给我，你那边的戏咱俩就随时线上线下地沟通着。"停了一下接着说："就是你要辛苦一些了。"赵明说："你这就妥协了？太不是你的风格了，这是要走心了？"白逸阳勉强挤出一个笑容说："我一直都很走心，不走心的人倒是大有人在。"赵明说："我也是很走心的，还会勇敢直白地表达。"白逸阳马上掉脸子说："别磨叽，就说干不干吧？"赵明说："我不保证自己一定可以，也保证不了有技术好的摄影现在有时间能过来合作。"白逸阳说："你先问问摄影师的事，如果有合适的人选咱们再看看戏都怎么分配处理。"

明媚在芊芊的房车上一起吃晚饭，明媚看芊芊就只吃了一点儿青菜，喝了一口汤就不再吃了，说："你就吃这些？"芊芊嘟嘴说："我最近体重有些长，晚饭真的不敢多吃了，而且林馨儿说在给我谈一个院线电影的项目，有可能会让我和导演先见一下，我觉得我还是要留个好印象给导演的。"明媚点头，芊芊问明媚："你今天为啥一直在现场没回酒店，感觉导演和你好像有什么？"明媚有些无奈地把事情讲给了芊芊。芊芊听完说："就是赵明有可能帮上忙是吧？"明媚点了下头，芊芊马上说："那好办，我来做他的工作，现在就给他发消息。"芊芊给赵明发了消息后，赵明马上就回了过来，让芊芊放心，说白逸阳和他已经在商量办法了，只要能找到一个有时间的好摄影师到组里，这个问题基本就可以解决了。芊芊把赵明回复的消息直接拿给明媚看，明媚不敢相信自己的眼睛，说："那导演为啥之前没有答应我呢?"芊芊帮明媚分析说："估计事情太突然，导演也没有想清楚，然后看你因为这个事一直在现场没走，也不希望你太着急上火吧。"明媚听着芊芊的分析觉得有些不可思议，白逸阳这个人在遇到工作的事上一直都很难妥协，为了自己着急他就变了想法不太可能，她觉得可能是唐总也找了白逸阳。芊芊觉得明媚有点后知后觉，就说："那你就等着看看事态的发展吧。"

第二天，赵明终于找到了一个有时间、技术也很好的摄影师同意加入《时光》组，白逸阳就直接给明媚发了一条微信说，B组的戏让赵明来导，让明媚安排新的摄影师进组工作。两天后，新摄影师到组里，B组正式成立。白逸阳让统筹把B组的戏份都整理出来，他和赵明抽时间就商量拍摄方式。

计划调整妥当后，B组正式开拍。

牛主任给B组找的场记因为时间凑不上，要晚两天才能到组里，明媚为了能帮大家分担工作，主动提出先代替场记的工作。开拍的第二天，因为安排的都是晚上夜景的场次，工作人员下午才出工，一直拍到凌晨三点才收工回组休息。白逸阳听说B组要拍大夜，就私下和赵明叨咕说："别弄得太晚，明媚很久不做现场具体执行的工作了，怕是不一定习惯，别再给她累病了。"赵明很不服气地说："没见你拍我们家芊芊的时候这样怜香惜玉的，我这还没干活呢，你就蹦出来护着，到时候计划完不成你来扛着责任啊?"白逸阳留下一句："你看着办吧。"然后发了一张他偷拍赵明和芊芊两人傻笑的照片给赵明，就没有再理会他，赵明暗暗叨咕算你狠，脸上浮现出无奈的笑容。

B组的场记如期来到剧组，明媚也顺利完成了场记工作。虽拍了一个大夜，明媚也没在房间多睡一会儿，第二天早上，还是跟着A组的出发时间一起来到酒店大堂，看着各组人员上车出发去现场。

其实明媚是想见下白逸阳，当面和他说声谢谢，感谢白逸阳同意开B组拍摄的事情。

白逸阳从电梯里出来就看见明媚站在酒店大堂的门口，明媚看见白逸阳就走过来和他打招呼。白逸阳看到明媚问她："起这么早，拍了大夜不多睡会儿？"明媚有些意外白逸阳这样问他，就很客气地说："我就是醒了想出来送大家出工，然后想当面谢谢导演支持我们开B组。"白逸阳看着明媚手里拿了一个大号的保温壶，说："你这是要和我们一起去现场吗？"明媚反应过来说："不是，这里边是我一早刚泡好的姜茶，最近天气有点转凉了，我想让你带到现场喝的，我也让主任和生活制片交代了，今天也会给现场人员熬些姜茶喝。"白逸阳知道明媚是在讨好自己，这对不是很会哄人的她来讲，也算是有诚意了，就接过保温壶说："谢谢，那我去现场开工了，你可以回房间继续睡会儿。"明媚看着白逸阳走，直到他上车离开。

自从B组开机后，白逸阳的工作实际是有所增加。他晚上收工后还要看B组素材才能回自己房间休息，如果有感觉没拍到位的镜头，他还要和赵明商量如何调整补充，白逸阳在工作中的一丝不苟和极强的责任感，让明媚的心里一次又一次地升起对他的欣赏，就连牛主任也开始在明媚面前夸奖白逸阳确实难得地敬业，是一个很好的年轻导演。

双组拍摄比单组拍摄的时间足足快了一个星期，这其间明媚和牛主任一直没有间断大队转景的工作安排。

从最核心的检查拍摄素材完成情况，到直接关系组里每个人吃住行的安排，事无巨细地为大家服务着。还要保证每天现场生产拍摄的顺利继续，做着各项的联动工作不敢怠慢，生怕在哪一个环节出了问题，又是牵一发而动全身的状况。白逸阳和明媚同在组里，最近二人都属于满负荷运转，除了必要的工作沟通，根本没时间有其余的交流。

大队整体转景的工作基本落实，明媚原想和大队转到新景地安排妥当后再回北京，结果老唐要明媚先回北京，他已经和赵英杰在推进项目预购合同的事情，需要明媚回到公司处理相关的流程手续。还有就是加了B组后制作费的构成有了变化，剧组款项的支出节奏也会有相应调整，也需要找老唐当面核对下用款情况。

大队转景的同一天，明媚回了北京，白逸阳和大队一起转到了新的景地，准备后面的拍摄工作。

明媚回到北京第一时间就跑到公司，找到老唐把预购合同的条款进行了相应的梳理，这次预购合同在甲方权利中加入了一条，对启梦所有后续开发项目都有优先合作权的条款。意思就是除了《时光》剧之外，如果启梦公司再开发其他剧集项目，那么必须先和甲方商议是不是要合作，在得到甲方明确的回复后启梦才可以继续推进项目。明媚对这项条款有异议，说："这个条款肯定会影响到启梦所有剧集项目的推进，如果要求写到《时光》剧的合同里实在不合理，最好还是另拟一份框架协议来完成这个诉求。"老唐想了一下说："那就协商，另拟一份框架协议，前提可以是基于能更好地促成《时光》剧的合作。"在与老唐把所有合约重要的条款确认后，明媚又是一身疲惫地回到了家中。

林馨儿知道，明媚即便回了北京，肯定第一时间就跑到公司去处理工作了。就微信留言让她忙完手里的事情再联系自己，她可以开车接上明媚去看书涵母女俩。明媚到家的时间已经是晚上了，她给林馨儿发了消息说今天时间有些晚了，明天晚一点再一起去看书涵和囡囡这样比较合适，两人约了第二天下午去看书涵。

书涵自从上次发现秦奋留在门口的东西后，就再也没得到过他的消息。中间林馨儿来探望书涵的时候，书涵还有些担心地提及了此事。林馨儿看书涵有些惦记，通过一些关系打听到秦奋公司的近况，得知秦奋公司因项目开展不力，丢失了很多重要的客户，甚至有些客户对秦奋公司执行不力耽误了重要的宣发节点，想要起诉他的公司。秦奋事务缠身加上对赌资金的压力，每天忙得焦头烂额，估计没有更多精力顾得上书涵母女了。

第二天，林馨儿按约好的时间接上了明媚，明媚上了车看到林馨儿后排座上除了要给书涵带的一袋孩子的衣服，还放了许多的红酒和化妆品礼盒。明媚问："这是又要直播卖货了？"林馨儿瞥了一眼后座说："这不眼看年底了，也要到处去拜访下关系。这些放在车里随时可以拿出来备用，要不你见人家空着手总不太礼貌，我们芊芊毕竟也是流量型美少女战士嘛，到哪里也不能没有排场。"明媚哈哈笑着说："嗯，你这很职业嘛。"林馨儿骄傲地说："当然，我可是要做大经纪人的女子。"两人闲聊着，车子已经行驶到主路上，林馨儿话语变得有些严肃地说："书涵之前提起过秦奋，我就打听了一下，结果听说了很多不好的消息，我心里感觉还挺解恨的，就是不知道要不要现在告诉书涵。"明媚问林馨儿都是些什么不好的消息，林馨儿把秦奋背了一身事的情况告诉了明媚，林馨儿说："我就怕他到时候真的资不抵债，再把书涵住的这房子给抵押了，到时候还得折腾书涵和囡囡。囡囡那么小，现在也不扛折腾啊。"明媚听着林馨儿的话说："咱们先压着点，别和书涵说。"

很快到了书涵居住的小区，一进门，书涵看见明媚开心地直蹦跶说："你终于回来了，宝宝都长大了，开始认人了。"林馨儿醋了一脸说："你这话好像在和孩子他爹说。"明媚碰了一下林馨儿，林馨儿意识到自己口误，赶紧转话题说："我给宝宝带了几套新衣服，都是我精心挑选的哦，我还约了影楼的摄影师过几天来家里给宝宝拍照，到时候宝宝就可以穿我买的这些衣服美美地拍大片了，又是一个大明星的诞生。"说着话，几个人已经来到卧室门口，书涵轻轻地推开门，书涵妈妈正在床边给宝宝叠着衣物，看见女儿的两个闺蜜也是十分欢喜，让她们进来看看宝宝，宝宝睡着了，两只白皙的小肉手自然地放在脸侧和胸前，看上去要比刚出生时长大了，也壮实了好多。明媚凑近疼惜地看着宝宝说："她睫毛好长啊，鼻子好小啊，真的是长开了好看了，嗯，像书涵，是个美人儿。"林馨儿在一边笑着说："我决定，我要现在就签了我们家的小囡囡，省得以后长大了一堆经纪人和我抢，我们要求不高，就是拿下全世界各大电影节的最佳女主就行。"明媚还看着宝宝的脸说："我们囡囡，就按自己喜欢的样子活就好,才不要做什么都给别人看呢,你说是吧,孩她妈?"书涵看着女儿点头说:"对,她开心最重要了。"

姐妹仨有一段时间没聚在一起了,书涵妈妈看几个女生见面聊得开心,就说要做老家的汤面给她们吃。三人坐在客厅里喝着下午茶,阳光温暖地照进来,因为开心,几个人的笑脸闪着光彩,像是回到了青春的岁月里,热闹地从囡囡聊到几个人小时候的样子。书涵特别高兴地说:"我接了邵子峰他们公司策划的育儿类手绘本的工作,我一定要好好地把这份工作完成,为将来能有更多的工作机会,我要努力地生活,为囡囡创造更好的条件。"明媚和林馨儿看着信心百倍的书涵,喜悦溢于言表。这样惬意的时刻总会过得很快,转瞬就到了晚上,书涵妈妈做的面真的是色香味俱佳,把三人吃得都有些撑。到了明媚和林馨儿要回去的时候,书涵还说根本没聊够,依依不舍地非要把她俩送到地下车库才行。

明媚回到北京的第四天就把购片方的预购合同搞定了,她同时和宣传部门讨论起宣传供应商公司选用的问题,她从宣传部门给出的供应商里选了几家合作过的公司,其中还有秦奋的奋进文化。明媚特意发了消息告诉秦奋,希望奋进公司能来参加比稿,秦奋收到消息,表示感谢后就直接推荐了另一家公司给明媚。明媚在另一家公司的简介里看到了李书涵的名字,明白秦奋是在用这样一种方式支持书涵。明媚想了一下,给秦奋发了一条消息说:"我本人还是希望你能来参加项目的比稿,毕竟你们也是公司的长期供应商,另一家公司我也会邀请来做比稿,大家公平竞争。"明媚看秦奋没有回复她,又接着发了一条微信写道:"其实你若真的为一个人好,最好的方式就是给到足够的尊重和理解,让她拥有真正独立的人格。"秦奋看着明媚的消息回复了"我明白"三个字。

秦奋这段时间在对于书涵的事情上一直尝试冲破自己原有的想法。从开始心里对书涵很有把握的自信,到中间看到书涵因发现他不轨行为后的情绪崩溃,决绝做出分手的决定,再到上次在家门口清晰地听到书涵心里希望能独立生活的想法。事情的发展都没能按秦奋预想的进行，远远地偏离了他设定的路线。那天在医院第一次看到女儿，他突然觉得要为女儿负责，应该为她多做点什么，可是书涵却不给他更多的机会了。今天明媚作为他和书涵关系之外的人，对自己说的话给了秦奋一个必要的答案。当秦奋回复明媚"我明白"时，不是他匆忙中的礼貌回复，秦奋清楚地知道这是他认真思考过的心里话。

世纪影业王平薇与购片方的交流可以说是雷声大雨点小，一直没有等到购片方明确的回复。王平薇从一个渠道得知，《时光》已经和购片方签了预购合同，她心生怒气，把所有不满都发泄到剧组工作人员身上，克扣剧组人员的食宿待遇，组里的人都意难平，把她的行径散播出去。消息很快传开，给《回忆》组带来很多的负面影响，总公司问责到制片人，王平薇赶紧给大家赔礼道歉，还花钱做了宣传公关才算平息了此事。

明媚回到北京的几天中，最开心的就是可以和林馨儿一起去看书涵和孩子了，只有这样的时候她才觉得自己是真放松的。她还和菜菜约了一次晚饭，听她讲了这段时间和黄老师一起工作的经历，菜菜在《时光》剧本之后又跟着黄老师一起做了两个项目的剧本，她非常认真地和明媚吐槽说还是想做《时光》这种新概念的内容。最近她脑子里有个很有趣的故事，她会抽时间做梳理，如果梳理好了希望明媚也能看看，更希望这个故事将来可以成为一个完整的项目，明媚开心地点头同意。吃过晚饭，明媚在回家的路上买了一束好看的鲜花拿回家里插了起来，她安静地坐在家里看着玻璃花瓶里的花，自觉这样的时刻是真的美好。

明妈得知明媚暂回北京家里了，就说要过来看看她，明媚没有阻止老妈。毕竟她和于涛分开后老妈一直都有些惦记她的生活，让老妈过来看看也让她放心些。崔萍总是不按常理出牌地突然出现，本来说好下午到北京的，结果她又是一大早就出现在了明媚家门口。明媚被崔萍的敲门声叫起来，一开门，崔萍开口就说："我让你爸在北京工作的老同学给你介绍了对象，和对方约好明天见面，你和他认识下，彼此都看看感觉，男孩是个学生物的博士，之前的女朋友也是刚分手，我说这不正好你们没准就是天生的缘分。"明媚因为还没太睡醒，就跑到沙发上靠着，听老妈这样安排，马上拒绝说："我不见。"崔萍说："那不行，都约好了，你不去就是让中间人难堪，必须去。"明媚被老妈强势压迫，只好先答应去见上一面。

到了约会日的下午，明媚忙完手里的工作，来到约好的咖啡厅。见到对方先客气地说明是父母张罗的这次见面，讲了自己平时工作太忙，并没有什么时间能把精力放在恋爱这件事上，所以不想耽误对方。因为之前答应了中间人见面的事，她还是想来当面说清楚，想对方能理解，希望没有打扰到他的生活。相亲男子很知书达理，听明媚诚实说出自己的想法，也很礼貌地说就算彼此交个朋友，一起喝个下午茶也很好。还聊了聊彼此的工作情况，感觉都是很难实现时间自由的人，大概在咖啡厅坐了一个多小时，就相互告别，结束了这次纯友谊性的相亲活动。

明媚从咖啡厅出来沿着街道走了一段，突然想起白逸阳家离这里很近。明媚想了一下就直接拐进一条胡同想顺便去看看白逸阳的爷爷奶奶，路过胡同口的水果店时还给爷爷奶奶买了一些水果。走到白逸阳家的院子门口，正好赶上白爷爷出来倒垃圾，白爷爷一眼就认出了明媚，叫她赶紧进家里，白奶奶也应声出来，看见是明媚，同样热情地招呼着她。明媚和白爷爷奶奶聊了白逸阳在组里的情况，夸赞白逸阳特别地敬业，她心里很欣赏导演对工作的态度，白奶奶说，阳阳这个性格就是很像他爷爷和爸爸，都是一遇到工作就忘了其他事的脾气。明媚顺便问了下白逸阳父母的情况，爷爷奶奶说，他们啊，就是只要没到干不动，估计是不会停下来的，阳阳从小就是我带的，和爸爸妈妈感情也不是很深，直到他上小学被爸爸妈妈接了出去。但是每年只要他能回来，就一定会回来陪我们俩，不像他爸妈，每年也就春节能见上一面。明媚陪着爷爷奶奶说了好一会儿的话，对白逸阳这个人又多了些了解，明白他选择回国工作的主要原因还是他对两位老人有深切的情感依恋，懂得了白逸阳是一个会把人与人之间情感看得比什么都重的人。

明媚回家后和老妈简单地交了一下差,说自己这几天也要准备回组里了,崔萍有些诧异地说,你刚和对方见完面就要走,这样还怎么交往啊?明媚说:"我总不能把一组人扔那儿不管,就留在北京谈恋爱吧。"崔萍一脸的不满,但也知道没法不让女儿去工作,就说:"我只是想你能尽早有个归宿,要不我和你爸总是要惦记你的。"明媚听着老妈的嘱咐说:"我理解您也是关心我,但是你们有没有想过我过哪种生活才会真的开心。"崔萍很不能接受地说:"你要是真的孤独终老了,到时候肯定开心不起来。"明媚不想和老妈再争辩什么,转身回了自己的房间。

明媚在回剧组的前一天再次和林馨儿到书涵家里看书涵娘俩,进门发现书涵爸爸也来了,也许是隔代人亲的缘故吧,书涵爸爸见到外孙女之后整个人就像换了一个人,书涵说父亲每天起得比她和妈妈都早,给宝宝换尿不湿和洗洗涮涮的事都由他包圆了。还亲手给宝宝做了一个小马摇椅,说等她再大点就可以坐了,工人出身的父母这个时候真的把这辈子的一身技能都用在外孙女身上了。书涵看着父母每天享受着与隔代人一起生活的快乐,自己也就能很安心地做设计和绘画的工作了。明媚也从书涵的好心情中得到了一定要努力生活的坚定力量,带着充好电的一颗心又回到了剧组的工作中。

明媚原本和林馨儿定好要一起回剧组的,林馨儿突然接到一个芊芊品牌代言商的邀约,只好让明媚先回去,她处理完手边的事情再去组里。周宇听说林馨儿不和明媚一起回剧组倒是开心得很,林馨儿看周宇说她见完客户就赶去剧组,还嘱咐周宇她不在的时候一定要关注书涵那边的情况。

第十八章　意想不到的事情总会发生

明媚回到剧组时全组人员已经安顿妥当，换了场景之后需要适应下新的环境，前两天的拍摄仍然没有安排得太多，B组更是只安排了一些散景。

开拍当天，白逸阳和赵明借着转景的时间还顺路看了一处之前没有确认的外景。白逸阳和赵明坐在一辆依维柯SUV车上往景地的方向赶路，白逸阳看赵明和芊芊发着信息，还一路发风景照片给芊芊看，就拿赵明打趣说："你们这才分开没一会儿就要汇报行踪了？"赵明说："这叫作甜蜜期，懂吗？"白逸阳说："我还真没想到芊芊能这样坦然地面对你俩的感情，她一个演员能做到这样其实不容易的。"赵明得意地说："我也没想到，相处中对她有了更多的了解后，觉得我们都能这样坦然相待也是因为过往经历的积淀，都在过往中把自己认识得更加清楚后，才会有对现在这份感情的坦然和认可。"白逸阳看着沉浸在恋爱甜蜜中的赵明，心里也为他感到高兴。

赵明和芊芊聊完，要看的景地也到了，白逸阳和赵明下车走到一处开满了花的花园，花园应该是被精心打理过的，远处可以看到一栋独立的老式洋楼，花园是围绕着老宅设计的，从环境来看这里的主人应该是个对生活细节很有要求的人。外联制片介绍说，这里是这户人家的祖屋，现在只是雇了人常年打理，主人早就移民出国了。几人往主楼的方向走去，路过一片向日葵花丛时，白逸阳发现地上有块圆圆的白色岩石，上边还隐约地能看到有刻字的痕迹。他走近蹲下身子仔细辨认上边的字，然后轻声地逐字念出"太阳是太阳花丛中生出的仙子，拥有阳光的太阳花仰望幸福。而你是我心田里走出的仙子，有你的日子我的心田时刻鲜花绽放。"落款是致吾爱妻，人名字有些看不清了。白逸阳被这两行字吸引得忘记了同行的人，赵明看白逸阳没有跟上来，就叫了他一声，白逸阳这才缓过神来赶了上去。

一行人快速地把景地的情况了解后，就抓紧时间赶赴现场和大队会合，继续完成后面的拍摄工作。

明媚到自己的新房间做了简单快速的收拾，就随着组里的送餐车跑到现场。因为最近两天剧照师整理出的剧照效果都不太理想，她觉得有必要到现场看下情况，和剧照师当面沟通一下。

白逸阳到现场即刻组织拍摄。当明媚的身影顺着环境灯光的亮起出现时，白逸阳看着眼前这一幕，脑子里开始回荡花园里石头上的那两行字，明媚顺着光走近白逸阳，状态饱满地和他打招呼说："导演，我回来了。"白逸阳缓过神来附和明媚说："你回来了。"简单地交流了几句，明媚还把自己去看了白爷爷奶奶的事告诉了白逸阳，白逸阳说他有听爷爷给他微信留言说起，谢谢明媚特意去看望了两位老人。现场准备开拍，二人便各自继续工作了。

明媚找到剧照师小宋，看他很认真地在拍演员的状态，工作上没看出什么异样。明媚想，既然不是工作方法上的问题，那问题有可能出在想法上了。明媚逮到中间休息的机会，把剧照师叫到一边说："近几天剧照拍出的样片我总觉得和之前的相比，角度和细节捕捉上没那么到位了，不知道是不是你有新的构想了？"小宋的表情看起来有些局促，想了一下说："我没有什么新的构想，只是有些我个人的原因，明媚姐，这个事我可以和主任单独交流一下吗？"明媚虽然有些诧异，也没有勉强再追问。就说："那我让主任过来和你说。"明媚转身找到主任说了情况，主任马上和小宋聊了起来，明媚远远地看着牛老师和小宋交流着，其间小宋时不时地挠头，主任也点头回应，一会儿工夫，二人聊完后小宋回去继续工作了。

老牛向明媚走过来，明媚一脸的问号看着老牛，老牛脸上有种似笑非笑的奇怪表情，明媚问："到底什么情况？"老牛回复说："正常情况，你别担心了，我晚上给他送一盒特效药吃上，两天就能恢复正常了。"明媚问："什么特效药？"老牛忍笑说："强力痔根断。"明媚一下明白过来，也忍不住笑起来。老牛说："你们没这毛病的人不知道，这病要是得上了有多难受，有多难好。尤其这年轻男孩正是精力旺盛的年纪，经常不注意保护，这边天气再潮湿些很容易发作，我这都是过来人了，咱这行业日晒风吹也休息不好，更容易得上。"过了两天，剧照师果然恢复了状态，明媚还特意让老牛私下问问组里人，还有谁有这个问题，都赶紧吃上药治疗和预防。老牛特别高效地在组长群里特意发布了这个事，还@了导演，搞得大家都以为白逸阳也有隐疾。生活制片给导演的现场椅上放了一个座垫，白逸阳看生活制片，生活制片说是明制片特意交代给您准备的，白逸阳感觉尴尬又无奈，但心里却暖了一下。

到了下午，明媚到现场时坐在监视器边上看拍摄情况，白逸阳看了眼明媚说："谢谢你的椅子垫，但是我并没有。"赵明点头说："嗯，他真的没有，很健康。"明媚看着两个大男人和自己解释这个，瞬间尴尬不已，支吾地说："我就是以防万一，预防，预防。"几个人都不再做声。

赵明低声和白逸阳念叨："还挺细心，怕你得上遭罪，先预防上，是个会关心人的好女子。"白逸阳微正了一下身体，感受了一下座垫的柔软，脸上浮现了得意，坐在一边的明媚并没有察觉。

前期拍摄顺利完成了有百分之七十的量了，明媚心情大好地抽空跑到附近的特产店，买了一些当地特产给自己的父母还有书涵寄了回去。回到酒店大堂正好收到一份快递，明媚看快递箱上的寄出地是黑龙江省哈尔滨市，明媚把包裹抱回房间，打开一看是满满一箱哈尔滨的红肠。正觉奇怪是谁寄来的，就收到张余发来的微信消息。张余说明媚之前介绍的网大，他被选上演了男三，他这次刚拿到酬金，就买了些老家的特产寄给明媚以表感谢。明媚得知张余又可以回去继续做他喜欢的演员了很为张余高兴，回复张余给他送上了自己的祝福，希望他越来越顺利。明媚拿着一箱红肠给了生活制片，让给组里做饭的餐厅帮着切好就当给大家加菜了。

就在一切都渐入佳境的时候，总公司因要执行税改政策需要配合审核账目。启梦影视也要参与这次的审核，审核期间所有进出账需要先封停，这个事情会直接影响到剧组的正常运转。明媚找老唐商量，说如果购片方可以先预支一些购片款，应该能暂时缓解下现金流的问题。老唐尝试着和赵英杰沟通款项预付的事，结果被赵英杰以付款条件不足给回绝了。

自从参加了B组拍摄后，组里每天的开支也会相应增加。现在剧组账面上的钱勉强可以维持一个星期，老唐说会尽量让审核在一个星期内结束，实在不行他再和总公司单独申请特权。还好，这次对启梦的账目审核就看了本年度各项目的款项进出，也没审核出什么问题，几天时间就结束了，剧组没受到任何影响，算是虚惊一场。

晚上明媚坐在房间的椅子上，刚刚放松了下，一阵急促的电话声响起，是前台服务员打来的，说大堂有位徐先生找她。明媚简单收拾后下楼。

从电梯出来，看见一个长相有些土气的男人，手里还捧着一束鲜花站在服务台旁边，明媚以为是个送花的快递员，她走过去问男子是不是找她，男子看见明媚表现得十分热情地说："对，我找你。"男子说话带着本地口音，并把手里的鲜花递给明媚说："送你的。"明媚看这人的意思又不是送快递的，就问："请问你是？"男子说："是崔萍女士让我来这里找你的，说让我和你先建立下联系，如果都觉得合适可以尝试发展一下。"明媚明白又是老妈给自己介绍的相亲对象，立即打电话问崔萍。明媚在电话里几近愤怒地说："妈，我回家时你让我相亲，我也就不说了，可现在我在工作呢，你怎么可以让相亲的人找到这里来！"明媚对老妈实在无语，挂了电话后，转身十分抱歉地向男子说："不好意思，我想这事情里有误会，我现在在工作，不太能谈私人的事，所以还请您先回去吧。"男子看明媚要推辞，马上说："没关系，我可以等你工作结束再来的，我是个影视爱好者，如果你们需要演员，我也可以顺便尝试下。"明媚还是婉言劝男子先回去，男子非要明媚收下花，让明媚答应他再约见面才肯离开。男子和明媚拿着一束花推来推去，这一幕正好被收工回来的白逸阳看见，明媚发现大队收工回来了，想立即摆脱男子，就转身想先回房间，没想到男子在后边追了上来。明媚着急走，没看路一头撞在正在看她的白逸阳身上，明媚抬头看到一脸问号的白逸阳更是难堪不已。白逸阳看着明媚为难的样子，就走上前问明了情况，白逸阳用正式的口吻对男子说："你回去吧，如果想演戏也可以联系我们的副导演，我是这个戏的导演，你留个电话号码，我会让副导演联系你的。"男子听白逸阳这样说了，就痛快地留下了电话号码，并把手里的花递给白逸阳说了声谢谢就离开了。

  白逸阳看着手里的鲜花，又看看明媚问："你收下？"明媚摇头。白逸阳看着明媚尴尬地说："有人追是好事，不用难为情啊。"明媚气不平地说："这就是被蓄意安排的相亲。"明媚简单地和白逸阳说了下大概情况，也谢谢白逸阳能这样帮自己出头解围。白逸阳看明媚一脸的不开心，从花束里抽出一枝向日葵，说："这枝算我借来送你的，拿着吧，开心些。"明媚看着白逸阳真诚的表情，谨慎地接过向日葵又说了声"谢谢"，感觉情绪也平静了许多。明媚手里拿着向日葵回到房间，想把花插起来，只好寻了一个矿泉水瓶子接好水把花插进去，看着这枝白逸阳送的向日葵，明媚心里生出了一丝甜蜜。

  一个明朗的午后，书涵抱着囡囡站在阳台上看着爸爸精心打理的几盆花，已经开出了鲜艳的花朵儿，凑近闻还有淡淡的香气，宝宝"咿咿呀呀"地试图和书涵交流。原来摆在书房里的书桌已经被书涵移到了客厅靠阳台的一边，桌子上摆满了画稿还有画笔等绘画工具。书涵的手机响了起来，显示是邵子峰的来电，书涵妈妈走过去把孩子从书涵手里接过来，让书涵去接电话。邵子峰在电话里说，书涵之前完成的初稿他和公司的编辑已经看过了，都觉得很满意。

同时也给书涵说了下希望可以调整的地方，书涵一一认真地记下说自己尽快调出稿子给他们看，放下电话，书涵轻轻地舒展了下筋骨，开始继续工作。看女儿又要开始工作了，书涵爸爸倒了一杯煮好的红枣水轻轻地放在一边提醒书涵记得喝，就和书涵妈妈默契地抱着宝宝下楼晒太阳去了，给书涵留下了一个安静的创作空间。

在父母的陪伴下，书涵这段时间的工作效率可以用极高极好来形容，不仅总能提前交稿，还有时间用来思考画出自己和囡囡平时生活故事的画册，她想做成连载形式，这个想法也得到了邵子峰的极大支持。她坚定着自己的方向，时不时会把囡囡的新照片还有自己新创作的画稿发到三姐妹的微信群里，想得到她们的认可。明媚和林馨儿对书涵的作品给出极高的评价，还说囡囡越来越好看了，简直就是个小明星，林馨儿索性把三个人的群名改为"囡囡粉丝群"。

林馨儿想赶在剧组杀青前到组里探班，顺便把芊芊代言产品的事和芊芊做一次细致的沟通。林馨儿下了飞机，让司机把车开到拍摄现场，她已经和组里的人都很熟了，到现场就各种打招呼。特意跑到白逸阳身边说自己都没回酒店找明媚，就来看导演了，白逸阳觉得林馨儿这样主动和他说话一定有事，问她是要给芊芊请假吗。林馨儿听白逸阳这样问，面带笑意地接话说："那倒不是，有其他事希望导演能协助一下，我给芊芊约了一个期刊的采访，有一部分期刊希望能采访与芊芊合作过的导演对她做个评价，想辛苦导演帮我们撑撑场面。"白逸阳看平日里气焰很高的林馨儿这样拜托自己，就说要提前约时间才行，林馨儿看白逸阳答应了，马上应承没问题。

林馨儿和白逸阳说着话，没有在意有个人一直在看着她，剧中一个新的角色由小鲜肉唐昊然来出演。他进组有几天了，也是第一次见到林馨儿，林馨儿一回头正好和他眼神对上。林馨儿眼前一亮，看着一个帅气温暖的大男孩用一种很直接的眼神看自己，林馨儿感觉被电了一下。男孩落落大方地点头与林馨儿打招呼，并做了自我介绍。看林馨儿手里提着一个袋子，还主动要帮林馨儿拿，林馨儿被暖到，心里升起一份满足感。

到组里，林馨儿有时间就会到现场陪着芊芊一起，在现场抽时间给芊芊安排各种电话采访、短视频录制等活动，也是为给她杀青时的宣传做准备。唐昊然自从认识了林馨儿，没事就找林馨儿聊天，在现场还会主动帮林馨儿干各种活儿，照顾林馨儿。林馨儿心里觉得唐昊然很懂事，知道用讨好自己的办法想拿到更多的资源，虽说觉得他目的性很强，同时心里很享受一个帅气大男孩每天围着自己转的这种虚荣感。暗喜自己这个岁数还能吸引少男们的目光，就保持着很舒适的安全距离。明媚看她又犯了不安分的老毛病，让她收敛点，林馨儿说就是一起寻寻开心，不会有越界的行为，明媚也只能由着她各种使唤唐昊然。

林馨儿刚得意了没几天，周宇突然跑到组里找她，林馨儿问明媚是不是她和周宇说了什么，明媚说着自己冤枉，估计是周宇第六感太强了。林馨儿虽然心里有些不爽，也不好说周宇什么。

周宇本想借这次来找林馨儿顺便到处逛逛，结果第一天到现场就看出唐昊然看林馨儿眼神很不一样，看他俩姐弟相称十分熟络的样子让周宇很别扭。周宇心里不安起来，晚上二人回到酒店房间，周宇借口说自己背痒，让林馨儿给自己抓痒，林馨儿刚走到周宇身边，就被周宇抱起来直接按到床上。林馨儿被周宇突然的举动也搞得有点蒙，直瞪瞪地看着周宇，周宇问林馨儿："老婆，你是不是不喜欢我了？"林馨儿反应过来周宇是吃唐昊然的醋了，马上说："喜欢啊，但是我更喜欢那种能给我安全感、能让我有自豪感的那个你，那个离开老妈的庇佑也能生活得很好的你。"周宇看着林馨儿的眼睛，努力理解着林馨儿的意图，然后问林馨儿："是不是我能靠自己成功赚到钱就是林馨儿说的那个样子了？"林馨儿抚摸了下周宇的头说："我只是觉得我们可以尝试完全靠自己去生活，如果根本不去尝试，怕有天会后悔。"然后轻轻地吻了周宇的嘴唇一下，周宇被林馨儿吻得热血沸腾，应声答应了林馨儿，顺势滚起了床单。

眼看《时光》组拍摄马上圆满杀青，此时的《回忆》组的状态越来越堪忧。因为王平薇不懂剧组的管理，也不相信聘请来的制片人员，凡事都要一番计较，拍摄不仅很难按期完成，还把一部分钱花在了不该花的地方。原本制片主任给组里找到一家价格便宜、居住条件中上的酒店来住，没想到王平薇一来就说酒店不好，要换地方。最后选了一家酒店看着很有档次，价格不低，可算了下即便打完折也还是要贵出之前那家酒店不少。王平薇坚持要住，主任也只能照办，像这样的事拍摄期间也没少发生，到了现在王平薇也开始着急要尽快杀青进入后期，发现资金紧张起来。在商量一番之后，王平薇竟然和主创要求说直接删掉一些戏份，导演听后也是忍无可忍地和她大吵了一架。怎奈资金短缺，在老制片主任的协调下，只能让导演选择性地删除一些戏，能保证接上情节就行。

王平薇开始四处寻找资金想要补缺，在一次客户组织的饭局上遇到了还在找事情做的张珊，二人见面聊了彼此的境遇后一拍即合。张珊提出自己可以找更多客户来给《回忆》筹到资金，她提出条件要和王平薇一样做《回忆》项目的制片人。王平薇哪肯让利与人，直接回复张珊只能让她做执行制片，张珊为了保住这个机会也只好先同意，开始为《回忆》四处联系能融资来的客户。

胡言在和张珊同时离开启梦影视后，应聘到了一家资源不错的发行公司上班。胡言听说张珊进了《回忆》项目组做执行制片，就说可以帮助她推进《回忆》的发行，张珊一听胡言可以搞定发行，就再次找王平薇谈判说如果自己能把《回忆》的发行搞定，她就要和王平薇一样挂制片人的title。王平薇看张珊很有信心的样子就答应了她，如果她真搞定发行就可以成为这个项目的制片人，二人就这样在相互算计中开始了进一步的合作。

《时光》杀青在即，因为有广告客户很喜欢芊芊，就下单要在剧中做广告植入，白逸阳为了帮明媚完成招商很积极地做了配合，在不伤害剧情和人物形象的同时满足了客户要求。中午休息的时候，明媚特意将洗好的水果切好装盘端到了导演吃饭的地方，白逸阳抬头看见明媚的眼神里带了些欣喜，明媚微笑着对白逸阳说："辛苦导演这么尽心地帮助公司完成客户的植入需求，客户看了植入情节都特别地满意。"白逸阳吃着明媚拿来的水果开心地说："谢谢明制片的餐后水果盘。"二人四目相对，感觉彼此之间的默契又加深一些。

广告植入拍摄时明媚在现场忙前忙后，她的样子被来探班的广告客户科达看在眼里，觉得明媚既勤快又有责任心，于是产生了对她的喜爱之情。科达人长得壮实帅气，还有国外留学的背景，性格也很开朗，拍摄时还会主动找明媚聊聊公司产品的优势，希望将来有机会再合作。明媚完全没有看出科达的心思，她后知后觉的性格再次被林馨儿给鄙视了。林馨儿趁着科达离开现场的时候，把明媚拽到一边说："大姐，你可长点心吧，人家科达明显是对你有兴趣，你就不能多给人家点微笑。你要是不行我来帮你张罗，难得遇上一个喜欢你的优质男，我都打听过了，他可是口碑极好的钻石王老五，家里企业和我婆婆家的企业比不相上下，这次机会就是天赐良缘，把握住！"

话音刚落，就看科达开着一辆奔驰的高配SUV停在现场的路边，高大帅气地从车上走了下来，远远地看见明媚和林馨儿就打招呼，林馨儿一只手热情地回应，一只手拽着明媚胳膊让她招手，明媚被林馨儿督促着也招手回应。科达手里拿了一个超大的环保袋走到她俩面前，把袋子递给明媚说："这个给你，这是我家在这里办的保健品公司生产的虫草，还有些即食燕窝，你平时工作这么辛苦，多吃些可以补一补身体，提高免疫力。"林馨儿替明媚接过来，赶紧说："这么客气啊，我们也不能白拿你的礼物，要不我们请你吃饭吧。"科达一听林馨儿的提议非常开心地说："吃饭太好了，不过要我来请你们才行。"林馨儿说："不不，这个一定要我们来。"科达看着一直没说话的明媚问："明制片，平时都喜欢吃些什么？我来订饭店。"林馨儿碰了一下明媚，让她回话，明媚只好回答说："我都行。"科达有点接不上明媚的节奏，林馨儿马上说："她太忙，脑子都还在工作上，没反应过来，她平时喜欢吃火锅，火锅。"科达脸色一下明朗起来说："那太没问题了，我知道一家很好的火锅店，我这就打电话订位子，今晚我们就去吃。"林馨儿满心欢喜地答应说："好。"明媚被眼前两个人你来我往的节奏带得有些不知所措，还没怎么反应过来，一起吃晚饭的事情就已经定了下来。科达转身打电话去订饭店，林馨儿把明媚身体扳过来，二人面对面，林馨儿开始端详着明媚说："可以呀，我的明大制片，魅力值相当地高啊，你这一天连个妆都不化，就这样还能有这么大的魅力，你果然是我的闺蜜，有我的风范。"此刻明媚满脑子想的只有回到现场，去配合导演和全剧组的拍摄工作。

第十九章　拥抱爱情吧

为了能和明媚有更多接触的机会，科达取消了原本的行程，就在组里多待了几天。一有机会就会积极地邀请明媚出去吃饭，还邀请她去自己家在这里的保健品公司参观，明媚被科达热情温暖的态度感染，对他产生了一些好感，可是心里始终不能接受真的和他在感情上有什么发展，只有林馨儿积极努力地希望促成这件好事。

《时光》所有前期拍摄工作还有两个场景就可以杀青了，全组工作人员都在抓紧时间工作。B组戏的拍摄在前一天也都完成了，今天赵明就转到A组陪白逸阳一起继续完成剩余的工作。下午科达带了很多咖啡来到现场，说要给全组工作人员补给，全场工作人员都大声地向科达说谢谢。科达找到明媚说，这是为了感谢所有人配合植入拍摄付出的辛苦，特意来表示一下他的心意，科达单独拿了杯咖啡给白逸阳送了过去。白逸阳这几天虽然都在忙着赶时间拍戏，但也不是完全没有看到科达在现场一直围着明媚的状态，只有赵明第一次看到科达，感到好奇地问白逸阳："这哥们谁啊？"白逸阳轻声地说了句："广告客户。"这时科达很友好地也递给赵明一杯咖啡，赵明赶紧接过来说谢谢。赵明看着白逸阳说："他这么热情图什么呢？"白逸阳更轻声地说了声："图明媚。"赵明仔细辨别了下自己没听错后，差点从椅子上蹦起来，低吼道："这你也能让？！"白逸阳一脸的疲惫说:"没时间,顾不上。"赵明深深地吸了一口气又吐出来,严肃地说:"不行,我忍不了。"赵明刚要站起来,白逸阳把他按住说:"先干活。"没一会儿,明媚拿了一杯咖啡走到白逸阳身边说:"导演,我给你单独拿了一杯美式,那杯拿铁我拿去给别人吧。"白逸阳这才看到科达给他拿了杯拿铁,回身接过明媚给他拿的咖啡说:"谢谢。"赵明不错过机会地赶紧找明媚说话:"我说明媚你这什么广告客户啊,这植入都拍完了怎么还往现场跑呢,怕是有啥别的企图吧?"明媚听赵明这么问不知道要怎么回答,白逸阳马上喝止赵明:"干活呢,先别聊了。"赵明说:"那不行,凡事要讲个先来后到的。"白逸阳让明媚去干活,不要理赵明。明媚看了一眼白逸阳,点了点头,转身离开去找跟组宣传讨论杀青时要用的宣传物料。

明媚给导演送咖啡的这个举动,被一边和林馨儿聊天的科达看见,他感觉明媚对白逸阳应该有不一样的情愫,就在和林馨儿的谈话间打听了一下白逸阳。林馨儿说她也没有那么了解导演,但是导演在对待工作的态度上肯定是非常值得信任的一个人。科达等到明媚和跟组宣传交流完才找到机会和她说上几句,科达告诉明媚,因为自己要回公司处理一些事情,订了明天的飞机票要先回上海了。他邀请明媚拍完戏到上海找他来玩,顺便好好休息下,所有的行程吃住都由他来安排。说可以带明媚去吃上海各种好吃的,更可以带她去迪士尼乐园好好玩两天。明媚听科达这样有诚意地邀请自己,也很大方地感谢科达的邀约,说拍完戏一定去上海找他玩。

科达第二天坐早班机回了上海,在飞机起飞前给明媚发了一条消息告别。明媚在制片办公室和财务核算账单没有注意到消息,其间接到一个快递的电话,明媚让正要取包裹的生活制片帮自己把快递带上来。没过一会儿,生活制片捧了一大束玫瑰花来到办公室,明媚被眼前巨大的花束惊呆了。明媚第一次收到这么大的一束花,花束的卡片上写着送花人是科达。制片办公室里财务唏嘘,其他人也都起哄明媚有人追求了,明媚尴尬地让生活制片帮自己把花束拿到自己房间去。这才看手机发现科达之前给她发了消息,明媚站在房间里看着科达送的一大束玫瑰，又看了一眼已成了干花的那枝向日葵，用手轻轻摸了摸向日葵的花瓣，站在原地叹了口气，然后给科达发了一条感谢的消息。

明媚收到特大束鲜花的消息很快传遍了全剧组，白逸阳在赵明添油加醋地形容这件事后，大概了解了情况。白逸阳说："女人收到男人送的花是很正常的事，说明那男人对明媚非常中意。"

赵明说："这个科达可真是鸡贼啊，还知道不能待在这里死缠烂打，就改了策略用鲜花攻势，不能让他得逞，我必须用你的名字买一束更大的花给明媚。"白逸阳让赵明别分心，快点把今天的计划拍完，赵明看白逸阳一脸的平静，就问："你就不怕明媚被那小子给拐走了，可没有女人经得起鲜花攻势。"白逸阳有些不耐烦地说了一句："不干完活，我哪来的时间去追女人。"

白逸阳的话一出口，赵明愣了一下，然后就开始满场张罗大家赶紧干活。全组工作人员干劲十足，又大干了两天，终于拍到了最后一个场景的戏份儿，就是明媚跌落山坡的那个叫"阳光明媚"的地方，这个场景戏份在不受天气影响的情况下需要四天的时间来完成。

天公作美，拍摄顺利。杀青当天，白逸阳特意叫司机早出工了一个小时，说自己要顺路先去一个地方后再到现场。

到了出工的时间，明媚和牛主任同一辆车也要赶去现场。从酒店出发时明媚特意寻了下白逸阳的身影，没有看到他心里有些惦记，就问牛主任："导演下楼了吗？"主任说："导演很早就出发去现场了。"明媚想，白逸阳一定是到现场琢磨拍摄去了。

到了阳光明媚的现场，全组工作人员都非常活跃地准备起拍摄。历经三个多月近一百天的时间，拍摄期终于要结束了，在每一次拍摄杀青时大家都会有些不舍。这也是行业的特殊性，每一部戏都会根据内容需求来找适合的主创团队进行合作。一部戏结束再拍另一部戏时就不一定是同一组人了，有的人合作一次可能很多年后才有机会再遇见，有的人甚至再没一起合作过了。更有人因适应不了剧组近似风餐露宿的工作方式，尝试过后从此就不再涉足剧组工作。

工作人员陆续到达现场，原本安静的山坡一时间变得热闹起来，同时引来了附近村落里的留守老人和孩子们的围观。明媚到现场时，工作人员已经把拍摄器材设备等都运到了山坡上，找到一块空地搭起了工作帐篷。明媚搜索着白逸阳的身影没有看到，她沿路走到放监视器的帐篷下，只有赵明和摄影组的人，还有执行导演，还是没看见白逸阳。赵明见明媚过来，就轻声地叫她名字，然后指了指山坡稍远的地方，明媚随着赵明指的方向看去，远远的一个身影正站在山坡的边缘处，明媚终于看到了白逸阳，心里也踏实下来。

这个让明媚既喜欢又忌惮的地方，这个让明媚和白逸阳开始有了更多接触的地方，这个对于两个人都留下深刻记忆的地方，风起时能看到林海波澜，落日时可以感受金光温情的地方，想着这些，明媚心里百感交集。

明媚想得出神，没发现白逸阳已回到了帐篷下，看到明媚，白逸阳脸上竟自然地露出了淡淡的笑意。望着眼前这个女人，识于少时，时隔多年再见面，二人境遇大相径庭，依稀记得她当年的少年英气，简单直接，也是白逸阳从开始就喜欢上这个女子最主要的原因。多年后看着她扛着生活的压力，在情感生活里的精神困惑，选择用一种近似笨拙的方式守着喜欢的事业时，白逸阳心里滋生了一种想要支持她一下的冲动。这种冲动中有着自己也不清楚的情愫在里边，这种情愫也许早在他们相识的多年前就已经存在了。两个都同样喜欢影视工作的人，像是两条平行线在各自的轨迹上坚持着，终于在一次偶遇后相交会合了。在项目合作中，彼此间有因为都对这份职业喜爱的相照相惜，也有因观念不同产生的摩擦碰撞。白逸阳确认自己对明媚的情感是由浅入深，在一点点一天天接触中逐渐增多的，因为明媚的不善防备有了心底对她的惦念。也知道明媚没有感知到他藏在心里的这份感情，白逸阳渴望在相处中给明媚一些保护，让明媚可以摆脱现实生活带来的压力，冲破自己的固有思维，能最终拥有独立的自我。白逸阳希望明媚也能慢慢体会接受自己对她的感情，让明媚知道他愿意给她应有的幸福生活。

白逸阳的思绪回到了现场，虽说是最后一天的拍摄，因为需要动用威亚等动作戏所需要的设备，从设备安装到给演员测试使用，都是非常费时的工作。加上要抢午后时间的太阳光，看上去没有几个镜头的工作量其实并不轻松。为了能顺利杀青，现场的工作人员也是一点儿没有松懈地干着活。就在午后阳光就要西落的时候，全组人终于完成了前期拍摄的最后一镜。当白逸阳大声地喊出"杀青"两个字的时候，整组人沸腾了。顺利地完成了前期拍摄工作，所有人终于可以带着完成工作的喜悦回家好好休息，和家人见面聚聚了。

在黄昏温暖的光照下，现场制片组织全组人合影拍杀青照，剧组还准备了很多花束，用来送给主创与主演表示感谢和祝贺。当大家都排排站好的时候，白逸阳不知道去哪里了，组里人齐声喊着："导演拍杀青照了。"就看到远处白逸阳的身影快速地向人群走来。他手里捧了一大束的向日葵花，慢慢地向明媚走去。明媚看着白逸阳手里捧着花向自己靠近，心脏开始剧烈地跳动，白逸阳捧着花站到明媚面前，看着明媚说："明制片你辛苦了，这束花送给你。今天在这个叫作阳光明媚的地方，我们一起完成了人生中合作的第一部作品，我希望将来我们可以共同完成更多的作品，更希望你给我一个能陪在你身边、一直守护你的机会。"明媚傻傻地看着白逸阳，完全被他的举动给震惊了，心跳加速得要晕厥。林馨儿看见明媚的状况，赶紧冲了上来叫她的名字，明媚稳定了一下情绪，接过白逸阳手里的花束，全组人再次沸腾了，一起喊着："在一起，在一起……"明媚和白逸阳被大家拥着挤到一块儿，面向着照相机拍了一张全体工作人员的大合照，他们脸上的笑容就如向日葵一样灿烂。

晚上的杀青宴更是热闹地持续到快十一点才结束，席间明媚被大家轮番敬酒，坐在一边的白逸阳很想为她挡酒，可没想到明媚因为不愿让组里人失望，就都一一喝下了。白逸阳看着喝得满脸红晕的明媚，眼神迷离中想起十多年前明媚少年时的样子，感觉今晚的明媚又回到了她年少时爱笑的模样。

林馨儿陪在芊芊身边，帮她挡住了所有的敬酒，赵明也在大家串座相互敬酒的时候坐到芊芊身边和她聊天,开始计划回去之后要好好休息,一起出国玩一圈。林馨儿紧着给芊芊使眼色怕他俩的样子再次被拍到。

唐昊然走过来向林馨儿敬酒,叫了声:"姐姐,我敬你一杯。"林馨儿看他没少喝,赶紧起身应酬他。唐昊然拽着林馨儿的一只胳膊,直接坐到林馨儿旁边的椅子上,眼睛直盯着林馨儿说:"姐,我见到你第一面就觉得你是我理想中的另一半,你如果不讨厌我,能不能给我机会和你交往一下。"林馨儿对唐昊然的话没有感到讨厌,更多的是一种惊喜,不过林馨儿还是礼貌地明确拒绝了唐昊然。林馨儿看着唐昊然好看俊朗的脸说:"如果你觉得很喜欢和我在一起的感觉,其实我们完全可以成为事业上的合作伙伴,我可以做你的经纪人。"唐昊然没有想到林馨儿提出这样的想法,想了下也很诚恳地说:"这个事情我需要和我的父亲谈一下再回复你。"林馨儿问:"你父亲?"唐昊然回答说:"嗯,我父亲就是唐宏亮。"林馨儿这才反应过来事情的原委,看着年纪不大做事低调、对自己喜欢的东西又会直接争取的唐昊然心里升起了一份欣赏。

杀青宴结束的时候,明媚走路已经在踩空了,倒也没忘了拿白逸阳送给自己的那束向日葵花。白逸阳在她身边一直把她送到酒店房间。乘电梯的时候,明媚抱着向日葵,整个人靠在电梯的墙上很晕的样子,还不时地傻笑几声,白逸阳把明媚扶住,让她靠在自己怀里,想拿她手里的向日葵,明媚嘴里不时念叨着:"我的,不给你。"明媚的头依偎在白逸阳温暖的胸膛里,隐隐地听到他心脏的起搏有些加快。因为太晕,身体也不太听话,明媚努力地抬起头看白逸阳的脸,发现白逸阳也在看她,明媚脸上自然地浮现出了笑容。电梯门开了,白逸阳把明媚带出电梯,看明媚实在走不了直线了,干脆一把抱起明媚走向她的房间。白逸阳的这个动作让明媚突然酒醒了几分,双手抱紧白逸阳,二人的目光相对,明媚的心跳开始加速。到了房间门口,白逸阳让明媚拿房卡把门打开,直接就把明媚抱到床上。明媚有些不知所措地看白逸阳,白逸阳看出了明媚的紧张，温和地说："你今天喝了太多酒，我去找些解酒的药给你，你先躺着等我下。"说完拿起明媚的房卡转身出去了。一阵头晕上来，明媚使劲儿闭上眼睛，感觉天旋地转，不知道过了多久白逸阳回来了，看明媚已经在睡梦中了。白逸阳烧了些开水，拿明媚的杯子泡了一些解酒的冲剂，白逸阳动作很轻地扶起明媚的头让她慢慢地喝下解酒药。没一会儿明媚看样子舒服了一些，白逸阳帮她把外衣和鞋子分别脱下，给她盖上被子。然后坐到一边的椅子上，看着明媚醉意沉沉，白逸阳想起上次在他家里明媚喝多后说梦话的样子，记得那天他已经回房间躺下，就听见明媚大声地说起梦话，白逸阳怕她从沙发上滚下来，迅速起身去看她。听见明媚大声说："菜菜你开飞船的水平实在太棒了，下次来我们还要一起。"今晚同样喝多的明媚没有说梦话，喝了醒酒药后睡得也安稳了很多。白逸阳走到床前，仔细地看着明媚因酒气泛着红晕的脸庞，只有他自己知道心底对这个女子的喜欢和渴望。

明媚熟睡着完全不知道白逸阳此刻的凝视，白逸阳轻抚了下明媚的头发，情不自禁在她额头上轻啄了一下。他关上房间的顶灯，只留了一个台灯照亮，然后走出明媚的房间。一出门看到林馨儿正站在门口，脸上挂着一种怪异的表情看着白逸阳，白逸阳多少有点尴尬地说："她睡着了。"林馨儿还是看着白逸阳，白逸阳又说："我回房休息了。"转身离开。林馨儿看着走远的白逸阳，嘴里念叨："你再不出来我就敲门了。"

第二天一早，林馨儿回京前特意跑到明媚房间，明媚刚刚醒酒，林馨儿坐到明媚床上，看着一脸迷糊的明媚问："你们什么时候开始的，你这也隐藏得太好了，我你都不告诉？"明媚一脸无辜地说："我也没想到，他会这样对我表白。"林馨儿一脸的不信，说："你们要不是早就有了心意相通，他怎么会突然这样做？"明媚还想说话，就被林馨儿拦住说："行，别的我不管，首先你自己要真的喜欢他，其次你不可以什么事情只顾着对方不顾自己，还有就是不可以把自己交给他太快，好了，我的话说完了，我会时刻查岗的，不要重蹈覆辙。"明媚看着对她一脸担忧的林馨儿说："好，我答应你，先爱自己。"

杀青后剧组工作人员两天内都陆续回程了，明媚和老牛还有制片组的几个工作人员处理了所有收尾的事情后才陆续往回走。这次合作是明媚和牛老师第四次合作了，明媚没到启梦之前就和牛老师合作过，那时候明媚还在做场记，牛老师也教了明媚很多工作上的经验，算是一路看着明媚成长起来的。这次合作中看着明媚为了整个项目付出的努力，为了找到适合片子的场景差点出事，为了给组里省钱被唯利是图的小人威逼，让出自己制片的位置。老牛看着一脸疲惫的明媚有些心疼地说："姑娘，戏拍完了，回家一定要好好休息，可以去看看中医调理下身体。干了大半辈子这行里的人没少见，你干了这么多年还能不被利益所动，这么踏实地做事，不容易。在这里我也要劝你两句，不是什么人都值得你信任和付出真心的，人的性格秉性、人品气量都不是一时一刻形成的，想要改变也很难，所以你要学会识人辨人才能更好地做事儿。"明媚听着牛老师的肺腑之言，心里感动地说："牛老师，您放心，我一定会记住你说的这些话的。"

白逸阳为了能和明媚一起回京，特意又在剧组多待了两天，大件行李就直接发了快递。到回京的日子，白逸阳一早来找明媚，明媚还差一点儿东西没收拾完，白逸阳帮她一起收拾装箱，明媚看着白逸阳说："这几天忙着处理事情，也没时间和你多说话，我那天喝得太多，样子是不是特别难看？"白逸阳嘴角稍稍上翘了一下说："嗯，确实很难看。"明媚愣住了，很尴尬，白逸阳又接着说："但是我很喜欢。"明媚害羞得脸像发烧一样，连脖子都红了。白逸阳看着明媚红着的脸说："你不用脸红，你要适应我对你说的这句话才行，因为我每天都会说给你听。"明媚低垂着眼没说话，继续收拾行李。

二人相伴终于顺利回到北京，白逸阳和明媚约了一起到家里吃饭，想把他们恋爱的事情告诉爷爷奶奶，明媚答应白逸阳，说她看完朋友，然后和他再定时间。

第二天，明媚到公司把所有需要对接的事情都一一交代清楚，约上林馨儿去看书涵娘俩。书涵一周前刚把自己的手绘本图册发表到邵子峰公司的阅读网上，一上架就引起很多新手妈妈的追看，点赞读者的数量越来越多，很多人都在网上留言催更，邵子峰公司也开始更关注书涵的作品，给了很多的站内推广资源。邵子峰说："如果阅读量超过五万，书涵就可以拿到一些奖金，如果阅读量持续增加，就可以做会员类点击阅读刊物了，这样书涵就可以分到更多的收入。"书涵把自己最近的收获兴奋地分享给明媚和馨儿，三人一起哄着囡囡都特别地开心。书涵说邵子峰要组织一次与"天爱"亲子基地的互动活动，到时候会把自己的纸质版手绘图册在那里做展示，同时做一场小型的签售会，书涵问明媚和林馨儿要不要去给自己打气，两人都积极反馈说一定要去。

　　活动当天，三姐妹如约而至，在会场竟然遇到Alter老板付姐，这才知道付姐一直都在参加儿童心理学和原生家庭对儿童心理影响方面的公益事业。付姐见到三个姐妹一起出现非常地惊喜，得知书涵出版了亲子类的手绘画册更是感到意外，为书涵的变化感到高兴。签售时付姐为了支持书涵，一次买了一百本画册，说要寄给她各地的朋友，明媚和林馨儿也都下单买了很多本，林馨儿更说自己要把画册放到宇林书吧的展示台上。书涵再次被朋友们的支持感动，忍不住在签售会上流下了开心的眼泪。

　　这次互动活动之后，付姐和书涵经常约在一起参加关于亲子关系的论坛，还积极组织讨论原生家庭对孩子性格形成及生活方式的影响等具有讨论性的活动。书涵开始梳理自己的心路，明白此前对生活的选择和对待情感的态度都源于父母潜移默化的"重男轻女"的思想。

　　她开始明白"重男轻女"的实质表现，在于传统理念里家庭对女孩子从小自主选择权的剥夺，用保护女孩天生在生理结构、体力甚至是智力上的差异和男孩做对比，告诉女孩不用太累、不用努力、不用打拼、不用有成就……在这种环境下长大的书涵，不知不觉地认同了因为她是女孩而被看低的事实。在书涵和秦奋的相处中,是书涵没有足够尊重自己,所以也最终失去了秦奋对她的尊重。

书涵积极梳理着自己的心理,同时也把梳理后的思考用手绘画册的形式表达出来。希望这样的思考不仅能在对女儿囡囡的教育中起到积极的作用,也可以给同样作为父母的其他人一些启迪,给他们在心理和精神上一些支持。书涵想着一定要让囡囡接受鼓励式的教育,希望她将来可以成为一个有自驱力的、独立、自尊、自信的人,凭借对生活的理解去过自给自足的生活,心中可以永远充满力量,可以勇敢地去谱写真正属于她的精彩人生。

书涵的进步是让所有人都备受鼓舞的,林馨儿把书涵的手绘画册拿到书吧,摆在图书展示台的正中间位置。周宇看到后连连说书涵画得真好,内容也很有意义。林馨儿看周宇的样子说:"你看看书涵这么一个弱女子,都开始有了事业方向了,还做得有模有样的,你这答应我要做事情,结果半点动静都没听见。"

其实,自从上次林馨儿在剧组和周宇聊过后,周宇也是在积极地寻找能做的事情。书吧确实不是一个可以盈利的生意,他个人也不想把书吧做得太商业化,改变了他办书吧的初衷。经过考虑,他就对感兴趣的、利润率高又很保值的红木家居进行了更详尽的了解,还结识了一些投资红木生意的朋友。张玫不知从哪里得知儿子要做红木生意的事,就直接来找周宇问是不是觉得钱不够花,周宇说自己钱够用,不需要母亲再给他钱了。张玫问,既然不缺钱为什么要做红木生意?让周宇不要胡闹,做自己不懂的事情尤其是做生意很不可取。说商场上的事太复杂,她极力反对周宇,周宇直击说母亲这样就是在变相地限制他的自由。张玫坚持反对儿子做生意,她强硬的态度让周宇不能忍受,直接离家出走搬到书吧里住。

周宇拿着行李到了书吧才打电话告诉在外工作的林馨儿。林馨儿心里为周宇的变化感到开心,让他搬到自己的小公寓里去住,那样更方便,反正房子还没租出去,一直空着。林馨儿对周宇要做红木生意的事情也有些拿不准,心里很想支持周宇做生意,又怕周宇被骗,就叮嘱周宇钱上的事情一定要谨慎,不要轻易出手。

张玫一看儿子和他翻脸离家出走,就用拿钱支持他做生意的话术来缓解母子之间的矛盾,周宇不接受,说短期内也不会回家。张玫看儿子不理解自己,只好暗中找到一些懂红木生意的朋友去找周宇,想自己拿钱出来暗中买周宇的红木。张玫做这些事情没有告诉身边的任何人,其间只有司机老王大概了解一些,老王看着张玫找的朋友人不太靠谱,原本很想把这个事情转告周宇,又怕张玫说他,犹豫再三还是没有说出口。

林馨儿跟周宇一起搬到她的小公寓里,临走时很懂事地特意发了消息给张玫,说她会劝周宇尽快回来的。林馨儿把和周宇搬到小公寓住的事立即告诉了明媚,让她晚上来家里一起庆祝一下。明媚接到林馨儿消息的时候正在和老唐汇报《时光》后期工作计划和费用使用的事情。

老唐听着明媚对后期工作的安排,让她放手去干。还和明媚说了一件让自己非常气愤的事,因为之前他想联系些广告客户来为《时光》做些贴片的招商,他联系客户后被告知张珊之前都有联系过他们。张珊没和客户说她已经从启梦离职了。其中有两家客户还真的给她说的《回忆》项目投了一些道具植入,钱虽不很多,也算是占了《时光》的份额。老唐说早知道张珊这样不知道改过自新,当初她在组里以权谋私的事情就应该直接报警,说这样的人真是秉性难移。明媚听着老唐的抱怨,想起老牛和她说的那句:"不是所有人都值得你信任和付出真心的。"对张珊这样做事的态度生起了很难形容的厌弃感。

林馨儿没有得到明媚的回复,就直接打电话过来问明媚晚上一起吃饭的事情,明媚说晚上已经约了白逸阳,要去他家的小院陪爷爷奶奶一起吃饭,如果林馨儿和周宇感兴趣,也可以一起来小院。林馨儿一听就说:"你这第一次正式见家长,我俩就不去掺和了,再次提醒你脑子要保持清醒。"

明媚和林馨儿说完话,收到一条科达发来的问候消息,问明媚杀青回北京后休息得怎么样。明媚看着科达的消息，心里想一定要找时间和科达把她的现状说清楚，以免让科达再误会下去。

傍晚时分，白逸阳借了赵明的车来到启梦公司楼下接明媚，在汽车的副驾驶座上放着一束改良品种的向日葵花，是白逸阳特意买来要送给明媚的，明媚上车后拿起花束看着白逸阳美美地笑了。夕阳的光线把向日葵的颜色映照得格外鲜艳，明媚问："你为什么总送我向日葵花？"白逸阳启动车子回答："因为你是我心田里走出的仙子。"明媚看着白逸阳帅气的侧颜说："这和你送我向日葵又有什么关系呢？"白逸阳没有说话，明媚继续看着白逸阳的侧颜，越看越觉得好看。白逸阳突然说："你是不是看不够我的样子？"明媚被问得很不好意思，说："我只是在等你的回答。"白逸阳在红灯停车的间隙伸手握住明媚的手说："送向日葵的原因我以后会告诉你，有件事你能现在告诉我吗？"白逸阳握住明媚手的时候，明媚感觉一股暖流沿着手和胳膊的脉搏直冲到了心脏。明媚有些慌张地说："什么事？"白逸阳收回手启动车子继续说："那个叫科达的人有再找你吗？"明媚心里一惊，眨了几下眼睛点头说："嗯，他有发消息问候我。"白逸阳又问："那你是怎么回复他的？"明媚又说："我就是很礼貌地说谢谢他。"白逸阳再说："那之后你打算怎么处理你和他的关系？"明媚被白逸阳问得心里更慌了说："我，我，我就是会找时间和他说清楚我现在的感情状态，然后……"明媚话还没有说完，白逸阳开始大声地笑起来，明媚才发现白逸阳是故意在逗她，她有些懊恼地说："你这人真的很坏啊，我这么认真地回答你的问题，你竟然只是在逗我。"白逸阳看明媚有些生气说："我也只是想捍卫一下我的爱情，不希望你心里有其他的纠结，我们这样直接一些要比猜对方的心不是好得多吗？"明媚听白逸阳这样说，觉得他说得很对，坦诚比相互的猜忌要好。

明媚一整晚和白逸阳还有两位老人聊了很多，爷爷奶奶看着他俩，笑得很开心，一晚都没合拢嘴。

晚饭后，白逸阳又带着明媚坐到屋顶的小空间里看夜晚的天空，月亮被云彩挡去了一半，云朵被月光穿过折射出七彩的光晕，白逸阳收回目光看向明媚说："这就是大家常说的彩云追月吧，我从小就喜欢看这样的景色。"明媚也看向白逸阳说："这真的很美，像在童话里一样。"二人的目光碰到一起，白逸阳的眼神突然变得迷离，慢慢地凑近，向明媚的嘴唇吻了下去。明媚感受着白逸阳柔软温暖的嘴唇，整个人被吻得有些无力，白逸阳把明媚揽到怀里，想用吻把明媚融化到自己的身体里。此刻月光下的两个人，用彼此的亲吻缓解着很长一段时间里强压工作下的身心疲惫，月朗星稀下的小院也被他们之间的温情感染，充满了旖旎曼妙的气氛。

第二十章　在过往里我们继续前行

　　《时光》正式进入了后期工作，经过粗剪初步确认了情节顺序和镜头节奏。特效公司按照之前美术提供的场景图做的建模效果，白逸阳不是很满意，所以需要和特效公司开会讨论具体的调改方向。特效部分的调改一定会涉及预算和完成时间的调整，明媚也要一同参加会议。会议期间白逸阳走到外边接了一个电话，回来时脸色略有变化，明媚问他有什么事，白逸阳说开完会再说。会议结束，白逸阳告诉明媚他晚上要出去见个人，问明媚要不要一起，明媚问："见什么人，你好像有点紧张呢？"白逸阳说："这个说起来有些复杂，就是我之前的女朋友……"明媚听到以前女朋友几个字，脸色一下变得有些难看。白逸阳一看明媚脸色变了，赶紧说："我前女友的闺蜜来找我，也是我大学同学。"明媚眨了几下眼睛看白逸阳说："我要和你去见吗？"白逸阳说："我觉得你要和我一起去，我必须把你正式介绍给我所有认识的人才行。"

　　给白逸阳打电话的人是他在美国上学时候女友丁毅的闺蜜Jessica，她是一个亚裔的华人，从小就和自己的奶奶学说中国话，来中国完全没有语言障碍。这次到中国主要为了工作，她现在任职于某国际视频网站MQ，负责公司IP的采购和授权。MQ想在中国开拓市场，这次Jessica是主动要求来中国拓荒的。求学时白逸阳和她也算是经常在一起的伙伴，白逸阳毕业与女友分手后，他们还保持一些联系。Jessica知道白逸阳回了北京，就联系他想见面聊聊，也顺便看看有没有可合作的事情。还有就是Jessica心里一直对白逸阳这个人也有喜爱之情，之前因为白逸阳是闺蜜的男友也就放弃了这个想法，可现在不一样了，她想借着这次机会看看和白逸阳有没有发展的可能。

Jessica到北京其实已经有一段时间了，因为马上要建立MQ在北京的分部，要做的筹备工作较多，这才都准备就绪，第一时间就要约见白逸阳。而这其间Jessica已经借助MQ公司的声誉，在中国成功地授权出去一个原创故事的影视改编权，买了这个影视改编权的人就是世纪影业的王平薇。

《回忆》项目发行一直没有着落，王平薇就托关系想尝试开拓更多的发行渠道。通过一些朋友她结识了刚到中国拓展业务的Jessica，王平薇希望通过Jessica来结识更多的海外发行渠道，这样即便《回忆》在国内的发行没有特别好的结果，她也可以用国外发行来弥补一下局面，让项目不至于死在手里过于难看。Jessica毕竟是在国际市场上打拼过的专业人士，她的精明和专业度远远超出了王平薇的想象。Jessica很清楚王平薇要从她这里得到什么，也很不手软地把自己公司一个原创故事，以很强势的条件和高于市场估值的价格卖给了王平薇。

在原创故事授权签约之后，王平薇还热情地邀请Jessica一起吃饭，Jessica没有接受王平薇的邀请，告诉她会把自己公司购片部门的对接人介绍给王平薇，至于《回忆》能不能成功地卖给MQ平台，就看片子本身的品质了。王平薇对Jessica的态度有些不满，说大家都在一个行业里，多个朋友多条路何必搞得这么生硬。Jessica很直白地告诉王平薇，说朋友也分很多种，自己和王平薇之间还是以彼此认清需求的状态相处，这样大家都更舒服些。

晚餐白逸阳订了一个老北京特色菜饭店，把地址发给Jessica约她在饭店见面，Jessica如约而至。白逸阳带着明媚提前到了饭店等她，Jessica为了这次见白逸阳特意打扮了一番，当见到白逸阳身边坐着一个女子时，马上就明白了情况。她面上很友好地和明媚打着招呼，可是心里就在不断地审视白逸阳身边的明媚，她没有想到白逸阳和丁毅分手后会回到中国，更没想到他会找一个像明媚这样看上去毫无竞争力的女人。一顿晚餐三个人交流得非常好，Jessica主动和明媚交换了联系方式，说希望有机会和明媚合作项目，一切看上去都很融洽。

饭后Jessica回到自己租住在东二环附近的公寓里，进门后，一只黄白花的家猫，迈着小碎步"喵喵"地迎了出来。房子里安静得只能听见墙上时钟秒针走动的声音，她打开冰箱拿出一小袋猫零食开始喂猫。白逸阳发了一条问候的消息给她，问她是否安全到家，她看了一眼消息没有马上回复。她从冰箱里拿出了一个苹果洗好，拿起水果刀开始削皮，她就这样一边看着猫咪吃食，一边削着苹果。突然手里一滑，左手手指被割了一个小口子，瞬间鲜血流了出来。Jessica找出医药箱拿出消毒水、医用棉擦拭消毒，再用创可贴小心地包扎好，其间没有出过什么太大的声音，一边吃食的猫咪完全没有发觉自己主人的异样。包扎好伤口后，她把苹果继续削好皮切成均匀的小块，拿起其中一块放到嘴里有滋有味地咀嚼起来，这才拿起手机给白逸阳回复了"已到家，放心"几个字，还有一个笑脸的表情。

从那晚之后，Jessica也没再积极地联系过白逸阳。

一段时间里大家都按部就班过着日子，看似安稳也都没有一刻松懈地努力忙碌着。

李书涵的手绘图册出版后，市场反响也越来越好，拿到稿酬加上一些授权的收入，可以说是收获颇丰，书涵第一次感受到自我价值实现后随之而来的附属价值给自己带来的快感。她张罗着请明媚和林馨儿吃饭，张罗着给自己的父母、孩子买好多吃的、用的。在得到两个闺蜜积极的响应后，她也想父母能用同样积极的态度对待自己的成绩。当她买了很多略贵的礼物回家时，老妈因为她花钱过于大手大脚首先不满，让她把一部分东西退掉。书涵心里清楚母亲习惯了过节省的日子，可是被母亲用责备的语言泼灭热情的感觉，让书涵也很难接受。书涵有些委屈的同时也开始反省自己，她曾经也用这般的态度对待过秦奋。她突然有些懊恼，却不知道要怎么把这种感受说清楚。一段时间没有秦奋的消息，书涵虽从不提起，但在心底也会有些惦记。

一天田建的一通电话给了书涵一次打听秦奋近况的机会。

田建原本打电话的目的是希望再与书涵合作，因为书涵的手绘图册作品现在声名鹊起，田建是想借助书涵的名气拿到好的合作项目，书涵说自己现在因为与邵子峰的公司有约定，即便要接别的工作也是要经过他们同意才可以。说需要给她时间去协商，田建说他完全理解书涵说的意思，他可以等。书涵问起秦奋，田建有些难开口地说他最近情况不是很好，因为秦奋有一段时间里情绪很不稳定，导致他在一次争取大客户的比稿中失利。奋进公司的专业水准也让业内产生了质疑，那之后就失去了很多机会，现在更面临着对赌公司给他的极大压力。书涵和田建通话后情绪变得复杂，因为她对秦奋要面对的现实环境有了认知，当书涵融入社会的社交中后，她看到了她和秦奋共同生活时没有了解过的现实环境，她很想找人倾诉自己的情绪，也好让自己那份不明的懊恼尽快平息。

比起书涵的复杂情绪，林馨儿最近的生活状态倒是非常明朗。自从和周宇搬到了小公寓后，她和周宇之间少了婆婆的参与，在日常的沟通上顺畅了很多。除了日常需要给芊芊做各种合作的接洽和宣传计划，偶尔需要陪着芊芊出趟差，其他时间她都会尽量陪着周宇。林馨儿在自得其乐的日子里，突然接到司机老王的电话，林馨儿接通电话听到老王的声音，他有些紧张地问周宇有没有和她在一起，林馨儿回答说："没有。"老王才松弛一些地说："张总前段时间做了每年一次的身体检查，今天体检结果出来了，其中乳腺检查结果显示有异常。医生说是肿瘤，还不能确定是良性还是恶性，现在需要住院做手术切片后才能确定。张总不让我和你们说，我想这个事情可大可小，是要告诉你们真实情况，你看看要不要和周先生也说一下，我也是怕直接和周先生说了他接受不了。"林馨儿听到这里打断了老王的话说："王师傅，谢谢你第一时间把这个事情告诉我，我会看情况和周宇把这件事情说了，也辛苦你先帮着我和周宇照顾我婆婆，我们会尽快回家里的。"

林馨儿稍作思考，直接跑到书吧拽上周宇说："走，咱们回你家。"周宇被林馨儿的行为吓到了，说："怎么了，媳妇？"林馨儿说："先回去再说。"周宇被林馨儿直接用车拉回来，到家后看到张玫果然没有出门，一个人在自己房间里不肯出来。儿子突然回来，张玫知道肯定是老王把自己得病的事情告诉了小夫妻。心里的压力和担忧在看到儿子的那一瞬间一下子迸发出来，不禁大哭。周宇第一次看到性格刚强的母亲在他面前哭泣，一下子把母亲抱住问："妈，你怎么了？"张玫被周宇带到沙发上坐下，林馨儿坐在一边眼睛里也充满了泪水说："妈检查身体，查出了乳腺肿瘤，医生让她住院做手术切片观察，看肿瘤是良性还是恶性。"周宇看着一脸憔悴的母亲心里充满了疼惜，安慰说："妈，现在这病能痊愈的，况且咱们还没确诊一定是恶性的，我们现在就联系医院做手术准备。"张玫看着儿子说出体谅自己的话，心里既开心又难过地再次哭了起来。

在周宇和林馨儿积极的安排下，张玫很快住进了医院，并开始做全面的术前准备。张玫因为心理压力太大，整个人看上去突然老了很多，司机老王几乎是二十四小时守在医院里陪着周宇和林馨儿照顾张玫，周宇劝他回去休息，他也只是回去换身衣服马上又回到医院。自从张玫得病，周宇整个人也成熟了很多，林馨儿害怕周宇得知老妈病了的事情会扛不住，没想到他做的要比自己想象中的好太多了，周宇的成长感觉就是一瞬间的事，林馨儿守着老公和婆婆，心里时刻都在祈求肿瘤不要是恶性的。

张玫住院期间，明媚和书涵甚至林馨儿的父母都有来医院探望和给他们打气，张玫和林馨儿之间的关系也从之前暗暗的较劲，变得相互体谅，彼此理解了很多。张玫甚至在周宇不在时单独和林馨儿谈话，嘱咐她说万一自己真的病逝了，林馨儿一定要好好照顾自己的儿子，说周宇人傻看不透人心，将来生活中让林馨儿多把舵，还说家里的企业也需要快点做一个交接，要林馨儿扶持周宇继承家里的事业。面对内心几近崩溃的婆婆对自己的托付和信任，林馨儿的眼泪决堤似的流出。

张玫在进手术室前把自己偷偷找人投资周宇红木生意的事讲了出来，周宇完全没有和母亲说的这个人接触过，怕说了实情后母亲会上火，就没有说出实情，希望她可以踏实地做完手术。

张玫的手术非常成功，而且取出的肿瘤样本经化验证明为良性肿瘤，这个消息让所有人都不禁欢呼起来，周宇抱着自己的母亲痛哭流涕，搞得所有跑到医院跟着等结果的亲戚朋友都流下了眼泪。司机王师傅跑到医院的楼道里偷偷地大哭，正好被出来接父母电话的林馨儿撞见，林馨儿这才发现王师傅对自己婆婆的情感不太一样，看他大哭的样子也没深问缘由。又经过一段时间的康复和观察，张玫恢复得非常好，周宇特意在张玫出院那天给母亲办了一个只有家里人的庆祝派对。当晚林馨儿逮住一个机会问周宇知不知道司机王师傅和自己婆婆的关系，周宇说王师傅一直给母亲开车，我也听说他们是从小一起长大的邻居。王师傅应该是年轻的时候有过前科，被放出来后没有工作，当时我妈正在招司机，看在老相识的关系上就请了他，一干就是这么多年，我妈之前还说他年龄也大了，希望他能换换岗位也休息下，结果王师傅说自己身体很好，就拒绝了。林馨儿一边听周宇说着，一边看着一直守在婆婆身边的王师傅，心里觉得自己的猜想应该没错了。

明媚原本答应林馨儿也到家里给张玫庆祝的，没想到下午一到公司老唐就把她叫到办公室。原来启梦总公司的CEO刘总家里出了问题，老唐一直联系不上他，总公司其他人也都在找他，都没有消息。老唐告诉明媚，《时光》杀青的时候他就已经在追总公司给启梦打剩余的项目制作费用了。可是总公司迟迟没有过款，他当时觉得有些奇怪，就直接问了刘总，得到他肯定的回复说只是时间问题，让老唐用启梦账面上的钱先给《时光》垫付后期的费用，直到现在刘总人都不露面，启梦账上的钱开始吃紧了。公司其他的项目也有付款需求，加上公司运营和人员开销，老唐让明媚做好不能按期付款给后期公司的心理准备，要提前给后期公司做下铺垫。

明媚听了老唐说的情况紧蹙起了眉头，她和林馨儿说自己必须到后期公司去看下进度，今天不能去她家里了。明媚跑到后期公司，她看到白逸阳在和特效组的人员确认着之前的一些建模效果，就没有进去打扰他。明媚直接去找了特效公司的经理聊付款节奏的事。

付款延期的事明媚虽然处理得还算顺利，可白逸阳这边对特效公司完成的特效呈现效果一直都不太满意。见面后白逸阳说出了自己的担心，说《时光》片子特效的呈现要是完成不好，对片子的质感影响会很大。明媚没有把项目资金链出现问题的事情告诉白逸阳，说再看看情况，实在不行可以考虑尝试换一家特效公司。

明媚回到公司和老唐汇报了后期付款延期沟通的情况，也说了白逸阳对特效工作的担忧。老唐同意明媚说的再看下情况，实在不行就换家特效公司的想法。继续聊要怎么解决项目款项筹措的时候，老唐的手机接到一条朋友转发的新闻，老唐打开一看，标题竟然是世纪影业一王姓项目经理在税改调查期间，被查出非法占用挪用，亏空其公司专用项目款项近百万元。经查事实存在，该公司已将其移交公安机关。新闻的配图照虽然都有做虚化处理，但还是能认出被带走的人就是王平薇。

老唐突然安静地看起手机，明媚以为有什么需要处理的事情也没打扰他，老唐突然说了句："这就是现世报，让她跋扈，让她抢夺别人的劳动成果，总有人能治了她。"明媚问："唐总，什么事？"老唐把新闻转给了明媚，明媚一看，明白过来说："她胆子可真大，这样的事情也都敢做，查出来肯定要坐牢的啊。"老唐解恨地说："这种人做了缺德事，就是早晚不等。"虽然都为后期款项的事正犯愁，看到王平薇被法办，心里还是痛快了一下。老唐说就冲这个让人心头大快的事我也得把后期款给搞定了。明媚看着老唐气势大增的样子也很振奋，同时为张珊没有和王平微继续合作的事暗暗庆幸了一下。

比起老唐办公室里热烈的气氛，Jessica的办公室就安静得太多了。

Jessica一个人安静地吃着一份精致的日料外卖，在手机上搜索着一些国内行业资讯，她同时也看到了关于王平薇事件的报道，只是稍稍停住了一下就滑到另一条资讯上去了。她被一条芊芊刚刚代言的竖屏广告吸引住了目光，她看着芊芊的一张很国际化的东方面容，觉得她也很适合MQ公司对女演员的审美需求，就继续打开了芊芊演艺资料的百科页面。当她看到芊芊最新合作的剧集竟然是由白逸阳执导的《时光》时眼睛亮了起来，她正琢磨着什么，收拾家务的阿姨打来电话，说她刚刚进门发现猫咪好像病了。Jessica紧张地拿起手袋就往家里跑。到家看到猫咪状况非常不好，Jessica马上把它带到宠物医院，医生做了各项检查后告诉Jessica说，猫咪年龄大了，还有就是换了环境它水土不服，需要留在医院观察下情况。Jessica一脸担忧地求医生一定要看好猫咪的病，她从国外把猫咪带过来，她不想就这样失去一直陪伴她的猫咪。医生耐心地安慰Jessica让她先回去，猫咪现在输上营养液后状态好了很多，如果没有并发症，调养一下就会好起来的。

Jessica在宠物医院陪猫咪到午夜才回到家里，屋子里只有她一个人，Jessica看着空荡的房间，身影变得更加孤单。

第二天，Jessica一早来到一家新媒体视频网络公司见事先约好的人，这家公司正是赵英杰所任职的公司。Jessica今天约见的人也正是赵英杰。Jessica这次代表MQ来中国开拓市场，除了要做版权的授权业务，还有一部分业务就是为MQ寻找合作伙伴，将来要购买一些品质好有市场的影视剧集，然后把片子放到MQ的视频平台上去。她锁定的排名前几位的公司中就有赵英杰供职的这家公司，Jessica见到赵英杰后两人聊得非常投契，赵英杰按Jessica所说的要求，把自己平台已有的优秀的版权剧如数家珍地推荐了很多。Jessica很直接地说了MQ对中国市场生产出的影视剧的基本诉求就是精品化的内容，就拿芊芊刚刚演完的《时光》举例说，像这样的科幻题材又有像芊芊这样很亚洲面孔的女主演的剧集，基础条件上就很符合MQ的收片诉求。赵英杰一听Jessica已经对《时光》这么新的剧都做了背调，心里很是佩服，也说出了自己对《时光》剧的判断，认为这部剧可能会成为近两年来国内剧集市场上的一匹黑马。赵英杰又说正好今天自己也约了《时光》制作公司的老板，如果Jessica不介意，倒是可以一并引见认识下，大家可以看看有没有一起可做的事情。

原来，老唐为了筹措后期制作费，前几天拿着预购合同找到银行想做贷款，可是税改期间，银行暂停了影视文化类公司的贷款业务。老唐一想还是要找赵英杰把情况讲下说明，不然片子到期未能完成可能会被赵英杰公司追责。赵英杰安排老唐在Jessica之后来找他，顺便一起吃个午饭，赵英杰一听Jessica说看中了《时光》，也就顺势提出了这个想法。Jessica一听赵英杰要引见《时光》的制作方，心里想接近白逸阳的机会终于来了，就痛快地答应了赵英杰的提议。

老唐来到赵英杰办公室一看有人在还迟疑了一下，却被赵英杰直接叫了进来，经引见才知道Jessica的身份，老唐低声和赵英杰嘀咕了两句，说自己想说说项目后期制作款项遇到问题的事情，赵英杰说这不是正好有国际大公司的资源了吗？聊聊没准能有新的思路可操作呢。老唐和赵英杰按原计划找了一家附近的饭店，只是多了Jessica的加入，三人吃着聊着也很快就熟络了。当谈到《时光》剧的制作进度时，老唐直接把后期制作遇到的难题讲了出来，赵英杰说我们公司购片流程一向都很谨慎，因为合同内容中付款条件也签署得十分明确，根本没法提前支付购片款。

Jessica了解老唐的难处后，提出了自己的一个建议，说其实可以考虑暂时用众筹的方式来渡过这个难关。她就认识几个国外众筹的组织，这些组织里的人大多都是事业有成、财务自由的人，对于你要众筹的项目能给他们带来多少利润值看得并不是很重，主要是看众筹的事情是不是有意义或者可以真的帮助到他人，有时候甚至会有纯公益性的众筹项目。其中一个众筹团体的成员都是影视文化行业的爱好者，他们经常会为一些需要钱的影视项目做众筹，有些影视院校的学生也会拿自己的项目去做演讲，为自己的项目争取投资。之前有个学生的作品还拿到了一个国际电影节的新锐导演奖，后来学生把奖金拿给这个众筹团体的负责人，这人只要了学生的获奖证书和奖杯的复刻版。老唐听得心潮澎湃地说："我们肯定会把钱很快还回去的，赵总这边备的承制费的比例还是可以的，我可以拿相应的利息给他们。"Jessica很快就将几个有可能支持老唐的众筹团体介绍了过来。只是每个众筹团体都需要老唐准备相应的项目资料，之后还要走一定的评估流程，老唐立即拉上明媚把这些事情对接了起来。

众筹需要的资料都是中英文双版本的，明媚为了准备资料，有几天没有到后期机房去看白逸阳了，白逸阳发现明媚似乎在忙着什么事，而且没有告诉自己，就直接打电话问明媚是不是有什么事情没讲，明媚不想让白逸阳着急，说只是公司的一些杂事，让白逸阳不要担心自己。明媚把所有的资料手续都准备出来，老唐说英文资料应该找引荐人帮忙看看内容是不是合格，就把明媚和Jessica拉到一个微信群对接，没想到明媚和Jessica竟然认识。老唐这才知道Jessica和白逸阳是老相识，认为Jessica在为人处世上非常地职业和成熟，并没有因为她和白逸阳认识，就把公司项目缺少资金的情况告诉白逸阳，对Jessica的做法也表示了感谢。

明媚说希望Jessica帮忙看看所有准备好的资料是不是符合标准，尤其英文版的资料，说自己的英文水平不好，让她把下关。Jessica试探地说白逸阳的英文水平肯定没问题，明媚完全可以问他。明媚说自己不想让白逸阳为了这个事情分心，Jessica想了一下就答应了明媚帮忙看资料。在Jessica的协助下，不到半个月的时间，《时光》项目就拿到了众筹的款项，直接解决了项目后期款的危机。老唐为了感谢Jessica，请她吃饭的同时邀请她来启梦参观。因为资金的事情已经解决，所以老唐特意拉上白逸阳一起，毕竟Jessica和白逸阳也是老相识了。

白逸阳到了餐桌上才知道最近发生的一系列问题，他用有些心疼的眼神看了一眼明媚，同时对Jessica帮助《时光》很有诚意地说了感谢的话。Jessica说这都是举手之劳，她也希望《时光》项目可以有好的结果。说到这里，老唐马上提议说让Jessica有时间后期也看看《时光》的粗剪情况，最好是能帮助提出好的建议。Jessica很谦虚地说自己当然愿意去拜赏下白逸阳的大作了，很荣幸。

宴席散了之后，白逸阳送明媚回家，一路要不就是紧紧地握着明媚的手，要不就是搂着明媚的肩膀，搞得明媚觉得白逸阳是不是有些喝多了，说到了家里可以泡杯蜂蜜水给他解下酒，白逸阳说："我没有喝多，只是这几天没怎么见到你，所以想你了。"这话听得明媚脸红地说："你还说自己没喝多，这就是醉话。"两人说着已经到了明媚家中，明媚想拿杯子泡蜂蜜水给白逸阳，白逸阳还是不肯放开明媚，白逸阳坐下让明媚坐到自己大腿上，抱着明媚问："你为什么不告诉我资金短缺的事情？为什么要自己扛着？"明媚说："不是有老唐在吗？"白逸阳看着明媚的眼睛说："你什么事都不告诉我，那你还要我这个男友干什么？"明媚看着白逸阳小孩子一样和她较劲儿的样子，觉得有些可爱，然后将自己依偎到白逸阳怀里，害羞地说："要你当然是用来爱了。"白逸阳被明媚的娇羞一下勾起了热情，向明媚的嘴唇深深地吻了下去，明媚被白逸阳吻得喘不过气来，更享受着白逸阳深吻给自己带来的抚慰感。

老唐宴请Jessica没过几天，就带Jessica到了后期公司来看《时光》的片子。白逸阳因为过于专注地工作，都没有发现有人已经站在了自己身后。Jessica投出了对白逸阳十分中意的眼神，心里想自己一定要走近这个男人。

第二十一章　别让"过去的痛苦"阻碍"现在的勇敢"

明媚忙着解决项目资金运转的事情，这段时间也疏于联络两个闺蜜了，她给林馨儿和书涵发语音说要见面聚聚，林馨儿说可以约在书吧一起，这样距离书涵近，也可以方便照顾囡囡小朋友。书涵说自己在准备第二套手绘本的出版，一切都很顺利，林馨儿提议这次签售会在宇林书吧举办。三人正在热闹地聊着，听林馨儿家里传来张玫叫林馨儿的声音，林馨儿赶紧说我婆婆在叫我，我先下线了。听着林馨儿答应张玫的声音，线上就留下了明媚和书涵相视地笑了起来。

阿姨因为家里有事请了一天假，张玫因为找不到自己的手机，所以叫林馨儿帮着找一下。林馨儿在客厅的沙发空里找到手机拿给了张玫，张玫拿过手机走到餐厅拨出一个电话，手机里传出对方手机已关机的提示音。张玫表情有些紧张，又把电话打给了司机老王，低声和老王交代了些什么后，表情严肃地回了自己房间。

林馨儿大概感觉到婆婆可能知道支持周宇做红木生意的钱被人给骗了。林馨儿打电话给司机老王证实自己的想法。老王支支吾吾的还是没能瞒得了，说张玫找不到那个朋友，所以让自己去他家里看看。林馨儿告诉老王尽量不要让张玫知道实情，她病刚好，怕她上火，老王说怕自己嘴笨说不清楚。林馨儿就叫老王告诉张玫找到朋友家人了，就说朋友在国外，所以手机信号不好可能没接到，老王用这个借口暂时骗过了张玫。周宇和林馨儿也配合骗母亲说是有个姓黄的买了他们的红木家具，张玫这才放心下来。

这天，明媚来到公司召集公司宣传部门开会给《时光》剧做宣传策划。在会议进行中，明媚透过会议室的玻璃墙看到Jessica来到启梦向老唐办公室方向走去，明媚心里有些担心，怕是之前众筹的事情有什么变动，在和大家把宣传物料的方向和执行方案聊完后就回到了自己的工位。明媚时不时地往老唐的办公室看一下，也没见Jessica走出来，大概过了一个小时，老唐很开心地把Jessica送了出来，明媚看到老唐的表情，感觉应该没有什么问题这才放下心来。老唐送走Jessica，看到明媚叫她到自己办公室。老唐告诉明媚说，Jessica的来意是想和启梦有更进一步的合作。MQ未来会在亚洲地区物色制作团队进行本土化内容的开发，Jessica看启梦的情况也是符合MQ对这类合作伙伴的要求的，今天先过来聊聊想法。还有她上次看了《时光》的粗剪情况后，也和赵英杰谈了《时光》在海外视频网站播出权的事，赵英杰的反应也很积极。Jessica这么支持《时光》项目，有很大一部分原因是觉得白逸阳是个非常有想法、执行能力很强的导演。明媚听着老唐的话，心里为《时光》能被认可感到高兴，更为白逸阳感到骄傲。明媚说自己太高兴了，可看老唐的表情开始变得有些严肃，就问他："唐总，是有什么要解决的问题吗？"

老唐说："对，《时光》看起来底色虽然非常好，但Jessica也提出了一个致命的问题，她对我们合作特效公司的能力不太看好。她在国外接触过很多特效公司，相比咱们用的特效公司水平肯定是强了很多。"

明媚点头说："其实这个问题大家都有感觉到，导演一直也在想解决方案，可效果确实没能得到明显的改善。"

老唐沉吟了一下说："如果真的想把《时光》发行到国际视频平台上去，现在可能要做一个换掉特效公司的抉择。"明媚看着老唐一脸愁容地说："这种情况最大的问题就是要追加预算，而且即便换另一家特效公司，也不一定可以满足要求。"老唐说："Jessica建议咱们找找亚洲其他国家的特效公司，这样效果提升的同时价格应该也不会太高。"明媚说："那我们就要和导演商量把特效工作都先停下来，商量好解决方案后再做后边的工作。"老唐说："你去找导演，我去问下赵英杰他的想法，如果他也同意把《时光》同时发给MQ，就要接受整个制作周期向后延迟的情况。"

接下来的几天里，大家围绕《时光》是不是要同时发行给MQ，是不是要换一家特效公司的问题做了深入和慎重的探讨。在和赵英杰还有导演共同讨论后，得出了决定把《时光》同时发到MQ以及换掉现有特效公司的结论。白逸阳提到曾经合作过一个特效团队，现在整个团队都搬到了韩国，如果想找他们合作，可能需要他去那边的机房工作，关于价格也需要和对方聊过具体方案才能做出估算。老唐让明媚辅助导演去聊下特效团队的事情，自己这边等到报价后再想办法。

沟通起来明媚才发现特效团队的工作人员都是在用英语和白逸阳沟通，她看看文件还可以，用口语交流起来完全帮不上忙，都是白逸阳在和对方聊。明媚在这个过程里感觉自己特别地局促，白逸阳看出了明媚的尴尬，就安慰她说不用紧张，他一个人应付得来，只要明媚把之后相关的项目资料整理出来直接发给对方就可以了。这家团队态度上是非常想和白逸阳再次合作的，讨论后发现制作周期很难配合上，白逸阳也只好遗憾地放弃了这次合作。

寻找特效团队的事情进入了一个瓶颈期。

晚上白逸阳和明媚吃过饭，把明媚送回家里后回到自己家的小院。刚洗漱完毕就接到了Jessica打来的求救电话，说自己养的猫咪生病了，医生说需要做手术，她现在整个人都很紧张，想让白逸阳到医院陪她一起处理下，她在国内朋友少，也找不到更合适的人来帮助自己。白逸阳放下电话就赶往Jessica说的宠物医院。

半夜的宠物医院里，只看见Jessica一个人坐在手术室外边的长椅上等着猫咪手术出来。白逸阳走过去看到Jessica面无血色双眼直直地看着前面，白逸阳怕自己突然说话吓到Jessica，就站着等她自己缓过神来。几声狗叫把Jessica从愣神中唤醒，她这才发现白逸阳已经来了，Jessica看到白逸阳，眼泪一下子就涌了出来，白逸阳见状赶紧坐到她旁边的椅子上安慰她。Jessica情绪稍稍稳定了一些，说："你知道吗？这猫咪还是我在咱们学校院子里领养回家的，算算跟着我也快有八年的时间了。"白逸阳有些惊讶地说："这只猫是咱们上学时经常去喂的那几只里的？"Jessica泪眼蒙眬地点头说："是的，有一只最小的，后来我担心咱们离开学校后它会活不下去，就把它带回家养了。"

白逸阳轻拍了下Jessica的背部说："你不要太担心，手术会成功的。"大概又过了半个小时，手术室的门开了，医生出来说手术还算成功，就要看猫咪的恢复情况了。Jessica强忍着泪看着猫咪被推到观察室里，白逸阳陪着Jessica又在医院待了一段时间。医生说猫咪现在情况还算稳定，等麻药劲儿都过去了再看看情况，让Jessica可以先回家休息了，明天一早再过来。Jessica见猫咪麻药刚醒，担心它会害怕，很想留下来陪它，医院在夜里只允许宠物主人待到宠物苏醒后的一个小时。医生说会分享给宠物主人一个监看宠物视频的APP，宠物主人在云端也可以实时看到宠物的情况，如果宠物有什么特殊情况，医院也会第一时间通知主人的。白逸阳看时间已经到了凌晨一点半，就劝Jessica先回家休息，明天一早再过来看猫咪，Jessica听了白逸阳的话同意先回家休息。

白逸阳把Jessica送回家，他再回家时已经是凌晨两点半了。白逸阳终于躺到了床上，拿手机开始翻看他和明媚的微信对话，看两人在十点四十分互道的晚安。他想明媚这会儿一定睡得正沉，他翻着手机的相册看着自己之前偷偷拍的明媚睡熟时候的照片很快也睡着了。

第二天，明媚一大早发了一条问候的消息给白逸阳，白逸阳瞬间就回复了她。明媚问他在干什么，白逸阳就把Jessica猫咪手术的事情告诉了明媚，说自己在去宠物医院的路上，Jessica今天预约了一个会议，就求他过去看一下猫咪。明媚说自己今天先要去书涵画册的签售会，特效公司的事情都在继续联系和等回复，老唐也在托关系找性价比合适的团队。

明媚和白逸阳说完就赶往宇林书吧。

书涵的亲子绘本第二部出版，这版的内容以儿童早教为内容基础，对各式原生家庭的情况做系统分类，并把分类出来的普遍性问题做了相应分析，针对分析结果给出了具体的引导方向，很多内容都是个例性的分析加引导。其中就包含了书涵自己的家庭个例，她提出对女孩的引导应该让其从小就要有独立、自尊、自爱、自信的意识，把这个作为预设的目标来进行有针对性的培养。训练女孩儿怎样形成良好的逻辑思维，如何培养女孩子敢于推翻在环境中潜在矮化女性的现象，成为具有自驱思考能力的人等等。画册中的内容引来了妈妈们和大众家庭的广泛的共鸣。宇林书吧里明媚和林馨儿帮书涵张罗布置会场，又一起在现场忙着招呼来宾和大家积极交流，每个人脸上都洋溢着笑容。书涵在签售时看到秦奋从门外走了进来，秦奋衣着还算整洁，就是精神状态不是很好。他看向书涵微笑着点头，在签售的书涵回复他点了下头。秦奋找到了书涵的妈妈和宝宝，他看了会儿孩子后简单祝贺了下书涵，再和书涵说定了下次来看宝宝的时间后，说自己有事就离开了。

签售会结束后，闺蜜三人就在书吧开始畅聊，书涵说自己想把画册往稍偏远的地方发一发，虽然现在网络已经非常普及，可有些偏远地区还是不能通过上网来看到自己这种简单易懂的教育画册类书籍。她和邵子峰还有付姐都有讲过这个想法，邵子峰现在已经在和公司积极沟通偏远地区的售卖方案，付姐也在自己接触的儿童教育公益组织里散发了这个想法，让大家帮助完成这个能让偏远地区家庭也可以看到这类书籍的愿望。

林馨儿直接叫来周宇说让他也和老妈商量，把这么好的事情通过集团的资源也多给些支持，周宇答应一定会和自己老妈说。

林馨儿特别想八卦的事情是明媚和白逸阳的进展，问她两人是不是已经有过事实了，明媚觉得林馨儿问得太过露骨，让她小声一点。林馨儿问明媚今天为什么没让白逸阳也过来热闹下，明媚说最近白逸阳为了后期特效的事弄得极为疲倦，不想让他分心在别的事情上。而且白逸阳朋友的猫咪做了手术，朋友今天有事不能在医院陪护，让白逸阳帮着照看下，白逸阳这会儿应该在医院里看护一只猫，明媚说想想这个画面也挺有意思的。

　　林馨儿十分敏感地问："猫病了，做手术，他这个朋友是个女的？"明媚点头说："对，是他大学的同学，也是白逸阳前女友的闺蜜。"林馨儿一下子靠近明媚说："你知道这个很危险吗？"明媚没理解林馨儿的意思说："猫做手术是很危险的。"林馨儿很泄气地说："我说的是白逸阳的同学，他前女友的闺蜜。"书涵也有些惊讶地看着林馨儿，林馨儿看着自己面前的两个人说："你们还真是两只小白兔。"林馨儿让两个人再靠近自己说："这个人我预判一定对白逸阳有企图，而且不小。"明媚突然有一点儿紧张地说："你是说她喜欢白逸阳？不可能吧，那她当初为什么不表白呢，现在还大老远地从国外追到中国来找白逸阳。"林馨儿说："这更证明这人不简单，白逸阳之前是她闺蜜的男友，她这样直接去抢也很难下手吧。现在不一样，白逸阳恢复单身了，她还不趁机赶紧追过来。"明媚说："她来中国的目的不会是为了白逸阳，这次遇见应该是巧合。"林馨儿继续着自己的观点说："即便是巧合，她也不见得没有这份心，当初白逸阳和她闺蜜在一起，她不好下手，现在白逸阳身边的人是你，那她可就不会管那么多了，你啊最好听我的话，看好你的白导。"明媚听着林馨儿的话，觉得她是过于敏感了。心里确实有些想念白逸阳了，最近的忙碌让两个人即使见面也没有过多的时间真正地享受二人世界。

　　Jessica开完会立即赶往医院，猫咪的状态看起来非常稳定，Jessica对白逸阳的帮助说了很多感谢的话，正好到了午饭时间，就邀白逸阳在附近的饭店一起吃个午饭。他俩边吃边聊，从Jessica和猫咪这些年一直东奔西走的经历，又聊到了这次《时光》寻找特效公司遇到的难题。Jessica听白逸阳说韩国那个特效团队因为时间关系不能合作的事，想起自己认识的一个特效团队可以尝试联系一下，Jessica马上联系上了特效团队的视效总监，并把项目的基础资料一并发了过去。

　　下午，白逸阳带着一份激动的心情，跑到了周宇的书吧来找明媚。明媚完全没有准备白逸阳这个时间竟然出现在了自己面前。明媚问白逸阳："刚才微信里不是说你还要再陪下Jessica吗？"白逸阳说："猫咪现在状态很好，她情绪也好了很多。我有个好消息要告诉你，Jessica帮忙找到一家性价比很高的特效团队，对方回复时间档期也没有问题。只是对方团队近期在泰国的曼谷驻扎，说自己需要先过去和他们见上一面。"明媚自然也是很兴奋，拽着白逸阳的胳膊竟然蹦跶了起来。一边的林馨儿看着书涵说："你看看这就是女人遇到爱情的样子，一下子回到青春期。"

　　白逸阳定好了要去曼谷见特效团队的日子，原本老唐让明媚和白逸阳同去，明媚看自己签证需要的时间怕会耽误事。Jessica又说自己可以陪着去见对方，这样聊起来价格上应该可以给到友情价。明媚看Jessica这样帮助《时光》项目，就主动提出自己留在北京，根据他们谈的情况随时和公司财法部门沟通，如果合作谈成可以及时推进合同的签署。Jessica看明媚留守在北京，就请明媚帮着自己照顾在医院的猫咪，明媚痛快地答应了Jessica的请求。

　　这次的曼谷之行非常顺利，有Jessica的相助，果然在价格上给到了最大的优惠，老唐一看情况这么乐观，让明媚趁热打铁，叫上财法部门抓紧签订合作协议。白逸阳和Jessica来去用了三天时间，回到国内就忙于将之前视效公司完成的素材进行了相应的节选和拷贝，准备带到泰国给到新特效团队留用。因为剧集实拍部分素材的剪辑基本搭建完成了，现阶段就是要将特效部分再做合成。为了提高效率，需要剪辑师也跟白逸阳去曼谷工作，经过大家的商议，将整个后期工作都先挪去曼谷完成。

　　这几天除了必要的工作安排，明媚有时间就帮白逸阳准备出国用的物品。白逸阳看明媚为自己考虑得十分周到，就和明媚说这些年出门在外都习惯了，要是这种事都搞不定还怎么活啊，让明媚不要管自己，有时间和他待着就行。明媚说："我这样做不是很好吗？我们在一起就是要彼此照应啊。"

白逸阳去曼谷后，赵英杰和Jessica开始探讨关于《时光》发行给MQ的相关事宜，老唐和Jessica洽谈合作其他项目的可能。与唐宏亮沟通中，Jessica提出了与启梦合作的项目必须和白逸阳绑定合作的要求。老唐当然希望能绑定白逸阳，说这事肯定要看白逸阳个人的意愿。老唐将Jessica的提议讲给了明媚，想听听明媚的意见，也希望明媚可以和白逸阳商量与启梦绑定合作的事。

Jessica的猫咪已经恢复得差不多了，接回家后，Jessica的状态也好了很多。她把自己拍的猫咪照片时不时会发给白逸阳，两人私下的互动比之前频繁了很多。

老唐为了能制订与MQ的合作方案，借助看视效的机会到泰国找白逸阳商量。白逸阳知道明媚要来足足开心了几天，每天在线上和明媚视频说要带她去吃各种当地好吃的。

明媚一行人到了曼谷，见到白逸阳后第一时间就开始讨论片子的剪辑方向，Jessica直言不讳地说之前没有和赵英杰洽谈《时光》剧集播映权的采购，自然不会把自己对片子的真实想法讲得太明，毕竟工业标准上有差异。现在涉及了国际上线版本，也希望在剧集剪辑工作时能多考虑MQ平台主站受众的观影习惯，对片子内容进行有针对性的调整。

Jessica说自己看了《时光》的定剪，最近又把剧本都看了一遍，就她个人的感觉希望把原来以人物关系结构为主的情节做弱化处理，然后把女主人物成长作为主线，将剧情重新解构来支撑剧集的主体情节的呈现。白逸阳听了Jessica的阐述后很能理解她调整剧情结构的想法。作为国际市场尤其欧美等国家因为受到基础人文思想的影响，受众本身是偏爱个人"英雄"形象人物的，白逸阳举出了近几年来在欧美市场播出成绩不错的剧集。两人讨论热烈，老唐的态度更偏于两个在国外生活多年的年轻人的想法。明媚对Jessica的提议不太能接受，说："就我们剧本的基础来讲，就是要做男女主的关系线，用两个人不断变化的情感关系作为核心的支撑，这样才能给女主心理变化和人物成长创造出可能的路径。如果弱化人物关系的搭建，那么女主身上体现出来的变化也很难立住，是不可信的。"明媚的不同想法打断了白逸阳和Jessica的讨论，Jessica说："你的角度没有问题，但是正因为东西方文化基础的差异，欧美受众更愿意用自己的想象力来填补影片中那些未能展现出来的故事情节和人物内心，所以自己提出的方式对欧美观众来说才更有吸引力。"明媚还是非常坚持自己对内容的判断，Jessica很直接地说："我希望你有时间可以多关注下国外市场的情况。"两人在内容上的据理力争让白逸阳和机房里的人都感觉到了十足的火药味，老唐试图缓和气氛说："其实大家都是想内容能做到更好，这个还是要一起商量清楚再做决定的好，也让导演好好想想，有没有一举两得的方案。"

白逸阳听着老唐的话略微皱了下眉头，Jessica完全没有客气地说这种想法过于理想化了，导演在创作上是很难实现的，态度上明显是在维护白逸阳。明媚看Jessica如此维护着白逸阳，心里突然冒出一阵醋意，知道自己不能感情用事地对待工作上的问题，没有再和Jessica争执。白逸阳看着站在自己身侧的明媚，轻抚了她垂下的手背，明媚感觉到了白逸阳的安慰，心中也马上平静了许多。接下来的几天里，除了工作的时间，白逸阳都会带着明媚到处走走看看，实在没有时间，也会在休息时尽量和明媚凑在一起。

几天后，明媚随老唐一起回国，白逸阳留在曼谷继续完成后期视效部分的工作。Jessica因要参加一次IP授权的洽谈也要在曼谷多留几天，Jessica在这几天里到视效公司找过白逸阳两次，一次是和他商量关于自己对这次剪辑方向的想法，一次是试探地问白逸阳是否会考虑之后与MQ绑定一些在中国市场项目的合作。白逸阳客观地把自己的想法告诉了Jessica，Jessica在和白逸阳的谈话中，不止一次地听到白逸阳提起自己很在意明媚的想法，在心底醋意大增，想要说出觉得明媚配不上白逸阳的话语，又理智地压了下去，用自己很擅长的迁就引导的话术力图将白逸阳的想法扳到自己的思路上来。

白逸阳在曼谷整日专注在和视效团队的工作里，与明媚互动也明显减少了，明媚偶尔会在白逸阳回酒店的时候给他发视频电话，和白逸阳聊聊每天身边发生的事情，这个时候白逸阳总是不吝言辞地向明媚说出自己的思念之情。

为了能顺利推进与MQ的合作，使得《时光》在后期工作和宣发物料的要求也都有了很大的调整。Jessica提出尽快制作一支《时光》剧有代表性的片花，用于她与MQ的购片部门沟通。在白逸阳对视效团队提供的方案确认之后，明媚和宣发团队的第一份片花策划也同时启动，到了具体落实阶段。

Jessica把一些片花的标准同时给了白逸阳和明媚。明媚接到Jessica给的标准后发现不仅是技术要求上和国内不尽相同，主要还是在情节需求上和之前策划的方向有很大的出入。明媚觉得必须要把这个事情和Jessica说清楚。她认为片子无论是在国内播出还是国外播出，观众最后看到的终究是内容本身带来的真实感受，如果宣传片的内容完全偏离了故事本身，也会给后来的观感带来歧义。Jessica一再和明媚强调说，就是不能按国内的标准和想法去做，因为文化理念的差距是不可能逆转的，MQ平台的受众更喜欢意想不到的结果，所以还请明媚及宣传团队按着她给出的标准来策划和执行。

白逸阳为了能综合大家的意见，整整熬了三个通宵才把明媚和Jessica的诉求都满足了，按着他给出的方案，视效团队答应尽量先把片花中所需要的特效和场景做统计，放进工作序列的最前端进行推进，也给出了一个明确可以完成的日期。从基础视效的确认到片花视效素材的确认，白逸阳足足在曼谷待了近一个月的时间。

明媚和Jessica在这次的交锋里对Jessica的强势态度在心底很难接受和消化，在Jessica心里就觉得像明媚这样的职业素质，根本无法支撑白逸阳所拥有的才华，会影响到白逸阳未来的发展空间，更想快速地把白逸阳拽到自己的身边。

视效的基础工作终于落实，白逸阳可以回到国内待一段时间了。

可没有想到Jessica突然给白逸阳发了一个项目合作的邀请，这个项目方就是上次Jessica来泰国洽谈IP合作的公司，他们经Jessica的引荐很想和白逸阳见面聊聊项目合作的事情。白逸阳虽然觉得有些意外，但想既然Jessica如此有诚意地对待自己，就同意和对方先见面认识下。原本回北京的行程被取消，要晚回北京两天。明媚听了白逸阳说行程变化的原因后，在另一边突然对白逸阳说："我觉得Jessica真的是很优秀，她可以这么快就搭建好这样的资源渠道，性格又是那么愿意帮助别人。"白逸阳听出了明媚话语里的不自信，想着也不能把话说得太明，怕她心里更加介意这件事情。直接略过了话题，说自己买了泰国的一些香薰要给她和几个朋友带回去。

　　明媚原本为了给白逸阳洗尘，准备了一堆的食材想要好好做一顿饭来慰劳白逸阳，结果东西都准备好了，人没回来。听白逸阳说Jessica为了项目的事情再一次飞到了泰国和白逸阳一起见泰方的制作公司，在心里有了一种无形的压力，她不知道要不要认真地想一下林馨儿之前和她说过的话，她心里对Jessica这个人没有把握。但能感觉到自从她出现之后，《时光》项目和白逸阳都好像被带到了她所营造的节奏里，可也说不出这些又有什么不对的地方，毕竟都是为了项目好，为了白逸阳好。明媚觉得自己像飘悬在半空中，强烈的失重感在明媚心里开始滋生。

　　白逸阳终于见完泰方制片人和Jessica一同返回国内，他和明媚故意说自己要晚一天回来，想给她一个惊喜。下了飞机问了明媚的行踪，明媚此刻在公司还没回家，白逸阳带着行李顺路直接到了明媚的公寓。白逸阳进门后发现厨房和冰箱里有很多刚买来的食材，知道一定是明媚准备出来要做饭给自己吃。他简单地换了一下家居服，看了下食材的种类就动手准备起晚饭来。他把要做的食材简单地做了分拣和清洗后，拍了一张自己在家里的照片发给明媚。明媚看到白逸阳的照片整个人差点蹦起来，直接打电话给白逸阳问什么情况，白逸阳说："你最好是现在就回家，再晚就看不见最新鲜的自己了。"明媚听着白逸阳的土味情话，在心里添了一大桶蜜。明媚用最快的速度完成手里的工作就往回赶，进了家门就闻到好闻的饭菜香，白逸阳看到明媚有些慌张地进屋，走过去一把抱住她就开始亲吻，明媚还想着自己赶回来给白逸阳做饭，没想到这顿洗尘的饭变成白逸阳做给她吃了。明媚感受着逸阳的亲吻，瞬间融化了最近所有纷乱的思绪，只觉得自己不该想那么多。一顿还算丰盛的晚餐，一对儿小别胜新婚的情侣，一个普通又让许多人羡慕的夜晚，白逸阳用自己温柔的体恤给了明媚无限的安心感。

白逸阳本来想回来好好地休息，睡一个早觉，结果一早Jessica打来电话说猫咪今早突然全身抽搐，她赶紧把猫咪送到医院抢救，没想到抢救失败了。Jessica在电话里哭得不行，白逸阳穿好衣服很快赶到了宠物医院帮着Jessica处理猫咪的后事。

白逸阳看着Jessica难过得不成样子，就一边安慰她，一边协助宠物医院的人员办理后事手续。白逸阳陪着Jessica把猫咪进行火化，一直陪着Jessica领到猫咪骨灰。看着Jessica失魂的样子，就劝她说猫咪一定是去了天国。Jessica哀伤地说："这些年我一直凭着努力想把事情做到最好，放弃了太多，朋友也越来越少，很多时候因为有猫咪的陪伴我才坚持了下来，现在猫咪不在了，我的心都不知道要放到哪里去。大学时候我看着丁毅勇敢追求你，我心里真的很羡慕她。那时候我就想如果重来一遍，我一定会在丁毅之前向你表白。得知你和丁毅分手回到中国，我想这次我一定要把握机会，可是我还是错过了。"

白逸阳听着Jessica的剖白，很清楚她的意思，继续安慰她说："你没有错过什么，我们有着同学的情感和志同道合的事业作为基础，这样一种相处状态更适合我们，这样的情感是别人无法取代的。"

Jessica看着白逸阳问："你真的就那么喜欢明媚吗？她那么普通甚至会有一些愚钝，你真的有信心你们可以继续走下去？"白逸阳看着Jessica脸上的泪痕说："有一天你也会遇到一个无论别人如何看你，可在他眼里你就是最好的那么一个人的。"Jessica说："她值得你这样一直守候下去吗？哪怕有一天你发现她有很多很多缺点？"白逸阳点头说："是的，别人看明媚是一个普通的、有些笨拙的、不够勇敢的女人，可她让我感觉真实、踏实、念旧、善良，不会随波逐流地活在别人眼中，是知道去坚持自己想要怎样生活的人，我为我可以遇到这样一个真诚可爱的女人感到庆幸。"

一向理智的Jessica情绪逐渐平静下来，她已经深切地感受到了白逸阳对明媚的喜欢远远地超过了她的想象，她用手抚摸着猫咪的骨灰罐说："我确实应该好好想想自己到底要过怎样一种生活了。"

这段时间里大家都围绕着到底要过怎样一种生活这个课题努力寻找着答案。

书涵在努力把绘本送到偏远地区，想让那些需要改变教育观念的家庭看到。因为第二册画册的销量非常好，引导性和影响力也很有积极意义，邵子峰公司决定加印画册，其中有一部分会直接送给偏远地区的家庭。书涵坚定了要用自己的画册去传递更好的教育方式，把这个事业作为自己生活的动力和重心继续下去，她也从中得到了极大的自足感。

林馨儿则在婆婆病愈恢复期间一直照顾她，两人也建立了很好的默契和感情。

周宇成熟了很多，让自己母亲好好在家休养，其他什么事都别操心。张玫投资买周宇红木家具被骗钱的事情还是没瞒住，张玫不想就此罢休，要追讨被骗走的钱。周宇不想让母亲忧虑，就说算了，破财免灾。张玫气不过，说周宇不懂生意，让他赶紧放弃手里的红木生意。林馨儿夹在老公和婆婆之间两头劝，后来也觉得周宇的红木生意一直没什么起色，就开始跟婆婆达成共识，怀疑周宇的红木生意也被人骗了钱。周宇对家里的两个女人一脸无奈，也懒得和她们解释，干脆沉默以对。林馨儿在这个家里终于也找到了自己的心理平衡点，为自己能够被婆婆重视和认同感到乐得其所。

第二十二章 "我"or"我们"？

白逸阳把Jessica猫咪离开的事情讲给明媚听，也说了一些关于Jessica从小的成长经历，说她实际上也是一个因缺少关爱、心里很没安全感的人。猫咪是她多年来的心理依靠，这次猫咪的离世对Jessica的心理和情绪影响是非常大的。白逸阳和明媚在Jessica失去猫咪后的工作交流中都会很照顾她的情绪，Jessica倒是表现出了很好的职业素养，其间没因情绪问题耽误正常的工作交流。

《时光》的片花剪辑初步成型，大家看后都给出了自己对片花的看法，其中Jessica提出的想法更是具有颠覆性的，她希望减掉其中大部分男主帮助女主脱离险境的场面，换成女主帮助被困灾民等英勇行为的场面。明媚委婉地说这样会不会影响大家对男主的认知，毕竟剧中男主是有很大分量的。在场看片花的人七嘴八舌地讨论着，白逸阳听了大家的意见后开始进入一种很专注的思考中，在场的人意识到白逸阳没有过多讨论，只是安静地坐在那里时，也慢慢停下了讨论，都看着白逸阳。过了一会儿，白逸阳从神游思考的状态里走了出来，人们的目光都落在他的身上，等他说出自己的想法。白逸阳环视了一圈后，目光落在了明媚身上说："我想我需要一点儿时间，我想尝试一种思路，但是其中一个转折点我没有想得特别清楚，我想我需要想清楚了再说。"明媚很能知道此刻白逸阳的状态是不希望被人打扰的，包括自己在内，她立即说："好，那我们给导演足够的时间空间，让你先想清楚。"明媚想自己这次终于抢在Jessica前面来替白逸阳说话了，暗暗为自己的行为高兴了一下。

当晚，林馨儿找到明媚希望她陪自己做个美甲，顺便在外面吃个饭。自从张玫在家调养身体，她已经很多天没有好好出来逛逛了。两人吃饭的时候，明媚说起今天大家看《时光》片花粗剪的情景，她说她今天就很自然地挡在了白逸阳前面，帮他把话说了，还问林馨儿这算不算是他们之间有了默契。林馨儿笑话明媚，是不是因为有了Jessica这个女人的出现，内心有了压力。明媚听林馨儿这样问，说自己心里的确有些吃醋。她把自己对Jessica的想法讲给林馨儿听，说Jessica和自己总好像站在对立面上，不清楚是不是存心针对自己，也可能确实在和自己争夺白逸阳。林馨儿说，在自己看来，Jessica对白逸阳的情感一定不只同学朋友那么简单。看其在工作上的处理方式，倒不至于损失项目利益故意和明媚对立。

林馨儿告诉明媚，她之前在给芊芊找合作项目的时候，有人把芊芊推荐给了MQ的人，她当时就知道MQ在做中国市场的拓展。MQ很希望在中国找到一张能被国际市场认可的东方女性的新面孔，合作一些科幻类的剧集项目。从Jessica对《时光》内容的调整要求来看，她还是在根据MQ对项目选材的需求给出客观的评价。如果想《时光》能通过MQ提案进入他们的采购片单，恐怕还真要多听听Jessica的建议。明媚对林馨儿的话感到有些意外，同时也开始反省自己之前对片花在剪辑上的一些想法，可能真的因为自己的感情用事影响了判断。

明媚回到家，第一时间对MQ近几年做的剧集项目做了了解，也同时在一些项目的信息介绍中找到了Jessica的名字，有的项目她挂的是策划，有的项目做的是故事统筹。MQ确实有很多剧都是科幻题材，Jessica参与的剧也多半是这个方向的内容，也有少数现实伦理片，从剧集的评分和剧集的影响上来看，各个都可以说是精品了。这些完全能证明Jessica在科幻剧内容上的确有自己的独到见解和经验。

明媚抓紧所有时间把MQ平台上播放量好的剧集都快速做了浏览，发现确实能帮自己开拓许多思路，理解了Jessica的想法，更受到了很多启发，积极思考了片花可能实现的更好方向。明媚在更迭自己意识的同时，心里开始担心起白逸阳的状态，白逸阳这几天除了必要的工作沟通，就只是在晚上休息前和明媚做简单的问候。明媚知道白逸阳问候完自己还会再继续工作，做各种案头来思考《时光》片花及正片剪辑的调整方向。明媚心里很想和白逸阳交流下自己的新想法，也担心这个时候说太多会影响他的思路，就先按捺住了自己的情绪。

白逸阳这几天就是在家做案头或者上线和视效团队沟通中度过的，他知道这次能成功和MQ合作对大家来讲的意义是什么，也知道他一定要把《时光》做成一个在内容和市场上都被认可的项目。对于自己真空式的工作状态，白逸阳也担心忽略了明媚的感受，所以坚持每天和明媚有一次纯情侣之间的问候，这样他也能更踏实地把心思放在工作上。

明媚和白逸阳有一个星期没见面了，因为有一份与主创人员的授权协议需要签署，明媚就想直接拿给白逸阳，这样两个人顺便也可以见一面。白逸阳知道明媚要过来也很开心，特意和爷爷奶奶说准备晚饭好让明媚过来一起吃。

明媚有一段时间没有来小院了，院子里总是让人感觉温馨舒适。白逸阳见到明媚，就把她带到自己的房间，进了屋里，白逸阳用炙热的眼神看着明媚问："是不是很想我？已经按捺不住要直接奔跑过来见我了。"明媚脑子里闪现着自己从准备协议到来白逸阳家整个过程，的确如白逸阳所讲，她以急迫的状态完成了全部准备。有些害羞，有些心虚，想躲开白逸阳的眼神，白逸阳没有给明媚躲闪的机会，直接向明媚的嘴唇吻了下去，明媚的心脏又一次狂跳，白逸阳的亲吻也得到了明媚的回应，让他几天里的不眠不休的劳累得到了缓解。他把明媚环在自己怀里，两个人半躺式地卧在沙发上，明媚感受到白逸阳想给到自己的安心说:"你每次专心创作的时候我都不太敢和你说太多话,怕会影响到你的思路。尤其这次,很想你,更怕你为我分心。"白逸阳把明媚抱得更紧些说:"谢谢你能这么想,我确实会因为你分心,所以你做得非常好。"白逸阳又在说情话给明媚了,她将身体转向白逸阳,看着他两片厚实的嘴唇情不自禁地吻了上去。明媚还是第一次主动献吻给白逸阳,虽然他俩不止一次有过亲密接触,之前都是白逸阳主动,明媚的主动让白逸阳心里明白她正在更好地打开自己的心,他知道明媚对他的感情有了新的变化,那是具有主动意识的给予。白逸阳希望的就是看到明媚开始变得主动勇敢的样子。

明媚走到厨房要帮着爷爷和奶奶一起做饭,白逸阳也跟了出来,两位老人把他们撵了回去。

晚饭过后,明媚在白逸阳的房间里随意地翻看着白逸阳之前保存下来的各种影片的光碟,白逸阳突然想起什么说:"我给你看样东西。"白逸阳放了一张DVD光碟到电脑上,然后用投影仪把光碟中的片子投到沙发正对着的白墙上,影片播出的第一个画面就是明媚十八岁时在剧组里专心看寻像器的样子。白逸阳说:"你看这个傻傻的女孩是不是很可爱。"明媚惊讶地看着影像中的自己,不太能相信那时候的自己竟然是这样一个状态。白逸阳看明媚盯着短片看得出了神说:"怎么样?我把你拍得是不是要比本人好看许多?"明媚没有回答白逸阳,眼睛还盯着短片,微微地点头表示同意,白逸阳看明媚出神的样子也笑起来,继续说:"你看你那时候多会笑,只要说话就会笑起来,我当时真的没干别的,就是追着你的笑脸各种拍来着,还有一段你告诉林馨儿朋友应该怎么拍的视频,我当时就想你是哪来的自信呢。"明媚看着短片,听着白逸阳的话,突然眼睛里涌出泪花,嘴唇微微颤抖着说:"你说,我这些年是不是把自己给丢了,我是不是应该把那个爱笑的女孩找回来装回自己的心里。"白逸阳发现明媚情绪的变化,走到明媚的身后温柔地说:"你知道吗?我这几天在设法做各种案头,尝试用各种方式来满足大家对这个剧的希望,我也会没信心，也会游移，这样的时刻我就会放一遍这个短片，每当看到你的笑脸，我就会振作一下。继而也会想到我们的女主，她为什么不可以是一个充满矛盾体的人呢？她可以在选择的过程里纠结，甚至可以做出错误的选择，这些都是她必然会经历的。男主或是其他人物的存在都可以成为她经历中的助力器，只要到了关键时刻她凭借自己本性中的善良，做出对的选择来争取到大家的平安，我们的女主就是个不折不扣的真英雄。"

明媚转过身看着白逸阳说："我也正想和你说我的想法，我不反对Jessica将女主设定为绝对的英雄人物，但是我们也可以让她把所有事情经历过后再去选择，这样的选择才会更震撼人心，这样即便有一天她必须和男主分离，她也可以凭借自己的判断力去做正确的抉择，这样的人物就是真英雄。"白逸阳百感交集，紧紧拥抱明媚，因为作品的新方向而幸福，也因自己和明媚的默契而幸福，更因为明媚一直在想自己所想而感到幸福。

就在白逸阳思考调改方案期间，Jessica顶着压力，在时差很大的情况下，熬夜和公司高层开视频会，试图劝说他们理解《时光》剧集的独特之处，可对方却直接告诉Jessica说，MQ的主要目标并不是帮助某一部剧集方的主创输出他们的价值观，如果大家都想赚钱，那就按公司提出的方向改，如果启梦方面不愿意，那就不要再浪费时间了。

Jessica的想法被无情地驳回，会议结束，Jessica看到了白逸阳给自己的留言。白逸阳告诉Jessica，说她此前说得对，而且如今他也有了明确的调整思路，并做好了方案想让她看看，看到白逸阳的留言，Jessica觉得能被他理解，自己就没有白费心思。

白逸阳带着自己的调改方案，叫上老唐、赵英杰，还有Jessica和明媚一起开了一个碰头会，会中Jessica通过白逸阳对人物呈现的讲解基本了解了他的思路，虽然和她想象的存在不一样的地方，从白逸阳的讲述中可以看到这个女主区别于市场已有剧集中人物的独特之处，也就是说，这个方式的呈现也许会成为一种具有创新性的剧情结构手段。对于已经拥有非常成熟市场运营机制的MQ来说，不是不能给新的作品有试水的空间，但是无论从内容的创造性角度，还是从技术的呈现层面，都会做出最为客观的评估。Jessica当即说等白逸阳按照最新方案剪辑出片花，她看完会再和公司汇报，不管怎么样她都要再努力尝试下。

众人正热烈讨论，这时明媚给大家点的外卖到了，是一些咖啡饮品还有小食。明媚询问了Jessica要喝什么，Jessica因为休息得不够有些疲累，就要了杯美式咖啡。Jessica接过咖啡觉得温度正好，就连着喝了两大口，不知为什么她突然手一抖，整杯咖啡都掉到会议桌上，人也突然倒地晕了过去。在场的人都吓坏了，赶紧打120叫救护车，救护人员在现场对Jessica做了急救后送到了医院就医，医生又给Jessica做了全面检查，Jessica被诊断为急性心肌炎发作，医生告诉大家说她应该是"过劳"的原因诱发了疾病。

自从猫咪走后，Jessica因为思念过度每天都很难入睡，加上最近她为了《时光》和其他几个正在推进的项目经常和美国总部的高管熬夜开会，导致她严重睡眠不足。刚才她着急地喝了两大口咖啡，促使心脏突然兴奋，致使负荷过大产生了心律不齐，刚才的情况还是很紧急的，如果施救不及时很可能有生命危险。

白逸阳和明媚让老唐和赵英杰先回去了，他俩在医院轮流守护了一整夜。Jessica醒来之后的第一反应竟然是问昨晚自己电话有没有进来视频邀请，白逸阳看她紧张的样子告诉她，说自己已经把她生病的消息告诉了MQ公司的人员，他们希望你能先把病养好再处理工作的事情，你先养好病再想工作吧。Jessica明显对于自己这时候病倒感到有些懊恼，她对白逸阳说，自己还是平时缺乏锻炼才这样的。说到这里，明媚拿着一瓶热水走了进来，因为Jessica需要住院观察和治疗，所以明媚在医院的超市里买了一些必需的日用品，Jessica看明媚应该也是陪着自己一夜没睡，对明媚淡淡地说声："添麻烦了，明制片。"明媚看着面如白纸的Jessica，想起昨晚她被抢救时的情景，心里隐隐地疼了一下，她太知道一个人独自在外努力打拼是有多么辛苦不易了。这样一个在生活和工作中都要比自己知道勇敢争取的女子,一个看上去性格有些霸道的女人,就在昨晚她被抢救的时候,明媚彻底把自己对她的成见和防备放下了。哪怕她知道Jessica对她和白逸阳的情感是有一定威胁的,至少Jessica所有的行为都是摆在表面的,能够看到她是实实在在希望凭借自己的努力争取到想要的东西,这样不隐晦的竞争,点燃了明媚想要再接再厉的斗志,是有积极意义的。

明媚把热水瓶放到床边桌上,拿着刚买的新毛巾用清水浸湿后让Jessica擦一下脸和手,同时倒上一杯温水让她润下嘴唇,Jessica都顺着明媚的安排做了后,问自己什么时候可以出院,白逸阳告诉她,医生是建议她至少住院观察两天,如果心率正常,炎症也消除了就可以先回家休养,回去后必须按时服药。Jessica点了下头,说自己想尽快回家,这样就可以继续推进项目工作了。白逸阳劝她说,不管怎么样也要等到病情稳定了再说,明媚在一边也频频点头。Jessica看起来还是很疲惫,明媚说给她订了医院的病号餐,一会儿送来了,她吃一些后可以再睡会儿。

Jessica在医院前后住了几天,老唐和赵英杰都分别来看她,还买了鲜花给她。明媚和白逸阳轮流陪着Jessica,明媚还去了她家里帮着拿了换洗的内衣。回自己家时顺便给Jessica煲了一锅红枣枸杞人参鸡汤,她带着准备好的东西回到医院,替换白逸阳回家去换衣服。白逸阳走后,明媚先让Jessica换好了新的内衣,把煲好的鸡汤盛了一碗放在一边凉着。

病房里剩下了她们俩,Jessica的精神明显好了很多。她喝了一口鸡汤,看着明媚问:"你看我现在的样子觉得可怜吧?"明媚不是很清楚Jessica这样问自己的目的是什么,说:"我只是看到那晚医生抢救你时的情景,我人生里第一次感到一个人和死亡距离那么近。"Jessica听明媚这样说,问:"你是害怕吗?害怕我会真的再也醒不过来。"明媚想了一下说:"我那个时候没有想太多,只是跟着医生抢救你的状态,想你一定要挺过来才好。之后就是觉得你的情况需要有人照顾,我只是单纯觉得你需要照顾,而我正好在你身边可以做到这些。"Jessica听着明媚的话,竟然苦笑了一下说:"你知道我喜欢逸阳吗?"明媚抿了一下嘴唇点头"嗯"了一声。Jessica说:"好,你还没有愚钝到连这个都感觉不到,那你还要照顾我,难道你心里不别扭吗?至少应该也不那么情愿吧?"明媚说:"我之前对你有过不太能接受的想法,但是当我了解到你这些年在事业上做出的成绩后,我觉得我不能过于感情用事地来判断你的处事态度和你的专业能力。你在工作上的态度是不会因私人感情就会轻易放水的人,我也同样地以己推人,你不论作为我们的合作伙伴或是白逸阳的大学同学都是客观事实,我不能仅凭因为你喜欢逸阳这点,就把你放到我的对立面上,把我们之间存在的其他关联也一并否认掉。在我看来,我们是一起做事的人,我在你需要有人照顾的时候做了我该做的。"

明媚努力控制自己的情绪,想清晰地回答Jessica,即便知道Jessica并没有接受自己的善意。Jessica看着明媚说:"我从来没有想过白逸阳在结束上一段恋情后会选择回国,更没想到他回来后,会和你这样一个在性格和能力上都没有什么可取之处的人在一起。逸阳经历过的事情比你想的要多得多,他需要一个更睿智的人在他身边辅助他,我觉得我比你合适。"明媚听到Jessica的话中有提到说逸阳经历的事情比自己想象的多时,心里一惊问道:"你说他经历了很多是指什么?"Jessica把喝完的汤碗放到床边桌上说:"如果他没有自己和你说,我想我也不好告诉你,你可以自己去问他。"一番对话后,房间里的气氛变得格外沉静,一直到白逸阳回来。白逸阳感觉到她们之间的气氛有些不对,就把明媚叫到走廊里问是不是发生了什么。明媚说:"我们刚才聊了一下,她好像不是很喜欢我在医院里陪护,我想她是病人,需要好心情,我还是不要在医院了,我在家里做饭,然后给你送来。"白逸阳用手轻抚了一下明媚两鬓的发丝,看着她也没太休息好的样子说:"那好,你就回家好好睡一觉,我让爷爷奶奶给咱们做了晚饭,你睡醒了过去取下,带过来咱们一起吃。"明媚认真地点头说:"好,那就辛苦你了。"白逸阳闻着明媚身上沐浴液的香气说:"这个沐浴液的香气我很喜欢。"然后在明媚的额头轻吻了一下。

明媚先回家休息,白逸阳转身回到病房里,Jessica看明媚没有再进来,就问她去哪里了,白逸阳说她朋友有些事情她过去看下,Jessica听白逸阳这样说就没有再问。病房外的阳光很好,窗外有很多的鸟儿在叫,在Jessica平日忙碌的生活中很少有能这样安静听鸟叫的机会。她听得有些入迷,随着鸟叫声感到困意来袭,竟慢慢地睡着了。

Jessica病情稳定,可以出院了,出院后她按着自己想要的节奏立即开始了新一轮的项目汇报,积极推动《时光》剧的采购合作。Jessica用白逸阳最新剪辑的片花举例说明了《时光》项目的优势在于其独有的创造性,MQ采购部高层终于同意将《时光》剧作为合作片单中的一部,让Jessica继续推进项目采购流程。

老唐和赵英杰得知消息后都欢欣鼓舞,希望尽快和Jessica谈一下具体合作的方式。Jessica把她与高层谈的情况复述了一遍,公司高层也提出了这次合作的附属条件,成片内容在调改方面的决策权要百分百按照MQ提出的要求来执行,而这个决策和执行者就由Jessica全权代表,还有就是关于《时光》剧集的后续改编权也要作为这次合作的条件一并签订。

老唐说后续改编权的问题还需要把原著版权的事情先搞清楚,然后才能回复Jessica的要求是否能满足。至于内容决策需要和导演聊下,导演合同里也签署了对《时光》内容的决策权力,告诉Jessica这两项都需要协商后才能确认。Jessica同意老唐做协调后再给她回复,更提出了时间的限制,要在一个月内确定合作与否。MQ今年的采购片单的提交就是在这段时间内必须完成,不然就要被列入下一年的项目采购中,这样意味着Jessica要重新再和公司进行项目汇报和提案,Jessica说以往的经验证明二次提报经常会被公司驳回。

老唐第一时间找到明媚和白逸阳说了Jessica的要求,白逸阳对内容决策权问题不是很赞同，因为即便Jessica代表MQ来对内容做决策，实际的操作还是由他来完成的。如果双方真产生了分歧，很可能会使项目推进停滞，这样对制作团队来讲太被动了。明媚觉得改编权的问题会有些难度，要看看版权方有没有把原著改编权卖给别人，抛开版权易主的情况不说，改编授权费用又是一笔开销。这一点启梦的财务状况是不是能支撑得了？老唐说总公司那边已经在处理刘总遗留的问题了，答应咱们一个月内可以开始正常走账。这样我先把众筹的费用还给出资的人，原著改编授权费用再根据实际情况想办法落实吧。

老唐看着白逸阳说："你和Jessica是同学，你去和她商量下内容决策权的事情，看看可不可以居中处理。"明媚说："我现在就去解决版权的事情。"几个人说好后就分头行动了。

白逸阳给Jessica发了消息约她见面，Jessica病情好转后就不停地忙碌起来，在她时间排得很满的情况下还是答应了和白逸阳见面。

白逸阳见到Jessica时她身边还跟着一个人，白逸阳一看原来是上次他们在曼谷见过的泰国项目的负责人。这次他来中国是想寻求一些合作伙伴，顺便也来见见Jessica，正好赶上白逸阳也约了Jessica就一起过来了。白逸阳很礼貌地和对方寒暄，同时也聊了聊泰国项目合作的事情。对方很想尽快和白逸阳达成合作，说现在可以把刚刚完成的剧本发给白逸阳先看看，白逸阳不好意思打断对方，也就顺着对方先都答应了下来。白逸阳找到合适的机会说关于《时光》在内容上决策权的问题，Jessica很清楚白逸阳的想法。她说，如果你身边是一个专业水平很好的团队，我是不会提出这样限制性极强的条件来制约的，可是你自己也应该很清楚，他们都不是能够最好支撑你的团队，除非你可以把这个团队换掉，换一个专业能力更强的团队来，不然我很难做出让步。白逸阳听着Jessica言辞灼灼对启梦团队的质疑，心里有些恼火，但也没有当着泰国人的面直接发作。

在把泰国制作人送走后，白逸阳要和Jessica单独再聊聊《时光》的事，白逸阳说："我不否认你说启梦团队在专业能力上是需要再继续补足的。这个团队还是有很多可取之处的，至少他们肯真诚面对所有问题，愿意共同努力解决。"Jessica看着白逸阳对启梦的维护，更准确地说是对明媚的维护，说："我只能用最客观的方式向公司做汇报和交代，你的说辞不在MQ公司对项目合作的评估参考维度里。"白逸阳看着Jessica坚定的态度，语气稍稍平和下来说："我们都很清楚，这支团队制片管理水平与世界顶级团队相差到底有多少。我既然选择了能和这支团队来合作，也不是没有考虑过这些问题，当市场需求有更高要求的时候，他们也都各自尽力在赶上这个标准。不能拿技术水平的差距和你在信息上的优势作为衡量标准，只居高临下地一味指责他们，不公平。在我看来，有效地引导和提供相应的理念支撑，在这次合作上的意义更大。"这次谈话从结果上看没能达到预期效果，双方还是各执一词。

晚上白逸阳直接到明媚家里，明媚看白逸阳的状态知道谈得不理想。白逸阳安慰明媚说，这个结果他之前已经想到了，虽然能与MQ合作对大家来说意义都很大，但如果一定让他在内容的决策权上让步，他完全可以放弃这次合作，没有MQ，他们也可以做出被受众认可的作品。明媚这边和版权公司沟通得还算顺利，只是在授权的价格和时间上还要双方再谈清楚。白逸阳没有把Jessica对启梦整个团队的评价告诉明媚，但是明媚也感觉到白逸阳隐藏了什么真实的情况没说。

老唐得知白逸阳和Jessica没有谈出什么结果心里有些着急，又来找明媚去说服白逸阳在合同中先让步，等到在实际操作时可以再商议。明媚维护白逸阳说，她不会去劝说白逸阳的，如果实在需要有一个结果，她宁愿现在去找Jessica谈让她让步。老唐一看说不动明媚心里更加着急，一边是资金压力，一边是合作条件和时间限制的压力，老唐一时间觉得需要找个出口来让自己缓解一下要爆炸的情绪。

明媚和老唐谈完之后决定直接去找Jessica。Jessica见到明媚没感到意外，很自信地说："我想到你可能会来找我，没想到你会冲到我的办公室。"明媚也很直白地说："我是有些着急了，因为时间问题，因为我还是《时光》项目的负责人。我现在很想知道如何在不用让出内容决策权的情况下还能促成《时光》与MQ的合作。"Jessica看明媚已经这样直接问了，就说："启梦换一个更专业的能被MQ认可的制片管理团队。"明媚问："你既然这样不相信启梦的专业能力，当初为什么还主动想要和我们合作呢？"Jessica说："因为有白逸阳在，我信任他，但是后来他的判断被你们影响了，我不能再让他受到你们的干扰了。我不想他那么努力地付出，最后只收获一个国内上线过的剧集作品，他有资格收获到更多。"明媚听到这里说："你可以保证换了一个制片团队就一定会给项目带来更好的结果？你能保证白逸阳和新的团队在合作上就完全不用磨合？你是不是也过于自信了？就像你没日没夜地工作时就没有想过自己也会病倒，那个时候你也需要有人来照顾你一样。"Jessica听明媚这样说一时语塞，明媚说："我承认我们团队需要更多学习，你的顾虑也可以理解。可是这样一种完全不能协商的态度，我不能认同。我希望你能重新考虑下我们之间的合作条件。给对方机会，给自己机会，在赢得事业成绩的同时，也留些能够与现实环境和解的空间。"

明媚说完，和Jessica告别，临出门前告诉Jessica："即使没有MQ，我们也会努力争取让《时光》项目成为大家都会认可的好内容，也祝你今后的工作生活都能得到应有的收获。"Jessica看着明媚离开的背影，心中也有所动容。

老唐因为心里着急，很想找个人吐吐自己的苦水，他想起了黄唯一，想着可以一起喝个小酒聊聊心事。老唐和黄唯一见面吃饭，几口酒下肚就开始说自己太难了，还让黄唯一去找白逸阳和明媚聊聊，做他们的工作。黄唯一听完了事情的原委，完全没有站在老唐的一边，开口就骂老唐没有原则，这样丧权辱国的事情都想答应，说他这就等于割地给对方，明媚和白逸阳坚持得太对了。《时光》项目一路都是怎么过来的，他们俩为了这个项目付出了多少，别人不清楚你也不知道吗？明媚在项目濒死的阶段是怎么坚持才把项目救活的？白逸阳为了能保证项目的质量又是扛了多少压力和白眼过来的？你现在是被外国人蒙了眼了吗？咱们项目不和他们合作就要死了？就没出路了？我就不信这个邪！你必须明白他们才是行业的未来，你这样去做真的会让他们心寒，会让他们慢慢地失去信念，你就等同于在堵行业的后路，堵自己的后路，这是蠢！"黄唯一看老唐不再说话，又说："你要是缺钱，咱们一起想办法啊，虽然我帮不上什么大忙，但是介绍些关系还是可以的。"老唐拿起酒杯和黄唯一碰了一下，自己一饮而尽。

老唐心里确实委屈，眼看日子一天天过去。一天回到公司，他看见公司休息间的电视墙上播放着《少年》剧，想到《少年》当初也没有和国外平台合作，播出后的反响也是被大家认可的。他再次想起黄唯一的话，不能这样让这个行业的未来失去信念，要支持他们，明媚也好，白逸阳也好，他不能为了眼前的利益再去给他们施加额外的压力了，他在心里做出了一个最终的决定。

老唐选了一个周末把明媚和白逸阳都叫到自己家里，明媚来启梦几年了，也是第一次来到老唐家。她没想到唐总住在一个很高档的别墅区里，家里是一栋设计得很洋气的二层小楼，还有独立的院子，院子里养了两条狗狗，看样子平时的伙食很好，都吃得有些微胖，狗狗见到人都很亲切。老唐说这都是他儿子养的，儿子出去拍戏就会把狗交给他来照顾，平时就是按点喂食，很少有时间带它们出去走走，所以就吃胖了，等儿子回来还得给它俩减肥。

老唐竟然要下厨做饭，他准备了包饺子的食材。在厨房和餐厅里就开始忙活，明媚和白逸阳也都伸手帮忙，老唐边准备包饺子边和他俩聊天。

老唐拿出绞肉机把洗好的青菜放到里面搅碎，然后开始和面，和饺子馅，准备好原料放在一边。他泡了一壶茶给三人倒上，就势坐在餐桌边开始说话。老唐说："想想我这从业也有二十多年了，这些年的风风雨雨，谈不上一帆风顺，倒是每次总能逢凶化吉，这要是比起身边做这个行业的人来说我还是幸运的。这个行业不好干，却充满了诱惑力。有多少人来了又走，走了又来，大多数最后都选择了离开。我坚持到今天，除了最初对这个行业的喜欢，更多也受益于我总能遇到不错的合作伙伴，做起事人靠谱比啥都重要。这几年因市场变化，整个行业都在转型期，公司命运多舛，关键时刻遇到了像你俩这样踏实、做事靠谱的年轻人。不管怎么样，《少年》的上线确实为启梦在新媒体平台上争得了一席之地，明媚是为启梦立了功的。"

明媚和白逸阳都安静地听着老唐的话。

老唐起身看了一眼盆里的面团，接着说："到了今天，我觉得我应该对你们的努力和成绩做出肯定的态度和正面的回应，也给自己一个能接受的交代。"明媚看着白逸阳，白逸阳想张口说些什么，被老唐打断说："逸阳，你先听我说完，我知道这次和MQ的合作对于公司运营来说确实具有很大的意义，但这些比起你们对我的意义来讲就没那么重要了，这几天我思考了很多。我决定如果MQ坚持他们提出的条件不变，我就放弃这次合作。赵英杰那边我会跟他说明我们放弃的理由。还有就是后期视效部分的工作，我会向总公司申请追加费用，尽可能把之前放弃的部分做最大限度的弥补。你们不要停下手里的工作，我们按照原来的计划推进《时光》。"

白逸阳听完老唐的话一下子从座位上站了起来，明媚还没缓过神来就看白逸阳走到老唐身边给了老唐一个大大的拥抱，明媚看着眼前的一幕，竟然没忍住带着笑容哭了出来。她心里突然照进来一道光，就像是雨过天晴后的天空，一下子明亮得让人睁不开眼睛。

这时，门外传来狗狗们欢快的叫声，客厅的大门被人打开，两条狗一下都冲了进来。门外是老唐的儿子唐昊然走了进来，他看见明媚和白逸阳都在有些诧异，而且看白逸阳竟然抱着老唐，一下子大家都愣住了。老唐先开口说："你怎么提前回来了？"唐昊然说："我就知道你肯定不会让它俩在屋子里，所以回来抓你现形。"这时两条狗已经在屋里追逐起来。

老唐看儿子回来就张罗说："正好，今天包饺子，你回来就当洗尘了，你收拾下洗洗手也过来帮忙。"唐昊然和明媚、白逸阳打招呼，几个人开始动手一起包饺子，晚饭热闹的气氛让大家都多喝了几杯，开心地轮流互敬着酒，满心的欢喜都沉浸在充盈的情感之中。

第二十三章　彼此托付，一起冒险！

明媚和白逸阳在老唐给出明确想法后按照之前的节奏又继续忙碌起来，白逸阳再次飞到曼谷与视效团队对接验收之前已经完成的视效工作。其间又将之前因为费用紧缺而放弃的一些视效内容重新做了整理，视效团队给出了制作费价格，白逸阳马上和老唐沟通特效费用的情况。此时老唐等来了总公司可以过一部分款到启梦的消息，众筹款项的还款日期临近，总公司支付的费用刚够还掉众筹款。白逸阳说要让视效团队马上启动剩余工作，必须先支付一部分费用，他可以试着商量让对方先开工，就是不知道能坚持多久，老唐再次为了资金的事情开始犯难。

明媚有一段时间没和林馨儿、书涵见面了，这天抽空约了她们见面。白逸阳刚和老唐沟通完视效的报价就联系了明媚，明媚听白逸阳说了报价金额后脸色也变得有些难看。林馨儿问明媚什么情况，一听明媚说是资金有缺口，就叫周宇一起想办法。周宇前段时间把书吧抵押给银行拿了贷款做红木生意，现在钱还没有收回来，也很难帮上什么忙。一边的书涵说自己最近拿了稿酬和版权费，可以先支持一些给明媚。明媚说现在的情况就是只要总公司那边过账不能恢复正常，就算是大家暂时拿钱支持下也解决不了根本问题，还有启梦的运营、项目的宣传都要等总公司打款正常了才能有序推进。

林馨儿和书涵宽慰明媚说肯定会有办法的，之前那么多事情都扛过去了，就差最后这一下了，不管怎么样一起想办法也得挺住。

明媚为自己总能得到两个闺蜜的支持感到庆幸，她拿起手机给白逸阳发了一条消息写道："我有你在身边，你有我在身边，我们有朋友在身边。"还有一个抱抱的表情。白逸阳看到明媚发给自己的消息，心里充满了力量。

明媚和老唐继续想办法筹措视效的费用，正在四处寻求资金的时候却接到了小演员张余的邀请。明媚推荐他参演的网络电影，经过运作有了院线的发行渠道，上映前张余来参加一场落地活动，顺便想邀请明媚来看电影。明媚一边为张余高兴，一边也说出自己最近正在为《时光》追加的视效费做筹款，所以时间有些紧张，谢谢张余邀请自己。张余听明媚说项目资金出了问题，就主动说把网络电影的资方介绍给明媚，明媚听说可以得到资方的帮助，就说可以和张余他们见上一面聊聊合作的可能。

明媚在落地活动的后半程才赶到影院，电影结束后明媚见到了张余说的投资人，是一个光头，戴着墨镜的中年男子，说了一口纯正的东北话，身上戴着的饰品都是金晃晃的。明媚说想请他们边吃边聊，就找了一家就近的餐厅坐了下来。资方大哥人说起话来非常爽快，说自己之前是做买卖的，也不懂影视行业的事，仅凭爱好就投资了，想尝试干影视行业到底是个啥滋味。明媚问他尝试过了觉得怎么样，大哥摸了摸自己很亮的脑袋说："那种被大家围着捧着的高光感觉确实挺好的，做落地活动还让我上台说两句，感觉确实很有满足感。"明媚说那你还真的很适合这个行业，大哥看着明媚说："确实喜欢这种感觉，可让我再做也不太可能了。"明媚有些诧异地看着他，坐在一旁的张余也意外他说的话。大哥看着他俩说："其实这次投资的钱，就现在看收回来的可能性不大。我算了一下账，靠搞影视来赚钱的风险还是太大。不如自己做些实体生意，或者搞些好的产品让网红在直播上带货，这样收获利润来得稳妥。"

光头大哥去年一年算上张余演的这部影片，总共投了三部网络电影，要说起来收入情况也就勉强收回成本。张余演的这部连成本都没赚回来，好在有上了院线播映这个事情撑撑门面，至少也让他感受到了做这个行业的荣耀感。大哥不好意思地笑笑说："其实就是我自己的虚荣心在作怪，要说起来我们生意人做事还是以赚钱为本，我这都属于不务正业了。"听大哥这么讲着，明媚也不好再开口提让他拿钱出来帮《时光》补下资金缺口的事情了，吃完饭，明媚为了尽地主之谊，还主动去买了单。倒是张余临走时有些尴尬地对明媚说："是我没搞清楚状况就把大哥带过来了，还让你破费了。"明媚说："没关系，多认识个朋友也是很好的事，你不要介意。"

两个人告别后明媚想一个人在路上走一会儿，稍稍透个气。晚上街道上的人不多，有一些孩子在路上相互调侃嬉戏着。明媚因疲惫，深深地吸了一口气又吐出，看着路过的几个少年，她突然想起那天在白逸阳家里看短片中自己十八岁时的样子，想想转眼青春已逝，多少会让人有些感慨。没有想到多年后自己会再遇到白逸阳，更没想到白逸阳给自己的生活带来这么大的影响。

此刻独自在曼谷工作的白逸阳似乎感受到了明媚在想他，适时地给明媚来了视频电话。明媚的思绪被电话声打断，欣喜地接起，白逸阳看到明媚晚上还在街上没有回家，就问她什么情况，明媚把晚上的事情说给他听，白逸阳也觉得这个事情是有些尴尬，不过他还是安慰明媚不要在意，就当和朋友见面聊天了。白逸阳问明媚："有没有想我？"明媚说："不忙的时候就会想。"白逸阳说："那你一天里恐怕只有在梦里才会想我了？"明媚说："不啊，我刚刚还在想你，就在你打电话来之前那一刻，就在想你。"白逸阳有些得意地说："难怪我会突然想要给你打电话，原来是你想我了。"明媚听着白逸阳和自己这样说着情话，心里感到甜蜜。白逸阳让明媚回家休息，资金的事情总有办法解决，工作现在都没有停就不算耽误事。明媚点头对白逸阳说："你也是，在那边要保证休息，每天不要熬得太晚了。"白逸阳的脸上浮出一点儿邪魅和明媚撒娇说："你亲我一下，我就听话不熬夜。"明媚被白逸阳突如其来的撒娇搞得有些脸红，说："我这可是在大街上。"白逸阳说："不管，就轻轻一下。"他继续索吻，明媚看了一下周围环境，就快速对着手机屏幕亲了一下。对面的白逸阳一脸满足地说："嗯，乖。"然后让明媚赶紧回家，到家要告诉自己一声，明媚挂上电话，心里被白逸阳的爱意充填得很满，人也放松了很多。

老唐为了筹钱，干脆拿自己的别墅到银行去做了抵押贷款，在银行办了所有手续要他本人签字时，老唐拿着笔的手还是半天不能落笔。一旁帮他办理手续的银行女职员问他是不是哪里不舒服，老唐稳定了一下自己的情绪说："没事，没事。"女职员很体贴地说："如果想得不是很清楚，可以考虑下再做决定。"老唐咬咬牙，终于落笔签字。贷款流程都走完大概需要一周的时间，老唐算了一下日子，日子稍有些紧张，但是也比到最后没钱开工强。

白逸阳在泰国盯着后期视效的进度，除了偶尔会被视效方的老板问到什么时间能结款时会有些尴尬，在实际的工作推进上倒是没有什么拖延。老唐很清楚白逸阳在那边一个人扛着肯定滋味不好受，也会时不时地打电话发语音安抚他。白逸阳知道老唐的想法，说不要太惦记他，他一个大男人在这边不会让人给吃了的。

泰国视效公司的老板终于扛不住来找白逸阳了，说自己公司也是有其他股东的，他们都会定期地对公司款项进行监察。《时光》项目视效的钱一直都没能按期打款，所以他也被几个股东问责了，他这边最多能给白逸阳再拖三天，如果再不付款恐怕要强制让工作人员停工了。白逸阳还想和其商量，视效老板态度非常坚决地摇头说不可能再有更多余地了。

白逸阳一个人站在视效公司的楼顶天台上看着远处的景色，心里想着要怎么和老唐开口说这个事情，或者他自己可以先垫付一些钱再扛几天。从天台上望下去有一所中学，院子里的篮球场上孩子们打着篮球比赛，不断传来大家给球员加油打气的声音。白逸阳看着篮球在孩子们中间相互传递，一个前锋得球后直插篮下上篮得分。白逸阳也同进球的一方兴奋了一下，很快思绪又回到视效的事情中。

手机的振动把他从思虑中叫出来，白逸阳看来电显示是Jessica。

自从上次明媚主动找Jessica谈话之后，老唐也做了不考虑和MQ合作的决定。《时光》有赵英杰那边的预售合同在，只要保证给赵英杰公司保质保量地按时交片就好了。Jessica等了一段时间，没有得到赵英杰和老唐的任何回复，感觉赵英杰和启梦在与MQ合作的态度上可能有了变化。加上白逸阳和明媚分别找她说的那些话，Jessica开始反思也许真是自己过于自信和强势了，以至于让所有人都适应不了她的方式。她很认真地看了白逸阳做的剪辑调改方案，再次与MQ的领导沟通了《时光》女主成长线设定的问题。

Jessica讲述了女主在刚到现在这个时空里时，为了能与人们更好地融入与交流，选择了把自己的能力值调到一个极为普通的水平，在调低自己能力值后她忘记很多原本的技能，变得有些愚钝。男主出现后被她善良无畏的品格所吸引并爱上了她，开始主动接近女主帮助女主，才有了剧情中看似是男主引导女主去拯救被遗传疾病困扰的人们的情节，说女主做出的降维选择，究其本质就是纯粹的英雄人物，是完全符合MQ主站受众的观剧需求的。在Jessica对内容进行解析汇报后，她提出了自己的观点，说："这个团队看似能力上有些欠缺，内容创作上却极有创造力。如果要求他们完全服从MQ的决策，这样确实会影响他们的创作水平。"她提出对内容决策的权益上大家最好是占比一半一半，在双方协商一致后再做决定，这样更有利于内容创作，并给MQ把握项目的市场方向留出了可控的空间。在Jessica的游说下，MQ的高层同意了《时光》项目合作条件按Jessica说的推进。

白逸阳对这个情况感到意外之余，也很为Jessica最终选择了这样一种方式来与自己相处感到高兴。他问Jessica老唐他们知道了吗，Jessica说白逸阳是第一个知道的人。白逸阳说希望之后项目可以推进顺利，和Jessica说了些彼此鼓励的话后就挂断了电话。白逸阳想，现在这个消息对大家来讲应该是喜忧参半的。如果与MQ合作，用于视效的费用就更难有节省的空间了。他拨通了明媚的语音，把这个消息告诉了明媚，话说到一半时，就听见电话那边传来了老唐的惊呼声。

原来之前明媚正在公司和老唐聊天，老唐把自己抵押别墅的事情告诉了明媚，明媚正为老唐这次的牺牲感到震惊的时候白逸阳就打来了语音电话。老唐听说Jessica说服MQ高层调整合作条件的事情也很开心，紧接着他接到了总公司财务室打来的电话，通知他刘总家里的事情都已经解决了，也就是说，后面给启梦的所有款项都可以正常进出账了。老唐此前申请追加的视效费用也通过了，这笔款只要发票给到总公司就可以随时支给启梦了。

刚挂了总公司财务的电话，银行的电话也接踵而至。银行业务员告诉老唐，他的抵押贷款因为政策的原因是可以再多贷出一些的，问他需不需要增加贷款额。老唐对银行的通知表示感谢，并说资金问题已经解决了，想停止这次的贷款申请，银行的工作人员随即指导了老唐如何办理停止贷款的方法。挂了电话，老唐让明媚通知财务开发票给总公司，好让那边尽快打款。

明媚和白逸阳的语音一直都在线上，白逸阳也听到了刚刚发生的事情，在电话另一边的天台上也开心地蹦了起来，激动得像个孩子一样，还做了几个投篮的动作。

一时间所有的问题都得到了解决，幸福来得太突然，让明媚觉得自己好像在做梦。Jessica很快把MQ调整合作条件的事告诉了赵英杰和老唐。后期视效工作可以继续进行了，与MQ的合作也可以开始走合约流程了。

明媚找到国励集团的陈曦对接《时光》小说影视改编授权事宜，此时的泊桑在经历了《回忆》全盘皆输的事件后整个人也改变了很多。陈曦和他说，启梦想再续几年《时光》的改编权时，泊桑非常痛快地就答应了，还说按照市场正常的价格来签就行。小说的影视改编权的授权协议从开始谈到签完不过一个星期就搞定了。明媚听陈曦和自己讲了泊桑的态度，心里也有感触，那之后主动发了一条慰问加致谢的消息给泊桑，泊桑看到明媚的微信回复了一个笑脸表情，明媚见到泊桑的回复，知道他心里的那个结应该是解开了。

宇林书吧终于可以开始按着林馨儿的想法进行装修了。林馨儿得知周宇红木生意做得非常成功，不仅没有赔钱，还赚了不少，至少付过抵押贷款和利息之后的盈余足以给宇林书吧装修。林馨儿看着在经历张玫得病的事情之后周宇的行事作风明显比之前成熟了很多，这次书吧的装修也是周宇主动张罗的，她看着周宇在书吧里忙前忙后地张罗联系装修公司，拿到装修设计图后还乐颠颠地跑来给林馨儿看，让她给意见。林馨儿看着这样的周宇，越看越开心，用双臂环住周宇的脖颈说："老公，你怎么那么棒，你可真是个神奇的家伙。"周宇难得受到林馨儿的夸奖，开心得意地说："投资红木生意之前，早就把所有关于红木的书都翻了个遍，什么品质、市场、潜规则，不能说尽在掌握吧，但要想骗我还没那么容易。"林馨儿听周宇说着，给了周宇一个香吻。周宇享受着林馨儿对自己的赞赏说："老婆，我有个事情想和你商量一下。"林馨儿看周宇的样子有些支吾，就说："你说吧。"周宇微正了一下身体说："我可不可以就不做其他生意了，因为我只是想让你知道我是可以凭自己养活咱们的。我真的不喜欢生意场上的那些应酬，我们把书吧好好地搞一搞，然后尽量多做些公益性的事情，这样可以吗？"林馨儿看着面前自己的老公这样诚恳地请求着她，心里也明白了周宇这种淡泊名利的性格是很难说扭转就扭转的，她也不想周宇心里为了证明给自己看，日子太过难挨，于是无奈地笑了笑说："那我还能怎么说呢，谁让我嫁给你了呢，嫁了就要认，既然你真的不喜欢做生意，那我们就过这种随遇而安的生活，只要是和你在一起，我们就每天开心地过。"周宇看林馨儿同意了，抱起林馨儿转起了圈。

接下来的日子里，明媚每天都在盼着白逸阳完成后期视效的工作，可以尽早回到北京。明媚和林馨儿还有书涵聚会的时候听说了秦奋的情况，明媚说自己这次《时光》宣发物料的事都还没有落实，很希望秦奋能够振作起来作为独立的设计师来参加海报的比稿会。

书涵说她也会和秦奋说这个事情的，这次见面最最开心的就数林馨儿了，她说书吧马上就要装修好了，等到重新开张的时候她要办个party，把大家都找来一起热闹热闹。囡囡在一边的童车里看着开心的三个人商量着，等到她再大些就带她去迪士尼乐园、去环球影城到处去玩，也呵呵地乐了起来。

宇林书吧重新开张的日子到了，林馨儿能请到的朋友都来了，还在书吧后面的院子里给大家准备了自助餐。亲朋好友聚在一起特别地热闹，院子里除了打闹嬉戏的小朋友，还有赵明和芊芊。很多年轻的书友发现明星也来了，这里求合照，那里求签名。

书涵身边也围了一群她的书迷，多数都是妈妈和准妈妈。大家一起聊着育儿经，书涵就拉上有着丰富经验的付姐和大家一起聊着各种儿童教育中大家感兴趣的话题。没有想到唐昊然也被邀请了，他带着自己的两条狗狗也加入了party，孩子们和狗狗一起嬉戏，把院子搞得更加热闹了。唐昊然找到林馨儿，商量想让她做自己经纪人的事情，两人聊天，周宇特意跑过来给他们送酒水，借机宣示自己的主权。林馨儿喝了一口周宇给她的饮品后突然感到一阵恶心，周宇看到林馨儿的样子吓了一跳，以为自己媳妇病了，要带她去医院做检查，被林馨儿按住说自己没事，就是有些呛到了。周宇不放心，就一直陪在林馨儿身边不肯离开，把林馨儿弄烦了，就把他拽到一边说自己真的没事，现在的反应只是正常的孕吐，周宇听了林馨儿的话震惊到了，直接定在了原地，不敢相信自己听到的。林馨儿看着周宇的眼睛，给了他肯定的眼神说："估计有六十天，我也是刚刚发现，原本想婆婆过生日的时候再一起说的，没想到今天开始孕吐了。"周宇开心地把林馨儿抱紧，林馨儿让周宇小心点，周宇这才意识到自己手重了。林馨儿让周宇不要再跟着她，她有事会叫他的。整个party的气氛越来越热烈，晚一点的时候大家还跳起舞来。

秦奋忙完手里的事情也赶了过来，看到书涵和孩子被很多人围着笑得特别开心，远远地和书涵挥了一下手。书涵叫他过来，他摇头不好意思。书涵和身边的人打了声招呼就推着宝宝走到他身边，两人找了个安静的角落坐下一起看着囡囡。书涵问秦奋之前说让他参加《时光》剧海报比稿的事情他想得怎么样了,秦奋说他想自己试试。书涵看见明媚一个人在餐台边帮两个小朋友拿吃的,就叫了一声明媚。明媚微笑着走来,秦奋起身和明媚轻轻地握手说:"好久没见了。"明媚也说:"是啊,挺久没见了,都是从书涵那里听到你的情况。"秦奋说:"最近都在做设计的工作,都是在工作室里。"明媚说:"我想请你参加《时光》剧的海报比稿会,你如果愿意,等时间到了我可以通知你来。"秦奋说:"我可以去尝试一下,这次凭借自己的专业能力去争取看看能不能拿到这个项目。"明媚说,《时光》项目已经和MQ签了合作协议,如果秦奋比稿中了,他设计的海报将来就会被全世界更多的人看到。听到这样的事情无疑是会鼓舞人心的,秦奋说:"我一定会使出全力争取的。"书涵听到这样的对话,和宝宝说:"你看爸爸多棒啊。"囡囡也开心地笑起来。

白逸阳终于把所有的视效工作都做了收尾,他拿着完成片花和素材回到了北京。白逸阳下了飞机第一时间就把素材盘直接送到之前预定好的后期公司,让剪辑师开始进行素材的导入和各种拷贝工作。

白逸阳交接工作后,看时间还不算晚,知道明媚在宇林书吧就赶了过来。书吧院子里已经有一部分人带着孩子先回家休息了,剩下的都是一些年轻书友,还有就是明媚和林馨儿夫妇几个人。书涵也已经带着囡囡回家睡觉去了。白逸阳来到书吧后边院子里时,明媚正在和唐昊然的两条狗狗玩着互动扔球,狗狗们玩得不亦乐乎,看到有新的人进来,其中一只狗向白逸阳跑过来。明媚向狗狗跑去的方向一看,看到了白逸阳,又一次没有告诉明媚他回来的准确时间,又一次突然出现在明媚面前,明媚既开心又有些怪白逸阳搞突然袭击。她走近白逸阳,白逸阳一把将她拽到自己怀里抱住,完全也没顾及其他人的目光,明媚想从白逸阳的怀里挣脱出来,结果失败了,两只狗狗围着他们欢快地绕起圈来。

林馨儿站在院子的另一端,看着两个人黏在一起就喊了一声:"你们俩可赶紧回家亲热吧。"明媚闻声推开白逸阳,拉着他的手走向林馨儿。林馨儿看着白逸阳说:"你这人也挺逗,回来前总不打招呼,明媚心眼实在,哪经得起你老这样突然袭击?我就说你别哪天要走了也来个突然的,那我可就要追杀你到天涯海角。"林馨儿这样犀利地数落着白逸阳,也是在警告他不要想起一出是一出地对待明媚,明媚拽了一下林馨儿,白逸阳倒是笑着说:"我就是有一天真的拔腿走了,也得先把明媚放在自己衣服口袋里装好一起带走才行。"林馨儿说:"好,今天我们这么多人在这儿可都听到你的话了,有人证在,你就别想赖掉。"

在白逸阳回来的几天后,与MQ的合作合同也完全落实了。赵英杰想借助这次机会做一次新闻发布会,为公司第一次与MQ合作成功做下宣传。同时约了整个启梦的主创人员,男女主演芊芊和马晓康也被同时邀请到场,在发布会现场的大屏幕上播放着《时光》的片花,到场的媒体都被片花中演员的表演和片中高品质的视觉效果吸引住了,大家都频频地发出赞扬之声。Jessica作为MQ平台的代表也来到现场,她身边还带了一个年轻的女子,在媒体发布会所有采访环节都结束之后,Jessica把身边的女子带到大家面前进行了引见。介绍说是新加入的MQ中国区的同事,她之后就常驻北京来接管中国区域的业务。Jessica说自己要回总部接手新的工作,大家对Jessica这次工作调动都感到有些意外。

虽说全片的剪辑基本完成,在情节和技术指标上也都达标,但是片子上线前还需要向相关管理部门做例行的报备审查,报备后还会根据审查部门的建议再进行调改的工作。所以白逸阳在上线前的日子里也没有怠慢地在剪辑房里精修着片子的内容。

明媚则进入宣传工作的密集准备阶段,每天和宣传团队人员摸爬滚打在一起,为了出一张质量好的海报,大家可谓想了各种方法来实现。好在这次秦奋中标后一直非常努力认真地对待自己的工作,每次交出的海报都没有让明媚和大家失望,可谓是张张都有惊喜。

忙碌起来的明媚和白逸阳进入了一种同城难见面的状态。明媚终于抽出一点儿时间在家里煲好了一锅鱼汤,准备给在机房熬了两夜的白逸阳送去，心里想着自己作为女朋友还没正经给白逸阳做过饭吃，这个鱼汤也算弥补下缺憾，等之后有时间再给他做顿大餐。

明媚带着新鲜的热鱼汤来到机房，发现白逸阳和剪辑师都没在。她等了一会儿给白逸阳打了一个电话，白逸阳的手机在剪辑机房桌子上振动了起来，明媚一看他没带手机，只好走出去找他。到处找了一圈也没看见，就回到了剪辑房，一看白逸阳已经坐在剪辑房的椅子上了。明媚几天没见白逸阳有些想他，轻声走到他的身后，双手蒙住了白逸阳的眼睛说："你猜我是谁？"白逸阳知道明媚来了，就把住明媚的手说："你来了。"明媚想起林馨儿说自己太不女人，叫她与白逸阳相处时还是要再温柔些，突然用娇嗔的语气说："你不应该叫我亲爱的宝贝吗？几天没见就把爱称给忘记了，我也会不开心的。"白逸阳听着明媚这样和自己撒娇也有些意外，从容地把明媚的手从自己的眼睛上拿下来。他站起身，一脸开心地把明媚的身体向后转了过去，说："给大家隆重介绍一下，这是我最最亲爱的宝贝，明媚小可爱。"明媚转过身才发现在后边的沙发上坐着老唐、赵明还有剪辑师，明媚脸一下子红成了西红柿的颜色。她语无伦次地说："我，我，我熬了汤给他送来，想给他补补，我送完了，你们趁热喝，我就先回去了。"说完闪电般地离开了剪辑房，屋里留下几个男人此起彼伏的笑声。赵明喊了一嗓子说："你快去追下你的小宝贝吧。"白逸阳追上明媚，把她抱在怀里不让走，明媚的脸更红了，连脖子也红了起来。白逸阳抱着她想缓解她尴尬的情绪说："没事啊，都是熟人，大家都很理解的。"明媚只是被白逸阳抱着不说话，白逸阳慢慢地凑近明媚，开始温柔地吻她，明媚这才慢慢地放松了下来。明媚想，这样窘迫的样子这一辈子都忘不掉了，白逸阳就这样抱着明媚站在外边你侬我侬了好一会儿。

经过最后一段时间的忙碌，全片终于按照所有要求调整完毕，也得到了允许上线的相关证号，《时光》国内上线版终于交片。交片当天，赵英杰特意给白逸阳和明媚分别发了祝贺的微信，希望《时光》上线后可以成为今年市场上的一匹黑马，得到市场的认可和好评。

明媚继续忙着各种启动上线宣传的准备，白逸阳可以暂时轻松一下了，他在家里足足补了两天的觉。休息过来后，第一件事就是张罗给明媚在家里做一顿火锅吃，白逸阳在爷爷的指导下决定用传统的炭火铜锅，白逸阳在爷爷奶奶的帮助下忙了整整小半天终于准备妥当，就等着明媚来了。明媚只知道白逸阳在家里准备了饭菜要她来吃，没有想到会是火锅。一进院子看到桌子上摆着最爱的火锅，透过铜锅的炭口缝隙可以看到炭火红红的特别温暖，明媚看着爷爷奶奶也都在等自己，有些抱歉地说自己来晚了，扶着两位老人入席吃饭。饭桌上明媚和白逸阳说着自己白天工作时遇到的事情，聊着自己的感受，白逸阳如数听着全部接住，眼睛里还时不时地给明媚送去自己的赞同。

晚饭快吃完的时候，明媚和白逸阳先后都收到了Jessica发来的微信消息，她先祝贺了《时光》剧终于通过审查可以准备国内上线了。说完祝福的话，她说自己已经定了明天回去，她这次回去可能要很长一段时间，希望大家能够保持联系，更祝福他们的生活幸福。

看到消息，明媚问白逸阳要不要去送Jessica，白逸阳说这就打个电话问Jessica她航班的时间，Jessica直接回绝了白逸阳要去送她的想法，明媚觉得情理上应该去送一下。她想起《时光》发布会时有留过Jessica新同事的电话，就打了过去打听到了Jessica乘坐的航班号和时间。

第二天，明媚和白逸阳按时到了机场，看见了Jessica，白逸阳还带来了在大学时给同学们拍的视频。他做了重新的剪辑，希望能给Jessica留个纪念。Jessica要进安检的时候对明媚和白逸阳说，虽然这次中国之行失去了自己心爱的猫咪，可也意外地收获到了像明媚这样的真朋友，她会带着这份情感去寻找属于她的幸福。

这时机场的广告大屏幕上开始滚动播出《时光》剧的宣传片，Jessica临进安检时向一个广告屏幕指了指，明媚和白逸阳回头看去是《时光》的片花，再回头看Jessica向两人竖起了大拇指，做出了点赞的手势。

《时光》开播当天做了落地的发布会，芊芊和马晓康还有主创都有出席。芊芊的粉丝挤满了发布会现场，当晚《时光》首播的热度和播放量就创了年度剧集的新纪录。明媚和白逸阳坐在明媚的公寓里看着共同努力完成的片子，此刻两人的心情都很复杂，一路走来的艰辛和最后呈现的效果带来的满足感交织在一起。明媚的眼睛开始有些湿润，白逸阳紧紧握住明媚的手，明媚把自己另一只手放在白逸阳的手上，他们的手紧紧地扣在一起。

林馨儿在婆婆张玫六十岁生日的那天向大家宣布了自己怀孕的消息，所有在场的人听到这个消息既惊讶又感到开心。这天最让大家惊讶的还不是林馨儿怀孕，是张玫宣布自己将正式退居二线，把自己的企业直接转给林馨儿和周宇来打理，林馨儿完全没有想到婆婆会这样安排，赶紧把周宇拽到自己身前。周宇要躲开，林馨儿把自己的肚子往前一挺说，孩子还养不养，周宇一下子就尿了，只好同意下来。林馨儿和婆婆张玫默契地对视了下后，就都又恢复成了傲慢的样子招呼起客人。

在张玫和林馨儿的辅助下，周宇很快把家族集团经营得井井有条，即便成为了众星捧月的大老板，周宇最开心的还是能够抽出时间陪陪家人，看看书。

老唐为庆祝《时光》流量口碑均高的市场表现，召集大家到自己家吃饭庆祝。在大家热闹地吃完晚饭后，明媚走到站在院子里透气的老唐身边，老唐看明媚找自己，就问她是有什么话要和自己说吗。明媚低头"嗯"了一声，说自己想了很久这个事情，直到现在也不知道要怎么和老唐开口说。老唐说你就直接说啊，有什么不能说的呢？明媚说想尝试脱离开老唐自己试试行不行。老唐嘴角微微地上扬了一下说："这样很好，你终于能做到直接表达自己的真实想法了，这样的你即便脱离启梦也能做得很好，我支持你。"明媚听着老唐坦诚的回复心里很感激，说自己感谢老唐这几年来对自己的信任和支持，她会带着这几年来的收获更好地去面对未来的工作和生活。老唐说他要是有事也会随时再找明媚的，明媚到时候一定要来帮他，明媚答应老唐说那肯定没有问题。

明媚这次和老唐请辞的事事先并没有和白逸阳商量。晚上回家的路上，明媚把自己辞掉工作的事情告诉了白逸阳，她说自己就是想尝试下完全独立出来到底行不行。白逸阳看明媚做了决定，选择了自己心底想要做的事情，很为她的改变感到高兴，摸了摸明媚的头说："我支持你，我亲爱的宝贝。"明媚听出来白逸阳后半句话是在调侃自己，就和白逸阳在路上追打了起来。

林馨儿知道明媚请辞，一看李书涵的画册也越来越火，就直接拉着周宇让她给明媚和白逸阳投资成立制作公司。然后，把李书涵的亲子画册开发成动画片和影视作品，闺蜜仨又凑到一起开心地约定说，永远都不要分开。

明媚和白逸阳的新公司"阳光明媚影业"正式成立，开业庆典上，公司和邵子峰对书涵手绘画的改编权进行了签约。

所有的事情都有了新的开始，公司的事情办妥当后，明媚想好好地休息两天。在休息日第二天清晨，白逸阳把明媚从被窝里拽了起来。明媚睡眼惺忪地看着白逸阳，白逸阳让她赶紧洗漱，明媚说没记得今天安排了什么事情啊，白逸阳说你洗漱换好衣服就行，明媚照办。白逸阳从壁橱里拿出一个大行李箱，让明媚拿上身份证，他一手拉着明媚，一手拉着大行李箱就走出了家门。明媚问白逸阳要去哪里，白逸阳说我们去度假。

白逸阳提前订好了机票和酒店，一路拽着明媚上了飞机。两个人飞到成都，下了飞机已经有车在等他们，车子把他们接到了位于"阳光明媚"附近的一个酒店。明媚一路上就像做梦一样，有白逸阳在身边，明媚感觉完全可以不用脑子，只要跟着他走就行了。

再次来到"阳光明媚"，他们心里都充满了感动，那些一起经历的事情还都历历在目。

晚饭去了那家一起吃过的牛肉火锅店，第二天都睡到了自然醒。简单午饭后，白逸阳带着明媚先去了那个有向日葵的院子，因为季节变化的关系，向日葵都已经凋零干瘪了。明媚奇怪白逸阳为什么要把自己带到这里。白逸阳领着明媚到那块刻了字的白石头前，让明媚看石头上的字，明媚轻轻地读出。

"太阳是太阳花丛中生出的仙子，拥有阳光的太阳花仰望幸福。

而你是我心田里走出的仙子，有你的日子我的心田时刻鲜花绽放。"

白逸阳看明媚认真地读着石头上的字，脸上浮出信服的笑容。明媚说："所以你那天送给我的向日葵是从这里摘的？"白逸阳点头。明媚拿出手机拍了一张石头的照片，然后又和白逸阳一起自拍了合影。白逸阳看了一下时间说："走，我们去'阳光明媚'。"两人继续向"阳光明媚"赶去。

他们向山坡上走着，白逸阳说："季节不一样了，所以要想看和杀青那天差不多的景色就要早些到才行。"爬到山坡上时，正好看到阳光灿烂的样子，明媚情不自禁地说："这儿真的太美了。"白逸阳说自己之所以选择这里做主要的场景，除了这个地方适合拍女主刚到现代时空那场戏的气氛外，还有一个原因就是这个地方的名字叫"阳光明媚"。

明媚深情地看着白逸阳，脸颊已经被山风吹得泛红。白逸阳把她抱到怀里为她取暖，明媚依偎在白逸阳怀里共同远眺着太阳和眼前的风景，享受着这一刻的平静和美好。白逸阳轻轻地从自己的衣袋里拿出一枚好看的戒指举到明媚眼前，明媚看到白逸阳手里的戒指一下子不敢相信，白逸阳侧脸看着明媚，轻声地问："你愿意吗，和我在一起？"明媚心里充满了感动，看着白逸阳点头说："愿意。"白逸阳给明媚把戒指戴上，又紧紧地抱着明媚，搂在怀里开始轻声地说："太阳是太阳花丛中生出的仙子，拥有阳光的太阳花仰望幸福。而你是我心田里走出的仙子，有你的日子我的心田时刻鲜花绽放。"然后呢喃着继续说："你就是我心田里的仙子，时刻滋养着我的心田。"

明媚听着白逸阳温柔的呢喃，回想自己这些年的经历，直到再次遇到白逸阳，明媚清楚地知道是白逸阳唤醒自己的赤子之心。她庆幸在这些经历过后自己学会了勇敢，这样的改变就是生命的奇迹。更庆幸身边有林馨儿和书涵这样一直相互守护和彼此支持的朋友们，她们的存在让选择笨拙方式生活的自己从来没有孤独过。现在她被爱人拥抱着，沉浸在幸福之中，也对共同的未来有了更多期许，她愿意跟随这种感觉，继续在生命的旅途中冒险！

图书在版编目（CIP）数据

明媚 / 夏雪著. -- 北京：作家出版社，2022.11
ISBN 978-7-5212-2062-9

Ⅰ．①明… Ⅱ．①夏… Ⅲ．①长篇小说 – 中国 – 当代 Ⅳ．①I247.5

中国版本图书馆CIP数据核字（2022）第193685号

明　媚

作　　者：	夏　雪
责任编辑：	兴　安
装帧设计：	芹　菜　千　惠
出版发行：	作家出版社有限公司
社　　址：	北京农展馆南里10号　邮　编：100125
电话传真：	86-10-65067186（发行中心及邮购部）
	86-10-65004079（总编室）
E-mail：	zuojia@zuojia.net.cn
http://www.zuojiachubanshe.com	
印　　刷：	河北京平诚乾印刷有限公司
成品尺寸：	152×230
字　　数：	310千
印　　张：	25
版　　次：	2022年11月第1版
印　　次：	2022年11月第1次印刷
ISBN 978-7-5212-2062-9	
定　　价：	59.00元

作家版图书，版权所有，侵权必究。
作家版图书，印装错误可随时退换。